Das Buch

Ein unheimlicher Frauenmörder überfällt im Schutze der Nacht seine Opfer, um sie zu vergewaltigen und zu töten. Hilary Thomas, eine erfolgreiche und sehr attraktive Drehbuchautorin, die in einem eleganten Vorort von Los Angeles lebt, kommt noch einmal mit heiler Haut davon. Sie kann sich des Angreifers erwehren und die Polizei alarmieren. Aber die herbeigerufenen Polizisten sind skeptisch, als Hilary behauptet, den Mann zu kennen: Sie hatte einige Wochen zuvor Bruno Frye bei Recherchen auf einem Weingut in Napa Valley kennengelernt.

Schon kurz darauf versucht Bruno Frye ein zweites Mal, Hilary zu töten. Mit einem Küchenmesser bewaffnet, setzt sie sich zur Wehr und sticht auf den Killer ein. Frye kann sich noch aus ihrem Haus retten und stirbt auf einem Parkplatz, wo die Polizei seine Leiche findet.

Keiner will Hilary glauben, daß sie ein weiteres Mal angegriffen wurde – von Bruno Frye, den sie selbst getötet hat! In Napa Valley stößt sie bei ihren Nachforschungen auf unglaubliche Dinge – und auf einen Brief des Verstorbenen, in dem er schreibt, daß er weiter töten muß, um seine verhaßte Stiefmutter endgültig zu vernichten ...

Der Autor

Dean Koontz, 1946 in Bedford/Pennsylvania geboren, besuchte das Shippensburg State College und nahm 1966 eine Lehrerstelle in Appalachia an. Wenig später heiratete er und veröffentlichte seinen ersten Roman und einige Kurzgeschichten. 1976 zog er mit seiner Familie nach Orange County/Kalifornien. In mehr als 20 Jahren schrieb Koontz 55 Bücher, die in einer Weltauflage von über 100 Millionen Exemplaren in 18 Ländern verbreitet sind.

Die meisten Bücher des Autors sind im Wilhelm Heyne Verlag lieferbar.

DEAN KOONTZ

FLÜSTERN IN DER NACHT

Roman

Aus dem Amerikanischen
von Heinz Nagel

PAVILLON VERLAG
MÜNCHEN

PAVILLON TASCHENBUCH
Nr. 02/0159

Titel der Originalausgabe
WHISPERS

Umwelthinweis:
Dieses Buch wurde auf
chlor- und säurefreiem Papier gedruckt.

Taschenbuchausgabe 07/2001
Copyright © 1980 by Dean Koontz
Copyright © der deutschsprachigen Ausgabe 1998 by
Wilhelm Heyne Verlag GmbH & VCo. KG, München
Copyright © der deutschen Übersetzung 1988 by
Droemersche Verlagsanstalt Th. Knaur Nachf., München
Der Pavillon Verlag ist ein Unternehmen der
Heyne Verlagsgruppe, München
http://www.heyne.de
Printed in Germany 2001
Umschlagillustration: Richard Newton/Agentur Schlück
Umschlaggestaltung: Nele Schütz Design, München
Gesamtherstellung: Elsnerdruck, Berlin

ISBN: 3-453-18536-6

*Dieses Buch ist
Rio und Battista Locatelli gewidmet,
zwei sehr lieben Menschen,
die nur das Allerbeste verdienen*

TEIL EINS

Die Lebenden und die Toten

*Die Kräfte, die auf unser Leben einwirken,
die Einflüsse, die uns bilden und formen,
gleichen oft dem Wispern in einem fernen Zimmer,
quälend undeutlich und nur schwierig faßbar.*

CHARLES DICKENS

1

Am Dienstag im Morgengrauen erbebte Los Angeles. Fenster klirrten in ihren Rahmen. Windglockenspiele ertönten in den Innenhöfen, obwohl kein Wind wehte. In einigen Häusern fiel das Geschirr aus den Regalen.

Später, nach Einsetzen des Berufsverkehrs, brachte KFWB, eine Radiostation, die den ganzen Tag nur Nachrichten sendet, das Erdbeben als wichtigste Meldung des Tages. Das Beben hatte auf der Richterskala den Wert 4,8 erreicht. Am Vormittag hatte KFWB das Ereignis bereits degradiert, an dritter Stelle stand es nun, hinter dem Bericht über einen Bombenanschlag in Rom und der Darstellung eines Unfalls mit fünf Fahrzeugen auf dem Santa Monica Freeway. Schließlich waren keine Gebäude eingestürzt. Am Mittag erachteten nur noch eine Handvoll Angelinos (hauptsächlich solche, die im letzten Jahr nach Westen gezogen waren) das Geschehen für so wichtig, um beim Mittagessen eine Minute lang darüber zu sprechen.

Der Mann in dem rauchgrauen Dodge-Kombi spürte nicht einmal, daß die Erde bebte. Er fuhr vom nordwestlichen Stadtrand auf dem San Diego Freeway in südlicher Richtung, als das Beben einsetzte. Weil man in einem fahrenden Wagen nur sehr heftige Erdstöße wahrnimmt, erfuhr er von dem Erdbeben erst beim Frühstück in einer Imbißstube, als einer der Gäste davon sprach.

Er wußte sofort, daß das Erdbeben ein Zeichen war, das nur für ihn bestimmt sein konnte. Entweder schickte es der Himmel, um ihn darin zu bestärken, daß sein Unternehmen in Los Angeles ein Erfolg sein würde – oder als Warnung, daß er scheitern würde. Aber welche Interpretation sollte er wählen?

Während des Essens brütete er über dieser Frage – ein großer, kräftig gebauter Mann, einen Meter neunzig groß, hundertdrei Kilo schwer, alles Muskeln – und brauchte mehr als eineinhalb Stunden, um seine Mahlzeit zu beenden. Er begann mit zwei Eiern, Speck, Bratkartoffeln, Toast und einem Glas Milch. Er kaute langsam und methodisch, die Augen starr auf sein Essen gerichtet, so, als würde es ihn in Trance versetzen. Nachdem er den ersten Teller geleert hatte, bestellte er einen hohen Stapel Pfannkuchen, wieder mit Milch. Danach aß er ein Käseomelett mit drei Scheiben kanadischem Speck und noch einmal Toast und trank Orangensaft.

Als er das dritte Frühstück bestellte, war er bereits Hauptgesprächsthema in der Küche. Das Mädchen, das ihn bediente, Helen, eine kleine, ewig kichernde Rothaarige, und auch alle anderen Bedienungen suchten einen Vorwand, um an seinem Tisch vorbeizugehen und ihn aus der Nähe zu betrachten. Er bemerkte ihr Interesse, doch das machte ihm nichts aus.

Als er schließlich bei Helen zahlen wollte, sagte sie: »Sie müssen wohl Holzfäller sein oder so etwas.«

Er schaute sie an und lächelte hölzern. Obwohl er sich das erste Mal in diesem Lokal befand und jene Helen erst vor neunzig Minuten kennengelernt hatte, wußte er doch genau, was sie sagen würde. Dasselbe hatte er schon hundertmal gehört.

Sie kicherte verlegen, doch ihre blauen Augen blickten ihn weiter unverwandt an. »Ich meine, Sie essen für drei.«

»Ja, so ist es wohl.«

Sie stand vor der Nische, eine Hüfte an den Tischrand gelehnt, etwas nach vorne gebeugt und gab ihm auf nicht allzu subtile Weise zu verstehen, daß er sie haben könnte. »Und bei all dem Essen ... haben Sie doch kein Gramm Fett an sich.«

Immer noch lächelnd, fragte er sich, wie sie wohl im Bett sein würde. Er malte sich aus, wie er sie festhielt, langsam in sie drang – und dann stellte er sich seine Hände um ihren Hals gelegt vor, wie er zudrückte, zudrückte, bis ihr Gesicht dunkelblau anlief und ihr die Augen aus den Höhlen traten.

Sie musterte ihn prüfend, so, als überlege sie, ob er wohl

alle seine Triebe so zielstrebig befriedige wie eben seinen Hunger.

»Sie brauchen sicher viel Bewegung.«

»Ich stemme Gewichte«, meinte er.

»Wie Arnold Schwarzenegger?«

»Ja.«

Sie hatte einen schöngeformten zarten Hals. Er wußte, er konnte ihn wie einen trockenen Ast brechen; der Gedanke daran erzeugte in ihm ein wohliges Glücksgefühl.

»Sie haben ja mächtig starke Arme«, sagte sie leise und bewundernd. Er trug ein kurzärmeliges Hemd, und sie berührte seinen nackten Unterarm mit dem Finger. »Ich schätze, wenn Sie entsprechend viele Gewichte heben, können Sie essen, was Sie wollen; es werden immer bloß Muskeln daraus.«

»Ja, so ungefähr ist es«, meinte er. »Ich hab' auch den speziellen Stoffwechsel dafür.«

»Hm?«

»Ich verbrenne jede Menge Kalorien durch Nervenenergie.«

»Sie? Nervös?«

»Reizbar wie eine Siamkatze.«

»Das glaub' ich nicht. Ich wette, Sie kann nichts auf der Welt erschüttern«, meinte sie.

Sie sah recht gut aus, eine Frau um die Dreißig, zehn Jahre jünger als er; und wenn er sie wollte, könnte er sie haben, dachte er bei sich. Man würde ihr ein wenig den Hof machen müssen, aber wohl nicht allzu sehr; nur so viel, daß sie sich selbst einreden könnte, er habe sie einfach mitgerissen – so, wie es Rhett mit Scarlett gemacht hatte – und gegen ihren Willen in sein Bett geholt. Wenn er allerdings mit ihr Liebe machte, würde er sie nachher töten müssen. Er müßte ein Messer in ihren hübschen Busen stoßen oder ihr die Kehle durchschneiden, und eigentlich wollte er das gar nicht. Sie war weder die Mühe noch das Risiko wert. Sie war einfach nicht sein Typ; Rothaarige brachte er nicht um.

Er gab ihr reichlich Trinkgeld, zahlte die Rechnung an der Registrierkasse neben der Tür und ging. Nach dem klimatisierten Restaurant wirkte die Septemberhitze wie ein schweres Kissen, das man ihm aufs Gesicht drückte. Während er zu seinem Dodge-Kombi ging, wußte er, daß Helen ihn beobachtete, doch er drehte sich nicht um.

Vom Imbißlokal aus fuhr er in ein Einkaufszentrum; er parkte an der Ecke des großen Parkplatzes im Schatten einer Dattelpalme, so weit wie möglich von den Läden entfernt. Er stieg zwischen den Schalensitzen durch in den hinteren Teil des Kombis, zog den Bambusvorhang, der den Fahrersitz von der Ladefläche trennte, herunter und streckte sich auf einer dicken, ziemlich mitgenommenen, viel zu kurzen Matratze aus. Die ganze Nacht war er, ohne auszuruhen, durchgefahren, die gesamte Strecke von St. Helena im Weingebiet bis hierher. Jetzt hatte ihn das reichliche Frühstück müde gemacht.

Vier Stunden später weckte ihn ein schlimmer Traum. Schweißgebadet und fröstelnd, gleichzeitig innerlich brennend und doch beinahe erfrierend, krallte er sich mit einer Hand in der Matratze fest und schlug mit der anderen blindlings in die Luft. Er versuchte zu schreien, doch die Stimme erstickte in seiner Kehle; so brachte er nur ein trockenes, rasselndes Geräusch hervor.

Zuerst wußte er nicht, wo er sich befand. Nur drei schmale Streifen fahlen Lichtes drangen durch die schmalen Schlitze im Bambusvorhang und bewahrten den hinteren Teil des Kombis vor völliger Finsternis. Die Luft roch warm und abgestanden. Er setzte sich auf, tastete mit einer Hand nach der Karosseriewand, betrachtete mit zusammengekniffenen Augen das Wenige, das es zu sehen gab und begann dann langsam, sich zu orientieren. Als er endlich begriff, daß er im Kombi saß, löste sich seine Spannung; er sank wieder auf die Matratze zurück.

Er versuchte, sich an jenen Alptraum zu erinnern, konnte es aber nicht. Nichts Ungewöhnliches, er litt fast jede Nacht unter furchtbaren Träumen, aus denen er schreckerfüllt mit trockenem Mund und wild pochendem Herzen erwachte und konnte sich doch nie an das erinnern, was ihm solche Angst eingejagt hatte.

Obwohl er jetzt wußte, wo er sich befand, beunruhigte ihn die Dunkelheit. Er hörte die ganze Zeit schon verstohlenes Knistern im Zwielicht, weiche, raschelnde Geräusche; seine Nackenhaare sträubten sich, obwohl er wußte, daß er sich das Ganze nur einbildete. Er zog den Bambusvorhang hoch und blinzelte eine Minute lang, bis seine Augen sich wieder an das Licht gewöhnt hatten.

Dann griff er nach einem Bündel waschlederähnlicher Wäschestücke, die, mit einer dunkelbraunen Schnur zusammengebunden, neben der Matratze auf dem Boden lagen. Er löste den Knoten und rollte sie, insgesamt vier, jedes über das andere gewickelt, auseinander. In der Mitte lagen zwei große Messer, beide besonders scharf. Er hatte viel Zeit darauf verwendet, die schön zulaufenden Klingen rasiermesserscharf zu schleifen. Er nahm eines in die Hand, es fühlte sich seltsam und wunderbar zugleich an, so, als handle es sich um eine mit magischer Energie beseelte Zauberklinge. Und diese Energie strömte nun in ihn.

Die Nachmittagssonne war aus dem Schatten der Palme, in dem er den Dodge geparkt hatte, herausgetreten. Nun flutete das Licht durch die Windschutzscheibe und traf über seine Schulter hinweg den eisigen Stahl; die scharfgeschliffene Schneide blitzte.

Er starrte das Messer an, und ein Lächeln breitete sich langsam um seine schmalen Lippen aus. Trotz des Alptraums hatte der Schlaf ihm gutgetan. Er fühlte sich frisch, zuversichtlich und war sich jetzt absolut sicher, daß das Erdbeben am Morgen ihm ein Zeichen bedeutet hatte, daß in Los Angeles alles gutgehen würde. Er würde die Frau finden, Hand an sie legen können. Heute. Oder spätestens am Mittwoch. Bei dem Gedanken an ihren glatten, warmen Körper und ihre makellose Haut dehnte sich sein Lächeln, schwoll zu einem Grinsen an.

Dienstagnachmittag kaufte Hilary Thomas in Beverly Hills ein. Am frühen Abend zu Hause angekommen, parkte sie ihren kaffeebraunen Mercedes in der kreisförmigen Auffahrt nahe der Haustür. Jetzt, da die Modeschöpfer beschlossen, daß Frauen endlich wieder feminin aussehen durften, hatte Hilary all die Kleider gekauft, die sie während des Zieh-dich-an-wie-ein-Armee-Sergeant-Fiebers, das in den letzten fünf Jahren fast jeden in der Modebranche erfaßt hatte, nicht finden konnte. Sie mußte dreimal gehen, ehe der ganze Kofferraum leer war.

Das letzte Paket unterm Arm, hatte sie plötzlich das Gefühl, als beobachte sie jemand. Sie drehte sich um und schaute zurück zur Straße. Die bereits tief am Abendhimmel stehende Sonne warf ihre letzten Strahlen zwischen den großen Häusern durch die federartigen Palmwedel und überzog alles mit einem goldenen Schimmer. Zwei Kinder spielten einige Häuser weiter in einem Vorgarten, und ein schlappohriger Cockerspaniel trottete zufrieden über den Bürgersteig. Sonst regte sich in der ganzen Nachbarschaft nichts, es herrschte beinahe unnatürliche Stille. Zwei Personenwagen und ein grauer Dodge-Kombi standen auf der anderen Straßenseite geparkt und, soweit sie das sehen konnte, war keines der Fahrzeuge besetzt.

Manchmal benimmst du dich wirklich blöd, sagte sie zu sich. Wer sollte dich denn beobachten?

Aber als sie schließlich noch einmal hinausging, um den Wagen in die Garage zu stellen, hatte sie wieder das unerschütterliche Gefühl, beobachtet zu werden.

Viel später, gegen Mitternacht – Hilary saß im Bett und las –, glaubte sie, unten Geräusche zu hören. Sie legte das Buch beiseite und lauschte.

Klappernde Geräusche. In der Küche. In der Nähe der hinteren Tür. Direkt unter ihrem Schlafzimmer. Sie stieg aus dem Bett und schlüpfte in ihren Morgenmantel aus dunkelblauer Seide, den sie sich erst am Nachmittag gekauft hatte.

Eine geladene .32er Automatik lag in der obersten Nachttischschublade. Sie zögerte, lauschte einen Augenblick und beschloß daraufhin, die Waffe mitzunehmen.

Sie kam sich fast ein wenig albern vor. Vermutlich hörte sie nur Setzgeräusche, ganz natürliche Laute, die ein Haus eben von Zeit zu Zeit erzeugt. Andererseits wohnte sie jetzt schon sechs Monate hier und hatte bis zum heutigen Tag nichts dergleichen vernommen.

Oben an der Treppe blieb sie stehen, spähte durch die Dunkelheit hinunter und sagte: »Ist da jemand?«

Keine Antwort.

Die Waffe in der rechten Hand haltend, ging sie die Treppe hinunter und quer durchs Wohnzimmer. Sie atmete schnell und flach, und die Hand, die die Waffe hielt, zitterte ein wenig, sie konnte es nicht verhindern. Jede Lampe, an der sie vorbeikam, knipste sie an. Den hinteren Teil des Hauses erreichend, konnte sie noch immer diese eigenartigen Geräusche ausmachen. Aber als sie schließlich in der Küche das Licht anknipste, herrschte völlige Stille.

Die Küche sah aus wie immer: Der Boden ein aus dunkel lasierten Sprossen bestehendes Kiefernholzparkett. Dunkle Wandschränke aus Kiefernholz mit weißglänzenden Keramik-Amaturen. Weißgekachelte Arbeitsplatten, alles sauber und aufgeräumt. Blitzende Kupfertöpfe und Pfannen hingen von der hohen weißen Decke. Keine Spur von einem Eindringling; nichts deutete darauf hin, daß einer hiergewesen wäre.

Sie stand in der Tür und wartete darauf, daß die Geräusche wieder einsetzten.

Nichts. Nur das Summen des Kühlschranks.

Schließlich ging sie um den Küchenblock in der Mitte herum und drückte die Klinke der hinteren Tür – versperrt.

Sie schaltete die Außenbeleuchtung ein und zog das Rollo des Fensters über dem Ausguß hoch. Draußen schimmerte rechterhand der zwölf Meter lange Swimmingpool im Mondlicht. Zur Linken im Schatten lag der weitläufige Rosengarten; ein Dutzend helle Blüten glühten wie phosphoreszierende Gasentladungen im dunkelgrünen Blattwerk. Draußen herrschte lautlose unbewegte Stille.

Ich habe also nur gehört, wie das Haus sich setzt, dachte sie. Du liebe Güte, ich entwickle mich ja noch zur schreckhaften alten Jungfer.

Sie machte sich ein belegtes Brot und nahm es, zusammen mit einer kalten Flasche Bier, mit nach oben. Im Erdgeschoß ließ sie alle Lichter brennen, in dem Gefühl, damit jeden nächtlichen Eindringling abzuschrecken – falls es wirklich jemanden gäbe, der auf ihrem Grundstück herumlungerte.

Später kam sie sich albern vor, das Haus so hell beleuchtet zu haben.

Sie wußte genau, was mit ihr nicht stimmte. Ihre Nervosität war ein Symptom ihres alten Leidens – ihres Ich-verdiene-all-das-Glück-nicht-Leidens. Sie stammte aus kleinen Verhältnissen, aus der Anonymität, und hatte jetzt alles. Und in ihrem Unterbewußtsein regte sich eine Angst, Gott würde plötzlich auf sie aufmerksam werden und beschließen, daß sie nicht alles verdiente, was sie jetzt besaß. Daß ein Hammer herunterfallen könnte und alles, was sie so mühsam zusammengetragen hatte, zerschmettern und wegwehen würde: das Haus, den Wagen, die Bankkonten ... Ihr neues Leben erschien ihr wie ein Märchen, ein Fantasiegebilde, etwas, das zu schön war, um wahr zu sein, und ganz sicher allzu schön, um für immer Bestand haben zu können.

Nein. Verdammt noch mal, nein! Sie mußte aufhören, sich selbst kleiner zu machen, als sie war, aufhören, so zu tun, als wäre alles, was sie besaß, nur ihrem Glück zuzuschreiben. Dabei hatte Glück damit überhaupt nichts zu tun. Hineingeboren in ein Haus der Verzweiflung und dort aufgewachsen nicht mit Liebe und Freundlichkeit, sondern mit Unsicherheit und Angst, war sie von ihrem Vater nie geliebt und von ihrer Mutter lediglich geduldet worden, in diesem Zuhause, wo Selbstmitleid und Bitterkeit alle Hoffnung verdrängt hatten. So wuchs sie fast selbstverständlich ohne Sinn für ihren wahren Wert heran. Jahrelang mußte sie sich mit einem Minderwertigkeitskomplex herumschlagen. Aber das alles lag weit zurück. Sie hatte eine Therapie gemacht und verstand sich jetzt selbst besser. Sie wollte jene alten Zweifel nicht erneut in sich aufkeimen lassen. Das Haus, der Wagen, und das Geld würden ihr *nicht* genommen werden; sie *hatte* sich alles redlich verdient. Sie arbeitete hart, und sie besaß Talent. Niemand gab ihr nur deshalb die Stellung, weil sie eine Verwandte oder Freundin war; bei ihrer Ankunft in Los Angeles hatte sie niemanden gekannt. Niemand hatte ihr Geld einfach in den Schoß gelegt, nur weil sie hübsch war. Angezogen von der Vielfalt im Bereich der Unterhaltungsbranche und der Aussicht auf Ruhm, trafen täglich scharenweise schöne Frauen in Los Angeles ein, und gewöhnlich behandelte man sie schlechter als Vieh. Daß gerade sie den Weg nach oben geschafft hatte, dafür gab es einen guten Grund: Sie war eine vortreffliche Schriftstellerin, die ihr Metier beherrschte und eine energische, fantasievolle Künstlerin, die sich darauf verstand, für viele zahlende, begeisterte Zuschauer Drehbücher zu schreiben. Sie hatte jeden Cent verdient, den man ihr bezahlte; also bestand für die Götter kein Grund zur Rachsucht.

»Beruhig dich gefälligst«, sagte sie laut.

Sie aß das belegte Brot, trank ihr Bier, ging dann hinunter und schaltete das Licht aus.

Anschließend schlief sie tief und fest.

Der nächste Tag war einer der besten ihres Lebens. Und einer der schlimmsten.

Jener Mittwoch fing gut an. Der Himmel war wolkenlos und die Luft sauber und klar. Das Morgenlicht zeigte jene besondere Eigenschaft, die man nur in Südkalifornien, und dort auch nur an bestimmten Tagen, findet. Das Licht wirkte wie Kristall, hart und doch warm, wie die Sonnenstrahlen in einem kubistischen Gemälde. Dieses Leuchten vermittelte einem das Gefühl, die Atmosphäre müßte sich jeden Augenblick auftun, wie ein Vorhang, und eine neue Welt hinter der jetzigen enthüllen.

Hilary Thomas verbrachte den Vormittag in ihrem Garten. In ihren von Mauern umgebenen zweitausend Quadratmetern hinter dem zweistöckigen Haus im neospanischen Stil fanden sich zwei Dutzend verschiedene Rosengattungen – Beete, Spaliere, Hecken. Da gab es die Mrs.-Karl-Druschki-Rose, die Madame-Pierre-Oger-Rose, die rosafarbene Souvenir-de-la-Malmaison-Rose und eine Vielzahl weiterer moderner Züchtungen. Der Garten erstrahlte im Glanz weißer, roter, orangefarbener, gelber, rosafarbener und purpurner, ja sogar grüner Rosen. Manche Blüten waren so groß wie Untertassen und andere so winzig, daß sie wohl durch einen Ehering gepaßt hätten. Den saftig grünen Rasen übersäten Blütenblätter jeder nur vorstellbaren Farbe.

Meistens arbeitete Hilary vormittags zwei oder drei Stunden an ihren Pflanzen. Ganz gleich, wie aufgeregt sie sein mochte, sobald sie den Garten betrat, und auch noch beim Verlassen, war sie immer völlig entspannt, ja von einem inneren Frieden erfüllt.

Sie hätte sich ohne weiteres einen Gärtner leisten können. Noch immer erhielt sie vierteljährliche Zahlungen von ihrem ersten Film, *Arizona Pete*, der vor mehr als zwei Jahren herausgekommen und ein enormer Erfolg war. Der neue Film, *Kaltes Herz*, der seit knapp zwei Monaten in den Kinos lief, schien ein noch größerer Erfolg als *Arizona Pete* zu werden. Ihr Haus mit zwölf Zimmern in Westwood, an der Grenze zwischen Bel Air und Beverly Hills, hatte eine hübsche Stange Geld gekostet, aber sie bezahlte es vor sechs Monaten bar. Im Showgeschäft wird Hilary als ›heiße Ware‹ gehandelt. Und genauso fühlt sie sich. Heiß. Glühend. Entflammt von Plänen und Möglichkeiten. Ein herrliches Gefühl, eine verdammt erfolgreiche Drehbuchautorin zu sein, wirklich ein Insidertip, und wenn sie es wollte, könnte sie sich eine ganze Kompanie Gärtner leisten.

Aber sie pflegte ihre Blumen und die Bäume lieber selbst, denn der Garten galt ihr als ein ganz besonderer Ort, etwas beinahe Geheiligtes – das Symbol ihrer Flucht.

Sie war in einem halb verfallenen Apartmentgebäude in einem der schlimmsten Viertel Chicagos aufgewachsen. Selbst heute noch, hier, inmitten ihres duftenden Rosengartens, brauchte sie nur die Augen zu schließen und schon sah sie wieder jede Einzelheit jenes Hauses vor sich. In der Eingangshalle hatten Diebe die Briefkästen aufgebrochen, weil sie stets nach Schecks von der Wohlfahrtsbehörde suchten. Die Korridore waren eng und schlecht beleuchtet, die Zimmer klein und trostlos und die Möbel abgewetzt und klapprig. In der winzigen Küche lebte man ständig in dem Gefühl, der alte Gasherd müsse jeden Augenblick lecken und explodieren; Hilary hatte jahrelang ängstlich die unregelmäßigen, zuckenden blauen Flammen im Herd beobachtet. Der Kühlschrank war schon altersschwach und gänzlich vergilbt; er ächzte und klapperte, und sein warmer Motor zog das an, was ihr Vater stets als ›das wilde Getier aus der Gegend‹ bezeichnete.

Jetzt, hier in ihrem reizenden Garten, erinnerte Hilary sich wieder ganz deutlich an das wilde Getier, mit dem sie ihre Kindheit verbracht hatte, und dabei lief ihr ein Schauder über den Rücken. Obwohl sie und ihre Mutter die vier Zimmer makellos sauber hielten und riesige Mengen Insektenvertilgungsmittel anwendeten, waren sie doch der Küchenschaben nie Herr geworden, weil die verdammten Biester durch die dünnen Wände aus den anderen Wohnungen, wo die Leute *nicht so* reinlich waren, herüberkrochen.

Die lebhafteste Erinnerung aus ihrer Kindheit bildete der Blick aus dem Fenster ihres engen Schlafzimmers. Dort hatte sie viele einsame Stunden verbracht und sich versteckt, wenn Vater und Mutter miteinander stritten. Ihr Zimmer galt ihr stets als Ort der Zuflucht, sobald dieses entsetzliche Schimpfen und Schreien anhob oder sich andererseits drückendes Schweigen ausbreitete, weil ihre Eltern nicht mehr miteinander redeten. Nicht daß der Blick aus dem Fenster besonders eindrucksvoll gewesen wäre: Da gab es außer einer rußbedeckten Ziegelmauer gegenüber eines eineinhalb Meter breiten Durchganges nicht viel mehr zu sehen. Man konnte das Fenster nicht öffnen; die Scharniere und Schieber waren dick mit Farbe überpinselt. Man konnte einen schmalen Streifen vom Himmel sehen, wenn man das Gesicht fest gegen die Glasscheibe drückte und senkrecht nach oben durch den engen Schacht spähte.

Verzweifelt bemüht, dieser schäbigen Welt zu entfliehen, lernte die kleine Hilary früh, ihre Fantasie einzusetzen, um *durch* die Ziegelmauer hindurchzusehen. Sie schickte also ihre Vorstellungskraft auf die Reise, und plötzlich blickte sie auf weich geschwungene Hügel, auf den endlosen Pazifik oder riesige Bergketten. Die meiste Zeit allerdings beschwor sie in sich das Bild eines Gartens herauf, einen verwunschenen Ort mit sorgfältig gestutzten Sträuchern und hohen Spalieren, von dornigen Rosenbüschen umrankt. In dieser Fantasiewelt existierten schmiedeeiserne, weißlackierte Gartenmöbel in Mengen und bunt gemusterte Sonnenschirme, die im kupfernen Sonnenlicht kühle Schattentümpel warfen. Frauen in reizenden langen Kleidern und Männer in Sommeranzügen nippten an eisgekühlten Getränken und plauderten liebenswürdig miteinander.

Jetzt lebe ich jenen Traum tatsächlich, dachte sie. Der Ort aus meiner Fantasie ist Wirklichkeit geworden; er gehört mir.

Die Rosen und anderen Pflanzen zu pflegen – die Palmen und Farne, die Jadesträucher und Dutzende anderer Gewächse – bereitete ihr keine Mühe. Es machte Freude. Jede Minute, die sie mit ihren Blumen verbrachte, ließ ihr aufs neue bewußt werden, wie weit sie es gebracht hatte.

Gegen Mittag räumte sie ihre Gärtnerwerkzeuge weg und duschte. Sie stand lange Zeit unter dem dampfendheißen Wasser, so als gäbe es mehr als nur Schmutz und Schweiß abzuspülen – als müsse sie auch all die häßlichen Erinnerungen wegwaschen. In jenem deprimierenden Apartment in Chicago, in dem winzigen Badezimmer, in dem sämtliche Wasserhähne tropften und die Abflüsse wenigstens einmal im Monat verstopft waren, gab es nie genug heißes Wasser.

Sie nahm im Lichthof, von dem aus man die Rosen sehen konnte, ein leichtes Mittagessen zu sich. Sie knabberte an ihrem Käse und an ein paar Apfelscheiben und las in Fachzeitungen der Unterhaltungsindustrie – den *Hollywood Reporter* und *Daily Variety* –, die mit der Morgenpost gekommen waren. Ihr Name war in Hank Grants Spalte im *Reporter* aufgelistet, zusammen mit den Leuten aus der Film- und Fernsehbranche, die heute Geburtstag hatten. Für eine Frau mit gerade neunundzwanzig Jahren hatte sie es wirklich weit gebracht.

Heute würden die leitenden Herren bei Warner Brothers *Die Stunde des Wolfes* besprechen, ihr letztes Drehbuch. Spätestens heute abend hätten sie entschieden, ob sie das Drehbuch kaufen oder ablehnen würden. Sie war angespannt und wartete darauf, daß das Telefon klingelte, sehnte sich danach und fürchtete sich doch auch ein wenig, denn vielleicht würde die Nachricht eine Enttäuschung bringen. Dieses Projekt bedeutete ihr mehr als alles, was sie bisher unternommen hatte.

Sie schrieb dieses Drehbuch ohne die Sicherheit eines festen Vertrages, auf Verdacht hin, und hatte sich fest vorgenommen, es nur dann zu verkaufen, wenn man ihr Regie und Endschnitt übertragen würde. Warners hatten bereits angedeutet, ihr unter der Voraussetzung, daß sie ihre Bedingungen noch einmal überdachte, ein Angebot in Rekordhöhe zu machen.

Sie wußte, daß sie viel verlangte; aber in Anbetracht ihrer bisherigen Erfolge schienen ihre Forderungen nicht völlig unvernünftig zu sein. Am Ende wären Warners wohl widerstrebend einverstanden, daß sie Regie führte; darauf würde sie jede Wette eingehen. Der Schlußschnitt bildete das eigentliche Hindernis: Diese Ehre, die Vollmacht, exakt darüber zu entscheiden, was schließlich letztendlich auf der Leinwand erschiene. Diese letzte Entscheidungskompetenz für jede Aufnahme und jede Feinheit des Films tragen gewöhnlich solche Regisseure, die ihre Qualifikation bereits in zahlreichen erfolggekrönten Filmen unter Beweis gestellt hatten; einem Neuling gewährte man solch ein weitreichendes Privileg selten, ganz besonders nicht *weiblichen* Anfängern auf dem Regiestuhl. Ein allzu hartnäckiges Beharren darauf könnte durchaus dazu führen, daß der Vertrag nicht zustande kam.

In der Hoffnung, sich von der anstehenden Entscheidung abzulenken, verbrachte Hilary den Mittwochnachmittag in ihrem Arbeitszimmer mit Blick auf den Swimmingpool. Sie hatte sich nach ihren Wünschen einen großen, schweren Eichenschreibtisch mit einem Dutzend Schubladen und zwei Dutzend Ablagefächern anfertigen lassen. Ein paar Lalique-Kristallgegenstände standen auf dem Schreibtisch und brachen den weichen Lichtschein zweier Messing-Pianolampen. Sie saß nun über dem zweiten Entwurf für einen Artikel im *Filmkommentar*, doch ihre Gedanken wanderten immer wieder zur *Stunde des Wolfes*.

Um vier Uhr klingelte das Telefon; sie zuckte zusammen, obwohl sie den ganzen Nachmittag auf diese Klingeln gewartet hatte. Wally Topelis war dran.

»Ich bin's, dein Agent, Kleines. Wir müssen reden.«

»Tun wir das jetzt gerade nicht?«

»Ich meine persönlich.«

»Oh«, sagte sie bedrückt. »Dann hast du schlechte Nachrichten.«

»Hab' ich das gesagt?«

»Wäre es eine gute Nachricht«, meinte Hilary, »dann würdest du sie sofort am Telefon verkünden. Persönlich heißt, daß du mich vorsichtig vorbereiten willst.«

»Du bist der klassische Pessimist, Kleines.«

»Persönlich heißt, daß du meine Hand halten und mir den Selbstmord ausreden willst.«

»Was für ein Glück, daß deine melodramatische Ader nie in deinen Drehbüchern auftaucht.«

»Wenn Warners ›nein‹ gesagt haben, so rück' einfach raus damit.«

»Die haben sich noch nicht entschieden, mein Lämmchen.«

»Ich kann es ertragen.«

»Willst du vielleicht jetzt zuhören? Die Sache ist noch nicht durchgefallen. Ich bin noch immer am Pläneschmieden und will den nächsten Schritt mit dir besprechen, das ist alles. Sonst verbirgt sich nichts dahinter. Können wir uns in einer halben Stunde treffen?«

»Wo?«

»Ich bin im Beverly Hills Hotel.«

»In der Polo-Bar?«

»Wo denn sonst.«

Als Hilary vom Sunset Boulevard abbog, kam ihr das Beverly Hills Hotel unwirklich vor, wie eine Fata Morgana. Der weitläufige Bau, der zwischen den stattlichen Palmen und dem üppigen Grün emporragte, wirkte wie die Vision aus einem Märchen. Und jedesmal fand sie den rosafarbenen Verputz gar nicht so vulgär, wie sie ihn in Erinnerung hatte. Die Mauern schienen von innen heraus zu leuchten. Auf seine Art wirkte das Hotel recht elegant – vielleicht ein wenig dekadent, aber zweifellos elegant. Am Haupteingang beschäftigten uniformierte Pagen sich damit, Automobile zu parken oder abzuliefern: zwei Rolls Royce, drei Mercedes, einen Stutz und einen roten Maserati.

Ein weiter Weg vom Armenviertel in Chicago hierher, dachte sie vergnügt.

In der Polo-Bar entdeckte sie ein halbes Dutzend Schauspieler und Schauspielerinnen, berühmte Gesichter, außerdem zwei mächtige Studiobosse; aber keiner von ihnen saß an Tisch drei. Dieser Tisch galt allgemein als bester Platz im Lokal, da er den Blick auf den Eingang freigab und genau der Tisch war, um zu sehen und gesehen zu werden. Wally Topelis saß an Tisch drei, denn er galt als einer der einflußreichsten Agenten Hollywoods und konnte den Oberkellner ebenso bezaubern wie jeden anderen Menschen auch, ein schlanker kleiner Mann um die Fünfzig, sehr gut gekleidet. Sein dichtes weißes Haar glänzte, und er trug einen gepflegten weißen Schnurrbart. Er wirkte sehr distinguiert, genau die Art Mann, die man an Tisch drei erwartete. Im Moment telefonierte er; man hatte das Gerät am Tisch angeschlossen. Als er Hilary sah, beendete er eilig sein Gespräch, legte den Hörer auf und erhob sich.

»Hilary, du siehst reizend aus – wie immer.«

»Und du bist hier der Mittelpunkt – wie immer.«

Er grinste. Seine Stimme klang weich, verschwörerisch.

»Ich kann mir vorstellen, wie uns alle anstarren.«

»Das kann ich mir auch vorstellen.«

»Verstohlen natürlich.«

»Oh, ja, natürlich«, antwortete sie.

»Weil sie uns nicht zeigen wollen, daß sie hersehen«, meinte er vergnügt.

Wieder sitzend, erklärte sie: »Aber wir riskieren nicht, es nachzuprüfen, ob sie hersehen.«

»Du lieber Himmel, nein!« Seine blauen Augen strahlten vor Vergnügen.

»Wir wollen schließlich nicht, daß sie merken, daß es uns etwas ausmachen könnte.«

»Gott bewahre.«

»Das wäre gauche.«

»Très gauche.« Er lachte.

Hilary seufzte. »Ich habe das nie verstanden, daß ein Tisch viel wichtiger sein kann als ein anderer.«

»Nun, ich kann zwar hier sitzen und mich amüsieren, aber ich verstehe es«, sagte Wally. »Im Gegensatz zu dem, was Marx und Lenin glaubten, gedeiht das menschliche Lebewesen im Klassensystem – solang dieses System in erster Linie auf Geld und Leistung beruht und nicht auf Abkunft oder Stammbaum. Wir etablieren überall Klassensysteme und hegen und pflegen sie, selbst in Restaurants.«

»Ich glaube, jetzt höre ich gerade eine jener berühmten Topelis-Tiraden.«

Ein Kellner tauchte auf mit einem silbrig glänzenden Eiskübel und einem dazugehörenden Ständer. Er stellte beides neben dem Tisch ab, lächelte und verschwand wieder. Offenbar hatte Wally sich erlaubt, schon vor ihrem Eintreffen für sie beide zu bestellen. Aber er ergriff die Gelegenheit jetzt nicht, um zu sagen, was er bestellt hatte.

»Keine Tirade«, sagte er. »Nur eine Beobachtung. Die Menschen *brauchen* Klassensysteme.«

»Dann will ich mehr wissen. Warum?«

»Zum einen, weil die Menschen Sehnsüchte brauchen, Wünsche, die über die Grundbedürfnisse des Essens und Schlafens hinausgehen, Wünsche, von denen sie beseelt sind, die sie antreiben, gewisse Leistungen zu vollbringen. Wenn es ein nobles Wohnviertel gibt, dann wird ein Mann gerade deshalb eine zusätzliche Stellung annehmen, nur um sich dort ein Haus kaufen zu können. Wenn ein Wagen besser fährt und mehr hermacht als ein anderer, so wird ein Mann – und natürlich auch eine Frau, diesbezüglich spielt das Geschlecht keine Rolle – noch härter arbeiten, um sich dieses Vehikel leisten zu können. Und wenn es einen besten Tisch in der Polo-Bar gibt, so wird jeder, der hierherkommt, reich oder berühmt genug sein wollen – ja sogar berüchtigt –, um hier Platz nehmen zu können. Dieses nahezu magische Streben nach Statussymbolen erzeugt Wohlstand, leistet seinen Beitrag zum Bruttosozialprodukt und schafft Arbeitsplätze. Hätte Henry Ford im Leben nicht vorwärtskommen wollen, so hätte er bestimmt nie eine Firma aufgebaut, die jetzt Zehntausenden Brot und Arbeit gibt. Das Klassensystem gilt als einer der Motoren, die die Räder der Wirtschaft treiben, es sorgt für unseren gleichbleibend hohen Lebensstandard. Das Klassensystem gibt den Menschen ein Ziel – es verschafft dem Oberkellner ein Gefühl von Macht und Wichtigkeit, das ihn befriedigt und ihm eine ansonsten unerträgliche Tätigkeit angenehmer erscheinen läßt.«

Hilary schüttelte energisch den Kopf. »Doch wenn man mir einen Platz am besten Tisch zuweist, so bedeutet das noch lange nicht, daß ich automatisch besser oder berühmter bin als jemand, der nur den zweitbesten Tisch bekommt. Das hat doch mit Leistung nichts zu tun.«

»Ist aber ein *Symbol* der Leistung, der Position«, entgegnete Wally.

»Ich kann immer noch nicht den Sinn dahinter entdecken.«

»Es handelt sich dabei einfach nur um ein kompliziertes Spiel.«

»Das du sicherlich mit absoluter Perfektion beherrschst.«

Er war entzückt. »Ja, nicht wahr?«

»Ich werde diese Regel nie lernen.«

»Solltest du aber, mein Lämmchen. Es klingt zwar albern, hochgradig albern sogar, aber es hilft dem Geschäft. Niemand arbeitet gerne mit einem Verlierer zusammen. Aber jeder, der dieses Spiel spielt, möchte gern mit jemandem verhandeln, der es schafft, den besten Tisch in der Polo-Bar zu kriegen.«

Wally Topelis war wohl der einzige Mann in ihrem Bekanntenkreis, der eine Frau ›mein Lämmchen‹ nennen konnte, ohne dabei herablassend oder kitschig zu wirken.

Obwohl er von der Statur her eher einem berufsmäßigen Jockey glich, erinnerte er sie doch irgendwie an Gary Grant. Er hatte das Auftreten von Grant: ausgezeichnete Manieren, ohne dabei überspannt zu wirken, die Eleganz eines Ballettänzers bei jeder noch so zufälligen Bewegung, lässigen Charme und die meiste Zeit diesen leicht amüsierten Gesichtsausdruck, so, als würde ihn das Leben auf milde Art belustigen.

Der Kellner kam; Wally redete ihn mit Eugene an und erkundigte sich nach seinen Kindern. Eugene schien Wally sehr zugetan, und Hilary begriff, daß es vielleicht damit zusammenhing, daß man den besten Tisch in der Polo-Bar bekam, weil man die Angestellten wie Freunde und nicht wie Bedienstete behandelte.

Eugene brachte Champagner; nach etwas belanglosem Plaudern hielt er Wally die Flasche hin, damit er sie inspizieren konnte.

Hilary warf einen Blick auf das Etikett. »Dom Perignon?«

»Du verdienst nur das Beste, mein Lämmchen.«

Eugene entfernte das Stanniol vom Flaschenhals und begann den Draht zu drehen, der den Korken festhielt.

Hilary musterte Wally stirnrunzelnd. »Du mußt aber *wirklich* schlechte Nachrichten für mich haben.«

»Warum sagst du das?«

»Champagner, hundert Dollar die Flasche ...« Hilary musterte ihn noch nachdenklicher. »Das soll wohl meine verletzten Gefühle besänftigen, meine Wunden ausbrennen.«

Der Korken knallte. Eugene verstand sein Handwerk; nur ganz wenig der wertvollen Flüssigkeit schäumte aus der Flasche.

»Du bist eine solche Pessimistin«, sagte Wally. »Eine Realistin«, wandte sie ein.

»Die meisten Leute hätten gesagt: ›Ah, Champagner! Was feiern wir?‹ Doch nicht Hilary Thomas.«

Eugene goß Wally eine Probe Dom Perignon ein. Dieser kostete und nickte zustimmend.

»*Feiern* wir denn?« fragte Hilary. Die Möglichkeit war ihr

wirklich nicht in den Sinn gekommen, und plötzlich fingen, bei dem Gedanken daran, ihre Knie zu zittern an.

»Ja, das tun wir tatsächlich«, meinte Wally.

Eugene füllte langsam beide Gläser und schraubte die Flasche gekonnt in das geschabte Eis, das den silbernen Kübel füllte. Er wollte offenbar lange genug bei ihnen bleiben, um hören zu können, was es zu feiern gab.

Ebenso offensichtlich wollte Wally den Kellner an der Neuigkeit teilhaben lassen, damit er sie auch gleich verbreiten könnte. Wally setzte sein Gary-Grant-Grinsen auf, beugte sich zu Hilary hinüber und sagte langsam: »Die Sache mit Warner Brothers ist perfekt.«

Sie starrte ihn an, blinzelte, klappte den Mund auf, wußte nicht, was sie sagen sollte. Schließlich brachte sie nur hervor: »Nein.«

»Doch.«

»Das kann nicht sein.«

»Kann es schon.«

»Das geht aber nicht so leicht.«

»Ich sage dir, die Sache ist perfekt.«

»Die lassen mich nicht Regie führen.«

»O doch.«

»Aber den Endschnitt kriege ich nicht.«

»Kriegst du doch.«

»Mein Gott!«

Sie war wie benommen, kam sich vor wie betäubt. Eugene gratulierte und entschwand.

Wally lachte und schüttelte den Kopf. »Weißt du, schon wegen Eugene hättest du die Szene ein wenig besser spielen können. Die Leute werden uns jetzt gleich feiern sehen und sogleich Eugene fragen, worum es geht; und er wird es ihnen sagen. Du mußt der Welt glauben machen, daß dir von Anfang an klar war, daß du genau das bekommen würdest. Du darfst nie zweifeln oder deine Ängste preisgeben, wenn du unter Haien schwimmst.«

»Du machst dich nicht über mich lustig? Wir haben tatsächlich bekommen, was wir wollten?«

Wally erhob sein Glas und sagte: »Einen Toast. Auf meine Lieblingsklientin, in der Hoffnung, daß sie am Ende doch noch lernt, daß es wirklich Wolken mit silbernem Futter und eine Menge Äpfel ohne Würmer gibt.«

Sie prosteten einander zu.

Dann sagte sie: »Ich wette, das Studio hat sich noch einige unangenehme Zusatzforderungen einfallen lassen. Minimumhonorar. Kein Anteil an den Einspielergebnissen. Lauter solches Zeug.«

»Hör auf, Haare in der Suppe zu suchen«, erwiderte er verzweifelt.

»Ich esse keine Suppe.«

»Jetzt werd' bloß nicht frech.«

»Ich trinke Champagner.«

»Du weißt genau, was ich meine.«

Sie starrte auf die Kohlensäureperlen in ihrem Champagnerglas.

Dabei fühlte sie sich, als würden auch in ihr Hunderte von Perlen aufsteigen – winzige funkelnde, aus Perlen bestehende Ketten der Freude; aber ein Teil von ihr mimte, spielte eher den Korken und versuchte, das aufschäumende Gefühl zu unterdrücken, es in Schach zu halten, damit es ja nicht entweichen konnte. Sie fürchtete sich davor, allzu glücklich zu sein, wollte das Schicksal nicht herausfordern.

»Ich versteh' das einfach nicht«, meinte Wally. »Du schaust, als sei die Sache geplatzt. Hast du nicht gehört, was ich gesagt habe?«

Sie lächelte. »Es tut mir leid. Nur ... als ich ein kleines Mädchen war, habe ich gelernt, jeden Tag mit dem Schlimmsten zu rechnen. Auf diese Weise konnte ich nie enttäuscht werden. Das ist die beste Einstellung, die man sich zulegen muß, wenn man mit zwei verbitterten, gewalttätigen Alkoholikern zusammenlebt.«

Seine Augen blickten freundlich.

»Deine Eltern leben nicht mehr«, sagte er leise und zartfühlend. »Sie sind tot, beide. Sie können dir nichts mehr antun, Hilary. Sie können dir nie mehr wehtun.«

»Den größten Teil der letzten zwölf Jahre hab' ich damit zugebracht, mich von dieser Tatsache zu überzeugen.«

»Hast du je daran gedacht, einen Psychoanalytiker aufzusuchen?«

»Das hab' ich zwei Jahre lang mitgemacht.«

»Und es hat dir nicht geholfen?«

»Nicht sehr.«

»Wenn du vielleicht einen anderen – «

»Das würde keinen Unterschied machen«, unterbrach ihn Hilary. »Die Freudsche Theorie hat eine entscheidende Schwachstelle. Nach Meinung der Psychiater kann man sich, sobald man an die Kindheitstraumata denkt und versteht, daß sie einen neurotischen Erwachsenen aus einem gemacht haben, auch ändern. Die Psychiater glauben, das Problem liege darin, den Schlüssel zu finden. Wenn man ihn gefunden hat, könne man seine innere Tür binnen einer Minute öffnen. Aber so einfach ist das nicht.«

»Man muß sich ändern wollen«, sagte er.

»Auch das ist nicht so einfach.«

Er drehte das Champagnerglas zwischen seinen kleinen, wohlmanikürten Händen. »Nun, wenn du hie und da jemanden brauchst, mit dem du reden kannst – ich stehe dir immer zur Verfügung.«

»Ich habe dich im Lauf der Jahre schon mit sehr vielem belastet.«

»Unsinn. Du hast mir nur sehr wenig anvertraut. Nur das Notwendigste.«

»Langweiliges Zeug«, meinte sie.

»Ganz im Gegenteil, das versichere ich dir. Die Geschichte einer Familie, die auseinanderbrach. Alkoholismus, Wahnsinn, Mord und Selbstmord und ein unschuldiges Kind dazwischen ... Als Drehbuchautorin solltest du wissen, daß einen so etwas nie langweilt.«

Sie lächelte sanft. »Doch ich muß in erster Linie selbst damit fertig werden.«

»Gewöhnlich hilft es, wenn man darüber spricht.«

»Doch habe ich bereits mit einem Psychiater und mit dir auch darüber gesprochen, und es hat mir nur wenig geholfen.«

»Aber geholfen hat es.«

»Doch mehr ist wohl nicht zu machen. Was ich jetzt noch tun kann, ist, mit mir *selbst* darüber zu sprechen. Ich muß mich allein mit der Vergangenheit auseinandersetzen, ohne deine Hilfestellung oder die eines Arztes. Das habe ich eben noch nie fertiggebracht.« Ihr langes dunkles Haar fiel ihr über ein Auge; sie schob es aus dem Gesicht und hinter die Ohren. »Über kurz oder lang werd' ich schon damit klarkommen. Es ist nur eine Frage der Zeit.«

Glaube ich das wirklich, fragte sie sich.

Wally starrte sie einen Augenblick lang an und meinte dann: »Nun, du mußt es selbst am besten wissen. Nun kannst du wohl noch einen Schluck trinken.« Er erhob wieder sein Champagnerglas. »Sei vergnügt und munter, damit all diese wichtigen Leute, die uns beobachten, dich beneiden und mit dir zusammenarbeiten wollen.«

Sie bemühte sich, sich zurückzulehnen, Unmengen eisigen Dom Perignon zu trinken und sich von ihrem Glücksgefühl überfluten zu lassen, doch dazu war sie nicht in der Lage. Die ganze Zeit über dachte sie an jene schemenhafte Finsternis am Rand der Dinge, an jenen zusammengekauerten Alptraum, der nur darauf wartete, sie anzuspringen und zu verzehren. Earl und Emma, ihre Eltern, hatten sie in eine winzige Schachtel der Angst gezwängt, den schweren Deckel zugeschlagen und ihn abgesperrt; und seit damals betrachtete sie aus der engen Begrenzung jener Schachtel die Welt. Earl und Emma prägten ihr den lautlosen, allgegenwärtigen und nicht abzuschüttelnden Wahn ein, der alles Gute zunichte machte, alles, was gut, hell, freudig hätte sein sollen.

In diesem Augenblick steigerte sich der Haß auf ihre Mutter und ihren Vater so sehr und so ungeheuerlich, wie noch nie zuvor. Die Jahre der Arbeit und die vielen Meilen zwischen jenen Tagen der Hölle in Chicago hörten plötzlich auf, wie eine isolierende Schicht zwischen ihr und all dem Schmerz zu wirken.

»Was ist denn?« fragte Wally.

»Nichts. Alles in Ordnung.«

»Du bist so blaß.«

Sie bemühte sich verzweifelt, ihre Erinnerungen zu verdrängen, zwang die Vergangenheit dorthin zurück, wo sie hingehörte. Sie legte ihre Hand auf Wallys Wange und küßte ihn. »Tut mir leid. Manchmal kann ich unerträglich sein. Ich habe nicht einmal danke gesagt und bin doch so glücklich, daß du das geschafft hast, Wally, wirklich. Es ist wunderbar! Du bist der beste Agent der ganzen Branche.«

»Da hast du recht«, sagte er. »Das bin ich. Aber diesmal mußte ich mich mit dem Verkaufen gar nicht so anstrengen. Das Drehbuch hat denen so gefallen, daß sie fast alles gegeben hätten, bloß um sicherzugehen, das Projekt zu bekommen. Das war nicht Glück. Das kommt auch nicht daher, daß du einen tüchtigen Agenten hast. Ich möchte, daß du das begreifst. Damit mußt du dich abfinden, Kleines. Du verdienst diesen Erfolg. Deine Drehbücher sind so ziemlich das Beste, was heutzutage geschrieben wird. Du kannst ruhig weiter im Schatten deiner Eltern leben und weiterhin das Schlimmste erwarten, wie du es immer tust. Aber von nun an wird das Beste für dich gerade gut genug sein. Ich rate dir, gewöhn' dich schnell daran.«

Es drängte sie förmlich danach, ihm zu glauben und sich ganz dem Optimismus hinzugeben, aber aus der Saat Chicagos erwuchs noch immer das schwarze Unkraut des Zweifels. Und jene ihr vertrauten, lauernden Ungeheuer sah sie am verschwommenen Rand des Paradieses, das er ihr beschrieb. Sie glaubte fest an Murphys Gesetz: *Wenn irgend etwas schiefgehen kann, dann wird es das auch.*

Dennoch überzeugte sie Wallys Ernsthaftigkeit; sie griff sogar in den brodelnden Hexenkessel ihrer verwirrten Gefühle und fand ein echtes, strahlendes Lächeln für ihn.

»So ist's richtig«, meinte er erfreut. »Das ist schon viel besser. Du hast ein wunderschönes Lächeln.«

»Ich werd' versuchen, es öfter zu benutzen.«

»Und ich werde weiterhin Verträge für dich abschließen, die dich öfter dazu bringen.«

Sie tranken Champagner, redeten über die *Stunde des Wolfes*, schmiedeten Pläne und lachten mehr, als all die Jahre zuvor. Mit der Zeit löste sich ihre Anspannung. Ein Macho-

Filmstar – Augen wie Eis, schmale Lippen, Muskeln, das Gehabe eines Gockels, wenn er auf der Leinwand zu sehen war; warm, ein schnelles Lachen, im wirklichen Leben etwas scheu; sein letzter Film hatte fünfzig Millionen Dollar eingebracht – trat als erster an ihren Tisch, begrüßte sie und erkundigte sich, was es zu feiern gebe. Der Studioboß mit den Eidechsenaugen, im makellos geschneiderten Maßanzug, versuchte zuerst auf subtile Art, dann aber mit unverhohlener Gier, die Handlung von Wolf in Erfahrung zu bringen, in der Hoffnung, man könne ein schnelles Plagiat fürs Fernsehen daraus machen. Kurz darauf zog der halbe Saal von Tisch zu Tisch und blieb bei Hilary und Wally stehen, um ihnen zu gratulieren, und zog dann gleich weiter, um mit anderen über diesen Erfolg zu sprechen. Jeder von ihnen überlegte, ob irgendwo oder irgendwie Prozente für ihn dabei herauspsprängen. Schließlich würde Wolf einen Produzenten brauchen und Stars und jemanden, der die Musik schrieb ... Und deshalb klopfte man am besten Tisch im Lokal immer wieder auf Schultern, küßte auf die Wange und drückte das Händchen.

Hilary wußte, der größte Teil der glitzernden Stammgäste der Polo-Bar waren in Wirklichkeit gar nicht so käuflich, wie sie manchmal vorgaben. Viele von ihnen hatten ganz unten angefangen, hungrig und arm wie sie selbst. Obwohl sie alle ihr Glück gemacht und ihr Vermögen sicher investiert hatten, konnten sie einfach nicht mehr aufhören, dem Dollar hinterherzurennen; sie hatten das so lange praktiziert, daß sie einfach nicht mehr anders zu leben verstanden.

Das Bild, das Hollywood der Öffentlichkeit bot, hatte nur wenig mit der Realität gemein. Sekretärinnen, Verkäuferinnen, Büroangestellte, Taxifahrer, Mechaniker, Hausfrauen, Kellnerinnen, Menschen im ganzen Land aus alltäglichen Berufen aller Art kamen müde von der Arbeit nach Hause, setzten sich vor den Fernseher und träumten vom Leben der Stars. In einem ungeheuren Kollektivbewußtsein von Hawaii bis Maine, von Florida bis Alaska galt Hollywood als eine einzige wilde Party, als der Inbegriff lebenshungriger

Frauen, leichten Geldes, zu viel Whisky, zu viel Kokain, fauler Tage in der Sonne, Drinks am Pool, Ferien in Acapulco und Palm Beach und Sex auf dem Rücksitz pelzverkleideter Rolls-Royce-Limousinen. Eine Phantasie. Eine Illusion. Eine Gesellschaft, die lange von korrupten, unfähigen Führern mißbraucht worden war, eine Gesellschaft, die auf von übermäßiger Inflation und Besteuerung zernagten Fundamenten stand, eine Gesellschaft im Schatten plötzlicher atomarer Vernichtung brauchte wahrscheinlich ihre Illusionen, um überleben zu können. In Wirklichkeit arbeiteten die Leute beim Film und Fernsehen mehr als nahezu jeder andere, obwohl das Produkt nicht immer der Mühe wert war, sich vielleicht nur selten wirklich lohnte. Der Star einer erfolgreichen Fernsehserie mußte von früh morgens bis zum Einbruch der Nacht arbeiten, häufig vierzehn oder sechzehn Stunden täglich. Natürlich war der Lohn dafür immens. Aber in Wahrheit feierte man keine so wilden Partys, und die Frauen waren auch nicht leichtlebiger als Frauen in Philadelphia, Hackensack oder Tampa, die Tage sonnig, aber selten träge und der Sex ganz genauso wie bei Sekretärinnen und Verkäuferinnen in Boston oder Pittsburgh.

Wally mußte um Viertel nach sechs gehen, weil er um sieben wieder eine Verabredung hatte; ein paar Gäste der Polo-Bar fragten Hilary, ob sie mit ihnen zu Abend essen wolle. Sie lehnte ab und gab vor, anderweitig verabredet zu sein.

Draußen vor dem Hotel war es an diesem Herbstabend immer noch hell. Ein paar hochfliegende Wolkenfetzen zogen über einen Himmel wie in einem Technicolor-Film. Die Sonne hatte die Farbe von platinblondem Haar, und die Luft war für Los Angeles, noch dazu mitten unter der Woche, überraschend sauber. Zwei junge Paare lachten und plauderten laut, als sie aus einem blauen Cadillac stiegen, und ein Stück entfernt, auf dem Sunset Boulevard, dröhnten Reifen, brausten Motoren, schrillten Hupen, denn die letzten Wagen des abendlichen Berufsverkehrs drängten nach Hause.

Während Hilary und Wally auf die lächelnden Pagen

warteten, die ihre Autos brachten, fragte er: »Bist du wirklich mit jemandem zum Abendessen verabredet?«

»Ja doch. Mit mir. Mit mir selbst.«

»Hör zu, du kannst doch mitkommen.«

»Als ungeladener Gast.«

»Ich habe dich gerade eingeladen.«

»Ich will deine Pläne nicht durcheinanderbringen.«

»Unsinn. Es wäre ein Vergnügen, dich dabeizuhaben.«

»Außerdem bin ich nicht entsprechend angezogen.«

»Du siehst gut aus.«

»Ich will allein sein«, sagte sie.

»Als Garbo wärst du kein Erfolg. Komm mit zum Abendessen. Bitte. Es handelt sich um einen informellen Abend im Palm mit einem Klienten und seiner Frau. Ein junger Drehbuchschreiber für das Fernsehen auf dem Weg nach oben. Nette Leute.«

»Nein, wirklich nicht, Wally. Heute nicht.«

»Eine schöne Frau wie du an einem solchen Abend und einem solchen Grund zu feiern – das verlangt Kerzen, leise Musik, guten Wein und jemand ganz Besonderen, mit dem du das teilen kannst.«

Sie grinste. »Wally, du bist ja ein Romantiker.«

»Nein, im Ernst«, sagte er.

Sie legte ihm die Hand auf den Arm. »Es ist wirklich reizend von dir, daß du so besorgt um mich bist, Wally. Aber ich fühle mich wirklich wohl und bin glücklich, wenn ich allein sein kann. Ich bin eine gute Gesellschafterin für mich. Für eine sinnvolle Beziehung mit einem Mann, Skiwochenenden in Aspen und verplauderte Abende im Palm bleibt noch genug Zeit, wenn *Die Stunde des Wolfes* fertig ist und in den Kinos anläuft.«

Wally Topelis runzelte die Stirn. »Wenn du nicht lernst, dich zu entspannen, wirst du in einem Geschäft wie diesem, immer unter Druck, nicht lange überleben. In ein paar Jahren wirst du ausgepumpt sein, zerfranst, zerschlissen. Glaub mir, Kleines, wenn die physische Energie verbrannt ist, wirst du plötzlich entdecken, daß die geistige Energie, der Saft, die Kreativität mit verdunstet ist.«

»Dieses Projekt bedeutet für mich einen Wendepunkt«, sagte sie. »Mein Leben wird nicht mehr das sein, was es einmal war.«

»Richtig. Aber –«

»Ich habe hart gearbeitet, verdammt hart sogar, hatte nichts anderes im Sinn, sah nur diese Chance. Ich gebe zu: Ich war von meiner Arbeit besessen. Aber sobald ich mir einen Ruf als gute Drehbuchschreiberin *und* gute Regisseurin erworben habe, werde ich mich sicher fühlen. Dann werde ich endlich imstande sein können, die Dämonen zu vertreiben – meine Eltern, Chicago, all die schlimmen Erinnerungen. Dann werde ich lockerer sein und ein normales Leben führen können. Aber noch darf ich nicht ruhen. Wenn ich jetzt lockerlasse, werde ich versagen – oder zumindest glauben, daß ich versage, und das ist dasselbe.«

Er seufzte. »Also gut. Aber im Palm wär' es sicher schön gewesen.«

Ein Page kam mit ihrem Wagen.

Sie umarmte Wally. »Wahrscheinlich ruf' ich dich gleich morgen an, nur um ganz sicherzugehen, daß diese Warner-Brothers-Geschichte nicht nur ein Traum war.«

»Die Verträge werden ein paar Wochen in Anspruch nehmen«, meinte er. »Aber ich rechne nicht mit ernsthaften Problemen. Das Protokoll der Besprechung bekommen wir nächste Woche, und dann kannst du ja eine Verabredung im Studio treffen.«

Sie warf ihm eine Kußhand zu, eilte zu ihrem Wagen, gab dem Pagen ein Trinkgeld und fuhr weg.

Sie fuhr auf die Hügel zu, an den Häusern vorbei, von denen jedes eine Million Dollar oder mehr kostete, vorbei an riesigen Rasenflächen; sie bog nach links, dann nach rechts ab, ganz willkürlich, ohne besonderes Ziel, fuhr einfach, um sich zu entspannen; Fahren als Erholung, eine der wenigen Vergnügungen, die sie sich gestattete. Die meisten Straßen lagen in purpurfarbenem Schatten, den die grünen Blätterdächer warfen; die Nacht stahl sich über das Pflaster, obwohl oberhalb der ineinander verwachsenen Palmen, Eichen, Ahornbäume, Zedern, Zypressen, Jacarandas und

Kiefern noch lichter Tag war. Sie schaltete die Scheinwerfer ein und erforschte einige der verschlungenen Canyonstraßen, bis mit der Zeit ihre Enttäuschung verebbte.

Später, als die Nacht sich auch über die Blätterdächer gesenkt hatte, hielt sie an einem mexikanischen Restaurant am La Cienega Boulevard. Grobverputzte beigefarbene Wände mit Fotografien mexikanischer Banditen. Der würzige Duft von heißer Soße, Tacogewürzen und Maismehltortillas. Kellnerinnen in tiefausgeschnittenen Folkloreblusen und roten Faltenröcken. Muzak im mexikanischen Genre. Hilary aß Käse-Enchiladas, Reis und gebackene Bohnen. Das Essen schmeckte ebenso gut, wie bei Kerzlicht mit Geigenmusik und jemand ganz Besonderem neben ihr.

Ich darf nicht vergessen, Wally davon zu erzählen, dachte sie, als sie die letzten Enchiladas mit einem Schluck Dos Equis, einem dunklen mexikanischen Bier, hinunterspülte. Doch je länger sie darüber nachdachte, desto deutlicher konnte sie die Antwort hören, die er darauf geben würde: »Lämmchen, das ist nichts anderes als vordergründige psychologische Vernünftelei. Natürlich ändert Einsamkeit den Geschmack des Essens nicht, auch Kerzen und der Klang von Musik ebensowenig – aber das bedeutet noch lange nicht, daß Einsamkeit etwas Wünschenswertes, ja geschweige denn ein guter oder gesunder Zustand wäre.« Danach würde ihn nichts davon abhalten können, ihr einen seiner väterlichen Vorträge über das Leben zu halten; und die Tatsache, daß so ziemlich alles, was er sagte, vernünftig klang, würde ihr das Zuhören sicher nicht erleichtern.

Du sagst besser nichts, entschied sie sich. Mit Wally Topelis wirst du ohnehin nicht fertig.

Als sie wieder in ihrem Wagen saß, schnallte sie sich an, startete das schwere Ungetüm, schaltete das Radio an, saß dann eine Weile reglos hinter dem Steuer und starrte in den Verkehrsstrom auf dem La Cienega Boulevard. Heute hatte sie Geburtstag. Ihren neunundzwanzigsten Geburtstag. Und obwohl Hank Grant ihn in seiner Spalte im *Hollywood-Reporter* erwähnt hatte, schien sie der einzig Mensch auf der Welt zu sein, dem er etwas bedeutete. Nun, das war in Ordnung. Sie war eben ein Einzelgänger, immer gewesen. Hatte sie Wally denn nicht gesagt, daß sie sich in ihrer eigenen Gesellschaft sehr wohl fühlen würde?

Die Wagen brausten in endlosem Strom vorbei, mit Leuten, die irgendwohin fuhren, irgend etwas taten – gewöhnlich paarweise.

Sie wollte noch nicht nach Hause zurückkehren, aber sonst gab es auch kein Ziel für sie.

Das Haus war finster.

Im Schein der Quecksilberdampf-Straßenlampe wirkte der Rasen eher blau statt grün.

Hilary parkte den Wagen in der Garage und ging zur Eingangstür. Auf dem plattenbelegten Weg erzeugten ihre Absätze ein unnatürlich lautes *tack-tack-tack*.

Die Nacht war mild. Die Hitze der hinter dem Horizont versunkenen Sonne stieg noch immer von der Erde auf, und der kühlende Seewind, der zu allen Jahreszeiten hier im Becken wehte, hatte noch keine herbstliche Kühlung gebracht; später, vielleicht gegen Mitternacht, könnte man sicher einen Mantel vertragen.

Grillen zirpten.

Sie öffnete die Haustür, knipste das Eingangslicht an, schloß und versperrte die Tür hinter sich. Dann schaltete sie auch die Wohnzimmerbeleuchtung an, ging gerade den Flur entlang, als sie hinter sich eine Bewegung ausmachte und sich blitzschnell umwandte.

Ein Mann trat aus der Garderobenkammer im Eingangsraum und stieß einen Mantel vom Kleiderbügel, während er sich aus dem engen Raum herausschälte; er warf die Garderobentür laut knallend gegen die Wand. Der hochgewachsene Mann war etwa vierzig Jahre alt, trug dunkle Hosen und einen enganliegenden gelben Pullover – und Lederhandschuhe. Seine kräftigen harten Muskeln deuteten darauf hin, daß er schon jahrelang Gewichte hob; selbst seine Handgelenke, zumindest das, was man zwischen Pullover und Handschuhen erahnte, wirkten stark und sehnig. Drei Meter vor ihr blieb er stehen, grinste breit, nickte und leckte sich die schmalen Lippen.

Sie wußte nicht recht, wie sie auf sein unvermitteltes Auftauchen reagieren sollte. Es handelte sich nicht um einen gewöhnlichen Eindringling, keinen Wildfremden, keinen aufgeputschten Jungen oder irgendeinen heruntergekommenen Drogensüchtigen. Sie kannte ihn, obwohl er nicht aus der Gegend stammte; er war so ziemlich der letzte Mensch, den sie hier erwartet hätte. Wäre vielleicht der sanfte kleine Wally Topelis so aus der Garderobe gekommen, hätte sie das sicher noch mehr erschreckt. Sie fühlte sich weniger verängstigt als verunsichert. Vor drei Wochen hatte sie ihn kennengelernt, in der Weingegend Nordkaliforniens, bei Recherchen für ein Drehbuch, ein Projekt, das ihre Gedanken von Wallys Bemühungen um *Die Stunde des Wolfes* ablenken sollte und das sie zu jener Zeit fertigstellte. Dieser Eindringling war ein wichtiger, erfolgreicher Mann dort oben im Napa-Tal, doch das rechtfertigte noch lange nicht seinen Überfall auf ihr Haus, sein Warten in ihrer Garderobe.

»Mr. Frye«, sagte sie unsicher.

»Hello, Hilary.« Seine tiefe, etwas rauhe Stimme, die ihr damals, als sie sein Weingut bei St. Helena besucht und er ihr alle Räume und das Gelände gezeigt hatte, beruhigend und väterlich erschien, wirkte jetzt eher bedrohlich, ja bösartig. Sie räusperte sich nervös. »Was machen Sie hier?«

»Ich wollte dich besuchen.«

»Warum?«

»Ich mußte dich einfach wiedersehen.«

»Weshalb?«

Er grinste noch immer, sein Blick ähnelte dem eines Raubtieres, sein Lächeln dem eines Wolfes, der seine Kiefer jeden Augenblick hungrig aufsperrt, um das in die Enge getriebene Kaninchen zu fressen.

»Wie sind Sie hereingekommen?« wollte sie wissen.

»Hübsch.«

»Was?«

»So hübsch.«

»Lassen Sie das.«
»Eine wie dich hab' ich gesucht.«
»Sie machen mir angst.«
»So eine Hübsche.«
Er kam einen Schritt auf sie zu.

Jetzt wußte sie, wußte ganz genau, ohne jeden Zweifel, was er wollte. Doch es schien einfach absurd, verrückt, undenkbar. Warum sollte ein wohlhabender Mann wie er, ein Mann in seiner gesellschaftlichen Position Hunderte von Meilen weit reisen und sein Vermögen, seinen Ruf und seine Freiheit riskieren, und das alles für einen kurzen Augenblick, für Sex, erzwungenen Sex?

Er tat einen weiteren Schritt auf sie zu.

Sie zog sich zurück.

Vergewaltigung. Das gab einfach keinen Sinn. Es sei denn ... er hatte vor, sie nachher zu töten, dann würde er überhaupt kein Risiko eingehen. Er trug Handschuhe. Er würde keine Spuren hinterlassen, keinerlei Anhaltspunkte. Niemand käme auf die Idee, daß ein prominenter, angesehener Weingutbesitzer aus St. Helena nach Los Angeles führe, nur um eine junge Frau zu vergewaltigen und zu ermorden. Und selbst wenn jemand das annähme, so gäbe es keinerlei Hinweise, ausgerechnet an ihn zu denken. Die Fahnder würden nie auf seine Person kommen.

Er schob sich noch immer auf sie zu. Langsam. Unbarmherzig. Schweren Schrittes. Genoß die Spannung. Und sein Grinsen wurde breiter, als er die wachsende Erkenntnis in ihren Augen sah.

Sie wand sich rückwärts an dem mächtigen gemauerten Kamin vorbei, überlegte einen Augenblick lang, ein Teil des schweren Messingkaminbesteckes zu packen, erkannte dann aber, daß sie wohl nicht schnell genug wäre, um sich damit verteidigen zu können. Dieser kräftige, athletisch gebaute Mann mit hervorragender Kondition würde sie überwältigt haben, noch ehe sie die Feuerzange packen und nach seinem verdammten dicken Schädel schlagen könnte.

Er ließ seine großen Hände spielen. Man konnte erkennen, wie die Knöchel das enganliegende Leder spannten.

Sie bewegte sich immer noch rückwärts, an einer Möbelgruppe vorbei – zwei Sessel, ein niedriger Tisch, ein langes Sofa. Sie schob sich nach rechts, versuchte, das Sofa zwischen sich und Frye zu bringen.

»So hübsches Haar«, sagte er.

Sie fragte sich einen Moment, ob sie etwa im Begriff stand, den Verstand zu verlieren. Dies konnte doch nicht der Bruno Frye sein, den sie in St. Helena kennengelernt hatte. Damals konnte sie nicht die leiseste Andeutung jenes Wahnsinns erkennen, der jetzt sein breites, mit öligem Schweiß bedecktes Gesicht verzerrte. Seine Augen wirkten wie blaugraue Eissplitter, die kalte Leidenschaft, die jetzt aus ihnen funkelte, war derart ungeheuerlich, daß sie ihr bei der letzten Begegnung hätte auffallen müssen.

Plötzlich sah sie das Messer; dieser Augenblick wirkte wie ein Gluthauch aus einem heißen Ofen, verwandelte ihre Zweifel in Dampf und blies sie einfach weg.

Er hatte vor, sie zu töten.

Das Messer trug er am Gürtel, oberhalb der rechten Hüfte. Es steckte in einer offenen Scheide; er konnte es blitzschnell herausholen, indem er einfach die Metallschließe am schmalen Lederriemen hochklappte. Keine Sekunde würde es dauern, bis die Klinge aus der Scheide glitt und sich in seiner Faust befände; zwei Sekunden später würde sie sich in ihren weichen Bauch bohren, ihr warmes Fleisch aufschlitzen, und ihr Blut würde verströmen.

»Ich hab' dich gewollt, seit ich dich das erste Mal sah«, sagte Frye. »Ich wollte einfach an dich 'ran.«

Die Zeit schien plötzlich für sie stillzustehen.

»Es wird riesigen Spaß mit dir machen«, sagte er. »Riesigen.«

Ganz unvermittelt verwandelte sich die Welt in einen Film, der im Zeitlupentempo ablief. Jede Sekunde erschien ihr wie eine Minute. Sie sah zu, wie er näher kam, so, als wäre er ein Geschöpf aus einem Alptraum in einer Atmosphäre, so dick wie Sirup.

In dem Augenblick, da sie das Messer entdeckte, erstarrte Hilary zu Eis. Sie hörte auf, sich zurückzuziehen, obwohl er immer näherrückte. Ein Messer kann so etwas bewirken; es raubt einem den Atem, bringt das Herz zum Stillstand, erzeugt jenes unkontrollierbare Zittern. Erstaunlicherweise können nur ganz wenige Menschen ein Messer gegen ein anderes Lebewesen richten. Mehr als jede andere Waffe macht ein Messer deutlich, wie zart Fleisch wirklich und wie schrecklich zerbrechlich menschliches Leben ist; in dem Schaden, den er anrichtet, kann der Angreifer nur allzu deutlich seine eigene Sterblichkeit erkennen. Eine Pistole, ein paar Tropfen Gift, eine Feuerbombe, ein stumpfer Gegenstand, die Schlinge des Würgers – all dies läßt sich relativ sauber einsetzen und zum größten Teil sogar ferngesteuert. Aber wer ein Messer benutzt, der muß darauf gefaßt sein, sich schmutzig zu machen, seinem Opfer ganz nahe zu kommen, so nahe, daß er spürt, wie Wärme aus der Wunde, die er reißt, entweicht. Es gehört schon ein ganz besonderer Mut dazu, gepaart mit Wahnsinn, um auf einen anderen Menschen einzustechen und von dem warmen Blut, das einem über die Hand spritzt, nicht abgestoßen zu werden.

Frye war jetzt über ihr. Eine seiner großen Hände legte sich über ihre Brüste, rieb und quetschte sie unsanft durch den seidigen Kleiderstoff.

Die brutale Berührung riß sie plötzlich aus ihrer Trance. Sie stieß seine Hand weg, entwand sich seinem Griff und rannte hinter die Couch. Sein Lachen klang herzhaft, beunruhigend angenehm, aber in seinen harten Augen funkelte eine satanische Freude. Er wirkte wie ein dämonischer Witz, wie die abstruse Heiterkeit der Hölle. Er wollte, daß sie sich wehrte, weil ihm die Jagd Vergnügen bereitete.

»Hinaus!« schrie sie. »Verschwinden Sie!«

»Ich will nicht hinaus«, sagte Frye lächelnd und schüttelte den Kopf. »*Hinein* will ich. O ja, genau das. In dich will ich hinein, kleine Lady. Ich will dir das Kleid vom Leibe reißen, will dich nackt sehen, und dann will ich da hinein. Ganz hinein will ich, dort, wo es warm und feucht und finster und weich ist.«

Einen Augenblick lang ließ die Furcht ihre Beine zu Gummi und ihr Inneres zu Wasser werden; doch dann erwachten stärkere Gefühle in ihr: Haß, Zorn, Wut. Nicht überlegter Zorn einer Frau gegenüber einem arroganten Mann, der ihre Würde und Rechte verletzt hatte, auch nicht intellektueller Zorn aufgrund gesellschaftlicher und biologischer Ungerechtigkeit, sondern etwas viel Fundamentaleres. Ungebeten war er in ihre Privatsphäre eingedrungen, gewaltsam in ihre Höhle vorgestoßen; sie spürte nur noch eine primitive Wut, die ihren Blick verschwimmen und ihr Herz rasen ließ. Sie legte die Zähne frei, und ganz tief in ihrer Kehle formte sich ein drohendes Knurren; sie sah sich auf eine unbewußte, fast animalische Reaktion zurückgeführt, während sie ihm gegenüberstand und nach einen Ausweg aus dieser Falle suchte.

Ein niedriger, schmaler Tisch mit einer Glasplatte stand hinter dem Sofa; die Platte berührte die Rückenlehne. Zwei vierzig Zentimeter hohe Porzellanfiguren standen darauf. Sie packte eine der Figuren und warf sie nach Frye.

Er duckte sich, seinerseits eine primitive, instinktive Bewegung. Das Porzellan traf die Kaminwand und explodierte wie eine Bombe. Dutzende von Bruchstücken und Hunderte von Splittern regneten auf die Feuerstelle und den Teppich herab.

»Probier's noch mal«, sagte er; er verspottete sie.

Sie hob die andere Figur auf, zögerte aber, beobachtete ihn hinter zusammengekniffenen Augen, wog die Porzellanfigur in der Hand und tat dann so, als wolle sie werfen.

Die Finte täuschte ihn. Er duckte sich, um dem Wurfgeschoß auszuweichen.

Mit einem kleinen Triumphschrei warf sie jetzt erst.

Er war allzu überrascht, um sich erneut zu ducken; das Porzellan traf ihn seitlich am Schädel. Die Figur streifte ihn nur, richtete weniger Schaden an, als sie erhofft hatte, doch er taumelte immerhin ein oder zwei Schritte zurück. Er ging nicht zu Boden, war nicht ernsthaft verwundet, blutete nicht einmal. Aber verletzt war er, und dieser Schmerz verwandelte ihn. Seine Stimmung wirkte jetzt nicht mehr pervers spielerisch. Sein schiefes Lächeln verschwand; sein Mund wurde zum geraden, grimmigen Strich mit fest zusammengepreßten Lippen und sein Gesicht rot. Wut baute sich in ihm auf, so, als wäre er eine Uhrfeder am Sprung; die Anspannung ließ seine Muskeln am dicken Hals hervortreten – eindrucksvolle Stränge. Er beugte sich leicht nach vorn, bereit, anzugreifen.

Hilary rechnete damit, daß er um die Couch herumgehen würde, und wollte ihm ausweichen, die Couch so lange zwischen ihnen lassen, bis sie etwas anderes finden würde, das sich zum Werfen eignete. Doch seine plötzlich einsetzende Bewegung ähnelte der eines wildgewordenen Bullen. Ohne jedes Gefühl strebte er geradewegs auf sie zu. Er duckte sich, packte die Couch mit beiden Händen, kippte sie und warf sie dann in einer einzigen fließenden Bewegung nach hinten um, so, als wöge sie nur ein paar Pfund. Hilary sprang zur Seite, als das schwere Möbelstück dort herunterkrachte, wo sie gerade noch gestanden hatte. Und während das Sofa noch stürzte, setzte Frye bereits darüber weg. Er griff nach ihr und hätte sie erwischt, wenn er nicht gestolpert und dabei auf ein Knie gestürzt wäre.

Wieder wich ihr Zorn der Furcht; sie floh, rannte in den Eingangsflur Richtung Tür, wußte aber, daß sie nicht die Zeit finden würde, um beide Riegel zurückzuziehen und das Haus zu verlassen, ehe er sie erwischt hatte. Er war verdammt nahe, höchstens zwei, drei Schritte hinter ihr. Sie machte einen Satz nach rechts und hetzte die Wendeltreppe hinauf, nahm mit jedem Schritt zwei Stufen.

Ihr Atem klang gehetzt, aber trotz ihres eigenen Keuchens hörte sie ihn näher kommen. Seine Schritte dröhnten; er fluchte.

Die Pistole. Im Nachttisch. Könnte sie ihr Schlafzimmer mit genügend Vorsprung erreichen, um die Tür vor ihm zuzuknallen und abzusperren, so würde ihn das ein paar Sekunden lang aufhalten, zumindest lange genug, um an die Pistole ranzukommen.

Oben an der Wendeltreppe, im Flur der Obergeschosses, als sie glaubte, wenigstens einige Schritte Abstand herausgeschunden zu haben, packte er sie unvermittelt an der rechten Schulter und riß sie wieder an sich heran. Sie schrie, versuchte aber nicht, sich ihm zu entziehen, wie er das offenbar erwartet hatte, sondern ging vielmehr in dem Augenblick, in dem er sie packte, auf ihn los. Sie preßte sich an ihn, ehe er den Arm um sie legen und sie festhalten konnte, preßte sich so dicht an ihn, daß sie seine Erektion spüren konnte, und trieb ihm das Knie hart in den Unterleib. Er reagierte, als hätte ihn ein Blitzschlag getroffen. Die Aufwallung von Wut wich aus seinem Gesicht; seine Haut blitzte plötzlich knochenweiß, und das im Bruchteil einer Sekunde. Sein Griff löste sich, er taumelte zurück, glitt am Rand der ersten Stufe aus; seine Arme schlugen wie Windmühlenflügel, während er stürzte, schrie, sich zur Seite warf, das Geländer umklammerte; es glückte ihm, den Sturz aufzufangen.

Offenbar hatte er nicht viel Erfahrung im Umgang mit Frauen, die sich wirksam wehrten. Zweimal gelang es ihr, ihn auszutricksen. Er glaubte wohl, einem netten, harmlosen Häschen auf der Spur zu sein, einer scheuen Beute, die man leicht einschüchtern, benutzen und anschließend fast spielerisch zerbrechen konnte. Aber sie hatte sich der Situation gestellt, ihm Fänge und Klauen gezeigt, und sein schockierter Gesichtsausdruck verlieh ihr neuen Auftrieb.

Sie hatte erwartet, daß er die ganze Treppe hinunterstürzen und sich dabei den Hals brechen würde, oder zumindest ihr Schlag in seine Weichteile ihn für ein oder zwei Minuten außer Gefecht setzen würde, so lange wenigstens, um die Oberhand zu gewinnen. Deshalb reagierte sie sichtlich schockiert, als er sich schon nach wenigen Augenblicken, ehe sie Zeit hatte, kehrtzumachen und wegzurennen, vom Geländer abstieß und mit schmerzverzerrtem Gesicht erneut auf sie zukam.

»Miststück!« fluchte er mit zusammengebissenen Zähnen, kaum fähig zu atmen.

»Nein!« schrie sie. »Nein! Bleiben Sie, wo Sie sind!«

Sie kam sich vor wie eine Gestalt in einem jener uralten Horrorfilme, die Hammer Films einmal produziert hatten. Sie stand im Kampf mit einem Vampir oder Zombie, stets aufs neue schockiert und entmutigt von den übernatürlichen Kraftreserven der Bestie.

»Miststück!«

Sie rannte den Flur entlang, in ihr Schlafzimmer, knallte die Tür hinter sich zu, tastete in der Finsternis nach dem Knopf, der den Riegel betätigte, fand schließlich den Lichtschalter und sperrte ab.

Den Raum erfüllte ein fremdartiges, beängstigendes Geräusch, ein lautes, heiseres schreckerfülltes Stöhnen. Verzweifelt sah sie sich um, wollte herausfinden, woher es kam, bis ihr plötzlich klar wurde, daß sie ihr eigenes, unkontrolliertes Schluchzen hörte.

Sie befand sich gefährlich nahe am Rande einer Panik, wußte aber, daß sie sich zusammenreißen mußte, wenn sie überleben wollte.

Plötzlich zerrte Frye an der versperrten Tür und warf sich dann mit seinem ganzen Gewicht dagegen. Noch hielt sie, aber lange würde sie nicht standhalten; ganz sicher nicht so lange, um die Polizei anzurufen und auf Hilfe zu warten.

Ihr Herz schlug wie wild; sie zitterte, als stünde sie nackt auf einem ausgedehnten Eisfeld, doch sie schien fest entschlossen zu sein, sich von der Furcht nicht den Verstand rauben zu lassen. Sie rannte quer durch den großen Raum, um das Bett herum, auf den Nachttisch zu. Dabei kam sie an einem vom Boden bis zur Decke reichenden Wandspiegel vorbei, der das Bild einer völlig Fremden zurückwarf, einer eulenäugigen, gehetzten Frau mit einem Gesicht, so bleich wie das eines weißgeschminkten Zirkusclowns.

Frye trat gegen die Tür. Sie erbebte im Rahmen, hielt aber stand.

Die .32er Automatik lag auf drei Paar zusammengefalteten Pyjamas in der Schublade. Das geladene Magazin lag daneben. Sie griff mit zitternden Händen, die beinahe den Dienst versagten, nach der Waffe und rammte das Magazin in den Kolben. Dann drehte sie sich in Richtung Tür um.

Frye trat gerade wieder gegen das Schloß, es war von einfacher Bauart, ein Innenschloß, wie man es hauptsächlich benutzt, um Kinder und neugierige Hausgäste einem Raum fernzuhalten. Gegen einen Eindringling wie Bruno

Frye konnte es nichts ausrichten. Beim dritten Anlauf platzte der Beschlag aus dem Furnier, und die Tür flog krachend auf.

Keuchend und schwitzend, gänzlich einem hitzigen Bullen ähnelnd, taumelte er aus dem finstern Korridor über die Türschwelle herein. Er hatte die breiten Schultern nach vorne gezogen und die Fäuste geballt. Es schien, als wolle er augenblicklich den Kopf einziehen, losrennen und alles, was sich ihm in den Weg stellt, zerschmettern und vernichten. Blutgier flackerte deutlich in seinen Augen auf, und sein Abbild starrte ihn grimmig aus dem Wandspiegel neben Hilary an. Er wollte sich einen Weg durch den Porzellanladen bahnen und seine Besitzerin niedertrampeln.

Hilary richtete die Pistole auf ihn und hielt sie fest mit beiden Händen umfaßt.

Er blieb nicht stehen.

»Ich schieße! Ich werde schießen! Ich schwöre bei Gott, daß ich's tue!« stammelte sie völlig außer sich.

Frye blieb stehen, riß die Augen auf und erblickte die Waffe zum ersten Mal.

»Hinaus!« drohte sie.

Er machte keine Anstalten. »Verschwinden Sie hier!«

Ungläubig tat er einen weiteren Schritt auf sie zu. Er schien nicht länger der selbstgefällige, berechnende Angreifer zu sein, der sein Spiel mit ihr trieb, so wie anfangs im Untergeschoß. Irgend etwas mußte mit ihm passiert sein; in seinem Innersten hatten sich irgendwelche Schalter bewegt und in seinem Geist neue Verhaltensweisen ausgelöst, neue Wünsche, Triebe, Bedürfnisse, noch viel ekelerregender und verkommener als seine bisherigen Begehrlichkeiten. Er handelte jetzt nicht einmal mehr zur Hälfte rational, sondern glich in seinem Verhalten einem Wahnsinnigen. Seine Augen blitzten nicht mehr eisig, sondern wäßrig und heiß, fiebernd. Der Schweiß strömte über sein Gesicht. Seine Lippen bewegten sich unablässig, doch er sagte nichts; sie verzerrten sich, legten seine Zähne frei, verzogen sich urplötzlich zu einem kindischen Schmollmund, dann wieder zu einer höhnischen Grimasse, gleich darauf zu einem unheimlich wirkenden kleinen Lächeln und schließlich zu einem grauenvollen Ausdruck, den man nicht beschreiben konnte. Ihn trieb jetzt weder sexuelles Verlangen, noch der Wunsch, sie zu beherrschen; die geheime Triebfeder, die sein Verhalten nun steuerte, hatte etwas Unheimliches an sich. Hilary übermannte das furchtbare, irre Gefühl, dieser Wahnsinn könne ihm irgendwie soviel Energie verleihen und ihn vor allem schützen, so daß er unberührt vom Kugelregen weiter vorrücken würde.

Er zog das riesige Messer aus der Scheide an seiner rechten Hüfte und hielt es ausgestreckt auf sie gerichtet.

»Zurück!« schrie sie verzweifelt.

»Miststück!«

»Zurück habe ich gesagt!«

Wieder bewegte er sich auf sie zu. »Um Himmels willen!« warnte sie ihn. »Sie sollten das ernstnehmen. Gegen eine Schußwaffe haben Sie mit dem Messer keine Chance.«

Er stand noch vier oder fünf Meter von der anderen Bettseite entfernt.

»Ich blase Ihnen Ihren gottverdammten Schädel weg!«

Frye fuchtelte mit dem Messer herum, beschrieb mit der Spitze ganz schnelle kleine Kreise in der Luft, so, als würde er mit einem Talisman die bösen Geister zwischen sich und Hilary einschüchtern und abwehren.

Und dann rückte er wieder einen Schritt vor.

Sie richtete den Lauf der Waffe auf seinen Bauch, damit sie – egal, wie stark der Rückstoß ihre Hand hochreißen würde, oder ob die Waffe nach links oder rechts ausbräche – ein lebenswichtiges Organ träfe. Dann drückte sie ab.

Nichts geschah.

Bitte, lieber Gott!

Er machte weitere zwei Schritte auf sie zu.

Sie starrte benommen die Pistole an. Sie hatte vergessen, den Sicherungshebel umzulegen.

Er stand jetzt vielleicht noch zweieinhalb Meter von der anderen Bettseite entfernt. Vielleicht auch bloß zwei. Sie schimpfte mit sich selbst, drückte die beiden winzigen Hebel an der Seite herunter und sah auf dem schwarzen Metall zwei rote Punkte erscheinen. Sie zielte erneut und drückte ab, ein zweites Mal.

Nichts.

Jesus! Was? Das kann doch keine Ladehemmung sein!

Frye stand so völlig losgelöst von jeder Wirklichkeit im Raum, ganz und gar von seinem Wahnsinn besessen, so daß er nicht sofort merkte, welche Schwierigkeiten sie mit der Waffe hatte. Doch als er endlich begriff, was vorging, handelte er schnell, solange seine Situation so günstig schien. Er erreichte das Bett, kletterte hinauf, richtete sich auf und begann, über die Matratze zu gehen, wie ein Mann, der über eine Brücke aus Fässern balanciert und dabei leicht schwankt.

Sie hatte das Durchladen vergessen. Sie tat es jetzt, wich dann zwei Schritte zurück, bis sie mit dem Rücken gegen die Wand stieß, und gab den ersten Schuß ab, ohne zu zielen, feuerte einfach in die Höhe, da er wie ein Dämon, der aus einem Höllenspalt entkommen war, über ihr aufragte.

Der Knall erfüllte den Raum, hallte von den Wänden wider und brachte die Fensterscheiben zum Klirren.

Sie sah das Messer zerspringen, sah einzelne Fragmente aus Fryes rechter Hand fliegen. Der scharfe Stahl flog durch die Luft nach hinten und blitzte einen Augenblick lang im Lichtstrahl, der durch die offene Schirmoberseite der Nachttischlampe leuchtete.

Frye schrie auf, als das Messer seiner Hand entrissen war. Er fiel zurück und rollte auf der anderen Seite vom Bett herunter. Aber er stand gleich wieder auf seinen Beinen, preßte die rechte Hand mit seiner linken gegen den Leib.

Hilary glaubte nicht, ihn getroffen zu haben. Nirgends war Blut zu sehen. Die Kugel mußte das Messer getroffen, es zerbrochen und ihm aus der Hand gerissen haben. Das hatte wahrscheinlich stärker geschmerzt als ein Peitschenhieb über die Finger.

Frye schrie vor Schmerz, doch dann mischte sich Wut unter sein Heulen. Er stieß einen wilden Laut aus, den Schrei eines Schakals, aber bestimmt nicht den Schrei eines Tieres, das seinen Schwanz einzieht und flieht. Er wollte sie nach wie vor greifen.

Sie feuerte erneut; er ging wieder zu Boden. Diesmal blieb er liegen.

Mit einem leisen Wimmern der Erleichterung sank Hilary völlig ausgelaugt an der Wand in sich zusammen, wandte jedoch den Blick nicht von der Stelle ab, an der Frye zu Boden gegangen war; er lag jetzt, ihrem Blick verborgen, auf der Seite des Bettes.

Kein Laut. Keine Bewegung.

Es beunruhigte sie, ihn nicht sehen zu können. Sie legte ihren Kopf seitlich, lauschte angespannt, schob sich dann vorsichtig an das Fußende des Bettes, ins Zimmer hinaus und weiter links herum, bis sie ihn entdeckte.

Bruno Frye lag bäuchlings auf dem schokoladenbraunen Edward-Fields-Teppich. Sein rechter Arm schien unter ihm begraben zu sein, seinen linken streckte er gerade aus, die Hand wirkte etwas verkrümmt und die reglosen Finger deuteten nach hinten auf seinen Kopf. Sein Gesicht lag von ihr abgewandt. Aufgrund des dunklen Teppichs und seines verwirrenden Musters fiel es Hilary schwer, aus der Entfernung festzustellen, ob Blut hineingesickert war. Ganz offensichtlich gab es keine riesige klebrige Lache, wie sie das erwartet hatte. Hatte der Schuß ihn in die Brust getroffen, so würde er womöglich mit seinem Körper die Blutlache zudecken. Ebensogut könnte die Kugel mitten durch seine Stirn gegangen sein und sofort Tod und Herzstillstand verursacht haben. In diesem Fall hätte es nur einige Blutstropfen gegeben.

Sie beobachtete ihn eine Minute lang, zwei Minuten.

Sie konnte keine Bewegung ausmachen, nicht einmal das schwache Heben und Senken seiner Brust bei der Atmung.

Tot?

Langsam, furchtsam näherte sie sich ihm.

»Mr. Frye?«

Sie hatte nicht vor, ihm allzu nahe zu kommen. Sie würde sich nicht wieder in Gefahr bringen, trotzdem wollte sie ihn aus der Nähe betrachten. Sie hielt die Waffe auf ihn gerichtet, war bereit, einen weiteren Schuß abzufeuern, falls er sich bewegte.

»Mr. Frye?«

Keine Reaktion.

Seltsam, daß sie ihn noch immer ›Mr. Frye‹ nannte. Nach allem, was heute abend passiert war, was er ihr antun wollte, war sie noch immer höflich, ja förmlich. Vielleicht war er tot. Im Tod wird sogar dem schlimmsten Schurken auch von jenen, die wissen, daß er sein Leben lang ein Lügner und Schurke war, zurückhaltender Respekt entgegengebracht. Weil jeder von uns sterben muß, sagt man über einen Toten nichts Schlechtes. Man käme sich sonst vor, als würde man schlecht über sich selbst sprechen. Außerdem hat man Angst davor, sich vielleicht dadurch über jenes große allerletzte Geheimnis lustig zu machen – und die Götter herauszufordern.

Hilary wartete ab und beobachtete ihn; die Minuten kamen ihr vor wie Stunden.

»Wissen Sie was, Mr. Frye? Ich glaube, ich werde mit Ihnen kein Risiko mehr eingehen. Ich jage Ihnen jetzt noch eine Kugel in den Bauch. Oder besser noch in den Hinterkopf.«

Dazu war sie natürlich nicht fähig. Ihrem Wesen nach glich sie keineswegs einer gewalttätigen Frau. Sie probierte die Pistole nur einmal auf dem Schießplatz aus, kurz nachdem sie sie erworben hatte. Aber sie wollte nie ein Lebewesen töten, das größer war als die Küchenschaben in jener Wohnung in Chicago. Daß sie die Willenskraft aufbrachte, auf Bruno Frye zu schießen, lag daran, daß er eine unmittelbare Bedrohung für sie darstellte und sie in Notwehr handelte, sprich, einen Adrenalinschock hatte. Hysterie, gepaart mit primitivem Überlebensinstinkt, befähigten sie für kurze Zeit dazu, Gewalt auszuüben. Aber jetzt, da Frye am Boden lag, reg- und lautlos und nicht bedrohlicher als ein Haufen schmutziger Lumpen, konnte sie den Abzug unter keinen Umständen betätigen. Sie schaffte es nicht, dazustehen und zuzusehen, wie sie einer Leiche das Gehirn aus dem Schädel blies. Allein bei dem Gedanken daran drehte es ihr schon den Magen um. Aber die bloße Drohung sollte eine Probe aufs Exempel sein – ob er vielleicht nur tot spielte. Wenn er das tat, würde ihn allein die Möglichkeit, sie schösse aus einem halben Meter Entfernung auf seinen Schädel, vielleicht doch dazu veranlassen, das Spiel aufzugeben.

»Genau in den Schädel, Sie Schweinehund«, sagte sie noch mal und schoß dann in die Decke.

Er zuckte nicht einmal.

Sie seufzte und ließ die Waffe sinken. Tot. Er war tot.

Sie hatte einen Menschen getötet.

In der Angst vor alldem, was ihr jetzt mit Polizei und Reportern bevorstünde, bewegte sie sich vorsichtig um seinen ausgestreckten Arm herum und auf die Korridortür zu.

Plötzlich war er nicht mehr tot.

Plötzlich schien er wieder ganz lebendig zu sein und regte sich. Er hatte sie durchschaut. Er wußte ganz genau, daß sie versuchen würde, ihn zu übertölpeln. Er durchschaute sie nicht nur, sondern besaß zudem Nerven aus Stahl. Nicht einen Zucker hatte er getan.

Jetzt benützte er den Arm, der unter seinem Körper lag, um sich hochzustemmen und sich im selben Moment auf Hilary zu werfen; gleich einer Schlange packte er mit seiner linken Hand ihr Fußgelenk und riß sie, schreiend und um sich schlagend, zu Boden. Dann rollten sie übereinander, ein Durcheinander von Armen und Beinen, rollten weiter; seine Zähne berührten ihren Hals, er knurrte wütend wie ein Hund; sie hatte plötzlich irre Angst, er könnte sie beißen, ihr die Halsschlagader aufreißen und ihr ganzes Blut heraussaugen. Doch schließlich gelang es ihr, eine Hand zwischen sich und ihn zu zwängen, ihre Handfläche unter sein Kinn zu drücken und seinen Kopf wegzustemmen, während sie sich ein letztes Mal übereinanderwälzten. Dann prallten sie mit großer Wucht gegen die Wand und blieben liegen, schwindlig keuchend. Er lag wie ein großes Tier über ihr, grob, brutal, zerdrückte sie, feixte, und seine grauenhaften kalten Augen blickten so erschreckend nahe, tot und leer, und sein Atem stank nach Zwiebeln und abgestandenem Bier; er griff mit einer Hand unter ihr Kleid, zerfetzte ihre

Strumpfhose, versuchte seine dicken Klumpfinger unter ihr Höschen zu schieben, packte sie wie ein Tobsüchtiger, und allein die Vorstellung, was er ihr antun könnte, erzeugte in ihr schon Brechreiz. Sie wußte, daß man auf diese Weise eine Frau töten konnte. Und so bemühte sie sich verzweifelt, ihm seine Kobaltaugen auszukratzen oder ihn zu blenden. Aber er zog schnell den Kopf zurück, außer Reichweite; plötzlich erstarrten beide abrupt, weil ihnen im selben Augenblick klar wurde, daß sie die Pistole nicht hatte fallen lassen, als er sie zu Boden riß. Sie war also zwischen den Körpern festgeklemmt, die Mündung gegen seinen Unterleib gepreßt – und obwohl sie den Finger am Abzugbügel, nicht etwa am Abzug selbst hatte, konnte sie ihre Hand etwas zurückziehen und den Finger an die richtige Stelle bringen; nun wurde ihr die Situation bewußt.

Seine schwere Hand lag noch immer auf ihrer Scham. Ein obszönes Ding. Eine lederne, dämonische, widerwärtige Hand. Sie konnte die Hitze spüren, obwohl er einen Handschuh trug. Er hatte jetzt aufgehört, an ihrem Höschen zu zerren, zitterte, seine große Hand zitterte.

Der Schweinehund hat Angst.

Seine Augen schienen wie durch einen unsichtbaren Faden mit den ihren verbunden, einem kräftigen Faden, der nicht so leicht abreißen würde. Keiner von beiden konnte den Blick vom anderen abwenden.

»Eine falsche Bewegung«, keuchte sie mit halberstickter Stimme, »und ich blase Ihnen die Eier weg.«

Er blinzelte.

»Verstanden?« fragte sie, schaffte es aber nicht, Kraft in ihre Stimme zu legen. Ihre Stimme klang röchelnd von der Anstrengung und atemlos vor Angst.

Er leckte sich die Lippen.

Blinzelte langsam.

Wie eine gottverdammte Eidechse.

»*Ob Sie mich verstanden haben?*« wiederholte sie, und diesmal lag Biß in ihrer Stimme.

»Yeah.«

»Sie können mich nicht mehr täuschen.«

»Wie Sie meinen.«

Seine Stimme wirkte tief und rauh wie anfangs, schwankte auch nicht mehr. Da lag nichts in seiner Stimme, seinen Augen oder seinem Gesicht, was darauf hindeutete, daß er etwas anderes sein könnte als ein harter Bursche mit Muskeln aus Stahl. Aber seine behandschuhte Hand zuckte noch immer nervös an ihren Schenkeln.

»Okay«, meinte sie. »Ich möchte jetzt, daß Sie sich ganz langsam bewegen. Ganz, ganz langsam. Wenn ich es sage, dann rollen wir uns herum, bis Sie unten liegen und ich oben.«

Sie fand das nicht im geringsten komisch, merkte aber, daß ihre Worte groteskerweise einem Vorschlag beim Liebesspiel sehr ähnelten.

»Wenn ich es Ihnen sage, und keine Sekunde zu früh, wälzen Sie sich nach rechts«, drohte sie.

»Okay.«

»Und ich rolle mit.«

»Sicher.«

»Und ich lasse die Pistole da, wo sie ist.«

Seine Augen wirkten immer noch hart und kalt, aber der Wahnsinn und die Wut darin schienen verblaßt zu sein. Der Gedanke, sie könnte ihm die Geschlechtsorgane abschießen, riß ihn jäh in die Wirklichkeit zurück – zumindest einen Augenblick lang.

Sie stieß ihm die Pistolenmündung unsanft in seine Weichteile, und sein Gesicht verzerrte sich zu einer schmerzerfüllten Grimasse.

»Jetzt *ganz vorsichtig* wälzen«, befahl sie.

Er tat genau, was sie gesagt hatte, bewegte sich fast übertrieben vorsichtig, rollte sich auf die Seite, den Rücken, ohne jedoch die Augen von ihr abzuwenden. Er zog die Hand unter ihrem Kleid hervor, als sie die Position wechselten, versuchte aber nicht, ihr die Pistole zu entreißen.

Sie klammerte sich mit der linken Hand an ihm fest, während die rechte krampfhaft die Waffe hielt, und rollte sich mit ihm herum, den Lauf unverwandt auf sein Geschlechtsteil gerichtet. Schließlich lag sie auf ihm, einen Arm eingeklemmt, aber die .32er Automatik noch immer an derselben Stelle.

Ihre rechte Hand fing an, taub zu werden, teils aufgrund der unnatürlichen Haltung, teils, weil sie den Kolben der Pistole mit all ihrer Kraft umklammerte, aus Angst, ihr Griff könnte sich lockern. Sie hielt die Waffe so beharrlich fest, daß ihre Finger und Armmuskeln bereits schmerzten. Sie fürchtete, er könnte irgendwie die zunehmende Schwäche ihrer Hand fühlen – oder sie würde, ohne es zu wollen, die Waffe tatsächlich loslassen, aufgrund der Gefühllosigkeit in ihren Fingern.

»Okay«, meinte sie. »Nun werd' ich von Ihnen herunterrutschen, aber die Pistole dalassen, wo sie ist. Keine Bewegung. Nicht einmal blinzeln dürfen Sie.«

Er starrte sie an.

»Ist das klar?« fragte sie. »Yeah.«

Die .32er geradewegs auf seinen Unterleib gerichtet, löste sie sich so vorsichtig von ihm, als würde sie sich aus einem Bett voll Nitroglycerin erheben. Ihre Bauchmuskeln schmerzten vor lauter Spannung und ein trockener, saurer Geschmack füllte ihren Mund. Ihr gehetzter Atem schien das ganze Schlafzimmer wie ein fauchender Wind zu erfüllen, und doch hörte sie alles deutlich, nahm sogar das leise Ticken ihrer Cartier-Armbanduhr wahr.

Sie glitt zur Seite, ging auf die Knie, zögerte, richtete sich schließlich ganz auf und entfernte sich mit schlurfenden Schritten schnell rückwärts, ehe er sie wieder zu Fall bringen konnte.

Er setzte sich auf.

»Nein!« sagte sie hart.

»Was?«

»Hinlegen!«

»Ich tu' Ihnen nichts.«

»Hinlegen!«

»Beruhigen Sie sich doch.«

»Hinlegen, hab' ich gesagt!«

Aber er gehorchte nicht, blieb einfach sitzen. »Und was passiert jetzt?«

Sie fuchtelte mit der Waffe herum und drohte: »Ich hab' gesagt, daß Sie sich hinlegen sollen, flach auf den Rücken. Tun Sie's! Jetzt gleich.«

Seine Lippen verzogen sich zu jenem häßlichen Grinsen, das er so gut beherrschte. »Und ich hab' Sie gefragt, was als nächstes ansteht.«

Er versuchte, wieder die Oberhand zu gewinnen; das gefiel ihr gar nicht. Andererseits – was machte es eigentlich für einen Unterschied, ob er saß oder lag? Selbst im Sitzen konnte er nicht so schnell aufstehen und den Abstand zwischen ihnen überbrücken, daß sie ihm nicht wenigstens ein paar Kugeln in den Leib jagen würde.

»Okay«, meinte sie widerwillig. »Meinetwegen setzen Sie sich auf. Aber eine falsche Bewegung, und ich feuere das ganze Magazin auf Sie ab. Ich schwör's.«

Er grinste und nickte dann.

Fröstelnd fuhr sie fort: »Ich gehe jetzt zum Bett, werde mich setzen und die Polizei anrufen.«

Sie schob sich seitwärts und zugleich rückwärts auf das Bett zu, wie ein Krebs, Schritt für Schritt, bis sie die Bettkante erreichte. Das Telefon stand auf dem Nachttisch. Sobald sie sich hinsetzte und den Hörer abnahm, wurde Frye ungehorsam. Er stand auf.

»He!«

Sie ließ den Hörer fallen und nahm augenblicklich die Pistole wieder in beide Hände, bemüht, die Waffe ruhig zu halten.

Er streckte besänftigend die Hände aus, die Handflächen auf sie gerichtet. »Warten Sie. Nur eine Sekunde. Ich rühr' Sie nicht an.«

»Sie sollen sich hinsetzen.«

»Ich komm nicht in Ihre Nähe.«

»Sie setzen sich jetzt genau dorthin, wo Sie sich gerade befinden.«

»Ich werde jetzt gehen«, erwiderte Frye.

»Den Teufel werden Sie.«

»Ich werde dieses Zimmer und dieses Haus verlassen.«

»Nein.«

»Sie werden nicht versuchen, mich niederzuschießen, wenn ich einfach weggehe.«

»Probieren Sie's doch aus, es wird Ihnen leidtun.«

»Sie schießen nicht«, meinte er zuversichtlich. »Sie sind nicht der Typ, der abdrückt, solange Ihnen eine andere Möglichkeit bleibt. Sie brächten es nicht fertig, mich kaltblütig zu töten. Sie können mich nicht einfach hinterrücks niederschießen. Niemals. Nicht Sie. Die Kraft haben Sie nicht. Sie sind schwach. Verdammt schwach.« Wieder dieses unheimliche Grinsen, dieses Totenschädelgrinsen. Und dann machte er einen weiteren Schritt in Richtung Tür. »Sie können die Bullen ja anrufen, wenn ich weg bin.« Wieder ein Schritt. »Bei einem Fremden wäre das anders. Dann hätte ich vielleicht eine Chance, damit durchzukommen. Aber Sie können denen ja erzählen, wer ich bin.« Ein weiterer Schritt. »Sehen Sie, Sie haben ja schon gewonnen, und ich hab' verloren. Ich brauch' nur ein wenig Zeit. Ein ganz klein wenig Zeit.«

Sie wußte, daß er sie richtig einschätzte. Sie würde ihn töten, wenn er sie angriff, aber sie war nicht fähig, ihn auf seinem Rückzug zu erschießen.

Frye schien zu spüren, daß sie ihm, ohne es auszusprechen, recht gab; er wandte ihr den Rücken zu. Sein selbstgefälliges Wesen machte sie rasend, aber sie schaffte es nicht, den Abzug zu betätigen. Er schob sich vorsichtig seitwärts zum Ausgang, ging dann einfach hinaus und fand es nicht einmal der Mühe wert, sich nochmals umzusehen. Er verschwand durch die eingetretene Tür; seine Schritte hallten durch den Korridor.

Hilary hörte ihn die Treppe hinunterpoltern, und dabei wurde ihr klar, daß er das Haus vielleicht nicht verlassen würde. Er könnte unbeobachtet in irgendein Zimmer im Untergeschoß schleichen und sich dort im Wandschrank verstecken, geduldig warten, bis die Polizei erschienen und wieder weggefahren war, und dann aus seinem Versteck schlüpfen und sie erneut überfallen. Sie hastete zur Treppe, gerade rechtzeitig, um zu sehen, wie er rechts abbog und in den Vorraum stapfte. Im nächsten Augenblick hörte sie die Klinke. Er ging hinaus und knallte die Tür hinter sich zu.

Sie rannte dreiviertel die Treppe hinunter, da wurde ihr plötzlich klar, daß er vielleicht nur so getan haben könnte, als würde er gehen. Vielleicht hatte er die Tür zugeknallt, ohne hinauszugehen. Vielleicht wartete er im Vorraum auf sie.

Hilary hielt noch immer die Pistole in der Hand, die Mündung zu Boden gerichtet, hob sie jetzt aber besorgt wieder. Sie schlich noch ein paar Stufen weiter, blieb einige Augenblicke auf dem Treppenabsatz stehen und lauschte. Dann ging sie munter weiter, bis sie den Vorraum überblicken konnte. Leer. Die Tür des Wandschranks stand offen. Auch dort war Frye nicht. Er schien wirklich gegangen zu sein.

Sie schloß die Tür des Wandschranks.

Dann ging sie zur Wohnungstür, sperrte sie zweimal ab und legte die Riegel vor.

Schwankend bewegte sie sich durchs Wohnzimmer in ihr Arbeitszimmer; es roch nach Möbelpolitur, etwas nach Zitrone; die beiden Frauen von der Reinigungsfirma hatten gestern saubergemacht. Hilary schaltete das Licht ein und trat an ihren großen Schreibtisch. Sie legte die Pistole mitten auf die Schreibunterlage.

Auf dem Tischchen am Fenster standen in einer Vase rote und weiße Rosen. Ihr Duft bildete einen angenehmen Kontrast zum Möbelpoliturgeruch.

Sie setzte sich an den Tisch, zog das Telefon heran und suchte die Nummer der Polizei heraus.

Plötzlich, völlig unerwartet, verschwamm ihr Blick unter heißen Tränen. Sie versuchte, sie zurückzuhalten. Sie war Hilary Thomas, und Hilary Thomas weinte nicht. Niemals. Die zähe Hilary Thomas konnte jeden Dreck aushalten, mit dem die Welt sie bewarf – sie würde nie daran zerbrechen. Hilary Thomas stand schließlich auf eigenen Beinen. Doch soviel sie auch die Augen zupreßte, der Tränenfluß wollte nicht versiegen. Dicke Tränen kullerten über ihre Wangen und sammelten sich salzig in ihren Mundwinkeln, bevor sie am Kinn herabtropften. Zuerst weinte sie beinahe lautlos, ohne das leiseste Wimmern, aber nach einer Minute begann sie zu zucken und zu frösteln, und schließlich verselbständigte sich ihre Stimme. Aus tiefer Kehle entrangen sich ihr gurgelnde, erstickte Laute, die schnell zu scharfen, halblauten Schreien der Verzweiflung anschwollen. Sie verlor die Beherrschung, schreckliche Klagelaute brachen aus ihr hervor. Sie schlang sich die Arme um den Körper, schluchzte, blubberte und rang nach Atem. Sie riß Kleenex aus dem Spender auf der Schreibtischplatte, schneuzte sich, hatte sich kurzfristig wieder in der Gewalt – dann schüttelte es sie erneut, und wieder fing sie zu schluchzen an.

Sie weinte nicht, weil er ihr wehgetan hatte. Er fügte ihr keinen nachhaltigen oder unerträglichen Schmerz zu – zumindest nicht physisch. Sie weinte, weil er sie auf eine Art, die sie nicht näher definieren konnte, geschändet hatte. Sie kochte vor Wut und Scham. Obwohl er sie nicht vergewaltigt und es nicht einmal geschafft hatte, ihr die Kleider vom Leib zu reißen, so hatte er doch die hauchdünnen Glaskugel ihrer Unversehrtheit zerstört, ihre mit so großer Sorgfalt errichtete Sperre, auf die sie so überaus großen Wert legte. Er hatte sich gewaltsam in ihre heile Welt gedrängt und mit seinen schmutzigen Händen alles besudelt.

Heute abend, am besten Tisch in der Polo Lounge, konnte Wally Topelis sie ein wenig überzeugen, ihr Visier wenigstens ein paar Zentimeter weit zu öffnen. Zum erstenmal nach neunundzwanzig Jahren zog sie ernsthaft die Möglichkeit in Betracht, etwas weniger defensiv zu leben, als sie das bisher getan hatte.

Nach all den guten Nachrichten und auf Wallys Drängen hin war sie bereit gewesen, sich auf ein mit etwas weniger Furcht behaftetes Leben einzulassen; sie fand diese Vorstellung sogar sehr angenehm. Ein Leben mit mehr Freunden, mehr Entspannung, mehr Spaß. Ein leuchtender Traum, dieses neue Leben, das man nicht ohne weiteres erreichen konnte, das aber der Mühe wert schien. Und Bruno Frye hatte diesen zerbrechlichen Traum am Hals gepackt, erwürgt und sie daran erinnert, daß die Welt ein gefährlicher Ort war, ein finsterer Keller, in dem alptraumhafte Kreaturen sich in dunklen Ecken drängten und auf Beute lauerten.

Genau in dem Augenblick, in dem sie sich abmühte, aus ihrer Höhle hervorzukriechen – ehe sie eine Chance hatte, sich an der neuen Welt ohne unterirdische Gänge und Labyrinthe zu freuen –, hatte er ihr einen Schlag ins Gesicht versetzt und sie wieder zurücktaumeln lassen in diese ihre Welt des Zweifels, der Furcht und des Argwohns, hinab in die grauenhafte Sicherheit der Einsamkeit.

Sie weinte, weil sie sich geschändet und zutiefst gedemütigt fühlte. Er hatte ihre schwache Hoffnung einfach gepackt und zertrampelt, so wie ein Raufbold auf dem Schulhof einem schwächeren Kind sein Lieblingsspielzeug zertritt.

2

Muster.

Für Anthony Clemenza übten sie eine besondere Faszination aus.

Bei Sonnenuntergang, während Hilary Thomas zur Entspannung noch durch die Hügellandschaft gefahren war, hatten Anthony Clemenza und sein Partner, Lieutenant Frank Howard, einen Barmixer in Santa Monica befragt. Hinter den riesengroßen Westfenstern des Lokals erzeugte die untergehende Sonne auf dem immer dunkler werdenden Meer einen beständigen Wechsel von purpurnen, orangefarbenen und silbern gesprenkelten Mustern.

Das Lokal, eine Singles-Bar namens Paradise, galt als Treffpunkt für Abwechslung suchende einsame Männlein wie Weiblein in einer Zeit, in der traditionelle Treffpunkte – Kirchenveranstaltungen, Picknicks, Clubs und Tanzveranstaltungen – tatsächlich (und soziologisch) von Bulldozern eingeebnet wurden, um Bürowolkenkratzern, hochragenden Apartmentgebäuden aus Beton und Glas, Pizzerien und fünfstöckigen Garagenhochhäusern Platz zu machen. In der Singles-Bar begegnete der junge Mann aus dem Raumfahrtzeitalter den jungen Mädchen des Raumfahrtzeitalters, kamen sich Machos und Nymphomaninnen näher, lernte die scheue kleine Sekretärin aus Catsworth den linkischen Computerprogrammierer aus Burbank kennen; und manchmal fanden auch Frauenschänder dort ihre Opfer.

In Anthony Clemenzas Augen zeigten die Gäste im Paradise Verhaltensmuster, die das Lokal identifizierten. Die schönsten Frauen und die bestaussehendsten Männer saßen sehr steif auf Barhockern oder an winzigen Cocktailtischchen, hielten die Beine in geometrischer Perfektion übereinandergeschlagen und die Ellbogen ein wenig angewinkelt. Das Ganze lief darauf hinaus, die klaren Linien ihrer Gesichter und ihre kräftigen Gliedmaßen zur Schau zu stellen; sie erzeugten elegant rechtwinkelige Muster, während sie einander beobachteten und umschwärmten. Die körperlich weniger Attraktiven – also nicht die absolute *Creme de la Creme*, aber deswegen nicht weniger reizvoll und begehrenswert – neigten dazu, beim Sitzen oder Stehen nicht die Idealhaltung einzunehmen, bemühten sich aber, ihr angeblich fehlendes interessantes Äußeres durch Haltung und Image aufzupolieren. Ihr Auftreten galt als Aussage: Ich fühle mich hier wohl, bin entspannt, lasse mich von diesen großartig aussehenden jungen Männern und Frauen nicht beeindrucken, bin selbstbewußt, bin eben ich. Diese Gruppe tendierte dazu, auf elegante Art herumzulungern und herumzulümmeln, und nutzte die dem Auge angenehmen, gerundeten Linien des ruhenden Körpers, um damit leichte Unregelmäßigkeiten in Knochenbau und Körperform auszugleichen. Die dritte, größte Menschenansammlung in der Bar bestand aus nichtssagenden Typen, weder schön noch häßlich. Diese Gruppe zeigte irgendwie ängstlich wirkende Muster, zwängte sich in Ecken, huschte von Tisch zu Tisch, stellte hie und da ein übertriebenes Lächeln zur Schau oder wechselte hastig und nervös ein paar Worte – das Ganze von der Sorge erfüllt, daß keiner sie lieben könnte.

Traurigkeit herrschte als Grundmuster im Paradise vor, dachte Tony Clemenza, dunkle Streifen unerfüllter Bedürfnisse, ein kariertes Bett der Einsamkeit, stille Verzweiflung in buntem Fischgrät.

Aber er und Frank Howard waren nicht hier, um bei Sonnenuntergang Muster oder Gäste zu studieren. Sie wollten vielmehr einen Hinweis auf Bobby »Angel« Valdez erhalten.

Im April war Bobby Valdez aus dem Zuchthaus entlassen worden, nachdem er sieben Jahre und einige Monate seiner ursprünglich auf fünfzehn Jahre angesetzten Strafe wegen Vergewaltigung und Totschlag verbüßt hatte. Allem Anschein nach war diese frühzeitige Entlassung ein großer Fehler gewesen.

Vor acht Jahren vergewaltigte Bobby mindestens drei, höchstens aber sechzehn Frauen in Los Angeles. Drei Delikte konnte die Polizei beweisen; in bezug auf die anderen existierten nur Verdachtsmomente. Eines Abends hatte Bobby eine Frau auf einem Parkplatz angesprochen und sie mit vorgehaltener Waffe gezwungen, in seinen Wagen zu steigen, hatte sich dann mit ihr auf eine kaum befahrene Schotterstraße hoch oben in den Hügeln von Hollywood begeben, ihr die Kleider heruntergerissen, sie mehrere Male vergewaltigt, sie dann aus dem Wagen gestoßen und anschließend die Flucht ergriffen. Sein Auto stand damals am Straßenrand dicht über einem steilen Abgrund geparkt. Die nackte Frau war durch den Stoß aus dem Wagen aus dem Gleichgewicht geraten, in den Abgrund gestürzt und unten auf einem verrotteten Zaun aus rissigen Holzpfosten mit verrostetem Draht, Stacheldraht, gelandet. Der Stacheldraht brachte ihr üble Rißwunden bei; und ein zackiges, zehn Zentimeter breites Stück des verwitterten Holzzaunes, das sich durch ihren Leib bohrte, hatte sie letztendlich aufgespießt. Unerklärlicherweise bekam sie in Bobbys Wagen den Durchschlag einer Union-76-Kreditkartenquittung in die Hand und begriff, trotz ihres Schocks, was das Papier aufdecken könnte. Deshalb hielt sie es die ganze Zeit über krampfhaft fest, auch noch während des Sturzes in den Tod. Außerdem konnte die Polizei in Erfahrung bringen, daß die Tote nur eine Sorte Höschen trug, ein Geschenk ihres Freundes. Jedes trug im Schritt eingestickt die Aufschrift GEHÖRT HARRY, und ein solches Höschen, zerfetzt und besudelt, fand man in Bobbys Wohnung zwischen einer Sammlung von Unterwäsche. Dieses Höschen und der Papierfetzen in der Hand des Opfers führten zur Verhaftung des Verdächtigen.

Unglücklicherweise verschworen sich die Umstände gegen die Bevölkerung Kaliforniens. Bobby kam mit einer vergleichsweise milden Strafe davon. Die Beamten, die ihn verhafteten, begingen bei der Festnahme einen kleinen Formfehler, der manche Richter zu leidenschaftlichen rhetorischen Ergüssen über verfassungsmäßige Rechte veranlaßte. Der damalige Staatsanwalt, Mister Kooperhausen, geriet damals seinerseits wegen Verdachtes politischer Korruption unter Druck. Er wußte sehr wohl, daß jene unkorrekte Vorgehensweise bei der Verhaftung sich bezüglich der Anklageerhebung negativ auswirken könnte, doch konzentrierte er sich in erster Linie darauf, selbst seinen Hals aus der Schlinge zu ziehen und war deshalb mit dem Angebot der Verteidigung einverstanden gewesen, Bobbys Schuldbekenntnis in drei Fällen von Vergewaltigung und einem Fall von Totschlag zu akzeptieren. Dafür wurden alle anderen schwereren Anklagepunkte fallengelassen. Die meisten Detektive vom Morddezernat, so auch Tony Clemenza, vertraten die Ansicht, Kooperhausen hätte auf jeden Fall versuchen müssen, eine Verurteilung wegen Totschlags, Entführung, Körperverletzung, Notzucht und Erzwingung unzüchtiger Handlungen zu erreichen. Das Beweismaterial zugunsten der Anklage war diesbezüglich geradezu überwältigend gewesen. Die Karten standen schlecht für Bobby – doch dann schob das Schicksal ihm ein unerwartetes As zu. Heute ist Bobby ein freier Mann.

Aber vielleicht nicht sehr lange, dachte Tony.

Im Mai, einen Monat nach seiner Entlassung, versäumte Bobby »Angel« Valdez den Termin mit seinem Bewährungshelfer. Er verschwand aus seinem Apartment, ohne den Behörden einen Adressenwechsel zu melden, und tauchte unter.

Im Juni verübte er wieder Notzuchtverbrechen. Einfach so. So beiläufig, wie manche Leute wieder mit dem Rauchen anfangen, nachdem sie ein paar Jahre aufgehört hatten. So, wie man sich plötzlich wieder für ein altes Hobby interessiert. Im Juni belästigte er zwei Frauen. Im Juli zwei. Im August drei. In den ersten zehn Tagen im September weitere zwei. Nach achtundachtzig Monaten Gefängnis verspürte Bobby einen unersättlichen Drang nach Weiblichkeit.

Die Polizei war überzeugt, daß jene neun Verbrechen – und vielleicht weitere, die nicht gemeldet wurden – auf das Konto eines einzigen Mannes gingen, auf das Konto von Bobby Valdez. Die Art und Weise, wie er jedes der Opfer angeredet hatte, sprach dafür. Ein Mann war auf sie zugegangen, als sie nachts allein auf einem Parkplatz aus ihrem

Wagen stieg. Der Mann drückte ihr eine Pistole in die Rippen, den Rücken oder den Bauch und sagte: »Mit mir macht's Spaß. Komm mit mir auf die Party, dann passiert dir nichts. Wenn du nein sagst, pust' ich dich auf der Stelle weg. Wenn du mitmachst, brauchst du dir keine Sorgen zu machen. Mit mir macht's wirklich Spaß.« Er sagte jedesmal ziemlich genau dasselbe; und die Opfer erinnerten sich an die Worte »Mit mir macht's Spaß«, weil sie mit Bobbys weicher, hoher, fast mädchenhafter Stimme so unheimlich klangen. Und auf dieselbe Art ging Bobby auch vor mehr als acht Jahren vor in seiner früheren Laufbahn als Notzuchtverbrecher.

Außerdem lieferten die neun Opfer verblüffend ähnliche Beschreibungen: Schlank, einen Meter vierundsiebzig groß, fünfundsechzig Kilo schwer, dunkler Teint, Grübchen am Kinn, braunes Haar und ebensolche Augen. Und die mädchenhafte Stimme. Einige seiner Freunde nannten ihn wegen seiner süßen Stimme und seines Babygesichtes »Angel«. Bobby war dreißig Jahre alt, wirkte aber wie sechzehn. Jedes seiner neun Opfer hatte das Gesicht des Verbrechers gesehen, und jede der jungen Frauen erklärte, er habe ausgesehen wie ein Halbwüchsiger, habe sich aber wie ein grausamer, raffinierter, krankhaft veranlagter Mann verhalten.

Der Chefbarmixer im Paradise überließ das Geschäft seinen beiden Mitarbeitern und schaute sich die drei Hochglanzfotos von Bobby Valdez an, die Frank Howard ihm unter die Nase hielt. Er hieß Otto, trug Bart, sah gut aus, von der Sonne gebräunt, trug weiße Jeans und ein blaues, enganliegendes Hemd, dessen drei oberste Knöpfe offenstanden und seine braune dichtbehaarte Brust freilegten. Ein Haifischzahn baumelte an einer Goldkette an seinem Hals. Er schaute Frank an und runzelte die Stirn. »Hab' ich gar nicht gewußt, daß die Polizei von L.A. in Santa Monica auch etwas zu sagen hat.«

»Die Kollegen von Santa Monica sind einverstanden«, meinte Tony trocken.

»Was?«

»Die Polizei von Santa Monica arbeitet bei diesen Ermittlungen mit uns zusammen«, ergänzte Frank ungeduldig. »Also, kennen Sie den Typ?«

»Na klar. Der ist ein paarmal hiergewesen«, erklärte Otto. »Wann?« wollte Frank wissen.

»Oh ... vielleicht vor einem Monat, vielleicht auch vor längerer Zeit.«

»Vor kurzem nicht?«

Die Band, die gerade zwanzig Minuten Pause gemacht hatte, kam zurück und stimmte eine Billy-Joel-Nummer an.

Ottos Stimme wurde lauter, um die Musik zu übertönen. »Ich hab' ihn wenigstens einen Monat nicht gesehen. Ich erinnere mich deshalb, weil er viel zu jung wirkte, um in einer Bar bedient zu werden. Ich hab' seinen Ausweis verlangt, und da wurde er richtig wütend. Eine Szene hat er gemacht.«

»Was für eine Szene?« fragte Frank.

»Er wollte den Geschäftsführer sprechen.«

»Sonst nichts?« fragte Tony.

»Beschimpft hat er mich.« Otto blickte finster drein. »Und das laß ich mir von niemand gefallen.«

Tony legte eine Hand an sein Ohr, um den Barmixer besser zu verstehen und die Musik etwas abschirmen zu können. Ihm gefiel Billy Joel, aber nicht gespielt von einer Band, die glaubte, mit Begeisterung und entsprechenden Verstärkern Musikalität ersetzen zu können.

»Beschimpft hat er Sie also«, meinte Frank. »Und was dann?«

»Dann hat er sich entschuldigt.«

»Einfach so? Er verlangt den Geschäftsführer, beschimpft Sie und entschuldigt sich dann?«

»Yeah.«

»Warum?«

»Weil ich das gefordert habe«, erwiderte Otto.

Frank beugte sich über die Theke, während die Musik zu ohrenbetäubendem Lärm anschwoll. »Er hat sich entschuldigt, weil Sie es wollten?«

»Nun ... zuerst hatte er vor, sich zu prügeln.«

»Und kam es dazu?« schrie Tony.

»Nee. So stark und rowdyhaft kann hier gar niemand sein, daß ich ihn anfassen muß, um ihn zu beruhigen.«

»Sie müssen ja mächtigen Charme entwickeln«, schrie Frank.

Die Band wurde leiser, so leise, daß einem wenigstens nicht mehr das Blut aus dem Trommelfell schoß. Der Sänger lieferte eine armselige Billy-Joel-Imitation, und die Begleitmusik erreichte höchstens die Lautstärke eines Gewitters.

Eine auffallend gutaussehende, grünäugige Blondine saß neben Tony an der Bar. Sie hatte zugehört. Jetzt meinte sie: »Los, Otto, zeig denen deinen Trick.«

»Sind Sie Zauberkünstler?« fragte Tony. »Was machen Sie mit Kunden, die sich nicht benehmen? Lassen Sie die einfach verschwinden?«

»Er macht ihnen angst«, entgegnete die Blondine. »Wirklich ein guter Trick. Los, Otto, zeig ihnen, was du kannst.«

Otto zuckte mit den Achseln, griff unter die Bar und holte ein Bierglas hervor, hielt es in die Höhe, damit alle es anschauen konnten, als ob sie noch nie ein Bierglas gesehen hätten. Dann biß er einfach ein Stück davon ab, nahm einfach den Rand zwischen die Zähne und biß einen Brocken heraus, drehte sich um und spuckte das scharfkantige Stück Glas in den Abfalleimer hinter ihm.

Die Band brachte die Nummer mit einem explosionsartigen Refrain zu Ende und spendete den Gästen im Raum anschließend barmherzige Stille.

Durch die plötzlich entstandene Stille zwischen der letzten Tönen und dem recht spärlichen Beifall hörte Tony das Bierglas splittern, denn Otto hatte ein weiteres Stück abgebissen.

»Herr Jesus!« meinte Frank.

Die Blondine kicherte.

Otto biß erneut zu und spuckte einen Mund voll Glas aus und machte weiter, bis er das Bierglas auf eine Höhe von drei Zentimetern abgenagt hatte; jetzt konnte das Glas aufgrund seiner Dicke von menschlichen Zähnen nicht mehr bewältigt werden. Er warf die Überreste in den Eimer und lächelte. »Wenn hier einer Ärger macht, zerkaue ich das Glas vor seinen Augen, seh' ihn böse an – mit dem Blick einer Schlange – und sag' ihm, er soll sich beruhigen. Ich erzähl' ihm – wenn er sich nicht beruhigt –, daß ich ihm seine verdammte Nase abbeißen werde.«

Frank Howard starrte ihn verblüfft an. »Haben Sie das schon mal getan?«

»Was? Einem die Nase abgebissen? Nee. Die Drohung reicht aus, damit sie sich benehmen.«

»Verkehren hier viele unangenehme Typen?« wollte Frank wissen.

»Nee. Das hier ist ein anständiges Lokal. Wir haben vielleicht einmal die Woche Ärger. Höchstens.«

»Wie funktioniert Ihr Trick?« fragte Tony.

»Wie ich das Glas zerbeiße? Nun, ein kleines Geheimnis steckt dahinter. Aber das kann man leicht erlernen.«

Die Band brach in etwas aus, was sie wohl für Bob Seegers *Still the Same* hielt, aber es klang so, als stünde eine Bande Halbstarker gerade im Begriff, in ein anständiges Haus einzudringen, in der Absicht, es völlig zu demolieren.

»Haben Sie sich schon mal dabei geschnitten?« brüllte Tony Otto an.

»Gelegentlich. Nicht oft. Die Zunge habe ich mir noch nie verletzt. An der Zunge merkt man, ob man den Trick wirklich beherrscht«, sagte Otto. »Und die hab' ich mir nie verletzt.«

»Aber sonst bekamen Sie schon Verletzungen ab?«

»Sicher. Die Lippen ein paarmal. Aber nicht oft.«

»Das macht den Trick noch wirksamer«, warf die Blondine ein. »Sie sollten sehen, wenn er sich schneidet. Otto steht dann vor dem Typen, der den Ärger verursachte, und tut so, als wüßte er nichts von seiner Verletzung. Er läßt das Blut einfach laufen.« Ihre grünen Augen strahlten entzückt und ließen einen kleinen Funken animalischer Leidenschaft erkennen, der Tony unruhig auf seinem Barhocker hin und her rutschen ließ. »Er steht da mit blutigen Zähnen, das Blut sickert in seinen Bart und warnt den Burschen, ja keinen

Ärger zu machen. Sie glauben gar nicht, wie schnell die Kerle sich beruhigen.«

»Das glaube ich schon«, meinte Tony. Ihm war beinahe übel. Frank Howard schüttelte den Kopf und sagte: »Nun ...«

»Yeah«, antwortete Tony, dem gar nichts einfallen wollte.

»Okay ...«, fuhr Frank fort, »kommen wir wieder auf Bobby Valdez.« Er tippte auf die Fotos, die auf der Theke lagen.

»Oh. Nun, ich sagte Ihnen bereits, er war wenigstens einen Monat nicht mehr hier.«

»An jenem Abend, nachdem er Sie beschimpft und Sie ihn mit Ihrem Bierglastrick beruhigt hatten, blieb er da noch hier?«

»Ich hab' ihm ein paar Drinks gemixt.«

»Sie haben also seinen Ausweis gesehen!«

»Mhm.«

»Um was für einen Ausweis handelte es sich – Führerschein?«

»Yeah. Er war dreißig, stellen Sie sich das vor. Dabei sah er aus, als ginge er in die elfte Klasse Oberschule, doch der war tatsächlich dreißig.«

»Erinnern Sie sich an den Namen auf dem Führerschein?« fragte Frank.

Otto befingerte den Haifischzahn an seinem Hals. »Sein Name? Den kennen Sie doch schon.«

»Das stimmt«, meinte Frank. »Ich hätte gern gewußt, ob er Ihnen vielleicht einen falschen Führerschein gezeigt hat.«

»Sein Bild war drauf«, erklärte Otto.

»Das sagt noch nichts über seine Echtheit.«

»Auf einem kalifornischen Führerschein kann man die Bilder doch nicht austauschen. Zerstört sich die Karte nicht selbst, wenn man daran herummacht, oder?«

»Ich meine, die ganze Karte könnte eine Fälschung sein.«

»Gefälschte Papiere«, meinte Otto sichtlich beeindruckt. »Gefälschte Papiere ...« Allem Anschein nach hatte er sich ein paar Dutzend alter Spionagefilme im Fernsehen angesehen. »Worum geht's denn hier? Irgendeine Spionagesache?«

»Ich glaube, jetzt läuft was verkehrt«, sagte Frank ungeduldig.

»Wie?«

»Wir sind diejenigen, die hier Fragen stellen«, sagte Frank. »Sie sollen sie beantworten. Klar?«

Der Barmixer gehörte zu jenen Leuten, die auf Polizisten schnell negativ reagieren, ganz besonders, wenn sie den Eindruck gewinnen, sie werden in die Enge getrieben. Sein dunkles Gesicht verschloß sich, und aus seinen Augen wich der Glanz.

Tony, der merkte, daß sie Otto zu verlieren schienen, obwohl er ihnen vielleicht noch Wichtiges mitteilen konnte, legte Frank die Hand auf die Schulter und drückte sie. »Du willst doch nicht, daß er anfängt, ein Glas zu zerkauen, oder?«

»Ich würde es gern noch mal sehen«, meinte die Blondine und grinste.

»Willst du's lieber auf deine Tour machen?« fragte Frank Tony. »Ja.«

»Nur zu.«

Tony schaute Otto lächelnd an. »Hören Sie, Sie sind neugierig, und wir auch. Schließlich tut es keinem weh, wenn wir Ihre Neugierde befriedigen, solange Sie auch die unsere befriedigen.«

Otto wurde wieder zugänglicher. »So seh' ich das auch.«

»Okay«, meinte Tony.

»Okay. Was hat denn dieser Bobby Valdez angestellt, daß Sie so scharf auf ihn sind?«

»Verstöße gegen die Bewährungsvorschriften«, erwiderte Tony.

»Und Körperverletzung«, erklärte Frank widerstrebend.

»Und Notzucht«, ergänzte Tony.

»He«, machte Otto, »hatten Sie nicht gesagt, Sie seien von der Mordkommission?«

Die Band beendete *Still the Same* mit Klirren, Krachen und Dröhnen. Es erinnerte an die Entgleisung eines zu schnell fahrenden Güterzuges. Dann herrschte ein paar Minuten lang Frieden, während der Sänger der Gruppe sich nicht besonders geschickt mit den Gästen unterhielt, die eingehüllt in Rauchwolken dasaßen. Tony war überzeugt davon, daß sie teilweise vom Zigarettendampf, teilweise wohl von verbrannten Trommelfellen herrühren mußten. Die Musiker taten so, als würden sie ihre Instrumente stimmen.

»Wenn Bobby Valdez an eine Frau gerät, die sich ihm widersetzt«, erklärte Tony dem Barkeeper, »dann schlägt er so lange mit dem Pistolenkolben auf sie ein, bis sie williger wird. Vor fünf Tagen hat er sich an Opfer Nummer zehn herangemacht; sie wehrte sich, und da hat er so kräftig und so häufig zugeschlagen, daß sie zwölf Stunden später im Krankenhaus starb. Deshalb wurde die Mordkommission auf den Plan gerufen.«

»Ich verstehe bloß nicht«, meinte die Blondine, »warum es Typen gibt, die sich etwas mit Gewalt holen, was manche Mädchen doch ganz freiwillig herausrücken.« Sie zwinkerte Tony zu, doch er zwinkerte nicht zurück.

»Ehe die Frau starb«, erklärte Frank, »lieferte sie uns eine Beschreibung, die haarscharf auf Bobby paßt. Wenn Sie also mehr über diesen verdammten Schweinehund wissen, so müssen wir das erfahren.«

Otto schien in seiner Freizeit nicht nur Spionagefilme, sondern auch Polizeifilme angeschaut zu haben. Deshalb sagte er jetzt: »Sie suchen ihn also in erster Linie wegen Mordes.«

»Exakt«, meinte Tony. »Genau das tun wir.«

»Wie kommt es, daß Sie sich da gerade bei mir erkundigen?«

»Er hat sieben dieser zehn Frauen in Singles-Lokalen angesprochen, auf Parkplätzen – «

»Aber sicher keine auf unserem Parkplatz«, unterbrach ihn Otto sofort. »Unser Parkplatz ist gut beleuchtet.«

»Das stimmt«, räumte Tony ein. »Aber wir nehmen uns die Singles-Bars der ganzen Stadt vor, sprechen mit sämtlichen Barkeepern und Stammgästen, zeigen ihnen diese Bilder und versuchen so, etwas über Bobby Valdez in Erfahrung zu bringen. Ein paar Leute in einem Lokal in Century

City sagten uns, sie hätten ihn vermutlich hier gesehen, wären sich aber nicht ganz sicher.«

»Doch, er ist hier gewesen«, meinte Otto.

Jetzt, da Tony Ottos gesträubte Federn geglättet hatte, übernahm Frank wieder das Verhör. »Er hat hier also Unruhe gestiftet; Sie haben Ihren Bierglastrick vorgeführt, und dann hat er Ihnen seinen Ausweis gezeigt.«

»Genau.«

»Und welcher Name stand auf dem Ausweis?«

Otto runzelte die Stirn. »Das weiß ich nicht so sicher.«

»War es Robert Valdez?«

»Glaub' ich nicht.«

»Versuchen Sie sich zu erinnern.«

»Es war wohl ein Chicano*-Name.«

»Valdez ist ein Chicano-Name.«

»Der Name deutete noch viel stärker auf Chicano als der.«

»Was soll das heißen?«

»Nun ... länger ... und mit ein paar Zs.«

»Zs?«

»Und Qs. Sie wissen schon, was für Namen ich damit meine. So etwas wie Velasquez.«

»Stand Velasquez drauf?«

»Nee, aber so ähnlich.«

»Hat er mit V angefangen?«

»Das weiß ich nicht so genau. Ich meine nur, er hat so geklungen.«

»Und der Vorname?«

»Ich glaube, an den erinnere ich mich.«

»Und?«

»Juan.«

»J-U-A-N?«

»Yeah. Sehr Chicano.«

»Ist Ihnen auf dem Ausweis eine Adresse aufgefallen?«

---

* Chicano: im amerikanischen Slang Bezeichnung für Mexikaner und amerikanische Bürger mexikanischer Abstammung – Anmerkung des Übersetzers.

»Dafür hab' ich mich nicht interessiert.«

»Hat er vielleicht erwähnt, wo er wohnt?«

»Nun, wir haben uns ja nicht miteinander angefreundet.«

»Hat er überhaupt etwas von sich erzählt?«

»Er hat nur seelenruhig sein Glas ausgetrunken und ist dann gegangen.«

»Und nie wiedergekommen?«

»Stimmt.«

»Da sind Sie ganz sicher?«

»In meiner Schicht ist er jedenfalls nicht mehr aufgetaucht.«

»Sie haben ein gutes Gedächtnis.«

»Bloß bei Unruhestiftern und solchen, die besonders gut aussehen.«

»Wir würden diese Fotos gern ein paar von Ihren Kunden zeigen«, meinte Frank.

»Ja, geht in Ordnung.«

Die Blondine, die neben Tony Clemenza saß, sagte plötzlich: »Darf ich sie mir genauer ansehen? Vielleicht war ich damals gerade hier. Vielleicht hab' ich mit dem sogar geredet.«

Tony nahm die Fotos und drehte sich auf seinem Barhocker um.

Sie drehte sich im selben Augenblick um und drückte dabei ihre Knie gegen die seinen. Als sie die Bilder nahm, verweilten ihre Finger einen Augenblick lang auf seinen. Im übrigen schien sie sehr viel von Augenkontakt zu halten. Es hatte den Anschein, als wollte sie durch seinen Kopf hindurchsehen.

»Ich heiße Judy. Und Sie?«

»Tony Clemenza.«

»Ich hab' *gewußt*, daß Sie Italiener sind. Das erkennt man an Ihren dunklen, seelenvollen Augen.«

»Die verraten mich jedesmal.«

»Und Ihr dichtes, schwarzes lockiges Haar.«

»Und die Spaghettisoßenflecken auf meinem Hemd?« Sie schaute auf sein Hemd.

»In Wirklichkeit gibt's gar keine Flecken«, bemerkte er.

Sie runzelte die Stirn.

»Ich hab' bloß einen Witz gemacht«, meinte er.

»Oh.«

»Erkennen Sie Bobby Valdez?«

Endlich schaute sie die Fotos an. »Nee. Wahrscheinlich war ich an dem Abend doch nicht hier. Aber übel sieht er nicht aus, oder? Irgendwie nett.«

»Ein Babygesicht.«

»Das wär' wohl genauso, als würd' ich mit meinem kleinen Bruder ins Bett hüpfen«, meinte sie. »Pervers.« Sie grinste.

Er nahm ihr die Fotos wieder ab.

»Einen hübschen Anzug tragen Sie da«, bemerkte sie.

»Danke.«

»Wirklich ein hübscher Schnitt.«

»Danke.«

Das war nicht nur eine moderne Frau, die ihr Recht wahrnahm, sexuell aggressiv zu sein. Er mochte moderne Frauen. Die hier wirkte irgendwie unheimlich, ein Typ mit Ketten und Peitschen. Oder noch schlimmer. Er kam sich vor wie ein kleiner Leckerbissen, ein Canapé, das letzte Stück Toast und Kaviar auf einem silbernen Tablett.

»In einem solchen Lokal findet man solche Anzüge nicht oft«, sagte sie.

»Ja, da haben Sie wahrscheinlich recht.«

»Hier sieht man eher T-Shirts, Jeans und Lederjacken, den Hollywood-Look!«

Er räusperte sich. »Nun«, meinte er ein wenig unsicher, »ich bin Ihnen jedenfalls dankbar für Ihre Hilfsbereitschaft.«

»Ich mag gutgekleidete Männer«, behauptete sie.

Wieder bohrten sich ihre Augen in die seinen, und er erkannte dieses Aufflackern animalischer Gier. Er hatte das Gefühl, würde er sie in ihr Apartment begleiten, so schlösse sich die Tür hinter ihm wie ein großes Maul. Und dann würde sie sich sofort auf ihn stürzen, zerren, reißen und ihn herumwirbeln, ihn mit einer Flut von Magensäften auflösen und alles Nahrhafte aus ihm heraussaugen, ihn so lange benützen, bis er sich in Stücke auflöste, zerfiel oder einfach aufhörte zu existieren und zu einem Teil von ihr wurde.

»Ich mach' mich wieder an die Arbeit«, sagte er und glitt vom Barhocker. »Vielleicht seh'n wir uns ja mal.«

»Das hoffe ich.«

In der nächsten Viertelstunde zeigten Tony und Frank die Fotos von Bobby Valdez den Gästen des Paradise. Sie gingen von Tisch zu Tisch, und die Band spielte Rolling-Stones-, Elton-John- und Bee-Gees-Stücke in solcher Lautstärke, daß Tonys Zähne mitvibrierten. Natürlich war es Zeitverschwendung. Niemand im Paradise erinnerte sich an den Killer mit dem Babygesicht.

Beim Hinausgehen blieb Tony noch einmal kurz am langen eichengetäfelten Tresen stehen, wo Otto gerade Erdbeer-Margaritas mixte. »Eine Frage noch«, schrie er, um die Musik zu übertönen.

»Aber gerne«, brüllte Otto zurück.

»Kommen die Leute denn nicht in solche Lokale, um sich kennenzulernen?«

»Um Kontakte zu knüpfen. Das ist ja der ganze Witz daran.«

»Warum, zum Teufel, haben dann so viele Singles-Lokale solche Bands?«

»Was gefällt Ihnen denn nicht an der Band?«

»Eine ganze Menge. Aber in erster Linie ist sie einfach zu laut.«

»Und?«

»Wie kann man da ein interessantes Gespräch führen?«

»Ein interessantes Gespräch?« meinte Otto. »He, Mann, deshalb kommen die doch nicht hierher. Die wollen einander kennenlernen, sich umsehen, jemanden finden, mit dem sie ins Bett springen können.«

»Und kein Gespräch?«

»Schauen Sie die doch an. Sehen Sie sich um. Worüber sollten die miteinander reden? Wenn wir hier nicht dauernd laute Musik machen würden, würden die ganz schön nervös werden.«

»All diese Pausen, in denen es so leise ist, daß man wahnsinnig wird.«

»Da haben Sie recht. Die würden sofort woanders hingehen.«

»Wo die Musik noch lauter ist und sie nur Körpersprache brauchen.«

Otto zuckte die Achseln. »So ist das eben heutzutage.«

»Vielleicht hätte ich in einer anderen Zeit leben sollen«, meinte Tony.

Trotz der lauen Nacht draußen wußte Tony, daß es bald kühler werden würde. Ein dünner Nebel stieg vom Meer auf, kein richtiger Nebel, eher eine Art feuchter, fettiger Atem, der in der Luft hing und um alle Lichter kleine Heiligenscheine legte.

Frank wartete schon am Steuer ihres nicht als Polizeiwagen gekennzeichneten Autos. Tony stieg ein und schnallte sich an.

Einem Hinweis mußten sie noch nachgehen, dann konnten sie Schluß machen für heute. Ein paar Leute aus der Singles-Bar in Century City hatten nicht nur das Paradise erwähnt, sondern obendrein behauptet, sie hätten Bobby Valdez auch im The Big Quake, am Sunset Boulevard, drüben in Hollywood, gesehen.

In Richtung Innenstadt war der Verkehr mäßig stark. Manchmal wurde Frank etwas ungeduldig und wechselte die Fahrspur, was häufiges Hupen und quietschende Bremsen zur Folge hatte und lediglich einige Wagenlängen Vorsprung brachte, doch heute tat er das nicht. Heute ließ er sich einfach treiben.

Tony fragte sich, ob Frank Howart vielleicht mit Otto über Philosophie diskutiert hatte.

Nach einer Weile bemerkte Frank: »Die hättest du haben können.«

»Wen?«

»Diese Blondine. Diese Judy.«

»Im Dienst?«

»Du hättest dich ja für später verabreden können. Die war ja ganz wild auf dich.«

»Nicht mein Typ.«

»Eine Klassefrau.«

»Ein Monster.«

»Was, die?«

»Die hätte mich bei lebendigem Leib aufgefressen.«

Frank dachte zwei Sekunden lang nach und meinte dann: »Quatsch. Ich würde sie ausprobieren, wenn ich die Chance hätte.«

»Du weißt, wo du sie finden kannst.«

»Vielleicht fahr' ich, wenn wir fertig sind, noch mal hin.«

»Tu das«, meinte Tony. »Ich besuch' dich dann im Sanatorium, wenn sie dich fertig gemacht hat.«

»Mensch, was ist los mit dir? So etwas Besonderes war die doch nicht. Damit kommt man doch klar.«

»Vielleicht hatte ich deshalb keine Lust.«

»Das mußt du mir schon näher erklären.«

Tony Clemenza fühlte sich müde und fuhr sich mit beiden Händen übers Gesicht, als wäre die Müdigkeit eine Maske, die man herunterziehen und wegwerfen könnte. »Sie war mir zu abgegriffen.«

»Seit wann bist du denn Puritaner?«

»Bin ich nicht«, erwiderte Tony. »Oder ... nun, ja ... okay, vielleicht bin ich's. Ein wenig. Vielleicht gibt's irgendwo in mir eine puritanische Ader. Ich lebte weiß Gott in ein paar dieser sogenannten ›sinnvollen Beziehungen‹. Ich bin alles andere als prüde. Aber ich kann mir einfach nicht vorstellen, in einem Laden wie dem Paradise auf Fang zu gehen, die Frauen ›Füchse‹ zu nennen und mich nach frischem Fleisch umzusehen. Außerdem könnte ich unter keinen Umständen bei all dem Gequatsche zwischen den Nummern dieser Band eine ernste Miene wahren. Kannst du dir vorstellen, wie ich da drin aussähe? ›Hi, ich bin Tony. Wie heißen Sie denn? Unter welchem Sternzeichen sind Sie geboren? Interessieren Sie sich für Numerologie? Glauben Sie an die unglaubliche Totalität der kosmischen Energie? Glauben Sie an die Vorsehung als die Verkörperung einer allumfassenden kosmischen Wesenheit? Glauben Sie, daß es uns vorbestimmt ist, wie und wo wir einander begegnen? Glauben Sie, wir könnten all das schlechte individuell in uns aufgebaute Karma loswerden, indem wir gemeinsam eine positive Energie erzeugen? Willst du bumsen?‹«

»Außer bumsen«, sagte Frank trocken, »hab' ich kein Wort von all dem verstanden.«

»Ich auch nicht. Und genau das meine ich. In einem Laden wie dem Paradise gibt's nur Plastikgeschwätz, glattes, oberflächliches Gefasel, um einen möglichst problemlos ins Bett zu bekommen. Im Paradise fragt man eine Frau nichts von Bedeutung. Man erkundigt sich nicht nach ihren Gefühlen, ihren Talenten, ihren Ängsten, Hoffnungen, Bedürfnissen oder Träumen. Also liegt man am Ende mit einer völlig Fremden im Bett. Und was noch schlimmer ist, man bumst zum Schluß mit einem Fuchs, einem ausgeschnittenen Bild aus einem Herrenmagazin, mit einem Bild, nicht etwa mit einer Frau, einem Körper, einem Menschen, und das bedeutet, daß man überhaupt keine Gefühle entwickelt. Der ganze Akt minimiert sich lediglich auf die Befriedigung körperlicher Bedürfnisse, und das unterscheidet sich kaum vom Rückenkratzen oder Stuhlgang haben. Wenn ein Mann das für Sex hält, könnte er ebensogut zu Hause bleiben und die Hand nehmen.«

Frank bremste an einer roten Ampel und meinte: »Aber blasen kannst du dir mit der Hand keinen.«

»Herrgott, Frank, manchmal kannst du wirklich verdammt ordinär sein.«

»Nein, ich denke nur praktisch.«

»Was ich sagen möchte, für mich lohnt das Tanzen nicht die Mühe, wenn ich den Partner nicht kenne. Ich gehör' eben nicht zu den Leuten, die bloß in eine Disco geh'n, um sich an ihrer selbst einstudierten Choreographie zu ergötzen. Ich muß wissen, was die Lady für Schritte macht, wie und warum sie sich so bewegt, was sie empfindet und denkt. Sex wird einfach um Längen besser, wenn sie einem etwas bedeutet, ein Individuum ist, ein Mensch mit Stärken und Schwächen, nicht einfach nur ein glatter Körper, vielleicht an den richtigen Stellen gerundet. Ich suche die einmalige Persönlichkeit, den Charakter mit Sprüngen, Narben und Spuren von Erfahrung.«

»Ich kann nicht glauben, was ich da höre«, sagte Frank, während er das Gaspedal betätigte. »Das klingt wie dieser alte, abgedroschene Quatsch, daß Sex billig ist und man keine Erfüllung findet, wenn nicht auch Liebe im Spiel ist.«

»Ich rede auch nicht von unsterblicher Liebe«, antwortete Tony. »Ich spreche auch nicht von den ewigen Treuegelübden bis ans Ende aller Zeiten. Man kann jemanden doch eine Weile lieben und sogar dann noch, wenn der physische Teil der Beziehung vorbei ist. Mit einer ganzen Menge Frauen, mit denen ich längere Zeit zusammen war, bin ich heute noch befreundet, weil wir uns gegenseitig nicht als Trophäen betrachteten – uns verbinden Gemeinsamkeiten, auch ohne daß wir das Bett miteinander teilen. Hör zu, ehe ich mit einer Frau ins Bett springe und mich vor ihr in jeder Weise entblöße, so daß sie imstande ist, mir wehzutun, möchte ich gern wissen, ob ich ihr vertrauen kann. Ich möchte das Gefühl haben, sie stelle auf irgendeine Art etwas Besonderes dar. Sie soll mir wichtig sein, ein Mensch, den es zu kennen lohnt, dem ich mich gerne offenbare und bei dem ich mich freue, wenn er für eine Weile ein Teil von mir ist.«

»Quatsch«, behauptete Frank verächtlich.

»So empfinde ich aber.«

»Laß dich warnen.«

»Nur zu.«

»Du bekommst den besten Rat deines Lebens.«

»Ich höre.«

»Wenn du glaubst, die wahre Liebe existiere tatsächlich, wenn du wirklich überzeugt bist, es gebe die Liebe und sie sei ebenso stark und echt wie Haß und Furcht, dann riskierst du dabei eine Menge Schmerz. Das Ganze ist eine Lüge, eine große Lüge. Die Liebe haben die Bücherschreiber erfunden, um ihre Werke besser verkaufen zu können.«

»Das kann doch nicht dein Ernst sein.«

»Ach, zum Teufel.« Frank wandte den Blick kurz von der Straße ab und schaute Tony mitleidig an. »Wie alt bist du – dreiunddreißig?«

»Fast fünfunddreißig«, erwiderte Tony.

Frank konzentrierte sich wieder auf die Straße und überholte einen langsam fahrenden, mit Altmetall beladenen Lastwagen.

»Nun, ich bin zehn Jahre älter«, erklärte Frank. »Hör also auf die Weisheit des Alters. Über kurz oder lang wirst du glauben, dich in irgend so ein hübsches Ding verliebt zu haben. Doch sobald du dich bückst, um ihre hübschen Füße zu küssen, wird sie dir einen Tritt in den Arsch verpassen. Machst du ihr erst klar, daß du ein Herz hast, so wird sie es brechen, darauf wette ich. Zuneigung? Sicher. Das geht in Ordnung. Und Spaß. Spaß gehört dazu, mein Freund, darauf kommt es wirklich an. Das ist es, worum die Welt sich dreht. Aber keine Liebe. Ich rate dir, all diesen Scheiß von wegen Liebe schnell zu vergessen. Gönn dir Spaß und tu es, solang du jung bist. Du mußt sie bumsen und dann abhau'n. Auf die Weise wirst du dir nicht wehtun. Wenn du aber weiter von deiner Liebe träumst, wirst du dich verdammt zum Narren halten lassen, immer und immer wieder, bis sie dich schließlich frühzeitig unter die Erde bringen.«

»Das ist furchtbar zynisch.«

Frank zuckte mit den Achseln.

Vor sechs Monaten hatte er all die Qualen einer Scheidung endlich hinter sich gebracht, aber die Erfahrung noch immer nicht verwunden.

»In Wirklichkeit bist du alles andere als zynisch«, behauptete Tony. »Ich glaube nicht, daß du ernst meinst, was du eben gesagt hast.«

Frank schwieg.

»Du bist ein Mensch voller Gefühle«, fuhr Tony fort.

Frank zuckte wieder mit den Achseln.

Tony versuchte in den nächsten Minuten immer wieder, die ins Stocken geratene Unterhaltung zu neuem Leben zu erwecken. Doch Frank hatte alles gesagt, was er zu diesem Thema äußern wollte. Er versank wieder wie gewöhnlich in sein sphinxartiges Schweigen. Eigentlich hatte Frank sogar überraschend viel geredet, mehr als üblich. Jetzt, da Tony nachdachte, gewann er sogar den Eindruck, diese kurze, gerade beendete Diskussion sei die längste gewesen, die sie je geführt hatten.

Tony arbeitete jetzt seit mehr als drei Monaten mit Frank Howard zusammen und wußte immer noch nicht sicher, ob die Partnerschaft auf die Dauer gutgehen würde. Sie waren in vieler Hinsicht sehr verschiedene Typen. Tony redete gern. Frank reagierte normalerweise darauf nur mit einem Brummen. Tony interessierten neben seinem Job noch eine Menge anderer Dinge: Filme, Bücher, gutes Essen, Theater, Musik, Kunst, Skilaufen, Jogging. Frank andererseits konnte sich – soweit bekannt – für praktisch nichts als seine Arbeit begeistern. Tony vertrat die Ansicht, einem Detektiv stünden eine Menge Mittel zur Verfügung, um aus einem Zeugen Informationen herauszuholen; dazu gehörten auch Freundlichkeit, Sanftmut, Witz, Sympathie, Einfühlungsvermögen, Charme, Hartnäckigkeit, Schlauheit – und natürlich auch Einschüchterung und ganz selten, vorsichtig dosiert, etwas Gewalt. Frank hingegen glaubte, Hartnäckigkeit, Schläue, Einschüchterung und ein klein wenig mehr Gewalt, als die Vorschriften zuließen, reichten schon aus; für Tonys Repertoire fand er keine Verwendung. Deshalb mußte Tony ihn wenigstens zweimal die Woche unmerklich, aber entschieden zurückhalten. Frank neigte zu Wutanfällen, wenn etwas schieflief, während man Tony fast nie aus der Ruhe bringen konnte. Frank war einen Meter siebzig groß, blond, untersetzt und wirkte so massiv wie ein Blockhaus. Tony maß einen Meter vierundachtzig, war schlank, beinahe schlaksig, dunkel und wirkte dabei sehr robust. Frank hatte blaue Augen, neigte zum Grübeln und zum Pessimismus. Tony war Optimist. Manchmal schienen sie so total gegensätzlich, daß die Partnerschaft zwischen ihnen wohl nie erfolgreich sein würde.

Und doch ähnelten sie einander in mancherlei Hinsicht sehr. Keiner von ihnen war ein Acht-Stunden-Tag-Bulle. Sie arbeiteten häufig zwei, drei Stunden mehr ohne Überstundenentgelt, und keiner von den beiden beklagte sich deswegen. Stand ein Fall kurz vor dem Abschluß, schienen die Beweise sich also geradezu zu überschlagen, dann arbeiteten beide ganz selbstverständlich auch in ihrer Freizeit, wenn sie es für nötig hielten. Niemand verlangte oder befahl, daß sie Überstunden machten. Es lag ganz und gar in ihrem eigenen Ermessen.

Tony war bereit, mehr Zeit in seine Arbeit zu investieren, weil er Ehrgeiz besaß. Er hatte nicht vor, für den Rest seines Lebens im Rang eines Detektivlieutenants zu bleiben. Er wollte sich zum Captain hocharbeiten, vielleicht sogar weiter, ganz nach oben, bis ins Büro des Polizeichefs, wo Gehalt und Pension ein wesentlich besseres Leben garantierten. Er war in einer großen italienischen Familie aufgewachsen, in der Sparsamkeit nach dem Katholizismus die zweitwichtigste Rolle spielte, als Zusatzreligion galt. Sein Vater, Carlo, ein Einwanderer, arbeitete als Schneider.

Der alte Mann hatte hart und lange dafür geschuftet, seinen Kindern ein Zuhause, Kleidung und ausreichend Essen zu beschaffen und war dabei häufig an den Rand des Ruins und der Verzweiflung geraten. Die Familie Clemenza kämpfte häufig mit Krankheiten; und die unerwarteten Rechnungen für Krankenhaus und Apotheke hatten einen beängstigend hohen Anteil des Verdienstes aufgefressen. Als Kind in einem Alter, in dem er die Zusammenhänge nicht verstand und die quälende Angst der Armut nicht kannte, hatte er sich Hunderte, ja Tausende von Vorträgen über finanzielle Verantwortungsbereitschaft anhören müssen. Carlo machte ihm beinahe täglich klar, daß harte Arbeit, eine geschickte Finanzverwaltung und Ehrgeiz die wichtigsten Voraussetzungen für einen sicheren Job seien. Sein Vater hätte für die CIA arbeiten sollen, in der Abteilung Gehirnwäsche. Die Ängste und Prinzipien seines Vaters waren ihm so total eingeimpft worden, daß er selbst heute, mit fünfunddreißig, einem beträchtlichen Bankkonto und einem sicheren Job, unruhig wurde, wenn er mehr als zwei oder drei Tage der Arbeit fernblieb. Urlaub bedeutete für ihn eher Qual als Vergnügen. Er machte jede Woche eine Menge Überstunden, weil er Carlo Clemenzas Sohn war und darum unfähig, anders zu handeln.

Frank Howard trieben andere Gefühle dazu, soviel zu arbeiten. Er schien nicht besonders ehrgeizig oder besonders an Geld interessiert zu sein. Soweit Tony das beurteilen konnte, machte Frank deshalb Überstunden, weil er nur während seiner Arbeit richtig aufblühte. Auf die Rolle des Detektivs im Morddezernat, darauf verstand er sich. Jene Rolle vermittelte ihm das Gefühl, ein Ziel zu haben, etwas wert zu sein, gebraucht zu werden.

Tony wandte seine Augen von den roten Schlußlichtern der Autos ab und studierte statt dessen von der Seite das Gesicht seines Partners. Frank spürte Tonys prüfenden Blick, seine Aufmerksamkeit konzentrierte sich aber ganz auf das Fahren. Er starrte gebannt in den quecksilberähnlichen Verkehrsfluß auf dem Wilshire Boulevard. Das grüne Leuchten der Armaturen unterstrich seine markanten Züge noch stärker. Er sah im klassischen Sinne wohl nicht so gut aus, wirkte aber auf seine ganz persönliche Art: breite Stirn, tiefliegende blaue Augen, eine etwas zu groß geratene, scharfgeschnittene Nase, ein gutgeformter, häufig jedoch grimmig zusammengepreßter Mund, der sein kantiges Kinn betonte. Das Gesicht strahlte zweifellos eine gewisse Attraktivität und Kraft aus – mehr als nur eine Andeutung von Entschlossenheit. Man konnte sich ausmalen, wie Frank nach Hause ging, sich jeden Abend hinsetzte und ausnahmslos in eine Trance verfiel, die bis acht Uhr am nächsten Morgen andauerte.

Neben der Bereitschaft, den größten Teil ihrer Zeit dem Beruf zu widmen, verbanden Tony und Frank noch einige Gemeinsamkeiten. Viele Zivilfahnder hatten die alten Kleiderzwänge abgelegt und trugen jetzt Jeans oder Freizeitanzüge im Dienst – Tony und Frank dagegen bestanden darauf, Anzug und Krawatte zu tragen. Sie hielten sich für qualifizierte Fachleute, die einen Beruf ausübten, der eine spezielle Ausbildung und besondere Fähigkeiten verlangte, ebenso wie der Job eines Strafverteidigers, Lehrers oder Sozialarbeiters – tatsächlich noch anspruchsvoller war. Deshalb schienen Jeans nicht den angemessenen Rahmen zu bilden. Beide rauchten nicht und tranken während der Arbeitszeit keinen Alkohol. Und jeder erledigte seinen eigenen Papierkram auch selbst.

Vielleicht klappt es doch mit uns beiden, dachte Tony. Vielleicht kann ich ihn mit der Zeit in Ruhe davon überzeugen, daß sich mehr Charme und weniger Gewalt bei Zeugenverhören lohnt. Vielleicht kann ich ihn doch noch für Filme und gutes Essen begeistern, wenn schon nicht für Bücher, Kunst und Theater. Wahrscheinlich fällt mir deshalb die Anpassung an ihn so schwer, weil meine Erwartungen viel zu hochgeschraubt sind. Herrgott, wenn er nur mehr reden würde, statt einfach nur wie ein Strohsack dazusitzen.

Tony würde für den Rest seiner Laufbahn als Detektiv der Mordabteilung mehr von seinem Partner erwarten, da er fünf Jahre lang, bis 7. Mai vergangenen Jahres, mit einem fast perfekten Partner, Michael Savatino, zusammengearbeitet hatte. Er und Michael stammten beide aus italienischen Familien, teilten also gewisse ethnische Erinnerungen, Freuden und Schmerzen. Und sie setzten bei ihrer Polizeiarbeit ähnliche Methoden ein und erfreuten sich ähnlicher Freizeitaktivitäten. Michael galt als Leseratte, Filmfan und hervorragender Koch. Ihre Tage waren mit so manchen faszinierenden Gesprächen erfüllt gewesen.

Letzten Februar fuhren Michael und seine Frau Paula übers Wochenende nach Las Vegas und schauten sich dort zwei Shows an. Sie aßen zweimal in Battista's Hole in the Wall zu Abend, dem besten Restaurant der Stadt. Sie füllten ein Dutzend Keno-Karten aus, gewannen aber nichts. Sie spielten Blackjack, zwei Dollar Einsatz pro Spiel, und verloren sechzig Kröten. Eine Stunde vor der geplanten Rückreise steckte Paula einen Silberdollar in einen Spielautomaten, zog den Handgriff und gewann etwas mehr als zweihundertzwanzigtausend Dollar.

Die Arbeit bei der Polizei war nie Michaels Traumjob gewesen, er hatte lediglich, ähnlich wie Tony, die sichere Stellung geschätzt, zunächst die Polizeiakademie besucht und sich relativ schnell vom uniformierten Streifenpolizisten zum Detektiv hochgearbeitet, da die Beamtenlaufbahn eine mittelmäßige Sicherheit bot.

Im März dann kündigte Michael und quittierte im Mai den Dienst. Sein ganzes Leben lang wollte er schon ein Restaurant besitzen. Vor fünf Wochen endlich eröffnete Savatino's, ein kleines, echt italienisches *Ristorante* am Santa Monica Boulevard, nicht weit vom Century-City-Komplex entfernt.

Ein Traum war in Erfüllung gegangen. Wie wahrscheinlich würde sich wohl *mein* Traum erfüllen? fragte sich Tony, die nächtliche Stadt betrachtend, durch die sie fuhren. Wie groß ist die Chance, in Las Vegas zweihunderttausend Kröten zu gewinnen, die Polizeiarbeit aufzugeben und den Versuch zu unternehmen, als freier Künstler seinen Weg zu machen.

Er brauchte die Frage nicht laut zu stellen, Frank Howards Meinung und Antwort kannte er.

War die Wahrscheinlichkeit hoch? Nicht sehr hoch. Genauso, als erführe er plötzlich, daß er der lang verloren geglaubte Sohn eines reichen arabischen Prinzen wäre.

So wie Michael Savatino stets von einem Restaurant geträumt hatte, wünschte sich Tony Clemenza, als freischaffender Künstler tätig zu sein. Er hatte Talent. Arbeitete mit verschiedenen Materialien und Techniken, die sich durchaus sehen lassen konnten: Feder- und Tuschezeichnungen, Wasserfarben – und Ölbilder. Seine Technik war noch nicht ausgereift, aber er besaß eine Menge kreativer Fantasie. Wäre er aus halbwegs bescheidenen finanziellen Verhältnissen gekommen, so hätte er vielleicht eine gute Schule besucht und von guten Professoren eine entsprechende Ausbildung empfangen, seine gottgegebenen Fähigkeiten geschärft und vielleicht Erfolg damit gehabt. Statt dessen bildete er sich mit Hunderten von Kunstbüchern in Tausenden von Zeichenstunden und Materialexperimenten mühsam fort, und wurde von jenem verderblichen Mangel an Selbstvertrauen befallen, der alle beschleicht, die sich irgendeine Fähigkeit selbst beibrachten. Obwohl er an vier Kunstausstellungen teilgenommen und in seiner Abteilung zweimal den ersten Preis gewonnen hatte, zog er es doch nie ernsthaft in Erwägung, deswegen seine Stellung aufzugeben und sich ins kreative Leben zu stürzen. An jener angenehmen Fantasievorstellung, diesem Tagtraum konnte er sich gelegentlich erfreuen. Der Sohn Carlo Clemenzas würde nie den regelmäßig jede Woche eintreffenden Gehaltsscheck gegen die qualvolle Unsicherheit der Selbständigkeit eintauschen, außer er hätte vorher aus Las Vegas ein Vermögen zur Bank gebracht.

Er beneidete Michael Savatino um sein Glück. Natürlich blieben sie weiterhin enge Freunde; und er freute sich für Michael. Ehrlich. Aber gleichzeitig quälte ihn die Eifersucht. Schließlich war er nur ein Mensch, und in seinem Hinterkopf blinkte, wie eine Neonleuchte, immer wieder dieselbe Frage auf: *Warum ist das nicht mir passiert?*

Frank trat auf die Bremse und riß Tony aus seinen Träumen. Er hupte eine Corvette an, die ihn geschnitten hatte. »Arschloch!«

»Ruhig Blut, Frank.«

»Manchmal wünschte ich, Uniform zu tragen, dann könnte ich diesem Idioten einen Strafzettel verpassen.«

»Das ist das letzte, was du dir wünschen sollst.«

»Den Arsch würd' ich ihm an die Wand nageln.«

»Du würdest vielleicht feststellen, daß er bis zum Stehkragen mit Drogen voll ist oder einfach verrückt. Wenn man zu lange in der Verkehrsabteilung arbeitet, vergißt man, daß die Welt von Idioten wimmelt. Man verfällt leicht in eine Gewohnheit, eine Routine, und wird unvorsichtig. Du würdest ihn vielleicht aufhalten und mit dem Strafzettel in der Hand auf seine Tür zugehen, und er würde dich mit einer Knarre begrüßen. Vielleicht würde er dir den Kopf wegblasen. Nein. Ich bin froh, daß ich den Verkehrsdienst für immer hinter mir habe. Bei einem Mordfall weiß man wenigstens, mit was für Leuten man zu tun hat. Man vergißt nie, daß irgendwo einer mit einer Pistole, einem Messer oder einem Stück Bleirohr auf einen wartet. Bei Mordsachen ist die Wahrscheinlichkeit sehr viel geringer, unvorsichtigerweise irgendeine häßliche Überraschung zu erleben.«

Frank wollte sich ganz offensichtlich nicht auf größere Diskussionen einlassen. Er wandte den Blick nicht von der Straße, brummelte mürrisch vor sich hin und verstummte dann wieder total.

Tony seufzte. Er betrachtete die vorüberziehende Szenerie mit den Augen eines Künstlers, achtete auf unerwartete Details und bisher unerkannte Schönheit.

Muster.

Jede Szene – jede Landschaft, jeder Blick aufs Meer, jede Straße, jedes Gebäude, jedes Zimmer darin, jede Person, einfach alles – sie alle besaßen ihre ureigenen besonderen Muster. Wenn man die Muster einer Szene wahrnahm, so konnte man darüber hinaus die tieferliegende Struktur erkennen, die sie erzeugte. Wollte man die Methode sehen und erfassen, mit der man oberflächliche Harmonie erzielen würde, könnte man am Ende die tiefere Bedeutung, ja die Mechanismen eines jeden Gegenstandes verstehen und dann ein gutes Gemälde anfertigen. Nahm man andererseits nur seine Pinsel und ginge ohne vorherige Analyse an die Leinwand, so hätte man am Ende vielleicht ein hübsches Bild, würde aber kein Kunstwerk produzieren.

Muster.

Frank Howard fuhr auf dem Wilshire Boulevard in östlicher Richtung zur Singles-Bar The Big Quake in Hollywood, und Tony suchte die Stadt und die Nacht nach Mustern ab. Zuerst, von Santa Monica kommend, bildeten die scharfen, niedrigen Linien der Häuser, die Richtung Meer blickten, zusammen mit den schattigen Umrissen hoher, fedriger Palmen Muster der Beschaulichkeit, Eleganz, Muster von Geld. Danach, in Westwood, beherrschten rechteckige Muster die Szenerie: Dutzende von Bürohochhäusern und rechteckige Lichtreflexe, die aus den Fenstern hauptsächlich dunkler Fassaden streuten und strahlten. Diese fein säuberlich angelegten rechteckigen Gebilde formten Muster modernen Denkens und wirtschaftlicher Macht, Muster eines noch größeren Wohlstandes, als bei den Häusern in Santa Monica zu beobachten war. In Beverly Hills schließlich, einem isoliert wirkenden Einschub in das dichte Netz der Metropole und einem Ort, den die Polizei von Los Angeles ohne sonstige Vollmachten nur durchfahren durfte, waren die Muster weich, üppig, ja fließend, ein elegantes Kontinuum aus großen Häusern, Parks, Grünflächen, exklusiven Läden und einer Vielzahl extrem teurer Automobile, wie man sie nirgendwo sonst auf der Erde finden konnte. Vom Wilshire Boulevard bis zum Santa Monica Boulevard und weiter auf dem Doheny bildeten sich Muster, die einen immer größer werdenden Wohlstand signalisierten.

Auf dem Doheny bogen sie Richtung Norden ab, krochen die steilen Hügelflanken hinauf und dann nach rechts, über den Sunset Boulevard, auf das Herz Hollywoods zu. Ein paar Häuserblocks weiter bot die berühmte Straße etwas von dem, was Name und Legende andeuteten. Rechter Hand lag Scandia, eines der teuersten und elegantesten Restaurants der Stadt, ja des ganzes Landes. Glitzernde Discos. Ein Nachtclub, der sich auf Darbietungen von Zauberkünstlern verstand. Dann ein Lokal, das einem Hypnosekünstler gehörte, der es selbst betrieben hatte. Cabaretclubs. Rock'n'Roll-Clubs. Riesige, auffällige Plakattafeln, die gerade laufende Filme oder gegenwärtige populäre Plattenstars ankündigten. Lichter, Lichter, Lichter. Hier unterstrich der Boulevard die Universitätsstudien und Regierungsberichte, wonach Los Angeles und seine Vorstädte als reichste Stadtregion des ganzes Landes galten, vielleicht sogar der Welt. Aber nach einer Weile – Frank war unterdessen weiter in östlicher Richtung gefahren – verblaßte der Glanz mehr und mehr. Selbst Los Angeles litt an Altersschwäche. Das Muster deutete zunächst indirekt, doch schließlich unverkennbar auf Krebsgeschwüre hin. Im gesunden Fleisch der Stadt wucherten einzelne bösartige Geschwüre: billige Bars, ein Stripteaseclub, eine mit Brettern vernagelte Tankstelle, vulgär wirkende Massagesalons, ein Laden für Sexmagazine, ein paar äußerst renovierungsbedürftige Gebäude und schließlich immer mehr davon, mit jedem Block mehr. Die Krankheit schien in dieser Gegend nicht ganz so aussichtslos zu sein wie in anderen, aber jeden Tag verschlang sie trotzdem ein paar Bissen mehr gesundes Gewebe. Frank und Tony brauchten aber nicht in das narbige Zentrum des Tumors hinabzusteigen, denn The Big Quake lag noch am Rande des Geschwürs. Plötzlich tauchte die Bar im grellen Schein roter und blauer Lichter rechts vor ihnen auf.

Drinnen ähnelte das Lokal dem Paradise, nur die Dekoration bot mehr bunte Lichter, Chrom und Spiegel. Die Gäste wirkten auch bewußt modischer, auf aggressivere Weise modisch und sahen im allgemeinen eine Spur besser aus als im Paradise. Aber für Tony schienen die Muster dieselben zu sein wie in Santa Monica. Muster der Einsamkeit, Sehnsucht, der unbefriedigten Bedürfnisse. Verzweifelte, habgierige Muster.

Der Barmixer konnte ihnen nicht weiterhelfen; der einzige Gast, der etwas wußte, war eine große Brünette mit violetten Augen. Sie meinte, Bobby sei sicher im Janus zu finden, einer Diskothek in Westwood. Sie hatte ihn gestern und vorgestern dort gesehen.

Draußen auf dem Parkplatz, eingehüllt von roten und blauen Lichtblitzen, erklärte Frank: »So führt einfach eins zum anderen.«

»Wie gewöhnlich.«

»Es fängt an, spät zu werden.«

»Ja.«

»Willst du's noch im Janus probieren, oder heben wir uns das für morgen auf?«

»Jetzt«, sagte Tony entschlossen.

»Gut.«

Sie machten kehrt und fuhren auf dem Sunset nach Westen, hinaus aus dem bereits krebsinfizierten Gebiet, fuhren in die Glitzerwelt des Strip, dann zurück in den Wohlstand, hinein ins viele Grün, vorbei am Beverly Hills Hotel, an Villen und endlos dahinmarschierenden Reihen gigantischer Palmen.

Wie so oft, wenn Frank vermeiden wollte, daß Tony wieder ein Gespräch anfing, schaltete er den Polizeifunk ein und hörte die Einsatzmeldungen für Westwood, dort befanden sie sich gerade. Auf der Frequenz tat sich nicht viel. Ein

Familienstreit. Ein Zusammenstoß mit Blechschaden an der Ecke Westwood Boulevard und Wilshire. Ein scheinbar verdächtiger Mann in einem parkenden Wagen an einer ruhigen Wohnstraße nahe der Hilgarde Avenue hatte Aufmerksamkeit erregt und sollte überprüft werden.

In den meisten der anderen sechzehn Polizeibezirke der Stadt ging es nachts sicher nicht so friedlich zu wie im privilegierten Westwood. In den Bezirken Seventy-seventh, Newton und Southwest, einem vorwiegend schwarzen Wohnbezirk südlich des Santa Monica Freeway, würden sich die Streifenbeamten ganz bestimmt nicht langweilen; dort herrschte meist Hochbetrieb. Im Osten der Stadt, in den Mexikanervierteln, würden die Gangs weiter die große Mehrheit gesetzestreuer Chicano-Bürger so lange provozieren, bis diese zurückschlugen. Bis Dienstende der mittleren Nachtschicht um drei Uhr – drei Stunden nach Beginn der Morgenwache – hätte es bestimmt im Osten einige häßliche Fälle von Bandengewalttätigkeit gegeben, Punks würden andere Punks mit dem Messer bedroht haben, vielleicht gäbe es ein oder zwei Schießereien, zumindest eine mit tödlichem Ausgang, weil ein paar verrückte Machos ihre Männlichkeit in den ermüdenden, stupiden zeitlosen Blutzeremonien zur Schau stellen wollten, seit Generationen getrieben von ihrer südländischen Leidenschaft. Im Nordwesten, jenseits der Berge, würden die wohlhabenden jungen Leute aus dem Tal wieder zuviel Whisky trinken, zuviel Shit rauchen und zuviel Kokain schnupfen – und anschließend Zusammenstöße mit Personenwagen, Kombis oder ihren Motorrädern aufgrund verrückter Geschwindigkeit produzieren, und das mit geradezu ermüdender Regelmäßigkeit.

Frank passierte gerade die Einfahrt zu den Bel Air Estates und bog in eine Hügelstraße zum UCLA Campus ein, da belebte sich plötzlich die Westwood-Szene. Die Funkzentrale sandte ›Frau-in-Not‹ aus. Die zur Verfügung stehende Information war knapp. Allem Anschein nach handelte es sich um versuchte Notzucht und Überfall mit tödlicher Waffe. Es wurde nicht klar, ob sich der Angreifer noch in dem Gebäude aufhielt. Schüsse waren gefallen, aber die Polizeizentrale hatte von der Anruferin nicht in Erfahrung bringen können, ob die Waffe ihr oder dem Angreifer gehörte. Sie wußten auch nicht, ob jemand verletzt worden war.

»Da müssen wir blind rein«, meinte Tony.

»Das Haus liegt nur ein paar Straßen von hier entfernt«, erklärte Frank.

»Wir können in einer Minute dort sein.«

»Wahrscheinlich viel schneller als der Streifenwagen.«

»Wollen wir uns einschalten?«

»Klar.«

»Ich sag' es ihnen.«

Tony griff nach dem Mikrofon, und Frank bog bei der ersten Abzweigung scharf links ab. Eine Straße später ging's wieder links rein; Frank fuhr so schnell, wie er auf der schmalen, von Bäumen gesäumten Straße konnte.

Tonys Herzschlag beschleunigte sich direkt proportional zum Wagen. Er empfand jene uralte Erregung, einen kalten, harten Knoten der Angst in seinen Gedärmen.

Er erinnerte sich an Parker Hitchison, einen ganz besonders launischen, mürrischen, humorlosen Partner, den er im zweiten Jahr als Streifenbeamter eine kurze Zeit lang ertragen mußte, lange vor seiner Detektiv-Plakette. Bei jedem Notruf, egal, ob es sich um einen Code-Drei-Notfall oder nur um eine verängstigte Katze irgendwo in einem Baum handelte, seufzte Parker Hitchison kläglich und meinte: »Diesmal erwischt's uns.« Das war unheimlich und konnte einem richtig angst machen. Jedesmal wieder, in jeder Schicht, Nacht für Nacht, behauptete er, mit ehrlichem unerschütterlichem Pessimismus: »Diesmal erwischt's uns« – Tony wäre fast verrückt geworden dabei.

Hitchisons Grabesstimme und jene drei Worte verfolgten ihn bis heute in Augenblicken wie diesen.

Diesmal erwischt's uns?

Frank bog hastig um die Ecke und hätte fast einen schwarzen BMW gestreift, der zu dicht an der Kreuzung parkte. Die Reifen quietschten, ihr Wagen schlitterte zur Seite, und Frank meinte: »Die Adresse sollte doch irgendwo hier draußen sein.«

Tony schaute aus zusammengekniffenen Augen auf die im Schatten liegenden Häuser, die nur zum Teil von den Straßenlaternen beleuchtet waren. »Da ist es, glaub' ich«, antwortete er und deutete in die Dunkelheit.

Das große Haus im neospanischen Stil stand auf einem ziemlich großen Grundstück ein gutes Stück von der Straße entfernt. Rotes Ziegeldach. Cremefarbener Verputz. Bleiverglaste Fenster. Zwei große schmiedeeiserne Kutschenlampen zu beiden Seiten der Eingangstür.

Frank parkte in der kreisförmigen Einfahrt.

Sie stiegen aus ihrem unmarkierten Wagen.

Tony griff unter sein Jackett und zog den Dienstrevolver aus dem Schulterhalfter.

Hilary hatte sich an ihrem Schreibtisch im Arbeitszimmer ausgeweint und dann halb benommen beschlossen, zuerst nach oben zu gehen und sich ein wenig zurechtzumachen, bevor sie den Überfall der Polizei melden wollte. Ihr Haar war völlig durcheinander, ihr Kleid zerfetzt; und die Strumpfhose hing in lächerlichen Schlingen um ihre Beine. Sie wußte nicht, wie lange es dauern würde, bis Reporter auftauchten, sobald die Meldung über Polizeifunk gegangen wäre; aber daß sie über kurz oder lang auftauchen würden, das stand für sie außer Zweifel. Seit ihren zwei erfolgreichen Filmdrehbüchern war sie eine bekannte Persönlichkeit. Vor zwei Jahren wurde sie für das Drehbuch zu Arizona Pete für den Oscar nominiert. Ihr Privatleben war ihr heilig. Sie zog es vor, der Presse, wenn möglich, aus dem Weg zu gehen, aber sie wußte, daß ihr eine Aussage nicht erspart bleiben würde, und Fragen bezüglich der Geschehnisse der letzten Nacht auf sie zukämen.

Dies war sicher die falsche Art von Publicity. Peinlich. In einem solchen Fall Opfer zu sein empfand sie als schlimme Erniedrigung. Obwohl sie Mitgefühl erwarten könnte, würde sie dennoch nicht gut dastehen, käme sich herumgeschubst vor. Sie hatte sich gegen Frye erfolgreich verteidigt, aber der sensationslüsternen Öffentlichkeit bedeutete das nichts. Im unfreundlichen grellen Licht der Fernsehscheinwerfer und auf den ausdruckslosen grauen Zeitungsfoto würde sie schwach aussehen. Das unbarmherzige amerikanische Publikum würde fragen, warum sie Frye ins Haus gelassen habe. Sie würden argwöhnen, man habe sie vergewaltigt, und ihre Behauptung, sie habe ihn abgewehrt, sei nur Tarnung. Einige wären überzeugt davon, sie habe ihn ins Haus gelassen und ihn förmlich dazu aufgefordert, sie zu vergewaltigen. Der größte Teil der ihr entgegengebrachten Sympathie wäre von morbider Neugierde durchsetzt. Und das einzige, was sie kontrollieren konnte, war ihr Aussehen zum Zeitpunkt des Erscheinens der Reporter. Sie durfte einfach nicht zulassen, in dem jämmerlichen, zerzausten Zustand, in dem Bruno Frye sie verlassen hatte, fotografiert zu werden.

Sie wusch das Gesicht ab, kämmte sich die Haare und schlüpfte in einen seidenen Morgenmantel mit einem Gürtel um die Taille, und es kam ihr bei alldem nicht in den Sinn, daß sie dadurch bei einem Verhör ihre Glaubwürdigkeit beeinträchtigen würde. Sie war sich nicht im klaren, daß sie sich durch die Veränderung ihres Äußeren zur Zielscheibe für Argwohn und Mißgunst wenigstens eines Polizisten machte und vielleicht den Vorwurf der Lüge kassieren würde.

Obwohl sie glaubte, sich im Griff zu haben, fing Hilary nach dem Umkleiden erneut zu zittern an. Ihre Beine versagten ihr den Dienst; sie mußte sich einen Augenblick lang gegen die Tür ihres Kleiderschrankes lehnen.

Alptraumartige Bilder drängten sich in ihr Bewußtsein, lebendig wirkende, spontane Erinnerungen aus ihrem Unterbewußtsein.

Zuerst sah sie Frye mit einem Messer und dem Totenschädel-Grinsen auf sich zukommen. Plötzlich veränderte er sich, verschmolz mit einer anderen Gestalt, nahm eine andere Identität an, die ihres Vaters, Earl Thomas; unvermittelt war es Earl, der auf sie zukam, betrunken und zornig fluchend, mit seinen großen, harten Händen auf sie einschlagend. Sie schüttelte den Kopf, atmete ein paarmal tief durch und schaffte es schließlich mit einiger Mühe, die Vision zu verdrängen.

Aber sie zitterte unaufhörlich am ganzen Körper.

Sie bildete sich ein, in einem Zimmer des Hauses seltsame Geräusche zu hören. Ein Teil von ihr hielt sie für Fiktion, aber der andere war überzeugt davon, in Wirklichkeit sei Frye zurückgekehrt.

Als sie schließlich zum Telefon rannte und die Nummer der Polizei wählte, befand sie sich in einem Zustand, der eine ruhige, vernünftige und sachliche Schilderung, die sie liefern wollte, einfach nicht mehr zuließ. Die Ereignisse der letzten Stunden hatten sie viel tiefer berührt, als sie zunächst dachte; es würde Tage, vielleicht sogar Wochen dauern, bis sie sich von dem Schock erholen würde.

Nachdem sie den Hörer wieder auflegte, fühlte sie sich besser. Sie wußte, daß Hilfe kam. Sie ging die Treppe hinunter und sagte laut zu sich: »Bleib ruhig. Bleib ganz ruhig. Du bist Hilary Thomas. Du bist zäh. Zäh und hart wie Stahl. Du hast keine Angst. Niemals. Alles wird gut.« Dieselbe Litanei hatte sie als Kind in jenem Apartment in Chicago so oft heruntergeleiert. An der ersten Tür angelangt, fing sie langsam an, sich wieder in den Griff zu kriegen.

Sie stand im Vorraum und schaute durch das schmale, bleiverglaste Fenster neben der Tür hinaus. Ein Wagen hielt soeben in den Einfahrt. Zwei Männer stiegen aus. Obwohl sie nicht mit lauten Sirenen und blitzendem Rotlicht kamen, wußte sie doch genau, daß die beiden Männer von der Polizei waren. Sie entriegelte die Tür und öffnete ihnen.

Der erste Mann, der vor sie trat, war kräftig, blond und blauäugig und besaß die für Bullen typische harte Stimme. Er hielt in der rechten Hand eine Waffe. »Polizei. Wer sind Sie?«

»Thomas«, antwortete sie. »Hilary Thomas. Ich habe angerufen.«

»Ist das ihr Haus?«

»Ja. Da war ein Mann –«

Ein zweiter Detektiv, größer und dunkler, tauchte aus der Nacht auf und unterbrach sie, ehe sie den Satz zu Ende führen konnte. »Befindet er sich noch auf dem Gelände?«

»Was?«

»Ist der Mann, der Sie überfallen hat, noch hier?«

»Oh, nein. Weg. Er ist weg.«

»In welche Richtung ist er weggegangen?« wollte der Blonde wissen.

»Zu dieser Tür hinaus.«

»Hatte er einen Wagen?«

»Das weiß ich nicht.«

»War er bewaffnet?«

»Nein. Ich meine, ja.«

»Was also?«

»Er hatte ein Messer. Aber jetzt nicht mehr.«

»In welche Richtung lief er, als er das Haus verließ?«

»Ich weiß nicht. Ich war oben. Ich –«

»Wie lange ist es her, daß er das Haus verlassen hat?« wollte der große Dunkle wissen.

»Vielleicht fünfzehn, zwanzig Minuten.«

Die beiden wechselten einen Blick, den sie nicht verstand, der aber – das war ihr sogleich klar – nichts Gutes für sie verhieß.

»Warum haben Sie so lange gebraucht, um uns zu verständigen?« fragte der Blonde.

Irgendwie wirkte er feindselig.

Sie spürte, daß sie im Begriff stand, einen gewichtigen Vorteil einzubüßen, und dennoch konnte sie ihn nicht näher ausmachen.

»Zuerst war ich ... konfus«, meinte sie. »Hysterisch. Ich brauchte ein paar Minuten, um mich wieder zu fangen.«

»Zwanzig Minuten?«

»Vielleicht waren es nur fünfzehn.«

Die beiden Detektive steckten ihre Revolver weg.

»Wir brauchen eine Beschreibung«, erklärte der Dunkle.

»Ich kann Ihnen etwas viel Besseres geben«, meinte sie und trat beiseite, um sie ins Haus zu lassen. »Ich kann Ihnen den Namen sagen.«

»Welchen Namen?«

»Seinen Namen. Ich kenne ihn«, erklärte sie, »den Mann, der mich angegriffen hat. Ich weiß, wer das ist.«

Wieder wechselten die beiden Detektive jenen Blick.

Sie dachte: *Was hab' ich falsch gemacht?*

Hilary Thomas war eine der schönsten Frauen, die Tony je gesehen hatte. Sie mußte ein paar Tropfen Indianerblut in sich haben. Sie besaß langes dichtes Haar, dunkler als das seine, ein von innen heraus leuchtendes Rabenschwarz. Das Weiße um ihre tiefdunklen Augen wirkte so klar wie pasteurisierte Sahne. Ihr makelloser Teint leuchtete in einem leicht milchigen Bronzeton, wahrscheinlich vorwiegend aufgrund der kalifornischen Sonne. Ihr etwas zu langes Gesicht wurde durch die Größe ihrer Augen, die perfekte Form ihrer Patriziernase und die fast obszöne Fülle ihrer Lippen ausgeglichen. Sie besaß ein erotisches Gesicht, und zugleich das intelligente, freundliche Gesicht einer Frau, die über große Zartheit und Mitgefühl verfügte. Auch Schmerz zeigte ihr Antlitz, besonders in diesen faszinierenden Augen lag eine Art von Schmerz, der sich aus Erfahrung und Wissen zusammensetzte; und Tony vermutete, das war nicht nur jener Schmerz, den man ihr in dieser Nacht zugefügt hatte; ein Teil davon lag weit, weit zurück.

Sie saß auf der Vorderkante des Cordsamtsofas in dem ringsherum von Büchern gesäumten Arbeitszimmer; Tony hockte am anderen Ende. Sie waren alleine.

Frank telefonierte in der Küche mit einem Mann des Hauptquartiers.

Oben beschäftigten sich zwei uniformierte Streifenbeamte, Whitlock und Farmer, damit, die Kugeln aus den Wänden zu holen.

Ein Fingerabdruckmann befand sich nicht im Haus, da der Eindringling laut Aussage Handschuhe getragen hatte.

»Was macht er jetzt?« fragte Hilary Thomas.

»Wer?«

»Lieutenant Howard.«

»Er ruft in der Zentrale an und sorgt dafür, daß sich jemand mit dem Büro des Sheriffs dort droben in Napa County, wo Frye wohnt, in Verbindung setzt.«

»Warum?«

»Nun, der Sheriff kann zunächst vielleicht herausfinden, wie Frye nach L.A. gekommen ist.«

»Ist es denn wichtig, wie er hergekommen ist?« fragte sie.

»Kommt es nicht darauf an, daß er sich hier aufhält und man ihn deshalb finden und festhalten muß.«

»Wenn er beispielsweise per Flugzeug kam«, meinte Tony, »dann hilft es uns nicht weiter. Aber wenn Frye mit dem Wagen nach L.A. fuhr, dann könnte der Sheriff von Napa County herausfinden, was er für einen Wagen besitzt. Erhalten wir dann eine Beschreibung des Fahrzeugs und die Zulassungsnummer, so haben wir vielleicht eher die Chance, ihn festzunageln, ehe er allzu weit kommt.«

Sie dachte einen Augenblick lang darüber nach und fragte dann: »Warum ist Lieutenant Howard in die Küche gegangen? Warum hat er nicht einfach den Apparat hier benutzt?«

»Ich nehme an, er wollte, daß Sie ein paar Minuten Ruhe haben«, meinte Tony etwas verlegen.

»Und ich glaube, er wollte nicht, daß ich zuhöre.«

»O nein. Er wollte nur —«

»Wissen Sie, ich habe ein merkwürdiges Gefühl«, fuhr sie fort, ohne ihn ausreden zu lassen. »Ich habe das Gefühl, als sei ich die Verdächtige und nicht etwa das Opfer.«

»Sie sind bloß erregt«, beruhigte er sie. »Das ist verständlich.«

»Ist es nicht. Es liegt vielmehr daran, wie Sie sich mir gegenüber verhalten. Nun ... Sie nicht so, aber er.«

»Frank wirkt manchmal sehr kühl«, sagte Tony. »Aber er ist ein sehr guter Detektiv.«

»Er denkt, ich lüge.«

Ihr Scharfsinn überraschte ihn. Er rutschte verlegen auf dem Sofa hin und her. »Ich bin ganz sicher, daß er nicht so denkt.«

»Doch«, beharrte sie. »Und ich verstehe nicht, warum.« Ihre Augen fixierten ihn. »Seien Sie wenigstens ehrlich, kommen Sie. Was ist? Was habe ich falsch gemacht?«

Er seufzte. »Ihnen entgeht wohl nicht so leicht etwas.«

»Ich bin Schriftstellerin. Es gehört zu meinem Beruf, die Dinge etwas genauer zu beobachten. Und außerdem kann ich hartnäckig sein. Also sollten Sie besser meine Fragen beantworten, sonst lasse ich bestimmt nicht locker.«

»Nun, was Lieutenant Howard unter anderem stört, ist die Tatsache, daß Sie den Mann, der Sie angegriffen hat, kennen.«

»Und?«

»Das ist mir peinlich«, meinte er verlegen.

»Lassen Sie schon hören.«

»Nun ...« Er räusperte sich. »Nach üblicher Polizeimeinung geht man davon aus, daß das Opfer, das den Täter kennt, im Fall von Notzucht oder versuchter Notzucht mit ziemlich großer Wahrscheinlichkeit zu der Tat beigetragen hat, da es vermutlich den Angeklagten zur Tat ermuntert hat.«

»Unsinn!«

Sie stand auf, ging zum Schreibtisch und blieb dort, den Rücken ihm zugewandt, stehen. Er erkannte, daß sie versuchte, nicht die Fassung zu verlieren. Er hatte sie mit seinen Worten sehr verärgert.

Als sie sich schließlich wieder umdrehte, war ihr Gesicht gerötet. »Das ist schrecklich«, meinte sie. »Empörend. Jedesmal, wenn eine Frau von jemandem vergewaltigt wird, den sie kennt, dann glauben Sie tatsächlich, daß sie den Täter dazu ermutigt hat.«

»Nein. Nicht jedesmal.«

»Aber *meistens*, das denken Sie wenigstens«, fügte sie aufgebracht hinzu.

»Nein.«

Sie funkelte ihn an. »Wir wollen doch aufhören, hier semantische Spiele zu treiben. Bei *mir* glauben Sie es. Sie glauben, daß ich ihn herausgefordert habe.«

»Nein«, beharrte Tony. »Ich habe Ihnen nur erklärt, wie die Polizei üblicherweise in solchen Fällen denkt. Ich habe nicht behauptet, viel davon zu halten. Das tue ich wirklich nicht. Wohl aber Lieutenant Howard. Und Sie hatten gefragt. Sie wollten wissen, was er denkt, und ich habe es Ihnen erzählt.«

Sie runzelte die Stirn. »Dann ... glauben Sie mir?«

»Gibt es einen Grund, das nicht zu tun?«

»Es war genau so, wie ich es geschildert habe.«

»In Ordnung.«

Sie starrte ihn an. »Warum?«

»Warum was?«

»Warum glauben Sie mir, und er nicht?«

»Für mich gibt es nur zwei Gründe, warum eine Frau einen Mann zu Unrecht der Notzucht anklagt. Und in Ihrem Fall trifft keiner dieser Gründe zu.«

Sie lehnte sich an den Schreibtisch und verschränkte die Arme, legte den Kopf etwas zur Seite und musterte ihn interessiert. »Was sind das für Gründe?«

»Nummer eins, er hat Geld und sie nicht. Sie möchte ihn in Verlegenheit bringen, hofft, sie könne eine große Entschädigung dafür kassieren, daß sie die Anklage schließlich fallenläßt.«

»Aber ich habe Geld.«

»Allem Anschein nach sogar eine ganze Menge«, meinte Tony und blickte sich bewundernd in dem schön möblierten Zimmer um.

»Und der andere Grund?«

»Ein Mann und eine Frau hatten eine Affäre miteinander, und er verläßt sie wegen einer anderen. Sie ist verletzt, fühlt sich zurückgesetzt, verschmäht. Sie will sich an ihm rächen, ihn bestrafen und wirft ihm deshalb Notzucht vor.«

»Wie können Sie sicher sein, daß das bei mir nicht der Fall ist?« fragte sie.

»Ich habe Ihre beiden Filme gesehen und glaube deshalb, mir ein gewisses Bild von Ihnen machen zu können. Sie sind eine sehr intelligente Frau, Miss Thomas. Ich glaube nicht, daß Sie so unvernünftig, so kleinlich oder rachsüchtig sein könnten, um einen Mann ins Gefängnis zu schicken, nur weil er Ihre Gefühle verletzt hat.«

Sie musterte ihn eindringlich.

Er hatte das Gefühl, abgewogen und beurteilt zu werden.

Offensichtlich überzeugt, daß er nicht ihr Feind war, kehrte sie zu dem Sofa zurück und setzte sich in einen Wirbel dunkelblauer Seide. Der Morgenrock schmiegte sich um ihre Figur. Er versuchte, sich nicht anmerken zu lassen, wie sehr ihn ihre attraktive Weiblichkeit in Bann zog.

»Tut mir leid, wenn ich etwas unfreundlich reagierte«, sagte sie.

»War nicht der Fall«, beruhigte er sie. »Mich ärgert die Polizeimeinung auch manchmal.«

»Ich nehme an, Fryes Anwalt wird, wenn diese Geschichte vor Gericht kommt, den Geschworenen einzureden versuchen, daß ich den Hundesohn gereizt habe.«

»Darauf können Sie sich verlassen.«

»Wird man ihm glauben?«

»Häufig ist das der Fall.«

»Aber er hat nicht nur versucht, mich zu vergewaltigen. Er wollte mich *umbringen*.«

»Dafür werden Sie Beweise brauchen.«

»Das zerbrochene Messer oben —«

»Das läßt sich nicht unbedingt mit ihm in Verbindung bringen«, meinte Tony. »Es trägt keine Fingerabdrücke; es handelt sich um ein ganz gewöhnliches Küchenmesser. Unmöglich wird man feststellen können, wo es gekauft wurde, und darum nicht mit Bruno Frye in Verbindung bringen.«

»Aber er machte auf mich den Eindruck eines Wahnsinnigen. Er ... er befindet sich nicht im Gleichgewicht. Das würden die Geschworenen doch sehen. Verdammt, Sie werden es sogar erkennen, wenn Sie ihn verhaften. Wahrscheinlich wird es gar nicht zur Verhandlung kommen. Man wird ihn einfach in eine Anstalt einweisen.«

»Wenn er wirklich geisteskrank ist, dann wird er wissen, was er tun muß, um normal zu wirken«, sagte Tony. »Schließlich war er bis zum heutigen Tag ein besonders verantwortungsbewußter aufrechter Bürger. Als Sie auf seinem Weingut in der Nähe von St. Helena waren, ist Ihnen doch auch nicht aufgefallen, daß Sie sich in der Gesellschaft eines Wahnsinnigen befanden, oder?«

»Nein.«

»Dann werden die Geschworenen das auch nicht bemerken.«

Sie schloß die Augen und kniff sich in den Nasenrücken. »Also kommt er höchstwahrscheinlich ungeschoren davon.«

»Es tut mir leid, das sagen zu müssen, aber die Wahrscheinlichkeit ist recht hoch.«

»Er wird wiederkommen.«

»Vielleicht.«

»Mein Gott!«

»Sie wollten die ungeschminkte Wahrheit hören.«

Sie musterte ihn mit ihren schönen, großen Augen. »Ja, wollte ich. Und ich bin Ihnen dankbar, daß Sie so offen sprachen.« Sie fand sogar ein kleines Lächeln für ihn.

Er lächelte zurück. Am liebsten hätte er sie in den Arm genommen, an sich gedrückt, sie getröstet, geküßt, geliebt. Aber als guter Gesetzesvertreter mußte er auf seiner Seite des Sofas sitzen, ausdrucksleer lächeln und sagen: »Manchmal haben wir ein ziemlich lausiges System.«

»Und was gibt es sonst noch für Gründe?«

»Wie bitte?«

»Sie sagten, *einer* der Gründe, weshalb Lieutenant Howard mir nicht glaubt, sei daß ich den Täter kenne. Was gibt es noch für Gründe? Weshalb glaubt er sonst noch, daß ich lüge?«

Tony wollte gerade antworten, als Frank Howard das Zimmer betrat.

»Okay«, meinte Frank knapp. »Der Sheriff kümmert sich jetzt in Napa County darum, er versucht, herauszufinden, wann und wie dieser Frye die Stadt verlassen hat. Außerdem wurde nach Ihrer Beschreibung, Miss Thomas, die Fahndung eingeleitet. Ich hab' mir auch aus meinem Wagen dieses Berichtsformular geholt.« Er zeigte ihr sein Schreibbrett, das darauf festgeklippte Blatt Papier und zog einen Kugelschreiber aus der Innentasche seines Jacketts. »Ich möchte, daß Sie mit Lieutenant Clemenza und mir noch einmal alles durchgehen, was Sie erlebt haben, damit ich alles exakt niederschreiben kann. Dann sind Sie uns los.«

Sie ging mit ihnen in den Vorraum und begann ihre Darstellung mit dem detaillierten Bericht über Bruno Fryes überraschendes Erscheinen. Tony und Frank folgten ihr zu dem umgeworfenen Sofa, dann ins Obergeschoß ins Schlafzimmer und stellten dabei Fragen. In der halben Stunde, in denen sie das Formular ausfüllten und Hilary ihnen die Ereignisse des Abends schilderte, schwankte ihr Stimme hin und wieder. Jedesmal empfand Tony den Drang, sie an seine Brust zu drücken und zu trösten.

Gerade als sie den Bericht abgeschlossen hatten, tauchten einige Reporter auf. Sie ging nach unten, um sie einzulassen.

Gleichzeitig kam ein Anruf für Frank von seiner Dienststelle, den er in ihrem Schlafzimmer entgegennahm.

Tony ging hinunter, um auf Frank zu warten und um auch mitzuerleben, wie Hilary Thomas mit den Journalisten fertig wurde.

Sie verhielt sich sehr geschickt, schützte Müdigkeit vor, ließ sie nicht ins Haus. Statt dessen ging sie nach draußen auf den Plattenweg vor dem Haus; und die Journalisten scharten sich um sie. Ein Fernsehteam war inzwischen eingetroffen, mit Handkamera und dem üblichen Schauspieler-Reporter, der seinen Job in erster Linie seinen markanten Gesichtszügen, den durchdringenden Augen und der tiefen väterlichen Stimme verdankte. Intelligenz und journalistisches Können waren nicht nötig, um in Fernsehnachrichten auftreten zu können; ein Übermaß dieser Fähigkeiten konnte sich sogar nachteilig auswirken; der karrierebewußte Fernsehreporter mit dem größten Erfolg dachte in etwa genau so, wie es die Programmstrukturierung verlangte – in Drei-, Vier- und Fünf-Minuten-Segmenten; man sollte sich auch nie länger mit einem Thema befassen und keinesfalls gründlicher nachforschen. Der Zeitungsjournalist mit seinem Fotografen sah nicht so gut aus wie der Mann vom Fernsehen, war auch nicht so gut gekleidet. Hilary Thomas beantwortete ihre Fragen spielend, ging auch nur auf diejenigen ein, die sie beantworten wollte; die anderen, zu persönlichen oder gar unverschämten Fragen nahm sie einfach nicht zur Kenntnis.

Was Tony am meisten beeindruckte, war die Art und Weise, wie sie die Journalisten, ohne sie zu beleidigen, ihrem Haus und ihren persönlichen Empfindungen fernhielt. Das mußte gar nicht so einfach sein. Es gab viele ausgezeichnete Reporter, die die Fähigkeit besaßen, Wahrheiten auszugraben und gute Storys zu schreiben, ohne die Rechte und die Menschenwürde der Betreffenden zu verletzen; aber es gab auch ebenso viele andere Rüpel, die in letzter Zeit ungeheuer an Macht gewonnen hatten. Legte man sich mit einem Reporter an, mit seinen Methoden oder seiner von Vorurteilen behafteten Art und Weise der Gesprächsführung, oder beleidigte man ihn gar, so vermochte er wiederum, einen als Lügner, Verbrecher oder zumindest als Narren darzustellen. Und er selbst sah sich dann als Vorkämpfer der Aufklärung im Kampf gegen das Böse. Hilary wußte um diese Gefahr, denn sie ging geradezu meisterhaft mit ihnen um. Sie beantwortete die meisten Fragen, gab den Journalisten Streicheleinheiten, erwies ihnen Respekt, bezauberte sie geradezu und lächelte sogar in die Kameras. Sie erwähnte aber nicht, daß sie den Täter kannte. Sie deutete auch den Namen Bruno Frye mit keiner Silbe an, wollte nicht, daß die Medien Spekulationen über ihre bisherige Beziehung zu diesem Angreifer anstellten.

Diese Geschicklichkeit veranlaßte Tony zum Umdenken. Er hatte sie für talentiert und intelligent gehalten, doch jetzt erkannte er, daß sie darüber hinaus auch noch Klugheit besaß. Schon lange war er keiner Frau von ihren Qualitäten mehr begegnet.

Beinahe am Ende des Interviews angelangt, stand Hilary gerade im Begriff, sich geschickt zu verabschieden, als Frank Howard die Treppe herunterkam und unter die Tür trat, wo Tony in der kühlen Nachtluft wartete. Frank beobachtete Hilary Thomas, wie sie eine Reporterfrage beantwortete, und runzelte finster die Stirn. »Ich muß mit ihr reden.«

»Was wollten die denn von der Zentrale?« fragte Tony.

»Deshalb muß ich ja mit ihr reden«, erwiderte Frank, noch immer mürrisch. Er hatte sich dafür entschieden, wortkarg zu bleiben, würde sein Wissen also erst ausspucken, wenn es ihm paßte, eine seiner unangenehmen Eigenschaften.

»Sie ist mit denen fast fertig«, meinte Tony.

»Die gibt ja mächtig an.«

»Überhaupt nicht.«

»Aber sicher. Die genießt doch jeden Augenblick.«

»Sie macht ihre Sache gut«, erklärte Tony, »auf mich macht sie nicht den Eindruck, als fände sie besonderen Spaß daran.«

»Filmleute«, meinte Frank verächtlich. »Die brauchen Publicity und die Aufmerksamkeit der Menge, so wie du und ich das Essen.«

Die Reporter standen höchstens zweieinhalb Meter entfernt, und obwohl sie alle fast gleichzeitig Hilary Thomas befragten, hatte Tony doch Sorge, sie könnten Frank hören. »Nicht so laut«, meinte er.

»Mir doch egal, ob die mitbekommen, was ich von ihnen halte«, entgegnete Frank. »Ich könnte sogar ein Statement über publicitysüchtige Typen abgeben, die Geschichten erfinden, um in Zeitungen zu erscheinen.«

»Willst du damit sagen, sie hat das alles nur erfunden? Das ist doch lächerlich.«

»Wirst schon sehen«, erklärte Frank.

Plötzlich fühlte Tony sich unsicher. Hilary Thomas hatte in ihm den tapferen Ritter geweckt; er wollte sie beschützen, wollte, daß man sie nicht verletzte. Aber Frank wollte allem Anschein nach über etwas höchst Unangenehmes mit ihr diskutieren.

»Ich muß jetzt mit ihr sprechen«, drängte Frank. »Der Teufel soll mich holen, wenn ich mir hier die Füße in den Bauch stehe, während die der Presse in den Hintern kriecht.«

Tony legte seinem Partner beschwichtigend die Hand auf die Schulter.

»Warte hier. Ich hole sie.«

Frank hatte sich über die Meldung aus der Zentrale mächtig geärgert, und Tony wußte, daß die Reporter das merken würden; sie wären dann höchstwahrscheinlich verunsichert und könnten glauben, die Ermittlungen machten Fortschritte – ganz besonders dann, wenn die Sache nach Skandal roch. Sie würden die ganze Nacht hier herumlungern und jeden belästigen. Und wenn. Hätte Frank tatsächlich irgend etwas Negatives über Hilary Thomas in Erfahrung gebracht, dann gäbe es entsprechende Schlagzeilen, und der ganze Schmutz würde mit widerwärtigem Vergnügen in die Welt hinausposaunt werden. Sollten sich Franks Informationen später als falsch erweisen, würden die Fernsehleute wahrscheinlich keinerlei Berichtigung bringen, und die Zeitungen, wenn überhaupt, vielleicht vier Zeilen auf Seite 20. Tony wollte ihr die Gelegenheit geben, das zu widerlegen, was Frank vielleicht vorbringen würde, die Chance, sich zu rechtfertigen, ehe das Ganze von den Medien bereits breitgetreten wäre.

Er ging zu den Reportern und sagte: »Entschuldigen Sie bitte, meine Damen und Herren, aber ich glaube, Miss Thomas hat Ihnen bereits mehr gesagt als uns. Sie haben sie richtig ausgequetscht. Mein Partner und ich hätten schon vor einigen Stunden Dienstschluß gehabt; wir sind jetzt schrecklich müde nach einem harten Tag, an dem wir hauptsächlich unschuldige Verdächtige verprügelt und Schmiergelder eingesteckt haben. Wenn Sie uns jetzt also Gelegenheit geben, die Sache mit Miss Thomas zu Ende zu bringen, wären wir Ihnen dankbar.«

Sie lachten wohlwollend und begannen, ihm Fragen zu stellen. Er beantwortete einige der Fragen, peinlich bedacht, ihnen nichts Neues zu liefern. Dann drängte er die Frau ins Haus und schloß die Tür hinter ihnen.

Frank wartete im Vorraum. So schlechtgelaunt sah er aus, als würde ihm jeden Augenblick Dampf aus den Ohren quellen. »Miss Thomas, ich muß Ihnen noch ein paar Fragen stellen.«

»Okay.«

»Eine ganze Menge Fragen sogar. Es wird eine Weile dauern.«

»Nun ... wollen wir ins Arbeitszimmer gehen?«

Frank Howard ging voran.

Zu Tony gewandt, meinte Hilary: »Was ist jetzt plötzlich los?«

Er zuckte die Achseln. »Keine Ahnung. Das würde ich auch gern wissen.«

Frank blieb mitten im Wohnzimmer stehen und schaute sich um. »Miss Thomas?«

Sie und Tony folgten ihm ins Arbeitszimmer.

Hilary setzte sich aufs Cordsamtsofa, schlug die Beine übereinander und zog sich den seidenen Morgenmantel zurecht. Sie wirkte nervös aufgrund von Lieutenant Howards feindseliger Haltung ihr gegenüber. Er gab sich kalt, schien von einem eisigen Zorn erfüllt zu sein, der förmlich aus seinen Augen sprühte. Unwillkürlich dachte sie an Bruno Fryes unheimliche Augen und konnte ein Frösteln nicht unterdrücken.

Lieutenant Howard funkelte sie an. Sie kam sich vor wie die Angeklagte bei einem Prozeß der spanischen Inquisition. Wenn Howard plötzlich mit dem Finger auf sie gedeutet und sie der Hexerei bezichtigt hätte, hätte sie das nicht verblüfft. Der Nette, Lieutenant Clemenza, saß im braunen Lehnstuhl. Das warme bernsteinfarbene Licht der Stehlampe mit dem gelben Schirm fiel auf ihn und zeichnete weiche Schatten um seine Mundwinkel, die Nase, die tiefliegenden Augen, und ließ ihn noch sanfter und freundlicher erscheinen, als sie es vom letzten Gespräch in Erinnerung hatte. Sie wünschte, er wäre derjenige, der die Fragen stellte. Aber im Augenblick hatte er offenbar die Rolle des Beobachters übernommen.

Lieutenant Howard stand vor ihr und blickte mit unverhohlenem Widerwillen auf sie herab. Sie spürte, daß er sie dazu bringen wollte, den Blick beschämt oder niedergeschlagen abzuwenden; er wollte sie einschüchtern, irgendein Polizistentrick. Sie erwiderte seinen Blick unverwandt, bis er sich schließlich abwandte und anfing, auf und ab zu gehen.

»Miss Thomas«, fing Howard an, »an Ihrer Geschichte gibt es einiges, was mich stört.«

»Ich weiß«, meinte sie. »Es stört Sie, daß ich den Angreifer kenne. Sie denken, ich habe ihn vielleicht gereizt. Ist das nicht die übliche Ansicht der Polizei?«

Er blinzelte überrascht, hatte sich aber sofort wieder im

Griff. »Ja. Das ist das eine. Bleibt noch die Tatsache, daß wir nicht herausfinden können, wie er in ihr Haus gekommen ist. Officer Whitlock und Officer Farmer haben das Haus von oben bis unten durchsucht, zweimal, dreimal; sie können keine Spuren eines gewaltsamen Eindringens finden. Keine eingeschlagenen Fenster. Keine aufgestemmten Schlösser.«

»Also vermuten Sie, ich hätte ihn eingelassen«, ergänzte Hilary.

»Muß ich sicherlich in Erwägung ziehen.«

»Nun, ziehen Sie auch das in Erwägung. Als ich vor ein paar Wochen in Napa County war, um Recherchen für ein Drehbuch anzustellen, habe ich meine sämtlichen Schlüssel in seinem Weingut verloren. Hausschlüssel, Wagenschlüssel – «

»Sind Sie die ganze Strecke dorthin gefahren?«

»Nein, geflogen. Aber ich hatte alle Schlüssel am selben Ring. Sogar die Schlüssel für den Mietwagen, den ich in Santa Rosa übernommen hatte; sie hingen an einer dünnen Kette, und aus Angst, ich könnte sie verlieren, habe ich sie an meinem Schlüsselbund befestigt. Ich hab' ihn nicht wiedergefunden. Die Leute von der Mietwagenfirma mußten mir neue Schlüssel schicken. Nach Los Angeles zurückgekehrt, brauchte ich einen Schlüssel, um überhaupt ins Haus zu kommen. Danach hab' ich mir neue Schlüssel anfertigen lassen.«

»Sie haben die Schlösser nicht ausgewechselt?«

»Der Aufwand schien mir überflüssig«, erklärte sie. »Die Schlüssel, die ich verloren habe, trugen ja keine Beschriftung. Derjenige, der sie gefunden hat, konnte doch nicht wissen, wem sie gehören.«

»Ist es Ihnen nicht in den Sinn gekommen, daß man sie Ihnen gestohlen haben könnte?« fragte Lieutenant Howard.

»Nein.«

»Aber jetzt sind Sie der Meinung, Bruno Frye habe Ihnen die Schlüssel in der Absicht entwendet, hierherzukommen, Sie zu vergewaltigen und zu töten.«

»Ja.«

»Was hat er denn gegen Sie?«
»Das weiß ich nicht.«
»Hat er irgendeinen Grund, böse auf Sie zu sein?«
»Nein.«
»Einen Grund zum Haß?«
»Ich kenne den Mann doch kaum.«
»Für ihn ist der Weg hierher schrecklich weit.«
»Ich weiß.«
»Hunderte von Meilen.«
»Hören Sie, er ist geistesgestört. Und Geistesgestörte unternehmen manchmal verrückte Dinge.«

Lieutenant Howard hörte auf, auf und ab zu gehen, blieb wieder vor ihr stehen und starrte sie von oben herab an, mit einem Gesicht wie auf einem Totempfahl. »Kommt es Ihnen nicht komisch vor, daß ein geistesgestörter Mann seinen Zustand zu Hause so gut verbergen kann und er eine eiserne Selbstzucht besitzt, um das alles in sich so lange aufzuheben, bis er in eine fremde Stadt kommt?«

»Natürlich kommt mir das seltsam vor«, meinte sie. »Es ist unheimlich. Aber es ist so.«

»Hatte Bruno Frye Gelegenheit, Ihre Schlüssel zu stehlen?«

»Ja. Einer der Vorarbeiter seines Weinguts hat einen speziellen Rundgang mit mir unternommen. Wir mußten ein Gerüst hochklettern, zwischen Gärbottichen und Fässern und durch einige sehr enge Stellen hindurch. Ich konnte meine Handtasche nicht mitnehmen, die wäre mir nur im Weg gewesen. Also hab' ich sie im Hauptgebäude abgelegt.«

»In Fryes Haus.«
»Ja.«

Es knisterte förmlich vor Spannung. Er begann wieder auf und ab zu gehen: vom Sofa zu den Fenstern, von den Fenstern zu den Bücherregalen und wieder zurück zum Sofa. Dabei zog er seine breiten Schultern hoch und schob den Kopf nach vorn.

Lieutenant Clemenza lächelte ihr zu, aber das half wohl auch nicht, sie zu beruhigen.

»Würde sich in dem Weingut jemand erinnern, daß Sie Ihre Schlüssel verloren haben?« fragte Lieutenant Howard.

»Ich glaube schon. Ganz sicher sogar. Ich habe mindestens eine halbe Stunde lang gesucht und mich überall erkundigt, in der Hoffnung, jemand hätte sie vielleicht gesehen.«

»Aber das hatte niemand.«

»Stimmt.«

»Wo konnten Sie sie Ihrer Meinung nach gelassen haben?«

»Ich dachte, sie wären in meiner Handtasche.«

»Dort lagen sie Ihrer Erinnerung nach zuletzt?«

»Ja. Ich war mit dem Mietwagen zum Weingut gefahren und sicher, die Schlüssel nach dem Parken in die Handtasche gelegt zu haben.«

»Und doch kam Ihnen nie in den Sinn, daß man sie Ihnen vielleicht gestohlen haben könnte?«

»Nein. Warum sollte jemand wohl meine Schlüssel, aber nicht mein Geld stehlen? In meiner Geldbörse befanden sich ein paar hundert Dollar.«

»Noch etwas stört mich. Nachdem Sie Frye mit Ihrer Waffe verjagt hatten – warum brauchten Sie so lange, um uns anzurufen?«

»Ich habe nicht lange gebraucht.«

»Zwanzig Minuten.«

»Höchstens.«

»Wenn ein Wahnsinniger einen überfällt und beinahe ersticht, so sind zwanzig Minuten eine verdammt lange Zeit. Die meisten Leute holen in einer solchen Situation sofort die Polizei. Die wollen, daß wir in zehn Sekunden aufkreuzen und werden wild, wenn wir ein paar Minuten brauchen.«

Ihr Blick wanderte zu Clemenza, dann zurück zu Howard und schließlich auf ihre ineinander verkrampften Finger, an denen die Knöchel weiß hervortraten. Sie richtete sich auf und drückte die Schultern zurück. »Ich ... denke, ich ... ich bin einfach zusammengeklappt.« Das zuzugeben, fiel ihr schwer, sie schämte sich fast. Auf ihre Stärke war sie immer stolz gewesen. »Ich ging an den Schreibtisch, setzte mich, fing an, die Nummer der Polizei zu wählen, und ... dann ... habe ich einfach ... losgeweint. Ich fing zu weinen an ... und konnte eine Zeitlang nicht mehr aufhören.«

»Sie haben zwanzig Minuten lang geweint?«

»Nein. Natürlich nicht. In Wirklichkeit bin ich eigentlich nicht der Typ, der weint. Ich meine, ich gerate nicht so leicht aus dem Gleichgewicht.«

»Wie lange haben Sie gebraucht, um sich wieder zu fangen?«

»Weiß ich nicht genau.«

»Eine Viertelstunde?«

»Nein, nicht so lang.«

»Zehn Minuten?«

»Vielleicht fünf.«

»Nachdem es Ihnen wieder besser ging, warum haben Sie uns da nicht angerufen? Haben Sie einfach vor dem Telefon gesessen?«

»Ich bin nach oben gegangen, um mir das Gesicht abzuwaschen und mich umzuziehen«, erklärte sie. »Das habe ich Ihnen schon mal gesagt.«

»Ich weiß«, erwiderte er. »Ich erinnere mich. Sie haben sich für die Presse herausgeputzt.«

»Nein«, sagte sie scharf und wurde nun ihrerseits ärgerlich. »Ich habe mich nicht ›herausgeputzt‹ –. Ich dachte nur ich sollte – «

»Das ist der vierte Punkt, der mich an Ihrer Geschichte stört«, unterbrach sie Howard. »Das verblüfft mich völlig. Ich meine, nachdem man Sie fast vergewaltigt und umgebracht hat, Sie obendrein die Kontrolle über sich verloren und geweint haben, und trotz Ihrer Angst, Frye könnte zurückkommen und versuchen, sein Vorhaben zu Ende zu führen, nahmen Sie sich Zeit, sich herzurichten. Verblüffend.«

»Entschuldigung«, meinte Lieutenant Clemenza und beugte sich in dem braunen Sessel nach vorn. »Frank, ich weiß, du hast etwas und willst auf irgend etwas hinaus. Ich möchte deinen Rhythmus nicht stören, ganz bestimmt nicht. Aber ich glaube nicht, daß wir hier Vermutungen in bezug auf Miss Thomas' Ehrlichkeit und Integrität anstellen dürfen, die lediglich darauf beruhen, wie lange sie brauchte, um die Polizei zu verständigen. Wir wissen, daß Menschen sich nach einem solchen Erlebnis manchmal in einer Art Schockzustand befinden. Sie handeln nicht immer ganz rational. So seltsam finde ich Miss Thomas' Verhalten gar nicht.«

Fast wollte sie Lieutenant Clemenza für seine Worte danken, aber sie fühlte andeutungsweise eine Feindseligkeit zwischen den beiden Beamten und durfte das schwelende Feuer nicht zusätzlich schüren.

»Soll das heißen, daß ich mich beeilen soll?« fragte Howard Clemenza.

»Ich meine nur, daß es langsam spät wird und wir alle sehr müde sind«, erwiderte Clemenza.

»Du gibst also zu, daß ihre Geschichte eine Menge Lücken aufweist?«

»So würde ich das nicht ausdrücken«, erklärte Clemenza.

»Wie würdest du es dann ausdrücken?« fragte Howard.

»Nun, sagen wir, einiges paßt noch nicht ganz zusammen.«

Howard musterte ihn einen Augenblick lang finster und nickte dann. »Okay. Einverstanden. Ich wollte ja nur klarstellen, daß ihre Darstellung mindestens vier Probleme aufwirft. Schließt du dich der Meinung an, so kann ich weitermachen.« Er wandte sich wieder Hilary zu. »Miss Thomas. Ich würde gern die Beschreibung des Eindringlings noch einmal hören.«

»Warum? Ich hab' Ihnen doch seinen Namen genannt.«

»Tun Sie mir den Gefallen.«

Sie begriff nicht, worauf er hinauswollte. Sie wußte, daß er versuchte, sie in die Falle zu locken, aber sie hatte nicht die leiseste Ahnung, um was für eine Falle es sich handelte oder was mit ihr passieren würde, wenn sie in diese Falle ging. »Also schön. Fangen wir noch einmal an. Bruno Frye ist groß, etwa einen Meter neunzig – «

»Keinen Namen, bitte.«

»Was?«

»Beschreiben Sie mir den Eindringling, ohne dabei Namen zu nennen.«

»Aber ich kenne seinen Namen«, erwiderte sie langsam und geduldig.

»Mir zuliebe«, behauptete er nicht besonders freundlich.

Sie seufzte, lehnte sich zurück, tat gelassen. Sie wollte nicht, daß er merkte, wie sehr er sie aus der Fassung brachte. Was, zum Teufel, wollte er? »Der Mann, der mich überfallen hat«, begann sie wieder, »war etwa einen Meter neunzig groß, vielleicht hundertfünf Kilo schwer und sehr muskulös.«

»Rasse?« fragte Howard.

»Weiß.«

»Teint?«

»Hell.«

»Irgendwelche Narben oder auffällige Kennzeichen?«

»Nein.«

»Tätowierungen?«

»Soll das ein Witz sein?«

»Tätowierungen?«

»Nein.«

»Sonst irgendwelche Merkmale?«

»Nein.«

»War er in irgendeiner Weise behindert oder mißgestaltet?«

»Ein großer, kerngesunder Hundesohn«, schrie sie unfreundlich. »Haarfarbe?«

»Schmutziges Blond.«

»Lang oder kurz?«

»Mittellang.«

»Augen?«

»Ja.«

»Was?«

»Ja, er hatte Augen.«

»Miss Thomas – «

»Okay, okay.«

»Mir ist es sehr ernst.«

»Blaue Augen. Eine ungewöhnlich blaugraue Farbe.«
»Alter?«
»Etwa vierzig.«
»Irgendwelche Besonderheiten, die Ihnen sonst noch aufgefallen sind?«
»Was zum Beispiel?«
»Sie erwähnten seine Stimme.«
»Richtig. Er hatte eine tiefe Stimme. Dröhnend. Als hätte er Kieselsteine im Mund. Sie klang tief, rauh und kratzig.«
»Also gut«, meinte Lieutenant Howard und wippte leicht mit den Absätzen, sichtlich zufrieden. »Wir erhielten eine gute Beschreibung des Täters. Und jetzt schildern Sie mir, wie Bruno Frye aussieht.«
»Das habe ich gerade getan.«
»Nein, nein. Wir tun so, als würden Sie den Mann nicht kennen, der Sie überfallen hat. Wir treiben dieses kleine Spiel mir zuliebe. Erinnern Sie sich? Sie haben gerade den Täter beschrieben, einen Mann ohne Namen. Und jetzt möchte ich, daß Sie mir Bruno Frye beschreiben.«

Sie wandte sich Lieutenant Clemenza zu. »Ist das wirklich nötig?« meinte sie in einem Anflug von Verzweiflung.

Clemenza antwortete: »Frank, läßt sich das nicht etwas beschleunigen?«

»Hör zu, ich will auf etwas ganz Bestimmtes raus«, erklärte Lieutenant Howard. »Ich mache es, so gut ich kann. Außerdem ist sie diejenige, die das Ganze verlangt hat.«

Er wandte sich wieder an sie. Hilary beschlich erneut das bedrückende Gefühl, sie stünde in einem anderen Jahrhundert vor Gericht, einem Gericht, in dem Howard die Rolle eines Inquisitors spielte. Und ließe Clemenza das zu, so würde Howard sie einfach packen und so lange schütteln, bis sie ihm die Antworten lieferte, die er hören wollte, egal, ob sie nun der Wahrheit entsprachen oder nicht.

»Miss Thomas«, meinte er, »wenn Sie einfach meine Fragen beantworten, bin ich in ein paar Minuten fertig. Würden Sie mir jetzt bitte Bruno Frye beschreiben?«

Angewidert erklärte sie: »Einen Meter neunzig, hundertfünf Kilo, muskulös, blond, blaugraue Augen, etwa vierzig

Jahre alt, keine Narben, keine Mißbildungen, keine Tätowierungen, tiefe, kratzige Stimme.«

Frank Howard lächelte, kein freundliches Lächeln. »Die Beschreibungen, die Sie uns vom Täter und von Bruno Frye geliefert haben, stimmen exakt überein. Keinen einzigen Unterschied. Keinen. Und Sie haben natürlich auch behauptet, es handle sich tatsächlich um ein und denselben Mann.«

Seine Verhörführung erschien ihr lächerlich, aber sie hatte sicherlich ein Ziel. Er war nicht dumm. Sie fühlte, daß sie bereits in seiner Falle saß, obwohl sie die Zusammenhänge noch nicht erkennen konnte.

»Wollen Sie sich das noch einmal überlegen?« fragte Howard. »Wollen Sie vielleicht sagen, es bestünde eine geringe Möglichkeit, daß es jemand anderer war, jemand, der Frye nur ähnelte?«

»Ich bin doch nicht blöd«, erklärte Hilary. »Er war es.«

»Es gibt da nicht etwa einen winzigen Unterschied zwischen dem Täter und Frye? Irgendeine Kleinigkeit?« beharrte er.

»Nein.«

»Nicht einmal die Form seiner Nase oder seiner Kinnlinie?« fragte Howard.

»Nicht einmal das.«

»Sie sind ganz sicher, Frye und Ihr Täter haben genau denselben Haaransatz, dieselben Backenknochen, dasselbe Kinn?«

»Ja.«

»Würden Sie das vor Gericht beschwören?«

»*Ja, ja, ja!*« schrie sie, weil sie den Druck einfach nicht mehr ertragen konnte.

»Nun, gut. Hm. Ich fürchte, nach dieser Aussage würden Sie wohl selbst ins Gefängnis wandern. Meineid ist ein Verbrechen.«

»Was? Was meinen Sie?«

Er grinste sie an. Sein Grinsen wirkte noch unfreundlicher als sein Lächeln. »Miss Thomas, ich meine, ... Sie sind eine Lügnerin.«

Hilary war von der so offen ausgesprochenen Beschuldigung erschüttert, von dem häßlichen Fauchen in seiner Stimme wie benommen; ihr fiel in diesem Moment keine Antwort ein. Sie wußte nicht einmal, was er meinte.

»Eine Lügnerin, Miss Thomas. Ganz klar und eindeutig.«

Lieutenant Clemenza erhob sich aus dem braunen Sessel und fragte: »Frank, ist das hier richtig?«

»Allerdings«, erwiderte Howard. »Ganz genau richtig. Während sie dort draußen mit den Reportern sprach und sich für die Fotografen so hübsch ins Bild rückte, erhielt ich einen Anruf aus der Zentrale. Die haben mit dem Sheriff von Napa County gesprochen.«

»So schnell?«

»Allerdings. Er heißt Peter Laurenski. Sheriff Laurenski hat sich für uns auf Fryes Weingut umgesehen. Und weißt du, was er gefunden hat? Er hat festgestellt, daß Mr. Bruno Frye nicht nach Los Angeles gefahren ist – Bruno Frye hat sein Haus nie verlassen. Bruno Frye sitzt in diesem Augenblick dort oben in Napa County, in seinem eigenen Haus, und verhält sich harmlos wie eine Fliege.«

»Unmöglich!« schrie Hilary und erhob sich vom Sofa.

Howard schüttelte den Kopf. »Geben Sie auf, Miss Thomas. Frye hat Sheriff Laurenski erzählt, er hätte *vorgehabt*, heute nach L.A. zu kommen, um sich eine Woche lang hier aufzuhalten. Ein Kurzurlaub. Aber er hat seinen Schreibtisch nicht rechtzeitig leer bekommen, die Absicht aufgegeben und ist zu Hause geblieben, um seine Arbeit zu erledigen.«

»Der Sheriff irrt sich!« sagte sie. »Er kann unmöglich mit Bruno Frye gesprochen haben.«

»Wollen Sie behaupten, daß der Sheriff lügt?« fragte Lieutenant Howard.

»Er ... muß mit jemandem gesprochen haben, der sich als Frye ausgibt«, erklärte Hilary und wußte zugleich, wie aussichtslos unglaubwürdig das klang.

»Nein«, erwiderte Howard. »Sheriff Laurenski hat mit Frye selbst gesprochen.«

»Hat er ihn gesehen? Hat er Frye tatsächlich *gesehen*?« fragte sie. »Oder hat er nur mit jemandem telefoniert, jemandem, der behauptete, Frye zu sein?«

»Ich weiß nicht, ob er ihn selbst gesehen oder mit ihm telefoniert hat«, meinte Howard. »Aber erinnern Sie sich, Miss Thomas, an Fryes ungewöhnliche Stimme? Außerordentlich tief. Kratzig. Eine gutturale Stimme, ›als hätte er Kieselsteine im Mund‹. Wollen Sie etwa behaupten, jemand hätte eine solche Stimme am Telefon nachahmen können?«

»Wenn Sheriff Laurenski Frye nicht besonders gut kennt, könnte ihn doch eine schlechte Imitation täuschen. Er – «

»Der Bezirk dort oben ist klein. Einen Mann wie Bruno Frye, einen so wichtigen Mann, wird man sicherlich kennen. Und der Sheriff kennt ihn mehr als zwanzig Jahre lang *sehr* gut«, antwortete Howard triumphierend.

Lieutenant Clemenza sah aus, als litte er Schmerzen. Ihr machte es nicht viel aus, was Howard über sie dachte, aber unter allen Umständen sollte Clemenza ihre Darstellung glauben. Ein zweifelndes Flackern in seinen Augen beunruhigte sie ebenso wie Howards Einschüchterungsversuche.

Sie wandte den beiden Beamten den Rücken zu und trat ans Fenster, das auf den Rosengarten zeigte, versuchte ihren Zorn unter Kontrolle zu bringen, konnte ihn aber nicht unterdrücken und drehte sich wieder um. Sie sprach zu Howard gewandt, wütend, und hob jedes Wort hervor, indem sie mit der Faust auf den Fenstersims schlug: »Bruno – Frye – war – hier!« Die Vase mit den Rosen schwankte, kippte vom Tisch, fiel auf den Teppich, verstreute die Blumen und verschüttete das Wasser. Sie achtete nicht darauf. »Was ist mit dem Sofa, das er umgeworfen hat? Was mit der Porzellanfigur, die ich nach ihm geworfen habe, und den Schüssen, die ich auf ihn abgegeben habe? Und dem zerbrochenen Messer, das er hinterlassen hat? Und mit dem zerfetzten Kleid und der Strumpfhose?«

»Das könnte auch alles geschickte Regieführung sein«, meinte Howard. »Sie könnten das alles selbst hergerichtet, inszeniert haben, um Ihre Geschichte zu stützen.«

»Das ist doch absurd!«

Jetzt schaltete sich Clemenza ein. »Miss Thomas, vielleicht war es wirklich ein anderer, jemand, der Frye sehr ähnlich sah.«

Selbst wenn sie diese Rückzugsmöglichkeit hätte wahrnehmen wollen, so wäre sie dazu nicht imstande gewesen. Denn Howard hatte sie gezwungen, den Angreifer wiederholt zu beschreiben, und sich versichern lassen, daß es sich bei dem Eindringling eindeutig um Bruno Frye handelte; sie konnte also unmöglich den Ausweg ergreifen, den Clemenza ihr jetzt anbot. Davon abgesehen, wollte sie gar nicht zurück. Sie wußte, daß sie recht hatte. »Es war Frye«, wiederholte sie hartnäckig. »Frye und kein anderer. Ich habe diese Geschichte nicht erfunden, nicht aus Tollerei in die Wände geschossen, das Sofa nicht umgeworfen und mir auch die eigenen Kleider nicht zerrissen. Um Himmels willen, warum sollte ich so etwas Verrücktes tun? Was für Gründe sollte ich denn dafür haben?«

»Da kann ich mir einiges vorstellen, Miss Thomas«, meinte Howard. »Ich denke, Sie kennen Bruno Frye schon lange Zeit, und Sie – «

»Ich sagte Ihnen doch, daß ich ihn erst vor drei Wochen kennengelernt habe.«

»Sie haben uns so manche anderen Dinge erzählt, die sich als unwahr erwiesen haben«, erklärte Howard. »Ich glaube, Sie kennen Frye seit Jahren, oder zumindest seit längerer Zeit und hatten mit ihm ein Verhältnis – «

»Nein.«

» – und er hat Sie aus irgendeinem Grund sitzenlassen. Vielleicht ist er Ihrer einfach überdrüssig geworden. Vielleicht wegen einer anderen Frau. Irgend etwas. Also denke ich, daß Sie nicht deshalb auf sein Weingut gefahren sind, um Recherchen für ein Drehbuch anzustellen, sondern um die Versöhnung mit ihm zu betreiben. Sie wollten alles wieder in Ordnung bringen – «

»Nein!«

»Doch er wollte nicht und hat Sie wieder abgewiesen. Während Ihres Aufenthaltes dort konnten Sie in Erfahrung bringen, daß er einen Kurzurlaub in Los Angeles plante. Also kam Ihnen die Idee, wie Sie sich an ihm rächen könnten. Sie dachten, er hätte wahrscheinlich an seinem ersten Abend hier in Los Angeles nichts Besonderes vor, wahrscheinlich nur ein Abendessen allein. Sie waren sicher, daß er niemanden fände, der später für ihn aussagen würde, falls die Bullen sich näher mit ihm befaßten und ein Alibi verlangten. Also beschlossen Sie, ihm eine Vergewaltigung anzuhängen.«

»Verdammt, das ist ja ekelhaft!«

»Aber der Schuß ging nach hinten los«, fuhr Howard fort. »Frye hat seinen Plan geändert. Er ist nicht nach Los Angeles gekommen. Und Sie hängen jetzt in Ihrer eigenen Lüge fest.«

»Er war hier!« Am liebsten hätte sie den Detektiv am Hals gepackt und so lange gewürgt, bis er sie verstünde. »Hören Sie, ich habe ein paar Freunde, die mich gut genug kennen, um zu wissen, ob ich ein Verhältnis hatte. Ich nenne Ihnen ihre Namen. Gehen Sie zu ihnen. Die werden Ihnen sagen, daß ich nichts mit Bruno Frye hatte. Verdammt, die könnten Ihnen sogar sagen, daß ich eine ganze Weile mit niemandem zusammen war. Ich bin viel zu beschäftigt, um mir ein Privatleben leisten zu können. Ich arbeite bis tief in die Nacht. Ich habe keine Zeit für einen Liebhaber, der am anderen Ende des Staates wohnt. Sprechen Sie doch mit meinen Bekannten, die werden es Ihnen bestätigen.«

»Freunde und Bekannte sind erwiesenermaßen unverläßliche Zeugen«, antwortete Howard. »Außerdem war das vielleicht genau die Affäre, die Sie für sich behalten wollten, Ihr ganz persönliches Geheimnis. Geben Sie doch zu, Miss Thomas, Sie haben sich selbst in die Ecke geredet. Die Fakten sprechen für sich – Sie sagen, Frye sei heute nacht in diesem Haus gewesen. Aber der Sheriff behauptet, er sei zu Hause, auf seinem eigenen Gut, und das vor einer halben Stunde. Und St. Helena liegt mehr als sechshundert Kilometer Luftlinie von hier entfernt; mit dem Wagen sind's fast siebenhundert Kilometer. Er könnte unmöglich so schnell nach Hause zurückgekehrt sein. Und an zwei Orten gleichzeitig kann er sich bekanntlich nicht aufhalten, falls Sie das in Erwägung ziehen – das würde gegen die Gesetze der Physik sprechen.«

Lieutenant Clemenza schaltete sich erneut ein. »Frank, vielleicht sollte ich jetzt mit Miss Thomas weitermachen.«

»Was gibt es da noch zu machen? Das Ganze ist vorbei erledigt, fertig.« Howard zeigte anklagend mit dem Finger auf sie. »Sie haben verdammtes Glück, Miss Thomas. Wäre Frye nach Los Angeles und die Sache vor Gericht gekommen, so hätten Sie einen Meineid geschworen und wären am Ende ins Gefängnis gewandert. Und außerdem haben Sie Glück, daß wir keine Möglichkeit besitzen, jemand dafür zu bestrafen, daß er unsere Zeit so vergeudet.«

»Ich glaube nicht, daß wir unsere Zeit vergeudet haben«, sagte Clemenza mit sanfter Stimme.

»Zum Teufel.« Howard funkelte sie an. »Eines sage ich Ihnen: Wenn Bruno Frye Sie wegen Verleumdung anzeigen will, dann werde ich weiß Gott für ihn in den Zeugenstand treten.« Damit drehte er sich um, ließ sie einfach stehen und ging auf die Tür zu.

Lieutenant Clemenza machte keine Anstalten, hinauszugehen; er wollte offenbar noch etwas sagen. Und sie wollte nicht, daß der andere hinausging, solange eine wichtige Frage nicht beantwortet schien. »Warten Sie einen Augenblick«, sagte sie.

Howard blieb stehen und drehte sich zu ihr um. »Ja. Was ist?«

»Was werden Sie in bezug auf meine Anzeige unternehmen?« fragte sie.

»Meinen Sie das im Ernst?«

»Ja.«

»Ich werde zum Wagen gehen, die Fahndung nach Bruno Frye stoppen und für heute Schluß machen. Anschließend fahr' ich nach Hause und werde mir ein paar Flaschen Coors zu Gemüte führen.«

»Sie können mich doch hier nicht allein lassen? Was ist, wenn er zurückkommt?«

»Herrgott!« schimpfte Howard. »Machen Sie doch endlich Schluß mit dem Theater!«

Sie tat ein paar Schritte auf ihn zu. »Ganz gleich, was Sie glauben, ganz gleich, was der Sheriff von Napa County behauptet, das Ganze hier ist kein Theater. Lassen Sie mir wenigstens einen der uniformierten Leute auf ein oder zwei Stunden hier, bis ich einen Schlosser bekomme, der mir die Schlösser auswechselt?«

Howard schüttelte den Kopf. »Nein. Verdammt will ich sein, wenn ich Steuergelder verschwende, um Ihnen einen Schutz zu bieten, den Sie nicht brauchen. Geben Sie auf. Jetzt ist Schluß. Sie haben verloren. Finden Sie sich damit ab, Miss Thomas.« Er ging hinaus.

Hilary trat zu dem braunen Sessel und fiel hinein. Sie wirkte erschöpft, völlig konfus und hatte Angst.

Clemenza sagte: »Ich werde dafür sorgen, daß Whitlock und Farmer bei Ihnen bleiben, bis die Schlösser ausgewechselt sind.«

Sie blickte ihn an. »Ich danke Ihnen.«

Er zuckte die Achseln und fühlte sich sichtlich unbehaglich. »Es tut mir leid, aber viel mehr kann ich nicht tun.«

»Ich habe die Geschichte nicht erfunden«, beharrte sie.

»Ich glaube Ihnen.«

»Frye war wirklich hier«, wiederholte sie.

»Ich bezweifle nicht, daß jemand hier war, aber – «

»Nicht irgend jemand, Frye.«

»Wenn Sie sich das mit der Identifizierung noch einmal überlegen würden, könnten wir den Fall weiter bearbeiten und – «

»Es war Frye«, behauptete sie, jetzt nicht mehr ärgerlich, sondern müde. »Er war es und niemand sonst.« Einen Augenblick lang sah Clemenza sie interessiert an, und in seinen klaren braunen Augen stand ehrliches Mitgefühl. Er war ein gutaussehender Mann, aber das, was dem Auge an ihm am meisten gefiel, hing nicht mit seinem Aussehen, sondern mit der Wärme und Freundlichkeit seiner italienischen Züge zusammen, jener besonderen Besorgtheit und jenem Verständnis, das in seinem Gesicht stand. Sie fühlte, daß ihr Schicksal ihm wirklich etwas bedeutete.

»Sie haben ein schlimmes Erlebnis hinter sich«, meinte er. »Sie sind verwirrt. Das ist ganz verständlich. Manchmal scheint auch das Wahrnehmungsvermögen beeinträchtigt, wenn man einen solchen Schock bekommt. Vielleicht werden Sie sich, sobald Sie sich etwas beruhigt haben, ein wenig ... anders ... an alles erinnern. Ich werde morgen irgendwann noch einmal bei Ihnen vorbeischauen. Vielleicht haben Sie mir bis dahin Neuigkeiten zu berichten.«

»Ganz bestimmt nicht«, erwiderte Hilary, ohne zu zögern. »Aber trotzdem vielen Dank dafür, ... daß Sie so freundlich waren.«

Sie hatte das Gefühl, er zögerte zu gehen. Doch dann war er draußen, und sie saß allein in ihrem Arbeitszimmer.

Ein oder zwei Minuten lang brachte sie die Energie nicht auf, sich aus dem Sessel zu erheben. Sie fühlte sich wie von Treibsand umgeben, so, als hätte sie ihre letzten Kräfte in einem verzweifelten, sinnlosen Versuch aufgebraucht, unfähig, der tödlichen Umklammerung zu entrinnen.

Schließlich stand sie auf, ging an den Schreibtisch und griff nach dem Telefon. Sie dachte daran, auf dem Weingut in Napa County anzurufen, doch dann wurde ihr klar, daß sie damit nichts bewirken würde. Sie kannte nur die Geschäftsnummer, nicht aber Fryes Privatnummer. Selbst wenn sie sich die Nummer von der Auskunft besorgte – und das war höchst unwahrscheinlich – würde ihr ein Anruf nichts einbringen. Würde sie ihn zu Hause anrufen, könnte nur zweierlei geschehen: zum einen könnte er nicht ans Telefon gehen; das würde ihre Darstellung weder beweisen noch widerlegen, was Sheriff Laurenski gesagt hatte; zum anderen könnte Frye sich melden und sie überraschen. Was dann? Dann würde sie die Vorgänge des Abends neu überdenken und sich mit der Tatsache abfinden müssen, daß der Angreifer Bruno Frye nur ähnlich gewesen wäre. Vielleicht sah er gar nicht wie Frye aus. Vielleicht war ihr Wahrnehmungsvermögen tatsächlich so verdreht, daß sie eine Ähnlichkeit festgestellt hatte, wo gar keine vorhanden war. Wo hörte man auf oder fing an, den Bezug zur Wirklichkeit zu verlieren? Was bedeutet Geistesgestörtheit? Kroch sie verstohlen auf einen zu, oder packte sie einen ganz unvermittelt und ohne Vorwarnung? Sie mußte die Möglichkeit in Betracht ziehen, daß sie im Begriff stand, den Verstand zu verlieren, denn immerhin war in ihrer Familie Geistesgestörtheit vorgekommen. Mehr als zehn Jahre plagte sie eine ihrer größten Ängste, sie könnte sterben, wie ihr Vater gestorben war; mit wild rollenden Augen, tobsüchtig, zusammenhanglos redend, mit einer Waffe herumfuchtelnd und bemüht, Ungeheuer abzuwehren, die in Wirklichkeit gar nicht vorhanden waren. Wie der Vater, so die Tochter?

»Ich habe ihn gesehen«, wiederholte sie laut. »Bruno Frye. In meinem Haus. Hier. In dieser Nacht. Ich habe mir das nicht eingebildet oder litt an Halluzinationen. Ich habe ihn gesehen, verdammt!«

Sie schlug die gelben Seiten des Telefonbuches auf und rief den Schlüsselnotdienst an.

Nach der Flucht aus Hilary Thomas' Haus fuhr Bruno Frye mit seinem rauchgrauen Dodge-Kombi aus Westwood hinaus, in südwestlicher Richtung nach Marina Del Rey, einem kleinen Segelboothafen am Rande der Stadt. Teure Gartenapartments, noch teurere Eigentumswohnungen, Läden und mittelmäßige, aber üppig dekorierte Restaurants boten meist einen Ausblick aufs Meer und auf Tausende von Privatbooten, die hier entlang der künstlich angelegten Kanäle vertäut lagen.

Der Nebel wälzte sich über die Küste herein, als brenne auf dem Ozean ein großes kaltes Feuer. An manchen Stellen war er ziemlich dicht, an anderen dünn, verstärkte sich aber beständig.

Frye zwängte seinen Kombi in die freie Lücke eines Parkplatzes bei den Docks, saß dann einen Augenblick lang einfach nur da und dachte über sein Versagen nach. Die Polizei würde nach ihm fahnden, doch nur kurze Zeit, bis sie herausfänden, daß er den ganzen Abend in seinem Haus in Napa County war. Und selbst während sie nach ihm suchten, befände er sich kaum in großer Gefahr, da sie ja sein Fahrzeug nicht kannten. Er war sicher, daß Hilary Thomas den Kombi beim Wegfahren nicht gesehen hatte, weil er ihn drei Straßen von ihrem Haus entfernt abgestellt hatte.

Hilary Thomas.

Das war natürlich nicht ihr richtiger Name.
Katherine. So hieß sie wirklich. Katherine.
»Stinkendes Miststück«, schimpfte er laut.
Sie machte ihm angst. In den letzten fünf Jahren hatte er sie mindestens zwanzigmal getötet, doch sie wollte nicht im Totenreich bleiben, sondern kam immer wieder ins Leben zurück, in einem neuen Körper, mit neuem Namen, neuer Identität und einem raffiniert aufgebauten neuen Hintergrund. Doch es gelang ihm immer wieder, Katherine stets wiederzuerkennen, in jeder neuen Maske, hinter der sie sich versteckte. Immer wieder hatte er sie aufgespürt, immer wieder getötet, doch sie wollte nicht tot bleiben. Sie verstand es, jedesmal aus dem Grab zurückzukehren; und ihr Wissen bereitete ihm mehr Schrecken, als er zuzugeben wagte. Er hatte Angst vor ihr, durfte aber nicht zulassen, daß sie diese Angst spürte. Sollte sie sie bemerken, so würde sie ihn überwältigen und ein für allemal vernichten.

Aber man kann sie ja töten, sagte sich Frye. Ich habe es getan, habe sie oftmals getötet und viele der Leichen in geheimen Gräbern verscharrt. Und ich werde sie wieder töten. Vielleicht wird sie diesmal nicht zurückkehren.

Sobald er gefahrlos in ihr Haus in Westwood zurückkehren könnte, würde er sie erneut umzubringen versuchen. Und diesmal hatte er vor, eine Reihe von Ritualen zu vollführen, in der Hoffnung, daß sie dadurch ihre übernatürliche Regenerationsfähigkeit verlieren würde. Er hatte zahlreiche Bücher über die lebenden Toten gelesen – Vampire oder andere Geschöpfe. Obwohl sie jener Art von Geschöpfen nicht angehörte und auf erschreckende Art einmalig schien, so glaubte er doch, eine der Methoden, die gegen Vampire half, müßte auch an ihr funktionieren. Vielleicht sollte man ihr das Herz herausschneiden, solange es noch schlug. Einen hölzerne Pfahl hindurchtreiben. Ihr den Kopf abschneiden. Ihren Mund voll Knoblauch stopfen. Das würde helfen. O Gott, es *mußte* wirken.

Er stieg aus dem Wagen und ging in die nächstgelegene öffentliche Telefonzelle. Die stickige Luft roch etwas nach Salz, Seetang und Maschinenöl. Wasser schlug klatschend gegen die Poller und die kleinen Boote, ein seltsam verloren wirkendes Geräusch. Jenseits der Plexiglaswände der Zelle ragten Mastreihe um Mastreihe aus dem Wasser auf, wie ein entblätterter Wald, der sich aus dem nächtlichen Nebel erhob. Etwa um dieselbe Zeit, da Hilary die Polizei verständigte, rief Frye in seinem Haus in Napa County an und lieferte einen Bericht über den gescheiterten Angriff auf die Frau.

Der Mann am anderen Ende der Leitung hörte zu, ohne ihn zu unterbrechen, und meinte dann: »Ich kümmere mich um die Polizei.«

Sie redeten noch ein paar Minuten, dann legte Frye auf. Als er aus der Zelle trat, sah er sich argwöhnisch in der Dunkelheit und dem wallenden Nebel um. Katherine konnte ihm unmöglich gefolgt sein, dennoch verspürte er eine Angst, sie könnte ihm dort draußen in der Düsternis auflauern. Er als großer, hünenhafter Mann hätte vor einer Frau keine Angst haben dürfen. Trotzdem fürchtete er sich vor dieser einen, die nicht sterben wollte, der, die sich jetzt Hilary Thomas nannte.

Er ging zurück zu seinem Kombi und saß ein paar Minuten hinter dem Steuer, bis ihm klar wurde, daß er Hunger verspürte, ja am Verhungern war. Sein Magen knurrte. Er hatte seit dem Lunch nichts mehr zu sich genommen. Er kannte sich in Marina Del Rey gut genug aus, um zu wissen, daß es in der näheren Umgebung kein passendes Lokal gab. Also fuhr er auf dem Pacific Coast Highway in südlicher Richtung zum Culver Boulevard, weiter nach Westen und wieder nach Süden, auf den Vista Del Mar. Er mußte langsam fahren, denn der Nebel lastete schwer auf der Straße; die Scheinwerferbalken des Kombis wurden zu ihm zurückgeworfen; die Sicht beschränkte sich auf zehn Meter und er hatte ein Gefühl, als bewege er sich unter Wasser, in trüber, phosphoreszierender See. Fast zwanzig Minuten nach seinem Telefonat mit Napa County (etwa um die Zeit, da Sheriff Laurenski sich im Auftrag der Polizei von Los Angeles dort oben um den Fall kümmerte) fand Frye ein interessantes Restaurant am Nordrand von El Segundo. Die roten und gelben Neonbuchstaben bohrten sich durch den Nebel: GARRIDO'S. Ein mexikanisches Lokal, aber keine jener *Norte-Americano-Kneipen* aus Chrom und Glas, die nachgemachte *Comida* servierten, sondern ein echtes mexikanisches Restaurant. Er bog von der Straße ab und parkte zwischen zwei aufgemotzten Wagen, die bei jungen Chicano-Fahrern so beliebt waren. Auf seinem Weg zum Eingang kam er an einem Wagen vorbei, dessen Stoßstange den Aufkleber CHICANO POWER trug. Ein anderer Aufkleber forderte alle auf: UNTERSTÜTZT DIE FARMARBEITER-GEWERKSCHAFT. Frye konnte die Enchiladas bereits riechen.

Drinnen glich Garrido's eher einer Bar als einem Restaurant, aber die stickige warme Luft trug all die Gerüche der guten mexikanischen Küche. Zur Linken erstreckte sich eine mit Flecken und zahlreichen Narben bedeckte hölzerne Theke über die ganze Länge des großen, rechtwinkligen Saales. Etwa ein Dutzend dunkelhaariger Männer und zwei reizende junge Señoritas saßen auf Barhockern oder lehnten an der Theke; die meisten von ihnen schnatterten in Stakkato-Spanisch miteinander. In der Mitte des Raumes, parallel zur Theke, standen zwölf Tische mit roten Tischtüchern in einer Reihe. Sämtliche Tische waren von lachenden und trinkenden Männern und Frauen besetzt. Rechts in der Wand gab es Nischen mit roter Polsterung aus Lederimitat; Frye nahm in einer Platz.

Die Bedienung, die sofort an seinen Tisch eilte, war klein, fast genauso breit wie groß und hatte ein rundes, überraschend hübsches Gesicht. Sie hob ihre Stimme, um Freddie Fenders süßlich-klagenden Gesang aus der Jukebox zu übertönen, fragte Frye, was er wünsche, und nahm seine Bestellung entgegen: eine doppelte Portion Chili Verde und zwei Flaschen Dos Equis, kalt.

Er trug immer noch Lederhandschuhe. Jetzt zog er sie aus und bewegte seine Finger.

Abgesehen von einer Blondine in einem tiefausgeschnittenen Pullover, in Begleitung eines schnurrbärtigen Chicanos, war Frye der einzige Gast in Garrido's, in dessen Adern kein mexikanisches Blut floß. Er merkte, daß einige der Gäste ihn anstarrten, aber es machte ihm nichts aus.

Die Kellnerin brachte das Bier. Frye ließ das Glas unberührt, führte die Flasche zum Mund, schloß die Augen, legte den Kopf in den Nacken und trank. In weniger als einer Minute leerte er die Flasche. Er trank das zweite Bier etwas weniger hastig als das erste, doch war auch diese Flasche leer, als sie sein Essen brachte. Er bestellte sich zwei weitere Flaschen Dos Equis.

Bruno Frye aß gierig mit totaler Konzentration, weder fähig noch willens, den Blick von seinem Teller zu wenden, blind für alles in seiner Umgebung, den Kopf gesenkt, schaufelte er die Nahrung fieberhaft wie ein Automat in sich hinein. Mit kleinen animalischen Lauten des Entzückens verschlang er das Chili Verde, kaute die von Soße triefenden Stücke, eines nach dem anderen, hastig und heftig, so daß ihm die Backen anschwollen. Zu dem Gericht kam ein Teller mit warmen Tortillas, mit denen er die köstliche Soße auftunkte. Mit großen Schlucken eisigen Bieres spülte er alles runter.

Er hatte bereits mehr als die Hälfte verschlungen, da kam die Kellnerin und fragte, ob alles in Ordnung sei, erkannte aber schnell, daß ihre Frage unnötig war. Er schaute sie an, mit Augen, die beinahe glasig wirkten. Mit belegter, weit entfernt klingender Stimme bestellte er zwei Tacos, ein paar Käse-Enchiladas, Reis, gekochte Bohnen und zwei weitere Flaschen Bier. Ihre Augen weiteten sich, aber sie war zu höflich, um einen Kommentar zu seinem Appetit abzugeben. Ehe sie die zweite Bestellung brachte, hatte er das Chili Verde aufgegessen. Trotz des leeren Tellers löste er sich nicht aus seiner Trance. Auf jedem Tisch stand eine Schale Taco-Chips; er zog die seine zu sich heran. Er tauchte die Chips in die dazugehörige würzige Soße, und steckte sie sich ganz in den Mund, zerkaute sie mit ungeheurem Vergnügen und erheblicher Geräuschentwicklung. Kaum brachte die Kellnerin seine zweite Bestellung mit dem Bier, murmelte er kurz ein Dankeschön und begann unverzüglich, die Käse-Enchiladas in sich hineinzustopfen, arbeitete sich dann durch die Tacos und die Beilagen. Eine Ader fing an seinem Stiernacken sichtbar zu pochen an, und die Venen auf seiner Stirn traten deutlich hervor. Eine dünne Schweißschicht überzog sein Gesicht, und Schweißtropfen rannen vom Haaransatz über seine Stirn. Zu guter Letzt schluckte er die Bohnen, spülte das Ganze mit Bier hinunter und schob dann die leeren Teller weg. Eine Weile saß er da, die eine Hand auf den Schenkel gestützt, mit der anderen die Flasche haltend, und starrte aus der Nische ohne ein bestimmtes Ziel vor Augen. Mit der Zeit trocknete der Schweiß auf seinem Gesicht ab, und plötzlich begann er wieder die Musik aus der Jukebox wahrzunehmen, ein weiteres Freddie-Fender-Stück.

Er schlürfte sein Bier und schaute sich unter den Gästen um, nahm sie zum ersten Mal bewußt wahr. Seine Aufmerksamkeit richtete sich auf eine Gruppe, die am Tisch bei der Tür saß. Zwei Paare. Gutaussehende Mädchen. Dunkelhäutige Männer mit gutgeschnittenen Gesichtern. Alle Anfang zwanzig. Die jungen Männer spielten sich bei den Frauen auf, redeten eine Spur zu laut, lachten zuviel, balzten, gaben sich große Mühe, die kleinen Hühner zu beeindrucken.

Frye beschloß, sich mit ihnen einen Spaß zu erlauben. Er überlegte, dachte nach, wie er es anpacken wollte, und grinste dann vergnügt in Erwartung der Unruhe, die er stiften würde.

Er verlangte bei der Bedienung die Rechnung, gab ihr mehr als genug Geld und meinte: »Das Wechselgeld können Sie behalten.«

»Sie sind sehr großzügig«, lächelte sie und nickte ihm auf ihrem Weg zur Registrierkasse zu.

Er zog die Lederhandschuhe an.

Seine sechste Flasche Bier war noch zur Hälfte voll, deshalb nahm er sie mit, während er sich aus der Nische schob. Er schlurfte Richtung Ausgang und richtete es so ein, daß sein Fuß sich an einem Stuhlbein direkt auf der Höhe der beiden Paare verfing. Er stolperte leicht, gewann sein Gleichgewicht zurück, lehnte sich an die überraschten jungen Leute und ließ dabei die Bierflasche sehen, wollte Betrunkenheit mimen.

Seine Stimme blieb leise, denn er wollte die anderen Gäste im Restaurant nicht auf seine inszenierte Auseinandersetzung aufmerksam machen. Mit zweien würde er sicher fertigwerden, nicht aber mit einer ganzen Armee. Er sah den kräftigeren der beiden jungen Männer mit glasigen Augen an, grinste breit und sagte dann mit bösartig klingender Stimme, die sein Lächeln Lügen strafte: »Versperr' mir nicht mit deinem blöden Stuhl den Weg, du Scheiß-Spick.«[*]

Der Fremde schaute ihn lächelnd an in der Hoffnung auf eine halbtrunkene Entschuldigung. Nach dieser Beleidigung allerdings verfinsterte sich sein breites braunes Gesicht zur Ausdruckslosigkeit, und seine Augen verengten sich.

Ehe der Mann aufstehen konnte, drehte Frye sich blitzschnell zu dem anderen um und sagte: »Warum suchst du dir eigentlich kein Klasseweib wie die Blondine dort hinten? Was willst du denn mit diesen zwei schmierigen Nutten?«

Dann trat er schnell auf die Tür zu, damit die Prügelei ja nicht im Restaurant beginnen würde. Glucksend in sich hineinlachend schob er sich durch die Tür, taumelte in die neblige Nacht hinaus und eilte um das Gebäude herum auf den Parkplatz an der Nordseite zu, um dort zu warten.

Er stand nur noch wenig Schritte von seinem Kombi entfernt, als einer der Männer plötzlich hinter ihm mit starkem spanischen Akzent rief: »He! Wart' mal, Mann!«

Frye drehte sich um, spielte noch immer den Betrunkenen und schwankte, als könnte er sein Gleichgewicht nicht finden. »Was gibt's denn?« fragte er dümmlich.

Sie blieben nebeneinander stehen, zwei schemenhafte Gestalten im Nebel. Der kleinere, kräftigere der beiden erklärte: »He, was zum Teufel bilden Sie sich eigentlich ein, Mann?«

»Wollt ihr Spicks euch vielleicht mit mir anlegen?« fragte Frye mit lallender Stimme.

»*Cerdo!*« sagte der eine.

»*Mugriento cerdo!*« ergänzte der Schlankere.

---

[*] Spick: Slang-Bezeichnung für Mexikaner. – Anmerkung des Übersetzers.

»Verdammt noch mal, laßt doch diese blöde Affensprache!« meinte Frye. »Wenn ihr etwas zu sagen habt, redet gefälligst Englisch.«

»Miguel hat Sie Schwein genannt«, erklärte der Schlanke. »Und ich dreckiges Schwein.«

Frye grinste und machte eine obszöne Geste. Miguel, der Kräftigere, griff an, und Frye wartete regungslos, als würde er ihn nicht kommen sehen. Miguel rannte mit eingezogenem Kopf und erhobenen Fäusten auf ihn zu, die Arme dicht an den Seiten. Er versetzte Frye zwei schnelle Fausthiebe auf den eisenharten Leib. Die harten Schläg des Mexikaners erzeugten scharfe, klatschende Geräusche, aber Frye steckte sie weg, ohne zu zucken. Er hielt noch immer die Bierflasche in der Hand und zerschmetterte sie jetzt auf Miguels Schädel. Das Glas explodierte und regnete klirrend zu Boden. Bier und Bierschaum bespritzten die beiden Männer. Miguel sank mit einem schrecklichen Stöhnen zu Boden, als hätte man ihm einen Axthieb verpaßt. »Pablo«, rief er seinem Freund hilfeflehend zu. Frye packte den Kopf des Verletzten mit beiden Händen und rammte ihm sein Knie unter das Kinn. Miguels Zähne krachten mit einem häßlichen Laut zusammen. Als Frye ihn losließ, sank der Mann bewußtlos zur Seite, sein Atem gurgelte laut in der blutigen Nase.

Während Miguel auf dem nebelfeuchten Pflaster lag, griff Pablo Frye an. Er hatte ein Messer mit langer schmaler Klinge, wahrscheinlich ein Klappmesser, vermutlich beidseitig geschliffen und so gefährlich wie eine Rasierklinge. Der Schlanke griff nicht wie Miguel blindlings an, sondern bewegte sich schnell, elegant, fast wie ein Tänzer, glitt um Frye herum, suchte rechts nach einer ungedeckten Stelle, tänzelte schnell und stach dann blitzschnell zu, wie eine Schlange. Das Messer blitzte von links nach rechts, und wäre Frye nicht hastig zurückgesprungen, so hätte es ihm sicher den Leib bis zu den Gedärmen aufgerissen. Mit einem unheimlichen Summen drängte Pablo vor, stach immer wieder zu, von links nach rechts, von rechts nach links. Frye zog sich zurück, studierte aber unentwegt die Art und Weise, wie Pablo das Messer einsetzte. Schließlich mit dem

Rücken an seinen Dodge gelehnt, wußte Frye, wie er ihn anpacken mußte. Pablo führte das Messer im langen, weiten Bogen, nicht kurz und kreisförmig wie die geübten Messerkämpfer. Deshalb gab es am Ende jedes Bogens, bevor die Klinge zurückkehrte, eine halbe Sekunde, vielleicht auch eine ganze, in der das Messer von ihm entfernt stehend keinerlei Gefahr darstellte, einen Augenblick, in dem Pablo verletzbar war. Während der Schlanke näherrückte, um zuzustoßen, überzeugt, sein Gegner wisse jetzt keinen Ausweg mehr, kalkulierte Frye einen dieser Bögen aus und sprang genau im richtigen Moment nach vorn, packte Pablo am Handgelenk, drückte zu, drehte seinen Arm herum und drückte ihn nach hinten. Der Schlanke schrie schmerzerfüllt auf. Das Messer flog aus seiner Hand. Frye trat hinter ihn, legte ihm den Arm um den Hals und stieß ihn, mit dem Gesicht voraus, gegen das Heck des Kombis. Er verdrehte Pablo den Arm noch weiter, drückte dessen Hand über die Schulterblätter hinaus, bis es so aussah, als müßte jeden Augenblick irgend etwas abbrechen. Mit der anderen Hand packte Frye den Mann am Hosenboden, hob die ganzen sechzig Kilo buchstäblich in die Höhe und schmetterte ihn ein zweites Mal gegen den Wagen, dann ein drittes, ein viertes, ein fünftes und ein sechstes Mal, bis Pablo zu schreien aufhörte. Als er den Mann schließlich losließ, sackte der wie ein Bündel Lumpen zu Boden.

Miguel hatte sich inzwischen auf Händen und Knien hochgearbeitet. Er spuckte Blut und weißglitzernde Zahnsplitter auf den schwarzen Asphalt.

Frye ging auf ihn zu.

»Du versuchst wohl hochzukommen, Freundchen?«

Leise vor sich hinlachend, trat Frye auf Miguels Finger. Er drehte mahlend seinen Absatz auf der Hand des Mannes hin und her und trat dann zurück.

Miguel stieß einen schrillen Schrei aus und fiel zur Seite.

Frye trat ihm in den Leib.

Miguel verlor das Bewußtsein nicht, schloß aber die Augen in der Hoffnung, Frye würde ihn dann in Ruhe lassen.

Frye fühlte sich wie von Elektrizität durchströmt, von einer Million Milliarden Volt, die von einer Nervenbahn zur anderen zuckten, heiß, knisternd und funkend, ohne ein schmerzliches Gefühl zu verursachen. Vielmehr durchlebte Frye ein wildes, erregendes Erlebnis, als hätte ihn der Allmächtige berührt und mit dem schönsten und hellsten Licht erfüllt.

Miguel schlug die angeschwollenen dunklen Augen auf.

»Hast wohl genug?« fragte Frye.

»Bitte!« stieß Miguel zwischen seinen aufgeplatzten Lippen hervor.

Von einem wilden Hochgefühl erfüllt, setzte Frye den Fuß auf Miguels Hals und zwang ihn, sich auf den Rücken zu rollen.

»Bitte!«

Frye nahm den Fuß vom Hals des Mannes.

»Bitte!«

Vom Hochgefühl seiner Macht erfüllt, schwebend, fliegend trat Frye Miguel in die Rippen.

Miguel erstickte an seinem eigenen Schrei.

Ausgelassen lachend versetzte Frye ihm noch einige Tritte, bis ein paar Rippen hörbar knackten.

Und jetzt begann Miguel mit etwas, was er die letzten paar Minuten mannhaft unterdrückt hatte: Er fing zu weinen an.

Frye kehrte zu seinem Kombi zurück.

Pablo lag neben den Hinterrädern auf dem Boden, flach auf dem Rücken, bewußtlos.

Frye sagte »Ja, ja, ja, ja, ja«, konnte gar nicht aufhören, umkreiste Pablo, trat ihm gegen die Waden, die Knie, die Schenkel, die Hüften und die Rippen.

Ein Wagen kam von der Straße heran, aber der Fahrer sah, was im Gange war, legte blitzschnell den Rückwärtsgang ein und schoß davon, so daß die Reifen quietschten.

Frye zerrte Pablo zu Miguel hinüber, legte sie nebeneinander, damit sie seinem Wagen ja nicht den Weg versperrten. Er wollte niemanden überfahren. Er wollte die beiden auch nicht töten, denn zu viele Leute in der Bar hatten ihn gesehen. Die Behörden würden den Gewinner einer ganz gewöhnlichen Prügelei sicher nicht verfolgen, besonders dann nicht, wenn die Verlierer sich offenbar zu zweit gegen einen Betrunkenen zusammengetan hatten. Aber einen Killer würde die Polizei verfolgen, deshalb sorgte Frye dafür, daß Miguel und Pablo in Sicherheit waren.

Vergnügt vor sich hinpfeifend, fuhr er nach Marina Del Rey zurück und hielt bei der ersten offenen Tankstelle auf der rechten Straßenseite an. Während der Tankwart Benzin nachfüllte, das Öl nachsah und die Scheiben säuberte, ging Frye auf die Herrentoilette. Er nahm sein Rasierzeug mit und verbrachte zehn Minuten damit, sich frischzumachen.

Auf Reisen pflegte er stets im Kombi zu schlafen, auch wenn campen bequemer war und trotz des fehlenden Wassers. Dafür war er beweglicher, weniger auffällig und viel anonymer als ein Camper. Um die vielen Annehmlichkeiten eines komplett ausgestatteten Wohnwagens nutzen zu können, müßte er jede Nacht auf einen Campingplatz fahren und den Wagen dort an die elektrische Leitung, das Wasser und das Abwasser anschließen, und außerdem überall seinen Namen und seine Adresse angeben. Das war viel zu riskant. Mit seinem Wohnwagen würde er Spuren hinterlassen, die selbst ein Bluthund ohne Nase finden könnte. Das gleiche galt für Hotels. Die Angestellten würden sich bei Polizeibefragungen sicher an den großen, auffällig muskulösen Mann mit den durchdringenden blauen Augen erinnern.

In der Herrentoilette der Tankstelle zog er die Handschuhe und den gelben Sweater aus, wusch sich den Oberkörper und die Achselhöhlen mit flüssiger Seife und feuchten Papiertüchern, besprühte sich mit Deodorant und zog sich wieder an. Er legte großen Wert auf Reinlichkeit; er wollte immer sauber und adrett aussehen.

Unsauberkeit und Schmutz bereiteten ihm nicht nur Unbehagen, sondern führten geradezu zu Depressionen – ja fast zu Angst, so, als würde Dreck unbestimmte Erinnerungen an irgendein unerträgliches, lang vergessenes Erlebnis heraufbeschwören, widerwärtige Erinnerungen am Rande seiner Wahrnehmungskraft, die er fühlen, aber nicht sehen, wahrnehmen, aber nicht verstehen konnte. In den seltenen

Nächten, in denen er sich ohne vorherige Wäsche ins Bett hatte fallen lassen, drückte sein immer wiederkehrender Alptraum viel schlimmer als gewöhnlich und hatte ihn schreckerfüllt schreiend und um sich schlagend aus dem Schlaf hochfahren lassen. Obwohl er immer ohne deutliche Erinnerung an seine Träume aufwachte, hatte er da jedesmal das Gefühl, sich gerade mit Zähnen und Klauen aus einem erdrückend widerwärtigen, schmutzigen Ort emporgearbeitet zu haben, einem finsteren, stickigen, stinkenden Loch im Boden entronnen zu sein.

Um also seinen Alptraum, der sich sicherlich wieder einstellen würde, nicht noch zu verstärken, wusch er sich in dieser Herrentoilette, rasierte sich dann noch schnell elektrisch, betupfte sein Gesicht mit Rasierwasser, putzte sich die Zähne und ging auf die Toilette. Am Morgen würde er zu einer anderen Tankstelle fahren und das gleiche Ritual wiederholen. Bei der Gelegenheit würde er dann auch seine Kleidung wechseln.

Er bezahlte das Benzin, fuhr durch den immer dichter werdenden Nebel nach Marina Del Rey zurück und parkte seinen Kombi auf demselben Parkplatz bei den Docks, von dem aus er sein Haus in Napa County angerufen hatte. Er stieg aus dem Dodge, ging zur Telefonzelle und wählte erneut seine Nummer.

»Hallo?«
»Ich bin's«, sagte Frye.
»Alles klar.«
»Hat die Polizei angerufen?«
»Ja.«

Sie redeten einige Minuten, dann kehrte Frye zu seinem Dodge zurück.

Er streckte sich auf der Matratze im hinteren Teil des Kombis aus und knipste die Taschenlampe an. Völlige Dunkelheit konnte er nicht ertragen. Er konnte nicht schlafen, wenn nicht wenigstens ein schwacher Lichtstreifen unter einer Tür hereinfiel oder irgendwo in einer Ecke ein Nachtlicht brannte. In völliger Dunkelheit bildete er sich ein, irgendwelche unheimlichen Geschöpfe würden auf ihm herumkriechen, über sein Gesicht huschen oder in seine Kleidung schlüpfen. Ohne Licht bedrängte ihn lautloses, drohendes Wispern, das er manchmal auch noch ein oder zwei Minuten nach dem Erwachen aus seinem Alptraum weiterhörte, jenes bedrohliche Wispern, das sein Blut zum Stocken brachte und sein Herz fast stillstehen ließ.

Sollte er jemals dieses Wispern identifizieren oder gar verstehen können, was es ihm sagen wollte, dann würde er die Bedeutung seines Alptraumes erkennen. Er würde wissen, wer oder was den immer wiederkehrenden Traum verursachte, die eisige Angst, und dann würde er vielleicht endlich imstande sein, sich von ihm zu befreien.

Unglücklicherweise war er jedesmal, wenn er aufwachte und das Wispern nach dem Traum hörte, nicht in der Gemütsverfassung, genau hinzuhören und das Wispern zu analysieren; er befand sich stets in einem Zustand der Panik, in dem er sich nur wünschte, das Wispern möge bald verstummen und ihn in Frieden lassen.

Er versuchte im indirekten Schein der Taschenlampe zu ruhen, aber der Schlaf wollte sich nicht einstellen. Frye wälzte sich immer wieder unruhig hin und her. Sein Verstand arbeitete wie wild. Er war hellwach.

Langsam wurde ihm klar, daß die nicht beendete Sache mit der Frau ihn vom Schlafen abhielt. Er hatte sich aufs Töten eingestellt und es nicht geschafft.

Er fühlte sich gereizt, hohl, unvollkommen.

Er wollte die Gier nach dieser Frau mit üppigem Essen befriedigen. Doch das hatte nicht funktioniert, auch die provozierte Prügelei mit diesen beiden Chicanos konnte ihn nicht ablenken. Essen und körperliche Anstrengung waren die zwei Dinge, die er stets dazu benutzte, um seine sexuelle Gier zu unterdrücken, um seine Gedanken von seiner geheimen Blutgier abzulenken, die manchmal wild in ihm auflodernde. Es verlangte ihn nach Sex, nach Sex auf brutale, verletzende Art, wie keine Frau ihn freiwillig mitmachen würde, also stopfte er sich statt dessen mit Essen voll. Es verlangte ihn danach, zu töten, also verbrachte er häufig vier oder fünf Stunden damit, immer schwerere Gewichte zu stemmen, bis seine Muskeln Pudding waren und jegliche Gewalt aus ihm wich. Die Psychiater nannten das Sublimierung, doch in letzter Zeit hatte er seine Gelüste immer weniger verdrängen können.

Die Frau beschäftigte ihn noch immer.

Ihr glatter Körper.

Ihre schwellenden Hüften und Brüste. Hilary Thomas.

Nein. Das war eine Maske. Katherine.

So hieß sie in Wirklichkeit. Katherine.

Katherine, das Miststück. In einem neuen Körper.

Er schloß die Augen und stellte sie sich nackt auf einem Bett vor, unter ihm eingeklemmt, die Schenkel gespreizt, sich windend, zitternd, wie ein Kaninchen, das eine Gewehrmündung sieht. Er konnte sich ausmalen, wie seine Hand über ihre schweren Brüste und ihren glatten Leib strich, über ihre Schenkel, über ihren Venushügel. Und dann, wie seine andere Hand das Messer hob und es heruntersausen ließ, die silberne Klinge in sie hineinrammte, tief hinein in ihre Weichteile, wie ihr Fleisch nachgab, wie das Blut in einem hellen, roten Versprechen in die Höhe spritzte. Er konnte die Angst, den Schrecken, den unerträglichen Schmerz aus ihren Augen lesen, während er sich durch ihre Brust bohrte, auf ihr lebendes Herz zu, versuchte, es noch schlagend aus ihr herauszureißen. Fast konnte er ihr feuchtes, warmes Blut fühlen und den bitteren kupfernen Geruch wittern. Die Vision erfüllte nun ganz sein Bewußtsein und gewann Macht über all seine Sinne; gleichzeitig spürte er, wie seine Hoden sich spannten und sein Penis steif wurde – auch ein Messer –, und ihn erfüllte der Drang, sich in sie hineinzubohren, tief hinein in ihren wunderbaren Körper, zuerst der dicke pulsierende Penis und dann das Messer, seine Furcht und seine Schwäche mit der einen Waffe in sie hineinjagend und ihre Kraft und Vitalität mit der anderen von ihr nehmend.

Er schlug die Augen auf.

Er war über und über mit Schweiß bedeckt. Katherine. Das Miststück.

Fünfunddreißig Jahre lang existierte er nur in ihrem

Schatten, jämmerlich, in beständiger Furcht vor ihr. Vor fünf Jahren war sie an einem Herzleiden gestorben, und zum ersten Mal im Leben konnte er die Freiheit kosten. Aber sie kam von den Toten zurück, immer wieder, in der Maske anderer Frauen, suchte nach Mitteln und Wegen, erneut die Kontrolle über ihn zu gewinnen.

Er wollte sie nehmen, sie benutzen, sie töten, ihr zeigen, daß sie ihm keine Angst mehr einflößte. Sie besaß keine Macht mehr über ihn. Jetzt war er stärker als sie

Er griff nach dem Bündel Waschleder, das neben der Matratze lag, knüpfte es auf und wickelte sein Ersatzmesser aus.

Er würde nicht schlafen können, solange er sie nicht getötet hatte.

Heute nacht.

So bald würde sie ihn nicht zurückerwarten. Er blickte auf die Uhr. Mitternacht.

Noch immer würden die Leute vom Theater nach Hause zurückkehren, aus Restaurants, von Partys. Später wären die Straßen verlassen, die Häuser dunkel und still, und die Wahrscheinlichkeit, daß man ihn entdeckte und der Polizei meldete, sehr viel geringer.

Er beschloß, um zwei Uhr nach Westwood zurückzufahren.

3

Der Schlosser kam und wechselte die Schlösser der beiden Haustüren vorn und hinten aus und fuhr dann sofort wieder, um einen weiteren Auftrag im Hancock Park zu erledigen.

Die Polizeibeamten Farmer und Whitlock gingen ebenfalls. Hilary war allein.

Sie glaubte nicht daran, schlafen zu können, wußte auch ganz sicher, daß sie die Nacht unmöglich in ihrem eigenen Bett würde verbringen können. Im Schlafzimmer stehend, drängten sich ihr sogleich lebhafte Eindrücke des durchgemachten Schreckens auf: Frye, wie er die Tür eintrat, auf sie losging, sein dämonisches Grinsen, sein Vorrücken Richtung Bett, wie er plötzlich draufsprang und mit hocherhobenem Messer über die Matratze auf sie zustrebte ... Und ebenso wie zuvor verschwamm die Erinnerung in einen traumähnlichen Zustand, und das Bild Fryes verwandelte sich in das Bild ihres Vaters; und einen Moment lang kam ihr die verrückte Idee, Earl Thomas sei von den Toten wiederauferstanden und hätte versucht, sie zu töten. Nicht nur die Schwingungen des Bösen machten es ihr unmöglich, sich in dem Raum aufzuhalten, sondern vor allem die zerstörte Tür. Solange sie nicht entfernt und durch eine neue ersetzt wurde, würde sie dort nicht schlafen Und einen Tischler konnte sie frühestens morgen bestellen. Sie wollte auch jene zerbrechliche Tür, die Fryes Angriff nicht lange standgehalten hatte, besser gegen eine Tür mit einem massivem Hartholzkern und einem Messingriegel eintauschen.

Sollte Frye zurückkommen und sich noch in dieser Nacht Zutritt zum Haus verschaffen, dann würde er, falls sie schlief, einfach das Zimmer betreten können.

Über kurz oder lang würde er zurückkommen, davon war sie felsenfest überzeugt. Sie war sich einer Sache noch nie so sicher gewesen.

Sie könnte in ein Hotel gehen, aber das wollte sie nicht. Dann würde sie sich ja vor ihm verstecken, weglaufen. In gewisser Weise bewunderte sie ihren Mut. Sie lief vor niemandem weg; sie wehrte sich lieber mit ihrer ganzen Kraft und Spitzfindigkeit. Sie war damals auch nicht vor ihren gewalttätigen, lieblosen Eltern weggerannt. Sie hatte nicht einmal psychologische Zuflucht vor der qualvollen Erinnerung an jene letzten ungeheuer blutigen Ereignisse in dem winzigen Apartment in Chicago gesucht. Sie wollte diese Art von Frieden nicht akzeptieren, die man im Wahnsinn oder einer bequemen Amnesie finden konnte, jenen zwei Auswegen, die die meisten Menschen in ihrer Situation wohl gewählt hätten.

Sie war nie jener endlosen Folge von Herausforderungen ausgewichen, denen man sie ausgesetzt hatte, während sie mühsam ihre Karriere in Hollywood aufzubauen versuchte, zuerst als Schauspielerin, später als Drehbuchautorin. Sie hatte oft genug Rückschläge einstecken müssen, war zu Boden gegangen und hatte sich immer und immer wieder aufgerappelt. Sie besaß Hartnäckigkeit, wehrte sich immer und siegte schließlich. Ebenso würde sie auch diesen bizarren Kampf gegen Bruno Frye gewinnen, obwohl sie allein würde antreten müssen.

Sollte doch der Teufel die Polizei holen!

Sie beschloß, in einem der Gästezimmer zu schlafen, dessen Tür man absperren und verbarrikadieren konnte. Sie legte Laken und eine Decke auf das breite Bett und hängte Handtücher in das Gästebadezimmer.

Dann suchte sie im Erdgeschoß in den Küchenschubladen herum, holte verschiedene Messer heraus und prüfte jedes auf seine Schärfe und Handhabung. Das große Fleischermesser sah tödlicher als all die anderen aus, wäre aber für ihre kleine Hand wohl zu groß. Sollte es zu einem Handgemenge kommen, würde es ihr wenig nützen, weil sie Platz bräuchte, um auszuholen. Es wäre vielleicht eine ausgezeichnete Angriffswaffe, schien aber für die Verteidigung ungeeignet zu sein. Statt dessen nahm sie ein ganz gewöhnliches Küchenmesser mit einer zehn Zentimeter langen Klinge, klein genug, um in die Tasche ihres Morgenrocks zu passen, und doch so groß, um bei Benutzung beträchtlichen Schaden anzurichten.

Die Vorstellung, einem anderen menschlichen Wesen ein Messer in den Leib zu stoßen, erfüllte sie mit Grauen, aber sie wußte, daß sie in einer lebensbedrohlichen Situation dazu imstande sein würde. In ihrer Kindheit hatte sie öfter ein Messer unter der Matratze in ihrem Schlafzimmer versteckt, eine Art Versicherung gegen die unvorhersehbaren Anfälle sinnloser Gewalttätigkeit seitens ihres Vaters. Sie hatte es nur einmal benutzt, an jenem letzten Tag, als Earl in einem Anflug aus Säuferwahn und echter geistiger Verwirrung Wahnvorstellungen bekam. Er sah riesige Würmer aus den Wänden kommen und hatte in seinem Verfolgungswahn, gepaart mit Schizophrenie, in der kleinen Wohnung ein Blutbad angerichtet; sie konnte sich damals nur deshalb retten, weil sie ein Messer hatte.

Natürlich schnitt ein Messer im Vergleich zu einer Schußwaffe schlechter ab. Sie würde es gegen Frye erst dann wirksam einsetzen können, wenn er über ihr lag; vielleicht wäre es dann schon zu spät. Aber sie hatte nichts außer dem Messer. Die Streifenbeamten hatten ihre .32er Pistole mitgenommen und gleich nach dem Schlosser ihr Haus verlassen.

Der Teufel soll sie holen!

Nachdem die Detektive Clemenza und Howard gegangen waren, hatte Hilary mit dem Polizisten Farmer ein Gespräch um Waffengesetze geführt, über das sie sich jetzt noch ärgerte.

> *»Miss Thomas, wegen dieser Pistole ...«*
> *»Was ist damit?«*
> *»Sie brauchen einen Waffenschein, um eine Handfeuerwaffe im Haus aufzubewahren.«*
> *»Das weiß ich. Ich habe einen Waffenschein.«*
> *»Könnte ich ihn bitte sehen?«*
> *»Er liegt in der Nachttischschublade. Ich bewahre ihn bei der Waffe auf.«*
> *»Darf mein Kollege hinaufgehen und ihn holen?«*

»Meinetwegen.«
Ein oder zwei Minuten später: »Miss Thomas, wie ich sehe, haben Sie früher in San Franzisko gelebt.«
»Ja. Etwa acht Monate. Ich habe am dortigen Theater gearbeitet und mich als Schauspielerin versucht.«
»Der Waffenschein trägt eine Adresse in San Franzisko.«
»Ich hatte mir dort in North Beach eine Wohnung gemietet, weil sie billig war, denn damals hatte ich noch nicht viel Geld. In der Umgebung braucht man als alleinstehende Frau ganz sicher eine Waffe.«
»Miss Thomas, ist Ihnen die Vorschrift nicht bekannt, daß Waffen bei jedem Umzug neu angemeldet werden müssen?«
»Nein.«
»Das wissen Sie wirklich nicht?«
»Hören Sie, ich schreibe Filmdrehbücher; von Waffen versteh' ich nichts.«
»Wenn Sie eine Schußwaffe im Haus haben, dann müssen Sie auch die Vorschriften bezüglich der Anmeldepflicht kennen.«
»Okay, okay. Ich melde sie so schnell wie möglich an.«
»Nun, sehen Sie, Sie müssen Sie registrieren lassen, wenn Sie sie zurückhaben wollen.«
»Zurückhaben?«
»Ich muß die Waffe mitnehmen.«
»Soll das ein Witz sein?«
»Das ist Vorschrift, Miss Thomas.«
»Sie wollen mich also allein und unbewaffnet zurücklassen?«
»Ich glaube nicht, daß Sie sich Sorgen machen müssen – «
»Wer hat Sie darauf gebracht?«
»Ich tue nur meine Pflicht.«
»Howard hat Sie darauf gebracht, nicht wahr?«
»Detektiv Howard hat angeregt, daß ich mir den Waffenschein ansehe, aber er hat nicht – «
»Herrgott!«
»Sie brauchen doch nur aufs Revier zu kommen, die vorschriftsmäßige Gebühr zu bezahlen und eine neue Regi-

> *strierkarte auszufüllen – dann erhalten Sie Ihre Pistole ja zurück.«*
> *»Und wenn Frye heute nacht noch einmal kommt?«*
> *»Das ist höchst unwahrscheinlich, Miss Thomas.«*
> *»Was aber, falls doch?«*
> *»Dann rufen Sie uns an. Ein Streifenwagen steht immer hier in der Gegend. Dann kommen wir – «*
> *»Rechtzeitig, um einen Pfarrer und einen Leichenwagen zu bestellen?«*
> *»Sie brauchen vor nichts Angst zu haben, außer – «*
> *» – vor der Angst selbst? Sagen Sie, Officer Farmer, muß man eigentlich einen Lehrgang für Phrasendrescherei machen, ehe man Polizist wird?«*
> *»Ich tue nur meine Pflicht, Miss Thomas.«*
> *»Oh ... aber was soll's.«*

Farmer hatte die Pistole an sich genommen, und Hilary war um eine Erfahrung reicher. Auf die Polizei konnte man sich ebensowenig verlassen wie auf die anderen staatlichen Behörden. Wenn der Staat nicht imstande war, ausgeglichen zu wirtschaften und dafür zu sorgen, daß das Geld seinen Wert behielt, oder nicht fähig war, mit der beständigen Korruption innerhalb der eigenen Behörden fertigzuwerden, ja sogar weder Willen noch Mittel aufbrachte, um eine Armee zu unterhalten, die für die innere Sicherheit Sorge trug, dann konnte man auch kaum erwarten, daß ein Verrückter davon abzuhalten war, sie umzubringen.

Vor langer Zeit machte sie die Erfahrung, daß es gar nicht leicht war, jemanden zu finden, dem man wirklich voll vertrauen konnte. Mit ihren Eltern oder ihren Verwandten wollte sie diesbezüglich nichts zu schaffen haben; auch nicht mit den in Papieren wühlenden Sozialarbeitern, die sie als Kind um Hilfe gebeten hatte, und vor allem nicht mit der Polizei. Tatsächlich erkannte sie in diesem Augenblick, daß der einzige Mensch, dem man vertrauen und auf den man sich verlassen konnte, man selbst war.

Also schön, dachte sie zornig. Okay. Ich werde mich selbst um Bruno Frye kümmern.

Aber wie?

Irgendwie. Sie ging mit dem Messer in der Hand aus der Küche hinaus in die kleine verspiegelte Barnische zwischen Wohnzimmer und Arbeitszimmer und schenkte sich einen doppelten Remy Martin in den großen Cognacschwenker. Sie trug das Messer und den Cognac nach oben ins Gästezimmer und schaltete dann trotzig die Treppenbeleuchtung und die Lichter im Gang aus.

Sie schloß die Zimmertür, verriegelte sie sorgfältig und schaute sich nach irgendeiner Möglichkeit um, sie zu verbarrikadieren. Links neben der Tür stand eine Kommode an der Wand, ein schweres Stück aus dunkel gebeiztem Fichtenholz, größer als sie selbst. Es war zu schwer, um sich bewegen zu lassen; sie zog sämtliche Schubladen heraus und stellte sie beiseite. Dann zerrte sie das große Möbelstück über den Teppich, vor die Tür und schob die Schubladen wieder hinein. Im Gegensatz zu vielen anderen Kommoden verfügte diese hier über keine Beine; sie reichte bis zum Boden, ihr Schwerpunkt lag also ziemlich tief, so daß es jedem schwerfallen mußte, sich gewaltsam Zutritt zu diesem Zimmer zu verschaffen.

Im Badezimmer stellte sie den Cognac auf den Boden und legte das Messer daneben. Sie füllte die Wanne mit heißem Wasser, zog sich aus und ließ sich langsam hineingleiten, wobei sie unwillkürlich zusammenzuckte. Seit dem Augenblick, da Frye sie auf den Schlafzimmerboden gedrückt, seine Hand zwischen ihre Beine gepreßt und ihre Strumpfhose zerfetzt hatte, war sie sich schmutzig, irgendwie besudelt vorgekommen. Jetzt genoß sie das heiße Wasser, schäumte sich kräftig mit einem Waschlappen ab und machte gelegentlich eine Pause, um einen Schluck Remy Martin zu trinken. Im Gefühl, nun wieder gründlich sauber zu sein, legte sie das Stück Seife beiseite und ließ sich noch tiefer in das duftende Wasser sinken. Dampf hüllte sie ein, während der Brandy von innen heraus wärmte, und diese angenehme Kombination aus innerer und äußerer Wärme trieb ihr feine Schweißtröpfchen auf die Stirn. Sie schloß die Augen und konzentrierte sich ganz auf den Inhalt ihres Cognacschwenkers.

Der menschliche Körper funktioniert nicht lange ohne geeignete Wartung. Schließlich entspricht der Körper einer Maschine, einer wunderbaren Maschine aus vielen Arten von Geweben, Flüssigkeiten, Chemikalien und Mineralien, ein hochkompliziertes Räderwerk mit einer Herzmaschine und einer Menge kleiner Motoren, einem Schmiersystem und einem Luftkühlungssystem, beherrscht vom Computerhirn, mit Antriebszügen aus Muskeln, und alles das auf einem raffinierten Gestell aus Kalzium.

Um so zu funktionieren, braucht der Körper viele Dinge, nicht zuletzt Nahrung, Entspannung und Schlaf, Hilary hatte geglaubt, nach all den schlimmen Ereignissen kaum Schlaf zu finden und wie eine Katze mit gespitzten Ohren die ganze Nacht auf Gefahren zu lauschen. Aber sie hatte sich über Gebühr angestrengt. Und obwohl ihr Bewußtsein nicht abschalten wollte, hielt ihr Unterbewußtsein dieses Abschalten doch für notwendig und unvermeidbar, um die erforderlichen Reparaturen vornehmen zu können. Nachdem sie ihren Cognac geleert hatte, fühlte sie sich so benommen, daß sie kaum noch die Augen offenhalten konnte.

Sie stieg aus der Wanne, zog den Stöpsel raus und trocknete sich mit einem großen, flauschigen Handtuch ab. Sie hob das Messer vom Boden auf, verließ das Badezimmer, ließ das Licht aber brennen und zog die Tür halb zu. Die Beleuchtung im Zimmer schaltete sie ab und ging mit trägen Bewegungen durch das weiche Licht und die samtenen Schatten, legte das Messer auf den Nachttisch und stieg nackt ins Bett.

Sie fühlte sich völlig locker, so, als hätte die Wärme ihre Gelenke auseinandergeschraubt.

Und ein wenig benommen. Das kam vom Cognac. Sie lag mit dem Gesicht zur Tür. Die Barrikade beruhigte sie sehr. Sie wirkte sehr solide, beinahe undurchdringlich. Bruno Frye würde nicht durchkommen, so sagte sie sich. Nicht einmal mit einer Belagerungsramme. Selbst eine kleine Armee hätte Mühe, durch jene Tür einzudringen. Nicht einmal ein Panzer würde es schaffen. Ein großer alter Dinosaurier vielleicht? fragte sie sich schläfrig. Einer dieser Tyrannosaurus-Rex-Typen aus den Monsterfilmen. Godzilla. Ob Godzilla diese Tür wohl aufbrechen könnte ...?

Um zwei Uhr an jenem Donnerstagmorgen schlief Hilary.

Am Donnerstag früh um 2.25 Uhr fuhr Bruno Frye langsam an Hilary Thomas' Haus vorbei. Der Nebel hatte inzwischen auch Westwood erreicht, war aber nicht so dicht wie am Meer.

Er konnte gut erkennen, daß hinter keinem der Fenster der Vorderseite mehr Licht brannte.

Er fuhr zwei Häuserblocks weiter, bog in eine Seitenstraße ein und kam wieder am Haus vorbei, diesmal noch langsamer; er studierte aufmerksam die am Straßenrand parkenden Fahrzeuge. Er rechnete eigentlich nicht damit, daß die Bullen eine Wache aufgestellt hatten, aber er wollte kein Risiko eingehen. Die Wagen schienen leer; niemand bewachte das Haus.

Er parkte den Dodge zwischen zwei Volvos zwei Querstraßen weiter und ging dann durch Tümpel nebliger Dunkelheit, durch fahle Kreise dunstigen Lichtes um die Straßenlaternen zum Haus zurück. Als er über den Rasen trottete, quietschten seine Schuhe im taufeuchten Gras, ein Geräusch, das ihm die ätherische Stille der Nacht erst so richtig bewußt machte.

Am Haus angelangt, duckte er sich neben einem Oleanderbusch und schaute sich um. Kein ausgelöster Alarm – niemand war ihm gefolgt.

Er setzte seinen Weg zum hinteren Teil des Hauses fort und kletterte über ein abgesperrtes Tor. Im Hinterhof blickte er an der Hauswand nach oben und entdeckte im ersten Stock ein kleines Lichtviereck. Aufgrund der Größe mußte es sich wohl um ein Badezimmerfenster handeln; die größeren Glasscheiben rechts zeigten am Rand der Gardinen unbestimmte Lichtspuren.

Sie befand sich also dort oben.

Er war sich ganz sicher.

Er konnte sie fühlen. Sie riechen.

Das Miststück.

Sie wartete darauf, daß man sie hernahm und mißbrauchte.

Wartete darauf, getötet zu werden.

Wartete darauf, mich zu töten? fragte er sich.

Er erschauderte. Er wollte sie haben; seine Gier erregte ihn; gleichzeitig hatte er aber Angst vor ihr.

Bisher war sie immer leicht gestorben, war stets in einem neuen Körper von den Toten zurückgekehrt, als neue Frau; aber jedesmal starb sie, ohne sich sonderlich zu wehren. In dieser Nacht hatte sich Katherine als wahre Tigerin gezeigt, erschütternd stark, schlau und furchtlos. Diese neue Entwicklung an ihr gefiel ihm gar nicht.

Trotzdem mußte er zu ihr, mußte sie von einer Reinkarnation zur nächsten verfolgen, sie immer wieder töten, bis sie schließlich tot bliebe; dann würde er endlich Frieden haben.

Er unternahm gar nicht erst den Versuch, die Küchentür mit den Schlüsseln aufzusperren, die er ihr damals auf dem Weingut aus ihrer Handtasche gestohlen hatte. Wahrscheinlich waren neue Schlösser eingebaut. Und selbst wenn sie diese Vorsichtsmaßnahme nicht ergriffen hätte, so würde er nicht durch die Tür hereinkommen. Dienstagnacht, als er zum ersten Mal versucht hatte, in das Haus einzudringen, war sie zu Hause gewesen; und er mußte damals feststellen, daß eines der Schlösser sich mit dem entsprechenden Schlüssel nicht öffnen ließ, wenn es von innen abgesperrt war. Das obere Schloß ging widerstandslos auf, aber das untere war nur dann zu öffnen, wenn man es von draußen abgesperrt hatte. Am Dienstag war er nicht in das Haus eingedrungen, sondern in der folgenden Nacht noch einmal gekommen, am Mittwochabend, vor ziemlich genau acht Stunden, als sie beim Abendessen war und er seine beiden Schlüssel benützen konnte. Aber jetzt befand sie sich drinnen, und auch wenn sie die Schlösser vielleicht nicht hatte austauschen lassen, so war doch ein spezieller Riegel von innen vorgelegt, der ihn am Zutritt hinderte, ganz gleich, wie viele Schlüssel er auch besaß.

Er ging weiter bis zur Hausecke, an der sich ein großes, in einzelne Glasfelder aufgeteiltes Fenster zum Rosengarten hin befand. Dünne Streifen aus dunkel lackiertem Holz trennten die zahlreichen, etwa fünfzehn Zentimeter im Quadrat messenden Scheiben voneinander. Das Arbeitszimmer mit seinen Bücherwänden lag auf der anderen Seite. Er holte seine Taschenlampe heraus, knipste sie an und leuchtete mit dem dünnen Lichtstrahl durchs Fenster. Mit zusammengekniffenen Augen suchte er den Fenstersims und die weniger gut sichtbare waagrechte Rahmenleiste in der Mitte ab, bis er den Riegel gefunden hatte, und schaltete dann die Taschenlampe wieder aus. Er trug eine Rolle Heftpflaster bei sich, riß jetzt Streifen davon ab und klebte die kleine Scheibe neben dem Schloß damit zu. Als die quadratische Scheibe völlig bedeckt war, schlug er sie mit der behandschuhten Hand ein: ein heftiger Schlag. Das Glas zersplitterte fast lautlos und fiel nicht auf den Boden, weil es an dem Klebeband hängen blieb. Er griff hinein und entriegelte das Fenster, schob es in die Höhe, stemmte sich selbst hinauf und kletterte über den Sims. Beinahe hätte er Lärm verursacht, indem er an einen kleinen Tisch stieß, der fast umgefallen wäre.

Jetzt stand Frye mitten im Arbeitszimmer, und sein Herz schlug wie wild; er lauschte im Haus, vielleicht hatte sie ihn gehört.

Aber es herrschte totales Schweigen.

Sie konnte von den Toten auferstehen, in einer neuen Identität ins Leben zurückkehren; doch weiter schienen ihre übernatürlichen Kräfte ganz offensichtlich nicht zu reichen. Sie war weder allwissend noch allsehend. Er befand sich in ihrem Haus, aber sie wußte es anscheinend noch nicht.

Er grinste.

Er zog das Messer aus der Scheide und hielt es in der rechten Hand.

Mit der Taschenlampe in der Linken schlich er lautlos durch jedes Zimmer im Erdgeschoß. Sie waren alle dunkel und verlassen.

Dann schlich er die Treppe ins Obergeschoß hinauf, hielt sich dabei dicht an der Wand, für den Fall, daß eine der Treppendielen ächzen sollte. Er erreichte geräuschlos das Obergeschoß.

Er durchsuchte das Schlafzimmer, fand aber nichts von Bedeutung. Im letzten Zimmer auf der linken Seite glaubte er einen Lichtschein unter der Tür wahrzunehmen, und schaltete seine Taschenlampe ein. In dem pechschwarzen Korridor markierte nur eine nebulöse silberne Linie die Schwelle des letzten Zimmers, aber damit hob sich dieser Raum von den anderen ab. Er ging zur Tür und versuchte vorsichtig, den Türknopf herumzudrehen. Abgesperrt.

Er hatte sie also gefunden.

Katherine.

Die vorgab, Hilary Thomas zu heißen.

Das Miststück. Das dreckige Miststück. Katherine, Katherine, Katherine ...

Der Name hallte durch sein Bewußtsein und gleichzeitig krampfte sich seine Faust um das Messer und vollführte kurze, zustoßende Bewegungen in die Finsternis hinein, so als würde er auf die Frau einstechen.

Auf dem Boden ausgestreckt, das Gesicht an der Bodenritze, spähte Frye durch den Spalt unter der Tür. Ein großes Möbelstück, vielleicht eine Kommode, war auf der anderen Seite dagegengerückt. Indirektes Licht von einem Ort rechterhand erfüllte das Schlafzimmer, und etwas davon drang durch die Tür nach draußen.

Das Wenige, das er sehen konnte, entzückte ihn, und ein optimistisches Gefühl durchflutete ihn. Sie hatte sich in diesem Zimmer verbarrikadiert, und das bedeutete, das verhaßte Miststück hatte Angst vor ihm. *Sie* hatte Angst vor *ihm*. Obwohl sie aus dem Grab wiederauferstehen konnte, hatte sie Angst vor dem Sterben. Vielleicht wußte oder fühlte sie dieses Mal, daß sie nicht wieder zu den Lebenden würde zurückkehren können. Er würde verdammt gründlich vorgehen beim Beseitigen der Leiche, wesentlich gründlicher als bei all den vielen anderen Frauen, deren Körper sie bewohnt hatte. Er würde ihr das Herz herausschneiden, einen Holzpflock hindurchtreiben, ihr den Kopf abschneiden und ihren Mund mit Knoblauch füllen. Außerdem hatte er vor, Kopf und Herz mitzunehmen, wenn er das Haus verließ; er würde diese zwei scheußlichen Trophäen in geheimen unterschiedlichen Gräbern verscharren, in der heiligen Erde zweier unterschiedlicher Friedhöfe, weit von der Stelle entfernt, wo die Leiche selbst begraben werden würde. Offenbar wußte sie, daß er diesmal außergewöhnliche Vorkehrungen treffen wollte, weil sie sich ihm diesmal mit bisher ungeahnter Wut und Entschlossenheit widersetzt hatte.

Sie war sehr ruhig dort drinnen.

Ob sie schlief? Nein, entschied er. Um zu schlafen, hatte sie viel zuviel Angst. Wahrscheinlich saß sie mit der Pistole in der Hand im Bett.

Er malte sich aus, wie sie sich dort drinnen versteckte, wie eine Maus, die Zuflucht vor der Katze suchte, und er kam sich stark und mächtig vor, wie eine Urgewalt.

Haß wallte jetzt dunkel in ihm auf. Er wollte, daß sie vor Angst zitterte und bebte, so wie er so viele Jahre lang ihretwegen gezittert hatte. Ein fast übermächtiger Drang, sie plötzlich anzuschreien, erfaßte ihn. Er wollte ihren Namen hinausbrüllen – Katherine, Katherine – und ihr Flüche entgegenschleudern. Die Anstrengung, sich zurückzuhalten, trieb ihm jetzt den Schweiß ins Gesicht und die Tränen in die Augen.

Er erhob sich, stand lautlos in der Finsternis und überlegte, was zu tun war. Er konnte sich gegen die Tür werfen, sie aufbrechen und das Hindernis aus dem Weg schieben, aber das würde einem Selbstmord gleichkommen. Er würde die Barrikade nicht schnell genug überwinden können, um die Frau zu überraschen. Sie hätte genügend Zeit, die Waffe auf ihn zu richten und ihm ein halbes Dutzend Kugeln in den Leib zu jagen. Also blieb ihm nichts anderes übrig als abzuwarten, bis sie herauskam. Wenn er im Korridor blieb und die ganze Nacht keinen Laut von sich gab, würde ihre Wachsamkeit erlahmen. Bis zum Morgen würde sie sich vielleicht in Sicherheit wiegen und glauben, er käme nicht wieder. Sobald sie das Zimmer verließe, konnte er sie packen und zum Bett zurückdrängen, ehe sie wußte, wie ihr geschah.

Frye ging mit zwei Schritten durch den Korridor und setzte sich mit dem Rücken zur Wand auf den Boden.

Nach ein paar Minuten hörte er raschelnde Geräusche in der Finsternis, leise, trippelnde Geräusche.

Einbildung, sagte er sich. Die vertraute Angst.

Doch dann spürte er, wie etwas an seinem Bein hochkroch, unter seine Hosenbeine.

In Wirklichkeit ist da nichts, sagte er sich.

Etwas schlüpfte unter einen Ärmel und kroch an seinem Arm nach oben, etwas Scheußliches, nicht Identifizierbares.

Dann rannte etwas über seine Schulter, an seinem Hals hinauf, über sein Gesicht, etwas Kleines, Tödliches. Es wollte zu seinem Mund. Er preßte die Lippen zusammen. Es wollte zu seinen Augen. Er drückte die Augen zu. Es wollte in seine Nase; er wischte sich verzweifelt über das Gesicht, aber er konnte nichts finden, es nicht wegjagen. *Nein!* Er knipste die Taschenlampe an. Er war das einzige Lebewesen im Korridor. Da war nichts, was sich unter seinen Hosenbeinen bewegte. Nichts in seinem Ärmel. Nichts auf seinem Gesicht.

Er schauderte.

Er machte die Taschenlampe nicht wieder aus.

Am Donnerstag um neun Uhr weckte Hilary das Klingeln des Telefons. Es stand ein Apparat im Gästezimmer, dessen Klingel versehentlich auf höchste Lautstärke eingestellt war. Wahrscheinlich von der Reinigungsfirma, die sie beschäftigte. Das schrille Klingeln riß Hilary aus dem Schlaf und ließ sie erschreckt hochfahren.

Es war Wally Topelis. Er hatte beim Frühstück in der Zeitung von dem Überfall gelesen, war schockiert und besorgt zugleich.

Ehe sie ihm weitere Einzelheiten erzählen wollte, ließ sie sich den Artikel vorlesen. Sie erfuhr, daß er, mit einem kleinen Bild versehen, auf zwei kurzen Spalten auf der sechsten

Seite stand und war sichtlich erleichtert. Der Bericht baute einzig und allein auf den wenigen Informationen auf, die sie und Lieutenant Clemenza in der vergangenen Nacht den Reportern gaben. Bruno Frye wurde nicht erwähnt – auch nicht Detective Howards Überzeugung, sie sei eine Lügnerin. Die Presse kam im genau richtigen Augenblick und ging rechtzeitig wieder, hatte also genau das verpaßt, was die Story mit Sicherheit wenigstens ein paar Seiten näher ans Titelblatt herangerückt hätte.

Sie erzählte Wally alles; er war empört. »Dieser blöde, verdammte Bulle! Wenn er sich auch nur die geringste Mühe gemacht hätte, mehr über dich als Mensch herauszufinden, dann hätte er gemerkt, daß du dir eine solche Geschichte unmöglich aus den Fingern saugen könntest. Hör zu, Kleines, ich erledige das. Mach dir keine Sorgen. Ich werde da ein wenig Dampf machen.«

»Wie denn?«

»Ich werde ein paar Leute anrufen.«

»Wen?«

»Den Polizeichef beispielsweise – wie wär das?«

»Oh, fein.«

»He, bei dem hab' ich einiges gut«, meinte Wally. »Wer hat denn die letzten fünf Jahre immer die Wohltätigkeitsveranstaltungen der Polizei organisiert? Und wer hat dafür gesorgt, daß die größten Hollywoodstars gratis dort auftraten? Und wer hat Sänger, Komiker, Schauspieler und Zauberkünstler gratis für den Polizeifonds herbeigeschafft?«

»Du etwa?«

»Da hast du verdammt recht, ich war das.«

»Aber was kann er machen?«

»Er kann dafür sorgen, daß dieser Fall noch einmal untersucht wird.«

»Wenn einer seiner Leute es auf seinen Eid nimmt, daß das Ganze Schwindel war?«

»Dann hat der Betreffende einen Dachschaden.«

»Ich habe das Gefühl, dieser Frank Howard ist im Präsidium recht gut angeschrieben«, meinte sie.

»Dann taugt ihr Bewertungsverfahren zur Einstufung

der Leute keinen Deut. Ihre Maßstäbe sind entweder zu niedrig angesetzt oder völlig subjektiv.«

»Es dürfte dir ziemlich schwerfallen, den Polizeichef zu überzeugen.«

»Ich kann recht überzeugend wirken, Lämmchen.«

»Selbst wenn er in deiner Schuld steht – wie kann er eine neue Untersuchung des Falles anordnen, ohne neues Beweismaterial zu haben? Auch als oberster Chef muß er sich wohl an die Vorschriften halten.«

»Hör zu. Er kann wenigstens mit dem Sheriff in Napa County ein Wörtchen reden.«

»Und Sheriff Laurenski wird dem Polizeichef dieselbe Story erzählen, die er letzte Nacht verbreitet hat. Er wird sagen, Frye saß zu Hause und hat Plätzchen gebacken oder so etwas.«

»Dann ist der Sheriff eben ein unfähiger Trottel, der einfach glaubte, was irgend jemand in Fryes Haus ihm weisgemacht hat. Oder er lügt. Vielleicht steckt er möglicherweise mit Frye unter einer Decke.«

»Wenn du dem Polizeichef das sagst«, erklärte sie, »wird er veranlassen, uns beide auf paranoide Schizophrenie hin zu untersuchen.«

»Wenn ich die Bullen nicht in Schwung bringen kann«, erwiderte Wally, »dann sehe ich mich eben nach einem guten Privatteam um.«

»Privatdetektive?«

»Da kenne ich genau das richtige Büro. Die Leute sind Spitze. Wesentlich besser als die meisten Bullen. Die werden sich Frye schon vornehmen und all die kleinen Geheimnisse über ihn in Erfahrung bringen. Die liefern uns schon jene Beweise, die nötig sind, um die Ermittlungen wieder in Gang zu bringen.«

»Ist das nicht furchtbar teuer?«

»Ich teil' mir die Kosten mit dir«, lachte er.

»Kommt nicht in Frage.«

»O doch.«

»Das ist sehr großzügig von dir, aber ...«

»Das ist überhaupt nicht großzügig. Du bist eine äußerst

wertvolle Klientin, Lämmchen. Ich habe einen Prozentanteil an dir, also ist jedes Honorar, das ich Privatdetektiven bezahle, so etwas wie eine Versicherungsprämie. Ich will nur meine Interessen schützen.«

»Das ist aufgelegter Blödsinn, und das weißt du genau«, meinte sie. »Du *bist* großzügig, Wally, doch im Augenblick solltest du noch niemanden beauftragen. Dieser andere Detektiv, von dem ich dir erzählt habe, Lieutenant Clemenza, hat behauptet, er würde heute nachmittag noch einmal hier vorbeischauen. Er glaubt mir irgendwie doch, schien aber etwas durcheinander, weil Laurenski meine Geschichte natürlich ins Wanken gebracht hat. Ich kann mir vorstellen, daß dieser Clemenza so ziemlich jeden Vorwand dazu benützen würde, den Fall noch einmal aufzurollen. Warten wir seinen Besuch ab. Ist die Lage danach noch immer unverändert, so können wir deinen Privatdetektiv beauftragen.«

»Nun ... meinetwegen«, antwortete Wally widerstrebend. »Aber unterdessen werde ich denen sagen, sie sollen einen Mann zu dir schicken, der dich beschützt.«

»Wally, ich brauch' keinen Leibwächter.«

»Und ob du einen brauchst.«

»Ich war die ganze Nacht über allein und in Sicherheit –«

»Hör zu, Kleines, ich schick' dir jetzt jemanden rüber. Das ist mein letztes Wort. Onkel Wally duldet keinen Widerspruch. Wenn du ihn nicht reinläßt, wird er sich wie eine Palastwache vor deine Haustür stellen.«

»Wirklich, ich ...«

»Über kurz oder lang«, unterbrach Wally sie mit sanfter Stimme, »wirst du dich mit der Tatsache abfinden müssen, daß du nicht allein durchs Leben gondeln kannst, aus eigener Kraft. Niemand kann das. Niemand, Kleines. Hie und da muß jeder Hilfe annehmen. Du hättest mich gestern nacht anrufen sollen.«

»Ich wollte dich nicht stören.«

»Um Himmels willen, du störst mich nicht! Ich bin dein Freund. Tatsächlich hat es mich viel mehr gestört, daß du mich letzte Nacht nicht gestört hast. Kleines, es ist toll, stark und selbständig zu sein und auf eigenen Füßen zu stehen. Aber du treibst es zu weit, isolierst dich, und das ist für jeden, dem du etwas bedeutest, ein Schlag ins Gesicht. Wirst du also den Wächter einlassen, wenn er kommt?«

Sie seufzte. »Okay.«

»Gut. Er wird in einer Stunde bei dir sein. Und du rufst mich an, sobald du mit Clemenza gesprochen hast.«

»Das werde ich.«

»Versprichst du mir das?«

»Das verspreche ich.«

»Hast du letzte Nacht geschlafen?«

»Zu meiner eigenen Überraschung, ja.«

»Wenn du nicht genügend Schlaf bekommen hast«, meinte er, »solltest du dich heute nachmittag ein wenig hinlegen.«

Hilary lachte. »Du wärst die ideale Mutter.«

»Vielleicht bring' ich dir heute abend einen großen Topf Hühnersuppe vorbei. Wiederseh'n, Liebes.«

»Wiederseh'n, Wally. Vielen Dank für deinen Anruf.«

Als sie den Hörer auflegte, sah sie die Kommode, die vor der Tür stand. Nach der ereignislosen Nacht wirkte die Barrikade recht unsinnig. Wally hatte recht: Das beste war, einen Leibwächter rund um die Uhr einzustellen und ein erstklassiges Team von Privatdetektiven auf Fryes Fährte zu setzen. Ihre ursprüngliche Absicht, das Problem in Angriff zu nehmen, erschien unsinnig. Sie konnte nicht einfach Bretter vor die Fenster nageln und mit Frye Belagerung des Alamo spielen.

Sie stieg aus dem Bett, schlüpfte in ihren seidenen Morgenmantel und ging zur Kommode. Sie zog die Schubladen heraus und stellte sie beiseite. Nun ließ sich der hohe Schrank leicht bewegen; sie zerrte ihn von der Tür weg, zurück zu der Druckstelle im Teppich, an der das Möbelstück bis zur letzten Nacht stand. Sie schob die Schubladen wieder hinein.

Dann ging sie zum Nachttisch zurück, nahm das Messer und lächelte verlegen, weil ihr klar wurde, wie naiv sie gewesen war. Ein Nahkampf mit Bruno Frye? Ein Messerkampf mit einem Verrückten? Wie hatte sie ernstlich glauben können, in einem solch ungleichen Kampf nur die leiseste Chance zu haben? Frye war um ein Vielfaches stärker als sie. Letzte Nacht hatte sie Glück gehabt, ihm zu entkommen, hatte glücklicherweise die Pistole gehabt. Aber wenn sie versuchte, sich im Messerkampf mit ihm anzulegen, würde er sie glatt in Stücke schneiden. In der Absicht, das Messer in die Küche zurückgetragen und bis zum Eintreffen des Leibwächters angezogen zu sein, ging sie zur Schlafzimmertür, sperrte sie auf, öffnete sie, trat in den Korridor hinaus und schrie vor Entsetzen, als Bruno Frye sie packte und gegen die Wand schmetterte. Ihr Hinterkopf stieß krachend gegen den Verputz. Sie hatte einig Mühe, von der Welle der aufwallenden Finsternis nicht in die Tiefe gezogen zu werden, die über ihr zusammenzuschlagen schien. Er packte sie mit der rechten Hand am Hals und drückte sie gegen die Wand. Mit der linken Hand riß er ihren Morgenrock auf, quetschte ihre nackten Brüste, feixte sie lüstern an und nannte sie ein Miststück, eine Schlampe.

Er mußte ihr Telefonat mit Wally belauscht haben, mußte gehört haben, daß die Polizei ihr die Pistole weggenommen hatte, denn er zeigte nicht die geringste Spur von Angst. Das Messer hatte sie Wally gegenüber nicht erwähnt; deshalb war Frye nicht darauf vorbereitet. Sie rammte ihm die zehn Zentimeter lange Klinge in den Bauch. Ein paar Sekunden lang schien er überhaupt nichts wahrzunehmen; seine Hände ließen von ihren Brüsten ab, glitten an ihr herunter, tasteten nach ihrem Unterleib. Als sie das Messer aus seinem Körper herausriß, überkam ihn der Schmerz. Seine Augen weiteten sich, und er stieß einen schrillen Schrei aus. Hilary jagte ihm die Klinge erneut in den Leib, traf ihn diesmal weiter oben, dicht unter den Rippen. Plötzlich wirkte sein Gesicht so weiß und fettig wie Rindertalg. Er heulte auf, ließ sie los, taumelte rückwärts, bis er gegen die andere Wand stieß und dabei ein Ölbild zu Boden riß.

Ein krampfartiges Schaudern der Abscheu durchlief Hilary. Sie begriff, was sie getan hatte. Aber sie ließ das Messer nicht fallen, war darauf vorbereitet, erneut zuzustechen, falls er sie angreifen sollte.

Bruno Frye blickte erstaunt an sich herab. Das Messer war tief in seinen Leib eingedrungen. Ein dünner Blutstrom quoll aus der Wunde und rötete seinen Pullover und seine Hose.

Hilary wartete nicht ab, bis der Ausdruck der Verblüffung in Schmerz und Wut umschlug. Sie drehte sich um und rannte ins Gästezimmer, schlug die Tür zu und sperrte sie ab. Eine halbe Minute lang hörte sie Fryes leises Stöhnen und Fluchen, ein Herumtappen, und fragte sich, ob seine Kräfte wohl noch ausreichen mochten, um die Tür einzuschlagen. Sie glaubte ihn den Korridor hinuntertaumeln zu hören, auf die Treppe zu, war sich aber nicht sicher. Sie rannte ans Telefon, hob mit blutleeren, zitternden Händen den Hörer ab und wählte die Nummer der Polizei.

Dieses Miststück! Dieses verdammte, dreckige Miststück!

Frye griff sich unter seinen gelben Pullover und umkrallte die tiefere der beiden Wunden, die im Bauch, weil die am meisten blutete. Er preßte die beiden Wunden, so gut er konnte, zusammen und versuchte, das Leben in sich zu halten. Er spürte, wie das warme Blut durch die Nähte seiner Handschuhe quoll, über seine Finger lief.

Besonders weh tat es nicht; da war nur ein dumpfes Brennen im Bauch und ein Prickeln an der linken Seite, wie von elektrischem Strom. Ein schwaches rhythmisches Pochen im Gleichklang mit seinem Herzschlag. Mehr nicht.

Dennoch wußte er, daß er schwer verletzt war und sein Zustand sich mit jeder Sekunde verschlechterte. Er fühlte sich jämmerlich schwach. Seine ganze Kraft war plötzlich völlig aus ihm herausgesprudelt.

Mit einer Hand den Bauch haltend und mit der anderen das Treppengeländer umklammernd schleppte er sich ins Erdgeschoß hinunter, auf Treppenstufen, die so trügerisch schienen wie die Treppen in einem Spiegelsalon auf dem Jahrmarkt; er fühlte die ganze Zeit unter sich ein Rollen und

Stampfen. Als er schließlich unten anlangte, war er über und über schweißbedeckt.

Draußen brannte ihm die Sonne in die Augen. Sie wirkte heller, als er das je erlebt hatte; eine monströse Sonne, die den Himmel erfüllte und unbarmherzig auf ihn herunterknallte. Er hatte das Gefühl, sie strahle durch seine Augen und entfache auf der Oberfläche seines Gehirns winzige kleine Feuerbrände.

Vornübergebeugt, fluchend, schlürfte er in südlicher Richtung den Bürgersteig hinunter, bis er seinen grauen Kombi erreicht hatte. Er stemmte sich mühsam auf den Fahrersitz, zog die Tür hinter sich zu in dem Gefühl, sie müsse zehntausend Pfund wiegen.

Er fuhr einhändig zum Wilshire Boulevard, bog dann nach rechts zum Sepulveda, wieder nach links, suchte eine Telefonzelle, in der man ihn nicht ohne weiteres würde sehen können. Jede Unebenheit der Straße bedeutete einen Faustschlag in seinen Solarplexus. Manchmal schienen die Fahrzeuge rings um ihn herum sich zu strecken, zu biegen und auszudehnen, so, als würden sie aus irgendeinem elastischen Zaubermetall bestehen; er mußte seine ganze Konzentration aufwenden, sie in vertraute Formen zurückzuzwingen.

Dabei sickerte die ganze Zeit das Blut aus ihm heraus, ganz gleich, wie fest er die Wunde auch zusammenpreßte. Das Brennen in seinem Leib verschlimmerte sich. Das rhythmische Zucken ging allmählich in scharfen Schmerz über. Aber der katastrophale Schmerz, der sich ganz sicher einstellen würde, war noch nicht gekommen.

Er fuhr eine endlose Strecke auf dem Sepulveda Boulevard entlang, ehe er schließlich eine Telefonzelle ausmachte, die ihm geeignet erschien. Sie stand ganz hinten auf dem Parkplatz eines Supermarktes, achtzig oder hundert Meter vom Laden entfernt.

Er parkte seinen Lieferwagen schräg davor, so daß die Telefonzelle sowohl für die Kunden des Supermarktes als auch vor den vorbeifahrenden Autos aus abgedeckt war. Es handelte sich um keine Zelle, nur um eine jener Verschalungen aus Plastik, die angeblich eine ausgezeichnete Schallisolierung lieferten, aber nichts gegen den Hintergrundlärm ausrichteten; zumindest schien der Apparat funktionstüchtig zu sein; und man konnte ihn nicht ohne weiteres sehen. Dahinter türmte sich ein hoher Zaun aus Betonziegeln auf, der das Areal des Supermarktes wiederum von einem Wohngebäude abgrenzte. Zur Rechten standen ein paar Büsche und zwei kleine Palmen und verdeckten die Sicht von der Nebenstraße des Sepulveda aus. Niemand würde also erkennen können, daß er verletzt war; er wollte auch nicht, daß jemand da herumschnüffelte.

Er rutschte auf der Sitzbank zur Beifahrerseite hinüber und stieg auf der rechten Seite aus. Als er auf das dicke rote Zeug hinunterblickte, das durch seine Finger quoll, die die schlimmere der beiden Wunden zusammenpreßten, überkam ihm Benommenheit; er wandte den Blick schnell wieder ab. Es waren nur drei Schritte zum Telefon, aber jeder einzelne schien eine Meile weit zu sein.

Er konnte sich nicht an die Nummer seiner Telefonkreditkarte erinnern, die ihm eben noch so vertraut wie sein Geburtstag war, deshalb meldete er ein R-Gespräch nach Napa Valley an.

Es klingelte sechsmal. »Hello?«

»Ich habe hier ein R-Gespräch von Bruno Frye. Nehmen Sie das Gespräch an?«

»Ja, schalten Sie durch, Vermittlung.«

Ein leises Klicken ertönte, während die Frau aus der Leitung ging.

»Ich bin schwer verletzt. Ich glaube, ... ich muß sterben«, sagte Frye dem Mann in Napa County.

»O Gott, nein, nein!«

»Ich muß ... einen Krankenwagen rufen«, japste Frye. »Und dann ... dann werden die ... dann werden alle die Wahrheit erfahren.«

Sie redeten eine Minute lang, beide angstvoll und ziemlich konfus.

Plötzlich spürte Frye, wie sich in ihm etwas lockerte. Wie eine Feder, die sich plötzlich löst. Wie ein Beutel mit Wasser, der aufplatzt. Er schrie schmerzerfüllt auf.

Der Mann in Napa County schrie mit ihm, als würde auch er denselben Schmerz spüren.

»Ich brauche ... einen Krankenwagen«, stöhnte Frye. Er legte auf.

Das Blut war über seine Hosen bis hinunter zu den Schuhen gelaufen und tropfte jetzt auf den Asphalt.

Er nahm den Hörer von der Gabel und legte ihn auf das kleine Blechregal neben dem eigentlichen Telefon, nahm ein Zehn-Cent-Stück von demselben Regal, auf das er das Kleingeld gelegt hatte, aber seine Finger wollten nicht mehr richtig funktionieren; er ließ die Münze fallen und blickte dümmlich zu Boden, während sie über den Asphalt rollte. Dann fand er ein weiteres Zehn-Cent-Stück, das er diesmal hielt, so fest er konnte. Er hob die Münze auf, als wäre sie eine Scheibe Blei, so groß wie ein Autoreifen, und schaffte es schließlich, sie in den richtigen Schlitz zu schieben. Er versuchte die Null zu wählen. Aber seine Energie reichte nicht einmal mehr aus, um das zu bewerkstelligen. Seine muskelbepackten Arme, seine mächtigen Schultern, sein riesiger Brustkasten, sein muskulösen Rücken und seine mächtigen Schenkel – alle versagten ihm den Dienst. Er schaffte es nicht, den Anruf zu tätigen, und er war nicht mehr in der Lage, aufrecht stehen zu bleiben. Er fiel, rollte herum und blieb mit dem Gesicht nach unten auf dem Boden liegen.

Er konnte sich nicht bewegen.

Er konnte nicht sehen. Er war blind.

Es herrschte sehr schwarze Dunkelheit.

Er hatte Angst.

Er versuchte, sich einzureden, daß er ebenso von den Toten zurückkehren würde, wie Katherine das getan hatte. *Ich werde zurückkommen und sie mir vornehmen,* dachte er. *Ich werde zurückkommen.* Aber in Wirklichkeit glaubte er das selbst nicht.

Während er dalag und sich im Kopf immer leichter fühlte, gab es einen überraschend klaren Augenblick, in dem er sich fragte, ob er sich vielleicht in bezug auf Katherine getäuscht hatte und sie gar nicht von den Toten zurückgekommen war. Vielleicht entsprang das Ganze seiner Fantasie? Hatte er in Wirklichkeit bloß Frauen getötet, die ihr ähnelten? Unschuldige Frauen? War er wahnsinnig?

Eine neue Explosion des Schmerzes fegte seine Gedanken weg und zwang ihn, wieder über die drückende Dunkelheit nachzudenken, in der er lag.

Er spürte, wie sich etwas auf ihm bewegte. Lebewesen, die auf ihm herumkrochen.

Wesen, die auf seinen Armen und Beinen herumkrochen. Wesen auf seinem Gesicht.

Er versuchte zu schreien. Schaffte es nicht. Und dann hörte er das Wispern.

Nein!

Seine Gedärme lockerten sich.

Das Wispern schwoll zu einem wilden, zischenden Chor an und riß ihn fort, wie ein mächtiger schwarzer Strom.

Am Donnerstagmorgen stießen Tony Clemenza und Frank Howard auf Jilly Jenkins, einen alten Freund von Bobby »Angel« Valdez. Jilly hatte den Killer mit dem Babygesicht zum letztenmal im Juli gesehen. Damals gab Bobby gerade eine Stellung in der VVG-Wäscherei am Olympic Boulevard auf. Mehr wußte Jilly auch nicht. Die VVG, ein großes einstöckiges Gebäude, entstand Anfang der fünfziger Jahre, als eine Vielzahl begnadeter Architekten in Los Angeles die Idee gebar, spanische Stilelemente mit Bestandteilen des modernen Fabrikbaues zu vermischen. Tony hatte nie begreifen können, wie ein Architekt derart gefühllos solch eine groteske Mischung für schön halten konnte. Das orangerote Ziegeldach trug Dutzende von Kaminen und Entlüftungsöffnungen mit Wellblechverkleidungen; aus etwa einem halben Dutzend dieser Schächte stieg Dampf auf. Die Fensterrahmen bestanden aus schwerem dunklen, rustikal wirkenden Holz, als handle es sich hier um die Casa irgendeines Großgrundbesitzers; doch das häßliche Fabrikfensterglas war mit Drahtgeflecht durchsetzt. Statt Verandas gab es Laderampen. Die Mauern waren hoch und gerade, die Ecken scharf und das Ganze wirkte kastenförmig – das genaue Gegenstück zu den eleganten Bögen und gerundeten Kanten echter spanischer Bauten. Das ganze Werk wirkte wie eine alternde Hure, die elegantere Kleidung als gewöhnlich trug, in dem verzweifelten Versuch, sich als würdige Dame auszugeben.

»Warum haben die das gemacht?« fragte Tony, als er aus dem unmarkierten Polizeiwagen stieg und die Tür hinter sich schloß.

»Was getan?« fragte Frank.

»Warum haben die so viele scheußliche Bauten errichtet? Welchen Sinn sollte das haben?«

Frank blinzelte. »Was ist denn so scheußlich daran?«

»Stört dich das nicht?«

»Das ist eine Wäscherei. Brauchen wir etwa keine Wäschereien?«

»Hast du einen Architekten in deiner Familie?«

»Architekt? Nein«, antwortete Frank. »Warum fragst du?«

»Nur so.«

»Weißt du, manchmal ergibt das, was du von dir gibst, recht wenig Sinn.«

»Das hat man mir schon öfter gesagt«, erklärte Tony.

Im Büro am vorderen Ende des Gebäudes baten die beiden darum, mit dem Besitzer, Vincent Garamalkis, sprechen zu dürfen, wurden aber nicht gerade herzlich empfangen. Die Sekretärin benahm sich ausgesprochen unfreundlich. Die VVG-Wäscherei hatte in den letzten vier Jahren wegen Beschäftigung illegaler Einwanderer Strafe bezahlen müssen. Die Sekretärin glaubte, Tony und Frank kämen von der Einwanderungsbehörde. Nachdem sie die Polizeiausweise sah, taute sie ein wenig auf, war aber noch immer nicht gerade kooperativ, bis Tony sie davon überzeugte, daß sie die Nationalität der bei der VVG beschäftigten Leute nicht im geringsten interessierte. Jetzt gab sie auch widerwillig zu, daß Mr. Garamalkis im Hause sei. Sie wollte sie gerade zu ihm führen, als das Telefon klingelte; sie wies ihnen hastig den Weg und bat sie, Garamalkis selbst zu suchen.

Die riesige feuchte, heiße und laute Wäschereihalle roch nach Seife, Bleichmitteln und Dampf. Industriewaschmaschinen dröhnten, summten oder gaben schmatzende Geräusche von sich. Riesige Trockner rumpelten eintönig vor sich hin. Das Zischen und Knattern automatischer Faltvorrichtungen fuhr Tony durch Mark und Knochen. Die meisten der Angestellten, die die Wäschewagen entluden, ebenso wie die kräftig gebauten Männer, die die Maschinen fütterten, und die Frauen, die an einer Doppelreihe langer Tische Wäschestücke markierten, redeten miteinander in lautem, schnellem Spanisch. Während Tony und Frank von einem Ende des Saales zum anderen gingen, ebbte der Lärm langsam ab, weil die Angestellten innehielten und sie argwöhnisch musterten.

Vincent Garamalkis saß ganz hinten an einem alten Schreibtisch, der auf einer knapp einen Meter hohen Plattform stand, von der aus er seine Angestellten beobachten konnte. Garamalkis sah sie kommen, stand auf und ging an den Rand seiner Plattform. Der kleine, kräftig gebaute Mann mit Halbglatze, harten Gesichtszügen und zwei sanftblickenden, haselnußgroßen Augen, die überhaupt nicht zu seinem übrigen Gesicht paßten, baute sich mit in die Hüften gestützten Armen vor ihnen auf, als wolle er sagen: ›Wagt ja nicht, auf mein Niveau heraufzusteigen.‹

»Polizei«, sagte Frank und ließ seinen Ausweis sehen.

»Yeah«, raunzte Garamalkis.

»Nicht Einwanderungsbehörde«, versicherte ihm Tony.

»Warum sollte mir die Einwanderungsbehörde angst machen?« fragte Garamalkis etwas in die Defensive gedrängt.

»Weil Ihre Sekretärin Angst hatte«, meinte Frank.

Garamalkis blickte finster und mit gerunzelter Stirn auf sie herab. »Ich bin sauber. Ich stelle ausschließlich amerikanische Bürger oder Ausländer mit Papieren ein.«

»Oh, sicher«, erwiderte Frank sarkastisch. »Und die Bären haben aufgehört, in die Wälder zu scheißen.«

»Hören Sie«, meinte Tony, »uns interessiert wirklich nicht, wo Ihre Arbeiter herkommen.«

»Was wollen Sie dann?«

»Wir würden Ihnen gern ein paar Fragen stellen.«

»Worüber?«

»Über diesen Mann«, sagte Frank und reichte ihm die drei Fotos von Bobby Valdez.

Garamalkis warf einen Blick darauf. »Was ist mit dem?«

»Kennen Sie ihn?« fragte Frank.

»Warum?«

»Weil wir ihn gern finden würden.«

»Wozu?«

»Er wird gesucht.«

»Was hat er angestellt?«

»Hören Sie«, sagte Frank, dem die mürrische Art des Wäschereibesitzers anfing, auf die Nerven zu gehen. »Ich kann das hier auf die harte Tour spielen oder nicht. Wir reden jetzt oder auf dem Revier. Und wenn Sie hier den großen Mann rauskehren wollen, schalten wir die Leute von der Einwanderung ein. Uns ist es piepegal, ob Sie ein paar Mexikaner beschäftigen oder nicht. Aber wenn Sie uns jetzt Schwierigkeiten machen, dann sorgen wir dafür, daß Sie eine Menge Ärger kriegen. Haben Sie kapiert? Ist das klar?«

Und Tony fügte hinzu: »Mr. Garamalkis, mein Vater kam als Einwanderer aus Italien, mit ordentlichen Papieren und wurde schließlich amerikanischer Bürger. Aber einmal hatte er Schwierigkeiten mit der Einwanderungsbehörde. Das Ganze war ein Fehler in den Akten, irgendeine bürokratische Panne. Doch sie verfolgten ihn fünf Wochen lang, haben ihn immer wieder in der Arbeit angerufen und sind zu unmöglichen Zeiten in unserer Wohnung aufgetaucht. Die wollten Akten und Dokumente sehen, und wenn Papa sie ihnen vorlegte, meinten sie, das wären Fälschungen. Und die ganze Zeit diese Drohungen. Sie hatten ihm schon einen Ausweisungsbefehl zugestellt, ehe das Ganze aufgeklärt wurde. Er mußte sich einen Anwalt nehmen, den er sich nicht leisten konnte, und meine Mutter wurde in dieser Zeit halb hysterisch. Sie werden mir sicher glauben, daß ich die Einwanderungsbehörde nicht gerade schätze. Keinen Schritt würde ich unternehmen, denen zu helfen, Ihnen etwas anzuhängen. Keinen einzigen Schritt, Mr. Garamalkis.«

Der Mann schaute Tony einen Augenblick lang an, schüttelte dann den Kopf und seufzte. »Ist das nicht zum Davonlaufen? Ich meine, vor ein oder zwei Jahren, als all die iranischen Studenten hier in L.A. Ärger machten, Wagen umstürzten und versuchten, Häuser in Brand zu stecken, da hat die verdammte Einwanderungsbehörde nicht im Traum daran gedacht, die aus dem Land zu werfen. Zum Teufel, nein! Die waren viel zu sehr damit beschäftigt, meinen Angestellten die Hölle heißzumachen. Die Leute, die ich hier beschäftige, zünden anderen nicht die Häuser an. Die kippen auch keine Autos um und werfen nicht mit Steinen auf Polizisten. Das sind gute, hart arbeitende Leute. Die wollen sich nur ihren Lebensunterhalt verdienen. Das können sie südlich der Grenze nicht. Wissen Sie, warum die Einwanderungsbehörde die ganze Zeit hinter denen her ist? Ich will es Ihnen sagen. Ich hab' das inzwischen spitzgekriegt. Das kommt nur daher, weil diese Mexikaner sich nicht wehren. Das sind keine politischen oder religiösen Fanatiker, wie beispielsweise diese Iraner. Die sind auch nicht verrückt oder gefährlich. Aber die Einwanderung tut sich leichter, auf diesen Leuten herumzuhacken, weil die im allgemeinen keinen Ärger verursachen und friedlich mitgehen. Ah, das ganze System ist zum Kotzen!«

»Ich kann Ihren Standpunkt verstehen«, meinte Tony. »Wenn Sie sich also diese Fotos hier ansehen würden ...«

Aber Garamalkis war noch nicht so weit, um ihre Fragen zu beantworten. Es gab noch ein paar Dinge, die er loswerden mußte. Er unterbrach Tony und fuhr fort: »Vor vier Jahren hat man mich zum ersten Mal verknackt. Das Übliche. Ein paar meiner mexikanischen Angestellten hatten keine grüne Karte. Ein paar andere besaßen zwar eine, aber die war abgelaufen. Nachdem ich die Angelegenheit vor Gericht erledigt und meine Strafe bezahlt hatte, nahm ich mir vor, von jetzt ab ganz korrekt zu arbeiten. Ich beschloß, nur noch Mexikaner mit gültigen Arbeitskarten einzustellen. Für den Fall, daß ich nicht genügend Leute finden sollte, würde ich amerikanische Bürger einstellen. Wissen Sie, was? Ich war blöd. Ich war wirklich blöd, zu denken, so könnte ich im Geschäft bleiben. Sehen Sie, ich kann es mir nur leisten, den meisten dieser Leute den Mindestlohn zu bezahlen. Trotzdem verdiene ich dabei kaum etwas. Das Problem ist nur, daß Amerikaner nicht für den Mindestlohn arbeiten wollen. Amerikanische Staatsbürger bekommen nämlich bei Arbeitslosigkeit mehr von der Wohlfahrt als in einem Job wie diesem, der nur Mindestlohn verspricht. Und die Unterstützungszahlungen sind obendrein steuerfrei. Also wurde ich zwei Monate lang beinahe verrückt, indem ich versuchte, Arbeiter zu finden und dabei die Wäscherei in Gang zu halten. Das Ganze hätte fast bei mir zu einem Herzinfarkt geführt. Sehen Sie, meine Kunden sind Gewerbebetriebe, Hotels, Restaurants, Motels, Friseurgeschäfte ... und die brauchen ihr Zeug schnell und verläßlich zurück. Wenn ich nicht erneut Mexikaner eingestellt hätte, hätte ich das Geschäft ebensogut zusperren können.«

Frank wollte nichts mehr hören. Er stand gerade im Begriff, irgendeine scharfe Bemerkung zu machen, als Tony ihm die Hand auf die Schulter legte, leicht zudrückte, ihn also indirekt aufforderte, geduldig zu sein.

»Schauen Sie«, meinte Garamalkis, »ich kann durchaus verstehen, daß man den illegal eingereisten Ausländern keine Unterstützungszahlungen und freie ärztliche Versorgung geben kann. Aber ihre Ausweisung ergibt für mich keinen Sinn, da sie doch nur Arbeiten verrichten, die sonst ohnehin keiner tun will. Es ist wirklich lächerlich. Ein Skandal.« Er seufzte wieder, schaute sich die Fotos von Bobby Valdez in seiner Hand an, und meinte dann: »Yeah, den Burschen kenn' ich.«

»Wie wir hörten, hat er einmal hier gearbeitet.«

»Das stimmt.«

»Wann war das?«

»Frühsommer, denke ich. Mai vielleicht. Und einen Teil im Juni.«

»Nachdem er seinem Bewährungshelfer entwischt war«, sagte Frank zu Tony.

»Davon weiß ich nichts«, erklärte Garamalkis.

»Welchen Namen hat er denn angegeben?« fragte Tony.

»Juan.«

»Familienname?«

»Daran erinnere ich mich nicht. Er war nur sechs Wochen hier. Es muß noch in den Akten sein.«

Garamalkis stieg von seinem Podest herunter und führte sie quer durch den großen Raum zurück, durch den Dampf, den Geruch von Waschmitteln und die argwöhnischen Blicke der Angestellten. Im Büro forderte er die Sekretärin auf, in der Kartei nachzusehen; es dauert höchstens eine Minute, bis sie seine Lohnkarte gefunden hatte. Bobby nannte sich Juan Mazquezza. Als Adresse hatte er eine Hausnummer an der La Brea Avenue angegeben.

»Hat er wirklich dort gewohnt?«

Garamalkis zuckte die Achseln. »Der Job war nicht so wichtig, daß wir das überprüft hätten.«

»Hat er gesagt, weshalb er aufhörte?«

»Nein.«

»Hat er angedeutet, wohin er gehen wollte?«

»Ich bin doch nicht seine Mutter.«

»Ich meine, hat er eine andere Stellung erwähnt?«

»Nein. Er hat einfach gekündigt und ist gegangen.«

»Wenn wir Mazquezza unter dieser Adresse nicht antreffen«, ergänzte Tony, »dann würden wir gerne zurückkommen und mit Ihren Angestellten sprechen. Vielleicht hat einer ihn näher gekannt. Vielleicht ist sogar einer noch mit ihm befreundet.«

»Wenn Sie wollen, können Sie wiederkommen«, meinte Garamalkis. »Aber mit den Leuten zu reden wird gar nicht einfach sein.«

»Warum?«

Er grinste und meinte: »Die meisten sprechen kein Englisch.« Tony grinste breit und sagte: »*Yo leo, escribo y hablo español.*«

»Ah«, tat Garamalkis beeindruckt.

Die Sekretärin machte eine Kopie der Lohnkarte, und Tony bedankte sich bei Garamalkis für seine Unterstützung.

Wieder im Wagen sitzend, meinte Frank, der sich durch den Verkehr Richtung La Brea Avenue kämpfte: »Das muß man dir wirklich lassen.«

»Was denn?« fragte Tony.

»Du hast mehr aus ihm herausgebracht und noch dazu schneller, als ich das geschafft hätte.«

Das Kompliment überraschte Tony. Frank gab damit zum ersten Mal nach drei Monaten Zusammenarbeit zu, daß die Verhörtechnik seines Partners etwas bewirkte.

»Ich wünschte, ich hätte auch ein wenig von dieser Taktik«, meinte Frank. »Versteh mich richtig – nicht alles. Ich bin immer noch der Meinung, daß ich mit meiner Methode meistens weiterkomme. Aber hie und da stoßen wir auf einen, der mir auch in einer Million Jahren noch nichts sagen würde. Und du brauchst dann nur eine Minute, damit er dir sein ganzes Herz ausschüttet. Yeah, ich wünschte, ich hätte ein wenig von deiner Raffinesse.«

»Das schaffst du auch.«

»Nein, niemals.«

»Selbstverständlich schaffst du das.«

»Du kannst eben mit Leuten umgehen«, erklärte Frank. »Ich nicht.«

»Das kann man lernen.«

»Nee. So läuft das schon ganz gut. Wir haben die klassische Aufteilung zwischen dem gemeinen und dem netten Bullen, nur daß wir diese Rollen nicht spielen. Bei uns ergibt sich das auf natürliche Weise.«

»Du bist kein gemeiner Bulle.«

Darauf gab Frank keine Antwort. An der nächsten roten Ampel fuhr er fort. »Da ist noch etwas, was ich dir sagen muß; es wird dir wahrscheinlich nicht gefallen.«

»Probier 's einfach«, meinte Tony.

»Es geht um die Frau von gestern nacht.«

»Hilary Thomas?«

»Mhm. Sie hat dir gefallen, nicht wahr?«

»Nun ... ja, sicher. Sie erschien mir sehr nett.«

»Das mein' ich nicht. Ich meine, du warst scharf auf sie.«

»Oh, nein. Sie hat gut ausgesehen, aber ich habe nicht ...«

»Spiel nicht den Unschuldigen. Ich hab' doch mitgekriegt, wie du sie angesehen hast.«

Die Ampel schaltete um.

Am nächsten Häuserblock rollten sie stumm vorbei. Schließlich erklärte Tony: »Du hast recht. Ich bekomme nicht bei jedem hübschen Mädchen, das mir begegnet, heiße Ohren und feuchte Hände, das weißt du.«

»Manchmal halte ich dich für einen Eunuchen.«

»Hilary Thomas ist ... nun, eben anders. Und das liegt nicht nur an ihrem Aussehen. Selbstverständlich ist sie eine Klassefrau, aber das allein reicht noch nicht. Ich mag die Art, wie sie sich bewegt, wie sie auftritt. Ich höre ihr gern beim Reden zu. Nicht nur dem Klang ihrer Stimme – da ist viel mehr. Ich mag es, wie sie sich ausdrückt, wie sie denkt.«

»Mir gefällt ihr Aussehen«, sagte Frank, »was sie denkt, ist mir egal.«

»Sie hat nicht gelogen«, betonte Tony.

»Du hast doch gehört, was der Sheriff ...«

»Vielleicht ist sie in bezug auf das, was genau passiert ist, ein wenig durcheinander, aber sie hat sich die ganze Geschichte nicht einfach aus den Fingern gesogen. Wahrscheinlich hat sie jemanden gesehen, der wie Frye aussah, und dann ...«

Frank unterbrach ihn. »Und genau dazu wollte ich dir etwas sagen, was du wahrscheinlich nicht gern hören willst.«

»Ich höre.«

»Ganz gleich, wie heiß sie dich auch gemacht hat, das ist keine Entschuldigung für das, was du mit mir gestern nacht gemacht hast.«

Tony sah ihn verwirrt an. »Was hab' ich denn gemacht?«

»Man erwartet von dir, daß du deinen Partner in einer solchen Situation unterstützt.«

»Ich verstehe nicht.«

Franks Gesicht lief rot an. Er schaute Tony nicht an, sondern stierte auf die Straße und fuhr fort: »Während meines Verhörs letzte Nacht hast du ein paarmal gegen mich für sie Partei ergriffen.«

»Frank, ich hatte nicht die Absicht ...«

»Du hast versucht, mich von Verhörfragen abzuhalten, von denen ich *wußte*, daß sie wichtig waren.«

»Ich fand, du warst zu grob zu ihr.«

»Du hättest deine Ansicht nicht so deutlich zum Ausdruck bringen müssen. Vielleicht mit den Augen zwinkern, eine Handbewegung oder kleine Berührung machen, wie sonst auch. Aber für sie bist du auf mich losgegangen wie ein edler Ritter.«

»Sie hatte so Schreckliches durchgemacht und ...«

»Quatsch!« zischte Frank. »Gar nichts hat sie durchgemacht. Sie hat das Ganze frei erfunden!«

»Das kann ich nicht akzeptieren.«

»Weil du mit deinen Eiern denkst, statt mit deinem Kopf.«

»Frank, das stimmt nicht. Und fair ist das auch nicht.«

»Wenn du schon die Ansicht vertratest, ich sei zu grob gewesen, warum hast du mich dann nicht einfach beiseite genommen und gefragt, was ich eigentlich vorhatte?«

»Ich *habe* doch gefragt, verdammt noch mal!« erwiderte Tony und fing jetzt doch an, ärgerlich zu werden, obwohl er das nicht wollte. »Ich hab' dich gleich, nachdem du mit der Zentrale telefoniertest, gefragt; da stand sie noch draußen auf dem Rasen bei den Reportern. Ich wollte wissen, was es Neues gab, aber du wolltest es mir nicht sagen.«

»Weil ich dachte, du würdest gar nicht zuhören«, erklärte Frank. »Zu jener Zeit hast du sie doch schon angehimmelt wie ein verliebter Teenager.«

»So ein Blödsinn, und das weißt du auch. Ich bin genauso Polizist wie du und lasse nicht zu, daß meine persönlichen Gefühle meine Arbeit beeinträchtigen. Aber weißt du, was? Ich glaube, *du* läßt das zu.«

»Was lasse ich zu?«

»Ich glaube, deine persönlichen Gefühle spielen manchmal bei deiner Arbeit eine Rolle«, meinte Tony.

»Wovon, zum Teufel, sprichst du eigentlich?«

»Du hast die Angewohnheit, Informationen vor mir zurückzuhalten, wenn du auf etwas wirklich Gutes stößt«, ergänzte Tony. »Und jetzt, je länger ich darüber nachdenke ... tust du das nur dann, wenn es bei einem Fall um eine Frau geht, wenn es sich um irgendwelche Informationen handelt, die du dazu benutzt, um ihr wehzutun, etwas, womit du sie zerbrechen oder zum Weinen bringen kannst. Du hältst die Nachricht vor mir verborgen, und dann überraschst du sie damit, und zwar auf die unangenehmste Art, die man sich nur vorstellen kann.«

»Ich bekomme das, was ich haben will.«

»Aber gewöhnlich gibt es auch noch eine nettere, einfachere Methode, um das zu erreichen.«

»Deine Methode kann ich mir vorstellen.«

»Noch vor zwei Minuten hast du selbst zugegeben, daß meine Methode auch funktioniert.«

Frank erwiderte nichts. Sein Blick war starr geradeaus auf die vor ihnen fahrenden Autos gerichtet.

»Weißt du, Frank, was deine Frau dir auch mit dieser Scheidung angetan haben mag, und egal, wie weh sie dir tat, so ist das noch lange kein Grund, jede Frau zu hassen.«

»Das tu ich nicht.«

»Vielleicht nicht bewußt, aber zumindest im Unterbewußtsein ...«

»Jetzt hör aber mit dem Freudschen Scheiß auf!«

»Okay. Ist ja schon gut«, beruhigte ihn Tony. »Doch jetzt steht Anklage gegen Anklage. Du sagst, ich sei letzte Nacht unprofessionell vorgegangen. Und ich behaupte ebenfalls, du seist unprofessionell gewesen. Patt.«

Frank bog nach rechts in die La Brea Avenue ab. Sie hielten wieder an einer Verkehrsampel.

Die Ampel schaltete um, und sie rollten langsam in dem immer dichter werdenden Verkehr dahin.

Ein paar Minuten lang schwiegen die beiden.

Dann meinte Tony: »Aber trotz all deiner eventuellen Fehler und Schwächen bist du doch ein verdammt guter Bulle.«

Frank warf ihm einen verblüfften Blick zu.

»Ehrlich«, unterstrich Tony. »Es gibt Reibungen zwischen uns; wir gehen uns ab und an auf die Nerven. Vielleicht schaffen wir es auch gar nicht, weiter zusammenzuarbeiten. Vielleicht müssen wir beantragen, daß man uns neue Partner zuweist. Aber das wird nur aufgrund unserer unterschiedlichen Persönlichkeiten passieren. Obwohl du mindestens dreimal gröber zu den Leuten bist, als notwendig, machst du deine Sache gut.«

Frank räusperte sich. »Nun ... du auch.«

»Danke.«

»Nur bist du manchmal etwas zu ... zu süß.«

»Und du kannst manchmal ein ganz ekelhafter Kerl sein.«

»Willst du einen neuen Partner?«

»Weiß ich noch nicht.«

»Ich auch nicht.«

»Aber wenn wir nicht bald besser miteinander auskommen, wird es gefährlich, länger zusammenzubleiben. Partner, die einander nervös machen, leben gewöhnlich nicht lange.«

»Ich weiß«, meinte Frank. »Ich weiß das sehr gut. Die Welt wimmelt nur so von Arschlöchern, Junkies und Fanatikern mit Kanonen. Man muß mit seinem Partner so zusammenarbeiten, als wäre er ein Stück von einem, ein dritter Arm. Tut man das nicht, so ist die Wahrscheinlichkeit verdammt hoch, daß einer ins Gras beißt.«

»Ich denke, wir sollten ernsthaft darüber nachdenken, ob wir zueinander passen.«

»Yeah«, meinte Frank.

Tony fing an, die Hausnummern der Gebäude, die sie passierten, zu überfliegen. »Wir müßten gleich da sein.«

»Das da sieht danach aus«, Frank deutete mit dem Finger.

Die Adresse auf Juan Mazquezzas VVG-Lohnkarte führte zu einem Apartmentgebäude mit sechzehn Wohneinheiten und Garten in einem Häuserblock, der vorwiegend gewerblich genutzt wurde: Tankstellen, ein kleines Motel, ein Reifenladen und ein Tag und Nacht geöffneter Lebensmittelladen. Aus der Ferne wirkten die Apartments neu und beinahe teuer, aber bei näherem Hinsehen erkannte Tony

Anzeichen des Verfalls und der Vernachlässigung. Die Außenwände brauchten einen neuen Verputz, der alte war stellenweise abgeblättert oder gesprungen. Holztreppen, Geländer und Türen schrien förmlich nach neuer Farbe. Eine Tafel am Eingang verkündete, daß sich hier die *Las Palmeras Apartments* befänden. Ein Wagen hatte die Tafel gerammt und beschädigt, aber sie war nicht ausgetauscht worden. Aus der Ferne sah Las Palmeras gut aus, weil eine Menge Büsche davorstanden, die einen Teil der Defekte vertuschten und die Spuren der Vernachlässigung kaschierten. Aber bei näherer Betrachtung der Gartenanlage wurde einem erneut bewußt, wie schäbig Las Palmeras war; die Sträucher hatte man schon geraume Zeit nicht mehr zurechtgestutzt, und die Bäume wirkten zottig.

Man konnte den Eindruck mit einem Wort zusammenfassen: Durchgang. Die wenigen Fahrzeuge auf dem Parkplatz bestätigten diese Wertung. Es gab nur zwei neuere Autos der mittleren Preisklasse, die liebevoll gepflegt schienen; sie glänzten von der frischen Politur. Ohne Zweifel gehörten sie jungen optimistischen Leuten, waren ein Symbol dafür, daß sie etwas erreicht hatten. Ein zerbeulter, rostiger alter Ford hockte auf einem platten Reifen, unbenutzt, unbenutzbar. Neben dem Ford stand ein acht Jahre alter Mercedes, gewaschen und poliert, aber doch heruntergekommen. Der eine hintere Kotflügel wies eine rostige Beule auf. Vor einiger Zeit noch hatte sich der Besitzer ein Automobil um fünfundzwanzigtausend Dollar leisten können, heute konnte er nicht einmal die zweihundert Dollar Reparatur zahlen. Las Palmeras schien ein Ort für Leute auf dem Durchgang; für einige diente es als Zwischenstation auf dem Weg nach oben, für andere als unsichere Stelle auf der Klippe, der letzte respektable Halt vor dem traurigen, unvermeidlichen Sturz in den totalen Ruin.

Frank parkte den Wagen vor dem Apartment des Verwalters, und Tony wurde klar, daß Las Palmeras eine Art Abklatsch von Los Angeles darstellte. Diese Stadt der Engel war vielleicht die Station der größten Chance weltweit. Unglaubliche Geldbeträge flossen hier durch; es gab tausend

Möglichkeiten, um ein beträchtliches Vermögen zu erwerben. L.A. produzierte genügend Erfolg, um damit eine ganze Zeitung zu füllen. Aber jener wahrhaft erstaunliche Wohlstand erzeugte auch eine Menge Möglichkeiten der Selbstvernichtung, für jeden zugänglich. Man konnte in Los Angeles jedes nur denkbare Rauschgift leichter und schneller finden und kaufen als in Boston, New York, Chicago oder Detroit. Gras, Haschisch, Heroin, Kokain, Uppers, Downers, LSD, PCP ... Die Stadt galt als reinster Supermarkt für Junkies. Auch Sex lief hier viel freizügiger. Die viktorianischen Prinzipien hatten sich in Los Angeles viel kürzer gehalten als im Rest des Landes, zum Teil, weil L.A. das Zentrum des Rock-Musik-Geschäftes darstellte und Sex eng damit zusammenhing. Aber es gab auch andere, viel wichtigere Faktoren, die die Libido des Durchschnittskaliforniers entfesselt hatten. Das hing mit dem Klima zusammen; die warmen, trockenen Tage, das subtropische Licht und die miteinander konkurrierenden Winde – Winde aus der Wüste und Winde vom Meer – bewirkten einen starken erotischen Einfluß. Das südländische Temperament der mexikanischen Einwanderer beeinflußte ebenfalls die gesamte Bevölkerung. Am allerwesentlichsten aber schien in Kalifornien jenes Gefühl vorherrschend zu sein, daß man sich am Rand der westlichen Hemisphäre befand, am Rand des Unbekannten, über einem Abgrund des Geheimnisvollen. Nicht das Bewußtsein einer Kulturgrenze schien entscheidend – das Unterbewußtsein arbeitete mit jenem Wissen, erzeugte ein aufputschendes, einem manchmal Angst einflößendes Gefühl. Irgendwie vereinten sich all diese Dinge, lösten so manche Hemmung und regten die Drüsen an. Diese schuldfreie Einstellung zum Sex war natürlich gesund; aber in der ganz besonderen Atmosphäre von Los Angeles, in der es nur wenig Schwierigkeiten gab, sich selbst den bizarrsten fleischlichen Genüssen hinzugeben, erschien es möglich, daß manche Männer (und Frauen) auf Sex ebenso süchtig wurden wie auf Heroin. Tony hatte das oft erlebt. Es gab Leute, die alles wegwarfen – Geld, Selbstachtung, Ansehen –, um in einer Art endloser Party ewiger

Umarmungen und kurzer feuchter Höhepunkte zu leben. Hatte man seine persönliche Erniedrigung und seinen Ruin nicht durch Sex oder Rauschgift erreicht, so bot L.A. noch ein Sammelsurium gewalttätiger radikaler Bewegungen, denen man sich anschließen konnte. Außerdem gab es natürlich Las Vegas, nur eine Stunde entfernt und mit regelmäßigen Billigflügen erreichbar – für notorische Spieler, die sich die Reputation erworben hatten, um hohe Einsätze zu spielen, kostenlos. All jene Werkzeuge zur Selbstvernichtung ermöglichte erst dieser wahrhaft unbegreifliche Wohlstand. Aufgrund seines Reichtums und seiner endlosen Freiheitsfeiern bot Los Angeles den goldenen Apfel, aber auch die vergiftete Birne: Positiven und negativen Durchgang. Manche Leute machten in Orten wie Las Palmeras Station auf dem Weg nach oben, sie schnappten sich den Apfel und zogen weiter nach Bel Air, Beverly Hills, Malibu oder sonst wohin auf der Westseite, und lebten dort glücklich weiter. Manche Leute aßen die vergiftete Frucht und legten auf dem Weg nach unten einen Stopp im Las Palmeras ein, nicht sicher, wie oder weshalb sie dort gelandet waren.

Die Verwalterin des Apartmentbaus schien auch nicht zu begreifen, wie jene Durchgangsmuster sie in ihre augenblicklichen Lebensumstände gepreßt hatten. Sie hieß Lana Haverby, eine gebräunte Blondine Anfang vierzig in Shorts und BH, und schien von ihrer sexuellen Attraktivität viel zu halten, denn sie wirkte die ganze Zeit über, ob sie nun ging, stand oder saß, als würde sie für einen Fotografen posieren. Ihre Beine schienen in Ordnung, aber der Rest keineswegs. Sie war um die Mitte herum dicker, als ihr bewußt zu sein schien; für ihr spärliches Kostüm hatte sie auch viel zu breite Hüften und eine zu kräftige Gesäßpartie. Ihre Brüste waren so gewaltig, daß sie nicht mehr attraktiv, sondern nur noch absurd wirkten. War sie nicht gerade damit beschäftigt, ihre Posen zu wechseln oder abzuschätzen, wie sie auf Frank und Tony wirkte, so schien sie verwirrt und abgelenkt. Ihre Augen machten den Eindruck, als könnten sie ihren Gesprächspartner nicht immer taxieren; auch neigte sie dazu, Sätze unbeendet auslaufen zu lassen. Manchmal schaute sie sich wirr im kleinen dunklen Wohnzimmer um und musterte das fadenscheinige Mobiliar, als wüßte sie absolut nicht, warum sie sich eigentlich an diesem Ort befand oder wie lange schon. Sie legte den Kopf zur Seite, als würde sie wispernde Stimmen vernehmen, außerhalb der Hörweite, die versuchten, ihr das alles zu erklären.

Lana Haverby saß auf einem Sessel, und die beiden Polizisten auf dem Sofa; die Frau betrachtete die Fotos von Bobby Valdez.

»Jaaa«, sagte sie. »Er war süß.«

»Wohnt er hier?« fragte Frank.

»Er hat hier gewohnt ... jaaa. Apartment neun. Stimmt das? Aber jetzt nicht mehr.«

»Er ist ausgezogen?«

»Jaaa.«

»Wann war das?«

»Irgendwann im Sommer. Ich glaube, es war ...«

»Wann?« fragte Sony nach.

»Erster August«, sagte sie.

Sie schlug die nackten Beine übereinander und schob die Schultern leicht zurück, um ihre Brüste so weit wie möglich anzuheben.

»Wie lange hat er hier gewohnt?« wollte Frank wissen.

»Ich denke, drei Monate«, erwiderte sie.

»Hat er allein hier gelebt?«

»Sie meinen, ob er eine Freundin hatte?«

»Eine Freundin, einen Freund ... irgend jemanden«, meinte Frank.

»Allein«, ergänzte Lana. »Wissen Sie, er war ein ganz süßer Kerl.«

»Hat er eine Nachsendeadresse hinterlassen?«

»Nein. Ich wollte, er hätte es getan.«

»Warum? Schuldet er Ihnen noch Miete?«

»Nein. Das nicht. Ich hätte bloß gern gewußt, wo ich ihn ...«

Sie legte den Kopf zu Seite und lauschte wieder den wispernden Stimmen.

»Wo Sie was?« fragte Tony.

Sie blinzelte. »Oh ... Ich hätte wirklich gern gewußt, wo ich ihn besuchen kann. Ich hab' mich sozusagen um ihn bemüht. Er hat mich ganz heiß gemacht, wissen Sie. Mein Blut in Wallung gebracht. Ich hab' versucht, ihn ins Bett zu kriegen, aber er war – nun, Sie wissen schon – irgendwie scheu.«

Sie fragte nicht, weshalb sie Bobby Valdez alias Juan Mazquezza suchten. Tony dachte bei sich, was sie wohl sagen würde, falls sie wußte, daß ihr scheuer kleiner süßer Kerl ein aggressiver, gewalttätiger Notzuchtverbrecher war.

»Gab es Leute, die ihn regelmäßig besuchten?«

»Juan? Hab' nichts bemerkt.«

Sie nahm die Beine auseinander, saß mit weitgeöffneten Schenkeln da und beobachtete Tonys Reaktion.

»Hat er gesagt, wo er arbeitet?« fragte Frank.

»Als er hier einzog, hat er in irgendeiner Wäscherei gearbeitet. Später hat er sich etwas anderes besorgt.«

»Hat er Ihnen gesagt, was?«

»Nein. Aber er hat wohl gut verdient.«

»Fuhr er einen Wagen?« fragte Frank.

»Zuerst nicht«, erwiderte sie. »Aber dann, später, einen Jaguar Zwei-plus-zwei. Mann, der war vielleicht schön!«

»Und teuer«, meinte Frank.

»Jaaa«, flüsterte sie. »Er hat 'ne stolze Summe dafür hingeblättert. Und alles in bar.«

»Wo hatte er denn das viele Geld her?«

»Ich hab's Ihnen doch gesagt, er hat mit seinem neuen Job 'ne Menge Kies gemacht.«

»Und Sie wissen wirklich nicht, wo er arbeitete?«

»Ganz bestimmt nicht. Er hat nie darüber geredet. Aber, wissen Sie, als ich den Jaguar sah, wußte ich – daß er nicht mehr lange bleiben würde«, ergänzte sie fast wehmütig. »Er war auf dem Weg nach oben.«

Sie verbrachten weitere fünf Minuten damit, Fragen zu stellen, aber Lana Haverby hatte ihnen nichts Wesentliches mehr zu sagen. Sie verfügte über keine besonders gute Beobachtungsgabe, und ihre Erinnerung an Juan Mazquezza schien winzige Löcher aufzuweisen, so als hätten Motten ihr Erinnerungsvermögen angefressen.

Tony und Frank standen auf und wollten gehen, und sie eilte ihnen zur Tür voraus. Ihr puddinghafter Busen wabbelte und schwabbelte beunruhigend, was sie sicher für höchst anregend hielt. Ihr hüftschwingender, trippelnder Gang hätte vielleicht bei einem Teenager gut gewirkt; aber sie war mindestens vierzig, eine erwachsene Frau, unfähig, die Würde und besondere Schönheit ihrer Altersstufe zu entdecken und hervorzuheben. Sie bot einen jämmerlichen Anblick. Sie stand unter den Tür, lehnte sich zurück, ein Bein am Knie abgeknickt, und kopierte eine Pose, die sie in einem Männermagazin oder auf einem billigen Kalender gesehen hatte; sie bettelte förmlich um ein Kompliment.

Frank drehte sich leicht zur Seite, als er durch die Tür ging, und schaffte es gerade, nicht an ihrem Busen vorbeizustreifen. Er ging mit schnellen Schritten auf den Wagen zu, ohne sich umzusehen.

Tony lächelte und sagte: »Vielen Dank für Ihre Unterstützung, Miss Haverby.«

Sie blickte zu ihm auf; ihre Augen erfaßten die seinen, klarer, als sie in der letzten Viertelstunde irgend etwas erfaßt hatten. Sie hielt seinen Blick fest; in ihren Augen flackerte ein Funken von einem früheren Leben – Intelligenz, Stolz, vielleicht ein Überrest von Selbstrespekt – etwas Besseres und Saubereres, als da vorher zu sehen war. »Ich werde auch weiterkommen und hier ausziehen, wissen Sie, genau wie Juan. Ich war nicht immer Verwalterin im Las Palmeras. Ich hab' mich in – Sie wissen schon – reichen Kreisen bewegt.«

Tony wollte nicht zuhören, hatte aber das Gefühl, hypnotisiert und irgendwie festgenagelt zu sein.

»Mit dreiundzwanzig arbeitete ich als Kellnerin«, sagte sie, »aber das habe ich schnell hinter mich gebracht. Das war damals, Sie wissen schon, als die Beatles gerade anfingen, siebzehn Jahre ist das her, und die ganze Rockszene begann damals so richtig, wissen Sie? Wenn man damals gut aussah, konnte man mit den Stars zusammenkommen und mit den großen Popgruppen überallhin fahren, durch das ganze Land reisen. Mann, das waren Zeiten! Damals konnte man wirklich alles kriegen. Alle brachten es, diese Gruppen, und ich war bei ihnen. Und wie ich das war. Ich hab' damals mit sehr berühmten Leuten geschlafen, wissen Sie, Leuten, die jeder kannte. Ich war auch populär. Die haben mich gemocht.«

Sie begann, berühmte Rockgruppen aus den sechziger Jahren aufzuzählen. Tony wußte nicht, mit wie vielen davon sie wirklich zusammen gewesen war, und von wie vielen sie es sich nur einbildete. Doch dann fiel ihm auf, daß sie keine Einzelpersonen erwähnte; sie war mit *Gruppen* im Bett gewesen, nicht mit Personen.

Er hatte sich nie gefragt, was aus Groupies wurde, diese anpassungsfähigen Kindfrauen, die ihre besten Jahre in der Welt der Rockmusik vergeudeten – jetzt wußte er es: Sie waren fürs normale Leben verdorben, weil sie zuviel gesehen und erlebt hatten, um sich wieder im Alltag zurechtfinden zu können. Eine von ihnen, Lana Haverby, hatte die Stelle im Las Palmeras angenommen, eine Durchgangsstelle für sie, einfach um mietfrei wohnen zu können, bis sie wieder Anschluß an die *beautiful people* finden würde.

»Also werde ich nicht mehr lange hier sein«, meinte sie. »Bald wird es weitergehen. Es dauert jetzt nicht mehr lange, wissen Sie. Ich fühle, daß mir Gutes bevorsteht. Wirklich gute Schwingungen, verstehen Sie?«

Die Lage, in der sie sich befand, war kläglich, traurig, aussichtslos. Tony wollte nicht einfallen, was er darauf erwidern konnte. »Äh ... nun ... ich wünsche Ihnen wirklich alles Glück«, sagte er etwas hölzern. Er schob sich an ihr vorbei, durch die Tür hinaus.

Der Funken der Vitalität verblaßte in ihren Augen; plötzlich nahm sie wieder ihre jämmerliche Pose ein, die Schultern zurückgezogen, die Brust vorgereckt. Ihr Gesicht wirkte immer noch müde und leer. Ihr Bauch stand gegen den Gummizug ihrer Shorts gepreßt. Ihre Hüften waren einfach zu breit für mädchenhafte Spiele. »He!« sagte sie. »Wenn Sie je in der Stimmung auf ein Glas Wein sind und, Sie wissen schon, ein wenig Unterhaltung ...«

»Danke«, erwiderte er.

»Ich meine, kommen Sie ruhig mal vorbei, wenn Sie nicht, Sie wissen schon, im Dienst sind.«

»Kann durchaus sein, daß ich das tue«, log er. Und dann, hauptsächlich, weil er sie nicht so ohne alles stehenlassen wollte, fügte er hinzu: »Sie haben hübsche Beine.«

Das stimmte. Aber sie wußte nicht einmal, wie man ein Kompliment mit Anstand entgegennimmt; sie grinste nur, legte die Hände auf ihren Busen und sagte: »Normalerweise achten alle mehr auf meine Titten.«

»Nun ... bis bald mal wieder«, wiederholte er, wandte sich von ihr ab und ging zum Wagen.

Nach ein paar Schritten drehte er sich um und sah sie vor der offenen Tür stehen, den Kopf etwas zur Seite gelegt, weit weg von ihm und den Las-Palmeras-Apartments, jenen schwachen, wispernden Stimmen lauschend, die ihr den Sinn ihres Lebens zu erklären versuchten.

Als Tony in den Wagen stieg, meinte Frank: »Ich hab' schon gedacht, die hätte dich gekrallt. Gerade wollte ich ein Rettungsteam rufen, um dich zu befreien.«

Tony lachte nicht. »Es ist traurig.«

»Was?«

»Lana Haverby.«

»Machst du dich über mich lustig?«

»Die ganze Situation.«

»Sie ist bloß ein blödes Weib«, meinte Frank. »Aber was hältst du davon, daß Bobby sich einen Jaguar gekauft hat?«

»Wenn er keine Bank ausgeraubt hat, so kann er sich das Geld dafür nur auf einem Weg beschafft haben.«

»Rauschgift«, erklärte Frank.

»Kokain, Gras, vielleicht PCP.«

»Damit haben wir eine neue Fährte, nach dem kleinen Dreckskerl zu suchen«, meinte Frank. »Wir können auf die Straße gehen und die bekannten Dealer unter Druck setzen, Burschen, die wegen Rauschgifthandel schon gesessen haben, ihnen ein bißchen angst machen. Und wenn sie dabei etwas zu verlieren haben und wissen, wo Bobby sich aufhält, dann liefern sie ihn uns auf einem silbernen Tablett.«

»Unterdessen rufe ich mal in der Zentrale an«, meinte Tony. Er wollte sich bei der Zulassungsstelle nach einem schwarzen Jaguar, angemeldet auf Juan Mazquezza, erkundigen. Fänden sie die Zulassungsnummer heraus, so würde ab sofort jeder uniformierter Beamte nach Bobbys Wagen Ausschau halten.

Was aber noch keineswegs bedeutete, daß sie ihn auch gleich finden würden. In jeder anderen Stadt wäre ein Mann, den man so dringend suchte wie Bobby, wohl nicht mehr lange auf freiem Fuß. In allerhöchstens einigen Wochen hätte man ihn geschnappt. Aber Los Angeles war nicht wie andere Städte; zumindest flächenmäßig hatte es eine weit größere Ausdehnung als jede andere Stadt in den ganzen Vereinigten Staaten. Los Angeles erstreckte sich über eine Fläche von dreizehnhundert Quadratkilometern. Es bedeckte also eineinhalbmal soviel Landfläche wie New York City, zehnmal soviel wie Boston und fast eineinhalbmal soviel wie der ganze Bundesstaat Rhode Island. Bezog man außerdem die illegalen Einwanderer mit ein – was die städtischen Behörden nicht taten –, dann näherte sich die Bevölkerung der ganzen Region der Neun-Millionen-Grenze. In diesem riesigen Labyrinth aus Straßen, Gassen, Freeways, Hügeln und Canyons konnte ein geschickter Flüchtling monatelang ganz offen leben und seinen Geschäften nachgehen wie jeder andere Bürger auch.

Tony schaltet das Radio ein, das sie den ganzen Morgen nicht gehört hatten, rief die Zentrale an und bat um Nachforschungen über Juan Mazquezza und seinen Jaguar.

Die Frau, die ihre Frequenz betreute, besaß eine weiche freundliche Stimme. Nachdem sie Tonys Auftrag entgegengenommen hatte, teilte sie ihm mit, daß seit zwei Stunden ein Ruf auf ihn und Frank wartete. Es war jetzt 11.45 Uhr. Der Fall Hilary Thomas sei wieder akut, und man benötige sie beide in Westwood; andere Beamte seien um 9.30 Uhr zum Haus gerufen worden.

Tony hängte das Mikrofon an den Haken, schaute Frank an und sagte: »Ich hab's doch gewußt! Verdammt noch mal, ich hab' gleich gewußt, daß sie nicht gelogen hat.«

»Plustere dich bloß nicht auf«, murrte Frank übellaunig. »Was sich auch neu ergeben haben mag, wahrscheinlich handelt es sich wieder um eine Erfindung.«

»Du gibst wohl nie auf, wie?«

»Nicht wenn ich weiß, daß ich recht hab'.«

Ein paar Minuten später hielten sie vor Hilarys Haus. Auf der kreisförmigen Zufahrt standen zwei Pressewagen, ein Kombi für das Polizeilabor und ein Streifenwagen.

Kaum waren sie aus dem Wagen gestiegen und gingen quer über den Rasen auf das Haus zu, da kam ihnen ein uniformierter Beamter aus dem Haus entgegen. Tony kannte ihn. Er hieß Warren Prewitt. Sie trafen sich auf halbem Weg.

»Seid ihr gestern nacht hiergewesen?« fragte Prewitt.

»Richtig«, entgegnete Frank.

»Was ist eigentlich – arbeitet ihr vielleicht vierundzwanzig Stunden am Tag?«

»Sechsundzwanzig«, trotzte Frank.

»Wie geht es der Frau?« fragte Tony.

»Ziemlich durcheinander«, erklärte Prewitt.

»Nicht verletzt?«

»Würgemale am Hals.«

»Ernst?«

»Nein.«

»Was ist vorgefallen?« fragte Frank. Prewitt lieferte ihnen eine Kurzversion des Berichtes, den Hilary Thomas ihm gegeben hatte.

»Irgendwelche Beweise, daß sie die Wahrheit sagt?« fragte Frank.

»Ich hab' schon gehört, was Sie von diesem Fall halten«, sagte Prewitt. »Aber es gibt Beweise.«

»Zum Beispiel?« fragte Frank.

»Er hat sich letzte Nacht durch ein Fenster im Arbeitszimmer Zugang zum Haus verschafft. Hat es sehr geschickt angestellt, das Glas mit Klebeband abgedeckt, damit sie nicht hören konnte, wie es zerbrach.«

»Das hätte sie selbst auch tun können«, erwiderte Frank.

»Ihr eignes Fenster zerbrechen?« fragte Prewitt.

»Yeah, warum nicht?« meinte Frank.

»Nun«, fuhr Prewitt fort, »aber überall herumgeblutet wie ein Schwein hat sie nicht.«

»Wieviel Blut?« fragte Tony.

»Nun, nicht übermäßig viel, aber auch nicht wenig«, erklärte Prewitt. »Auf dem Boden in der Halle ist etwas, ein großer blutiger Handabdruck an der Wand, Blutstropfen auf der Treppe, ein weiterer verschmierter Abdruck an der Wand in der Eingangshalle und Blutspuren am Türknopf.«

»Menschliches Blut?« fragte Frank.

Prewitt sah ihn blinzelnd an. »Hm?«

»Nun, ich frag' mich, ob das Ganze Schwindel ist, Vorspiegelung falscher Tatsachen.«

»Herrgott, jetzt hör aber auf!« schimpfte Tony.

»Die Jungs aus dem Labor sind erst seit einer Dreiviertelstunde hier«, erklärt Prewitt. »Die haben sich noch nicht geäußert. Aber ich bin sicher, daß es sich um Menschenblut handelt. Außerdem haben drei Nachbarn den Mann wegrennen sehen.«

»Ah!« machte Tony leise.

Frank blickte finster auf den Rasen vor seinen Füßen, als wollte er das Gras zum Verdorren bringen.

»Er hat das Haus zusammengekrümmt verlassen«, ergänzte Prewitt. »Er hielt sich den Leib und bewegte sich irgendwie gekrümmt; das paßt zu Miss Thomas' Aussage, daß sie ihm zwei Stiche in den Leib versetzt hat.«

»Wo ist er hin?« fragte Tony.

»Wir haben einen Zeugen, der ihn zwei Häuserblocks südlich von hier in einen grauen Dodge Kombi steigen sah. Er ist weggefahren.«

»Haben wir die Nummer?«

»Nein«, sagte Prewitt. »Aber die Fahndung läuft bereits.«

Frank Howard blickte auf. »Es muß ja gar nicht sein, daß dieser Überfall mit der Geschichte letzte Nacht in Verbindung steht. Vielleicht hat sie die Sache letzte Nacht heraufbeschworen – und ist dann heute morgen wirklich überfallen worden.«

»Hältst du das nicht für einen extremen Zufall?« fragte Tony verstimmt.

»Außerdem muß ein Zusammenhang bestehen«, erwiderte Prewitt. »Sie schwört, daß es derselbe Mann war.«

Frank hielt Tonys starrem Blick stand und meinte: »Aber Bruno Frye kann es nicht sein. Du weißt doch, was Sheriff Laurenski gesagt hat.«

»Ich habe ja nie behauptet, daß es Frye war«, meinte Tony. »Ich hab' mir schon letzte Nacht überlegt, daß sie wahrscheinlich von jemandem überfallen wurde, der Frye ähnlich sah.«

»Sie bestand aber ...«

»Yeah, aber sie hatte Angst und war verstört«, erklärte Tony. »Sie konnte nicht klar denken und hat die beiden miteinander verwechselt. Das ist verständlich.«

»Und du behauptest, *ich* würde mich nur auf Zufälle stützen«, antwortete Frank angewidert.

In diesem Augenblick trat Officer Gurney, Prewitts Partner, aus dem Haus und rief ihm zu: »He, sie haben ihn gefunden! Den Mann, den sie in den Bauch gestochen hat!«

Tony, Frank und Prewitt rannten zur Tür.

»Die Zentrale hat gerade angerufen«, erklärt Gurney. »Ein paar Jungs mit Skateboards haben ihn vor etwa fünfundzwanzig Minuten gefunden.«

»Wo?«

»Ganz unten am Sepulveda, auf dem Parkplatz irgendeines Supermarktes. Er lag neben seinem Kombi auf dem Boden.«

»Tot?«

»Mausetot.«

»Hatte er einen Ausweis bei sich?« fragte Tony.

»Yeah«, erwiderte Gurney. »Es ist so, wie die Lady gesagt hat. Sein Name ist Bruno Frye.«

Kalt.

Hinter den Lüftungsgittern dröhnte die Klimaanlage. Ströme eisiger Luft drangen durch zwei Öffnungen der Decke in den Raum.

Hilary trug ein meergrünes Herbstkleid; kein leichter Sommerstoff, aber doch nicht schwer genug, um die Kälte abzuhalten. Sie preßte ihre Arme an den Körper und fröstelte.

Lieutenant Howard stand immer noch etwas verlegen dreinschauend zu ihrer Linken, Lieutenant Clemenza rechts von ihr.

Der Raum vermittelte nicht den Eindruck einer Leichenschauhalle, wirkte eher wie eine Kabine in einer Raumkapsel. Man konnte sich leicht vorstellen, daß gleich hinter jenen grauen Wänden die eisige Kälte des Weltraums begann. Das gleichmäßige Brummen der Klimaanlage konnte ebensogut vom fernen Brausen der Raketenmotoren herrühren. Sie standen vor einem Fenster, das den Blick in einen anderen Raum freigab, doch sie hatte es vorgezogen, endlose Schwärze und weltentfernte Sterne hinter dem Glas zu sehen. Fast wünschte sie sich, auf einer langen intergalaktischen Reise unterwegs zu sein, statt in einer Leichenhalle zu stehen und auf die Identifizierung eines Mannes zu warten, den sie getötet hatte.

Ich habe ihn getötet, dachte sie.

Die Worte, die nun durch ihr Bewußtsein hallten, ließen sie nur noch mehr fröstelten.

Sie blickte auf die Uhr.

Achtzehn Minuten nach drei.

»In einer Minute ist alles vorbei«, meinte Lieutenant Clemenza beruhigend.

Und während Clemenza das sagte, schob ein Angestellter auf der anderen Seite des Fensters eine Bahre auf Rädern in den Raum. Er stellte sie dicht vor das Glas. Eine Leiche, mit Laken bedeckt, lag auf dem Wagen. Der Angestellte zog das Leichentuch vom Gesicht des Toten, halb über seine Brust, und trat dann beiseite.

Hilary starrte auf die Leiche und empfand einen Anflug von Benommenheit.

Ihr Mund fühlte sich plötzlich ganz trocken an.

Das Gesicht Fryes schien weiß und reglos, aber sie hatte das wahnwitzige Gefühl, er könnte jeden Augenblick den Kopf zu ihr herumdrehen und die Augen aufschlagen.

»Ist er das?« fragte Lieutenant Clemenza.

»Das ist Bruno Frye«, erwiderte sie kaum hörbar.

»Ist das der Mann, der in Ihr Haus einbrach und Sie überfallen hat?« fragte Lieutenant Howard.

»Jetzt fangen Sie bloß nicht wieder mit dem Unsinn an«, sagte sie. »Bitte.«

»Nein, nein!« antwortete Clemenza. »Lieutenant Howard bezweifelt Ihre Aussage nicht, Miss Thomas. Sehen Sie, wir wissen bereits, daß jener Mann Bruno Frye heißt. Das haben wir bereits seinen Ausweispapieren entnommen. Was wir von Ihnen hören wollen, ist, ob dieser Mann Sie angegriffen hat und ob Sie ihn niedergestochen haben.«

Der tote Mund wirkte jetzt ausdruckslos, weder grinsend noch finster. Aber sie konnte sich sehr wohl an das böse Grinsen erinnern, zu dem er seinen Mund verzogen hatte.

»Das ist er«, entgegnete sie. »Ganz sicher war ich die ganze Zeit schon. Mich werden lange Zeit Alpträume plagen.«

Lieutenant Howard nickte dem Angestellten auf der anderen Seite der Glastrennwand zu, worauf der Mann die Leiche wieder abdeckte.

Ein weiterer absurder Gedanke drängte sich ihr auf und ließ ihr eisige Schauer über den Rücken laufen: Was wäre, wenn die Leiche sich jetzt auf dem Karren aufsetzte und das Laken wegriß?

»Wir bringen Sie jetzt nach Hause«, meinte Clemenza.

Sie verließ den Raum vor ihnen, fühlte sich elend, weil sie einen Menschen getötet hatte – war aber doch zugleich über alle Maßen erleichtert, ja sogar entzückt, daß dieser Mann tot war.

Sie brachten sie mit dem neutral lackierten Polizeiwagen nach Hause. Frank fuhr, und Tony saß vom neben ihm. Hilary Thomas saß hinten, die Schultern etwas in die Höhe gezogen und die Arme vor ihrem Körper verschränkt, als würde sie trotz der warmen Septembersonne frieren.

Tony fand immer wieder einen Vorwand, sich umzudrehen und etwas zu ihr zu sagen. Er wollte sie immer wieder ansehen. Sie war so schön und erzeugte in ihm ein Gefühl, das er manchmal in Museen empfand, wenn er ein besonders schönes Gemälde eines alten Meisters betrachtete.

Sie antwortete ihm, lächelte ihm sogar ein paarmal zu, war aber ganz und gar nicht auf leichte Konversation eingestellt. Sie hüllte sich in ihre Gedanken, starrte die meiste Zeit zum Fenster hinaus und sagte von sich aus nichts.

Als sie in die kreisförmige Zufahrt ihres Haus einbogen und schließlich vor der Tür hielten, wandte sich Frank Howard um und meinte: »Miss Thomas ... ich ... äh ... ich sollte mich wohl bei Ihnen entschuldigen.«

Tony überraschte das Eingeständnis nicht, wohl aber der Unterton echten Bedauerns in Franks Stimme und sein flehender Blick; Demut und Bescheidenheit schienen wohl nicht gerade Franks Stärke zu sein.

Auch Hilary Thomas wirkte überrascht. »Oh ... nun ... Sie haben schließlich nur Ihre Pflicht getan.«

»Nein«, entgegnete Frank, »das ist es ja. Zumindest habe ich meine Pflicht nicht sehr gut erledigt.«

»Jetzt ist alles vorbei«, meinte sie.

»Sie nehmen also meine Entschuldigung an?«

»Nun ... natürlich«, erwiderte sie etwas unsicher.

»So wie ich Sie behandelt habe – mir ist wirklich nicht wohl dabei.«

»Frye wird mich jedenfalls nicht mehr belästigen«, sagte sie.

»Darauf kommt es schließlich an.«

Tony stieg aus dem Wagen und öffnete ihr die Tür. Sie konnte nicht selbst aussteigen, weil die hinteren Türen innen keine Griffe besaßen, um bei Festgenommenen die Flucht zu verhindern. Außerdem wollte er sie zum Haus begleiten.

»Könnte sein, daß Sie noch bei einer gerichtlichen Voruntersuchung aussagen müssen«, erklärte er, während sie aufs Haus zugingen.

»Warum? Als ich ihn niederstach, befand sich Frye in meinem Haus, gegen meinen Willen. Er hat mich bedroht, es war Notwehr.«

»Oh, daß es Notwehr war, steht außer Zweifel«, antwortete Tony schnell. »Falls Sie beim Coroner aussagen müssen, wird es sich nur um eine Formalität handeln. Es besteht nicht die geringste Veranlassung, Sie in irgendeiner Weise unter Anklage zu stellen.«

Sie sperrte die Haustür auf, öffnete sie, drehte sich nochmals um und lächelte strahlend. »Danke, daß Sie mir gestern nacht geglaubt haben, selbst nach dem, was der Sheriff von Napa County verkündet hat.«

»Um den werden wir uns noch kümmern«, meinte Tony. »Er wird uns einiges erklären müssen. Falls es Sie interessiert, erzähle ich Ihnen, wie er sich da herausgeredet hat.«

»Ich bin *wirklich* neugierig«, sagte sie.

»Okay. Ich sage Ihnen Bescheid.«

»Danke.«

»Das ist doch keine Mühe.«

Sie trat ins Haus.

Er rührte sich nicht von der Stelle.

Sie sah sich noch einmal um.

Er lächelte dümmlich.

»Gibt's noch was?« fragte sie.

»Ja, eigentlich schon.«

»Was?«

»Eine Frage noch.«

»Ja?«

Tony fühlte sich bei einer Frau noch nie so verlegen. »Würden Sie am Samstag mit mir zu Abend essen?«

»Oh«, meinte sie. »Nun ... ich glaube nicht, daß das möglich ist.«

»Aha.«

»Ich meine, ich würde gern.«

»Wirklich?«

»Aber ich habe im Augenblick nicht viel Zeit für mein Privatleben.«

»Verstehe.«

»Ich habe gerade diesen Vertrag mit Warner Brothers abgeschlossen, und er wird mich Tag und Nacht auf Trab halten.«

»Verstehe«, wiederholte er.

»Aber es war sehr nett von Ihnen, daß Sie mich eingeladen haben«, meinte sie.

»Schon gut. Nun ... viel Glück bei Warner Brothers.«
»Danke.«
»Ich sag' Ihnen wegen Sheriff Laurenski Bescheid.«
»Danke.«

Er lächelte, und sie lächelte zurück.

Er drehte sich um, ging zum Wagen und hörte, wie die Haustür ins Schloß fiel. Er blieb stehen und schaute sich noch mal um. Eine kleine Kröte hüpfte aus dem Gebüsch auf den Pflasterweg direkt vor Tony hin. Sie saß mitten auf dem Weg und starrte ihn an, die Augen nach hinten gerollt, um den richtigen Winkel zu haben; ihr winziger grünbrauner Brustkorb hob und senkte sich schnell.

Tony sah die Kröte an und meinte: »Hab' ich zu schnell aufgegeben?«

Die kleine Kröte gab ein krächzend-piepsendes Geräusch von sich.

»Was hab' ich schon zu verlieren?« fragte Tony.

Die Kröte krächzte und piepste wieder.

»So seh' ich das auch. Ich hab' doch nichts zu verlieren.«

Er lief vorsichtig um den kleinen amphibischen Amor herum und klingelte. Er spürte, wie Hilary Thomas ihn durch die Linse des Türspions musterte. Als sie eine Sekunde darauf die Tür öffnete, fing er hemmungslos zu reden an, ehe sie etwas sagen konnte: »Bin ich schrecklich häßlich?«

»Was?«
»Sehe ich aus wie Quasimodo oder so jemand?«
»Wirklich, ich ...«
»Ich bohre auch nicht in der Öffentlichkeit in meinen Zähnen herum«, meinte er.
»Lieutenant Clemenza ...«
»Oder ist es, weil ich Polizist bin?«
»Was?«
»Wissen Sie, was manche Leute glauben?«
»Was glauben manche Leute denn?«

»Sie glauben, daß Bullen nicht gesellschaftsfähig sind.«
»Nun, zu den Leuten gehöre ich nicht.«
»Sie sind also kein Snob?«
»Nein. Ich habe nur ...«
»Vielleicht haben Sie mir einen Korb gegeben, weil ich nicht viel Geld besitze und nicht in Westwood wohne.«
»Lieutenant, ich besaß die meiste Zeit meines Lebens kein Geld und habe auch nicht immer in Westwood gelebt.«
»Dann frage ich Sie, was an mir nicht in Ordnung ist«, beharrte er und schaute mit gespielter Verblüffung an sich herunter.
Sie lächelte und schüttelte den Kopf. »An Ihnen ist alles in Ordnung, Lieutenant.«
»Gott sei Dank!«
»Wirklich, ich habe nur aus einem Grund nein gesagt. Ich habe keine Zeit für ...«
»Miss Thomas, selbst der Präsident der Vereinigten Staaten schafft es, sich hie und da einen Abend freizunehmen. Selbst der oberste Boß von General Motors verfügt über Freizeit. Selbst der Papst. Selbst Gott hat sich am siebenten Tag ausgeruht. Niemand kann die ganze Zeit über nur arbeiten.«
»Lieutenant ...«
»Sagen Sie Tony zu mir.«
»Tony, nach all dem, was ich die letzten beiden Tage durchgemacht habe, fürchte ich, daß ich keinen sehr lustigen Gesprächspartner abgäbe.«
»Wenn ich zum Abendessen gehen wollte, um lustig zu sein, könnte ich mir auch ein paar Affen mitnehmen.«
Sie lächelte wieder, und er wünschte sich nichts so sehr, als ihr schönes Gesicht in beide Hände zu nehmen und sie zu küssen.
»Es tut mir leid«, entgegnete sie. »Aber ich muß ein paar Tage allein sein.«
»Genau das müssen Sie, nach all dem, was hinter Ihnen liegt, nicht. Sie müssen ausgehen, unter Leute gehen, auf andere Gedanken kommen. Und ich bin sicher nicht der einzige, der so denkt.«
Er drehte sich um und deutete auf den Plattenweg. Die

Kröte saß immer noch da. Sie hatte sich jetzt umgedreht und sah die beiden an.

»Fragen Sie Miss Kröte«, meinte Tony.

»Miss Kröte?«

»Eine Bekannte von mir. Eine sehr kluge Person.« Tony bückte sich und starrte die Kröte an. »Hat sie es nicht nötig, auszugehen und ein wenig Spaß zu haben, Miss Kröte?«

Sie blinzelte mit ihren schweren, trägen Lidern und gab ihr komisches kleines Geräusch genau auf das Stichwort hin von sich.

»Du hast völlig recht«, antwortete Tony. »Und findest du nicht auch, daß ich derjenige bin, mit dem sie ausgehen sollte?«

»*Quaa-aak*«, machte die Kröte.

»Und was wirst du mit ihr machen, wenn sie mir wieder einen Korb gibt?«

»*Quaak, quaak.*«

»Ah«, lachte Tony und nickte befriedigt, während er sich aufrichtete.

»Nun, was hat sie gesagt«, fragte Hilary grinsend. »Was wird sie mit mir machen, wenn ich nicht mit Ihnen ausgehe – krieg' ich dann Warzen?«

Tony schaute wieder ernst. »Viel schlimmer. Sie sagt, sie will sich ins Haus schleichen, in Ihr Schlafzimmer hüpfen und jede Nacht so laut quaken, daß Sie so lange nicht mehr schlafen können, bis Sie nachgeben.«

Sie lächelte. »Okay. Ich gebe auf.«

»Samstag abend also?«

»Gut.«

»Ich hol' Sie um sieben ab.«

»Was soll ich anziehen?«

»Etwas Legeres«, meinte er.

»Also Samstag um sieben.«

Er wandte sich an die Kröte und sagte dann: »Vielen Dank, Miss Kröte.«

Die hüpfte ins Gras und verschwand dann im Gebüsch. Tony schaute Hilary an. »Dankbarkeit ist ihr peinlich.«

Sie lachte und schloß die Tür.

Tony ging zum Wagen zurück und stieg vergnügt pfeifend ein.

Im Wegfahren fragte Frank: »Was war das denn?«

»Ich hab' mich verabredet«, sagte Tony.

»Mit ihr?«

»Nun, jedenfalls nicht mit ihrer Schwester.«

»Glückspilz.«

»Glückskröte.«

»Hm?«

»Verstehst du nicht.«

Ein paar Straßen später meinte Frank: »Jetzt ist es nach vier. Bis wir diese Kiste zurückgebracht und uns abgemeldet haben, wird es fünf sein.«

»Willst du ausnahmsweise mal pünktlich Schluß machen?« fragte Tony.

»Bezüglich Valdez können wir vor morgen ohnehin nicht viel unternehmen.«

»Stimmt«, gab Tony zu. »Laß uns einmal leichtsinnig sein.«

Nach einigen weiteren Straßen fragte Frank: »Trinken wir zusammen noch einen Schluck nach Dienstschluß?«

Tony sah ihn verblüfft an. Das war das erste Mal nach drei Monaten Zusammenarbeit, daß Frank vorschlug, sich nach Dienstschluß noch zusammenzusetzen.

»Nur ein oder zwei Gläser«, meinte Frank, »wenn du nicht etwas Besseres vorhast ...«

»Nein. Ich bin frei.«

»Kennst du eine Bar?«

»Ja, sogar eine, die sehr gut paßt. Sie nennt sich The Bolt Hole.«

»Die liegt aber nicht in der Nähe des Reviers, oder? Keine Bude, in der es jede Menge Polizisten gibt?«

»Soweit mir bekannt ist, bin ich der einzige Polizeibeamte, der dort verkehrt. Sie liegt am Santa Monica Boulevard, in der Nähe von Century City. Ein paar Straßen von meiner Wohnung entfernt.«

»Klingt gut«, meinte Frank. »Wir treffen uns dort.«

Den Rest der Strecke zur Polizeigarage legten sie schweigend zurück – ein etwas geselligeres Schweigen als ihr übliches Arbeitsschweigen – dennoch Schweigen.

Was will er? überlegte Tony. Warum geht er endlich aus seiner Reserve heraus?

Um 16.30 Uhr ordnete der amtliche Leichenbeschauer von Los Angles eine Teilobduktion von Bruno Gunther Frye an. Falls möglich, sollte die Leiche nur im Bereich der Bauchwunden geöffnet werden, um festzustellen, ob diese beiden Stiche die einzige Todesursache waren.

Der Leichenbeschauer würde die Autopsie nicht selbst vornehmen, weil er um 17.30 Uhr das Flugzeug nach San Franzisko bestieg, um dort einen Vortrag zu halten; deshalb wurde der Auftrag einem für ihn tätigen Pathologen übergeben.

Der Tote wartete in einem kalten Raum mit anderen Toten auf einem kalten Karren reglos unter einem weißen Leichentuch.

Hilary Thomas war erschöpft. Sämtliche Knochen schmerzten, und jedes Gelenk schien entzündet. Jeder Muskel fühlte sich an, als habe man ihn durch einen Mixer gedreht und dann wieder zusammengesetzt. Emotionale Belastung konnte dieselben physiologischen Wirkungen zeigen wie harte körperliche Arbeit.

Außerdem war sie nervös und zerfahren und viel zu angespannt, um sich mit ein paar Stunden Schlaf erfrischen zu können. Jedesmal, wenn das große Haus ein ganz normales Geräusch erzeugte, fragte sie sich, ob das nicht etwa eine Diele sein könnte, die unter dem Gewicht eines Eindringlings knarrte. Und wenn der leise seufzende Wind ein Palmblatt oder einen Pinienzweig gegen ein Fenster wischte, dann stellte sie sich vor, jemand wäre gerade dabei, verstohlen das Glas aufzuschneiden oder ein Fensterschloß aufzustemmen. Herrschte dann über lange Perioden hinweg völlige Stille, so fühlte sie etwas Unheimliches in dem Schweigen. Ihre Nerven wirkten abgewetzter als die Kniepartien an den Hosen eines Büßers.

Das beste Mittel gegen solch eine Nervenbelastung war ein gutes Buch. Sie durchstöberte die Regale in ihrem Arbeitszimmer und wählte den neuesten Roman von James Clavell aus, eine breit angelegte Geschichte, die im Orient spielte. Sie schenkte sich ein Glas Dry Sack ein, kuschelte sich in ihren braunen Polstersessel und fing zu lesen an.

Zwanzig Minuten später – sie fing gerade an, sich in Clavells Roman zu vertiefen – klingelte das Telefon. Sie ging an den Apparat und meldete sich. »Hello?«

Keine Antwort.

»Hello?«

Der Anrufer lauschte ein paar Sekunden und legte dann auf.

Hilary legte den Hörer auf, starrte ihn einen Augenblick lang nachdenklich an.

Falsch verbunden? Wahrscheinlich.

Aber warum hatte er nichts gesagt?

Manche Leute haben einfach keine Manieren, sagte sie sich. Ungebildet.

Aber was, wenn der Anrufer sich nicht verwählt hatte? Was, wenn es ... jemand anderer war?

Hör auf, in jedem Winkel Gespenster zu sehen, sagte sie sich ärgerlich. Frye ist tot. Das war schlimm, aber jetzt ist es aus und vorbei. Du verdienst nun Ruhe. Ein paar Tage, damit deine Nerven sich wieder beruhigen können. Du mußt aufhören, ständig über die Schultern zu blicken, mußt dein Leben weiterführen. Sonst endest du noch in einer Gummizelle.

Sie kuschelte sich wieder in den Sessel. Aber plötzlich war ihr kalt; sie hatte eine Gänsehaut an den Armen. Sie ging zum Schrank, holte sich eine blaugrün karierte Afghandecke, wankte zum Stuhl zurück und legte sich die Decke über die Beine.

Sie nahm einen Schluck Dry Sack.

Dann fing sie wieder an, Clavell zu lesen.

Nach einer Weile hatte sie den Telefonanruf vergessen.

Nachdem Tony sich abgemeldet hatte, fuhr er nach Hause, wusch sich das Gesicht, zog Jeans und ein blaukariertes Hemd an, schlüpfte in ein dünnes beigefarbenes Jackett und ging die zwei Straßen zum Bolt Hole zu Fuß.

Frank saß bereits da; saß, immer noch in Anzug und Krawatte, in einer Nische ziemlich weit hinten und hatte einen Scotch vor sich stehen.

The Bolt Hole – oder einfach The Hole, wie es die Stammgäste nannten – gehörte jener seltenen und vom Aussterben bedrohten Gattung gemütlicher Bars an. In den letzten zwei Jahrzehnten hatte sich das amerikanische Beherbergungsgewerbe zumindest in den Städten und Vorstädten einer wahren Orgie der Spezialisierung hingegeben, als Reaktion auf eine sich immer weiter verästelnde Kultur. Aber The Hole lehnte sich erfolgreich gegen den Trend auf. Es handelte sich weder um eine Schwulen –, noch um eine Singles- oder Pärchen-Bar. Es war auch keine Bar speziell für Motorradfahrer, Fernfahrer, Typen aus dem Showgeschäft oder Polizisten außer Dienst; ihre Kundschaft stellte einfach eine Mischung dar, irgendwie stellvertretend für die Umgebung. The Hole war auch keine Go-go-Bar, keine Rock'n'Roll-Bar und auch keine Country & Western-Bar. Und Gott sei Dank war sie auch keine Sport-Bar mit einem jener riesigen, zwei Meter hohen Fernsehschirme und Howard Cosells Stimme in Quadrophonie. The Hole bot also lediglich gemütlich gedämpfte Beleuchtung, Sauberkeit, Höflichkeit, bequeme Hocker und Nischen, eine nicht zu laute Musikbox, Hot Dogs und Hamburger aus einer winzigen Küche und gute Drinks zu vernünftigen Preisen.

Tony schob sich in die Nische und setzte sich Frank gegenüber.

Penny, eine rotblonde Kellnerin mit Grübchen in Wangen und Kinn, trat an ihren Tisch. Sie zerzauste Tony das Haar und meinte: »Was wünschen Sie denn, Renoir?«

»Eine Million in bar, einen Rolls Royce, das ewige Leben und den Beifall der Massen«, meinte Tony.

»Und womit wären Sie zufrieden?«

»Mit einer Flasche Coors.«

»Die können wir liefern«, erwiderte sie.

»Bringen Sie mir noch einen Scotch«, sagte Frank. Als sie zur Bar ging, um die Drinks zu holen, meinte Frank: »Warum nennt sie dich Renoir?«

»Das war ein berühmter französischer Maler.«

»Und?«

»Nun, ich bin auch Maler. Weder französisch noch berühmt. Aber Penny zieht mich immer damit auf.«

»Du malst Bilder?« fragte Frank ungläubig.

»Häuser ganz bestimmt nicht.«

»Wieso hast du das nie erwähnt?«

»Ich hab' ein paarmal Andeutungen über Kunst gemacht«, antwortete Tony. »Aber du bist nicht darauf eingegangen, genauer gesagt, wirktest alles andere als begeistert. Ebensogut hätte ich über die Grammatik des Suaheli oder den Verwesungsvorgang toter Babys reden können.«

»Ölgemälde?« fragte Frank.

»Öl, Bleistift und Wasserfarben. Auch Tusche. Von jedem etwas, doch hauptsächlich Öl.«

»Wie lang machst du das schon?«

»Seit meiner Kindheit.«

»Hast du schon welche verkauft?«

»Ich male nicht, um zu verkaufen.«

»Wozu dann?«

»Einfach aus Spaß.«

»Ich würde gerne Arbeiten von dir sehen.«

»Mein Museum hat zwar seltsame Öffnungszeiten, aber ich bin sicher, daß sich ein Besuch einrichten läßt.«

»Museum?«

»Meine Wohnung. Möbel stehen dort kaum, aber Gemälde stapeln sich bis zur Decke.« Penny brachte die Getränke. Eine Weile herrschte Stille zwischen den beiden, dann redeten sie ein paar Minuten lang über Bobby Valdez, dann herrschte wieder Schweigen.

In der Bar saßen sechzehn oder achtzehn Leute. Ein paar davon aßen Sandwiches. Die Luft erfüllte ein Duft gebratenen Rinderhacks und angerösteter Zwiebeln.

Schließlich meinte Frank: »Wahrscheinlich zerbrichst du dir den Kopf darüber, weshalb wir hier sitzen.«

»Um einen Schluck zu trinken.«

»Das auch.« Frank rührte mit einem Cocktailstäbchen in seinem Glas, so daß die Eiswürfel leicht klirrten. »Es gibt da einige Dinge, die ich dir gern sagen möchte.«

»Ich dachte, du hättest mir heute morgen schon alles gesagt, im Wagen, auf der Fahrt von der VVG zum Las Palmeras.«

»Das solltest du besser vergessen.«

»Du hattest ein Recht, das zu sagen.«

»Das war nur so 'n Scheiß«, erwiderte Frank.

»Nein, vielleicht hattest du recht.«

»Ich sag dir doch, es handelte sich um Scheiß.«

»Okay«, räumte Tony ein, »dann war es eben Scheiß.«

Frank lächelte. »Du hättest mir ruhig noch ein bißchen widersprechen können.«

»Wenn du recht hast, hast du recht«, meinte Tony.

»In bezug auf die Thomas hatte ich unrecht.«

»Du hast dich bereits bei ihr entschuldigt, Frank.«

»Ich habe das Gefühl, ich sollte mich bei dir auch entschuldigen.«

»Nicht nötig.«

»Aber du hast dort etwas gesehen, hast erkannt, daß sie die Wahrheit sagte. Ich hab' davon nicht einen Hauch abbekommen. Ich befand mich total auf dem falschen Dampfer. Verdammt, du hast mir sogar die Nase daraufgestoßen, und ich hab' es immer noch nicht gerochen.«

»Nun, um bei der Nase zu bleiben; man könnte sagen, du konntest die Fährte einfach nicht aufnehmen, weil deine Nase verdreht war.«

Frank nickte trübsinnig. Sein breites Gesicht schien die melancholischen Züge eines Bluthundes anzunehmen. »Wegen Wilma. Meine Nase ist wegen Wilma verdreht.«

»Deine Exfrau?«

»Genau. Du hast den Nagel heute morgen auf den Kopf getroffen, als du sagtest, ich sei ein Frauenhasser.«

»Muß ziemlich schlimm gewesen sein, was sie dir angetan hat.«

»Ganz egal, was sie getan hat«, meinte Frank, »das ist keine Entschuldigung, daß es mit mir so weit gekommen ist.«

»Da hast du recht.«

»Ich meine, man kann sich ja schließlich nicht vor den Frauen verstecken.«

»Sie sind überall«, nickte Tony.

»Herrgott, weißt du, wie lange es her ist, daß ich zuletzt mit einer Frau geschlafen habe?«

»Nein.«

»Zehn Monate. Damals hat sie mich verlassen.«

Tony wußte nicht, was er darauf sagen sollte. Er hatte nicht das Gefühl, Frank gut genug zu kennen, um sich auf eine intime Diskussion über sein Sexualleben einzulassen. Und doch war offenkundig, daß der Mann dringend jemanden brauchte, der ihm zuhörte und Anteil nahm.

»Wenn ich nicht bald wieder damit anfange«, fuhr Frank fort, »kann ich ebensogut Priester werden.«

Tony nickte. »Zehn Monate sind gewiß eine lange Zeit«, meinte er verlegen.

Frank antwortete nicht. Er starrte in seinen Scotch, so wie er vielleicht in eine Kristallkugel gestarrt hätte, um seine Zukunft zu lesen. Er wollte ganz offensichtlich über Wilma und seine Scheidung sprechen und darüber, wie es für ihn weitergehen sollte; aber er wollte wohl Tony nicht dazu zwingen, seine Probleme anzuhören. Er war ein sehr stolzer Mann, wollte bedrängt, ausgefragt, bemitleidet werden.

»Hat Wilma sich mit einem anderen Mann eingelassen oder was?« fragte Tony und wußte sofort, daß er damit viel zu schnell zum Kern der Sache gekommen war.

Frank war noch nicht soweit, um darüber reden zu können, und tat deshalb so, als hätte er die Frage nicht gehört. »Was mich stört, ist die Tatsache, daß ich in meiner Arbeit soviel Mist baue. Ich war immer ein verdammt guter Polizist, sogar perfekt, wenn ich das überhaupt von mir behaupten darf. Bis zur Scheidung. Danach war es mit den Frauen aus, und kurz darauf ließ ich auch bei der Arbeit nach.« Er nahm einen tiefen Schluck von seinem Scotch. »Und was, zum Teufel, ist eigentlich mit diesem verdammten, verrückten Sheriff von Napa County los? Warum lügt der Bursche, um Bruno Frye zu schützen?«

»Das werden wir über kurz oder lang herausfinden«, meinte Tony.

»Nimmst du noch einen Drink?«

»Okay.«

Tony wurde es klar, daß sie lang im The Bolt Hole sitzen bleiben würden. Frank wollte über Wilma reden, wollte all das Gift loswerden, das sich in ihm angesammelt und fast ein Jahr an ihm genagt hatte; aber er konnte alles nur tröpfchenweise von sich geben.

An dem Tag bekam der Tod in Los Angeles viel Arbeit. Zahlreiche Menschen starben, freilich an natürlichen Ursachen und brauchten deshalb nicht vom Skalpell des Leichenbeschauers untersucht werden. Aber das Büro des Leichenbeschauers hatte noch neun andere Fälle aufzuklären. Da gab es zwei Verkehrstote, die mit einem Verfahren wegen Fahrlässigkeit in Verbindung gebracht wurden. Zwei Männer starben an Schußverletzungen. Ein Kind war allem Anschein nach von einem übellaunigen betrunkenen Vater zu Tode geprügelt worden. Eine Frau ertrank in ihrem eigenen Swimmingpool, und zwei junge Männer waren, so schien es, an einer Überdosis Rauschgift gestorben. Und dann lag da noch Bruno Frye.

Um 19.30 Uhr am Donnerstag beendete ein Pathologe in der städtischen Leichenhalle die Teilautopsie der Leiche von Bruno Gunther Frye, männlich, weiße Hautfarbe, vierzig Jahre alt. Der Arzt hielt es nicht für nötig, die Leiche außerhalb der beiden Bauchwunden-Bereiche zu sezieren, weil er sich schnell davon überzeugen konnte, daß der Tote eindeutig an diesen beiden Verletzungen und sonst an nichts gestorben war. Die obere Wunde war unkritisch; das Messer hatte Muskelgewebe aufgerissen und einen Lungenflügel gestreift. Aber die untere Wunde war schlimm; die Klinge hatte den Magen aufgerissen, die Bauchschlagader durchstoßen und unter anderem die Bauchspeicheldrüse verletzt.

Das Opfer war an starken inneren Blutungen gestorben. Der Pathologe vernähte seine Einschnitte und schloß anschließend auch die zwei verkrusteten Wunden. Er wischte Blut, Galle und Gewebsfetzen von dem zugenähten Bauch und dem mächtigen Brustkasten ab.

Der Tote wurde dann vom Autopsietisch auf einen Wagen gelegt, den ein Angestellter in einen Kühlraum schob, wo weitere sezierte Leichen geduldig auf die Begräbnisfeierlichkeiten und die Bestattung warteten.

Nachdem der Angestellte fort war, lag Bruno Frye stumm und reglos, friedlich in der Gesellschaft der Toten, wie er es in der Gesellschaft der Lebenden nie hatte sein können.

Frank Howard war dabei, sich zu betrinken. Er hatte Jackett und Krawatte abgelegt und die obersten zwei Knöpfe seines Hemdes geöffnet. Sein Haar war zerzaust, weil er sich immer wieder mit den Fingern durchfuhr. Seine Augen wirkten blutunterlaufen, und sein breites Gesicht teigig. Er sprach schon etwas undeutlich, wiederholte sich laufend und beharrte auf manchen Äußerungen so hartnäckig, daß Tony ihn zum Weiterreden drängen mußte, so wie man die in einer Plattenrille hängengebliebene Nadel weiterschiebt. Für jedes Glas Bier, das Tony trank, kippte er mindestens zwei Scotch.

Je mehr er trank, desto mehr redete er über die Frauen in seinem Leben. Und je näher er dem Stadium der Volltrunkenheit rückte, desto bewußter wurde ihm die Urqual seines Lebens: der Verlust zweier Ehefrauen.

In seinem zweiten Jahr als uniformierter Polizeibeamter von Los Angeles lernte Frank Howard seine erste Frau, Barbara Ann, kennen. Sie war Verkäuferin in der Schmuckabteilung eines Kaufhauses in der Innenstadt und ihm dabei behilflich gewesen, ein Geschenk für seine Mutter auszuwählen. Sie war so nett, schlank und hübsch mit ihren dunklen Augen, daß er einfach nicht widerstehen konnte und sie um ein Rendezvous bat, obwohl er sicher war, daß sie ablehnen würde. Aber erstaunlicherweise sagte sie ja.

Sieben Monate später heirateten sie. Barbara Ann war eine Planerin, sie hatte alles festgelegt – schon lange vor der Hochzeit arbeitete sie einen detaillierten Plan für ihre ersten vier gemeinsamen Jahre aus. Sie würde weiterhin in dem Kaufhaus jobben, aber keinen Pfennig ihres Einkommens ausgeben. Ihr ganzes Geld würde auf ein Sparkonto wandern und später als Anzahlung für ein Haus dienen. Sie sollten sich bemühen, auch von seinem Gehalt soviel wie möglich auf die Seite zu legen, indem sie in einem sauberen, aber preiswerten Einzimmer-Apartment wohnten. Seinen Pontiac würden sie verkaufen, weil er zuviel Benzin brauchte. Sie wohnten so nahe am Kaufhaus, daß Barbara Ann zu Fuß zur Arbeit gehen könnte und Frank sollte mit ihrem Volkswagen zum Revier fahren; der Erlös aus dem Verkauf seines Wagens würde in den Hausfonds wandern. Für die ersten sechs Monate hatte sie sogar einen täglichen Speiseplan ausgearbeitet, nahrhafte Mahlzeiten zu günstigen Preisen. Frank liebte ihre strenge buchhalterische Ader, zum Teil auch deshalb, weil sie so überhaupt nicht zu ihr passen schien. Sie war eine lockere, fröhliche Frau, die gern lachte und manchmal in nicht finanziellen Dingen sogar etwas überdreht und geradezu impulsiv reagierte. Außerdem war sie eine wundervolle Bettgenossin, stets bereit, mit ihm zu schlafen und in diesem Punkt verdammt gut. In dieser Hinsicht verhielt sie sich alles andere als buchhalterisch; ihre Liebe brauchte keine Planung – das kam meistens ganz plötzlich, überraschend und leidenschaftlich. Aber nach ihrem Plan sollte sie das Haus erst dann kaufen, wenn sie wenigstens vierzig Prozent des Kaufpreises zusammengespart hatten. Sie wußte ganz genau, wie viele Zimmer es haben sollte, und wie groß jedes Zimmer sein mußte; sie zeichnete Pläne für ihr ideales Zuhause und bewahrte sie in einer Schublade auf, holte sie hie und da heraus, nur um sie anzustarren und zu träumen. Sie wollte unbedingt Kinder, doch erst dann, wenn sie sorgenfrei in ihrem eigenen Haus leben würden. Barbara Ann plante so ziemlich jede Eventualität mit ein – nur den Krebs nicht. Sie erkrankte an einer bösartigen Form von Lymphdrüsenkrebs, den die Ärzte zwei Jahre und zwei Tage nach ihrer Heirat mit Frank diagnostizierten. Drei Monate später starb sie.

Tony saß in der Nische im Bolt Hole mit einem schon fast warmen Glas Bier vor sich, und hörte Frank Howard zu, und erkannte, daß dieser Mann hier und heute sein ganzes Leid zum ersten Mal mit irgend jemandem teilte. Seit Barbara Anns Tod, 1958, vor zweiundzwanzig Jahren, hatte Frank in all der Zeit seinen Kummer niemandem gegenüber zum Ausdruck gebracht, diesen Schmerz, den er empfunden haben mußte, als sie dahinsiechte und schließlich starb. Das war eine Pein, die nie nachließ; sie brannte jetzt ebenso heftig in ihm wie damals. Frank trank wieder einen Scotch und suchte nach Worten, um diese Qual zu beschreiben; und Tony staunte über die Empfindsamkeit und die Tiefe seines Gefühls, die er sonst so gut hinter dem harten teutonischen Gesicht und den ausdruckslosen blauen Augen verbarg.

Der Verlust seiner Barbara Ann hatte Frank schwach und verwundbar gemacht, ihn irgendwie von seiner Umwelt abgeschnitten, aber er hatte die Tränen und die Pein mit aller Kraft verdrängt, aus Angst, er würde sich nie wieder in den Griff kriegen, wenn er ihnen einmal nachgab. Er fühlte damals jene selbstzerstörerischen Regungen in sich: den schrecklichen Hang zum Alkohol, den er vor dem Tod seiner Frau nie gekannt hatte; die Tendenz, rücksichtslos und schnell zu fahren, obwohl er früher eher defensiv fuhr. Um sich vor sich selbst zu schützen, hatte er seine Pein verdrängt und sich in seine Arbeit gestürzt, sein ganzes Leben der Polizei gewidmet und versucht, Barbara Ann in langen Stunden der Arbeit und des Studiums zu vergessen. Ihr Verlust hatte in ihm quälende Leere hinterlassen, die nie mehr ausgefüllt werden sollte. Mit der Zeit gelang es ihm, jene Leere mit einem geradezu zwanghaften Interesse für seine Arbeit zu übertünchen.

Neunzehn Jahre lang überlebte er im monotonen Dasein eines Arbeitssüchtigen. Als Streifenbeamter mußte er exakten Schichtdienst einhalten, also ging er an fünf Abenden in der Woche und auch samstags zur Schule und schaffte sein

Diplom in Kriminologie. Diese Urkunde und die ausgezeichneten Beurteilungen in seinen Personalakten verhalfen ihm zum Aufstieg in den gehobenen Kriminaldienst, wo er, ohne irgendwelche Dienstpläne zu stören, auch weit über seine vorgeschriebene Arbeitszeit hinaus schuften konnte. An seinen Zehn-, Zwölf oder Vierzehn-Stunden-Arbeitstagen dachte er nur an die Fälle, die man ihm zugeteilt hatte. Selbst nach Dienstschluß beschäftigte er sich noch mit den laufenden Ermittlungen und schloß damit so ziemlich alles andere aus seinem Bewußtsein aus, grübelte nur noch über die Fälle nach, unter der Dusche oder vor dem Schlafengehen, Frank brütete stets über neuem Beweismaterial, sei es beim Frühstück im Morgengrauen oder spät nachts beim Abendessen. Er las praktisch nichts anderes als Fachliteratur und Fallstudien. Neunzehn Jahre lang war er ein Polizist mit Leib und Seele, ein Polizist, für den außerhalb der Polizei keine andere Welt existierte.

In all den Jahren hatte er sich niemals ernsthaft mit einer Frau eingelassen. Ihm fehlte die Zeit, um mit Frauen auszugehen; irgendwie schien ihm das auch unpassend, es war Barbara Ann gegenüber nicht fair. Er lebte wochenlang enthaltsam und machte dann ein paar wilde Nächte mit bezahlten Partnerinnen durch. Mit einer Prostituierten zu schlafen bedeutete für ihn gewissermaßen keinen Verrat an Barbara Ann, weil die Bezahlung dafür die Sache an sich zu einer geschäftlichen Transaktion und deshalb nicht im entferntesten zu einer Herzensangelegenheit machte.

Eines Tages lernte er Wilma Compton kennen.

Frank lehnte sich zurück; der Name schien ihm die Kehle abzuschnüren. Er wischte sich mit der Hand über das schweißnasse Gesicht, fuhr sich wieder mit den Fingern durchs Haar und sagte: »Ich brauch' noch einen doppelten Scotch.« Es bereitete ihm einige Mühe, die Silben voneinander so zu trennen, daß es verständlich klang; aber dieser Versuch hörte sich noch betrunkener an, als hätte er undeutlich gesprochen.

»Sicher«, meinte Tony. »Noch einen Scotch. Aber eine Kleinigkeit essen sollten wir auch.«

»Keinen Hunger«, lallte Frank.

»Die machen hier ausgezeichnete Cheeseburger«, erklärte Tony. »Bestellen wir uns doch ein Paar und Pommes frites dazu.«

»Nein. Für mich nur einen Scotch.«

Aber Tony ließ nicht locker, und Frank akzeptierte schließlich den Cheeseburger, blieb aber in bezug auf die Pommes frites unnachgiebig.

Penny nahm die Bestellung entgegen; als sie erfuhr, daß Frank noch einen Scotch wollte, hielt sie das für keine gute Idee.

»Ich bin nicht mit dem Wagen hier«, beruhigte sie Frank, wieder darauf bedacht, jede Silbe zu betonen. »Ich bin mit dem Taxi gekommen, weil ich vorhatte, mich sinnlos zu betrinken. Ich werd' auch wieder mit einem Taxi nach Hause fahren. Also bitte, Sie liebes kleines Mädchen mit den Grübchen, bringen Sie mir noch einen herrlichen doppelten Scotch.«

Tony nickte ihr zu. »Wenn er nachher kein Taxi bekommt, bringe ich ihn nach Hause.«

Sie brachte frische Gläser. Vor Tony stand ein halbleeres schales Bier, das Penny mitnahm.

Wilma Compton.

Wilma war zwölf Jahre jünger als Frank, einunddreißig, als er sie kennenlernte. Sie war reizend, hübsch, schmal, dunkeläugig. Hatte schlanke Beine, einen biegsamen Körper, einen aufregenden Hüftschwung, knackigen kleinen Po und schmale Hüften, aber einen für ihre Größe etwas zu üppigen Busen. Sie war nicht ganz so reizend, auch nicht so charmant und nicht so zierlich wie Barbara Ann. Sie besaß weder Barbara Anns Esprit und Witz, noch ihre Strebsamkeit und ihr Einfühlungsvermögen. Aber oberflächlich betrachtet war eine Ähnlichkeit mit der Verstorbenen vorhanden, so daß sie Franks romantische Gefühle aus ihrem Schlummer zu wecken vermochte.

Wilma war Kellnerin in einem Schnellimbiß, in dem die Polizisten häufig zu Mittag aßen. Als sie Frank das sechste Mal bediente, bat er sie um ein Rendezvous, und sie willigte ein. Nach ihrem vierten Rendezvous gingen sie miteinander ins Bett. Wilma besaß dieselbe Begierde, Energie und Bereitschaft zum Experimentieren, wie Barbara Ann sie hatte. Daß sie manchmal nur Interesse an ihrer eigenen Befriedigung verspürte und an seiner überhaupt nicht, störte Frank nicht weiter; er redete sich ein, daß sich das legen würde und schließlich nur daher kam, daß sie lange Zeit keine befriedigende Beziehung mehr gehabt hatte. Außerdem war er stolz darauf, sie so leicht und total erregen zu können. Zum ersten Mal nach Barbara Ann spielte für ihn beim Sex die Liebe wieder eine Rolle, und er glaubte, in Wilmas Reaktionen dieselbe Empfindung zu spüren. Nachdem sie sich zwei Monate lang näher kannten, fragte er sie, ob sie ihn heiraten wolle. Sie sagte nein und wollte von dem Augenblick an nicht mehr mit ihm ausgehen; er konnte sie nur sehen und mit ihr reden, wenn er im Lokal verkehrte.

Sie gestand ihm die Gründe, weshalb sie ihn ablehnte, in aller Offenheit. Sie wollte heiraten, bemühte sich aktiv, den Richtigen zu finden, aber der mußte schon einiges Vermögen und eine verdammt gute Stelle besitzen. Ein Polizist, so meinte sie, würde nie genug Geld verdienen, um ihr ein Leben in Sicherheit zu bieten, wie sie es sich vorstellte. Ihre erste Ehe war hauptsächlich an finanziellen Zwistigkeiten gescheitert. Sie hatte die Erfahrung gemacht, Geldsorgen würden die beste Liebesbeziehung töten, verbrennen, und am Ende bliebe nur die Asche der Bitterkeit und des Zorns zurück. Für sie war das eine schreckliche Erfahrung, und sie schien fest entschlossen zu sein, das ein zweites Mal nicht mehr durchzumachen. Daß sie eine Ehe aus Liebe eingehen könnte, schloß sie nicht aus, aber finanzielle Sicherheit mußte ebenso vorhanden sein. Ihre Härte täte ihr leid, aber sie könnte einfach so eine Pein, wie sie sie früher durchgemacht hatte, nicht noch einmal ertragen. Während sie darüber sprach, kamen ihr die Tränen; ihre Stimme versagte. Sie wollte wohl jene unerträglich traurige deprimierende Trennung nicht nochmals durchleben, nur weil es an Geld mangelte.

Seltsamerweise ließ trotz ihrer Entschlossenheit, nur wegen des Geldes zu heiraten, Franks Respekt für sie nicht nach; vielmehr hatte er so lange allein gelebt, daß er sich jetzt nach Kräften bemühte, ihre Beziehung fortzusetzen, sollte er auch noch so große rosarote Brillengläser tragen müssen, um sich nur einen Hauch von Romantik erhalten zu können. Er offenbarte ihr seine finanzielle Situation, bettelte förmlich darum, daß sie sich sein Sparbuch und seine Bankobligationen ansehen sollte, die zusammen einen Wert von fast zweiunddreißigtausend Dollar darstellten. Er erzählte ihr, wieviel er verdiente, und erklärte ihr, daß er schon in ziemlich jungen Jahren mit einer schönen Pension in den Ruhestand würde gehen können, jung genug, ein kleines Geschäft zu gründen und damit noch mehr Geld zu verdienen. Falls sie also auf Sicherheit Wert legte, so war er ihr Mann.

Zweiunddreißigtausend Dollar und eine Pension eines Polizisten reichten Wilma Compton nicht aus. »Ich meine«, erklärte sie, »das ist ja ein nettes Sümmchen Geld, aber immerhin besitzt du kein Haus oder sonst etwas, Frank.« Sie hielt die Sparbücher eine Weile in der Hand, als würden sie ihr eine Art sexueller Befriedigung vermitteln. Dann gab sie sie ihm zurück und meinte: »Tut mir leid, Frank, aber ich hab' mehr im Sinn als das. Ich bin noch jung und sehe bestimmt fünf Jahre jünger aus, als ich in Wirklichkeit bin. Mir bleibt noch ein wenig Zeit; noch kann ich mich umsehen. Und ich fürchte, daß heutzutage selbst zweiunddreißigtausend Dollar nicht so schrecklich viel sind. Ich fürchte, das könnte bei irgendeiner Krisensituation nicht genug sein. Ich will mich nicht näher mit dir einlassen, da doch die Gefahr besteht, daß etwas ... Gemeines ... Böses ... daraus entstehen könnte ... so wie bei meiner letzten Ehe.«

Er war am Boden zerstört.

»Herrgott, wie ein Narr hab' ich mich benommen!« klagte Frank und schlug mit der Faust auf den Tisch, um seine Dummheit noch zu unterstreichen. »Für mich stand unwiderruflich fest, daß sie wie Barbara Ann etwas Besonderes, Seltenes, Wertvolles darstellte. Ganz gleich, was sie auch tat, ganz gleich, wie gefühllos und primitiv sie sich benahm, ich fand immer wieder Entschuldigungen für sie. Komplizierte, lächerliche Entschuldigungen – dumm war ich, blöde, dumm wie ein Esel, Herrgott!«

»Was du getan hast, erscheint völlig verständlich«, meinte Tony.

»Dumm war es.«

»Du lebtest lange Zeit allein«, fuhr Tony fort. »Du verbrachtest zwei derart wunderbare Jahre mit Barbara Ann, daß du dachtest, du würdest nie wieder so ein Glück haben, und deshalb wolltest du dich nicht mit weniger zufriedengeben. Also hast du dich von der Welt verabschiedet. Du warst überzeugt, niemanden zu brauchen. Aber wir alle brauchen jemanden, Frank. Wir alle brauchen Menschen, die uns etwas bedeuten. Der Hunger nach Liebe und Geselligkeit ist für uns Menschen genauso natürlich und wichtig wie das Bedürfnis nach Essen und Trinken. Also hat sich in dir im Laufe der Jahre dieses Bedürfnis angesammelt, und als du jemanden trafst, der Barbara Ann ähnelte, als du Wilma trafst, warst du einfach nicht mehr in der Lage dazu, dieses Bedürfnis länger zu verdrängen. Neunzehn Jahre Wartezeit sprudelten plötzlich aus dir heraus. Du mußtest förmlich etwas Verrücktes tun. Es wäre ja nett gewesen, wenn Wilma sich als gute Frau erwiesen hätte, die dich wirklich verdiente. Aber weißt du, es grenzt beinahe an ein Wunder, daß dich so jemand wie Wilma nicht schon Jahre früher in die Klauen bekam.«

»Ein Esel war ich.«

»Nein.«

»Ein Idiot.«

»Nein, Frank. Du reagiertest ganz normal«, erwiderte Tony. »Du hast dich menschlich verhalten, wie wir alle das tun.«

Penny brachte die Cheeseburger.

Frank bestellte sich noch einen doppelten Scotch.

»Willst du wissen, warum Wilma es sich schließlich anders überlegt hat?« fragte Frank. »Willst du wissen, warum sie sich schließlich doch entschlossen hat, mich zu heiraten?«

»Sicher will ich das«, antwortete Tony. »Aber warum ißt du nicht zuerst deinen Cheeseburger?«

Frank ignorierte das Sandwich. »Mein Vater starb und hinterließ mir sein ganzes Vermögen. Zuerst sah es nach weiteren dreißigtausend Dollar aus. Aber dann stellte ich fest, daß der alte Herr im Lauf der letzten dreißig Jahre eine ganze Menge Fünf- und Zehntausend-Dollar-Lebensversicherungspolicen gesammelt hatte. Nach Abzug der Steuern belief sich die Erbschaft auf neunzigtausend Dollar.«

»Nicht schlecht.«

»Zusammen mit dem, was ich bereits besaß«, erklärte Frank, »reichte es nun für Wilma aus.«

»Vielleicht wärst du besser bedient gewesen, wenn dein Vater arm gestorben wäre«, meinte Tony.

Franks rotgeränderte Augen wurden wäßrig, und einen Moment lang sah es so aus, als würde er gleich zu weinen beginnen. Aber er blinzelte ein paarmal und drängte die Tränen zurück. Mit verzweifelt klingender Stimme fuhr er fort: »Ich schäme mich, das zuzugeben, aber als ich die Höhe der Erbschaft erfuhr, tat es mir plötzlich gar nicht mehr leid, daß mein alter Herr gestorben war. Die Versicherungspolicen tauchten etwa eine Woche nach dem Begräbnis auf, und in dem Augenblick, da ich sie fand, dachte ich, *Wilma*. Plötzlich war ich so verdammt glücklich, daß ich mich einfach nicht mehr halten konnte. Mein Paps hätte ebensogut schon zwanzig Jahre tot sein können. Mir wird speiübel bei dem Gedanken daran. Ich meine, mein Vater und ich standen einander nie besonders nahe, aber ich schuldete ihm wirklich etwas mehr Trauer. Herrgott, war ich damals ein selbstsüchtiger Schweinehund, Tony!«

»Es ist vorbei, Frank, vorbei«, entgegnete Tony. »Und wie ich schon bemerkte, du warst wohl ein wenig durcheinander. Eigentlich warst du für das, was du tatest, gar nicht richtig verantwortlich.«

Frank bedeckte sein Gesicht mit beiden Händen und saß wenigstens eine Minute lang so da, zitternd; aber er weinte nicht. Schließlich blickte er Tony an und meinte: »Als sie sah, daß ich fast hundertfünfundzwanzigtausend Dollar besaß, willigte Wilma in die Heirat ein. In acht Monaten hatte sie mich ausgenommen.«

»Aber die Gesetze bezüglich der Gütergemeinschaft sind in Kalifornien doch recht eindeutig geklärt«, behauptete Tony. »Wie konnte sie mehr als die Hälfte deines Vermögens bekommen?«

»Oh, bei der Scheidung hat sie nichts gekriegt.«

»Was?«

»Keinen Penny.«

»Warum?«

»Da war schon alles weg.«

»Weg?«

»Ja – weg – hui – alle!«

»Sie hat es verbraucht?«

»Gestohlen«, sagte Frank so leise, daß man es kaum hören konnte.

Tony legte seinen Cheeseburger beiseite und wischte sich mit einer Serviette über den Mund. »Gestohlen? Wie?«

Frank war sehr betrunken, sprach aber plötzlich mit geradezu unheimlicher Klarheit und Präzision. Es schien ihm wichtig, daß diese Anklage, die er jetzt gegen sie vorbrachte, mehr als alles andere in seiner Darstellung, deutlich verstanden wurde. Sie hatte ihm nur seine Empörung gelassen, und die wollte er jetzt mit Tony teilen. »Gleich nach der Hochzeitsreise teilte sie mir mit, daß sie unsere Buchhaltung übernehmen, sich um alle unsere Bankgeschäfte kümmern würde; sie wollte unsere Anlagen überwachen und das Scheckbuch führen. Sie besuchte sogar einen Kursus für Anlagenplanung und stellte einen detaillierten Haushaltsplan auf. Sie klang sehr entschlossen, sehr geschäftsmäßig; und ich war wirklich sehr froh darüber, weil sie ganz so wie Barbara Ann zu wirtschaften schien.«

»Hattest du ihr erzählt, daß Barbara Ann all diese Dinge für dich erledigte?«

»Ja, allerdings. Herrgott, ich hab' selbst meinen Kopf in die Schlinge gelegt. Und wie ich das forciert habe!«

Plötzlich verspürte auch Tony keinen Hunger mehr.

Frank fuhr sich mit zittrigen Fingern durchs Haar. »Sieh

mal, ich hatte wirklich keinen Grund, sie zu verdächtigen. Ich meine, schließlich war sie gut zu mir. Sie kochte meine Lieblingsspeisen. Sie wollte immer hören, was untertags passiert war, und interessierte sich stets für meine Arbeit. Von Kleidern und Schmuck hielt sie gar nichts. Wir gingen hie und da essen oder ins Kino, aber sie meinte immer, das sei nur Geldverschwendung. Sie behauptete, ebenso glücklich zu sein, wenn sie mit mir nur zu Hause vor dem Fernseher säße oder sich mit mir unterhielte. Sie hatte es auch nicht eilig, ein Haus zu kaufen. Sie erschien richtig ... locker. Kam ich steif und verkrampft nach Hause, so massierte sie mich. Und im Bett ... da war sie fabelhaft. Wirklich vollkommen. Nur daß sie ... daß sie ..., wenn sie nicht gerade kochte, mir zuhörte, mich massierte oder bumste, daß mir Hören und Sehen verging ...«

»Eure gemeinsamen Konten leerte.«

»Bis zum letzten Dollar. Alles, bis auf zehntausend Dollar, die ich langfristig angelegt hatte.«

»Und dann ist sie einfach abgehauen?«

Frank überlief ein Schauder. »Eines Tages kam ich nach Hause und fand einen Zettel, auf dem stand: ›Wenn du wissen möchtest, wo ich bin, rufe diese Nummer an und verlange Mr. Freyborn.‹ Mr. Freyborn war Anwalt. Sie hatte ihn beauftragt, die Scheidung einzureichen. Ich war wie benommen. Ich meine, es gab keinerlei Andeutungen ... Jedenfalls lehnte Freyborn es ab, mir ihre Adresse mitzuteilen. Er meinte, es handle sich um einen einfachen Fall bei uns, ganz leicht abzuwickeln, weil sie keine Unterhaltszahlungen und auch sonst nichts von mir verlange. Keinen Penny will sie, erklärte Freybom. Sie wollte einfach nur die Scheidung. Für mich war das wie ein Schlag in die Magengrube. Herrgott, ich konnte mir nicht vorstellen, weshalb. Eine Weile wäre ich fast verrückt geworden bei dem Versuch, herauszufinden, was ich falsch gemacht hatte. Ich dachte, ich könnte mich vielleicht ändern und sie zurückgewinnen. Und dann ... zwei Tage später, als ich einen Scheck ausstellen mußte, erfuhr ich, daß sich nur noch drei Dollar auf dem Konto befanden. Ich ging zur Bank und anschließend auf die Sparkasse; danach wußte ich, wieso sie keinen Penny forderte. Die hatte sich schon alles geholt.«

»Aber du hast das doch nicht etwa hingenommen?« fragte Tony

Frank nahm wieder einen Schluck Scotch. Der Schweiß brach ihm aus. Sein Gesicht war feucht und weiß wie die Wand. »Zuerst fühlte ich mich nur irgendwie benommen und ... ich weiß nicht ... vielleicht hätte ich sogar Selbstmord begangen. Ich meine, nicht daß ich versucht hätte, mich umzubringen, aber das Leben interessierte mich einfach nicht mehr. Ich befand mich in einer Art Trancezustand, erlebte die Welt wie durch einen Schleier.«

»Aber das hast du schließlich hinter dich gebracht.«

»Zum Teil. Ich bin noch immer benommen. Aber teilweise habe ich mich ablösen können«, meinte Frank. »Dann habe ich mich nur noch geschämt, geschämt, zugelassen zu haben, daß sie mir das antat. Ich war ein solcher Esel, ein vollkommener Blödian. Ich wollte nicht, daß irgend jemand das erfuhr, nicht einmal mein Anwalt.«

»Das ist nun die wirklich erste Dummheit, die du begangen hast«, erklärte Tony. »All das andere kann ich verstehen, aber das ...«

»Irgendwie glaubte ich, sobald jeder wüßte, wie Wilma mich hereingelegt hatte, würde er automatisch denken, daß ich auch die Geschichte über Barbara Ann erfunden hätte. Ich war überzeugt, die Leute kämen auf die Idee, Barbara Ann habe mich damals genauso hereingelegt wie Wilma jetzt. Für mich bedeutete es in dieser Situation viel mehr als alles auf der Welt, daß die Erinnerung an Barbara Ann sauber blieb. Ich weiß, das klingt heute verrückt, aber damals habe ich das so gesehen.«

Tony wußte nicht, was er dazu sagen sollte.

»Also lief die Scheidung glasklar ab«, fuhr Frank fort. »Es gab keinerlei Diskussionen über Einzelheiten. Tatsächlich sah ich Wilma nur noch einmal ein paar Minuten vor Gericht; seit dem Morgen, an dem sie mich verlassen hatte, sprach ich kein Wort mehr mit ihr.«

»Wo hält sie sich jetzt auf? Weißt du das?«

Frank leerte sein Glas. Dann sprach er weiter, anders, mit weicher Stimme, fast im Flüsterton, aber nicht, weil er den Rest seiner Geschichte vor den anderen Gästen geheimhalten wollte, sondern weil seine Kraft allmählich nachließ und seine Stimme mehr und mehr versagte.
»Nach der Scheidung wurde ich neugierig. Ich nahm einen kleinen Kredit auf und engagierte einen Privatdetektiv, der herausfinden sollte, wo sie sich befand und was sie tat. Er brachte eine ganze Menge zum Vorschein. Höchst interessante Dinge. Sie heiratete neun Tage nach der Scheidung wieder. Irgendeinen Typen namens Chuck Pozley in Orange County. Er betreibt in einem Einkaufscenter in Costa Mesa einen elektronischen Spielsalon, der vielleicht siebzig- oder achtzigtausend Dollar wert ist. So wie es aussieht, dachte Wilma zu dem Zeitpunkt ernsthaft darüber nach, ihn zu heiraten, als ich damals Geld von meinem alten Herren erbte. Was tat sie also – sie hat mich geheiratet, mich ausgequetscht und ist dann mit meinem Geld zu diesem Chuck Pozley gegangen. Einen Teil des Kapitals haben sie dazu benutzt, zwei weitere Spielsalons zu eröffnen, und es hat den Anschein, als ginge es ihnen recht gut.«

»O Gott!« seufzte Tony.

Noch am Morgen hatte er praktisch nichts über Frank Howard gewußt. Und jetzt wußte er fast alles, mehr als er eigentlich erfahren wollte. Tony galt als guter Zuhörer, das war sein Segen und zugleich sein Fluch. Sein vorheriger Partner, Michael Savatino, hatte ihm oft gesagt, er sei hauptsächlich deswegen ein so ausgezeichneter Detektiv, weil die Leute ihn mochten, ihm vertrauten und mit ihm über fast alles reden wollten. Und das komme daher, meinte Michael, daß er so gut zuhören könne. Ein guter Zuhörer, erklärte Michael, sei in einer Welt der Selbstsucht, Selbstliebe und Selbstdarstellung rar und daher etwas Wunderbares. Tony hörte allen möglichen Leuten bereitwillig und aufmerksam zu, weil er als Maler stets jene verborgenen, faszinierenden Muster suchte, die der ganzen menschlichen Existenz und ihrer Bedeutung zugrunde lagen. Selbst jetzt, da er Frank zuhörte, dachte er an ein Zitat Emersons, das er vor langer

Zeit irgendwo las: *Die Sphinx muß ihr eigenes Rätsel lösen. Wenn die ganze Geschichte in einem Menschen ist, dann kann man sie ganz aus der Erfahrung eines einzelnen erklären.* Alle Männer, Frauen und Kinder bildeten faszinierende Rätsel, große Geheimnisse, und so kam es, daß ihre Geschichten Tony nur selten langweilten.

Immer noch derart leise, daß Tony sich vorbeugen mußte, um ihn besser verstehen zu können, fuhr Frank fort: »Pozley wußte, was Wilma mit mir im Sinn hatte. Es sieht so aus, als hätten sie sich, während ich meiner Arbeit nachging, mehrmals pro Woche getroffen. Und die ganze Zeit über, in der sie die perfekte Ehefrau spielte, stahl sie mir alles, was ich besaß, und bumste diesen Pozley. Je mehr ich darüber nachdachte, desto wilder wurde ich, bis ich schließlich beschloß, es meinem Anwalt zu sagen, was ich von Anfang an hätte tun sollen.«

»Und da war es zu spät?«

»Darauf läuft es in etwa hinaus. Oh, ich hätte sie natürlich irgendwie verklagen können. Aber die Tatsache, daß ich sie während des Scheidungsverfahrens nicht des Diebstahls bezichtigt hatte, wäre sehr nachteilig für mich ausgefallen. Ich hätte den größten Teil des Geldes, das mir noch verblieben war, für Anwaltsgebühren ausgeben müssen und hätte wahrscheinlich den Prozeß trotzdem verloren. Also beschloß ich, das Ganze hinter mich zu bringen. Ich nahm mir vor, mich wieder in meine Arbeit zu stürzen, wie ich das auch nach Barbara Anns Tod getan hatte. Aber ich war doch viel tiefer verletzt, als mir klar gewesen war. Ich konnte meine Arbeit nicht mehr richtig machen. Jedesmal wenn ich mit einer Frau zusammentraf ... ich weiß nicht. Ich denke, ich ... ich habe in allen Frauen Wilma gesehen. Schon beim geringsten Anlaß wurde ich den Frauen, die ich verhörte, gegenüber bösartig, und es dauerte nicht lange, da stand ich mit *allen* Zeugen auf Kriegsfuß, Männern wie Frauen. Ich fing an, den Überblick zu verlieren, Hinweise zu übersehen, die selbst ein Kind entdeckt hätte ... Und dann kam es zum Krach mit meinem Partner. Deshalb sitze ich jetzt hier.« Seine Stimme wurde von Sekunde zu

Sekunde leiser; jetzt gab er sich auch keine Mühe mehr, verständlich zu klingen; er murmelte mehr als er sprach. »Nach dem Tode Barbara Anns hatte ich wenigstens meine Arbeit, wenigsten etwas. Aber Wilma hat mir alles genommen. Sie hat mein Geld genomm' und mein' Respekt und sogar mein' Ehrgeiz. Für mich ist einfach nix mehr wichtig.« Er schob sich aus der Nische, stand auf, schwankte wie ein Spielzeugclown auf Federn. »Muß mich entschuld'gen. Muß pinkeln.« Er taumelte quer durchs Lokal zur Herrentoilette und wich jedem, dem er unterwegs begegnete, in weitem Bogen aus.

Tony seufzte und schloß die Augen. Er fühlte sich müde, körperlich und seelisch.

Penny kam zur Nische und meinte: »Sie würden ihm, glaub' ich, einen Gefallen tun, wenn Sie ihn jetzt nach Hause bringen. Morgen früh wird er sich wie ein halbtoter Ziegenbock fühlen.«

»Wie fühlt sich ein halbtoter Ziegenbock?«

»Viel schlechter als ein gesunder Ziegenbock und viel schlechter als ein toter«, gab sie zurück.

Tony zahlte die Rechnung und wartete auf seinen Partner. Nach fünf Minuten nahm er Franks Jackett und Krawatte und ging ihn suchen.

Die Herrentoilette war klein: eine Zelle, ein Urinal, ein Waschbecken. In dem kleinen Raum roch es stark nach Desinfektionsmittel mit Fichtennadelaroma und etwas nach Urin.

Frank stand mit dem Rücken zur Tür an einer mit Kritzeleien bedeckten Wand, als Tony eintrat. Er schlug mit den offenen Handflächen über seinem Kopf gegen die Wand, mit beiden Händen gleichzeitig, wobei er laut klatschende Geräusche erzeugte, die in dem engen Raum mit seiner hohen Decke hallten. BAM-BAM-BAM-BAM-BAM-BAM-BAM! Draußen konnte man es nicht hören, weil die Gespräche der Gäste und die Musik es übertönten, aber hier drinnen schmerzte es in Tonys Ohr.

»Frank?«

BAM-BAM-BAM-BAM-BAM-BAM-BAM-BAM!

Tony ging auf ihn zu, legte ihm die Hand auf die Schulter, zog ihn sachte von der Wand weg und drehte ihn herum.

Frank weinte. Seine blutunterlaufenen Augen standen voller Tränen, die ihm übers Gesicht liefen. Seine Lippen waren aufgedunsen und schlaff; sein Mund zitterte. Aber er weinte lautlos, schluchzte nicht, wimmerte nicht; seine Stimme war ihm in der Kehle steckengeblieben.

»Ist ja gut«, meinte Tony. »Alles o. k. Du brauchst Wilma nicht. Bist besser dran ohne sie. Du hast Freunde. Wir helfen dir, darüber wegzukommen, Frank, wenn du uns nur läßt. Ich werde dir helfen. Das ist mir verdammt wichtig, ehrlich, Frank.«

Frank schloß die Augen. Der Mund sackte ihm herunter, und er schluchzte, aber immer noch mit dieser unheimlichen Lautlosigkeit; nur wenn er pfeifend den Atem einsog, war ein Geräusch zu vernehmen. Er streckte die Hände aus, suchte Unterstützung, und Tony legte seinen Arm um ihn.

»Will heimgeh'n«, lallte Frank undeutlich. »Will bloß heim.«

»Schon gut. Ich bring' dich nach Hause. Halt dich fest.«

Wie zwei alte Kriegskameraden, jeder dem anderen den Arm über die Schultern gelegt, wankten sie hinaus. Sie gingen die zweieinhalb Häuserblocks zu dem Gebäude, in dem sich Tonys Apartment befand, und stiegen dort in Tonys Jeep.

Sie hatten die Hälfte des Weges zu Franks Wohnung zurückgelegt, als Frank tief Atem holte und meinte: »Tony ... ich habe Angst.«

Tony warf ihm einen Blick zu.

Frank war auf seinem Sitz zusammengesunken. Er wirkte klein und schwach; als versinke er in seinen Kleidern. Tränen glitzerten auf seinem Gesicht.

»Wovor hast du Angst?« fragte Tony.

»Ich will nich' allein sein«, stammelte Frank weinend und zitterte unter der Nachwirkung des Alkohols, zitterte aber auch wegen etwas anderem – einer dunklen Furcht.

»Du bist nicht allein«, meinte Tony.
»Ich hab' Angst ... allein zu sterben.«
»Du bist nicht allein und du stirbst nicht, Frank.«
»Wir werd'n alle so alt ... so schnell. Und dann ... dann möcht' ich, daß jemand da ist.«
»Du wirst jemanden finden.«
»Ich möcht', daß jemand sich erinnert, daß ich ihm wichtig bin.«
»Keine Sorge«, erklärt Tony lahm.
»Es macht mir angst.«
»Du wirst jemanden finden.«
»Niemals.«
»Doch. Das wirst du.«
»Niemals ... niemals«, haspelte Frank, schloß die Augen und lehnte den Kopf gegen das Seitenfenster.

Als sie sein Apartmenthaus erreichten, schlief er seelig wie ein Kind. Tony versuchte ihn zu wecken, aber Frank wollte nicht zu sich kommen. Stolpernd, vor sich hinmurmelnd und schwer seufzend ließ er sich zur Tür seiner Wohnung mehr schleppen, denn führen. Tony lehnte ihn neben der Haustür gegen die Mauer, stützte ihn mit einer Hand, durchsuchte seine Taschen und fand schließlich den Schlüssel. Als sie in seinem Schlafzimmer anlangten, brach Frank auf dem Bett zusammen und fing zu schnarchen an.

Tony zog ihn bis auf die Unterhosen aus, schlug die Decke zurück, rollte Frank auf das Bett und zog ihm die Decke bis ans Kinn. Frank schnarchte völlig unbeirrt weiter.

In der Küche fand Tony in einer Schublade neben dem Ausguß einen Block und eine Rolle Klebeband. Er schrieb einen Zettel für Frank und klebte ihn an die Kühlschranktür.

Lieber Frank,
wenn Du morgen aufwachst, wirst Du Dich an alles erinnern, was Du mir erzählt hast, und es wird Dir wahrscheinlich etwas peinlich sein. Aber keine Sorge. Was Du

mir gesagt hast, bleibt unter uns. Morgen werde ich Dich in meine tiefsten Geheimnisse einweihen, und dann sind wir wieder quitt. Schließlich sind Freunde dazu da, daß man ihnen einmal das Herz ausschüttet.

Tony

Er sperrte die Tür beim Hinausgehen vorher ab.

Beim Nachhausefahren dachte er über den armen Frank nach, der ganz allein stand, doch dann wurde ihm bewußt, daß seine eigene Situation gar nicht wesentlich besser schien. Sein Vater lebte noch, aber Carlo war recht oft krank und würde wahrscheinlich höchstens noch fünf Jahr haben, allerhöchstens zehn.

Und Tonys Brüder und Schwestern lebten übers ganze Land verstreut; keiner von ihnen stand ihm besonders nahe. Er besaß eine Menge Freunde, aber im Alter, im Sterben liegend, wollte man nicht nur Freunde um sich haben. Er wußte, was Frank meinte. Auf dem Totenbett wollte man nur ganz bestimmte Hände halten, nur sie würden einem Mut geben: die Hände des Ehepartners, der eigenen Kinder oder der Eltern. Er erkannte, daß er gerade dabei war, jene Art von Leben aufzubauen, das am Ende womöglich ein leerer Tempel der Einsamkeit sein könnte. Tony war fünfunddreißig, noch jung, hatte aber nie ernsthaft ans Heiraten gedacht. Plötzlich hatte er das Gefühl, daß die Zeit ihm zwischen den Fingern zerrann. Die Jahre verstrichen schnell. Sein fünfundzwanzigster Geburtstag schien höchstens ein Jahr zurückzuliegen. Dabei war seither ein ganzes Jahrzehnt verstrichen.

Vielleicht ist Hilary Thomas die Auserkorene, dachte er, als er vor seinem Apartment parkte. Sie ist etwas ganz Besonderes, das weiß ich. Etwas ganz Besonders. Vielleicht wird sie glauben, daß auch ich etwas ganz Besonderes bin. Vielleicht könnte es klappen mit uns – oder nicht?

Eine Weile saß er in seinem Jeep und starrte in den Nachthimmel, dachte über Hilary Thomas nach und übers Älterwerden und das einsame Sterben.

Um halb elf, Hilary war ganz in ihren James-Clavell-Roman versunken und hatte gerade einen Apfel und etwas Käse verspeist, klingelte das Telefon.

»Hallo?«

Schweigen am anderen Ende der Leitung.

»Wer ist da?«

Nichts.

Sie knallte den Hörer auf die Gabel. So sollte man reagieren, wenn man drohende oder obszöne Anrufe erhielt. Einfach auflegen. Auf keinen Fall den Anrufer ermuntern. Einfach schnell und scharf auflegen. Daß der Anrufer sich nicht verwählt hatte, stand jetzt fest. So etwas passierte nicht zweimal am selben Abend, und jedesmal ohne Entschuldigung. Außerdem wirkte das Schweigen irgendwie bedrohlich, schien eine unausgesprochene Drohung zu bedeuten.

Selbst nach ihrer Nominierung für den Oscar hatte sie es nie für nötig erachtet, eine Geheimnummer zu beantragen. Schriftsteller zählten nicht zur Prominenz, so wie Schauspieler oder Regisseure. Die Öffentlichkeit interessierte sich nie besonders dafür, wer das Drehbuch verfaßt hatte. Die meisten Drehbuchautoren besorgten sich eine Geheimnummer, weil das nach Prestige aussah, weil der Betreffende sich anscheinend mit so vielen wichtigen Projekten beschäftigte, daß er selbst für seltene unerwünschte Anrufe einfach keine Zeit hatte. Aber für sie bestand dieses Ego-Problem nicht, und ihren Namen im Telefonbuch stehenzulassen, schien ebenso anonym, wie ihn herauszuholen.

Aber vielleicht traf das inzwischen nicht mehr zu. Vielleicht hatten die Berichte in den Medien über ihre zwei Begegnungen mit Bruno Frye sie zu einem Mittelpunkt des öffentlichen Interesses gemacht – das, was zwei erfolgreiche Drehbücher nicht geschafft hatten. Eine Frau, die jemanden, der sie vergewaltigen wollte, abwehrte und ihn beim zweiten Mal sogar tötete – das könnte durchaus eine ganz bestimmte Schicht krankhafter Persönlichkeiten faszinieren. Vielleicht verspürte nun irgendein Tier dort draußen den Drang, den Beweis anzutreten, daß ihm das gelingen konnte, was Bruno Frye mißglückt war.

Sie beschloß, gleich morgen früh die Telefongesellschaft anzurufen und eine neue, geheime Nummer zu beantragen.

Um Mitternacht lag die städtische Leichenhalle, wie der Leichenbeschauer selbst einmal gesagt hatte, so still da wie ein Grabmal. In den schwach beleuchteten Korridoren herrschte absolutes Schweigen. Das Labor lag im Finstern. Der Raum voll mit Leichen war kalt, lichtlos und still, abgesehen vom insektenartigen Summen der Ventilatoren, die gekühlte Luft durch die Gitter in den Wänden hineinpumpten.

Von Donnerstagnacht bis Freitagmorgen schob nur ein Mann in der Leichenhalle Dienst. Er saß in einem kleinen Raum direkt neben dem Büro des Leichenbeschauers auf einem Drehstuhl vor einem häßlichen Stahlschreibtisch mit einer Auflage aus Holzimitat. Er hieß Albert Wolwicz, war neunundzwanzig, geschieden und Vater eines Kindes, einer Tochter namens Rebecca. Seiner Frau hatte man das Erziehungsrecht über Becky zugesprochen. Sie wohnten jetzt beide in San Diego. Albert machte es nichts aus, in der Nachtschicht zu arbeiten. Er erledigte ein paar Ablagearbeiten, saß zwischenzeitlich eine Weile nur da und hörte Radio, legte dann noch einmal einige Papiere ab und las später ein paar Kapitel in einem wirklich guten Stephen-King-Roman über Vampire, die in New England ihr Unwesen trieben; und falls die Stadt die ganze Nacht ruhig blieb, also die uniformierten Bullen oder die Boys der Fleischwagen keine Bahren mit Produkten von Unfällen auf den Freeways oder von Bandenkämpfen hereintrugen, dann würde der Dienst bis zum Morgen nicht besonders anstrengend verlaufen.

Um zehn Minuten nach Mitternacht klingelte das Telefon. Albert hob ab. »Leichenhalle.«

Stille.

»Hallo?« sagte Albert.

Der Mann am anderen Ende der Leitung stöhnte vor Qual und begann zu weinen.

»Wer ist da?«

Der Anrufer weinte so heftig, daß er keine Antwort herausbrachte.

Die gequälten Geräusche klangen fast wie eine Parodie des Leids, ein übertrieben hysterisches seltsames Schluchzen, das Albert noch nie zuvor gehört hatte. »Wenn Sie mir sagen, was Sie plagt, kann ich Ihnen vielleicht helfen.«

Der Anrufer legte auf.

Albert starrte den Hörer eine Weile lang an, zuckte dann die Achseln und legte auf.

Er versuchte in dem Stephen-King-Roman an der Stelle weiterzulesen, an der man ihn unterbrochen hatte, bildete sich aber immer wieder ein, hinter sich jemanden schlurfen zu hören. Er drehte sich fünf- oder sechsmal um, aber da war nichts.

4

Freitagmorgen.
Neun Uhr.
Zwei Männer vom Angel's-Hill-Bestattungsinstitut in West Los Angeles erschienen in der städtischen Leichenhalle, um Bruno Gunther Fryes Leiche abzuholen. Sie erklärten, sie würden mit dem Forever-View-Bestattungsinstitut in St. Helena, dem Wohnort des Verstorbenen, zusammenarbeiten. Ein Angestellter des Angel's Hill unterzeichnete das entsprechende Formular. Danach trugen die beiden Männer die Leiche in den Kühlraum einer Cadillac-Leichenlimousine.

Frank Howard machte keinen verkaterten Eindruck. Seine Gesichtshaut wirkte nicht fahl, wie das gewöhnlich nach einer Sauftour der Fall war; er sah gesund und frisch aus. Seine blauen Augen waren klar. Eine Beichte schien tatsächlich für die Seele heilsam zu sein.
Zuerst spürte Tony auf dem Revier und später auch im Wagen die Verlegenheit, mit der er gerechnet hatte, und gab sich redlich Mühe, Frank darüber hinwegzuhelfen. Nach einer Weile erkannte Frank wohl, daß sich zwischen ihnen nichts zum Nachteil verändert hatte; tatsächlich funktionierte ihre Partnerschaft sogar wesentlich besser als in den letzten drei Monaten. Im Lauf des Vormittags entwickelte sich zwischen ihnen ein Maß an Übereinstimmung, das es ihnen möglich machen würde, fast wie ein einziger Organismus zusammenzuarbeiten. Noch erreichten sie nicht jene perfekte Harmonie, die zwischen Tony und Michael Savatino geherrscht hatte, aber zumindest schien es jetzt keine Barrieren mehr zu geben, die einer Entwicklung in dieser Richtung entgegenwirkten. Sie brauchten Zeit, sich einander anzupassen, ein paar Monate vielleicht, doch am Ende gäbe es zwischen ihnen sicherlich

eine Art seelischer Bindung, die ihnen die Arbeit vergleichsweise leichter machen würde.

Am Freitag vormittag gingen sie Hinweisen nach, die sie im Fall Bobby Valdez erhalten hatten. Es gab nicht viele Spuren zu verfolgen, und die ersten zwei brachten sie nicht weiter.

Die erste Enttäuschung betraf den Bericht der Zulassungsbehörde über Juan Mazquezza. Offenbar benutzte Bobby Valdez eine falsche Geburtsurkunde und sonstige falsche Dokumente und hatte sich unter dem Namen Juan Mazquezza einen gültigen Führerschein verschafft. Die letzte Adresse, die die Zulassungsbehörde liefern konnte, war das Las Palmeras an der La Brea Avenue. Es gab da noch zwei andere Juan Mazquezzas in den Akten der Zulassungsbehörde. Der eine war neunzehn und lebte in Fresno, der andere Juan wohnte mit seinen siebenundsechzig Jahren in Tustin. Sie besaßen beide Fahrzeuge, registriert im Staate Kalifornien, aber keiner hatte einen Jaguar.

Der Juan Mazquezza, der an der La Brae Avenue wohnte, hatte nie einen Wagen angemeldet, und das deutete darauf hin, daß Bobby den Jaguar unter einem weiteren falschen Namen erworben hatte. Offensichtlich kannte er gute Ouellen für hervorragend gefälschte Dokumente.

Eine Sackgasse also.

Tony und Frank kehrten zur VVG-Wäscherei zurück und befragten die Angestellten, die mit Bobby, alias Mazquezza, zusammengearbeitet hatten. Sie hofften darauf, daß irgend jemand mit ihm in Verbindung geblieben war, nachdem er seine Stellung aufgegeben hatte, und wissen würde, wo er sich im Augenblick aufhielt. Aber alle charakterisierten Juan als Einzelgänger. Niemand wußte, wo er hingegangen war.

Sackgasse.

Nach der VVG gingen sie in ein Pfannkuchenhaus, das Tony sehr schätzte. Neben dem Hauptspeisesaal befand sich eine mit Ziegeln überdachte Terrasse, auf der ein Dutzend Tische unter blauweiß gestreiften Sonnenschirmen standen. Tony und Frank bestellten sich Salat und Käseomeletts.

»Hast du morgen abend etwas vor?« fragte Tony.
»Ich?«
»Ja, du, wer sonst?«
»Nein. Nichts.«
»Gut. Ich hab' was arrangiert.«
»Was denn?«
»Eine Verabredung mit einer Unbekannten.«
»Für mich?«
»Du bist die eine Hälfte.«
»Ist das dein Ernst?«
»Ich hab' sie heute morgen angerufen.«
»Vergiß es«, erklärte Frank.
»Sie ist genau die Richtige für dich.«
»Ich mag nicht verkuppelt werden.«
»Sie ist die ideale Frau für dich.«
»Kein Interesse.«
»Sehr süß.«
»Ich bin kein kleiner Junge mehr.«
»Wer hat das behauptet?«
»Ich brauch' dich nicht, um mir Gesellschaft zu besorgen.«
»Manchmal tut man das gern für einen Freund – oder etwa nicht?«
»Ich kann selbst Bekanntschaften knüpfen.«
»Um dieser Dame einen Korb zu geben, muß man ganz schön blöd sein.«
»Dann bin ich eben blöd.«
Tony seufzte. »Wie du meinst.«
»Hör mal, was ich gestern abend im Bolt Hole von mir gegeben habe ...«
»Hm?«
»Ich bin nicht auf Mitgefühl scharf.«
»Aber hie und da braucht jeder Mitgefühl «
»Ich wollte nur, daß du verstehst, weshalb ich immer so schlecht gelaunt bin.«
»Das verstehe ich.«
»Aber ich wollte bei dir nicht den Eindruck vermitteln, immer auf die falschen Frauen reinzufallen «

»Den Eindruck hast du nicht vermittelt.«
»Ich bin noch nie so zusammengebrochen.«
»Das glaub' ich dir.«
»Ich hab' noch nie so ... geheult.«
»Ich weiß.«
»Wahrscheinlich war ich einfach müde.«
»Na klar.«
»Vielleicht war der viele Alkohol schuld.«
»Vielleicht.«
»Ich hab' gestern abend 'ne Menge getrunken.«
»Ja, 'ne ganze Menge.«
»Und der Whisky hat mich sentimental gemacht.«
»Vielleicht.«
»Aber jetzt bin ich wieder okay.«
»Hat jemand etwas anderes behauptet?«
»Ich kann selbst Frauenbekanntschaften arrangieren, Tony.«
»Wie du meinst.«
»Okay?«
»Okay.«

Sie konzentrierten sich auf ihre Käseomeletts. In der Nähe gab es einige größere Bürogebäude, und Dutzende von Sekretärinnen in bunten Kleidern stöckelten auf dem Bürgersteig vorbei, auf ihrem Weg zum Mittagessen.

Die Restaurantterrasse schmückten Blumen, deren Duft wie Parfum in der von der Sonne kupfern gefärbten Luft lag.

Die Geräusche der Straße waren typisch für Los Angeles, nicht das pausenlose Quietschen von Bremsen und Quäken der Hupen, wie etwa in New York oder Chicago oder den meisten anderen Städten, sondern nur ein hypnotisches Brummeln von Motoren und das Zischen vorüberhuschender Fahrzeuge. Ein einschläferndes Geräusch. Beruhigend. Wie die Meeresbrandung, zwar von Maschinen erzeugt, aber irgendwie doch natürlich, urtümlich klingend. Auf eine subtil unerklärliche Art erotisch. Selbst die Verkehrsgeräusche paßten sich der unbewußten subtropischen Atmosphäre der Stadt an.

Nach ein paar Minuten des Schweigens meinte Frank: »Wie heißt sie denn?«

»Wer?«

»Jetzt spiel bloß nicht den Schlaumeier.«

»Janet Yamada.«

»Japanerin?«

»Klingt das vielleicht italienisch?«

»Wie ist sie denn?«

»Intelligent, witzig, gutaussehend.«

»Und was macht sie?«

»Sie arbeitet in der Stadtverwaltung.«

»Wie alt?«

»Sechsunddreißig, siebenunddreißig.«

»Zu jung für mich!«

»Herrgott, du bist doch erst fünfundvierzig!«

»Woher kennst du sie denn?«

»Wir sind eine Weile zusammen ausgegangen«, meinte Tony.

»Und was ging schief?«

»Nichts. Wir stellten nur fest, daß eine freundschaftliche Beziehung für uns besser ist.«

»Und du meinst, ich könnte sie mögen?«

»Ganz sicher.«

»Und sie mich auch?«

»Wenn du nicht in der Nase bohrst oder mit den Fingern ißt.«

»Okay«, meinte Frank. »Ich werde mit ihr ausgehen.«

»Wenn es eine Qual für dich wird, sollten wir die Idee vielleicht besser vergessen.«

»Nein. Ich gehe. Wird schon schiefgehen.«

»Du brauchst es nicht zu tun, um mir einen Gefallen zu erweisen.«

»Gib mir ihre Telefonnummer.«

»Jetzt gefällt mir die ganze Geschichte plötzlich nicht mehr«, erwiderte Tony. »Ich habe das Gefühl, dich da in etwas hineingedrängt zu haben.«

»Du hast mich nicht gedrängt.«

»Vielleicht sollte ich sie anrufen und absagen«, meinte Tony.

»Nein, hör zu, ich …«

»Ich sollte mich nicht als Kuppler versuchen. Ich benehm' mich ziemlich lausig.«

»Verdammt noch mal, ich *will* mit ihr ausgehen!« betonte Frank.

Tony lächelte breit. »Weiß ich doch.«

»Bin ich jetzt gerade manipuliert worden?«

»Du hast dich selbst manipuliert.«

Frank versuchte die Stirn zu runzeln, wollte finster dreinschauen, schaffte es aber nicht. Also grinste er. »Sollen wir Samstagabend vielleicht zu viert ausgehen?«

»Kommt gar nicht in Frage. Du wirst schon auf eigenen Füßen stehen müssen, Freundchen.«

»Und außerdem«, erklärte Frank mit wissendem Lächeln, »willst du Hilary Thomas mit niemandem teilen.«

»Genau.«

»Und meinst du wirklich, daß es mit euch beiden klappen könnte?«

»Du redest gerade so, als hätten wir vor, zu heiraten. Wir gehen bloß zusammen aus.«

»Aber selbst wenn ihr nur ausgeht, wird es nicht ... irgendwie peinlich sein?«

»Warum sollte es das?« fragte Tony.

»Nun, sie hat jede Menge Geld.«

»Das ist eine typisch männliche chauvinistische Bemerkung, wie ich sie schlimmer nicht kenne.«

»Du glaubst nicht, daß es da irgendwie Schwierigkeiten geben könnte?«

»Wenn ein *Mann* etwas Geld besitzt, darf er dann nur mit Frauen ausgehen, die genausoviel Geld haben?«

»Das ist etwas anderes.«

»Wenn ein König den Entschluß faßt, eine Verkäuferin zu heiraten, dann sind wir alle der Ansicht, das sei romantisch. Aber wenn eine Königin einen Verkäufer heiraten möchte, dann glauben wir, sie ließe sich ausnützen. Wie üblich: zweierlei Maß.«

»Nun ... viel Glück!«

»Dir auch.«

»Packen wir's wieder?«

»Yeah«, meinte Tony. »Sehen wir zu, daß wir Bobby Valdez finden.«

»Ich könnt' mir auch was Leichteres vorstellen.«

Freitag nachmittag. Ein Uhr.

Der Leichnam lag auf einem Balsamiertisch im Angel's-Hill-Bestattungsinstitut in West Los Angeles. Ein Anhänger am großen Zeh des rechten Fußes identifizierte den Verblichenen als Bruno Gunther Frye.

Ein Mitarbeiter präparierte die Leiche für den Versand nach Napa County. Er wusch sie mit Desinfektionsmittel ab, dann entfernte er die Eingeweide und die anderen weichen Organe durch die einzigen verfügbaren natürlichen Körperöffnungen des Toten und legte sie beiseite. Aufgrund der Stichwunden und der Autopsie vergangene Nacht hatte die Leiche nicht mehr viel Blut oder sonstige Flüssigkeit, aber trotzdem wurden auch noch die letzten Tropfen aus ihr herausgequetscht und durch Balsamierflüssigkeit ersetzt.

Der Techniker pfiff leise vor sich hin, während er seine Arbeit erledigte.

Das Angel's-Hill-Institut war für irgendwelche kosmetischen Arbeiten nicht zuständig; die müßte ein Leichenbestatter in St. Helena vornehmen.

Der Techniker im Angel's Hill drückte nur die blicklosen Augen für immer zu und nähte die Lippen, die den breiten Mund in einem vagen ewigen Lächeln einfroren, mit ein paar Innenstichen zusammen. Er leistete saubere Arbeit; die Leidtragenden würden von den Stichen nichts bemerken – falls es überhaupt Hinterbliebene gab.

Anschließend hüllte man den Verblichenen in ein weißes Leichentuch und legte ihn in einen billigen Aluminiumsarg, der den staatlichen Vorschriften für den Versand von Leichen mit öffentlichen Verkehrsmitteln entsprach. In St. Helena würde der Leichnam in einen eindrucksvolleren Sarg kommen, den die Familie oder die Freunde des Toten zuvor auswählen würden.

Freitag nachmittag um 16.00 Uhr brachte man die Leiche

zum Internationalen Flughafen von Los Angeles und verstaute sie im Laderaum einer Turboprop-Maschine der California Airways mit Kurs Monterey, Santa Rosa und Sacramento. Der Sarg sollte in Santa Rosa wieder aus der Maschine geholt werden.

Freitag abend um 18.30 Uhr stand niemand von Bruno Fryes Familie auf dem kleinen Flughafen in Santa Rosa. Er hatte keine Verwandten, war der letzte Vertreter seines Namens. Sein Großvater hatte nur ein Kind in die Welt gesetzt, eine reizende Tochter namens Katherine, die ihrerseits keine eigenen Kinder hinterließ. Bruno war adoptiert; und er hatte nie geheiratet.

Drei Leute warteten hinter dem kleinen Flughafengebäude; zwei gehörten zu dem Bestattungsinstitut Forever View. Mr. Avril Thomas Tannerton, Inhaber der Forever View, einem Institut, das St. Helena und die umliegenden Gemeinden in jenem Teil des Napa-Tales versorgte, war ein Mann mit dreiundvierzig, gutaussehend, etwas dicklich, aber nicht fett, mit dichtem rotblonden Haar, vielen Sommersprossen, lebhaften Augen und einem freundlichen, warmen Lächeln, das er meist nur mit Mühe unterdrücken konnte. Sein vierundzwanzigjähriger Assistent, Gary Olmstead, hatte ihn nach Santa Rosa begleitet, ein unscheinbarer Mann, der selten mehr von sich gab als die Toten, mit denen er zu tun hatte. Tannerton erinnerte unwillkürlich an einen Chorknaben, an eine dünne Schicht echter Pietät über einem stets zu Streichen aufgelegten Kern. Olmsteads langes, traurig wirkendes Asketengesicht paßte dagegen perfekt zu seinem Beruf.

Der dritte Mann hieß Joshua Rhinehart, fungierte als Bruno Fryes Anwalt und Verwalter des Fryeschen Nachlasses. Mit seinen einundsechzig Jahren sah er aus wie ein erfolgreicher Diplomat oder Politiker. Er hatte dichtes weißes Haar – nicht kalkweiß, nicht gelbweiß, sondern glänzend silberweiß – , eine breite Stirn, eine lange stolze Nase und ein kräftiges Kinn. Seine kaffeebraunen Augen wirkten munter und klar.

Bruno Fryes Leiche wurde aus dem Flugzeug in den Leichenwagen geladen und nach St. Helena überführt. Joshua Rhinehart folgte in seinem eigenen Wagen.

Es bestand weder eine geschäftliche noch eine persönliche Verpflichtung, die Joshua gezwungen hätte, diese Reise nach Santa Rosa mit Avril Tannerton zu unternehmen. Er war über viele Jahre für das Shade-Tree-Weingut tätig, jene Firma, die sich seit drei Generationen im Besitz der Firma Frye befand, brauchte aber die Einkünfte von dieser Mandantschaft schon lange nicht mehr, einer Mandantschaft, die tatsächlich in letzter Zeit viel mehr Ärger bereitet, als ihm Nutzen eingebracht hatte. Trotzdem kümmerte er sich nach wie vor um die Angelegenheiten der Fryes, in erster Linie deshalb, weil er immer wieder an die Zeit vor fünfunddreißig Jahren dachte, wo er sich mühsam eine Praxis in Napa County aufgebaut und ihm Katherine Fryes Entscheidung dabei sehr geholfen hatte, daß er fortan die Familie in allen juristischen Fragen vertreten sollte. Gestern erfuhr er von Brunos Tod, aber das bedrückte ihn keineswegs. Weder für Katherine noch für ihren Adoptivsohn konnte er je besondere Zuneigung empfinden; ganz gewiß hatten die beiden auch jene gefühlsmäßigen Bindungen der Freundschaft nicht gerade gefördert. Joshua begleitete Avril Tannerton nur deshalb zum Flughafen von Santa Rosa, weil er für den Fall, daß irgendwelche Reporter auftauchten und versuchten, aus dem Ganzen einen Zirkus zu machen, zugegen sein wollte. Obwohl Bruno nicht besonders stabil gewesen war, zumindest sehr krank, vielleicht sogar durch und durch bösartig, so wollte Joshua doch dafür sorgen, daß die Bestattungsfeierlichkeiten mit der gebotenen Würde abliefen. Er hatte das Gefühl, dem Toten dies schuldig zu sein. Außerdem kämpfte Joshua zeit seines Lebens für das Napa-Tal, sowohl für die Lebensqualität, die es bot, als auch für seinen großartigen Wein, und wollte jetzt nicht, daß das verbrecherische Tun eines einzelnen Mannes ein schlechtes Licht auf seine Heimat warf.

Glücklicherweise tauchte kein Reporter am Flughafen auf.

Sie fuhren im verblassenden Licht und den längerwerdenden Schatten nach St. Helena zurück, östlich an Santa Rosa vorbei, quer durch die südlichen Ausläufer des Sonoma-Tales hinein in das fünf Meilen breite Napa-Tal und dann im gelblichpurpurnen Abendlicht nordwärts. Joshua, der hinter dem Leichenwagen fuhr, bewunderte die Landschaft, wie er dies auch in den letzten fünfunddreißig Jahren mit stets wachsender Freude getan hatte. Die hochragenden Bergketten bedeckten Fichten, Birken und Kiefern, und die jetzt im Westen versinkende Sonne beleuchtete nur noch die obersten Kämme; jene Bergketten stellten Bollwerke dar, dachte Joshua, große Mauern, die die korrumpierenden Einflüsse einer weniger zivilisierten Welt fernhielten. Am Fuß der Berge erstreckten sich sanfte, mit hohem, trockenem Gras bedeckte Hügel, die im Tageslicht blond und weich wie Seide wirkten; jetzt aber, in der zunehmenden Dämmerung, schimmerte das Gras wie dunkle Wogen, die eine sanfte Brise bewegte.

Jenseits der kleinen, malerischen Dörfer bedeckten endlose Weingärten manche der Hügel und den größten Teil des fruchtbaren Flachlandes. 1880 schrieb Robert Louis Stevenson über das Napa-Tal: »Ein Winkel des Landes nach dem anderen wird mit einer Traube nach der anderen ausprobiert. Diese versagt, jene ist besser und die dritte am besten. Und so tasten sie sich nach ihrem Clos Vougeot und Lafite herum ... und der Wein ist in Flaschen gefüllte Poesie.« Als Stevenson im Tal seine Flitterwochen verbrachte und *Silverade Squatters* schrieb, gab es hier noch nicht einmal fünfzehnhundert Hektar Weinbaugebiet. Zur Zeit der Großen Seuche – der Prohibition, 1920 – standen bereits auf fünftausend Hektar Land Weinstöcke. Heute wurde auf einer Fläche von fünfzehntausend Hektar Wein angebaut und die Trauben schmeckten viel süßer und weniger acidisch als jene, die irgendwo sonst auf der Welt wuchsen. Ebensoviel Anbaufläche besaß das ganze Sonoma-Tal, das aber zweimal so groß war wie das Napa. Und zwischen den Weingärten lagen die großen Weingüter und Häuser; manche Besitzer hatten ehemalige Klöster oder Missionen im spanischen Stil umgebaut, andere Gutshöfe waren modern und neu erbaut worden.

Gott sei Dank, dachte Joshua, hatten sich nur einige wenige neuere Weingüter für den sterilen Fabrikstil entschieden, der das Auge beleidigte und für das Tal eine Krankheit bedeutete. Der größte Teil der von Menschenhand geschaffenen Gebäude ergänzte die wahrhaft atemberaubende natürliche Schönheit dieses einmaligen idyllischen Ortes oder er beleidigte sie zumindest nicht.

Joshua folgte dem Leichenwagen zum Forever View weiter, sah aber, wie aus den Fenstern der Häuser Licht aufleuchtete, weiches, gelbes Licht, das der herannahenden Nacht ein Gefühl der Wärme und Zivilisation verlieh. Der Wein ist in der Tat in Flaschen gefüllte Poesie, dachte Joshua, und das Land, auf dem er wächst, zeigt Gottes größtes Kunstwerk; mein Land; meine Heimat; wie glücklich bin ich doch, hier leben zu dürfen; wo es doch so viele weniger schöne, weniger bezaubernde und weniger angenehme Orte gibt; auch dorthin hätte das Schicksal mich führen können.

Wie in einem Sarg aus Aluminium, tot.

Das Gebäude des Forever View befand sich etwa hundert Meter neben der zweispurigen Straße, südlich von St. Helena, ein großes weißes Haus im Kolonialstil mit einer kreisförmigen Zufahrt und einer von Hand gemalten grün-weißen Tafel. Bei Einbruch der Dunkelheit schaltete sich automatisch ein einzelner weißer Scheinwerfer ein und bestrahlte die Tafel mit weichem Licht. Eine Reihe elektrischer Kutschenlampen hüllte die kreisförmige Zufahrt zusätzlich in bernsteinfarbenes Licht.

Auch am Forever View warteten keine Reporter. Joshua schien zufrieden, daß die Presse von Napa County offenbar seine starke Aversion bezüglich unnötiger Publicity teilte.

Tannerton fuhr mit dem Leichenwagen zum Hintereingang des riesigen weißen Hauses. Er und Olmstead schoben den Sarg auf einen Karren und rollten ihn ins Gebäude.

Joshua folgte ihnen in den Arbeitsraum.

Man hatte große Mühe darauf verwendet, dem Saal eine einigermaßen freundliche Note zu geben. Die Decke zierten hübsch strukturierte Akustikkacheln, die Wände waren in hellem Baby-Blau gehalten, so als müßten sie neues Leben ausstrahlen. Tannerton knipste den Wandschalter an, und sanfte Musik quoll aus Stereo-Lautsprechern, muntere, aufbauende Musik, nicht getragen, nichts Schweres.

Trotz Avril Tannertons Bemühungen, dem Raum eine Aura der Behaglichkeit zu verleihen, roch es für Joshua hier nach Tod. Der beißende Geruch von Balsamierflüssigkeit hing in der Luft, und ein Nelkenduft aus einer Aerosol-Dose, der ihn sogleich an Leichensträuße erinnerte. Der Boden war mit glänzend-weißen keramischen frisch geschrubbten Kacheln belegt, ein wenig schlüpfrig für Leute, die keine Gummisohlen trugen; Tannerton und Gary Olmstead trugen welche, nicht aber Joshua. Zuerst vermittelten die Kacheln den Eindruck von Offenheit und Sauberkeit. Aber dann wurde Joshua bewußt, daß der Boden in Wirklichkeit nur der Zweckmäßigkeit diente; seine Oberfläche mußte den zu Korrosion führenden Substanzen wie heruntertropfendem Blut, Galle und schädlicheren Substanzen widerstehen.

Tannertons Klienten, die Verwandten der Verblichenen, würden diesen Raum wohl nie zu sehen bekommen, denn die bittere Wahrheit des Todes schien hier allzu offenkundig. Im vorderen Teil des Hauses, dort, wo die Aufbahrungssäle mit schweren weinroten Samtvorhängen, Plüschteppichen und dunklen Holzvertäfelungen dekoriert waren, bei dezenter Beleuchtung und kunstvollen Arrangements konnte man die Formeln »hingeschieden« und »von Gott heimgerufen« ernstnehmen; in den vorderen Räumen ermunterte die Atmosphäre zum Glauben an den Himmel und die Auferstehung des Geistes. Aber in diesem Arbeitsraum mit dem Fliesenboden, dem Balsamgeruch in der Luft und der funkelnden Anordnung von Instrumenten, die auf einem Emailletablett bereitlagen, schien der Tod deprimierend klinisch und fraglos endgültig zu sein.

Olmstead klappte den Aluminiumsarg auf.

Avril Tannerton schlug das Leichentuch zurück, so daß man die Leiche von den Hüften aufwärts sehen konnte.

Joshua schaute die wächsern-gelbgraue Leiche an und schauderte. »Grauenhaft.«

»Ich weiß, daß das für Sie belastend sein muß«, meinte Tannerton mit geübt tragischem Tonfall.

»Überhaupt nicht«, entgegnete Joshua. »Ich will nicht scheinheilig sein und so tun, als würde ich leiden. Ich habe sehr wenig über diesen Mann gewußt, und das Wenige hat mir nicht sonderlich gefallen. Unsere Beziehung war rein geschäftlicher Natur.«

Tannerton blinzelte. »Oh. Nun ... dann würden Sie es vielleicht vorziehen, wenn wir uns mit einem der Freunde des Verblichenen in Verbindung setzten, um die nötigen Arrangements zu treffen.«

»Ich glaube nicht, daß er welche hatte«, erklärte Joshua.

Sie starrten die Leiche einige Augenblicke lang stumm an. »Grauenhaft«, äußerte Joshua noch einmal.

»Es sind natürlich keinerlei kosmetische Arbeiten vorgenommen worden«, meinte Tannerton. »Überhaupt keine. Hätte ich ihn kurz nach seinem Tod in die Hände bekommen, so würde er jetzt besser aussehen.«

»Können Sie ... mit ihm irgend etwas anfangen?«

»Oh, sicherlich. Aber leicht wird es nicht sein. Er ist schon eineinhalb Tage tot, auch wenn er gekühlt wurde ...«

»Diese Wunden«, meinte Joshua mit belegte Stimme und starrte auf die scheußlichen Narben am Unterleib mit einer gewissen morbiden Faszination. »Du lieber Gott, sie hat ihn wirklich zugerichtet.«

»Das war vorwiegend der Leichenbeschauer«, erwiderte Tannerton. »Dieser kleine Schnitt hier ist die Stichwunde. Und dieser hier.«

»Der Pathologe hat am Mund gute Arbeit geleistet«, meinte Olmstead anerkennend.

»Ja, nicht wahr?« bestätigte Tannerton und betastete die Lippen der Leiche. »Eigentlich ungewöhnlich, einen Leichenbeschauer mit soviel Sinn für Ästhetik zu finden.«

»Höchst selten«, meinte Olmstead.

Joshua schüttelte den Kopf. »Mir fällt es noch immer schwer, das alles zu glauben.«

»Vor fünf Jahren habe ich seine Mutter begraben«, erklärte Tannerton. »Damals lernte ich ihn kennen. Er kam mir ein wenig ... eigenartig vor. Aber ich dachte, es wären die Belastung und das Leid. Er war ja ein wichtiger Mann, eine führende Persönlichkeit der Gemeinde.«

»Kalt«, behauptete Joshua. »Er war ein ungewöhnlich kalter und von sich eingenommener Mensch. Brutal im Geschäft. Häufig reichte es ihm nicht, gegenüber einem Konkurrenten zu bestehen; nein, er zog es vor, den anderen völlig zu vernichten. Ich vertrat stets die Ansicht, daß er durchaus zu Grausamkeit und körperlicher Gewalttätigkeit neigte. Aber versuchte Notzucht? Versuchter Mord?«

Tannerton sah Joshua an und sagte: »Mr. Rhinehart, ich habe schon oft gehört, daß Sie eine klare Sprache sprechen. Sie genießen den Ruf, genau das zu sagen, was Sie denken, was auch immer passiert, aber ...«

»Aber was?«

»Aber wenn Sie von einem Toten sprechen, meinen Sie da nicht, daß Sie ...«

Joshua lächelte. »Junger Mann, ich bin ein widerwärtiger alter Schweinehund und nicht gerade bewundernswert. Weit entfernt! Solange die Wahrheit meine einzige Waffe ist, macht es mir nichts aus, die Gefühle der Lebenden zu verletzen. Ich kann Ihnen sagen, daß ich schon Kinder zum Weinen brachte, ebenso wie grauhaarige Großmütter. Ich habe wenig Sinn für Narren und Schweine, solange sie am Leben sind. Warum sollte ich also für die Toten mehr Respekt empfinden?«

»Ich bin es einfach nicht gewöhnt, daß man ...«

»Natürlich nicht. Ihr Beruf verlangt von Ihnen, über einen Verblichenen nur Gutes zu verkünden, egal, wer er war oder was für scheußliche Dinge er getan haben mag. Ich nehme Ihnen das nicht übel. Ist Ihr Beruf.«

Tannerton wußte nicht, was er darauf antworten sollte. Er klappte den Sargdeckel zu.

»Sprechen wir über das Arrangement«, meinte Joshua. »Ich würde gern nach Hause fahren und zu Abend essen – falls ich noch Appetit verspüre, wenn ich von hier wegfahre.« Er setzte sich auf einen hohen Hocker neben einem

Glasschrank, der mit weiteren Werkzeugen für das Handwerk der Leichenbestattung angefüllt schien.

Tannerton ging nervös auf und ab, ein sommersprossigs Energiebündel mit dichtem Haarschopf. »Wie wichtig ist für Sie die übliche Aufbahrung?«

»Übliche Aufbahrung?«

»Ein offener Sarg. Stört es Sie, wenn wir das nicht machen?«

»Ehrlich gesagt habe ich darüber nicht nachgedacht«, erklärte Joshua.

»Ich weiß offengestanden nicht, wie ... präsentabel man den Verblichenen tatsächlich herrichten kann«, meinte Tannerton. »Die Leute von Angel's Hill haben ihn nicht gut genug hergerichtet, als sie ihn balsamierten. Sein Gesicht scheint mir irgendwie geschrumpft. Ich bin damit gar nicht zufrieden.

Ganz und gar nicht. Ich könnte natürlich versuchen, ihn aufzupumpen, aber solches Flickwerk sieht selten gut aus. Was kosmetische Maßnahmen angeht ... nun ... da frage ich mich auch, ob nicht schon zu viel Zeit verstrichen ist. Ich meine, er lag ganz offensichtlich nach seinem Tod, ehe man ihn fand, ein paar Stunden in der heißen Sonne. Und danach befand er sich achtzehn Stunden in der Kühlung, ehe die Balsamierung vorgenommen wurde. Ich kann das sicher hinkriegen, daß er viel besser aussieht als jetzt. Aber das Leuchten des Lebens in sein Gesicht zurückzubringen ... Sehen Sie, nach allem, was er bereits durchgemacht hat, nach den extremen Temperaturschwankungen und nach so viel verstrichener Zeit hat sich die Hautstruktur wesentlich verändert; sie nimmt mit Sicherheit kein Make-up mehr an und auch keinen Puder. Ich glaube, vielleicht ...«

Joshua, dem allmählich übel wurde, unterbrach ihn. »Machen Sie den Sarg zu.«

»Keine Aufbahrung?«

»Keine Aufbahrung.«

»Und Sie sind sich ganz sicher?«

»Ganz sicher.«

»Gut. Lassen Sie mich nachdenken ... Möchten Sie, daß er in einem seiner Anzüge begraben wird?«

»Ist das nötig, in Anbetracht der Tatsache, daß der Sarg nicht offen sein wird?«

»Für mich wäre es einfacher, ihn in eines unserer Sterbekleider zu stecken.«

»Ist mir recht.«

»Weiß oder hübsches Dunkelblau?«

»Etwas Gepunktetes haben Sie nicht?«

»Gepunktet?«

»Oder orange mit gelben Streifen?«

Tannertons stets offenkundiges Grinsen glitt unter seinem würdigen Leichenbestatterblick hervor, und er gab sich Mühe, es wieder zu verdrängen. Joshua argwöhnte, Avril wäre als Privatmann bestimmt jemand, der gerne Spaß machte, jemand, der einen guten Trinkkumpan abgeben würde, aber hier vertrat er die Ansicht, seinem Berufsimage gemäß stets würdevoll und humorlos zu wirken. Er war sichtlich verstimmt, wenn es ihm mißlang, in so einem Augenblick den privaten Avril zu unterdrücken. Er mußte für die Öffentlichkeit in ein bestimmtes Klischee passen. Joshua hielt ihn für einen potentiellen Schizophrenie-Kandidaten.

»Nehmen Sie ein weißes Kleid«, meinte Joshua.

»Und was ist mit dem Sarg? Welchen Stil würden ...«

»Das überlasse ich Ihnen.«

»Sehr wohl. Preisgruppe?«

»Ruhig das Beste. Der Nachlaß kann es sich leisten.«

»Es geht das Gerücht, daß er zwei oder drei Millionen schwer gewesen sein soll.«

»Wahrscheinlich doppelt soviel«, behauptete Joshua.

»Aber sein Leben verlief nicht danach.«

»Sein Tod auch nicht«, meinte Joshua.

Tannerton dachte einen Augenblick darüber nach und fragte dann: »Irgendeinen Gottesdienst?«

»Er ging nie in die Kirche.«

»Soll ich dann die Ansprache halten?«

»Wenn Sie wollen.«

»Wir halten eine kurze Rede am Grab«, ergänzte Tannerton.

»Ich werde irgendeine Passage aus der Bibel vorlesen oder vielleicht irgendeinen Andachtstext.«

Sie einigten sich auf den Termin für das Begräbnis: Sonntag um zwei Uhr. Bruno würde im Napa County Memorial Park neben Katherine, seiner Adoptivmutter, zur letzten Ruhe gebettet werden.

Joshua wollte gerade gehen, da meinte Tannerton noch: »Ich hoffe, daß Ihnen unsere Dienste bis jetzt angenehm waren, und möchte Ihnen versichern, daß ich alles menschenmögliche tun werde, damit auch der Rest glatt abläuft.«

»Nun«, erklärte Joshua, »eines ist mir durch Sie klar geworden: Ich werde morgen ein neues Testament aufsetzen. Wenn meine Zeit kommt, möchte ich feuerbestattet werden.«

Tannerton nickte. »Das können wir für Sie erledigen.«

»Nicht drängeln, junger Mann. Nicht drängeln.«

Tannertons Gesicht errötete. »Oh, ich wollte nicht …«

»Ich weiß, ich weiß. Ganz ruhig bleiben.«

Tannerton räusperte sich verlegen. »Ich werde … äh … Sie zur Tür bringen.«

»Nicht notwendig. Ich finde schon hinaus.«

Draußen war die Nacht sehr dunkel. Es gab nur ein einziges Licht, eine Hundertwattbirne über der hinteren Tür.

Der Lichtschein reichte etwa einen knappen Meter in die samtene Schwärze hinein.

Am späten Nachmittag war eine leichte Brise aufgekommen, die nun zum Wind angeschwollen schien. Es war kühl, und der Wind pfiff und heulte.

Joshua ging zu seinem Wagen, der jenseits des Lichthalbkreises stand. Als er die Tür öffnete, beschlich ihn das seltsame Gefühl, beobachtet zu werden. Er drehte sich zum Haus um, aber an den Fenstern waren keine Gesichter zu sehen.

Etwas regte sich in der Finsternis, zehn Meter entfernt, in der Nähe der für drei Fahrzeuge bestimmten Garage. Joshua fühlte mehr, als er sah. Er kniff die Augen zusammen, aber sie waren nicht mehr so gut wie früher einmal; er konnte nichts Unnatürliches wahrnehmen.

Nur der Wind, dachte er. Nur der Wind, der durch die Büsche und Bäume fegt und ein paar Blätter oder eine Zeitung vor sich hertreibt.

Doch dann bewegte es sich wieder. Diesmal sah er es. Es stand geduckt vor den Sträuchern, die die Garage säumten. Er konnte keine Einzelheiten erkennen, nur einen Schatten, ein hellerer, purpurschwarzer Fleck auf dem blauschwarzen Tuch der Nacht, weich und undefiniert wie all die anderen Schatten – nur im Unterschied dazu bewegte sich dieser Schatten.

Bloß ein Hund, dachte Joshua. Ein streunender Hund. Oder vielleicht ein Kind, das irgendeinen Streich ausgeheckt hat.

»Ist da jemand?«

Keine Antwort.

Er entfernte sich ein paar Schritte von seinem Wagen. Das schattenhafte Ding huschte drei oder vier Meter zurück, an den Sträuchern entlang. Dann hielt es in einem tiefschwarzen Schattentümpel an, immer noch geduckt und wachsam.

Das ist kein Hund, dachte Joshua. Zu groß für einen Hund. Irgendein Bursche mit Unfug im Sinn.

»Wer ist da?«

Stille.

»Jetzt kommen Sie schon.«

Keine Antwort. Nur der wispernde Wind.

Joshua strebte auf die Schatten zwischen den Schatten zu, aber dann ließ ihn plötzlich die instinktive Erkenntnis innehalten; das Ding war gefährlich. Schrecklich gefährlich. Tödlich. Er nahm all die unwillkürlichen animalischen Reaktionen auf eine solche Drohung war: ein Frösteln, ein Prickeln auf der Kopfhaut. Dann das Schnellerwerden seines Herzschlages, das Austrocknen seines Mundes; seine Hände krümmten sich zu klauenartigen Gebilden; sein Gehörsinn erschien ihm nun schärfer als noch vor einer Minute. Joshua duckte sich etwas, zog die breiten Schultern ein, nahm unbewußt Verteidigungshaltung ein.

»Wer ist da?« wiederholte er.

Das Schattending drehte sich um und bahnte sich seinen Weg durch die Sträucher. Es rannte querfeldein über die Weingärten, die an Avril Tannertons Anwesen grenzten. Ein paar Sekunden lang konnte Joshua Geräusche ausmachen, die das Ding bei seiner Flucht erzeugte, das sich entfernende Klatschen schwerer Schritte und das verhallende Rasseln seines Atems. Dann hörte er wieder nur den Wind.

Er kehrte zum Wagen zurück, drehte sich aber immer wieder um. Er stieg ein, schloß die Tür, versperrte sie.

Jetzt kam ihm das soeben Erlebte schon unwirklich vor, fast wie ein Traum. War da tatsächlich in der Finsternis jemand gewesen, der auf ihn wartete, ihn beobachtete? Lauerte dort draußen etwas Gefährliches oder entsprang das alles nur seiner Phantasie? Nach einer halben Stunde in Avril Tannertons Werkstätte war es wohl kein Wunder, daß man bei fremdartigen Geräuschen zusammenzuckte und nach monströsen Schattengeschöpfen suchte. Während Joshuas Muskeln sich entspannten und sein Herzschlag sich verlangsamte, glaubte er allmählich, sich wie eine Narr benommen zu haben. Die Drohung, die er so plastisch empfunden hatte, erschien ihm rückwirkend wie ein Phantom, eine Ausgeburt der Nacht und des Windes.

Schlimmstenfalls handelte es sich um einen jungen Burschen, irgendeinen Halbwüchsigen, der etwas im Schilde führte. Er ließ den Wagen an und fuhr nach Hause, überrascht und amüsiert über die Wirkung, die Tannertons gefliester Arbeitsraum auf ihn gehabt hatte.

Am Samstagabend Punkt sieben Uhr traf Anthony Clemenza mit seinem blauen Jeep Station Wagon vor Hilarys Haus in Westwood ein.

Hilary kam ihm entgegen. Sie trug ein enganliegendes smaragdgrünes Seidenkleid mit langen engen Ärmeln und einem Ausschnitt, tief genug, um verlockend zu wirken, aber keineswegs billig. Sie war seit mehr als vierzehn Monaten nicht mehr mit einem Mann ausgegangen und hatte beinahe verlernt, sich dem Ritual der Werbung entsprechend zu kleiden; zwei Stunden lang hatte sie überlegt, was sie anziehen sollte, so unschlüssig wie ein Schulmädchen. Sie hatte Tonys Einladung angenommen, weil er der interessanteste Mann schien, der ihr in den letzten Jahren begegnet war – außerdem wollte sie auch mit Nachdruck gegen ihre Neigung ankämpfen, sich vor dem Rest der Welt zu verstecken. Wally Topelis' Worte hatten sie nachdenklich gestimmt, seine Warnung, sie würde die Tugend der Selbständigkeit nur als Vorwand benutzen, um sich vor den Menschen zu verstecken. Sie mußte erkennen, daß in seinen Aussagen sehr viel Wahres steckte.

Sie vermied es, Freundschaften zu schließen oder sich auf irgendwelche Liebesbeziehungen einzulassen, weil sie Angst hatte vor der Pein, die einem nur Freunde oder Liebhaber zufügen konnten, entweder durch Ablehnung oder durch Verrat. Doch vor lauter Schutz vor Pein brachte sie sich auch um das Vergnügen guter Beziehungen mit guten Leuten, die sie sicher nicht verrieten. Im Zusammenleben mit ihren trunksüchtigen, gewalttätigen Eltern mußte sie erfahren, daß auf Bekundungen von Zuneigung gewöhnlich Ausbrüche von Wut und Zorn und unerwartete Strafe folgten.

Sie fürchtete sich nie davor, bezüglich ihrer Arbeit oder geschäftlicher Dinge Risiken einzugehen; und jetzt war die Zeit gekommen, sich mit derselben Freimütigkeit in das Abenteuer ihres Privatlebens zu stürzen. Mit leichtem Hüftschwung ging sie auf den blauen Jeep zu, empfand aber eine innere Spannung bezüglich der emotionalen Risiken, die der Paarungstanz mit sich brachte; zugleich aber fühlte sie sich frisch, feminin und so glücklich wie schon lange nicht mehr.

Tony eilte um den Wagen herum und öffnete ihr die Beifahrertür. Mit einer tiefen Verbeugung meinte er: »Die königliche Kutsche steht bereit.«

»Oh, da scheint ein Irrtum vorzuliegen. Ich bin keine Königin.«

»Für mich sehen Sie aber aus wie eine Königin.«
»Ich bin nur ein einfaches Dienstmädchen.«
»Sie sind viel hübscher als die Königin.«

»Passen Sie nur auf, daß sie das nicht hört. Sonst kostet Sie das den Kopf.«

»Zu spät.«

»Oh?«

»Meinen Kopf hab' ich schon verloren.«

Hilary stöhnte.

»Zuviel Saccharin?« fragte er.

»Auf das hin brauche ich ein Stück Zitrone.«

»Aber es hat Ihnen doch gefallen.«

»Ja, das gebe ich zu. Ich falle wahrscheinlich immer auf Schmeicheleien herein«, meinte sie und stieg in einem Wirbel grüner Seide in den Jeep.

Auf dem Weg zum Westwood Boulevard fragte Tony: »Sie sind doch nicht etwa beleidigt?«

»Warum?«

»Wegen dieser Kiste.«

»Wie könnte ein Jeep mich beleidigen? Kann er denn reden? Ist zu erwarten, daß er mich dumm anquatscht?«

»Das ist kein Mercedes.«

»Ein Mercedes ist kein Rolls Royce. Und ein Rolls-Royce ist kein Toyota.«

»Das klingt nach Zen.«

»Wenn Sie mich für einen Snob halten, warum haben Sie mich dann überhaupt eingeladen?«

»Ich halte Sie nicht für einen Snob«, meinte er. »Aber Frank hat behauptet, es könne zu Peinlichkeiten kommen, weil Sie mehr Geld haben als ich.«

»Nun, nach meiner Erfahrung mit Ihrem Partner würde ich sagen, daß man Franks Urteil in bezug auf andere Leute nicht unbedingt trauen darf.«

»Er hat seine Probleme«, pflichtete Tony ihr bei, während er links in den Wilshire Boulevard einbog. »Aber er ist gerade dabei, sie zu lösen.«

»Ich gebe zu, daß man diesen Wagen in L.A. nicht gerade oft zu sehen bekommt.«

»Frauen fragen mich gewöhnlich, ob das mein Zweitwagen sei.«

»Mir ist es ziemlich egal, ob er das ist.«

»In L.A. heißt es, man ist das, was man fährt.«
»Ah, ist das so? Dann sind Sie ein Jeep und ich bin ein Mercedes. Wir sind Autos, nicht Menschen. Dann sollten wir eigentlich in eine Werkstätte fahren, zum Ölwechsel, und nicht in ein Restaurant zum Abendessen. Wie sinnig!«
»Überhaupt nicht«, erwiderte Tony. »Ich habe mir den Jeep gekauft, weil ich im Winter drei oder vier Wochenende Skilaufen gehe, und mit dieser Kiste komme ich ziemlich sicher immer über die Gebirgspässe, egal, wie schlecht das Wetter auch sein mag.«
»Ich wollte immer schon das Skifahren lernen.«
»Ich bring es Ihnen bei. Sie müssen noch ein paar Wochen warten. Aber lange dauert es nicht mehr, dann liegt in Mammoth Schnee.«
»Sie scheinen recht überzeugt davon zu sein, daß wir auch noch in ein paar Wochen Freunde sein werden.«
»Warum sollten wir das nicht?« fragte er.
»Vielleicht zanken wir uns gleich im Restaurant.«
»Worüber denn?«
»Politik.«
»Ich vertrete die Ansicht, alle Politiker sind machthungrige Schweinehunde, unfähig, sich selbst die Schnürsenkel zu binden.«
»Ich auch.«
»Ich bin liberal.«
»Ich auch – irgendwie.«
»Kurzes Streitgespräch.«
»Vielleicht zanken wir uns über Religion.«
»Ich bin katholisch erzogen worden. Aber davon ist nicht viel übriggeblieben. Mit Religion hab' ich nicht viel am Hut.«
»Ich auch nicht.«
»Mit Streiten kommen wir anscheinend nicht weiter.«
»Nun«, meinte sie, »vielleicht gehören wir zu den Leuten, die sich wegen Kleinigkeiten in die Wolle kriegen. Belanglosigkeiten.«
»Zum Beispiel?«
»Nun, da wir in ein italienisches Restaurant fahren – viel-

leicht mögen Sie Knoblauchbrot, und ich kann es nicht ausstehen.«

»Und darüber streiten wir dann?«

»Über das oder über Fettucine oder Manicotti.«

»Nein. Dort, wo wir hingehen, wird Ihnen alles schmecken«, erwiderte er. »Warten Sie's ab.«

Er fuhr mit ihr zu Savatino's am Santa Monica Boulevard. Das war ein intimes Lokal, in dem höchstens sechzig Leute Platz fanden und das irgendwie den Eindruck vermittelte, als fände tatsächlich nur die Hälfte dieser Leute Platz; es war behaglich, bequem, die Art von Restaurant, in dem jeder den Sinn für Zeit verlieren und sechs Stunden mit dem Abendessen verbringen konnte, vorausgesetzt, daß einen die Kellner nicht bedrängten. Die Beleuchtung wirkte weich und warm. Die Opernmusik vom Band – hauptsächlich Gigli, Caruso und Pavarotti – hatte gerade die richtige Lautstärke, daß man sie hören und auch noch genießen konnte, sie aber keinesfalls das Gespräch behinderte. Die Dekoration war vielleicht eine Spur zu üppig, aber ein Hauptwerk, ein geradezu klassisches Wandgemälde, gefiel Hilary über alle Maßen. Das Gemälde bedeckte eine ganze Wand und stellte eine der bekanntesten Freuden des italienischen Lebensstils dar: Trauben, Wein, Pasta, dunkeläugige Frauen, gutaussehende, dunkelhaarige Männer, eine liebevolle rundliche *Nonna*, Leute, die zur Akkordeonmusik tanzten, ein Picknick unter Olivenbäumen und noch vieles mehr. Hilary hatte noch nie annähernd so etwas Hübsches gesehen, denn das Gemälde wirkte weder völlig realistisch noch stilisiert, weder abstrakt noch impressionistisch, schien eher ein eigenartiges Stiefkind des Surrealismus zu sein, eine kreative Synthese zwischen Andrew Wyeth und Salvador Dali.

Michael Savatino, der Besitzer und ehemalige Polizist, war ausgelassen und vergnügt, umarmte Tony, nahm Hilarys Hand und küßte sie, versetzte Tony einen leichten Rippenstoß und empfahl ihm Pasta, damit er fetter würde, und bestand darauf, daß sie in der Küche die neue Cappuccinomaschine bewundern mußten. Nach der Küchenrunde tauchte Paula, Michaels Frau, eine Blondine von auffallender Schönheit, auf, und wieder gab es Umarmungen, Küßchen, Komplimente. Schließlich nahm Michael Hilary bei der Hand und führte sie und Tony zu einer Nische in der Ecke. Er befahl dem Kellner, zwei Flaschen Biondi-Santis Brunello di Montelcino zu bringen, wartete, bis der Wein kam, und entkorkte ihn selbst. Nachdem er die Gläser gefüllt und die Toasts ausgebracht hatte, verließ er die beiden und zwinkerte Tony zu – ein Zeichen, daß ihm Hilary gefiel. Hilary hatte das Zwinkern bemerkt, also lachte er und zwinkerte auch ihr zu.

»Das ist ein netter Mann«, meinte sie, als Michael sich verdrückt hatte.

»Das ist eine Type«, lachte Tony.

»Sie mögen ihn sehr.«

»Ich liebe ihn geradezu. Er war der perfekte Partner, bei unserer Tätigkeit in der Mordkommission.«

Damit begann ein längeres Gespräch über Polizeiarbeit und anschließend über das Schreiben von Drehbüchern. Sie empfand es als sehr angenehm, sich mit ihm zu unterhalten, und bekam allmählich das Gefühl, als würde sie ihn schon jahrelang kennen; überhaupt keine Verlegenheit stand zwischen ihnen, wie sie gewöhnlich bei ersten Rendezvous auftrat.

Irgendwann im Lauf des Gesprächs fiel ihm auf, daß sie das Wandgemälde eingehender betrachtete. »Gefällt Ihnen das Bild?« fragte er.

»Es ist großartig.«

»Wirklich?«

»Finden Sie nicht?«

»Es ist ganz gut«, meinte er.

»Es ist besser als nur ›ganz gut‹. Wer hat es gemalt? Wissen Sie das?«

»Irgendein verarmter Künstler«, antwortete Tony. »Der hat es für fünfzig Gratisessen gemalt.«

»Nur fünfzig? Dann hat Michael es aber billig bekommen.« Sie redeten über Filme, Bücher, Musik und Theater.

Das Essen war fast ebensogut wie ihre Unterhaltung. Die

leichte Vorspeise bestand aus zwei winzigen Crêpes, von denen der eine mit Ricotta-Käse, der andere mit einem würzigen Gemisch aus feingehacktem Rindfleisch, Zwiebeln, Pfeffer, Pilzen und Knoblauch gefüllt war. Ihre Salatportionen waren riesig, frisch und über und über mit rohen Pilzen bedeckt. Tony wählte das Hauptgericht, Vitello Savatino, eine Specialita des Hauses, unglaublich zartes weißes Kalbfleisch mit einer dünnen brauen Soße, Perlzwiebeln und gegrillten Zucchinistreifen. Der Cappuccino schmeckte ebenfalls ausgezeichnet.

Nach Beendigung des Essens blickte Hilary auf die Uhr und stellte verblüfft fest, daß sie zehn Minuten nach elf zeigte.

Michael Savatino kam an ihren Tisch, um ihr Lob entgegenzunehmen, und meinte dann zu Tony gewandt: »Das ist Nummer einundzwanzig.«

»Oh, nein, dreiundzwanzig.«

»Nicht nach meinen Büchern.«

»Deine Bücher sind falsch.«

»Einundzwanzig«, beharrte Michael.

»Dreiundzwanzig«, betonte Tony. »Und es müßte dreiundzwanzig und vierundzwanzig sein. Schließlich waren es zwei Gedecke.«

»Nein, nein«, sagte Michael. »Wir zählen nach Besuch, nicht nach Anzahl der Gedecke.«

Verblüfft fragte Hilary: »Stehe ich gerade im Begriff, den Verstand zu verlieren – oder ergibt dieses Gespräch wirklich einen Sinn?«

Michael schüttelte den Kopf und meinte dann zu Hilary gewandt: »Als er das Wandgemälde dort machte, wollte ich ihn bar bezahlen, aber er wollte mein Geld nicht nehmen. Er sagte, er würde dafür ein paar Gratismahlzeiten annehmen. Ich bestand auf hundert. Er meinte fünfundzwanzig. Wir haben uns schließlich auf fünfzig geeinigt. Er neigt dazu, seine Arbeit allzu niedrig zu bewerten, und das macht mich manchmal richtig böse.«

»Tony hat das gemalt?« fragte sie.

»Hat er Ihnen das nicht erzählt?«

»Nein.«

Sie sah Tony an, und der grinste wie ein Schaf.

»Deshalb fährt er auch diesen Jeep«, ergänzte Michael. »Wenn er in die Berge hinauf will, um irgendwo nach der Natur zu malen, kommt er mit dem Jeep überall hin.«

»Mir hat er erzählt, er liefe gern Ski.«

»Das stimmt auch. Aber hauptsächlich fährt er zum Malen in die Berge. Er sollte stolz sein auf seine Arbeit. Aber es ist leichter, einem Alligator die Zähne zu ziehen, als ihn dazu zu bringen, über seine Malerei zu reden.«

»Ich bin Amateur«, erklärte Tony. »Und nichts ist langweiliger als ein Dilettant, der sich über seine ›Kunst‹ ausläßt.«

»Das ist nicht die Arbeit eines Dilettanten«, betonte Michael. »Ganz sicherlich nicht«, pflichtete Hilary ihm bei.

»Ihr seid meine Freunde«, meinte Tony, »also ist es ganz natürlich, daß ihr mit eurem Lob großzügig umgeht. Keiner von euch beiden ist qualifizierter Kunstkritiker.«

»Er hat zwei Preise gewonnen«, erklärte Michael Hilary.

»Preise?« fragte sie Tony.

»Nichts Wichtiges.«

»Er hat beide Male den ersten Preis der Ausstellung gewonnen«, meinte Michael.

»Was waren das für Ausstellungen?« fragte Hilary.

»Keine großen«, sagte Tony.

»Er träumt heimlich davon, sich seinen Lebensunterhalt als Maler zu verdienen«, erzählte Michael, »aber er tut nichts dafür.«

»Weil es eben nur ein Traum ist«, erklärte Tony. »Ich müßte doch verrückt sein, wenn ich ernsthaft glaubte, ich könnte es als Maler zu etwas bringen.«

»Er hat es nie richtig versucht«, erklärte Michael Hilary.

»Ein Maler bekommt nicht jede Woche seinen Gehaltsscheck«, erwiderte Tony. »Ist auch nicht krankenversichert. Und hat keine Altersversorgung.«

»Aber wenn du nur jeden Monat zwei Gemälde um die Hälfte ihres Wertes verkaufen würdest, könntest du schon mehr dafür bekommen, als du als Polizist verdienst«, fuhr Michael fort.

»Und wenn ich einen Monat oder zwei Monate lang oder gar sechs Monate lang nichts verkaufe«, meinte Tony, »wer würde dann die Miete bezahlen?«

Michael wandte sich Hilary zu und sagte: »Seine Wohnung ist mit Gemälden vollgestopft, eins über dem anderen, aufgestapelt. Er sitzt auf einem Vermögen, aber er unternimmt nichts.«

»Er übertreibt«, meinte Tony.

»Ah, ich gebe auf!« erklärt Michael. »Vielleicht können Sie ihm ein wenig zureden, Hilary.« Damit wandte er sich ab und sagte: »Einundzwanzig.«

»Dreiundzwanzig«, widersprach Tony.

Später, als sie im Jeep saßen und er sie nach Hause fuhr, fragte Hilary: »Warum bringen Sie denn nicht ein paar Ihrer Arbeiten in Galerien, um festzustellen, ob die sich damit befassen wollen?«

»Das werden sie nicht.«

»Fragen könnten Sie wenigstens.«

»Hilary, ich bin wirklich nicht gut genug.«

»Das Wandgemälde war aber wirklich ausgezeichnet.«

»Zwischen einem Wandgemälde in einem Restaurant und echter Kunst ist ein himmelweiter Unterschied.«

»Das Wandgemälde ist echte Kunst.«

»Ich muß noch einmal darauf hinweisen, daß Sie keine Expertin sind.«

»Ich kaufe Gemälde, weil sie mir Freude bereiten und als Investition.«

»Mit Hilfe eines Galeriedirektors, was die Investition betrifft?« fragte er.

»Das stimmt. Wyant Stevens in Beverly Hills.«

»Dann ist er der Experte und nicht Sie.«

»Warum zeigen Sie ihm nicht ein paar Ihrer Arbeiten?«

»Ich kann Ablehnung nicht ertragen.«

»Ich wette, daß er Ihre Bilder nicht ablehnen wird.«

»Können wir auch noch über etwas anderes reden als über meine Malerei?«

»Warum?«

»Weil es mich langweilt.«

»Sie sind schwierig.«
»Und gelangweilt«, wiederholte er.
»Worüber sollen wir reden?«
»Nun, warum reden wir nicht darüber, ob Sie mich jetzt auf einen Brandy einladen oder nicht?«
»Möchten Sie gerne auf einen Brandy hereinkommen?«
»Cognac?«
»Ja, das verstehe ich üblicherweise darunter.«
»Welche Marke?«
»Remy Martin.«
»Der beste.« Er grinste. »Aber, ich weiß nicht ... o je ... es ist schon recht spät geworden.«
»Wenn Sie nicht mitkommen«, sagte sie, »dann muß ich ihn eben allein trinken.« Das alberne Geplänkel machte ihr Spaß.
»Ich kann nicht zulassen, daß Sie allein trinken«, entgegnete er. »Ist das ein Zeichen für Alkoholismus?«
»Ganz sicher ist es das.«
»Wenn Sie nicht auf einen Brandy mit hereinkommen, dann bringen Sie mich auf die schiefe Bahn einer Trinkerin und am Ende zum völligen Niedergang.«
»Das würde ich mir nie verzeihen.«
Eine Viertelstunde später saßen sie nebeneinander auf der Couch vor dem Kamin, blickten in die Flammen und genossen in kleinen Schlucken Remy Martin.
Hilary war leicht schwindlig, nicht vom Cognac, sondern von seiner Nähe – und davon, daß sie sich fragte, ob sie miteinander ins Bett gehen würden. Sie hatte noch nie mit einem Mann gleich bei der ersten Verabredung geschlafen. Gewöhnlich war sie vorsichtig und vermied es, sich ernsthaft auf eine Affäre einzulassen. In ein paar Wochen oder manchmal sogar Monaten konnte man sich ein besseres Bild von einem Mann machen. Mehr als einmal hatte sie für ihre Entscheidung so lange gebraucht und dabei Männer verloren, die wunderbare Liebhaber und dauerhafte Freunde hätten werden können. Aber schon nach einem Abend mit Tony Clemenza fühlte sie sich völlig entspannt und in seiner Gesellschaft absolut sicher. Ein verdammt attraktiver Mann,

groß, dunkel, männlich, gutaussehend. Die innere Autorität und die Selbstsicherheit eines Polizisten – und doch sanft, wirklich überraschend sanft und empfindsam. So viel Zeit war verstrichen, seit sie zugelassen hatte, daß jemand sie berührte und besaß. Wie hatte sie das nur so lange aushalten können? Sie konnte sich vorstellen, in seinen Armen zu liegen, nackt unter ihm und dann über ihm. Und während diese Bilder ihr Bewußtsein erfüllten, wurde ihr klar, daß er wahrscheinlich dasselbe dachte.

Dann klingelte das Telefon.

»Verdammt!« sagte sie.

»Jemand, von dem Sie nichts hören wollen?«

Sie drehte sich um und schaute das Telefon an, das auf dem Schreibtisch stand und klingelte und klingelte.

»Hilary?«

»Ich wette, er ist es wieder«, entgegnete sie.

»Wer?«

»Ich bekomme die ganze Zeit solche Anrufe ...«

Das schrille Klingeln wollte nicht aufhören.

»Was für Anrufe?« fragte Tony.

»Die letzten paar Tage hat immer wieder jemand angerufen und dann aber nichts gesagt, wenn ich mich meldete. Das ist jetzt schon sechs- oder achtmal passiert.«

»Er sagt überhaupt nichts?«

»Er lauscht nur«, erzählte sie. »Ich denke, es ist irgendein Verrückter, den diese Geschichte in den Zeitungen mit Frye aufgeputscht hat.«

Das hartnäckige Klingeln des Telefons ließ sie mit den Zähnen knirschen.

Jetzt stand sie auf und ging zögernd auf das Telefon zu. Tony kam mit. »Ihre Nummer steht im Telefonbuch?«

»Nächste Woche bekomme ich eine neue. Sie wird nicht mehr eingetragen.«

Sie standen jetzt vor dem Schreibtisch und schauten beide das Telefon an. Es klingelte unaufhörlich.

»Das ist er«, sagte sie. »Wer sonst würde es so lange klingeln lassen?«

Tony riß den Hörer von der Gabel. »Hallo?«

Der Anrufer meldete sich nicht.

»Hier bei Thomas«, sagte Tony forsch. »Detective Clemenza am Apparat.«

Klick!

Tony hängte ein und meinte: »Er hat aufgelegt. Vielleicht habe ich ihm genügend Angst eingejagt.«

»Hoffentlich.«

»Trotzdem wäre es eine gute Idee, eine Geheimnummer zu beantragen.«

»Oh, das überlege ich mir bestimmt nicht mehr anders.«

»Ich werde gleich Montag früh bei der Telefongesellschaft anrufen und denen erklären, daß die Polizei von Los Angeles es sehr schätzen würde, wenn sich das alles schnell erledigen ließe.«

»Können Sie das?«

»Na klar.«

»Danke, Tony.« Sie schlang die Arme um ihren Oberkörper. Sie fror.

»Machen Sie sich keine Sorgen«, beruhigte er sie. »Solche Leute sind gewöhnlich schon zufrieden, wenn sie nur anrufen können. Diese Typen sind üblicherweise nicht gewalttätig.«

»*Üblicherweise?*«

»Fast nie.«

Sie lächelte. »Das reicht aber nicht.«

Der Anruf hatte jede Aussicht darauf verdorben, daß sie die Nacht gemeinsam verbringen würden. Sie war nun nicht mehr in der Stimmung, verführt zu werden, und Tony spürte das.

»Möchten Sie, daß ich noch eine Weile dableibe, falls er noch einmal anruft?«

»Das wäre ganz reizend von Ihnen«, meinte sie. »Aber wahrscheinlich haben Sie recht. Er ist nicht gefährlich. Wenn er das wäre, würde er herkommen, statt nur anzurufen. Und außerdem haben Sie ihn abgeschreckt. Wahrscheinlich meint er, die Polizei wartet hier auf ihn.«

»Hat man Ihnen Ihre Pistole zurückgegeben?«

Sie nickte. »Ich war gestern in der Stadt und habe den

Antrag ausgefüllt. Das hätte ich gleich tun müssen, als ich hier einzog. Wenn der Typ *wirklich* hier auftaucht, kann ich ihn jetzt ganz legal abknallen.«

»Ich glaube wirklich nicht, daß er Sie heute nacht noch einmal belästigen wird.«

»Da haben Sie sicher recht.«

Zum ersten Mal hatte sich eine gewisse Verlegenheit zwischen ihnen ausgebreitet.

»Nun, ich denke, ich gehe jetzt besser.«

»Es ist spät«, pflichtete sie ihm bei.

»Vielen Dank für den Cognac.«

»Vielen Dank für einen reizenden Abend.«

An der Tür fragte er: »Haben Sie morgen abend schon etwas vor?«

Sie wollte ablehnen, als ihr einfiel, wie wohl sie sich neben ihm auf dem Sofa gefühlt hatte. Und dann fiel ihr Wally Topelis' Warnung ein, daß sie im Begriff stand, Einsiedlerin zu werden. Sie lächelte und sagte: »Ich bin frei.«

»Großartig. Was würden Sie gerne unternehmen?«

»Was Sie wollen.«

Er überlegte einen Augenblick. »Wollen wir einen ganzen Tag miteinander verbringen?«

»Nun ... warum eigentlich nicht?«

»Wir fangen mit dem Mittagessen an. Ich hole Sie mittags ab.«

»Ich werde Sie erwarten.«

Er küßte sie leicht und zärtlich auf die Lippen.

»Bis morgen«, meinte er.

»Ja.«

Sie sah ihm noch nach, schloß dann die Tür hinter ihm und sperrte ab.

Den ganzen Samstag lag Bruno Fryes Leiche allein im Forever-View-Bestattungsinstitut, unbeobachtet, ohne daß sich jemand um sie kümmerte.

Noch Freitag nacht legten Avril Tannerton und Gary Olmstead, nachdem Joshua Rhinehart gegangen war, den Leichnam in einen anderen Sarg, in ein prunkvolles, mit

Messingbeschlägen versehenes Modell mit Innenausstattung aus Samt und Seide. Sie zwängten den toten Mann in ein weißes Sterbekleid, legten ihm die Arme gerade an die Seite und zogen eine weiße Samtdecke bis zur Mitte seiner Brust. Da das Fleisch sich in keinem guten Zustand befand, wollte Tannerton keine Mühe mehr darauf verwenden, die Leiche präsentabel zu machen. Gary Olmstead hielt es für grobe Respektlosigkeit, eine Leiche ohne Make-up und Puder ins Grab zu legen, aber Tannerton überzeugte ihn davon, daß auch die besten Kosmetikkünste Bruno Fryes eingeschrumpftes gelbgraues Antlitz nicht mehr verschönern könnten.

»Und außerdem«, erklärte Tannerton, »sind Sie und ich die zwei letzten Menschen auf dieser Welt, die ihn zu Gesicht bekamen. Wenn wir diesen Sarg heute nacht verschließen, wird er nie wieder geöffnet werden.«

Um 21.45 Uhr Freitag nacht verschlossen die beiden den Deckel des Sarges und verriegelten ihn sorgfältig. Als das erledigt war, fuhr Olmstead zu seiner unauffälligen kleinen Frau und seinem stillen, unaufdringlichen jungen Sohn nach Hause. Avril ging die Treppe hinauf; er wohnte über den Räumen der Toten.

Am Samstag früh fuhr Tannerton mit seinem silbergrauen Lincoln nach Santa Rosa. Er nahm seine kleine Reisetasche mit, denn er hatte nicht vor, vor Sonntag morgen zehn Uhr zurückzukehren. Bruno Fryes Bestattung war die einzige, die in nächster Zeit auf dem Plan stand. Da es keine Aufbahrung gäbe, bestand auch für ihn keine Veranlassung, im Forever View zu bleiben; er würde erst bei den Bestattungsfeierlichkeiten am Sonntag wieder gebraucht werden.

Er hatte eine Frau in Santa Rosa. Sie war die letzte in einer langen Reihe von Frauen; Avril genoß die Vielfalt. Sie hieß Helen Virtillion, sah gut aus, war Anfang dreißig, sehr schlank, mit großen, festen Brüsten, die ihn ungemein faszinierten.

Eine Menge Frauen fühlten sich zu Avril Tannerton hingezogen, nicht nur aufgrund seiner Besonderheiten, sondern gerade wegen seines Berufes. Natürlich gab es auch Frauen, die sich zurückzogen, sobald sie erfuhren, daß er als Leichenbestatter arbeitete. Aber eine überraschend große Zahl fühlte sich von seinem außergewöhnlichen Beruf geradezu angezogen, ja sogar erregt.

Er konnte gut begreifen, was ihn so anziehend machte. Wenn ein Mann mit den Toten arbeitet, geht dabei ein Teil des Totengeheimnisses auf ihn über. Trotz seiner Sommersprossen und seines jungenhaften Aussehens, trotz seines bezaubernden Lächelns und seiner humorvollen Art fühlten manche Frauen dennoch etwas Rätselhaftes und Geheimnisvolles bei ihm. In ihrem Unterbewußtsein waren sie überzeugt davon, in seinen Armen könnten sie nicht sterben, so als würden seine Dienste ihm (und jenen, die ihm nahestanden) einen besonderen Status verleihen. Jene atavistische Phantasievorstellung glich einer geheimen Hoffnung vieler Frauen. Deshalb heirateten sie auch oft Ärzte, weil sie in ihrem Unterbewußtsein überzeugt davon waren, ihre Männer würden sie vor allen gesundheitlichen Gefahren dieser Welt beschützen.

Und während sich Avril Tannerton in Santa Rosa mit Helen Virtillion im Bett vergnügte, lag Bruno Fryes Leiche den ganzen Samstag allein in einem leeren Haus.

Am Sonntagmorgen, zwei Stunden vor Sonnenaufgang, herrschte im Bestattungsinstitut plötzlich reger Betrieb, aber Tannerton war nicht da und konnte nichts wahrnehmen.

Die Deckenbeleuchtung in dem fensterlosen Arbeitsraum wurde abrupt eingeschaltet, aber Tannerton war nicht da und konnte nichts sehen.

Der Deckel des bereits verschlossenen Sarges wurde entriegelt und zurückgeworfen. Schreie der Wut und des Schmerzes erfüllten den Arbeitsraum, aber Tannerton war nicht da und konnte nichts hören.

Um zehn Uhr am Sonntagmorgen stand Tony in seiner Küche und trank ein Glas Grapefruitsaft. Plötzlich klingelte das Telefon. Es war Janet Yamada, die Frau, die auf seine Vermittlung hin gestern abend mit Frank Howard ausging.

»Wie war's denn?« fragte er.
»Wunderbar, ganz wunderbar!«
»Wirklich?«
»Ehrlich. Er ist so lieb.«
»Frank ist lieb?«
»Du hast gesagt, er könnte irgendwie kühl sein, schwer zu knacken, aber so war er nicht.«
»Nein?«
»Er ist so romantisch.«
»Frank?«
»Wer sonst?«
»Frank Howard – romantisch?«
»Heutzutage findet man nicht mehr viele Männer, die einen Sinn für Romantik haben«, meinte Janet. »Manchmal glaube ich sogar, Romantik und Kavalierstum wären gänzlich verschwunden, als die sexuelle Revolution und die Frauenrechtsbewegung einsetzten. Aber Frank hilft einem noch in den Mantel, hält Türen auf, rückt einem den Stuhl zurecht, all das. Er hat mir sogar wunderschöne Rosen mitgebracht.«
»Ich dachte, ihr hättet vielleicht Schwierigkeiten, miteinander ins Gespräch zu kommen.«
»O nein. Wir haben eine ganze Menge gemeinsamer Interessen.«
»Was denn?«
»Zum Beispiel Baseball.«
»Ja, stimmt! Ich habe ganz vergessen, daß du Baseball magst.«
»Ich bin geradezu süchtig danach.«
»Also habt ihr den ganzen Abend über Baseball gesprochen.«
»O nein«, betonte sie. »Wir haben uns über eine Menge Dinge unterhalten, Kino ...«
»Kino? Willst du mir weismachen, Frank sei ein Kinofan?«
»Er kennt die alten Bogart-Filme in- und auswendig. Wir sprachen gegenseitig die Lieblingsdialoge.«
»Ich habe drei Monate lang versucht, mit ihm über Filme

zu reden und er hat kein einziges Mal den Mund aufgemacht«, bemerkte Tony.

»Die neueren Filme kennt er nicht, aber heute abend gehen wir in einen.«

»Du triffst ihn also wieder?«

»Ja. Ich wollte dich nur anrufen und dir dafür danken, daß du uns zusammengebracht hast«, meinte sie.

»Bin ich nun ein erstklassiger Kuppler oder nicht?«

»Ich wollte auch, daß du weißt, daß ich ihm auf keinen Fall Schwierigkeiten machen werde, auch wenn es mit uns nicht klappt. Er hat mir von Wilma erzählt. Schreckliche Geschichte! Ich wollte dir nur sagen, daß mir bewußt ist, wie weh sie ihm getan hat, und daß ich mir große Mühe geben werde, ihn nicht zu verletzen.«

Tony staunte. »Er hat dir gleich bei eurem ersten Treffen von Wilma erzählt?«

»Er sagte, früher hätte er nicht darüber reden können, aber du hättest ihn gelehrt, mit seiner Reizbarkeit fertigzuwerden.«

»Ich?«

»Er sagte, nachdem du ihm geholfen hättest, das alles zu akzeptieren, könnte er jetzt besser darüber reden, ohne daß es wehtäte.«

»Ich habe doch nur dagesessen und zugehört, als er sich die Geschichte von der Seele redete.«

»Er hält große Stücke auf dich.«

»Frank versteht sich verdammt gut darauf, Leute zu beurteilen, nicht wahr?«

Später, noch immer freudig überrascht über den guten Eindruck, den Frank bei Janet Yamada hinterließ, und bezüglich seiner eigenen Chancen auf ein wenig Romantik optimistisch gestimmt, fuhr Tony nach Westwood zu seiner Verabredung mit Hilary. Sie erwartete ihn bereits; als er in die Einfahrt bog, kam sie aus dem Haus. In schwarzen Hosen, einer eisblauen Bluse und einem leichten Cordblazer wirkte sie frisch und wunderschön. Als er ihr die Tür öffnete, gab sie ihm einen flüchtigen, fast scheuen Kuß auf die Wange, und dabei kam ein Hauch von ihrem frischen, nach Limonen duftenden Parfum zu ihm herüber.

Der Tag würde herrlich werden.

Von einer nahezu schlaflosen Nacht bei Helen Virtillion kehrte Avril Tannerton kurz vor zehn Uhr am Sonntag morgen aus Santa Rosa zurück.

Er schaute nicht in den Sarg.

Zusammen mit Gary Olmstead fuhr er zum Friedhof und bereitete das Grab für die auf zwei Uhr angesetzte Zeremonie vor. Sie bauten das Gerüst auf, mit dem sie den Sarg in die Grube senken wollten. Blumen und frisches Grün sorgten dafür, daß der Platz so ansehnlich wie möglich wirkte.

Dann kehrten sie zur Bestattungsanstalt zurück; Tannerton wischte mit einem Wildledertuch den Staub und die Fingerabdrücke von Bruno Fryes messingbeschlagenem Sarg. Während seine Hand über die gerundeten Kanten des Sarges fuhren, dachte er an die aufregenden Kurven von Helen Virtillions Busen.

Er schaute nicht in den Sarg.

Um ein Uhr luden Tannerton und Olmstead den Verblichenen in den Leichenwagen.

Keiner der beiden schaute in den Sarg.

Um halb zwei Uhr fuhren sie zum Napa County Memorial. Joshua Rhinehart und ein paar Ortsansässige begleiteten sie in ihren eigenen Fahrzeugen. Obwohl es sich um das Begräbnis eines wohlhabenden, einflußreichen Mannes handelte, fanden sich erstaunlich wenig Teilnehmer ein.

An diesem kühlen, klaren Tag warfen hohe Bäume ihre schroffen Schatten über die Straße, und der Leichenwagen fuhr abwechselnd durch breite Streifen von Sonne und Schatten.

Auf dem Friedhof befestigte man den Sarg über dem offenen Grab an einer Schlinge; fünfzehn Leute versammelten sich zu einer kurzen Andacht an der Grabstätte. Gary Olmstead stand neben der von Blumen verdeckten Box mit dem Mechanismus für die Schlinge, mit der der Sarg später in das Grab hinuntergelassen werden würde. Avril befand sich an der Stirnseite des Grabes und las aus einem dünnen schwarzen Buch einige Andachtsverse vor. Joshua Rhinehart stellte sich neben den Leichenbestatter, die anderen zwölf Trauergäste säumten das offene Grab, die meisten von ihnen Weinbauern mit ihren Frauen. Sie waren gekommen, weil sie ihre Ernte an Bruno Frye verkauft hatten und die Teilnahme an seiner Beerdigung für eine geschäftliche Verpflichtung hielten. Die übrigen Gäste waren die leitenden Angestellten der Shade-Tree-Weingüter mit ihren Frauen. Auch ihre Anwesenheit hatte keine persönlichen Gründe. Niemand weinte.

Und niemand bekam Gelegenheit oder äußerte den Wunsch, in den Sarg zu schauen.

Tannerton beendete sein kurze Lesung, sah Gary Olmstead an und nickte.

Olmstead drückte einen Knopf am Steuerkasten. Der kleine Elektromotor fing zu summen an. Langsam sank der Sarg in die klaffende Erde.

Hilary erinnerte sich an keinen Tag in ihrem Leben, der ihr so viel Spaß gemacht hatte, wie jener erste Sonntag, den sie zusammen mit Tony Clemenza verbrachte.

Zu Mittag aßen sie in den Yamashiro Skyrooms, hoch oben in den Bergen von Hollywood. Das Essen im Yamashiro war nichts Besonderes, aber das Ambiente und der atemberaubende Ausblick entschädigten einen dafür um so mehr. Das Restaurant, ein echter japanischer Palast, befand sich früher einmal in Privatbesitz. Vierzigtausend Quadratmeter herrlich gepflegter Gärten umgaben das Gebäude. Von hier aus genoß man einen phantastischen Rundblick über das ganze Becken von Los Angeles; und der Tag war so klar, daß Hilary bis nach Long Beach und Palos Verdes sehen konnte.

Nach dem Mittagessen fuhren sie zum Griffith Park und schlenderten eine Stunde lang durch einen Teil des zoologischen Gartens von Los Angeles und fütterten Bären; Tony ahmte ein paar Tiere nach. Vom Zoo aus fuhren sie zur Sternwarte und schauten sich dort ein Laserspektakel an.

Später bummelten sie eine Stunde lang auf der Melrose Avenue zwischen dem Doheny Drive und dem La Cienega Boulevard und stöberten in Antiquitätengeschäften herum, ohne etwas zu kaufen.

Zur Cocktailstunde fuhren sie nach Malibu, um in Tonga Lei Mai-Tais zu trinken. Sie schauten zu, wie die Sonne im Meer versank, und genossen das rhythmische Dröhnen der brechenden Wellen.

Trotz Hilarys Angeleno-Status bestand ihre Welt doch nur aus Arbeit, ihrem Haus, ihrem Rosengarten, Arbeit, Filmstudios, wieder Arbeit und dazwischen ein paar schicke Restaurants, in denen sich die Film- und Fernsehleute trafen, um ihre Geschäfte abzuwickeln. Sie war nie zuvor im Yamashiro Skyroom, im Zoo, in der Sternwarte, in den Antiquitätenläden an der Melrose Avenue oder im Tonga Lei gewesen. Das alles kannte sie nicht. Sie kam sich vor wie eine Touristin – oder besser, wie eine Zuchthäuslerin, die nach Verbüßung einer endlosen Strafe, noch dazu in Einzelhaft, die Freiheit wieder genoß.

Aber nicht allein die Orte, die sie aufsuchten, machten den Tag so wunderbar. Alles wäre wohl halb so interessant und nur halb so nett gewesen, hätte Tony sie nicht begleitet. Er war charmant, witzig, steckte voller Fröhlichkeit und Energie und machte eben diesen schönen Tag noch schöner.

Nach den zwei Mai-Tais für jeden verspürten sie Hungergefühle. Sie fuhren zum Sepulveda zurück und in nördlicher Richtung ins San-Fernando-Tal, um in Mel's Landing zu dinieren; sie kannte es ebenfalls nicht. Hier gab es die frischesten und besten Meeresfrüchte, die sie je verspeist hatte.

Sie aßen gedünstete Muscheln und redeten über ihre jeweiligen Lieblingslokale, dabei mußte Hilary verblüfft feststellen, daß er wohl zehnmal soviel Lokale kannte wie sie. Sie wußte lediglich über eine Handvoll teurer In-Lokale Bescheid, in denen sich die Großen des Showgeschäfts bewegten. Die versteckten Geheimtips, die kleinen Cafés mit besonderen Spezialitäten, die winzigen, von ihren Inhabern

geführten Restaurants mit einfachem, aber köstlichem Essen
– ein weiterer Aspekt dieser Stadt – hatte sie nie ausgekundschaftet. Sie besaß Reichtum, hatte ihn bis jetzt aber nie richtig genutzt, jene kleinen Freiheiten noch nicht entdeckt, das Leben nicht genossen.

Sie aßen viel zuviel Mies-Muscheln und anschließend eine Riesenportion Rotbarbe mit zu vielen malayischen Garnelen. Und außerdem tranken sie zuviel Weißwein.

In Anbetracht des vielen Essens erstaunte es Hilary eigentlich, daß sie zwischen den Gängen noch so viel Zeit zum Reden fanden. Und sie unterbrachen den Gesprächsfluß nicht. Gewöhnlich schwieg sie die ersten paar Mal, wenn sie mit einem neuen Bekannten ausging, nicht aber bei Tony. Sie wollte zu allem seine Meinung hören, über *Mork und Mindy* bis hin zu den Shakespeare-Dramen, von der Politik bis zur Kunst. Menschen, Hunde, Religion, Architektur, Sport, Bach, Mode, Essen, Frauenbewegung, die Witzzeichnungen in der Samstagzeitung – es erschien ihr ungemein wichtig und dringend, seine Meinung darüber und über eine Million anderer Dinge zu erfahren. Außerdem wollte sie ihm mitteilen, was sie über all die Dinge dachte, und obendrein wissen, was er von ihrer Meinung hielt; es dauerte auch nicht lange, da ertappte sie sich dabei, wie sie ihm erzählte, was sie von seiner Meinung über die ihre hielt. Sie redeten ohne Unterlaß, als hätten sie eben erfahren, daß Gott bei Sonnenaufgang alle Menschen auf Erden stumm und taub machen würde. Hilary schien betrunken, aber nicht vom Wein, sondern vom Fluß und der Intimität ihres Gesprächs; sie war berauscht von dem neuen Erlebnis der Kommunikation.

Vor ihrer Haustür angelangt, erklärte er sich einverstanden, noch auf einen Abschiedsschluck mit hereinzukommen; heute war sie sich sicher, daß sie miteinander schlafen würden. Sie begehrte ihn und wußte, daß er sie auch begehrte. Es stand in seinen Augen geschrieben. Aber zuerst mußten sie das viele Essen wenigstens andauen, deshalb zauberte Hilary für sie beide Crème de Menthe on the Rocks.

Gerade wollten sie sich gemütlich hinsetzen, da klingelte das Telefon.

»O nein!« sagte sie.

»Hat er Sie gestern, nachdem ich wegfuhr, noch einmal belästigt?«

»Nein.«

»Und heute morgen?«

»Nein.«

»Vielleicht ist er es gar nicht.«

Sie gingen beide zum Apparat.

Sie zögerte, nahm dann allerdings den Hörer ab. »Hallo?«

Schweigen.

»Verdammt!« schrie sie und knallte den Hörer so kräftig auf die Gabel, daß sie sich fragte, ob etwas gesprungen sei.

»Sie dürfen nicht zulassen, daß er Sie aus der Fassung bringt.«

»Ich kann nicht anders«, entgegnete sie.

»Er ist bloß ein schmieriger, mieser kleiner Kerl, der mit Frauen nichts anfangen kann. Ich kenne solche Typen. Wenn er je die Chance bekäme, sich mit einer Frau einzulassen, wenn sie sich ihm auf einem silbernen Tablett anböte, würde er wegrennen und vor Angst schreien.«

»Trotzdem beunruhigt er mich.«

»Er ist nicht gefährlich. Kommen Sie zum Sofa zurück und setzen Sie sich. Versuchen Sie ihn zu vergessen.«

Sie kehrten zum Sofa zurück und schlürften stumm ihren Pfefferminzlikör. Ein oder zwei Minuten vergingen.

Dann sagte sie leise: »Verdammt!«

»Morgen nachmittag erhalten Sie Ihre Geheimnummer. Dann kann er Sie nicht mehr belästigen.«

»Aber den Abend hat er uns verdorben. Ich habe mich so wohlgefühlt.«

»Ich genieße es immer noch.«

»Es ist nur ... ich hatte mehr erwartet als nur einen Schluck vor dem Kamin.«

Er starrte sie an. »Wirklich?«

»Sie nicht?«

Sein Lächeln war etwas Besonderes, weil es nicht nur eine bestimmte Mundstellung zeigte; es bezog sein ganzes Gesicht und seine ausdrucksvollen dunklen Augen mit ein, das echteste und anziehendste Lächeln, das sie je gesehen hatte.
»Ich muß gestehen, daß ich gehofft hatte, mehr zu schmekken als nur Pfefferminzlikör«, meinte er.
»Das Telefon soll der Teufel holen.«
Er beugte sich über sie und küßte sie. Ihr Mund öffnete sich und einen kurzen, herrlichen Augenblick lang berührten sich ihre Zungen. Er löste sich von ihr, und seine Hand berührte ihr Gesicht, so als wäre es aus zartem Porzellan.
»Ich glaube, wir sind noch immer in der Stimmung.«
»Wenn das Telefon wieder klingelt ...«
»Das wird es nicht.«
Er küßte sie auf die Augen, auf die Lippen, legte seine Hand auf ihre Brust.
Sie ließ sich zurückfallen, und er ging mit ihr. Sie legte die Hand auf seinen Arm, spürte seine Muskeln unter dem Hemd. Er küßte sie, streichelte mit den Fingerspitzen ihre weiche Kehle und begann dann, ihre Bluse aufzuknöpfen.
Hilary legte ihre Hand auf seinen Oberschenkel und spürte die angespannten Muskeln unter seiner Hose. Wie schlank und drahtig er doch war. Sie schob die Hand an seinem Bein hinauf und spürte die stählerne Größe und Hitze seiner Erektion. Sie dachte daran, daß er in sie eindringen und sich heiß in ihr bewegen würde, und bebte vor Erwartung.
Er spürte ihre Erregung und hielt kurz im Aufknöpfen der Bluse inne, um die Wölbung ihrer Brüste mit seinen Fingern zu beschreiben, dort wo sie aus den Körbchen ihres Büstenhalters hervortraten. Seine Finger schienen kühle Spuren auf ihrer warmen Haut zu hinterlassen; sie konnte die geistige Berührung ebenso deutlich wie die Berührung selbst spüren.
Das Telefon klingelte.
»Achte nicht darauf«, erwiderte er.
Sie versuchte es. Sie legte die Arme um ihn, ließ sich auf das Sofa zurücksinken und zog ihn über sich. Sie küßte ihn

leidenschaftlich, preßte ihre Lippen auf die seinen, fuhr mit der Zunge an die seine, saugend.

Das Telefon schrillte und schrillte.

»Verdammt!«

Sie setzten sich auf.

Es schrillte, schrillte, schrillte.

Hilary stand auf.

»Tu's nicht«, warnte Tony. »Mit ihm reden nutzt nichts. Laß mich das machen.«

Er stand auf, ging zu dem Schreibtisch in der Ecke, nahm den Hörer ab und sagte nichts, lauschte nur.

Hilary erkannte an seiner Miene, daß der Anrufer nichts sagte.

Tony war entschlossen, länger durchzuhalten. Er schaute auf die Uhr.

Dreißig Sekunden vergingen. Eine Minute. Zwei Minuten.

Der Nervenkrieg zwischen den beiden Männern wirkte wie ein kindisches Spiel, zwei Halbwüchsige, von denen jeder versuchte, den anderen einzuschüchtern, und doch war das hier kein Spiel, sondern eher unheimlich. Eine Gänsehaut bildete sich auf ihrem Arm.

Zweieinhalb Minuten.

Ihr kam es wie eine Stunde vor. Schließlich hängte Tony ein. »Er hat aufgelegt.«

»Ohne etwas zu sagen?«

»Kein Wort. Aber er hat zuerst aufgegeben, und ich glaube, das ist wichtig. Ich habe gedacht, daß es ihm nicht gefällt, die eigene Medizin zu schlucken. Er glaubt, er kann dich einschüchtern, aber du erwartest den Anruf, wartest wie er. Zuerst glaubt er, länger durchzuhalten als du. Aber je länger du schweigst, desto unsicherer wird er, denkt, du könntest irgend etwas im Schilde führen, irgendeinen Trick. Vielleicht wird dein Telefon überwacht? Hältst du ihn hin, damit die Polizei ihn anpeilen kann? Bist du überhaupt dran, hast du den Hörer abgenommen? Er fängt an nachzudenken, bekommt Angst und legt schließlich auf.«

»*Er* und Angst? Nun, die Vorstellung gefällt mir«, sagte sie.

»Ich bezweifle, daß er noch einmal den Mut aufbringt, um anzurufen. Zumindest nicht bis morgen, und dann hast du schon die neue Nummer; dann ist es zu spät für ihn.«

»Trotzdem beunruhigt mich die Sache so lange, bis der Mann von der Telefongesellschaft seine Arbeit erledigt hat.«

Tony streckte die Arme aus, und sie schmiegte sich hinein. Sie küßten sich. Es war noch immer unbeschreiblich schön, herzlich, aufrichtig; doch die heftige Leidenschaft schien verflogen. Sie spürten es beide und bedauerten es.

Sie gingen zum Sofa zurück, tranken ihren Likör und unterhielten sich. Um halb ein Uhr morgens beschloß er, nach Hause zu gehen. Sie vereinbarten, am nächsten Wochenende einige Museen zu besichtigen, am Samstag das Norton-Simon-Museum in Pasadena mit Bildern deutscher Expressionisten und einem Renaissance-Teppich, und am Sonntag das J.-Paul-Getty-Museum, das eine der größten Kunstsammlungen der Welt enthielt. Dazwischen würden sie natürlich gut essen, sich unterhalten und – diese Hoffnung erfüllte beide – dort weitermachen, wo sie heute abend aufgehört hatten.

Als er unter der Tür stand und sich verabschiedete, konnte Hilary es plötzlich nicht ertragen, fünf Tage auf das Rendezvous warten zu müssen. »Wie wär's mit Mittwoch?« fragte sie.

»Was ist Mittwoch?«

»Hast du etwas vor, zum Abendessen beispielsweise?«

»Oh, ich werd' mir wahrscheinlich ein paar Eier in die Pfanne hauen.«

»Das viele Cholesterin ist aber schädlich.«

»Vielleicht kratze ich auch den Schimmel vom Brot und mache mir einen Toast. Und den Obstsaft werd' ich vollends vernichten, den ich schon vor zwei Wochen gekauft habe.«

»Du Armer.«

»Ja, das ist das Junggesellenleben.«

»Ich kann nicht zulassen, daß du abgestandene Eier und schimmeligen Toast ißt. Ich könnte so guten Salat und Seezungenfilets machen.«

»Ein hübsches leichtes Abendessen«, meinte er schmunzelnd.

»Wir wollen uns nicht den Magen vollstopfen und schläfrig werden.«

»Man kann nie wissen, wie schnell man sich plötzlich bewegen muß.«

Sie grinste. »Genau das.«

»Bis Mittwoch also.«

»Um sieben?«

»Punkt sieben.«

Sie küßten sich, und er ging. Ein kalter Nachtwind blies ihr ins Gesicht. Dann war er fort.

Eine halbe Stunde später, Hilary lag im Bett, schmerzte ihr Körper vor Enttäuschung. Sie sehnte sich nach seinen Händen, die zärtlich über ihre Brust strichen; sie schloß die Augen und spürte seine Lippen auf ihren Brustwarzen. Sie malte sich aus, wie er über ihr lag, auf seine kräftigen Arme gestützt. Und dann lag sie über ihm und bewegte sich in langsamen, sinnlichen Kreisen. Sie fühlte sich feucht und warm, war bereit, wartete auf ihn. Fast eine Stunde warf sie sich unruhig im Bett hin und her, bis sie schließlich aufstand und ein Schlafmittel nahm.

Langsam spürte sie den Schlaf heraufkommen, hielt müde Zwiegespräch mit sich selbst.

Bin ich dabei, mich zu verlieben?

... Nein. Natürlich nicht.

Vielleicht. Vielleicht bin ich das.

... Nein. Liebe ist gefährlich.

Vielleicht klappt es mit ihm.

... Denk an Earl und Emma.

Tony ist anders.

... Du bist erregt. Das ist alles. Du bist einfach scharf auf ihn.

Das auch.

Sie schlief und träumte. Manche Träume waren schön, golden, verschwommen. In einem der Träume lag sie nackt mit Tony auf einer Wiese, und das Gras fühlte sich an wie Federflaum, weit abgerückt, fern der Welt, eine Wiese auf einem hochaufragenden Felsstock, und der warme Wind küßte sie reiner als der Sonnenschein, reiner als der elektrische Strom in einem Blitzschlag, reiner als alles auf der Welt.

Aber auch Alpträume plagten sie. In einem befand sie sich in der alten Wohnung in Chicago, und die Wände stürmten von allen Seiten auf sie herein; als sie aufblickte, sah sie keine Decke, aber Earl und Emma starrten auf sie herab, und ihre Gesichter waren so groß wie das Antlitz Gottes, grinsten zu ihr herab, und die Wände kamen immer näher. Schließlich erreichte sie die Tür, wollte aus der Wohnung rennen, stieß aber mit einer riesigen Küchenschabe zusammen, einem Insekt von ungeheuerlicher Größe, größer als sie selbst; und dieses Ungeheuer wollte sie bei lebendigem Leib verschlingen.

Um drei Uhr morgens erwachte Joshua Rhinehart und führte einen kurzen Ringkampf mit seinem Bettzeug. Zum Abendessen hatte er zuviel Wein getrunken, für ihn eine höchst ungewöhnliche Tatsache. Das Dröhnen in seinem Kopf hörte auf, aber seine Blase schien zu zerbersten. Aber sie allein hatte ihn nicht geweckt. Er hatte etwas Schreckliches geträumt, in Zusammenhang mit Tannertons Arbeitsraum. In dem Alptraum waren einige Tote – alles Abbilder von Bruno Frye – aus ihren Särgen gestiegen und erhoben sich von den Balsamiertischen; er war in die Nacht hinausgeflohen, aber sie rannten hinter ihm her, suchten die Schatten nach ihm ab mit ruckartigen Bewegungen, riefen mit ihren ausdruckslosen toten Stimmen seinen Namen.

Nun lag er in der Finsternis auf dem Rücken und starrte zur Decke, die er nicht sehen konnte. Das einzige Geräusch im Raum verursachte das unhörbare Summen der elektronischen Digitaluhr auf dem Nachttisch.

Vor dem Tod seiner Frau hatte Joshua nur selten geträumt und nie einen Alptraum gehabt. Kein einziges Mal in den achtundfünfzig Jahren. Doch nach Coras Tod vor drei Jahren änderte sich das schlagartig. Jetzt träumte er wenigstens ein- oder zweimal die Woche, und meistens schlimme Träume, in denen er oft irgend etwas schrecklich Wichtiges, das er nicht beschreiben konnte, verlor, und es dann, völlig verzweifelt, hoffnungslos suchte. Er brauchte keinen Psychiater für fünfzig Dollar die Stunde, um zu erkennen, daß jene Träume mit Cora und ihrem allzu frühen Tod zusammenhingen. Er hatte sich immer noch nicht auf ein Leben ohne sie eingerichtet. Vielleicht könnte er das nie. In den anderen Alpträumen kamen Tote vor, die aussahen wie er, sich bewegten, Symbole seiner eigenen Sterblichkeit; aber diesmal zeigten die Toten eine verblüffende Ähnlichkeit mit Bruno Frye.

Er stand auf, streckte sich, gähnte und schlurfte ins Badezimmer, ohne das Licht einzuschalten.

Ein paar Minuten später, auf dem Weg zurück ins Bett, blieb er am Fenster stehen. Die Glasscheiben fühlten sich kalt an. Ein eisiger Wind schlug gegen das Glas und erzeugte klagende Geräusche, wie ein Tier, das danach verlangte, eingelassen zu werden. Das Tal lag still und finster da, nur ein paar Lichter aus den Keltereien funkelten durch die Nacht. Im Norden konnte er das Shade-Tree-Weingut ausmachen.

Und dann zog ein schmaler weißer Punkt südlich des Weingutes Joshuas Aufmerksamkeit auf sich, ein einzelner Lichtfleck in einem Weinberg, dort, wo das Frye-Haus stand. Licht im Frye-Haus? Eigentlich dürfte niemand dort sein. Bruno hatte allein gelebt. Joshua kniff die Augen zusammen. Aber ohne Brille erschien alles, was weiter entfernt lag, undeutlich, wurde undeutlicher, je mehr er sich darauf konzentrierte. Er konnte nicht sagen, ob das Licht aus Fryes Haus kam oder aus einem der Verwaltungsgebäude zwischen dem Haus und dem eigentlichen Weingut. Und je länger er in die Nacht hinausstarrte, desto weniger glaubte er, daß dort überhaupt Licht war; – vielleicht handelte es sich nur um den Widerschein des Mondlichtes.

Er ging zum Nachttisch und tastete im Dunkeln nach seiner Brille; er wollte, um seine Nachtsicht nicht zu beeinträchtigen, das Licht nicht einschalten. Ehe er die Brille fand, stieß er ein leeres Wasserglas um.

Wieder am Fenster angekommen, blickte er noch einmal

zu den Hügeln hinüber; jetzt war das geheimnisvolle Licht verschwunden. Dennoch stand er noch lange so da, wie ein Wächter. Als Nachlaßverwalter Fryes hatte er die Pflicht, auf den Nachlaß achtzugeben, damit er entsprechend der Testamentsvorschrift aufgeteilt werden konnte. Wenn sich Einbrecher oder Vandalen im Haus aufhielten, so mußte er das wissen. Eine Viertelstunde stand er am Fenster und wartete, aber das Licht kam nicht wieder.

Schließlich ging er zu Bett, überzeugt davon, daß seine schwachen Augen ihn getäuscht hatten.

Am Montagmorgen gingen Tony und Frank weiteren Hinweisen auf Bobby Valdez nach; Frank hörte die ganze Zeit nicht auf, über Janet Yamada zu sprechen. Janet sei so hübsch, so intelligent. Janet sei so verständnisvoll. Janet sei dies und Janet sei ... Es war ausgesprochen ermüdend, aber Tony ließ ihn reden. Es tat gut, Frank als ganz normalen Menschen zu erleben.

Ehe sie sich ihren unmarkierten Polizeiwagen geholt und sich auf den Weg gemacht hatten, führten Tony und Frank noch ein Gespräch mit zwei Männern der Rauschgiftabteilung, Detective Eddi Quevedo und Carl Hammerstein. Nach Meinung dieser beiden Spezialisten war Bobby Valdez höchstwahrscheinlich momentan damit beschäftigt, Kokain oder PCP zu verkaufen, um damit seinen Lebensunterhalt zu verdienen, und in seine Freizeit betätigte er sich weiterhin als Frauenschänder. Auf dem Drogenmarkt von Los Angeles war im Augenblick mit jenen zwei illegalen, höchst populären Substanzen das meiste Geld zu verdienen. Zwar konnte ein Dealer immer noch mit Heroin und Gras ein Vermögen machen, aber zu den lukrativsten Artikeln in der Drogenszene gehörten sie nicht mehr. Nach Auskunft der Rauschgiftabteilung mußte Bobby, falls er sich in dieser Szene betätigte, als Pusher direkt an die Endverbraucher verkaufen, also am unteren Ende der Produktions- und Vermarktungskette stehen. Bei seiner Entlassung vergangenen April hatte er keinen Penny besessen; um Rauschgift herstellen oder importieren zu können, brauchte man beträchtliches Kapital. »Ihr solltet euch nach einem ganz gewöhnlichen Straßenhändler umsehen«, erklärte Quevedo Tony und Frank. »Sprecht mit anderen Dealern«, fügte Hammerstein hinzu. »Wir geben euch eine Liste mit Namen und Adressen. Das sind alles Typen, die schon einmal wegen Rauschgifthandels brummten. Die meisten haben vermutlich ihr Geschäft wieder aufgenommen, wir konnten sie nur noch nicht wieder erwischen. Ihr müßt ein wenig Druck ausüben. Über kurz oder lang findet ihr bestimmt einen, der schon mit Bobby zu tun hatte, und der weiß, wo er untergetaucht ist.« Auf der Liste, die Quevedo und Hammerstein ihnen aushändigten, standen vierundzwanzig Namen.

Drei der ersten sechs Typen waren nicht zu Hause. Die anderen drei schworen, Bobby Valdez oder Juan Mazquezza oder sonst jemanden, der dem Gesicht auf dem Fahndungsfoto glich, nicht zu kennen.

Der siebente Name auf der Liste gehörte Eugene Tucker, und der konnte ihnen helfen. Sie brauchten ihn nicht einmal unter Druck setzen.

Die meisten Schwarzen hatten in Wirklichkeit eher braune Hautfarbe; aber Tucker war wirklich schwarz. Sein breites, glattes Gesicht wirkte so schwarz wie Teer. Seine dunkelbraunen Augen schienen viel heller als seine Haut. Er trug einen buschigen schwarzen, mit krausen weißen Härchen durchsetzten Vollbart. Diese wenigen grauen Flecken bildeten, abgesehen vom Weiß seiner Augen, den einzigen Lichtblick an ihm. Er trug auch schwarze Hosen und ein schwarzes Hemd, war kräftig gebaut, mit einem mächtigen Brustkasten, muskelbepackten Armen, und einem Hals, so dick wie ein Poller im Hafen. Er sah aus, als würde er übungshalber Eisenbahnschwellen knacken – oder vielleicht einfach, weil es Spaß machte.

Tucker wohnte in einem teuren Stadthaus in den Hollywood Hills, in einer geräumigen, knapp, aber geschmackvoll eingerichteten Wohnung. Im Wohnzimmer standen nur vier Möbelstücke: eine Couch, zwei Sessel und ein niedriger Tisch. Keine Lampen, keine sonstigen Behälter. Kein Stereo. Kein Fernseher. Abends kam das einzige Licht aus einem Beleuchtungkörper an der Decke. Aber die vier Möbelstücke, die er besaß, zeigten eine bemerkenswert hohe Qualität, und jeder Gegenstand paßte exakt zum anderen. Tucker verfügte über einen guten Geschmack und schien chinesische Antiquitäten zu bevorzugen. Couch und Sessel, erst vor kurzer Zeit mit jadegrünem Samt neu bezogen, waren alle aus handgeschnitztem Rosenholz gefertigt, mindestens hundert Jahre alt, vielleicht auch doppelt so alt, ungeheuer schwer und guterhalten, makellose Exemplare ihrer Periode und ihres Stils. Auch der niedrige Tisch war aus Rosenholz, mit schmalem eingelegten Elfenbeinrand. Tony und Frank setzten sich auf die Couch, während sich Eugene Tucker auf die Vorderkante eines der beiden Sessel hockte.

Tony strich mit der Hand über die Armlehne der Couch und bemerkte: »Wunderschön, Mr. Tucker.«

Tucker hob die Brauen. »Sie wissen, was das ist?«

»Ich kann nicht genau sagen, welcher Periode es angehört«, meinte Tony, »aber ich kenne so viel chinesische Kunst, um zu wissen, daß es sich hier ganz eindeutig nicht um eine Reproduktion handelt, die Sie im Ausverkauf bei Sears erstanden haben.«

Tucker lachte. Es freute ihn, daß Tony den Wert seiner Möbel zu schätzen wußte. »Ich weiß, was Sie denken«, meinte er freundlich. »Sie fragen sich, wie ein ehemaliger Sträfling, der erst seit zwei Jahren raus ist, zu solchen Möbeln kommt. Eine Wohnung um zwölfhundert Dollar im Monat, chinesische Antiquitäten. Sie fragen sich, ob ich vielleicht wieder in den Heroinhandel oder ein ähnliches Gewerbe eingestiegen bin.«

»Tatsächlich ist das *nicht* die Frage, die ich stelle«, erklärte Tony. »Ich frage mich nur, wie, zum Teufel, Sie das geschafft haben. Aber daß Sie es wohl nicht mit Rauschgift verdient haben, weiß ich.«

Tucker lächelte. »Wie können Sie sich so sicher sein?«

»Wenn Sie Rauschgiftdealer wären und für chinesische Antiquitäten schwärmten«, erwiderte Tony, »würden Sie das ganze Haus auf einmal möblieren und nicht Stück für

Stück kaufen. Sie verdienen offensichtlich eine Menge Geld, aber bei weitem nicht so viel, wie Sie für Dope kriegen würden.«

Tucker lachte wieder und klatschte ein paarmal in die Hände. Dann wandte er sich Frank zu und sagte: »Ihr Partner kombiniert sehr scharfsinnig.«

Frank lächelte. »Der reinste Sherlock Holmes.«

»Befriedigen Sie meine Neugierde«, meinte Tony zu Tucker gewandt. »Was tun Sie?«

Tucker lehnte sich vor, runzelte die Stirn, hob eine seiner mächtigen Fäuste und schüttelte sie, was ihn riesig, bösartig, ja gefährlich erscheinen ließ. Dann stieß er mit finsterer Miene hervor: »Ich entwerfe Kleider.«

Tony blinzelte.

Tucker ließ sich in seinen Sessel zurückfallen und lachte wieder. Er war einer der vergnügtesten Männer, die Tony je gesehen hatte. »Ich entwerfe Frauenkleidung«, sagte er. »Das tu' ich wirklich. Hier in Kalifornien fängt mein Name bereits an, von Fachleuten anerkannt zu werden; eines Tages wird man ihn überall kennen. Das verspreche ich Ihnen.«

Interessiert fragte Frank: »Nach unseren Informationen haben Sie vier Jahre einer achtjährigen Haftstrafe für Großhandel mit Heroin und Kokain verbüßt. Wie sind Sie in die Modebranche gekommen?«

»Ich war früher wirklich ein unangenehmer Zeitgenosse«, meinte Tucker. »Und in den ersten paar Monaten im Knast wurde ich noch ungenießbarer. Für alles, was mir passiert war, machte ich unsere Gesellschaft verantwortlich, den Weißen Machtkomplex. Die ganze Welt habe ich beschuldigt, nur mich nicht. Ich hielt mich für einen harten Burschen, aber in Wirklichkeit war ich nie erwachsen geworden. Man ist so lange kein Mann, solange man die Verantwortung für sein Leben nicht auf sich nimmt. Ein Menge Leute können das nie.«

»Und was hat den Wandel ausgelöst?« fragte Frank.

»Eine Winzigkeit«, entgegnete Tucker. »Mann, manchmal muß man wirklich staunen, was für Kleinigkeiten das

Leben eines Menschen ändern können. Es war eine Fernsehshow. Nach den Sechs-Uhr-Nachrichten brachte eine der Stationen von L.A. eine fünfteilige Serie über Schwarze, die es in der Stadt zu etwas gebracht hatten.«

»Die hab' ich auch gesehen«, meinte Tony. »Das ist mehr als fünf Jahre her, aber ich erinnere mich noch gut.«

»Die Serie war wirklich faszinierend«, meinte Tucker. »Sie zeichnete ein Bild des schwarzen Mannes, wie man es sonst nie zu sehen bekommt. Aber vorher, ehe die Serie anfing, dachte jeder im Knast, das Ganze sei Riesenquatsch. Wir dachten, der Reporter würde die ganze Zeit dieselbe blöde Frage stellen: ›Warum können all diese armen schwarzen Leute nicht einfach hart arbeiten und reich werden und Schlagzeilen in Las Vegas machen, wie Sammy Davis jr.?‹ Aber die haben überhaupt nicht mit Leuten aus dem Showbusiness oder Sport gesprochen.«

Tony erinnerte sich daran, daß die Serie eine journalistische Glanzleistung gewesen war, ganz besonders fürs Fernsehen, wo die Nachrichten – und die gesellschaftskritischen Serien – normalerweise denselben Tiefgang wie eine Teetasse hatten. Die Reporter interviewten schwarze Geschäftsleute, die den Weg nach oben geschafft hatten, Leute, die mit nichts anfingen und schließlich Millionäre geworden waren. Manche im Immobiliengeschäft, einer im Gaststättengewerbe. Einer mit Kosmetiksalons. Insgesamt etwa ein Dutzend Leute. Sie alle teilten die Meinung, daß es als Schwarzer schwerer war, reich zu werden; aber sie teilten auch alle einhellig die Meinung, daß es bei weitem nicht so schwierig war, wie sie am Anfang geglaubt hatten, und daß es in Los Angeles leichter ging als in Alabama, Mississippi, in Boston oder New York. Es gab prozentual mehr schwarze Millionäre in Los Angeles als in ganz Kalifornien *und* den anderen neunundvierzig Staaten zusammen. In Los Angeles lebte fast jeder auf der Überholspur; der typische Bewohner Südkaliforniens paßte sich nicht einfach nur dem Wechsel an, sondern suchte aktiv Veränderung und genoß sie. Diese Atmosphäre des Wandels und der dauernden Experimente zog zwar eine ganze Menge labiler und manchmal sogar geistesgestörter Leute an, aber gleichzeitig auch einige der intelligentesten und innovativsten Persönlichkeiten des ganzen Landes; aus diesem Grund nahmen so viele neue kulturelle, wissenschaftliche und industrielle Entwicklungen in eben dieser Region ihren Anfang. Sehr wenige Bewohner Südkaliforniens verbrachten ihre Zeit mit überholten Vorstellungen, und rassische Vorurteile gehörten zu diesen Vorstellungen. Natürlich gab es in Los Angeles auch sehr viel Scheinheiligkeit; aber während eine weiße Familie mit Landbesitz in Georgia vielleicht sechs oder acht Generationen brauchte, um ihre Vorurteile gegenüber Schwarzen zu überwinden, dauerte dieselbe Metamorphose in einer südkalifornischen Familie vielleicht eine Generation lang. Einer der schwarzen Geschäftsleute in der Fernsehserie drückte das so aus: ›Die Chicanos sind jetzt eine ganze Weile die Nigger von L.A. gewesen.‹ Aber auch hier hatte bereits der Wandel eingesetzt. Der Respekt für die hispanische Kultur schien bereits im Wachsen begriffen zu sein, und die braunhäutigen Menschen rafften sich ihrerseits auf, ihre eigenen Erfolgsstorys zu schreiben. Einige der Leute schrieben diese geistige Beweglichkeit der gesellschaftlichen Strukturen Südkaliforniens geologischen Strukturen zu. Man lebte auf einer der aktivsten Falten der Welt, wo die Erde jederzeit unter einem Beben und sich ohne Warnung *verändern* konnte, warum führte das zu einem Bewußtsein gegenüber der Vergänglichkeit und damit auch zu einem unbewußten Einfluß auf die Einstellung der Menschen gegenüber weniger katastrophalen Veränderungen? Einige jener schwarzen Millionäre demonstrierten das, und Tony neigte dazu, es ihnen abzunehmen.

»In dem Programm interviewte man damals etwa ein Dutzend reicher Schwarzer«, sagte Eugene Tucker. »Eine Menge von den Typen im Knast machte sich lustig darüber, sprachen von Onkel Tom. Aber ich fing an, nachzudenken. Diese Leute hatten es in einer Welt der Weißen geschafft, warum also nicht auch *ich*? Ich war genauso intelligent und schlau wie sie, vielleicht sogar etwas schlauer als der eine oder andere. Für mich ergab sich hier ein völlig neues Bild des Schwarzen, eine völlig neue Idee, wie eine Lampe, die plötzlich in meinem Kopf angeknipst wurde. Los Angeles war mein Zuhause. Wenn diese Stadt wirklich eine bessere Chance bieten könnte, warum hatte ich sie dann nicht genutzt? Sicherlich, manche dieser Leute hatten sich vielleicht wirklich zu Onkel Tom erniedrigen müssen, um den Weg nach oben zu schaffen. Aber hatte man es dann geschafft, läge erst die erste Million auf der Bank, dann würde einem keiner mehr etwas zu sagen haben.« Er grinste. »Also beschloß ich, reich zu werden.«

»Einfach so«, sagte Frank beeindruckt.

»Einfach so.«

»Die Macht des positiven Denkens.«

»Des realistischen Denkens«, verbesserte ihn Tucker.

»Und warum ausgerechnet Mode?« fragte Tony.

»Ich habe ein paar Eignungstests abgelegt, und die ergaben, daß ich mit künstlerischer Arbeit vorankommen würde. Also versuchte ich mir klarzuwerden, was ich am liebsten machen wollte. Nun hat es mir immer schon Freude bereitet, meinen Freundinnen Kleider auszuwählen. Ich gehe gern mit ihnen einkaufen. Und wenn sie etwas tragen, was ich ausgesucht habe, bekommen sie von überall her Komplimente. Also schrieb ich mich in ein Universitätsprogramm für Gefängnisinsassen ein und studierte Modezeichnen. Eine Menge Kurse in Betriebswirtschaft habe ich auch absolvieren müssen. Als ich schließlich auf Bewährung freikam, arbeitete ich eine Weile in einem Schnellimbiß. Ich wohnte in einer billigen Pension und sparte. Ich machte erste Entwürfe, bezahlte Näherinnen dafür, Muster zu nähen, und fing an, meine Ware zu verhökern. Am Anfang war es nicht leicht. Zum Teufel, verdammt schwer sogar! Jedesmal, wenn ich von einem Laden einen Auftrag bekam, ging ich zur Bank und borgte mir Geld, um die Kleider fertigstellen zu können. Mann, hatte ich vielleicht Mühe, mich über Wasser zu halten! Aber es wurde immer besser. Im Augenblick geht es recht gut. In einem Jahr werde ich mein eigenes Geschäft in einer guten Gegend eröffnen. Und am Ende werden Sie in Beverly Hills einmal eine

Tafel finden, auf der ›Eugene Tucker‹ steht. Das verspreche ich Ihnen.«

Tony schüttelte den Kopf. »Sie sind ein erstaunlicher Mann.«

»Eigentlich nicht«, meinte Tucker. »Ich lebe nur an einem erstaunlichen Ort und zu einer erstaunlichen Zeit.«

Frank hielt den Umschlag mit den Fotos von Bobby »Angel« Valdez in der Hand. Er tippte sich damit ans Knie, sah Tony an und meinte: »Ich glaube, wir sind hier an der falschen Adresse.«

»Ja, sieht so aus«, nickte Tony.

Tucker rutschte auf seinem Sessel nach vorne. »Was wollten Sie denn?«

Tony erzählte ihm von Bobby Valdez.

»Nun«, sagte Tucker, »ich bewege mich nicht mehr in diesen Kreisen, aber ganz habe ich die Verbindung nicht aufgegeben. Ich arbeite jede Woche fünfzehn bis zwanzig Stunden in einer Drogenberatungsstelle. Weil ich das Gefühl habe, es gibt dort irgendwie noch Schulden, die ich begleichen muß, verstehen Sie? Ich verbringe die Hälfte meiner Zeit mit den jungen Leuten und die andere damit, Informationen zu sammeln. Es gibt da eine Telefonnummer, die man anrufen kann. Nun, in unserer Gruppe warten wir nicht darauf, daß die Leute uns anrufen. Wir kämmen selbst die Viertel durch, in denen die Dealer tätig sind. Wir gehen von Tür zu Tür, reden mit Eltern und jungen Leuten, horchen sie aus. Wir sammeln Akten über Dealer, bis wir glauben, daß wir sie festnageln können, und dann geben wir das, was wir haben, der Polizei weiter. Wenn dieser Valdez also ein Dealer ist, dann besteht durchaus die Möglichkeit, daß ich einiges über ihn weiß.«

»Ich muß Tony rechtgeben«, sagte Frank. »Sie sind wirklich ein erstaunlicher Mann.«

»He, hören Sie zu. Für meine Arbeit in der Drogenberatung braucht mir wirklich keiner auf die Schulter zu klopfen. Ich hab' auch keine Gratulation verlangt. Ich hab' zu meiner Zeit 'ne ganze Menge Jugendlicher drogenabhängig gemacht, und wenn ich sie nicht auf den falschen Weg gebracht hätte, dann wäre denen das vielleicht erspart geblieben. Ich werd' 'ne ganze Zeit brauchen und jungen Leuten helfen, bis mein Konto ausgeglichen ist.«

Frank nahm die Fotos aus dem Umschlag und reichte sie Tucker.

Der Neger sah sich jede der drei Aufnahmen gründlich an. »Ich kenne den kleinen Schweinehund. Er ist einer von etwa dreißig Typen, über die wir gerade Material sammeln.«

Tonys Herzschlag beschleunigte sich in Erwartung der bevorstehenden Jagd.

»Nur den Namen Valdez benutzt er nicht«, meinte Tukker.

»Juan Mazquezza?«

»Auch nicht. Ich denke, er nennt sich Ortiz.«

»Wissen Sie, wo wir ihn finden können?«

Tucker stand auf. »Lassen Sie mich kurz telefonieren. Vielleicht hat man in der Drogenberatung seine Adresse.«

»Großartig«, meinte Frank.

Tucker stand auf und ging Richtung Küche, um das Telefon dort zu benutzen, blieb kurz stehen und wandte sich um. »Das dauert vielleicht ein paar Minuten. Wenn Sie sich unterdessen ein paar von meinen Entwürfen anschauen wollen, können Sie ja ins Arbeitszimmer gehen.« Er wies auf eine Doppeltür, die aus dem Wohnzimmer hinausführte.

»Sicher«, meinte Tony. »Die würd' ich mir gern ansehen.«

Er und Frank gingen ins Arbeitszimmer und stellten fest, daß es noch spärlicher möbliert war als das Wohnzimmer. Da stand eine großer, teurer Zeichentisch mit eigener Lampe. Vor dem Tisch stand ein Arbeitshocker mit gepolsterter Sitzfläche und daneben ein kleiner Rollschrank mit Malutensilien. An einem der Fenster posierte eine Schaufensterpuppe mit kokett zur Seite gelegtem Kopf und glänzenden Armen, die sie weit ausgestreckt hielt; zu Füßen der Puppe lagen ein paar Ballen buntes Tuch. Regale oder Schränke gab es nicht; Skizzen und Zeichenutensilien waren an einer Wand aufgestapelt. Offenbar war Eugene Tucker überzeugt, im Laufe der Zeit das ganze Haus mit ebenso exquisiten Stücken wie im Wohnzimmer ausstatten zu können; unterdessen begnügte er sich mit dem Nötigsten, ohne Geld für billiges provisorisches Mobiliar zu verschwenden.

Typisch kalifornischer Optimismus, dachte Tony.

An einer Wand hingen mit Reißzwecken befestigt ein paar Bleistiftskizzen und einige Aquarelle, Tuckers Arbeit. Seine Kleider und Blusen wirkten geschneidert und doch fließend feminin, aber keineswegs überladen. Er hatte einen ausgezeichneten Sinn für Farben und für einige wichtige Details, die dem Kleidungsstück seine besondere Note gaben. Auch ohne Fachmann zu sein, konnte man sein Talent erahnen.

Tony fiel es immer noch schwer, sich vorzustellen, daß dieser hünenhafte, harte Neger sich seinen Lebensunterhalt mit dem Entwerfen von Frauenkleidung verdiente. Aber dann wurde ihm klar, daß der Unterschied zwischen ihm selbst und Tucker eigentlich gar nicht so groß war. Untertags war er Detektiv in der Mordabteilung und, aufgrund all der Gewalt, hart und gefühllos. Aber am Abend war er Künstler, der in seinem Studio über die Staffelei gebeugt malte, malte und malte. Auf seltsame Art verbanden ihn und Eugene ähnliche Neigungen.

Als Tony und Frank sich noch die letzten Skizzen ansahen, kam Tucker aus der Küche zurück. »Nun, was meinen Sie?«

»Wunderbar«, sagte Tony. »Sie haben ein großartiges Gefühl für Farben und Linien.«

»Sie sind wirklich gut«, bestätigte Frank.

»Ich weiß«, meinte Tucker und lachte.

»Haben Sie etwas über Valdez erfahren?« wollte Tony wissen.

»Ja, aber er nennt sich Ortiz, wie ich schon sagte. Jimmy Ortiz. Nach dem, was wir bisher in Erfahrung bringen konnten, dealt er hauptsächlich mit PCP. Ich weiß, daß ich im Glashaus sitze und nicht mit Steinen werfen sollte ... aber für mich ist ein PCP-Dealer so ziemlich das Widerlichste, was es im Drogenhandel gibt. Ich meine, PCP ist *Gift*. Es läßt die Gehirnzellen schneller als irgend ein anderer Stoff verfaulen. Wir verfügen noch nicht über genügend Informationen, um sie an die Polizei weiterzugeben, aber wir arbeiten daran.«

»Adresse?« fragte Tony.

Tucker reichte ihm ein Stück Papier, auf das er in sauberer Schrift die Adresse notierte. »Ein elegantes Apartmentgebäude, südlich des Sunset Boulevard, ein paar Straßen entfernt vom La Cienega.«

»Wir werden es schon finden«, meinte Tony.

»Nach dem zu schließen, was Sie mir über ihn erzählt haben«, erklärte Tucker, »und nach dem, was wir selbst über ihn in Erfahrung bringen konnten, würde ich sagen, dieser Bursche schafft es nicht, sich zu ändern und sich selbst zu rehabilitieren. Wahrscheinlich ist es besser, wenn man ihn auf lange Sicht aus dem Verkehr zieht.«

»Das werden wir ganz sicher versuchen«, betonte Frank.

Tucker begleitete sie zur Haustür und nach draußen, von wo aus sich ihnen ein herrlicher Ausblick auf Los Angeles bot, das in seinem Becken lag. »Ist das nicht großartig?« fragte Tucker. »Einzigartig?«

»Herrlich«, antwortete Tony.

»So eine wunderschöne große Stadt«, meinte Tucker stolz und mit einer Liebe, als hätte er die gigantische Metropole selbst erschaffen. »Wissen Sie, ich habe gehört, daß die Bürokraten in Washington eine Studie für ein öffentliches Verkehrssystem in Los Angeles entworfen haben. Die waren fest entschlossen, uns irgendein System aufzuzwingen, haben aber dann zu ihrer Verblüffung feststellen müssen, daß es wenigstens einhundert Milliarden Dollar kosten würde, ein Eisenbahnnetz aufzubauen, das auch nur zehn oder zwölf Prozent des täglichen Verkehrsflusses aufnehme könnte. Die begreifen immer noch nicht, wie riesengroß der Westen ist.« Er strahlte jetzt übers ganze Gesicht, und seine mächtigen Pranken gestikulierten wild. »Die begreifen nicht, was L.A. bedeutet. L.A. ist Raum – Raum, Beweglichkeit und Freiheit. Das hier ist eine Stadt mit Freiräumen, physisch ebenso wie emotional. Psychologische Freiräume gibt es hier. In L.A. hat man die Chance, so ziemlich alles zu machen, was man möchte. Hier kann man seine Zukunft selbst in die Hand nehmen, sie formen. Das ist einfach phantastisch. Ich liebe das. Herrgott, wie ich diese Stadt liebe!«

Tony war von Tuckers tiefen Gefühlen derart beeindruckt, daß er seinen eigenen geheimen Wunschtraum preisgab. »Ich wollte selbst immer Künstler sein, wollte mir mit Kunst meinen Lebensunterhalt verdienen. Ich male.«

»Warum sind Sie dann Polizist?« fragte Tucker.

»Weil ich auf regelmäßiges Gehalt Wert lege.«

»Scheiß auf regelmäßiges Gehalt.«

»Ich bin ein guter Polizist. Mir gefällt die Arbeit.«

»Sind Sie ein guter Künstler?«

»Ja, recht gut, denke ich.«

»Dann wagen Sie den Absprung«, beharrte Tucker. »Mann, Sie leben hier am Rand der westlichen Welt, am Rand der Chancen. Springen Sie. Springen Sie einfach. Der Nervenkitzel ist herrlich, und bis ganz unten ist der Weg so verdammt weit, daß Sie nie auf etwas Hartes oder Spitzes prallen werden. Tatsächlich werden Sie wahrscheinlich genau dasselbe finden wie ich: Man fühlt gar keinen Absturz; man hat eher das Empfinden, nach *oben* zu fallen!«

Tony und Frank gingen an der Ziegelmauer entlang bis zur Einfahrt, vorbei an einer Hecke mit dichten, saftigen Blättern. Ihr Wagen stand im Schatten einer mächtigen Dattelpalme geparkt.

Als Tony die Tür zur Beifahrerseite öffnete, rief Tucker ihnen nach: »Springen Sie doch! Springen Sie einfach und fliegen Sie!«

»Ein toller Bursche«, meinte Frank, als er sich in den Verkehrsstrom einreihte.

»Kann man sagen«, erwiderte Tony und dachte darüber nach, wie einem wohl zumute wäre, wenn man fliegen würde.

Sie fuhren zu der Adresse, die Tucker ihnen gegeben hatte, und Frank redete ein wenig über den erstaunlichen Neger, den sie gerade kennengelernt hatten, und dann wieder unablässig über Janet Yamada. Tony, der immer noch an Eugene Tuckers Rat dachte, widmete dem Partner nur die Hälfte seiner Aufmerksamkeit. Frank bemerkte nicht, daß Tony abgelenkt war. Und mit seinen Worten über Janet Yamada wollte er eigentlich kein Gespräch führen, sondern lieferte eigentlich einen Monolog.

Nach einer Viertelstunde fanden sie den Häuserblock, in dem Jimmy Ortiz wohnte. Die Parkgarage befand sich im Untergeschoß, von einem eisernen Tor geschützt, das sich nur auf ein elektronisches Signal hin öffnen ließ, also konnten sie auch nicht feststellen, ob der schwarze Jaguar da war.

Die einzelnen Wohnungen reichten über zwei Etagen in recht willkürlich angeordneten Gebäudeflügeln, mit offenen Treppenhäusern und Übergängen. Die ganze Anlage gruppierte sich um einen riesigen Swimmingpool und eine Vielzahl gepflegter Büsche und Sträucher. Außerdem gab es auch noch einen Whirlpool. Zwei Mädchen im Bikini und ein haariger jungen Mann saßen in dem aufgewühlten Wasser, tranken ihr aus Martini bestehendes Mittagessen und lachten laut, fast ein wenig schrill, während aus dem heißen Wasser Dampfschwaden emporstiegen.

Frank trat an den Rand des Jacuzzi und fragte sie, wo Jimmy Ortiz wohne.

Eines der Mädchen fragte zurück: »Ist das der nette kleine Typ mit dem Schnurrbart?

»Ein Babygesicht«, ergänzte Tony.

»Dann ist er es«, meinte sie.

»Trägt er jetzt einen Schnurrbart?«

»Wenn's derselbe Typ ist«, sagte sie. »Der, den ich meine, fährt einen Klasse-Jaguar.«

»Das ist er«, entgegnete Frank.

»Ich glaube, er wohnt dort drüben«, sagte sie, »in Gebäude vier im Obergeschoß ganz hinten.«

»Ist er zu Hause?« fragte Frank.

Das wußte niemand.

In Gebäude vier stiegen Tony und Frank die Treppe bis ins Obergeschoß hinauf. Ein offener Balkon lief die ganze

Gebäudefront entlang und diente somit den vier Apartments, die auf den Hof hinausblickten. Entlang der Balkonbrüstung standen gegenüber den ersten drei Türen Töpfe mit Efeu und anderen Kletterpflanzen, um auch dem Obergeschoß den Eindruck von Grün zu vermitteln, das die Bewohner im Erdgeschoß genießen konnten. Aber vor dem letzten Apartment fanden sich keine Pflanzen.

Die Tür stand offen. Tonys Augen suchten Franks Blick. Beide schienen beunruhigt, dachten dasselbe.

Warum stand die Tür offen?

Wußte Bobby, daß sie kamen?

Sie bauten sich zu beiden Seiten des Einganges auf. Warteten. Lauschten.

Doch die einzigen Geräusche, die sie vernahmen, kamen von dem vergnügten Trio im Whirlpool.

Frank hob fragend die Brauen.

Tony deutete auf die Glocke.

Nach kurzem Zögern drückte Frank den Klingelknopf.

Drinnen hörte man einen leisen Glockenschlag. *Bongbing-bong*.

Sie warteten auf eine Reaktion, ohne dabei den Blick von der Tür abzuwenden.

Plötzlich schien jeder Luftzug erstorben, es herrschte völlige Stille, drückende Schwere. Feucht. Dick. Wie Sirup. Tony hatte Mühe beim Atmen; es war, als würde er Flüssigkeit in seine Lungen hineinziehen.

Niemand meldete sich.

Frank klingelte erneut.

Als immer noch keine Reaktion kam, griff Tony unter sein Jackett und zog den Revolver aus dem Schulterhalfter. Er fühlte sich schwach. In seinem Magen gurgelte es säuerlich.

Frank nahm ebenfalls seinen Revolver heraus, lauschte auf irgendwelche Geräusche, auf die Andeutung einer Bewegung im Inneren der Wohnung, und stieß schließlich die Tür ganz auf.

Der Vorraum lag leer und verlassen vor ihnen.

Tony lehnte sich zur Seite, um besser hineinsehen zu

können. Das Wohnzimmer, von dem er nur einen kleinen Teil überblicken konnte, lag ebenfalls schattig und still da. Die Vorhänge waren vorgezogen; es brannte kein Licht.

Tony schrie: »Polizei!«

Seine Stimme hallte von der Balkondecke wider.

Ein Vogel tschilpte im Olivenbaum.

»Kommen Sie mit erhobenen Händen heraus, Bobby!«

Auf der Straße quäkte eine Hupe.

In einem anderen Apartment klingelte das Telefon, gedämpft, aber nicht zu überhören.

»Bobby!« schrie Frank. »Haben Sie gehört, was er gesagt hat? Hier ist die Polizei. Das Spiel ist vorbei. Also kommen Sie jetzt raus! Kommen Sie! *Sofort!*«

Unten im Hof waren die Badenden im Whirlpool plötzlich ganz ruhig geworden.

Tony kam die verrückte Vorstellung, Leute in einem Dutzend Apartments zu hören, die sich jetzt verstohlen an die Fenster schlichen.

Frank erhob seine Stimme noch einmal: »Wir wollen Ihnen nicht wehtun, Bobby!«

»Haben Sie gehört?« schrie Tony in das offene Apartment hinein. »Zwingen Sie uns nicht, Ihnen wehzutun. Kommen Sie heraus, friedlich!«

Bobby antwortete nicht.

»Wenn er da drin wäre«, meinte Frank, »würde er jetzt zumindest schreien, wir sollten ihn am Arsch lecken.«

»Und was jetzt?« fragte Tony.

»Ich schätze, wir gehen rein.«

»Herrgott, das ist wirklich beschissen. Vielleicht sollten wir Verstärkung holen.«

»Wahrscheinlich ist er nicht bewaffnet«, meinte Frank.

»Du spinnst wohl.«

»Bis jetzt ist er nie wegen Waffenbesitzes festgenommen worden. Wenn er nicht gerade auf Frauen Jagd macht, ist er ein ganz armseliger kleiner Knirps.«

»Ein Killer.«

»Nur ein Frauenkiller. Er hat nur Mut bei Frauen.«

Tony schrie erneut: »Bobby, das ist Ihre letzte Chance!

Verdammt noch mal, kommen Sie jetzt raus, aber hübsch langsam!«

Schweigen.

Tonys Herz hämmerte wie wild.

»Okay«, meinte Frank. »Bringen wir's hinter uns.«

»Wenn ich mich richtig erinnere, bist du bei der letzten derartigen Aktion zuerst hineingegangen.«

»Yeah. Das war der Wilkie-Pomeroy-Fall.«

»Dann bin ich diesmal dran«, erwiderte Tony.

»Ich weiß schon, daß du dich darauf gefreut hast.«

»Oh, und wie.«

»Mit ganzem Herzen.«

»Das mir jetzt in der Kehle sitzt.«

»Geh und hol ihn dir, Tiger.«

»Gib mir Deckung.«

»Der Vorraum ist zu eng, als daß ich dir Deckung geben könnte. Sobald du drinnen bist, kann ich nicht mehr an dir vorbeisehen.«

»Ich werd' mich so tief wie möglich ducken«, meinte Tony.

»Ja, spiel Ente. Ich werd' versuchen, über dich wegzusehen.«

»Gib dir Mühe.«

Tony spürte, wie sein Magen sich zusammenkrampfte. Er atmete ein paarmal tief durch und versuchte sich zu beruhigen. Aber der Trick hatte die einzige Wirkung, daß sein Herz noch heftiger und schneller schlug als vorher. Schließlich duckte er sich und sprang durch die offene Tür, den Revolver vor sich ausgestreckt. Er hetzte über den schlüpfrigen Fliesenboden des Vorraums und hielt an der Schwelle zum Wohnzimmer inne, suchte die Schatten nach irgendeiner Bewegung ab, rechnete damit, jeden Augenblick eine Kugel zwischen die Augen zu bekommen.

Das Wohnzimmer wurde von dünnen Streifen Sonnenlicht schwach erleuchtet, die sich irgendwie an den Rändern der schweren Vorhänge vorbeistahlen. Soweit Tony feststellen konnte, handelte es sich bei den undeutlichen Silhouetten um Sofas, Sessel und Tische. Der ganze Raum schien mit großen, teuren, ungemein geschmacklosen amerikanisierten Möbeln im Mittelmeerstil angefüllt. Ein schmaler Streifen Licht fiel auf ein rotes Samtsofa, dessen imitierte Eichenwangen auf geradezu groteske Weise mit kitschigem Schmiedeeisen verziert waren.

»Bobby?«

Keine Antwort.

Irgendwo tickte eine Uhr.

»Wir wollen Ihnen nicht wehtun, Bobby.«

Stille.

Tony hielt den Atem an.

Er konnte Frank atmen hören.

Sonst nichts.

Langsam, vorsichtig richtete er sich auf.

Niemand schoß auf ihn.

Er tastete sich an der Wand entlang, bis er einen Lichtschalter ausfindig machte. Eine Stehlampe, deren Schirm eine grellbunte Stierkampfszene zeigte, flammte in einer Ecke auf, und er konnte erkennen, daß sowohl das Wohnzimmer als auch der offenen Eßplatz dahinter verlassen waren.

Frank kam hinter ihm herein und deutete auf die Tür der Flurgarderobe.

Tony trat zurück.

Den Revolver in Hüfthöhe haltend, öffnete Frank vorsichtig die Schiebetür. Aber der Garderobenschrank enthielt nur ein paar leichte Jacketts und einige Schuhkartons.

Mit einigem Abstand zwischen sich, um nicht nur ein einziges Ziel zu bieten, durchquerten sie das Wohnzimmer. Da gab es einen Weinschrank mit lächerlich großen schwarzen schmiedeeisernen Scharnieren und gelbgetöntem Glas in den Schranktüren. In der Mitte des Raumes stand ein runder Kaffeetisch, ein gigantisches achteckiges Ding mit einer nutzlosen kupferbeschlagenen Feuerstelle in der Mitte. Das Sofa und die hochlehnigen Sessel waren mit flammendrotem Samt gepolstert, mit einer Menge schwarzer Quasten und Goldborten.

Die Brokatvorhänge zeigten ein scheußliches gelborangefarbenes Muster. Der Teppich war grün und dick. Das Ganze schien ein zu häßlicher Ort, um darin sein Leben zu verbringen.

Und, dachte Tony, ein absurder Ort, um an ihm zu sterben.

Sie gingen durch den Eßplatz und schauten in die kleine Küche. Dort herrschte Chaos. Die Kühlschranktür und ein paar andere Schranktüren standen offen. Dosen, Gläser und Schachteln mit Lebensmitteln waren von den Regalen gefegt und auf den Boden geworfen worden. Einige der Gegenstände schienen voller Wut heruntergeworfen worden zu sein. Ein paar Gläser waren zerbrochen; in dem Durcheinander funkelten scharfe Glassplitter. Eine Pfütze aus Maraschino-Kirschsaft lag wie eine rosarote Amöbe auf den gelben Bodenfliesen; die hellroten Kirschen leuchteten aus allen Ecken. Der Elektroherd war mit Schokoladenmasse besudelt. Überall lagen Cornflakes herum. Und Dillgürkchen. Oliven. Spaghetti. Jemand hatte mit Senf und Traubengelee viermal ein Wort auf die einzige freie Wand der Küche geschmiert:

Cocodrilos
Cocodrilos
Cocodrilos
Cocodrilos

Sie wisperten.
»Was ist das?«
»Spanisch.«
»Und was bedeutet das?«
»Krokodile.«
»Warum Krokodile?«
»Das weiß ich nicht.«
»Unheimlich«, meinte Frank.

Tony gab ihm recht. Sie waren da wirklich in eine unheimliche Situation hineingeraten. Obwohl Tony nicht wußte, was eigentlich vorging, war ihm doch klar, daß Gefahr lauerte. Wenn er nur gewußt hätte, aus welcher Tür sie sie anspringen würde.

Sie schauten ins Arbeitszimmer, das ebenso mit Möbeln überladen war wie die beiden anderen Räume. Aber auch dort verbarg sich Bobby nicht und auch nicht im Wandschrank des Arbeitszimmers.

Vorsichtig gingen sie auf den Gang zurück und auf die zwei Schlafzimmer mit den beiden Bädern zu. Sie bewegten sich lautlos.

Im ersten Schlafzimmer und dem dazugehörigen Bad fanden sie nichts Außergewöhnliches.

Im größeren der beiden Schlafzimmer schien wieder alles verwüstet. Sämtliche Kleider waren aus dem Schrank gerissen und im ganzen Raum verstreut. Sie lagen auf dem Boden oder zusammengeknüllt auf dem Bett, über der Kommode, und die meisten, wenn nicht alle, waren schlimm zugerichtet, Ärmel und Kragen aus den Hemden gerissen, Revers von Sportjacketts und Anzugjacken abgetrennt, Hosen zerfetzt.

Derjenige, der das alles getan hatte, mußte in blinder Wut gehandelt haben und war doch überraschend methodisch und gründlich vorgegangen, trotz seiner Wut.

Aber wer?

Jemand, der Bobby etwas heimzahlen wollte?

Bobby selbst? Aber warum sollte er eine Küche verwüsten und seine eigene Garderobe zerfetzen?

Und was hatten Krokodile mit all dem zu tun?

Tony hatte das beunruhigende Gefühl, daß sie zu schnell vorgingen, daß sie vielleicht irgend etwas Wichtiges übersahen. Eine Erklärung für die seltsamen Dinge, die sie entdeckt hatten, schien irgendwo in der Luft zu liegen, aber er konnte einfach nicht danach greifen.

Die Tür zum anschließenden Badezimmer war verschlossen Der einzige Raum, den sie noch nicht angeschaut hatten.

Frank richtete seinen Revolver auf die Tür und meinte zu Tony ohne die Tür aus den Augen zu lassen: »Wenn er nicht abgehauen ist, ehe wir herkamen, dann muß er im Badezimmer sein.«

»Wer?« Tony warf ihm einen verblüfften Blick zu. »Bobby natürlich. Wer denn sonst?«

»Du meinst, er selbst habe seine Wohnung so zugerichtet?«

»Nun ... was glaubst du denn?«

»Irgend etwas haben wir übersehen.«

»So? Was denn?«

»Weiß nicht.«

Frank bewegte sich auf die Badezimmertür zu.

Tony zögerte, lauschte in die Wohnung hinein.

Aber sie war genauso laut wie ein Grab.

»*Irgend jemand* muß in dem Badezimmer sein«, meinte Frank. Sie bauten sich zu beiden Seiten der Tür auf.

»Bobby! Hören Sie mich?« schrie Frank. »Ewig können Sie nicht dort drinnen bleiben. Kommen Sie mit erhobenen Händen heraus.«

Niemand kam heraus.

Und Tony fügte hinzu: »Selbst wenn Sie nicht Bobby Valdez sind, ganz gleich, wer Sie sind, Sie müssen herauskommen.«

Zehn Sekunden. Zwanzig. Dreißig.

Frank griff nach dem Türknopf und drehte ihn langsam, bis der Riegel mit einem leisen Klicken aus dem Schlitz glitt. Er stieß die Tür auf und warf sich fast reflexartig gegen die Wand nach hinten, um irgendwelchen Kugeln oder Messern oder sonstigen Gegenständen aus dem Wege zu gehen.

Keine Schüsse. Keine Bewegung.

Das einzige, was aus dem Badezimmer drang, war ein wahrhaft schrecklicher Gestank. Urin. Exkremente.

Tony würgte es. »Jesus!«

Frank preßte sich die Hand über Mund und Nase.

Das Badezimmer war leer. Auf dem Boden standen Pfützen von gelbem Urin, und Kommode, Waschbecken und Duschtür waren kotbeschmiert.

»Was, in Gottes Namen, geht hier vor?« fragte Frank, ohne die Hand vom Mund zu nehmen.

Jemand hatte mit Kot zweimal ein spanisches Wort an die Badezimmerwand geschmiert.

Cocodrilos
Cocodrilos

Tony und Frank zogen sich schnell ins Schlafzimmer zurück, wobei sie auf zerrissene Hemden und zerfetzte Anzüge traten. Aber jetzt, da die Badezimmertür offenstand, konnten sie dem Geruch nicht mehr entkommen, außer sie verließen den Raum; also gingen sie wieder in den Gang hinaus.

»Der, der das getan hat, muß Bobby wirklich hassen«, meinte Frank.

»Du glaubst nicht mehr, Bobby hat es selbst getan?«

»Warum sollte er? Es ergibt keinen Sinn. Herrgott, das ist wirklich unheimlich. Mir sträuben sich die Haare im Nakken.«

»Gespenstisch«, pflichtete Tony ihm bei. Seine Bauchmuskeln verkrampften sich noch immer, daß es fast weh tat, und sein Herz schlug nur unwesentlich langsamer als beim Betreten der Wohnung.

Ein paar Augenblicke lang blieben beide stumm und lauschten nach Schritten von Gespenstern.

Tony beobachtete eine kleine braune Spinne, die an der Korridorwand emporkroch.

Schließlich steckte Frank seine Waffe weg, holte sein Taschentuch heraus und wischte sich über sein schweißbedecktes Gesicht.

Tony schob ebenfalls den Revolver ins Halfter zurück und sagte: »Wir können hier nicht einfach weggehen und die Wohnung nur weiter beobachten lassen. Ich meine, dafür sind wir bereits zu weit gegangen. Wir haben zuviel gefunden, was nach einer Erklärung schreit.«

»Richtig«, meinte Frank. »Wir müssen Unterstützung anfordern, uns einen Durchsuchungsbefehl besorgen und dann gründlich suchen.«

»Schublade um Schublade.«

»Und was meinst du, was wir finden?«

»Das weiß der Himmel.«

»Ich habe in der Küche ein Telefon gesehen«, entgegnete Frank.

Frank ging durch den Gang zum Wohnzimmer und dann um die Ecke in die Küche. Ehe Tony ihm folgen konnte, meinte Frank nur: »Du liebe Güte!« und versuchte, sich rückwärts wieder aus der Küche herauszuschieben.

»Was ist denn?«

Aber noch während er das sagte, krachte es laut.

Frank stieß einen Schrei aus und fiel zur Seite, klammerte sich an einem der Unterschränke fest und versuchte, sich auf den Füßen zu halten.

Ein weiterer scharfer Knall peitschte durch die Wohnung, hallte von Wand zu Wand, und Tony begriff, daß es sich um Schüsse handelte.

Aber die Küche war doch leer gewesen!

Tony griff nach seinem Revolver, hatte das eigenartige Gefühl, sich im Zeitlupentempo zu bewegen, während der Rest der Welt an ihm vorbeifegte.

Der zweite Schuß traf Frank an der Schulter und riß ihn herum. Er stürzte in das Durcheinander aus Maraschinokirschen, Spaghetti, Cornflakes und Glas.

Jetzt, da Frank ihm nicht mehr die Sicht versperrte, konnte Tony Bobby Valdez sehen, der gerade dabei war, sich aus dem Schrank unter dem Ausguß herauszuzwängen, eine Stelle, die sie nicht überprüft hatten, weil sie ihnen zu eng erschienen war, um einem Menschen Zuflucht zu bieten. Bobby zwängte sich wie eine Schlange heraus; jetzt waren nur noch seine Beine unter dem Ausguß; er lag auf der Seite und zog sich mit einem Arm heraus, während die andere Hand eine .32er umfaßt hielt. Er war nackt und sah krank aus. Seine Augen schienen riesig, irre, geweitet unter aufgedunsenen Lidern. Sein Gesicht war erschreckend bleich, seine Lippen blutleer. Tony nahm all diese Einzelheiten im Bruchteil einer Sekunde wahr, weil der Adrenalinstoß seine sämtlichen Sinne geschärft hatte.

Frank fiel gerade zu Boden, und Tony war noch immer damit beschäftigt, nach seinem Revolver zu greifen, als Bobby den dritten Schuß abgab. Die Kugel bohrte sich in die Wand. Verputz spritzte und traf Tony ins Gesicht.

Der warf sich rückwärts zu Boden und drehte sich dabei zur Seite, traf mit der Schulter allzu heftig auf dem Boden auf, stöhnte vor Schmerz auf und wälzte sich blitzschnell vom Eßplatz und aus der Schußlinie. Er huschte im Wohnzimmer hinter einen Sessel und schaffte es jetzt endlich, seine Waffe aus dem Halfter zu ziehen.

Seit Bobby den ersten Schuß abgegeben hatte, waren vielleicht sechs oder sieben Sekunden verstrichen.

Jemand sagte mit zitternder Falsettstimme: »Jesus, Jesus, Jesus!«

Plötzlich merkte Tony, daß diese Stimme ihm selbst gehörte. Er biß sich auf die Unterlippe und verdrängte einen Anfall von Hysterie.

Jetzt wußte er, was ihn die ganze Zeit über störte, er wußte, was sie übersehen hatten: Bobby Valdez war ein PCP-Dealer, und das hätte ihnen gleich, als sie den Zustand der Wohnung bemerkten, bewußt werden müssen. Sie hätten sich erinnern müssen, daß Pusher manchmal dumm genug waren, ihre eigene Ware zu benutzen. PCP, auch bekannt als Engelsstaub, diente als Tranquilizer für Tiere, und die Wirkung auf Pferde und Bullen war ziemlich klar vorhersehbar. Doch bei Menschen reichten die Reaktionen von ruhiger Versunkenheit über irrsinnige Halluzinationen bis zu unerwarteten Wut- und Gewaltausbrüchen. Wie Eugene Tucker sagte – PCP war Gift; es frißt buchstäblich die Gehirnzellen auf, läßt den Verstand verfaulen. Von PCP aufgeputscht und vor perverser Energie förmlich berstend, hatte Bobby seine Küche in Stücke geschlagen und auch den übrigen Schaden in der Wohnung angerichtet. Von wilden, imaginären Krokodilen verfolgt, hatte er verzweifelt Zuflucht vor ihren zuschnappenden Mäulern gesucht, sich in den Schrank unter den Ausguß gezwängt und die Türen hinter sich zugezogen. Und Tony dachte nicht daran, in den Unterschrank zu sehen, weil er nicht erkannte, daß derjenige, hinter dem sie her waren, geistesgestört war. Sie hatten die Wohnung vorsichtig durchsucht und waren auf Reaktionen vorbereitet gewesen, die man von einem geistesgestörten Notzuchttäter, der seine Opfer gelegentlich tötete, erwarten konnte; sie erwarteten nicht die Taten eines Wahnsinnigen. Die sinnlose Zerstörung, die man überall in der Küche und im Schlafzimmer finden konnte, die scheinbar sinnlose Schrift an den Wänden, das ekelerregende Chaos im Badezimmer – all das bot vertraute Hinweise auf die Art von Hysterie, die PCP hervorrief. Tony hatte nie in der Rauschgiftabteilung gearbeitet, war aber dennoch der Ansicht, daß er die Spuren hätte erkennen müssen. Hätte er sie richtig gedeutet, würde er höchstwahrscheinlich auch unter dem Ausguß nachgesehen und auch alle anderen Stellen, die sich als Versteck für einen Menschen eigneten, durchforstet haben. Denn für Menschen, die sich auf einem besonders häßlichen PCP-Trip befanden, schien es durchaus nicht ungewöhnlich, sich völlig ihrer Paranoia hinzugeben und zu versuchen, sich vor einer feindseligen Welt zu verstecken, und zwar besonders an engen, finsteren Orten, die dem Mutterleib vergleichbar erschienen. Aber er und Frank hatten die Hinweise falsch gedeutet und steckten jetzt bis zum Hals im Schlamassel.

Frank war zweimal getroffen worden und schwer verletzt. Vielleicht tödlich. Vielleicht tot.

Nein!

Tony versuchte den Gedanken aus seinem Bewußtsein zu verdrängen und überlegte gleichzeitig, welche Initiative er ergreifen sollte.

In der Küche begann Bobby schrill zu schreien. »*Hay muchos cocodrilos!*«

Tony übersetzte: *Hier sind viele Krokodile!*

»Cocodrilos! Cocodrilos! Cocodrilos! Ah! Ah! Aaaaaah!«

Sein Schreckensschrei verhallte in einem wortlosen Klageruf, aus dem unerträgliche Pein sprach.

Das klingt, als würde er wirklich bei lebendigem Leib aufgefressen werden, dachte Tony und erschauerte.

Immer noch schreiend kam Bobby aus der Küche gerannt. Er feuerte mit seiner .32er nach unten, in den Boden, in dem törichten Versuch, eines der Krokodile zu töten.

Tony kauerte hinter dem Sessel. Er hatte Angst, falls er aufstünde und zielte, von dem Wahnsinnigen erschossen zu werden, ehe er abdrücken konnte.

Verzweifelt auf den Zehenspitzen tanzend, versuchte Bobby, seine nackten Füße den Mäulern der Krokodile zu entziehen, feuerte auf den Boden, einmal, zweimal.

Sechs Schüsse bis jetzt, dachte Tony. Drei in der Küche, drei hier. Wie viele waren im Magazin? Acht? Vielleicht zehn.

Bobby feuerte wieder, zweimal, dreimal. Eine der Kugeln prallte von irgend etwas ab.

Neun Schüsse bis jetzt. Noch einer.

»*Cocodrilos!*«

Der zehnte Schuß dröhnte ohrenbetäubend in dem engen Raum; wieder prallte die Kugel ab, peitschte durchs Zimmer.

Tony erhob sich hinter dem Sessel. Bobby war jetzt noch drei Meter von ihm entfernt. Tony hielt seinen Dienstrevolver mit beiden Händen umfaßt und richtete den Lauf auf die haarlose Brust des nackten Mannes. »Okay, Bobby. Und jetzt ganz ruhig. Alles ist vorbei.«

Bobby wirkte sichtlich überrascht, ihn zu sehen. Er war offensichtlich so tief in seine PCP-Halluzinationen verstrickt, daß er sich nicht mehr erinnerte, Tony schon vor weniger als einer Minute in der Küche gesehen zu haben.

»Krokodile«, klagte Bobby eindringlich, diesmal in englischer Sprache.

»Hier sind keine Krokodile«, betonte Tony.

»Große.«

»Nein, hier sind keine Krokodile.«

Bobby stieß einen schrillen Schrei aus, sprang vor und wirbelte herum, versuchte auf den Boden zu schießen, aber das Magazin war leer.

»Bobby«, meinte Tony.

Wimmernd drehte Bobby sich um und sah ihn an.

»Bobby, ich möchte, daß Sie sich mit dem Gesicht nach unten auf den Boden legen.«

»Dann kriegen die mich«, schrie Bobby. Die Augen traten ihm aus den Höhlen; seine Pupillen waren geweitet, die Augäpfel traten weiß hervor. Er zitterte heftig. »Die fressen mich.«

»Hören Sie zu, Bobby. Hören Sie gut zu. Hier gibt es keine Krokodile. Die bilden Sie sich nur ein. Das existiert alles nur in Ihrem Kopf. Hören Sie, was ich sage?«

»Aus der Toilette sind sie gekommen«, meinte Bobby zittrig. »Und aus dem Duschabfluß. Und aus dem Abfluß in der Küche. Oh, Mann, die sind groß. Riesig groß. Und die wollen mir alle den Schwanz abbeißen.« Seine Furcht schlug jetzt in Zorn um; sein bleiches Gesicht rötete sich, und seine Lippen legten die Zähne frei, so daß er eine Grimasse wie ein Wolf schnitt. »Aber ich laß sie nicht. Ich laß mir meinen Schwanz nicht abbeißen. Alle bring' ich um!«

Tony war verzweifelt; es quälte ihn, daß er sich mit Bobby nicht verständigen konnte, und das Wissen, daß Frank unterdessen vielleicht verblutete, von Sekunde zu Sekunde schwächer wurde und dringend ärztliche Hilfe benötigte, verstärkte diese Qual um ein Vielfaches. So beschloß er, in Bobbys finstere Phantasiewelt einzudringen, um ihn auf diese Weise unter Kontrolle zu bringen. Mit ruhiger, weicher Stimme sagte er: »Bobby, hör jetzt zu. All die Krokodile sind wieder in die Toiletten und Abflüsse zurückgekrochen. Hast du sie nicht gesehen? Hast du nicht gehört, wie sie die Rohre hinuntergerutscht und aus dem Gebäude hinausgelaufen sind? Die haben gesehen, daß wir gekommen sind, um dir zu helfen, und wußten, daß sie nun in der Minderzahl waren. Alle liefen weg.«

Bobby starrte ihn mit glasigen Augen an, an denen nichts Menschliches mehr war.

»Alle sind weg«, betonte Tony.

»Weg?«

»Keines kann dir mehr wehtun.«

»Lügner!«

»Nein, das ist die Wahrheit. Alle Krokodile sind den Abfluß runter – «

Bobby warf seine leere Pistole nach ihm.

Tony duckte sich weg.

»Du Drecksbulle!«

»Ganz ruhig, Bobby.«

Bobby ging auf ihn los.

Tony wich dem nackten Mann aus.

Bobby ging nicht um den Sessel herum; er stieß ihn zornig beiseite, warf ihn um, obwohl er ziemlich schwer war.

Tony erinnerte sich daran, daß Menschen im Engelsstaubrausch oft übermenschliche Kräfte besaßen. Es war schon vorgekommen, daß vier oder fünf kräftige Polizisten es nicht fertigbrachten, einen winzigen PCP-Junkie festzuhalten. Es gab einige Theorien über die Ursache dieser Steigerung der physischen Kräfte, aber eine solche Theorie half einem Beamten nicht, der einem wütenden Wahnsinnigen mit übermenschlicher Kraft gegenüberstand. Tony überlegte, daß er wahrscheinlich Bobby Valdez mit nichts anderem als nur seinem Revolver würde in Schach halten können, obwohl es ihm widerstrebte, zu diesem Mittel zu greifen.

»Ich bring' dich um!« sagt Bobby. Seine Hände wirkten wie Krallen, in seinem roten Gesicht stand Schweiß und in seinen Mundwinkeln Speichel.

Tony brachte den riesigen achteckigen Kaffeetisch zwischen sich und den Angreifer. »Stehenbleiben, verdammt!«

Er wollte Bobby Valdez nicht töten. In seiner ganzen Laufbahn bei der Polizei von Los Angeles hatte er in Ausübung seiner Pflicht nur auf drei Menschen geschossen, und in jedem der Fälle nur in Notwehr. Keiner der drei Männer war gestorben.

Bobby ging um den Tisch herum.

Tony wich ihm im Kreis aus.

»Jetzt bin ich das Krokodil«, sagte Bobby und grinste.

»Zwing mich nicht, dir wehzutun.«

Bobby blieb stehen, packte den Kaffeetisch und kippte ihn um, so daß er ihm nicht mehr im Weg stand, Tony zog sich instinktiv zur Wand zurück, und Bobby sprang ihn an und schrie irgend etwas Unverständliches; Tony drückte ab, und die Kugel fetzte durch Bobbys linke Schulter, ließ ihn herumwirbeln, warf ihn auf die Knie, aber unglaublicherweise stand er wieder auf; sein linker Arm hing blutig und nutzlos an ihm herunter, und er rannte, mehr vor Wut als vor Schmerz schreiend, zum offenen Kamin, griff sich dort eine kleine Messingschaufel und warf sie; Tony duckte sich, und dann sprang Bobby ihn plötzlich mit einer eisernen Feuerzange an, die er hoch erhoben hatte, und das verdammte Ding traf Tony am Schenkel; er schrie auf, als der

Schmerz durch seine Hüfte fuhr und durch sein Bein hinunterschoß, aber der Schlag war nicht heftig genug, um den Knochen zu brechen; Tony brach nicht zusammen, ließ sich aber fallen, als Bobby wieder zuschlug, diesmal nach seinem Kopf und mit mehr Kraft als beim ersten Schlag; Tony feuerte nach oben in die Brust des nackten Mannes, aus nächster Nähe, und Bobby wurde mit einem letzten wilden Aufschrei nach rückwärts geschleudert, krachte gegen einen Sessel und fiel zu Boden; das Blut sprudelte aus ihm heraus wie aus einem makabren Springbrunnen, er zuckte, gurgelte, krallte sich in den Teppich, biß sich in den verwundeten Arm und blieb schließlich bewegungslos liegen.

Keuchend, zitternd, fluchend schob Tony den Revolver ins Halfter und taumelte zum Telefon, das er auf einem der Lampentische entdeckte. Er wählte Null, erklärte der Vermittlung seinen Dienstgrad, Aufenthaltsort und sagte, was er benötigte. »Zuerst die Ambulanz und dann die Polizei!«

»Ja, Sir«, meinte die Frau am anderen Ende.

Er legte auf und hinkte in die Küche.

Frank Howard lag immer noch ausgestreckt in all dem Durcheinander auf dem Boden. Er hatte es fertiggebracht, sich auf den Rücken zu rollen, war aber nicht weitergekommen.

Tony kniete neben ihm nieder.

Frank schlug die Augen auf. »Bist du verletzt?« fragte er mit schwacher Stimme.

»Nein«, meinte Tony.

»Hast du ihn erwischt?«

»Yeah.«

»Tot?«

»Yeah.«

»Gut.«

Frank sah schrecklich aus. Sein Gesicht war kreidebleich und über und über mit Schweiß bedeckt. Das Weiße in seinen Augen hatte einen ungesund gelblichen Schimmer, der vorher nicht dagewesen war, und das rechte Auge schien blutunterlaufen. Seine Lippen wirkten bläulich; seine rechte Schulter und der Jackettärmel waren blutdurchtränkt. Seine linke Hand krampfte sich über der Bauchwunde, aber unter seinen weißen Fingern drang eine Menge Blut hervor. Sein Hemd und der obere Teil seiner Hose schienen feucht und klebrig.

»Tut's sehr weh?« fragte Tony.

»Anfangs war es ganz schlimm. Ich konnte einfach nicht aufhören zu schreien. Aber jetzt fängt es an, besser zu werden. Bloß ein dumpfes Brennen im Bauch.«

Tonys Aufmerksamkeit hatte sich so auf Bobby Valdez konzentriert, daß er Franks Schreie nicht hörte.

»Meinst du, eine Aderpresse am Arm würde helfen?«

»Nein. Die Wunde ist zu weit oben. An der Schulter. Dort kannst du nichts abbinden.«

»Hilfe ist unterwegs«, meinte Tony. »Ich habe angerufen.«

Draußen vernahm man in der Ferne das Heulen von Sirenen. Für eine Ambulanz oder einen Streifenwagen, die auf seinen Anruf kamen, war das noch zu früh. Jemand mußte die Polizei verständigt haben, als die Schießerei anfing.

»Das werden ein paar Beamte in Uniform sein«, meinte Tony. »Ich gehe ihnen entgegen. Im Streifenwagen ist immer ein guter Erste-Hilfe-Kasten.«

»Laß mich nicht allein.«

»Aber wenn die einen Erste-Hilfe-Kasten haben – «

»Ich brauche mehr als Erste Hilfe. Laß mich nicht allein«, wiederholte Frank flehentlich.

»Okay.«

»Bitte.«

»Okay, Frank.«

Beide fröstelten.

»Ich will nicht allein sein«, bettelte Frank.

»Ich bleib' schon hier.«

»Ich hab' versucht, mich aufzusetzen«, wisperte Frank.

»Bleib nur liegen.«

»Ich konnte mich nicht aufsetzen.«

»Das kommt alles wieder in Ordnung.«

»Vielleicht bin ich gelähmt.«

»Du hast einen schrecklichen Schock, das ist alles. Und etwas Blut hast du wohl auch verloren. Natürlich bist du geschwächt.«

Die Sirenen verhallten klagend vor dem Gebäudekomplex.

»Die Ambulanz kann nicht mehr weit sein«, meinte Tony.

Frank schloß die Augen, zuckte zusammen und stöhnte.

»Das kommt alles wieder in Ordnung, Kumpel.«

Frank schlug die Augen auf. »Komm mit mir ins Krankenhaus.«

»Ja, selbstverständlich.«

»Fahr in der Ambulanz mit.«

»Ich weiß nicht, ob die das erlauben.«

»Dann bring sie dazu.«

»Also gut.«

»Ich will nicht allein bleiben.«

»Okay«, erklärte Tony. »Ich bring' die dazu, mich in die verdammte Ambulanz hineinzulassen, selbst wenn ich dafür den Revolver ziehen muß.«

Frank lächelte dünn, aber dann brannte ein stechender Schmerz ihm das Lächeln vom Gesicht. »Tony?«

»Was ist denn, Frank?«

»Würdest du ... meine Hand halten?«

Tony ergriff die rechte Hand seines Partners. Der Schuß war durch die rechte Schulter gegangen. Tony dachte, Frank würde den Arm deshalb nicht benützen können; aber die kalten Finger schlossen sich mit erstaunlicher Kraft um Tonys Hand.

»Weißt du, was?« fragte Frank.

»Was?«

»Du solltest tun, was er gesagt hat.«

»Was wer gesagt hat?«

»Eugene Tucker. Du solltest abspringen. Das Risiko eingehen. Das tun, was du wirklich möchtest.«

»Mach dir um mich keine Sorgen. Du brauchst jetzt deine ganze Energie, um wieder gesund zu werden.«

Frank wurde unruhig. Er schüttelte den Kopf. »Nein,

nein, nein. Du mußt mir zuhören. Das ist wichtig ... was ich dir jetzt sagen will ... verdammt wichtig.«

»Okay«, meinte Tony schnell. »Du mußt dich entspannen und darfst dich nicht überanstrengen.«

Frank hustete, und auf seinen blauen Lippen bildeten sich ein paar Blutblasen.

Tonys Herz arbeitete wie ein Dampfhammer. Wo diese verdammte Ambulanz nur blieb? Was, zum Teufel, hielt diese Schweinehunde so lange auf?

Franks Stimme klang jetzt heiser; er mußte einige Male innehalten, um Atem zu holen. »Wenn du Maler sein willst ... mußt du es tun. Du bist noch jung genug ... um es zu riskieren.«

»Frank, bitte, spar deine Kräfte, um Gottes willen.«

»*Hör mir zu*! Du darfst keine ... Zeit mehr vergeuden. Das Leben ist verdammt kurz ... du darfst es nicht verplempern.«

»Hör auf, so zu reden. Vor mir liegen noch eine ganze Menge Jahre, und vor dir auch.«

»Die ziehen so schnell dahin ... so beschissen schnell.«

Frank stöhnte. Seine Finger krampften sich noch fester um Tonys Hand.

»Frank? Was ist denn?«

Frank sagte nichts. Er zitterte. Dann fing er zu weinen an.

»Laß mich nach diesem Erste-Hilfe-Kasten sehen«, bat Tony.

»Laß mich nicht allein. Ich habe Angst.«

»Es dauert doch nur eine Minute.«

»Laß mich nicht allein.« Die Tränen strömten über seine Wangen.

»Okay. Ich warte. Die sind ohnehin in ein paar Sekunden hier.«

»O Gott!« wimmerte Frank jämmerlich.

»Aber wenn der Schmerz stärker wird – «

»Es ... tut nicht sehr weh.«

»Was ist dann? Irgend etwas stimmt doch nicht.«

»Es ist mir peinlich. Ich möchte nicht ... daß jemand es erfährt.«

»Was erfährt?«

»Ich ... hab's nicht mehr halten können. Ich habe mir ... ich ... habe in die Hosen gepinkelt.«

Tony wußte nicht, was er sagen sollte.

»Ich möchte nicht, daß man mich auslacht«, meinte Frank.

»Niemand wird dich auslachen.«

»Aber, Herrgott, ich hab' mir ... in die Hosen gepinkelt ... wie ein Baby.«

»Bei all dem Durcheinander auf dem Boden – wer soll das schon bemerken?«

Frank lachte und zuckte bei den Schmerzen zusammen, die ihm das Lachen bereitete; er drückte Tonys Hand noch fester.

Wieder eine Sirene. Ein paar Straßen entfernt. Schnell näherkommend.

»Die Ambulanz«, flehte Tony. »Jetzt ist sie gleich hier.«

Franks Stimme wurde von Sekunde zu Sekunde dünner und schwächer. »Ich habe Angst, Tony.«

»Bitte, Frank. Bitte, hab keine Angst. Ich bin hier. Alles wird wieder gut.«

»Ich möchte ..., daß jemand sich an mich erinnert«, stöhnte Frank.

»Was soll das heißen?«

»Wenn ich nicht mehr da bin ..., möchte ich, daß jemand sich daran erinnert, daß es mich gegeben hat.«

»Du wirst noch lange Zeit da sein.«

»Wer wird sich an mich erinnern?«

»Ich«, sagte Tony mit belegter Stimme. »Ich werde mich an dich erinnern.«

Die neue Sirene schien nur noch eine Straße entfernt, und dann ganz laut, in der Straße unter ihnen.

Frank meinte: »Weißt du, was? Ich glaube ... vielleicht schaff' ich es doch. Der Schmerz ist plötzlich weg.«

»Wirklich?«

»Das ist gut, nicht wahr?«

»Sicher.«

Die Sirene verstummte, als die Ambulanz mit quietschenden Bremsen unmittelbar unter ihrem Fenster anhielt.

Franks Stimme war jetzt sehr schwach geworden, so daß Tony sich über ihn beugen mußte, um sie zu verstehen. »Tony ... halt mich fest.« Der Griff, mit dem er Tonys Hand hielt, lockerte sich. Seine kalten Finger öffneten sich. »Halt mich fest, bitte. Jesus. Halt mich fest, Tony. Wirst du das tun?«

Einen Augenblick lang machte Tony sich Sorgen um Franks Wunden, aber dann wußte er instinktiv, daß das nichts mehr zu bedeuten hatte. Er setzte sich auf den Boden in all das Durcheinander und das Blut. Er schob seinen Arm unter Frank und zog ihn hoch, bis er saß. Frank hustete schwach, und seine linke Hand rutschte von seinem Bauch; jetzt konnte man die Wunde sehen: ein scheußliches Loch, aus dem die Eingeweide quollen – nicht mehr zu reparieren. Frank war von dem Augenblick an, in dem Bobby zum ersten Mal abgedrückt hatte, ein toter Mann gewesen. Er hatte nie die leiseste Chance gehabt.

»Halt mich fest.«

Tony nahm Frank in die Arme, so gut er das konnte, hielt ihn fest, hielt ihn, wie ein Vater ein verängstigtes Kind hält, hielt ihn und wiegte ihn in den Armen, flüsterte auf ihn ein, sanft, beruhigend. Und er flüsterte auch noch, als er wußte, daß Frank schon längst tot war. Flüsterte und wiegte ihn in den Armen, sanft und leise, flüsterte und hielt ihn fest.

Am Montag nachmittag um sechzehn Uhr traf der Techniker der Telefongesellschaft bei Hilary ein. Sie zeigte ihm die fünf Apparate im Haus; er wollte gerade an dem Telefon der Küche mit seiner Arbeit beginnen, als es klingelte.

Sie hatte Angst, es könnte wieder der anonyme Anrufer sein. Sie wollte nicht abnehmen, doch der Techniker schaute sie erwartungsvoll an; beim fünften Klingeln überwand sie schließlich ihre Furcht und griff nach dem Hörer. »Hallo?«

»Hilary Thomas?«

»Ja.«

»Hier spricht Michael Savatino. Savatino's Ristorante.«

»Oh, Sie brauchen sich nicht vorstellen. Ich werde Sie

und Ihr herrliches Restaurant nicht vergessen. Es war fantastisch bei Ihnen.«

»Vielen Dank. Wir geben uns große Mühe. Hören Sie, Miss Thomas – «

»Bitte, sagen Sie Hilary.«

»Gut. Also Hilary. Haben Sie heute schon etwas von Tony gehört?«

Plötzlich wurde ihr klar, wie bedrückt seine Stimme klang. Sie *wußte* sofort mit der Eindringlichkeit eines Hellsehers, daß etwas Schreckliches passiert war. Einen Augenblick lang stockte ihr der Atem; ihr wurde schwarz vor den Augen.

»Hilary? Sind Sie noch da?«

»Ich habe seit gestern abend nichts mehr von ihm gehört. Warum fragen Sie?«

»Ich möchte Sie nicht beunruhigen. Es ist etwas passiert – «

»O Gott!«

» – aber Tony ist nicht verletzt.«

»Sind Sie ganz sicher?«

»Nur ein paar Abschürfungen.«

»Liegt er im Krankenhaus?«

»Nein, nein. Es fehlt ihm wirklich nichts.«

Der Knoten in ihrer Kehle, der ihr die Luft abschnürte, lockerte sich ein wenig.

»Was war denn?« fragte sie.

Michael erzählte ihr in knappen Sätzen von der Schießerei.

Die Kugel hätte ebensogut Tony treffen können. Ein Anfall von Schwäche überkam sie.

»Tony leidet sehr darunter«, meinte Michael. »Sehr. Zu Beginn ihrer Zusammenarbeit kamen er und Frank nicht besonders gut miteinander zurecht. Aber das hat sich gebessert. In den letzten Tagen lernten sie sich besser kennen und sind sich sehr nahegekommen.«

»Wo befindet sich Tony jetzt?«

»In seiner Wohnung. Die Schießerei fand heute mittag gegen halb zwölf statt. Er ist seit zwei Uhr in seiner Wohnung. Ich war bis vor wenigen Minuten bei ihm. Ich wollte bei ihm bleiben, aber er hat darauf bestanden, daß ich, wie gewöhnlich, ins Restaurant gehe. Ich wollte, daß er mitkäme, aber er lehnte ab. Er gesteht sich das nicht ein, aber er braucht jetzt unbedingt jemanden.«

»Ich werde zu ihm gehen«, sagte sie.

»Ich hatte gehofft, daß Sie das sagen würden.«

Hilary machte sich frisch und zog sich um. Sie war eine Viertelstunde, bevor der Techniker seine Arbeit beendete, fertig. Nie im Leben war ihr eine Viertelstunde länger erschienen.

Dann, im Wagen, unterwegs zu Tonys Wohnung, rief sie sich ins Gedächtnis zurück, wie sie sich in jenem kurzen stockfinsteren Augenblick fühlte, in dem sie glaubte, Tony wäre ernsthaft verletzt, vielleicht sogar tot. Das Gefühl, einen ungeheuren Verlust erlitten zu haben, einen unerträglichen Verlust, erfüllte sie kurzzeitig.

Letzte Nacht im Bett dachte sie darüber nach, ob sie Tony liebte oder nicht. Könnte sie nach der physischen und psychologischen Tortur ihrer Kindheit überhaupt noch imstande sein, jemanden zu lieben, nach all dem, was sie in bezug auf die häßliche Doppelzüngigkeit der meisten Menschen hatte lernen müssen? Würde sie einen Mann lieben können, den sie erst wenige Tage kannte? Sie fand keine Lösung und war schließlich eingeschlafen. Aber jetzt wußte sie, daß sie irgendwie Angst hatte, Tony Clemenza zu verlieren, und daß sie eine solche Verlustangst noch nie in ihrem Leben gespürt hatte.

Sie parkte neben dem blauen Jeep.

Er wohnte im Obergeschoß eines zweistöckigen Gebäudes. Vor der Nachbarwohnung hingen gläserne Windglocken, die in der leichten Nachmittagsbrise melancholisch klimperten.

Als er die Tür öffnete, erstaunte es ihn nicht, sie zu sehen. »Ich nehme an, Michael hat dich angerufen.«

»Ja. Warum hast du nicht angerufen?« fragte sie.

»Er hat dir wahrscheinlich erzählt, ich sei ein totales Wrack.

Aber du siehst ja, er übertreibt.«

»Er macht sich Sorgen um dich.«

»Ich komm' damit schon klar«, sagte er und zwang sich zu einem Lächeln. »Mir fehlt nichts.«

Auch wenn er sich Mühe gab, seine Reaktion auf Frank Howards Tod herunterzuspielen, so bemerkte sie doch seinen gehetzten Gesichtsausdruck und seinen leeren Blick.

Sie wollte ihn an sich drücken und trösten, aber sie konnte selbst unter relativ normalen Umständen nicht besonders gut mit Leuten umgehen, geschweige denn in einer solchen Situation. Außerdem spürte sie, daß er sich erst auf Trost einstellen mußte, ehe sie riskieren durfte, Trost anzubieten.

Darauf war er jetzt noch nicht eingestellt.

»Ich komm' schon klar«, beharrte er.

»Darf ich trotzdem reinkommen?«

»Oh ... selbstverständlich. Entschuldigung.«

Er bewohnte ein Junggesellenapartment mit einem Schlafzimmer; zumindest das Wohnzimmer schien groß und geräumig und bot eine Reihe großer Fenster an der Nordwand.

»Gutes Licht für einen Maler«, meinte Hilary.

»Deshalb hab' ich die Wohnung gemietet.«

Das Zimmer wirkte eher wie ein Studio denn ein Wohnzimmer. Ein Dutzend seiner anziehenden Gemälde zierten die Wände. Andere standen auf dem Boden, lehnten an den Wänden oder waren gestapelt, insgesamt etwa sechzig oder siebzig Stück. Auf zwei Staffeleien standen Arbeiten, mit denen er sich gerade beschäftigte. Und dann gab es da noch einen großen Zeichentisch, einen Hocker und einen Schrank mit Malutensilien. Die Regale waren mit überdimensionalen Kunstbüchern vollgestopft. Die einzige Konzession an das Wohnen verkörperten zwei kleine Sofas, zwei niedrige Tischchen mit Stehlampen und ein Kaffeetisch – alles in einer behaglichen Sitzecke angeordnet. Obwohl die Möblierung eigentümlich schien, so ging von dem Raum doch Wärme und Behaglichkeit aus.

»Ich habe beschlossen, mich zu betrinken«, erklärte Tony und zog die Tür hinter ihr ins Schloß. »Gründlich, sinnlos zu betrinken. Ich war gerade dabei, mir das erste Glas einzuschenken, als du geklingelt hast. Hättest du gern einen Schluck?«

»Was trinkst du denn?« fragte sie.

»Bourbon on the Rocks.«

»Für mich auch, bitte.«

Während er in der Küche die Drinks machte, schaute sie sich seine Bilder näher an. Einige davon wirkten ultrarealistisch, mit derart feinen Details, die auf eine scharfe Beobachtungsgabe schließen ließen und jede Fotografie in den Schatten stellten. Einige der Bilder waren surrealistisch, aber in einem Stil, der nicht an Dali, Ernst, Miró oder Tanguy erinnerte. Man dachte eher an die Arbeiten René Magrittes, nur daß Magritte in seinen Gemälden die Einzelheiten nicht so betont hatte; aber gerade diese besonders realistische Eigenschaft an Tonys Blick machte seine surrealistischen Elemente besonders einmalig.

Jetzt kam er mit zwei Gläsern aus der Küche zurück. Sie nahm ihm das ihre ab und meinte: »Deine Arbeiten sind sehr eindrucksvoll.«

»Wirklich?«

»Michael hat recht. Du wirst deine Bilder ebenso schnell loswerden, wie du sie malst.«

»Es ist hübsch, das zu denken. Schön, davon zu träumen.«

»Wenn du ihnen nur die Chance geben würdest – «

»Ich sagte ja schon, du bist sehr freundlich, aber leider keine Expertin.«

Er wirkte ganz anders, als sie ihn in Erinnerung hatte. Seine Stimme klang ausdruckslos, hölzern. Er war abgestumpft, ausgelaugt, deprimiert.

Sie versuchte ihn durch Hänselei aus seiner Reserve zu locken. »Du hältst dich für so schlau«, sagte sie. »Aber in Wirklichkeit bist du dumm. Wenn es um deine eigene Arbeit geht, bist du dumm. Du verschließt einfach deine Augen vor den Möglichkeiten, die sich dir bieten, und das macht dich blind.«

»Ich bin nur ein Dilettant.«

»Unsinn.«

»Ein *ganz guter* Dilettant.«

»Manchmal kannst du einen wirklich wild machen«, meinte sie.

»Ich mag jetzt nicht über Kunst reden«, erwiderte er.

Er schaltete seine Stereoanlage ein: Beethoven in der Interpretation von Ormandy. Dann ging er zu einem der Sofas auf der anderen Seite des Raumes.

Sie folgte ihm, setzte sich neben ihn. »Worüber *willst* du dann reden?«

»Über Kino«, sagte er.

»Willst du das wirklich?«

»Vielleicht über Bücher.«

»Wirklich?«

»Oder das Theater.«

»In Wirklichkeit willst du doch über das reden, was du heute erlebt hast.«

»Nein, darüber nicht.«

»Du *mußt* doch darüber reden, selbst wenn du nicht willst.«

»Nein, ich muß das alles wirklich vergessen, aus meinem Bewußtsein auslöschen.«

»Das ist die Vogel-Strauß-Methode«, bemerkte sie. »Du meinst, du kannst einfach den Kopf in den Sand stecken, und dann sieht dich keiner.«

»Genau das«, erwiderte er.

»Als ich mich letzte Woche vor der ganzen Welt verstecken wollte, und du statt dessen darauf beharrtest, daß ich mit dir ausgehe, sagtest du, es sei nicht gesund, sich nach einem aufwühlenden Erlebnis in sich selbst zurückzuziehen. Du hast gesagt, es sei am besten, seine Gefühle mit anderen Menschen zu teilen.«

»Da hatte ich unrecht«, meinte er.

»Nein, da hattest du vollkommen recht.«

Er schloß die Augen und schwieg.

»Möchtest du, daß ich gehe?« fragte sie.

»Nein.«

»Wenn du das willst, gehe ich. Ich nehme es dir auch nicht übel.«

»Bitte, bleib hier«, sagte er.
»Also gut. Worüber sollen wir reden?«
»Über Beethoven und Bourbon.«
»Schon verstanden«, antwortete sie.

Sie saßen stumm nebeneinander auf dem Sofa, die Augen geschlossen, den Kopf zurückgelehnt und lauschten der Musik, tranken Bourbon. Das Sonnenlicht hinter den großen Fenstern wurde zuerst bernsteinfarben und dann schmutzigrot. Langsam füllte sich der Raum mit Schatten.

Am frühen Montagabend entdeckte Avril Tannerton, daß jemand in Forever View eingebrochen hatte. Er sah es auf dem Weg in seinen Keller, in dem eine mit allen Schikanen ausgestattete Schreinerwerkstätte untergebracht war; jemand hatte eine der Scheiben in einem Kellerfenster sorgfältig mit Isolierband abgedeckt und sie dann zerbrochen, um so an den Hebel heranzukommen. Es handelte sich um ein ziemlich kleines, oben angeschlagenes Fenster; aber selbst ein recht kräftig gebauter Mann konnte sich mit der nötigen Entschlossenheit hindurchzwängen.

Avril war überzeugt davon, daß sich im Augenblick kein Fremder im Haus befand. Außerdem wußte er, daß das Fenster Freitag nacht noch nicht zerbrochen gewesen war; das wäre ihm nämlich aufgefallen, weil er am Freitag eine Stunde in der Werkstätte damit zugebracht hatte, ein Schränkchen zu schleifen, an dem er gerade arbeitete – einem Schränkchen für seine drei Jagdflinten und die beiden Schrotbüchsen. Und daß jemand die Frechheit besäße, das Fenster am hellichten Tag einzuschlagen, während er, Tannerton, zu Hause war, wie in der vergangenen Nacht, glaubte er ebenfalls nicht. Daraus schloß er, daß der Einbruch sich Samstagnacht ereignet haben mußte, während er bei Helen Virtillion in Santa Rosa verweilte.

Abgesehen von Bruno Fryes Leiche befand sich am Samstag niemand im Forever View. Offensichtlich hatte der Einbrecher gewußt, daß das Haus unbewacht war, und diese Gelegenheit ausgenutzt.

Einbrecher.

Gab das einen Sinn?

Einbrecher?

Er konnte sich nicht vorstellen, daß jemand aus den für die Öffentlichkeit zugänglichen Räumlichkeiten im Erdgeschoß oder aus seiner Privatwohnung im Obergeschoß etwas gestohlen haben mochte. Er war überzeugt davon, daß er irgendwelche Hinweise auf einen Diebstahl gleich nach seiner Rückkehr am Sonntagmorgen bemerkt hätte. Außerdem waren die Gewehre noch da und auch seine umfangreiche Münzsammlung; ein Dieb hätte sich so etwas ganz sicher nicht entgehen lassen.

In seiner Schreinerwerkstätte rechts vom zerbrochenen Kellerfenster befanden sich hochwertige Werkzeuge im Wert von mehreren tausend Dollar. Einige hingen ordentlich an ihrem Haken, der Rest lag auf extra für jedes Werkzeug entworfenen Spezialregalen. Er konnte auf den ersten Blick erkennen, daß nichts fehlte.

Nichts gestohlen.

Nichts beschädigt.

Aber welcher Einbrecher verübte seine Tat nur, um sich Dinge anzusehen?

Avril starrte die Glasscherben und das Isolierband auf dem Boden an, blickte dann zu dem eingeschlagenen Fenster auf, sah sich im Keller um und überlegte, bis ihm plötzlich klar wurde, daß tatsächlich etwas fehlte: Drei Fünfzig-Pfund-Säcke mit trockener Mörtelmischung. Im letzten Frühjahr hatten er und Gary Olmstead die alte hölzerne Porch vor dem Bestattungsinstitut abgerissen; sie hatten ein paar Wagenladungen Humus angefordert, das Ganze professionell festgestampft und eine neue Ziegelveranda gebaut. Außerdem hatten sie die zersprungenen Platten der Zugangswege herausgerissen und neue Platten gelegt. Nach fünf Wochen harter Arbeit hatten sie schließlich festgestellt, daß ihnen drei Säcke mit Zement übriggeblieben waren, sie aber nicht zurückgebracht, weil Avril im nächsten Sommer hinter dem Haus noch eine Terrasse anlegen wollte. Und jetzt waren die drei Säcke Zement verschwunden.

Nicht daß diese Entdeckung seine Fragen beantwortete;

sie steigerte eher seine Verblüffung. Verstört und perplex starrte er an den Platz, an dem die Säcke vorher lagen.

Wie konnte ein Einbrecher teure Gewehre, wertvolle Münzen und sonstige Beute liegenlassen und statt dessen drei relativ wertlose Säcke Zement mitnehmen?

Tannerton kratzte sich am Kopf. »Seltsam«, brummte er.

Nachdem er eine Viertelstunde schweigend neben Hilary saß, Beethoven hörte und zwei oder drei Glas Bourbon trank – Hilary füllte ihre Gläser gerade wieder nach –, ertappte Tony sich plötzlich dabei wie er über Frank Howard sprach. Es war ihm nicht bewußt, daß er im Begriff stand, sich ihr gegenüber zu öffnen, doch da befand er sich schon mittendrin; ihm schien, als hörte er sich selbst zu, und dann strömten die Worte nur so aus ihm heraus. Eine halbe Stunde lang sprach er unaufhörlich, hielt nur gelegentlich inne, um an seinem Bourbon zu nippen, rief sich seine ersten Eindrücke Frank gegenüber ins Gedächtnis zurück, die anfänglichen Reibungen zwischen ihnen, die kleinen Ereignisse bei der Arbeit, solche, die Spannung erzeugten, und solche, die sie zum Lachen brachten, den weinseligen Abend im Bolt Hole, die von ihm arrangierte Verabredung mit Janet Yamada, und dann jenes Verständnis und jene Zuneigung, die er und Frank in allerjüngster Zeit füreinander empfunden hatten. Und am Ende, als er die Ereignisse in Bobby Valdez' Wohnung zu schildern begann, zögerte seine Sprache, redete er weich und zitternd. Sobald er die Augen schloß, sah er jene mit Unrat übersäte und mit Blut besprritzte Küche ebenso deutlich, wie er sein eigenes Wohnzimmer mit geöffneten Augen wahrnahm. Und als er schließlich Hilary zu erklären versuchte, wie er seinen sterbenden Freund in den Armen gehalten hatte, fing er am ganzen Körper zu zittern an. Eisige Schauer durchliefen ihn, ließen sein Fleisch und seine Knochen erstarren und sein Herz fast erfrieren. Seine Zähne klapperten. Tief in das Sofa versunken, in purpurfarbene Schatten gehüllt, vergoß er seine ersten Tränen für Frank Howard, und sie brannten glühendheiß auf seiner eisigen Haut.

Hilary sah Tonys Tränen und griff nach seiner Hand; dann hielt sie ihn genau so, wie er Frank gehalten hatte. Sie tupfte ihm mit der kleinen Cocktailserviette das Gesicht ab, küßte ihn auf die Wange, auf die Augen.

Zuerst bot sie ihm nur Trost, denn das war alles, was er suchte; aber dann veränderte sich ihre Umarmung, ohne daß dies einem der beiden bewußt wurde. Er legte seine Arme um sie; und jetzt schien nicht mehr klar, wer wen festhielt und beruhigte.

Seine Hände glitten über ihren Rücken; und er bewunderte ihre Konturen; die Festigkeit und die Grazie ihres Körpers unter ihrer Bluse erregte ihn. Ihre Hände erforschten unterdessen seinen Körper, strichen über seine harten Muskeln, drückten sie, bewunderten sie. Sie küßte seine Mundwinkel, und er erwiderte ihre Küsse mit seinen Lippen. Ihre Zungen trafen sich; der Kuß wurde heiß, wild, leidenschaftlich; ihr Atem beschleunigte sich, wurde erregter.

Und dann merkten beide plötzlich, was da ablief, und sie erstarrten, erinnerten sich des toten Freundes, für den sie doch gerade angefangen hatten, zu trauern. Wenn sie sich einander hingaben, ihre verzweifelte Sehnsucht stillten, wäre das dann nicht wie Kichern während eines Begräbnisses. Einen Augenblick lang glaubten sie, sie stünden im Begriff, etwas durch und durch Ungehöriges, ja Lästerliches zu tun.

Aber ihr Verlangen war so groß, daß es schließlich ihre Zweifel besiegte; und ihre Küsse, gerade noch tastend, suchend, wurden jetzt hungrig, ihre Hände fordernd; er reagierte auf ihre Berührung und sie auf die seine. Jetzt wußte er, daß es gut und richtig sein konnte, sich gemeinsam der Freude hinzugeben. Sich jetzt zu lieben war kein Akt der Respektlosigkeit gegenüber dem Toten, eher eine Reaktion auf diesen so unfairen Tod. Ihr unstillbares Verlangen erwuchs aus vielen Dingen, auch aus einem tiefen, animalischen Bedürfnis heraus, sich zu zeigen, daß sie lebten, unzweifelhaft und überschäumend lebten.

Wortlos erhoben sie sich von der Couch und gingen ins Schlafzimmer.

Tony knipste die Lampe im Wohnzimmer im Hinausgehen an. Das Licht fiel durch die offene Tür und bot die einzige Beleuchtung fürs Schlafzimmer, ein weiches, halbschattiges Licht, warm und golden, ein Licht, das Hilary zu liebkosen schien. Es fiel nicht leidenschaftslos auf sie, sondern schmeichelte ihr, hob den milchigen Bronzeton ihrer makellosen Haut hervor, verlieh ihrem rabenschwarzen Haar Glanz und spiegelte sich in ihren großen Augen wider.

Sie standen neben dem Bett, umarmten und küßten sich, und dann fing er an, sie zu entkleiden. Er knöpfte ihre Bluse auf, zog sie herunter, hakte ihren Büstenhalter auf; sie befreite sich mit einem Achselzucken davon und ließ ihn auf den Boden fallen. Ihre Brüste waren wunderschön – rund, voll, aufrecht, die Brustwarzen groß und starr; er beugte sich hinab und küßte sie. Sie hob sein Gesicht zu sich herauf, fand seinen Mund, und ihre Lippen verschmolzen mit ihm. Ein tiefes Seufzen entrann ihrem Innern. Seine Hände zitterten vor Erregung, als er ihren Gürtel löste, den Reißverschluß ihrer Jeans öffnete und sie an ihren langen Beinen hinabgleiten ließ, sie hatte zuvor schon die Schuhe ausgezogen und schälte sich nun vollends aus ihrer Hose heraus.

Tony sank vor ihr auf die Knie, um ihr das Höschen herunterzuziehen, und sah eine zehn Zentimeter lange Narbe an ihrer linken Körperseite. Sie zog sich vom Rand ihres flachen Bauches bis zum Rücken. Das war keine Operationsnarbe, keine dünne Linie, wie sie selbst ein durchschnittlicher Arzt hinterlassen würde. Tony hatte genügend alte, gutverheilte Schuß- und Messerwunden gesehen, und obwohl die Beleuchtung nicht besonders gut war, kam er zu der Überzeugung, daß diese Narbe von einer Kugel oder einem Messer stammte. Vor langer Zeit war sie also schwer verletzt worden. Der Gedanke daran, daß sie solchen Schmerz erduldet hatte, steigerte sein Verlangen, sie zu beschützen. Hundert Fragen über die Narbe drängten sich in ihm auf, aber dies war nicht der Augenblick, sie zu stellen. Seine Lippen strichen zärtlich über die vernarbte Haut, und er spürte, wie sie zusammenzuckte, ihr die Narbe peinlich war. Er wollte ihr sagen, daß sie ihrer Schönheit keinen Abbruch tat, sie um nichts weniger begehrenswert machte und tatsächlich ihre ansonsten unglaubliche Vollkommenheit nur noch betonte.

Doch besser als mit Worten konnte er sie mit Taten beruhigen, und er zog ihr das Höschen herunter, und sie stieg vollends heraus. Langsam, ganz langsam strichen seine Hände an ihren herrlichen Beinen empor, über die herrlichen Rundungen ihrer Waden, ihrer glatten Schenkel. Er küßte ihr schimmerndschwarzes Schamhaar, das sein Gesicht kitzelte, und während er sich erhob, hielt er ihre festen Gesäßbacken mit beiden Händen umfaßt, knetete das straffe Fleisch zärtlich. Sie drückte sich an ihn, und ihre Lippen trafen sich erneut. Der Kuß dauerte entweder ein paar Sekunden oder ein paar Minuten, dann sagte Hilary: »Komm!«

Während sie die Decke zurückschlug und ins Bett stieg, streifte Tony schnell die eigenen Kleider ab und streckte sich dann neben ihr aus, nahm sie in die Arme.

Sie erforschten einander mit den Händen, gebannt von der Weichheit und den Formen; und als sie über seine Erektion strich, durchlief ihn ein wohliger Schauder.

Nach einer Weile, aber noch lange bevor er in sie eindrang, kam es ihm vor, als würden sie ineinander verschmelzen, zu einem einzigen Geschöpf werden, gar nicht mehr so sehr körperlich, sexuell, sondern geistig, als würde eine wundersame psychische Osmose sie ineinander gleiten lassen. Überwältigt von ihrer Wärme, erregt von ihrem herrlichen Körper, von ihren Reaktionen, ihren Bewegungen, ihren Berührungen und Gesten, fühlt sich Tony wie von irgendeiner neuen exotischen Droge berauscht. Seine Wahrnehmungen schienen weit über seine Sinne hinauszugehen, so daß er glaubte, er sähe durch Hilarys Augen ebenso wie durch die eigenen, er fühlte mit seinen und ihren Händen und schmeckte ihren Mund mit dem seinen, während er zugleich den eigenen Mund mit dem ihren schmeckte. Zwei Seelen, zwei Herzen im Gleichklang.

Seine Zunge, seine Zähne und seine Lippen liebten sie, und ihr Rücken krümmte sich; sie krallte sich mit beiden Händen in die Laken, und sein Mund wanderte an ihr nach oben, fing an, ihre Brustwarzen zu liebkosen, und sie griff nach unten, griff nach seiner eisernen Härte, und während sie auf die letzte Vereinigung wartete, dieses Ineinanderübergehen, dieses Einswerden, erfüllte sie eine neue erotische Spannung.

Seine Finger suchten sie, und sie ließ ihn los und führte ihn in sich hinein.

»Ja, ja, ja«, sagte sie, während er in sie eindrang. »Mein liebster Tony. Liebster, liebster Tony.«

»Du bist so schön.«

Es war für ihn nie schöner gewesen. Er stemmte sich auf Armen über ihr hoch und blickte auf ihr ebenmäßiges Gesicht hinab. Ihre Blicke begegneten sich, und dann schien es ihm, als würde er sie nicht mehr anschauen, sondern in sie hinein, durch ihre Augen hindurch, in ihr innerstes Wesen, in ihre Seele. Sie schloß die Augen, und gleich darauf schloß auch er die seinen und stellte fest, daß das ungewöhnliche Band auch ohne unmittelbaren Blickkontakt nicht abriß.

Tony hatte vor ihr schon andere Frauen geliebt, war aber keiner so nahe gewesen wie jetzt Hilary Thomas. Und da dieser Augenblick etwas ganz Besonderes darstellte, wollte er ihn so lang wie möglich hinauszögern, wollte sie mitnehmen an den Abgrund und mit ihr abstürzen. Aber diesmal fehlte ihm die Beherrschung, die er sonst aufbringen konnte. Er raste auf den Abgrund zu, konnte nichts tun, um sein Gefühl aufzuhalten. Sie war nicht nur enger, glatter und heißer als jede andere Frau vor ihr, sondern ihre Muskeln schienen sogar irgendwelche besonderen Tricks zu beherrschen. Ihre vollkommenen Brüste und ihre seidige Haut, viel seidiger als bei jeder anderen Frau, machten ihn wild. Sie stellte für ihn etwas Besonderes dar, auf eine Art und Weise etwas Besonderes, das er noch nicht ganz definiert hatte; und diese Tatsache schien das Zusammensein mit ihr unerträglich zu gestalten.

Sie spürte seinen heranrasenden Orgasmus, legte die

Hände auf seinen Rücken und zog ihn auf sich herunter. Er wollte sie nicht mit seinem vollen Gewicht belasten, aber sie schien davon gar nichts zu bemerken. Ihre Hüften hoben sich und preßten sich gegen ihn, und er stieß noch schneller und kräftiger zu. Und unglaublicherweise kam sie wieder, gerade, als nichts ihn mehr aufhalten konnte. Sie hielt ihn fest an sich gepreßt und flüsterte immer wieder seinen Namen, während er in ihr ausbrach, endlos und immer wieder in ihren tiefsten Tiefen. Eine ungeheure Welle von Zärtlichkeit, Zuneigung und schmerzhafter Sehnsucht durchflutete ihn, und er wußte in diesem Augenblick, daß er sie nie wieder gehenlassen würde.

Kurze Zeit später lagen sie nebeneinander auf dem Bett, hielten sich an den Händen und warteten, bis ihr Herzschlag sich verlangsamte.

Hilary fühlte sich von diesem Erlebnis physisch und emotionell ausgepumpt. Die Zahl und die erstaunliche Heftigkeit ihrer Höhepunkte erschütterte sie zutiefst. Sie hatte so etwas noch nie erlebt. Jeder Orgasmus war wie ein Blitzschlag gewesen, der sie in ihrem Kern traf, jede Faser mit einem unbeschreiblich prickelnden Strom durchzuckte. Aber Tony hatte ihr viel mehr gegeben als nur das sexuelle Vergnügen; da spürte sie noch etwas anderes, etwas Neues, so unsagbar Machtvolles, daß man es mit Worten nicht beschreiben konnte.

Sie wußte, daß manche Leute eine solche Art von Gefühlen mit dem Wort »Liebe« umschreiben würden. Aber sie war nicht bereit, jene beunruhigende Definition hinzunehmen. Seit langer, langer Zeit, seit ihrer Kindheit verband Hilarys Bewußtsein die Worte »Liebe« und »Schmerz« unlösbar miteinander. Sie konnte nicht glauben, sich in Tony Clemenza verliebt zu haben (oder er sich in sie), wagte es nicht zu glauben; wäre sie verliebt, so würde sie sich verletzbar machen, in eine Lage bringen, aus der sie sich nicht verteidigen konnte.

Andererseits konnte sie sich kaum vorstellen, daß Tony ihr wissentlich wehtun würde. Er war nicht wie Earl, ihr Vater; er ließ sich mit niemandem, den sie je zuvor gekannt hatte, vergleichen. Von ihm ging eine Zärtlichkeit aus, eine ganz besondere Art von Güte, die ihr das Gefühl vermittelte, in seinen Händen absolut sicher zu sein. Vielleicht sollte sie mit ihm das Risiko eingehen. Vielleicht war er der Mann, der ein Wagnis wert war.

Aber dann spürte sie, was sie im Falle einer Trennung empfinden würde. Würde sie tatsächlich alles für ihn aufs Spiel setzen, so wäre das ein harter Schlag. Sie wußte nicht, ob sie sich von solch einem Schlag je wieder erholen könnte.

Ein Problem, für das es keine einfache Lösung gab. Sie wollte in diesem Augenblick einfach nicht daran denken. Sie wollte nur neben ihm liegen und in dem leuchtenden Schein baden, den sie gemeinsam geschaffen hatten.

Sie begann sich an die erotischen Empfindungen zu erinnern, die sie schwach gemacht hatten und jetzt hinter ihr lagen, aber noch prickelnd in ihr nachwirkten.

Tony wälzte sich zur Seite und schaute sie an. Er küßte sie auf den Hals, die Wangen. »Einen Penny für das, was du jetzt denkst.«

»Das ist viel mehr wert«, entgegnete sie.
»Einen Dollar.«
»Noch mehr.«
»Hundert Dollar?«
»Vielleicht hunderttausend.«
»Du hast aber teure Gedanken.«
»Eigentlich keine Gedanken – Erinnerungen.«
»Hunderttausend-Dollar-Erinnerungen?«
»Mmmmmmmmmm.«
»Woran?«
»An das, was wir vor wenigen Minuten erlebten.«
»Weißt du«, meinte er, »eigentlich bin ich überrascht. Du wirkst so rein und sauber – fast engelhaft – und dabei hast du richtig verworfene Züge an dir.«
»Ich kann lasterhaft sein«, gab sie zu.
»Sehr.«
»Magst du meinen Körper?«
»Er ist wunderschön.«

Eine Weile redeten sie hauptsächlich Unsinn, den Unsinn der Liebenden, murmelten verträumt vor sich hin unter dem wohligen Eindruck des eben Erlebten, und es gab nichts, was sie nicht amüsierte.

Dann meinte Tony, immer noch mit leiser Stimme, aber eine Spur ernsthafter: »Dir ist natürlich klar, daß ich dich nie wieder hergeben werde.«

Sie spürte, daß er bereit schien, sich festzulegen, auf eine Andeutung ihrerseits wartete. Aber das war das Problem: Sie war nicht bereit. Sie wußte nicht, ob sie sich soweit einlassen würde. Sie mochte ihn. O Gott, und wie sie ihn mochte! Sie konnte sich nichts Erregenderes, nichts Schöneres vorstellen, als mit ihm zusammenzuleben; jeder würde mit seinen Talenten und Interessen das Leben des anderen bereichern. Aber sie hatte Angst vor der Enttäuschung und der Pein, die sich einstellen könnte, wenn er sie eines Tages nicht mehr liebte. Sie hatte all die schrecklichen Jahre in Chicago mit Earl und Emma überwunden, konnte diese schreckliche Lektion aber nicht einfach vergessen, die sie jahrelang in jener armseligen Wohnung gelernt hatte. Sie fürchtete sich davor, sich festzulegen.

Und indem sie nach einem Weg suchte, der angedeuteten Frage auszuweichen, in der Hoffnung, das Gespräch locker und spritzig zu gestalten, fragte sie: »Du willst mich also *nie* loslassen?«

»Nie.«

»Wird es nicht problematisch sein, mit mir im Schlepptau Polizeiarbeit zu tun?«

Er sah ihr in die Augen und versuchte zu ergründen, ob sie verstanden hatte, was er eigentlich meinte.

»Du darfst mich nicht drängen, Tony«, fügte sie beunruhigt hinzu. »Ich brauche Zeit, ein wenig Zeit.«

»Nimm dir soviel Zeit, wie du willst.«

»Im Augenblick bin ich so glücklich, daß ich einfach nur albern sein möchte. Jetzt ist nicht der richtige Zeitpunkt für ernste Gespräche.«

»Dann werde ich auch versuchen, albern zu sein«, antwortete er.

»Worüber wollen wir reden?«

»Ich möchte alles über dich wissen.«

»Das klingt aber ernst, nicht albern.«

»Ich will dir was vorschlagen: Sei du halbwegs ernst, dann benehme ich mich halbwegs albern. Wir wechseln uns ab.«

»In Ordnung. Die erste Frage.«

»Was magst du am liebsten zum Frühstück?«

»Cornflakes«, entgegnete sie.

»Und zum Mittagessen?«

»Cornflakes.«

»Und zum Abendessen?«

»Cornflakes.«

»Augenblick mal«, meinte er.

»Was ist denn?«

»Ich nehme an, das mit dem Frühstück war dein Ernst. Aber dann hast du hintereinander zwei alberne Antworten gegeben.«

»Ich *liebe* Cornflakes.«

»Jetzt schuldest du mir zwei ernsthafte Antworten.«

»Nur zu.«

»Wo bist du geboren?«

»Chicago.«

»Auch dort aufgewachsen?«

»Ja.«

»Eltern?«

»Ich weiß nicht, wer meine Eltern sind. Bin aus einem Ei geschlüpft, einem Entenei. Es war ein Wunder. Du hast bestimmt was darüber gelesen. Es gibt sogar eine katholische Kirche in Chicago, die danach benannt ist. Unsere Liebe Frau aus dem Entenei.«

»Wirklich sehr albern.«

»Danke.«

»Eltern?« fragte er erneut. »Das ist nicht fair«, antwortete sie. »Du darfst nicht dieselbe Frage zweimal stellen.«

»Wer sagt das?«

»Ich.«

»Ist es so schlimm?«

»Was?«

»Nun, was deine Eltern getan haben.«

Sie versuchte, ihn von der Frage abzulenken. »Wie kommst du darauf, daß sie etwas Schreckliches getan haben?«

»Ich habe dich schon einmal nach ihnen gefragt. Wollte etwas über deine Kindheit wissen. Du bist meinen Fragen immer ausgewichen. Du hast das sehr elegant gemacht, das Thema geschickt gewechselt, und geglaubt, ich würde es nicht bemerken, aber ich habe es gemerkt.«

Er hatte plötzlich den durchdringendsten Blick, den sie je gesehen hatte. Fast konnte es einem angst machen.

Sie schloß die Augen, damit er nicht in sie hineinsehen konnte.

»Sag es mir«, bat er.

»Sie waren Alkoholiker.«

»Beide?«

»Yeah.«

»War es schlimm?«

»Oh, und wie.«

»Gewalttätig?«

»Yeah.«

»Und?«

»Und ich mag jetzt nicht darüber reden.«

»Es könnte dir vielleicht guttun.«

»Nein. Bitte, Tony. Ich bin so glücklich. Wenn du mich zwingst, über ... sie ... zu reden ... dann werde ich unglücklich. Bis jetzt war der Abend so wunderschön, du solltest ihn nicht verderben.«

»Über kurz oder lang möchte ich mehr darüber erfahren.«

»Okay«, sagte sie. »Aber nicht heute.«

Er seufzte. »Schön. Mal sehen ... wer ist dein Lieblingsdarsteller im Fernsehen?«

»Kermit, der Frosch.«

»Und welcher menschliche Darsteller?«

»Kermit, der Frosch«, antwortete sie.

»Ich habe gesagt, *menschlich*.«

»Mir kommt er menschlicher vor als irgendein anderer Fernsehstar.«

»Da hast du vielleicht recht. Was ist mit der Narbe?«

»Hat Kermit eine Narbe?«

»Ich meine deine Narbe?«

»Stört sie dich?« fragte sie, wieder versuchend, der Frage auszuweichen.

»Nein«, sagte er. »Sie macht dich nur noch schöner.«

»Wirklich?«

»Wirklich!«

»Macht es dir etwas aus, wenn ich das mit meinem Lügendetektor überprüfe?«

»Du hast einen Lügendetektor hier?«

»Aber klar«, sagte sie und griff nach seinem schlaffen Glied. »Mein Lügendetektor funktioniert ganz einfach. Er hat noch nie versagt. Wir nehmen einfach den Hauptstecker – « sie drückte zu – »und schieben ihn in Steckdose B.«

»Steckdose B?«

Sie rutschte hinunter und nahm ihn in den Mund. Er war sofort erregt. Nach wenigen Minuten konnte er sich kaum mehr beherrschen.

Sie blickte auf und grinste. »Du hast nicht gelogen.«

»Ich sag' es noch einmal: Du bist ein richtig verworfenes Weibsstück.«

»Begehrst du meinen Körper schon wieder?«

»Ich will deinen Körper schon wieder.«

»Und meine Seele?«

»Gehört die nicht dazu?«

Diesmal ließ sie sich auf ihm nieder, bewegte sich vor und zurück, hin und her, auf und ab. Sie lächelte ihn an, als er nach ihren wippenden Brüsten griff, und dann nahm sie keine einzelnen Bewegungen oder einzelnen Stöße mehr wahr, alles zerfloß zu einer ständig strömenden, hitzigen Bewegung, ohne Anfang und ohne Ende.

Um Mitternacht gingen sie in die Küche und aßen eine Kleinigkeit, einen kalten Imbiß, bestehend aus Käse, Huhn, Obst und kaltem Weißwein. Sie trugen alles ins Schlafzimmer, fütterten einander ein wenig, verloren aber bald das Interesse am Essen.

Sie waren wie zwei Teenager, versessen auf ihre Körper und mit scheinbar grenzenloser Ausdauer gesegnet. Und während sie sich in rhythmischer Ekstase bewegten, wurde Hilary plötzlich bewußt, daß hier nicht allein eine Folge von Geschlechtsakten ablief – dies stellte ein wichtiges Ritual, eine tiefschürfende Zeremonie für sie dar, die sie von ihren uralten Ängsten reinigte. Sie vertraute sich einem anderen menschlichen Wesen so vollkommen an, wie sie das noch vor einer Woche nicht für möglich gehalten hätte, denn sie schob allen Stolz von sich, bot sich ihm an, riskierte es, zurückgestoßen und erniedrigt zu werden, und das alles in der brüchigen Hoffnung, daß er ihr nicht wehtun würde. Und er tat es auch nicht. Vieles von dem, was sie machten, hätte mit einem anderen Partner leicht erniedrigend wirken können, aber mit Tony war alles erhebend und großartig. Doch sie konnte ihm immer noch nicht sagen, daß sie ihn liebte, nicht mit Worten, und doch zeigte sie es auf andere Weise, indem sie ihn bettelte, mit ihr zu tun, was er wollte, sich ihm schonungslos öffnete, schließlich vor ihm kniete und mit ihren Lippen und ihrer Zunge das letzte Quentchen Süße aus seinen Lenden saugte.

Der Haß Earl und Emma gegenüber war immer noch so stark wie zu Lebzeiten; denn ihrem Einfluß hatte sie ihre Unfähigkeit zu verdanken, Tony jetzt ihre Gefühle nicht offenbaren zu können. Sie fragte sich, was sie wohl tun müßte, um die Ketten zu zerreißen, die sie ihr angelegt hatten.

Eine Weile lagen sie und Tony im Bett, hielten einander nur in den Armen und sagten nichts, weil es nichts gab, was gesagt werden mußte.

Zehn Minuten später, um halb fünf Uhr morgens, meinte sie: »Ich sollte jetzt nach Hause gehen.«

»Bleib.«

»Kannst du denn immer noch?«

»Du lieber Gott, nein! Ich bin völlig erledigt. Ich will dich nur festhalten. Bitte, schlaf hier«, entgegnete er.

»Wenn ich bleibe, werden wir nicht schlafen.«

»Kannst du denn noch?«

»Unglücklicherweise, mein lieber Mann, kann ich das nicht. Aber ich habe morgen einiges zu tun und du wohl auch. Und wir sind jetzt viel zu erregt und voneinander erfüllt, um ruhig zu werden, solange wir im selben Bett liegen. Wir berühren uns immer wieder, reden und kommen so nicht zum Schlafen.«

»Nun«, meinte er, »wir werden wohl lernen müssen, die Nacht miteinander zu verbringen. Ich meine, wir werden eine ganze Menge Nächte im selben Bett verbringen, meinst du nicht auch?«

»Viele, viele«, antwortete sie. »Die erste Nacht ist die schlimmste. Wir werden uns daran gewöhnen, wenn der Reiz der Neuheit nachläßt. Ich werd' mir angewöhnen, im Bett Lockenwickler und Nachtcreme zu tragen.«

»Und ich werde anfangen, Zigarren zu rauchen und mir die Johnny-Carson-Show anzusehen.«

»Das wäre jammerschade«, lächelte sie.

»Es wird natürlich eine Weile dauern, bis der Reiz verflogen ist.«

»Ja, eine Weile«, pflichtete sie ihm bei.

»Vielleicht fünfzig Jahre.«

»Oder sechzig.«

Sie zögerten den Abschied noch mindestens eine Viertelstunde hinaus, aber schließlich stand sie auf und zog sich an. Tony schlüpfte in seine Jeans.

Auf dem Weg zur Tür blieb sie im Wohnzimmer stehen und starrte eines seiner Gemälde an. Dann meinte sie: »Ich möchte sechs deiner besten Stücke zu Wyant Stevens in Beverly Hills bringen und sehen, ob er dich übernehmen will.«

»Wird er nicht.«

»Ich will es versuchen.«

»Das ist eine der besten Galerien.«

»Warum unten anfangen?«

Er starrte sie an, schien aber durch sie hindurchzusehen. Und dann meinte er: »Vielleicht sollte ich springen.«

»Springen?«

Er erzählte ihr von dem Rat, den Eugene Tucker, der schwarze Ex-Zuchthäusler und jetzt Modemacher, ihm gegeben hatte.

»Tucker hat recht«, meinte sie. »Das ist nicht einmal ein Sprung. Nur ein kleiner Hopser. Schließlich gibst du ja deinen Job bei der Polizei nicht auf. Du streckst ja bloß einmal den Fuß ins Wasser.«

Tony zuckte die Achseln. »Wyant Stevens wird nein sagen, aber ich verliere nichts dabei, indem ich ihm die Gelegenheit gebe.«

»Er wird nicht nein sagen«, erklärte sie. »Wähle ein halbes Dutzend Gemälde aus, von denen du glaubst, daß sie einen repräsentativen Querschnitt deiner Arbeit zeigen. Ich werde versuchen, uns heute gegen Abend oder vielleicht morgen einen Termin bei Wyant zu verschaffen.«

»Wähl du sie aus«, antwortete er. »Nimm sie mit. Wenn du Gelegenheit hast, Stevens zu sprechen, dann zeig sie ihm.«

»Aber er wird dich bestimmt kennenlernen wollen.«

»Wenn ihm das gefällt, was er zu sehen bekommt, kann er das. In diesem Fall werde ich mit dem größten Vergnügen zu ihm gehen.«

»Tony, wirklich – «

»Ich möchte einfach nicht dabeisein, wenn er sagt, daß es sich um ordentliche Arbeiten handelt, aber eben nur um Werke eines begabten Dilettanten.«

»Du bist unmöglich.«

»Vorsicht.«

»Ein solcher Pessimist.«

»Realist.«

Sie hatte nicht die Zeit, sich all die sechzig Gemälde anzusehen, die im Wohnzimmer gestapelt lagen. Sie erfuhr zu ihrer Überraschung, daß er weitere fünfzig in Schränken verstaut hielt und dazu hundert Tuschezeichnungen, fast ebensoviele Aquarelle und unzählige Bleistiftskizzen. Sie wollte sie alle sehen, aber erst wenn sie ausgeruht war und sich wirklich an ihnen erfreuen konnte. Sie wählte sechs der zwölf Bilder aus, die an den Wohnzimmerwänden hingen.

Um die Gemälde zu schützen, wickelten beide sie sorgfältig in ein altes Bettlaken, das Tony zu dem Zweck zerriß.

Er schlüpfte in ein Hemd und Schuhe und half ihr, die Pakete zu ihrem Wagen zu tragen, wo sie sie im Kofferraum verstaute.

Sie klappte den Deckel zu, schloß ihn sorgfältig ab, und dann schauten sie einander an, und keiner von beiden wollte sich vom anderen trennen.

Sie standen am Rand einer Lichtpfütze, die eine sechs Meter hohe Natriumdampflampe auf die Straße warf. Er küßte sie behutsam.

Die Nacht war kalt und still. Sterne standen am Himmel.

»Es wird bald hell werden«, meinte er und küßte sie wieder, und dann hielt er ihr die Fahrertür auf.

»Du wirst heute nicht arbeiten?« fragte sie ihn.

»Nein. Nicht nach ... dem, was mit Frank passiert ist. Ich muß aufs Revier und einen Bericht schreiben, aber das dauert nur etwa eine Stunde. Ich nehm' mir ein paar Tage frei, ich hab' noch genügend Urlaub.«

»Ich ruf' dich heute nachmittag an.«

»Ich werde auf deinen Anruf warten«, sagte er.

Sie fuhr durch die leeren morgendlichen Straßen. Nach kurzer Zeit fing ihr Magen zu knurren an; und ihr fiel ein, daß sie zum Frühstück nichts im Kühlschrank hatte. Sie hatte einkaufen wollen, nachdem der Mann von der Telefongesellschaft wieder gegangen war. Doch dann kam der Anruf von Michael Savatino, und sie war in aller Eile zu Tony gefahren. Sie bog an der nächsten Ecke links ab und kaufte in einem vierundzwanzig Stunden geöffneten Supermarkt Eier und Milch.

Tony nahm an, daß Hilary auf den verlassenen Straßen höchstens zehn Minuten brauchen würde, um nach Hause zu kommen, wartete aber fünfzehn Minuten, ehe er anrief, um sich zu vergewissern, ob sie gut zu Hause angelangt sei. Ihr Telefon klingelte nicht. Er vernahm nur eine Folge von Computergräuschen – Piep- und Summtöne, die Sprache kluger Maschinen –, dann ein Klicken und Knacken und schließlich das hohle gespenstische Zischen einer nicht zustande gekommenen Verbindung. Er legte auf und wählte erneut, diesmal sorgfältig darauf bedacht, jede einzelne Ziffer richtig zu wählen, aber wieder klingelte das Telefon nicht.

Er war sicher, daß er ihre neue Geheimnummer richtig notiert, sie sogar zweimal wiederholt hatte, um auch ja sicherzugehen. Sie las sie ihm von der Kopie des Arbeitsauftrages der Telefongesellschaft vor, die sie in der Handtasche bei sich hatte, also konnte sie sich doch unmöglich irren.

Er wählte die Nummer der Vermittlung und erklärte der Frau am anderen Ende sein Problem. Sie versuchte, die Nummer für ihn anzurufen, kam aber ebenfalls nicht durch.

»Ist vielleicht nicht aufgelegt?« fragte er.

»Nein, das scheint nicht der Fall zu sein.«

»Was können Sie tun?«

»Ich werde melden, daß der Anschluß gestört ist«, sagte sie. »Dann kümmert sich der Störungsdienst darum.«

»Wann?«

»Gehört die Nummer einer alten oder kranken Person?«

»Nein«, antwortete er.

»Dann fällt sie unter die normale Störungsroutine«, meinte sie. »Jemand von unserer Störungsstelle wird nach acht Uhr früh nachsehen.«

»Vielen Dank.«

Er legte auf. Er saß am Bettrand und starrte nachdenklich auf die zerwühlten Laken, auf denen Hilary gelegen hatte, schaute auf den Zettel, auf dem ihre neue Nummer stand.

Gestört?

Es bestand natürlich die Möglichkeit, daß der Monteur gestern nachmittag beim Umschalten einen Fehler gemacht hatte. Möglich. Aber nicht wahrscheinlich.

Plötzlich dachte er an den anonymen Anrufer, der sie belästigte. Solche Leute waren gewöhnlich schwach, sexuell verklemmt, fast ausnahmslos unfähig, eine normale sexuelle Beziehung mit einer Frau einzugehen. Für einen Versuch der Notzucht schienen sie üblicherweise zu introvertiert und ängstlich zu sein. Üblicherweise. Fast ausnahmslos. Im allgemeinen.

Aber konnte man sich vorstellen, daß dieser Täter der eine von tausend wäre, der *doch* gefährlich werden könnte?

Tony griff sich an den Magen. Er fing an, sich unwohl zu fühlen.

Wenn die Buchmacher in Las Vegas Wetten darauf angenommen hätten, daß Hilary Thomas in weniger als einer Woche zweimal von geistesgestörten Gewalttätern überfallen würde – die Chancen dagegen wären astronomisch hoch gewesen. Andererseits hatte Tony in seiner Zeit bei der Polizei von Los Angeles immer wieder erlebt, daß gerade das Unwahrscheinliche passierte; und das lehrte ihn schon vor langer Zeit, das Unerwartete zu erwarten.

Er dachte an Bobby Valdez. Nackt. Sah ihn aus dem winzigen Küchenschrank kriechen. Die Augen wild geweitet. Die Pistole in der Hand.

Vor dem Schlafzimmerfenster ertönte der Ruf eines Vogels, obwohl noch kein Licht den östlichen Himmel berührte. Ein schriller Schrei ansteigend und abschwellend und wieder ansteigend, und der Vogel im Hof schwebte von Baum zu Baum; der Schrei klang, als würde der Vogel von etwas sehr Schnellem, Hungrigem, Gnadenlosem verfolgt.

Tony brach auf der Stirn der Schweiß aus.

Er erhob sich von der Bettkante.

In Hilarys Haus mußte irgend etwas im Gange sein, etwas war passiert, etwas Schreckliches.

Sie kaufte im Supermarkt Milch, Eier, Butter und noch ein paar andere Dinge, und es dauerte mehr als eine halbe Stunde, bis Hilary nach Hause kam. Sie verspürte Hunger und war angenehm müde. Sie freute sich auf ein kleines Käseomelett mit feingehackter Petersilie – und anschließend wenigstens sechs Stunden ununterbrochenen tiefen, tiefen Schlaf. Sie war viel zu müde, um sich noch die Mühe zu machen, den Mercedes in die Garage zu stellen; vielmehr parkte sie auf der kreisförmigen Einfahrt.

Die automatische Berieselungsanlage besprühte das dunkle Gras mit Wasser und erzeugte ein zischendes, pfeifendes Geräusch. Eine leichte Brise bewegte die Palmblätter über ihr. Sie ging durch den Vordereingang ins Haus. Das Wohnzimmer war stockdunkel. Aber das Licht in der Eingangshalle brannte noch, weil sie schon beim Wegfahren damit gerechnet hatte, spät nach Hause zurückzukommen. Im Haus angelangt, hielt sie die Tüte mit ihren Einkäufen im Arm, schloß die Tür und sperrte sie zweimal ab.

Sie schaltete die Deckenlampe im Wohnzimmer ein und trat zwei Schritte nach vorn, ehe ihr klar wurde, daß der Raum verwüstet war, zwei Tischlampen zerschlagen, die Lampenschirme zerfetzt. Eine Vitrine lag in tausend scharfe Scherben zersprungen auf dem Teppich, und das gesamte teure Sammlerporzellan, das in der Vitrine gestanden hatte, war zerschlagen; nur noch wertlose Bruchstücke lagen auf dem steinernen Kaminsims oder auf dem Boden, wo man sie zusätzlich mit Absätzen zermahlen hatte. Das Sofa und die Sessel waren aufgeschlitzt worden; Schaumstoff- und Polstermaterial lagen überall auf dem Boden verstreut. Zwei Holzstühle, die der Täter offensichtlich mehrmals gegen die Wand geschmettert hatte, eigneten sich nur noch für Kaminholz; und die Wand zeigte tiefe Furchen. Dem netten kleinen antiken Schreibtisch in der Ecke fehlten die Beine; jemand hatte sämtliche Schubladen herausgerissen und zerschlagen. Die Gemälde hingen alle noch an derselben Stelle, dafür waren sie in Fetzen gerissen. Aus dem Kamin hatte jemand Asche herausgeholt und über den wunderschönen Edward-Fields-Teppich verstreut. Kein einziges Möbelstück war übersehen worden; selbst das Gitter vor dem Kamin hatte man zerschlagen und sämtliche Pflanzen aus den Töpfen gerissen und zerfetzt.

Zuerst schien Hilary benommen, doch dann wich der Schock einem Zorn über diesen Vandalismus. »Diese Schweine!« stieß sie zwischen zusammengepreßten Zähnen hervor.

Sie hatte viele glückliche Stunden damit verbracht, persönlich jeden einzelnen Gegenstand im Raum auszuwählen.

Das alles war ein kleines Vermögen wert, aber der zerstörte Wert beunruhigte sie gar nicht; das meiste war ja versichert. Nicht ersetzen konnte man den sentimentalen Wert, den alles darstellte, jene wirklich schönen Stücke, die sie erstmals besessen hatte; es tat weh, sie zu verlieren. Tränen traten ihr in die Augen.

Benommen und ungläubig ging sie ein paar Schritte weiter, ehe ihr klar wurde, daß sie sich vielleicht in Gefahr begab. Sie blieb stehen, lauschte. Im Haus herrschte Totenstille.

Ein eisiger Schauer raste über ihren Rücken, und einen schrecklichen Augenblick lang bildete sie sich ein, sie könne fremden Atem in ihrem Nacken spüren.

Sie wirbelte herum, sah sich um.

Da war niemand.

Die Tür zur Flurgarderobe, die verschlossen war, als sie das Haus betrat, war auch jetzt noch verschlossen. Einen Augenblick lang starrte sie erwartungsvoll hin, in der Angst, sie würde sich öffnen. Aber wenn sich jemand dort versteckte und ihr auflauern wollte, wäre er längst herausgekommen.

Das ist absolut verrückt, dachte sie. Ein zweites Mal kann das nicht passieren. Das gibt es einfach nicht. Das ist doch lächerlich. Oder?

Hinter ihr war ein Geräusch zu vernehmen.

Mit einem halblauten Schrei fuhr sie herum und hob die Hand, um den Angreifer abzuwehren.

Aber da war niemand, der sie angriff. Sie stand immer noch allein im Raum.

Trotzdem war sie überzeugt davon, daß das Geräusch nichts Harmloses bedeutete, keine Diele und kein Balken, der sich setzte. Sie wußte, daß sie sich nicht allein im Haus befand, fühlte, daß da noch jemand war.

Wieder das Geräusch.

Im Wohnzimmer.

Ein Knacken. Ein leises Klirren, wie jemand, der den Fuß auf ein Stück zerbrochenes Glas oder Porzellan setzte.

Und wieder ein Schritt.

Das Eßzimmer lag hinter einem Durchgang, etwa sechs Meter von Hilary entfernt. Dort drinnen war es finster wie in einem Grab.

Wieder ein Schritt: *Knirsch – knack.*

Sie zog sich vorsichtig zurück, auf die Haustür zu, die ihr jetzt eine Meile entfernt schien. Wenn sie sie nur nicht abgeschlossen hätte!

Ein Mann trat aus der völligen Dunkelheit des Eßzimmers in den Halbschatten unter dem Bogen, ein großer, breitschultriger Mann. Eine Sekunde lang blieb er im Halbdunkel stehen, dann trat er ins hellerleuchtete Wohnzimmer.

»Nein!« schrie Hilary.

Fassungslos blieb sie stehen. Ihr Herz schlug wie wild, und ihr Mund war ausgetrocknet; sie konnte einfach nicht aufhören, den Kopf zu schütteln: nein, nein, nein.

Der Mann hielt ein riesiges, bösartig blitzendes Messer in der Hand. Er grinste sie an. Es war Bruno Frye.

Tony freute sich über die leeren Straßen; eine Verzögerung hätte er nicht ertragen können. Dabei ängstigte er sich, bereits zu spät zu kommen.

Er fuhr, soviel sein Wagen hergab, auf dem Santa Monica Boulevard nach Norden und bog dann westlich in den Wilshire ab, jagte seinen Jeep auf hundertzwanzig Stundenkilometer, und erreichte schließlich die erste Gefällstrecke außerhalb von Beverly Hills. Der Motor heulte auf und die Fenster und die lockeren Knöpfe am Armaturenbrett vibrierten blechern. In der Talsohle angelangt, bremste er nicht an der roten Verkehrsampel, sondern drückte den Hupenknopf und raste über die Kreuzung. Er preschte über einen flachen Wasserabfluß in der Straße, eine breite Senke, die man bei fünfzig Stundenkilometern kaum bemerkte, die aber bei seinem Tempo wie ein gähnender Abgrund wirkte; den Bruchteil einer Sekunde lang flog er förmlich durch die Luft und stieß, obwohl er angeschnallt war, mit dem Kopf gegen das Wagendach. Der Jeep krachte auf das Pflaster zurück, ein vielstimmiger Chor klappernder und klirrender

Laute und dazu die scharfe Warnung des gequälten Gummis. Er begann nach links abzurutschen, das Wagenheck schlitterte kreischend und quietschend über die Straße, und einen elektrisierenden Augenblick lang dachte er, er würde die Kontrolle über das Fahrzeug verlieren. Aber dann gehorchte ihm plötzlich das Steuer wieder; er war schon halb den nächsten Hügel hinaufgefahren, ohne richtig zu wissen, wie er dorthin gelangte.

Seine Geschwindigkeit war auf siebzig abgesunken, und er beschleunigte wieder auf neunzig. Er beschloß, nicht mehr schneller zu fahren. Er hatte nur noch eine kurze Strecke vor sich. Wenn er den Jeep um eine Straßenlaterne wickelte oder sich überschlug und sich dabei umbrachte, würde das Hilary nichts nützen.

Die Verkehrsregeln befolgte er immer noch nicht. Er fuhr viel zu schnell, und schnitt Kurven, kam immer wieder auf die Gegenspur und dankte Gott dafür, daß es keinen Gegenverkehr gab. Die Verkehrsampeln schienen sich alle gegen ihn verschworen zu haben, aber er ignorierte sie völlig. Daß man ihn wegen überhöhter Geschwindigkeit oder rücksichtsloser Fahrweise eine Strafe verpassen könnte, beunruhigte ihn nicht. Sollte man ihn aufhalten, würde er einfach seine Plakette zeigen und die uniformierten Beamten mit zu Hilarys Haus nehmen. Dabei hoffte er freilich, daß ihm die Chance erspart blieb, Verstärkung mitzunehmen, denn das würde nur bedeuten, anzuhalten, sich auszuweisen und Erklärungen abzugeben. Und dabei würde er wenigstens eine Minute verlieren.

Und er hatte das untrügliche Gefühl, daß eine Minute bei Hilary schon über Leben und Tod entscheiden könnte.

Als sie Bruno Frye durch den Türbogen auf sich zukommen sah, dachte Hilary, sie müßte den Verstand verlieren. Der Mann war tot. *Tot!* Sie hatte ihm zwei Messerstiche verpaßt, sein Blut gesehen und in der Leichenhalle liegen sehen, kalt, gelbgrau, leblos. Man hatte eine Autopsie an ihm vorgenommen. Ein Totenschein war ausgestellt worden. *Tote Männer laufen nicht.* Und trotzdem schien er aus dem Grab zurückgekehrt, kam aus dem dunklen Eßzimmer geradewegs auf sie zu, der ungeladene Gast, wie man ihn sich ungeladener nicht vorstellen konnte, ein riesiges Messer in der behandschuhten Hand, erpicht darauf, das zu Ende zu bringen, womit er letzte Woche angefangen hatte; und dabei schien es absolut unmöglich, daß er jetzt hier war.

Hilary schloß die Augen und versuchte ihn wegzudenken. Aber als sie sich in der nächsten Sekunde zwang, wieder hinzusehen, stand er immer noch da.

Sie war unfähig, sich zu bewegen. Sie wollte wegrennen, aber all ihre Gelenke – Hüften, Knie, Knöchel – waren starr, wie gelähmt, und sie hatte nicht die Kraft, sie zu einer Bewegung zu zwingen. Sie fühlte sich schwach, gebrechlich wie eine alte, alte Frau; sie war überzeugt, wenn sie es irgendwie schaffte, die Sperre ihrer Gelenke zu lösen, und einen Schritt zu tun, würde sie zusammenbrechen.

Sie brachte keinen Ton hervor, aber innerlich schrie sie.

Frye blieb weniger als fünf Meter von ihr entfernt stehen, den einen Fuß mit einem Bündel Polsterung aus einem der zerstörten Sessel umgeben. Sein Gesicht schien lehmfarben und er zitterte heftig, befand sich offenbar am Rande der Hysterie.

War es möglich, daß ein Toter hysterisch wurde?

Sie mußte von Sinnen sein. Anders war das alles nicht vorstellbar. Völlig verrückt. Aber sie wußte, daß sie das nicht war.

Ein Gespenst? Sie glaubte nicht an Gespenster. Und außerdem müßte ein Geist substanzlos, durchsichtig oder wenigstens durchscheinend sein. Konnte eine Erscheinung so körperlich solide wie dieser sich bewegende tote Mann wirken, so überzeugend und erschreckend *wirklich*, wie er?

»Miststück«, brummte er. »Stinkendes, verkommenes Miststück!«

Seine harte, ausdruckslose Stimme, die so klang, als hätte er Kieselsteine im Mund, schien unverkennbar.

Aber, dachte Hilary, dem Wahnsinn nahe, seine Stimmbänder müßten doch schon angefangen haben zu verfaulen. Seine Kehle sollte schon in Verwesung übergegangen sein.

Sie spürte, wie ein schrilles Lachen in ihr aufstieg, und kämpfte dagegen an. Wenn sie jetzt anfing zu lachen, würde sie vielleicht nie wieder damit aufhören.

»Du hast mich umgebracht«, sagte er drohend, immer noch am Rande der Hysterie.

»Nein«, entgegnete sie. »O nein, nein, nein!«

»Doch!« schrie er und fuchtelte mit dem Messer herum. »Du hast mich umgebracht! Fang jetzt bloß nicht an zu lügen. Ich weiß es. Meinst du, ich weiß das nicht? O Gott! Ich komme mir so eigenartig vor, so allein, ganz allein, so leer.« Seine Wut mischte sich mit echter Pein. »So leer und so voller Angst. Und das alles deinetwegen.«

Langsam legte er die letzten paar Meter zurück, die ihn noch von ihr trennten, bahnte sich vorsichtig seinen Weg durch all das Chaos auf dem Boden.

Hilary konnte sehen, daß die Augen dieses Toten nicht glasig oder mit milchigem Ausfluß bedeckt waren; diese Augen wirkten blaugrau und sehr lebendig – und in ihnen funkelte kalte, blinde Wut.

»Diesmal wirst du tot bleiben«, sagte Frye und rückte näher. »Diesmal kommst du nicht wieder zurück.«

Sie versuchte, zurückzuweichen, tat zögernd einen Schritt, und die Beine hätten ihr beinahe den Dienst versagt. Aber sie stürzte nicht. In ihr schien doch noch mehr Kraft zu sein, als sie geglaubt hatte.

»Diesmal«, wiederholte Frye, »werde ich aufpassen. Du wirst keine Chance haben, wieder zurückzukehren. Das beschissene Herz werd' ich dir aus dem Leib schneiden.«

Sie tat einen weiteren Schritt, aber es nützte nichts; sie konnte nicht entkommen. Sie würde nicht die Zeit haben, die Tür zu erreichen und beide Schlösser zu öffnen. Wenn sie das versuchte, würde er in einer Sekunde über ihr sein und ihr das Messer zwischen die Schultern stoßen.

»Einen Pfahl werd' ich dir durch dein Herz jagen.«

Wenn sie zur Treppe rannte und versuchte, die Pistole aus ihrem Schlafzimmer zu holen, würde sie ganz sicher nicht dasselbe Glück haben wie beim letzten Mal. Diesmal würde er sie erwischen, ehe sie das Obergeschoß erreichte.

»Den verdammten Kopf werd' ich dir abschneiden.«

Er ragte über ihr auf, nur noch um Armeslängen entfernt. Es gab keinen Ort, an den sie fliehen konnte, keinen, an dem sie sich verstecken konnte.

»Die Zunge werd' ich dir rausschneiden. Und dir das Maul voll Knoblauch stopfen. Es so voll Knoblauch stopfen, daß du dich diesmal nicht wieder aus der Hölle 'rausreden kannst.«

Sie hörte dröhnend ihren eigenen Herzschlag. Und ihre Angst war so überwältigend, daß sie nicht mehr atmen konnte.

»Die Augen stech' ich dir heraus.«

Sie erstarrte wieder, unfähig, sich auch nur einen Zentimeter weiter zu bewegen.

»Die Augen stech' ich dir aus, und dann zerquetsch' ich sie, damit du nie mehr sehen kannst.«

Frye hob das Messer hoch über den Kopf. »Die Hände schneid' ich dir ab, damit du dir den Weg von der Hölle zurück nicht ertasten kannst.«

Das Messer hing eine Ewigkeit lang dort oben, während die Zeit für Hilary in Zeitlupe ablief. Die bösartige Messerspitze zog ihren Blick magisch an und hypnotisierte sie.

»Nein!«

Die Deckenbeleuchtung spiegelte sich in der Schneide der Waffe, blitzte wie ein Feuerwerk.

»Miststück!«

Und dann begann das Messer nach unten zu wandern, auf ihr Gesicht zu, und Licht blitzte von der stählernen Klinge, senkte sich unabwendbar, kam immer näher, in einem langen, mörderischen Bogen.

Sie hielt immer noch die Tüte mit ihren Einkäufen im Arm. Und jetzt, ohne nachzudenken, was zu tun war, mit einer einzigen schnellen, instinktiven Bewegung packte sie die Tüte mit beiden Händen und stieß sie nach oben, dem sich herabsenkenden Messer in den Weg, versuchte verzweifelt, den todbringenden Stich aufzuhalten.

Die Klinge fetzte durch die Lebensmittel, riß einen Karton mit Milch auf.

Frye brüllte wütend.

Die tropfende Tüte wurde Hilary weggerissen; sie fiel zu Boden, Eier und Butterstücke quollen heraus, und die Milch spritzte.

Das Messer war dem Toten aus der Hand gerissen worden. Er bückte sich, um es aufzuheben.

Hilary rannte zur Treppe. Sie wußte, daß sie das Unvermeidliche nur hinausgezögert hatte. Sie hatte zwei oder drei Sekunden gewonnen, nicht mehr – bei weitem nicht soviel Zeit, um sich zu retten.

Es klingelte an der Tür.

Überrascht hielt sie am Fuß der Treppe inne und wandte sich um.

Frye stand mit dem Messer in der Hand da.

Ihre Blicke begegneten sich; Hilary konnte das Flackern der Unschlüssigkeit in seinen Augen entdecken.

Frye bewegte sich auf sie zu, aber nicht mehr so zuversichtlich wie vorher. Er blickte nervös zur Tür.

Es klingelte wieder.

An das Treppengeländer geklammert und sich rückwärts die Stufen hinaufbewegend, schrie Hilary um Hilfe, schrie, so laut sie konnte.

Und draußen brüllte eine Männerstimme: »Polizei!«

Es war Tony.

»Polizei! Sofort aufmachen!«

Hilary hatte keine Ahnung, warum er gekommen war. Aber sie war noch nie so froh gewesen, die Stimme eines Menschen zu hören, wie sie jetzt froh war, die seine zu vernehmen.

Frye blieb beim Wort »Polizei« stehen, schaute Hilary an und dann die Tür, dann wieder Hilary und versuchte, seine Chance abzuschätzen.

Sie hörte nicht auf, um Hilfe zu schreien.

Glas explodierte mit einem scharfen Knall, der Frye überrascht zusammenzucken ließ; die scharfen Glassplitter klirrten auf dem Fliesenboden.

Obwohl sie von dem Punkt der Treppe aus, an dem sie stand, den Vorraum nicht sehen konnte, wußte Hilary, daß

Tony das schmale Fenster neben der Haustür eingeschlagen hatte.

»*Polizei!*«

Frye funkelte sie an. Sie hatte noch nie einen solchen Haß gesehen, wie er jetzt Fryes Gesicht verzerrte und seinen Augen den Glanz des Wahnsinns verlieh.

»Hilary!« schrie Tony.

»Ich komme wieder«, sagte Frye.

Der Tote wandte sich von ihr ab und rannte durch das Wohnzimmer aufs Eßzimmer zu, offenbar, um durch die Küche nach draußen zu entkommen.

Schluchzend hastete Hilary die paar Stufen hinunter. Sie stürzte zur Haustür, wo Tony durch die kleine zerbrochene Scheibe nach ihr rief.

Tony schob seinen Dienstrevolver ins Halfter zurück, als er aus dem hinteren Garten wieder in die hellerleuchtete Küche trat. Hilary stand an der Theke, wenige Zentimeter von ihrer Hand entfernt lag ein Messer. Er schloß die Tür und meinte: »Im Rosengarten ist niemand.«

»Sperr sie ab«, sagte sie. »Was?«

»Die Tür. Sperr sie ab.«

Er versperrte sie.

»Und du hast überall nachgesehen?« fragte sie.

»In jedem Winkel.«

»Und auch an den Hauswänden?«

»Ja.«

»In den Sträuchern?«

»In jedem Busch.«

»Und was jetzt?« fragte sie. »Ich rufe im Präsidium an und sorge dafür, daß ein paar uniformierte Beamte herkommen und einen Bericht aufnehmen.«

»Das wird nichts nützen«, beharrte sie. »Das kann man nie wissen. Vielleicht hat ein Nachbar am Abend jemanden hier herumlungern sehen. Oder jemand hat ihn beim Weglaufen beobachtet.«

»Muß ein Toter denn wegrennen? Kann ein Gespenst nicht einfach verschwinden, wenn es das will?«

»Du glaubst nicht an Gespenster?«

»Vielleicht war es kein Gespenst«, sagte sie. »Vielleicht war es eine wandelnde Leiche. Eine ganz gewöhnliche wandelnde Leiche, wie man sie überall zu sehen bekommt.«

»Du glaubst auch nicht an Untote.«

»Tu' ich das nicht?«

»Dafür bist du zu vernünftig.«

Sie schloß die Augen und schüttelte den Kopf. »Ich weiß selbst nicht mehr, was ich glauben oder nicht glauben soll.«

In ihrer Stimme lag ein Zittern, das ihn beunruhigte. Sie stand kurz vor dem Zusammenbruch.

»Hilary ... weißt du wirklich, was du gesehen hast?«

»Das war *er*.«

»Aber wie kann das sein?«

»Es war Frye«, beharrte sie.

»Du hast ihn letzten Donnerstag in der Leichenschauhalle gesehen.«

»War er da tot?«

»Natürlich war er tot.«

»Wer hat das gesagt?«

»Die Ärzte. Pathologen.«

»Es ist auch schon vorgekommen, daß Ärzte sich geirrt haben.«

»Wenn es darum geht, ob einer tot ist oder nicht?«

»Man liest hie und da etwas darüber in den Zeitungen«, entgegnete sie. »Die beschließen, daß einer ins Gras gebissen hat. Sie unterschreiben den Totenschein; und dann setzt sich der Verblichene plötzlich auf dem Tisch des Leichenbestatters auf. Das kommt vor. Nicht oft. Ich gebe ja zu, daß das nicht alle Tage passiert. Ich weiß, daß das nur einmal unter Millionen Fällen passiert.«

»Eher einmal unter zehn Millionen.«

»Aber es kommt vor.«

»Nicht in diesem Fall.«

»Ich hab' ihn doch *gesehen*! Hier. In diesem Haus. Heute.«

Er trat zu ihr, küßte sie auf die Wange und ergriff ihre Hand, die eiskalt war. »Hör zu, Hilary. Er ist tot. Aufgrund der Stiche, die du ihm versetzt hast, hat Frye die Hälfte seines

Blutes verloren. Man hat ihn in einer riesigen Blutlache gefunden. Er hat das ganze Blut verloren und lag dann ein paar Stunden in der heißen Sonne, ohne daß jemand sich um ihn gekümmert hat. Das kann er einfach nicht überlebt haben.«

»Vielleicht doch.«

Tony führte ihre Hand an seine Lippen und küßte ihre bleichen Finger. »Nein«, sagte er leise, aber entschieden. »Wenn man so viel Blut verloren hat, stirbt man.«

Tony nahm an, daß sie unter einem leichten Schock litt, der irgendwie dazu geführt haben mag, daß ihre Sinneswahrnehmungen eine Art Kurzschluß erlitten, eine kurzzeitige Verwirrung ihres Erinnerungsvermögens. In ihrer Vorstellung hatte sich dieser Angriff mit dem der letzten Woche vermischt. In ein paar Minuten, wenn sie sich wieder unter Kontrolle haben würde, dächte sie klarer, und dann würde ihr bewußt werden, daß der Mann, der heute nacht hier war, nicht Bruno Frye sein konnte. Er brauchte sie nur ein wenig zu streicheln, mit ruhiger Stimme auf sie einreden und all ihre Fragen und wirren Vermutungen so vernünftig und so ruhig wie möglich beantworten, bis sie wieder zu sich selbst fände.

»Vielleicht war Frye nicht tot, als sie ihn auf diesem Supermarktparkplatz fanden«, sagte sie. »Vielleicht lag er nur im Koma.«

»Das hätte der Leichenbeschauer bei der Autopsie festgestellt.«

»Vielleicht hat er keine Autopsie vorgenommen.«

»Wenn er das nicht getan hat, dann war es ein anderer Arzt, einer seiner Mitarbeiter.«

»Nun«, sagte Hilary, »vielleicht hatten sie an dem Tag besonders viel zu tun – eine Menge Leichen gleichzeitig oder so etwas – und haben einfach nur den Bericht ausgefüllt, ohne die Autopsie tatsächlich durchzuführen.«

»Unmöglich«, meinte Tony. »Die gerichtsmedizinische Abteilung arbeitet streng nach Vorschrift, es gab da noch nie irgendwelche Vorkommnisse dieser Art.«

»Könnten wir es nicht wenigstens überprüfen?« fragte sie.

Er nickte. »Sicher. Das können wir machen. Aber du vergißt, daß Frye durch die Hände wenigstens eines Bestattungstechnikers gegangen ist, wahrscheinlich durch zwei. Das wenige Blut, das noch in ihm war, wurde entfernt und durch Balsamierflüssigkeit ersetzt.«

»Bist du sicher?«

»Um nach St. Helena überführt zu werden, mußte er vorher entweder einbalsamiert oder eingeäschert werden. So schreibt es das Gesetz vor.«

Sie überlegte einen Augenblick und meinte dann: »Aber was ist, wenn er wirklich einen jener bizarren Fälle darstellt, den einen unter zehn Millionen? Was, wenn er irrtümlich für tot erklärt worden ist? Was, wenn der Leichenbeschauer geschummelt hat? Und was, wenn Frye sich auf dem Tisch des Einbalsamierers aufgesetzt hat, gerade als der Leichenbestattungstechniker seine Arbeit beginnen wollte?«

»Du greifst nach Strohhalmen, Hilary. Du mußt doch einsehen, daß wir das erfahren hätten. Wenn ein Bestattungstechniker sich im Besitz einer Leiche befände, die sich plötzlich als scheintot erwiese, als praktisch blutloser Mann, der dringend ärztlicher Behandlung bedurfte, dann würde ihn der Bestattungstechniker doch mit größter Eile zum nächsten Krankenhaus schaffen. Außerdem riefe er das Büro des Leichenbeschauers an, oder das Krankenhaus würde dies tun. Wir hätten es sofort erfahren.«

Sie dachte über seine Worte nach, starrte auf den Küchenboden und kaute auf ihrer Unterlippe. Schließlich sagte sie: »Was ist mit Sheriff Laurenski in Napa County?«

»Von ihm haben wir bis jetzt noch keine Aussage.«

»Warum nicht?«

»Er weicht uns aus, nimmt unsere Anrufe nicht an und ruft auch nicht zurück.«

»Nun, sagt dir das denn nicht, daß an diesem Fall irgend etwas nicht stimmt?« fragte sie. »Es läuft da irgendeine krumme Sache, und der Sheriff ist beteiligt.«

»An was für eine krumme Sache denkst du denn?«

»Ich ... ich weiß nicht.«

Tony, der immer noch mit ruhiger Stimme sprach und überzeugt war, daß sie schließlich auf seine sanften, vernünftigen Argumente eingehen würde, meinte: »Eine Verschwörung zwischen Frye und Laurenski und vielleicht dem Satan selbst? Eine Verschwörung, den Tod um das zu betrügen, was ihm gehört? Eine böse Verschwörung, um aus dem Grab zurückzukehren? Eine Verschwörung, irgendwie ewig zu leben? Für mich ergibt das absolut keinen Sinn. Für dich etwa?«

»Nein«, erwiderte sie gereizt. »Für mich ergibt das auch keinen Sinn.«

»Gut. Es freut mich, das zu hören. Wenn du nämlich behauptet hättest, für dich ergäbe das einen Sinn, so würde ich mir ernstlich Sorgen um dich machen.«

»Aber, verdammt noch mal, hier ist doch etwas höchst Ungewöhnliches im Gange, etwas Außergewöhnliches. Und allem Anschein nach ist Sheriff Laurenski in die Sache verwickelt. Schließlich hat er Frye letzte Woche gedeckt, hat für ihn gelogen. Und jetzt weicht er euch aus, weil er für das, was er getan hat, keine brauchbare Erklärung findet. Kommt dir das denn nicht verdächtig vor? Wirkt er auf dich nicht wie ein Mann, der bis über beide Ohren in irgendeiner Verschwörung steckt?«

»Nein«, antwortete Tony. »Mir erscheint er als höchst verlegener Polizist. Für einen Beamten hat er einen verdammt unangenehmen Fehler begangen, einen wichtigen Mann aus seiner Gegend gedeckt, weil er sich einfach nicht vorstellen konnte, daß dieser Mann mit Notzucht oder Mord etwas zu tun haben könnte. Er konnte Frye letzten Mittwochabend nicht ausfindig machen, behauptete aber, ihn angetroffen zu haben. Er war völlig überzeugt, Frye sei nicht der Mann, den wir suchten.

Aber er hatte unrecht. Und jetzt schämt er sich.«

»Und das glaubst du?« fragte sie.

»Nun, das glaubt jeder im Präsidium.«

»Nun, ich glaube es nicht.«

»Hilary – «

»Ich habe Bruno Frye heute nacht gesehen!«

Anstatt langsam wieder zur Vernunft zu kommen, wie er gehofft hatte, wurde ihr Zustand eher schlimmer, sank sie noch tiefer in diese finstere Fantasiewelt lebender Toter und geheimnisvoller Verschwörungen. Er würde andere Saiten aufziehen müssen.

»Hilary, du hast Bruno Frye nicht gesehen. Er war nicht hier. Nicht in dieser Nacht. Er ist tot. Tot und begraben. Der Mann, der dich heute nacht überfallen hat, war ein anderer. Du stehst unter Schock. Du bist verwirrt. Das ist völlig verständlich, aber – «

Sie entzog ihm ihre Hand und trat einen Schritt zurück. »Ich bin nicht verwirrt. Frye war hier. Und er hat gesagt, daß er zurückkommen würde.«

»Noch vor einer Minute hast du zugegeben, daß deine Geschichte überhaupt keinen Sinn ergibt. Oder hast du das nicht behauptet?«

»Doch«, antwortete sie widerstrebend. »Das habe ich behauptet. Es ergibt keinen Sinn. Aber es ist so *passiert*!«

»Glaub mir, ich habe schon oft Leute erlebt, die einen Schock erlitten«, meinte Tony. »Das verzerrt das Wahrnehmungsvermögen und die Erinnerung und – «

»Willst du mir jetzt helfen oder nicht?« fragte sie.

»Natürlich werde ich dir helfen.«

»Wie? Was werden wir tun?«

»Zunächst einmal werden wir den Einbruch und den Überfall melden.«

»Wird das nicht schrecklich peinlich werden?« fragte sie ironisch. »Wenn ich denen sage, daß ein Toter versucht hat, mich zu ermorden, meinst du dann nicht, daß die mich für ein paar Tage in die psychiatrische Abteilung einweisen, und mich gründlich untersuchen wollen? Du kennst mich viel besser als sonst jemand, und selbst du hältst mich für verrückt.«

»Ich halte dich nicht für verrückt«, entgegnete er, von ihrem Tonfall verletzt. »Ich glaube nur, daß du durcheinander bist.«

»Verdammt.«

»Hilary, hör zu. Wenn die Polizeibeamten hierherkommen, wirst du ihnen kein Wort über Frye sagen. Du wirst dich beruhigen, dich zusammenreißen – «

»Ich reiß' mich doch zusammen!«

» – und wirst versuchen, dich genau zu erinnern, wie der Eindringling ausgesehen hat. Wenn deine Nerven sich beruhigt haben, wenn du dich wieder in der Gewalt hast, wirst du selbst darüber staunen, wie genau du dich erinnern kannst. Dann wird dir auch klar sein, daß das nicht Bruno Frye war.«

»Doch, er war es.«

»Er hat Frye vielleicht ähnlich gesehen, aber – «

»Jetzt redest du genau wie Frank Howard neulich«, schrie sie zornig.

Tony blieb geduldig. »Neulich hast du zumindest einen Mann beschuldigt, der *lebte*.«

»Du bist genau wie alle anderen, denen ich bisher vertraut habe«, entgegnete sie; ihre Stimme klang brüchig.

»Ich will dir doch helfen.«

»Einen Dreck willst du.«

»Hilary, du darfst dich jetzt nicht von mir abwenden.«

»Du hast dich doch von mir abgewendet.«

»Du bist mir wichtig.«

»Dann zeig es.«

»Ich bin hier, oder nicht? Wie soll ich es dir sonst beweisen?«

»Indem du mir glaubst«, sagte sie. »Das ist der beste Beweis.«

Er erkannte, wie unsicher sie wirkte, und nahm an, daß das auf schlechter Erfahrung mit Leuten beruhte, die sie geliebt und denen sie vertraut hatte. Man mußte ihr wirklich übel mitgespielt und ihr Vertrauen schwer mißbraucht haben. Eine gewöhnliche Enttäuschung hätte sie wohl ganz sicher nicht so empfindlich gemacht, wie sie es war. Von dem Augenblick an, wo er an ihrer Darstellung zweifelte, hatte sie angefangen, sich von ihm zurückzuziehen, obwohl er ihre Glaubwürdigkeit in keinster Weise in Frage stellte. Aber, verdammt, er durfte einfach nicht so tun, als würde er ihren Wahnvorstellungen glauben; er mußte sie sachte, aber bestimmt in die Wirklichkeit zurückführen.

»Frye war heute nacht hier«, beharrte sie. »Frye und kein anderer. Aber das werde ich der Polizei nicht sagen.«

»Gut«, meinte er erleichtert.

»Weil ich nämlich die Polizei nicht rufen werde.«

»Was?«

Sie wandte sich ohne Erklärung von ihm ab und verließ die Küche.

Während er ihr durch das chaotische Wohnzimmer folgte, sagte Tony: »Du mußt das melden.«

»Ich muß gar nichts.«

»Deine Versicherungsgesellschaft wird keinen Penny zahlen, wenn du nicht Anzeige bei der Polizei erstattest.«

»Darüber zerbrech' ich mir später den Kopf«, entgegnete sie, während sie sich ihren Weg durch die Überreste der Möbel und des Geschirrs bahnte und auf die Treppe zuging.

»Du hast etwas vergessen«, meinte er.

»Was denn?«

»Daß ich Polizeibeamter bin.«

»Und?«

»Und daß ich melden muß, was ich hier vorgefunden habe, jetzt, wo ich es weiß.«

»Dann melde es doch.«

»Zu der Meldung gehört aber auch deine Aussage.«

»Dazu kannst du mich nicht zwingen. Ich mache keine Aussage.«

Als sie die Treppe erreicht hatte, packte er sie am Arm. »Warte doch. Bitte, warte.«

Sie drehte sich um und sah ihn an. Der Zorn hatte jetzt ihre Angst verdrängt. »Laß mich los.«

»Wo gehst du hin?«

»Nach oben.«

»Was wirst du tun?«

»Einen Koffer packen und in ein Hotel ziehen.«

»Du kannst bei mir wohnen«, sagte er.

»Du willst doch wohl nicht, daß eine Verrückte bei dir über Nacht bleibt«, betonte sie sarkastisch.

»Hilary, sei nicht so.«

»Ich könnte doch durchdrehen und dich im Schlaf umbringen.«
»Ich glaube nicht, daß du verrückt bist.«
»Oh, ja, stimmt. Du hältst mich ja nur für verwirrt, vielleicht ein wenig plemplem, aber nicht gefährlich.«
»Ich versuche doch nur, dir zu helfen.«
»Du entwickelst aber eine komische Art von Hilfe.«
»Du kannst nicht ewig in einem Hotel wohnen.«
»Ich werde wieder nach Hause zurückkehren, sobald man ihn erwischt hat.«
»Aber wenn du keine formelle Anzeige erstattest, dann wird auch niemand nach ihm suchen.«
»Ich werde ihn suchen.«
»Du?«
»Ich.«
Jetzt wurde Tony ärgerlich. »Was für ein Spielchen hast du denn vor – Hilary Thomas auf Verbrecherjagd?«
»Ich könnte einen Privatdetektiv beauftragen.«
»Oh, wirklich?« fragte er verärgert, wohl wissend, daß er sie damit vielleicht noch mehr verstimmen würde, aber auch zornig genug, um sich länger geduldig zurückhalten zu können.
»Im Ernst«, sagte sie. »Privatdetektive.«
»Wen denn? Philip Marlowe? Jim Rockford? Sam Spade?«
»Du kannst richtig gemein sein.«
»Du zwingst mich ja dazu. Vielleicht bringt dich das wieder zu Verstand.«
»Mein Agent kennt zufälligerweise eine erstklassige Detektivagentur.«
»Ich sage dir, das ist keine Arbeit für Privatdetektive.«
»Die tun alles, wofür man sie bezahlt.«
»Nicht alles.«
»Aber das werden sie tun.«
»Das ist Aufgabe der Polizei.«
»Die Polizei wird nur ihre Zeit damit vergeuden, nach bekannten Einbrechern, bekannten Notzuchttätern und bekannten – «

»Das ist eine sehr gute, wirksame Vorgehensweise für Ermittlungen«, meinte Tony.

»Aber diesmal wird sie nicht funktionieren.«

»Warum? Weil der Täter ein Toter war?«

»Genau deshalb.«

»Und deshalb meinst du, die Polizei sollte vielleicht nach bekannten *toten* Einbrechern und Notzuchttätern suchen?«

Der Blick, den sie ihm zuwarf, bildete eine Mischung aus Zorn und Ekel.

»Der Schlüssel zu diesem Fall«, erklärte sie, »liegt darin, herauszufinden, warum Bruno Frye letzte Woche mausetot sein konnte – und heute nacht wieder lebte.«

»Hör dir doch selbst einmal zu!«

Er machte sich wirklich Sorgen um sie. Ihre hartnäckige Unvernunft ängstigte ihn.

»Ich weiß, was ich gesagt habe«, erklärte sie. »Und ich weiß auch, was ich gesehen habe. Und es ist nicht etwa nur so, daß ich Bruno Frye jetzt in diesem Haus *gesehen* habe. Ich habe ihn auch gehört, genau diese typische kehlig Stimme vernommen, seine Stimme. Ich habe ihn gesehen und gehört, wie er drohte, mir den Kopf abzuschneiden und mir Knoblauch in den Mund zu stopfen, als würde er mich für einen Vampir oder so etwas halten.«

Vampir.

Das Wort versetzte Tony einen Schock, weil es auf so verblüffende Weise den Zusammenhang mit einigen Dingen herstellte, die man letzten Donnerstag in Bruno Fryes grauem Dodge-Lieferwagen fand, seltsame Gegenstände, die Hilary unmöglich kennen konnte, Gegenstände, die Tony bis heute früh vergessen hatte. Ein eisiger Schauder lief ihm über den Rücken. »Knoblauch?« fragte er. »Vampire? Hilary, wovon redest du?« Sie entwand sich seinem Griff und hastete die Treppe hinauf. Er rannte hinter ihr her. »Was sagst du da von Vampiren?«

Ohne sich aufhalten zu lassen und ohne umzuschauen oder auf Tonys Fragen einzugehen, giftete Hilary: »Ist das nicht eine spaßige Geschichte? Ein wandelnder Toter hat mich angegriffen, der *mich* für einen Vampir hält. Mann!

Jetzt bist du ganz sicher, daß ich den Verstand verloren habe. Steckt doch die arme Lady in eine Zwangsjacke, ehe sie sich selbst wehtut! Schafft sie schnell in eine Gummizelle! Sperrt die Tür ab und werft den Schlüssel weg!«

Im Obergeschoß, ein paar Schritte vor ihrer Schlafzimmertür, hatte Tony sie endlich eingeholt. Er packte Hilary am Arm.

»Laß los, verdammt!«

»Sag mir, was er gesagt hat.«

»Ich gehe in ein Hotel, und dann kümmere ich mich selbst um die Sache.«

»Ich möchte jedes Wort hören, das er gesagt hat.«

»Du hast keine Chance, mich aufzuhalten«, erklärte sie. »Und jetzt laß los.«

»Ich will wissen, was er über Vampire gesagt hat, verdammt noch mal!« brüllte er sie an.

Jetzt wanderte ihr Blick zu ihm hinüber. Offenbar bemerkte sie seine Angst und seine Verwirrung, denn sie hörte auf, gegen seinen Griff zu kämpfen. »Warum ist das denn so verdammt wichtig?«

»Diese Vampirsache.«

»Warum?«

»Frye war offensichtlich auf okkulte Dinge versessen.«

»Woher weißt du das?«

»Wir haben in seinem Lieferwagen einige Sachen gefunden.«

»Was für Sachen?«

»Ich erinnere mich nicht mehr so genau an alles. Ein Spiel Tarot-Karten, ein Ouija-Brett, über ein Dutzend Kruzifixe – «

»Darüber las man aber nichts in den Zeitungen.«

»Wir haben keine formelle Presseverlautbarung herausgegeben«, erwiderte Tony. »Außerdem hatten die Zeitungen ihre Berichte schon veröffentlicht, als wir den Lieferwagen durchsuchten und eine Liste über den Inhalt aufstellten. Der Fall war nicht interessant genug, um noch mehr darüber zu schreiben. Aber laß dir sagen, was wir sonst noch gefunden haben. Über allen Türen kleine Leinenbeutel mit Knoblauch. Zwei Holzpflöcke mit scharfen Spitzen. Ein halbes Dutzend

Bücher über Vampire und Untote und andere Spielarten der sogenannten ›lebenden Toten‹.«

Hilary schauderte. »Er hat gesagt, er würde mir das Herz herausschneiden und einen Pfahl durchstoßen.«

»Herr Jesus!«

»Und die Augen wollte er mir auch ausstechen, damit ich den Weg aus der Hölle nicht zurückfinden sollte, so hat er das ausgedrückt. Seine Worte. Er hatte Angst, ich könnte von den Toten zurückkehren, nachdem er mich umgebracht hätte. Er wütete wie ein Irrer. Aber schließlich ist *er* ja aus dem Grab zurückgekehrt, nicht wahr?« Sie lachte schrill in einem Anflug von Hysterie. »Und die Hände wollte er mir abschneiden, damit ich den Weg zurück nicht ertasten könnte.«

Tony wurde bei der Vorstellung übel, wie nahe dieser Mann vor der Verwirklichung seiner Drohungen stand.

»Das *war* er«, betonte Hilary. »Verstehst du? Es wäre Frye.«

»Könnte es sein, daß man Make-up benutzte?«

»Was?«

»Könnte es jemand gewesen sein, den man so geschminkt hat, daß er wie Frye aussah?«

»Warum würde jemand so etwas tun?«

»Das weiß ich nicht.«

»Was hätte er davon?«

»Das weiß ich nicht.«

»Du hast mir vorgeworfen, nach Strohhalmen zu greifen. Nun, das ist nicht einmal ein Strohhalm, nach dem du da greifst – das ist nicht mehr als eine Fata Morgana, ein Nichts.«

»Aber könnte es nicht sein, daß jemand wie Frye zurechtgemacht war?« beharrte Tony.

»Unmöglich. Es gibt keine Schminke, die auf so große Nähe echt wirkt. Und es war Fryes Körper. Dieselbe Größe, dasselbe Gewicht. Derselbe Knochenbau. Dieselben Muskeln.«

»Aber wenn doch ein Maskierter nur Fryes Stimme nachgemacht hat – «

»Das würde dir die Sache erleichtern«, entgegnete sie kühl. »Eine geschickte Nachahmung, ganz gleich, wie bizarr und unerklärlich, ist leichter zu akzeptieren als meine Geschichte über einen wandelnden Toten. Aber du hast seine Stimme erwähnt, und das ist ein weiteres Loch in deiner Theorie. Diese Stimme könnte keiner nachahmen. Oh, ein geschickter Stimmenimitator könnte den Tonfall und die Sprechweise hinbekommen, aber dieses schreckliche Schnarren würde er nicht schaffen. So kann man nur reden, wenn man einen abnormalen Kehlkopf besitzt oder Stimmbandschädigung. Frye muß mit Stimmbandschäden geboren sein, oder er hat als Kind eine schwere Halsverletzung erlitten. Vielleicht beides. Jedenfalls war er es, der heute nacht zu mir gesprochen hat, Bruno Frye und keine raffinierte Imitation. Darauf verwette ich jeden Cent, den ich habe.«

Tony erkannte, daß sie immer noch sehr ärgerlich wirkte, und er schien nicht länger überzeugt, daß sie hysterisch oder auch nur verwirrt war. Ihre dunklen Augen blickten ganz klar, und ihre Sprechweise wirkte klar und präzise. Diese Frau hatte sich völlig unter Kontrolle.

»Aber Frye ist tot«, wiederholte Tony schwächlich.

»Er war hier.«

»Wie könnte er das?«

»Ich sagte ja, das ist es, was ich herausfinden möchte.«

Tony trat gedanklich in einen fremden Raum ein, einen Raum seines Bewußtseins, der sich aus Unmöglichkeiten zusammensetzte. Er erinnerte sich undeutlich an etwas, was er in einer Sherlock-Holmes-Geschichte gelesen hatte. Sherlock Holmes hatte Watson gegenüber die Meinung geäußert, daß man bei der Aufklärung eines Falles alle Möglichkeiten aussondern mußte, bis einem nur noch eine übrigblieb, und diejenige, ganz gleich, wie unwahrscheinlich oder absurd sie auch sein mochte, mußte dann die betreffende sein.

War das Unmögliche möglich?

Konnte ein Toter wiederauferstehen?

Er dachte an die unerklärliche Verbindung zwischen den

Drohungen des Einbrechers und den Gegenständen, die man in Bruno Fryes Wagen fand. Er dachte an Sherlock Holmes und sagte schließlich: »Also gut.«

»Also gut was?« fragte sie.

»Also gut, vielleicht war es Frye.«

»Er war es.«

»Irgendwie ... auf irgendeine Weise ... Gott allein weiß, wie ... aber vielleicht hat er die Stiche tatsächlich überlebt. Mir scheint es völlig unmöglich, aber ich denke, ich muß es in Betracht ziehen.«

»Wie ungeheuer großzügig von dir«, spottete sie. Ihr Gefieder sträubte sich noch immer. So leicht würde sie ihm nicht verzeihen.

Sie löste sich von ihm und trat ins Schlafzimmer.

Er folgte ihr.

Er fühlte sich leicht benommen. Sherlock Holmes hatte nichts darüber verkündet, wie man mit dem beunruhigenden Gedanken leben sollte, daß nichts unmöglich schien.

Sie holte einen Koffer aus der Garderobe, legte ihn auf das Bett und fing an, ihn mit Kleidern vollzustopfen.

Tony ging zum Telefon, das auf ihrem Nachttisch stand, und nahm den Hörer ab. »Die Leitung ist tot. Er muß die Drähte draußen durchgeschnitten haben. Wir werden vom Telefon eines Nachbarn aus anrufen müssen, um Meldung zu machen.«

»Ich mache keine Meldung.«

»Keine Sorge«, betonte er. »Jetzt ist alles anders. Ich werde deine Darstellung unterstützen.«

»Dafür ist es zu spät«, sagte sie scharf.

»Was meinst du damit?«

Sie antwortete nicht. Sie zog eine Bluse so ruckartig vom Bügel, daß dieser krachend zu Boden fiel.

»Du hast doch etwa nicht immer noch die Absicht, dich in einem Hotel zu verstecken und Privatdetektive zu beauftragen?« sagte er.

»O doch. Genau das habe ich vor«, sagte sie und faltete die Bluse zusammen.

»Aber ich sagte doch, daß ich dir glaube.«

»Und *ich* sagte, daß es jetzt zu spät ist, zu spät, als daß es noch etwas bedeuten könnte.«

»Warum bist du so schwierig?«

Hilary gab keine Antwort. Sie legte die zusammengefaltete Bluse in den Koffer und ging zum Schrank zurück, um das nächste Kleidungsstück herauszuholen.

»Hör zu«, meinte Tony, »ich habe nur ein paar vernünftige Zweifel geäußert, dieselben Zweifel, die jeder andere in einer derartigen Situation auch äußern würde. Tatsächlich sogar dieselben Zweifel, die du vorgebracht hättest, wenn *ich* es gewesen wäre, der behauptete, einen wiederauferstandenen Toten gesehen zu haben. Wären die Rollen vertauscht, so würde ich von dir eine skeptische Reaktion erwarten und nicht wütend auf dich sein. Warum bist du so verdammt reizbar?«

Sie kam mit zwei weiteren Blusen vom Schrank zurück und fing an, eine davon zusammenzufalten. Sie schaute Tony nicht an. »Ich habe dir vertraut ... aus ganzem Herzen«, sagte sie.

»Ich habe dein Vertrauen nicht verletzt.«

»Du bist wie alle anderen.«

»Und das, was vorher in meiner Wohnung war – war das nicht etwas Besonderes?«

Sie gab ihm keine Antwort.

»Willst du mir sagen, daß das, was du heute nacht empfunden hast – nicht nur mit deinem Körper, sondern deinem Herzen und in deinem Bewußtsein –, willst du mir sagen, daß du das mit jedem anderen Mann hättest empfinden können?«

Hilary versuchte, ihn einfach nicht zu beachten. Sie schaute ihn nicht an, legte die zweite Bluse in den Koffer, begann die dritte zusammenzufalten. Ihre Hände zitterten.

»Nun, für mich war es etwas Besonderes«, fuhr Tony fort, fest entschlossen, sie aufzutauen. »Es stellte etwas Vollkommenes dar, besser, als ich das je für möglich gehalten hätte. Damit meine ich nicht nur den Sex. Das Zusammensein. Das Teilen. Du hast von mir Besitz ergriffen, wie das noch keine Frau vor dir geschafft hat. Du hast ein Stück von mir mitgenommen, als du letzte Nacht aus meiner Wohnung gingst, ein Stück meiner Seele, ein Stück meines Herzens, ein Stück von etwas, das für mein Leben wichtig ist. Ich werde für den Rest meines Lebens keine Ganzheit mehr darstellen, wenn ich nicht mit dir zusammen bin. Wenn du also glaubst, ich lasse dich einfach weggehen, dann steht dir noch eine große Überraschung bevor. Ich werde um dich kämpfen, dich festhalten, Lady.«

Sie hatte aufgehört, die Bluse zusammenzufalten. Sie stand einfach da, hielt sie in der Hand und starrte an ihr hinunter.

Er hätte alles darum gegeben, zu erfahren, was sie in diesem Augenblick dachte.

»Ich liebe dich«, sagte er.

Ohne den Blick von der Bluse zu wenden, erwiderte sie mit zitternder Stimme: »Wird denn je ein Versprechen gehalten? Eines, das zwei Menschen einander gaben? Wenn jemand sagt: ›Ich liebe dich‹, ist es ihm damit wirklich ernst? Wenn meine Eltern im einen Augenblick von Liebe plappern und mich im nächsten Augenblick grün und blau schlagen konnten, wem, zum Teufel, kann ich denn da trauen? Dir? Warum sollte ich? Wird es nicht auch mit Enttäuschung und Schmerz enden? Endet es denn nicht immer so? Ich bin allein besser dran. Ich kann mich um mich selbst kümmern. Ich komme schon klar. Ich will einfach nicht wieder verletzt werden. Ich bin all die Verletzungen endgültig leid. Ich werde keine Zusagen mehr machen, keine neuen Risiken auf mich nehmen. Ich kann das einfach nicht, schaffe es nicht!«

Tony ging zu ihr, packte sie an den Schultern, zwang sie, ihn anzusehen. Ihre Unterlippe bebte. In ihren wunderschönen Augen sammelten sich Tränen, aber sie hielt sie zurück.

»Du empfindest dasselbe für mich, was ich für dich empfinde«, erklärte er. »Ich weiß es. Ich fühle es. Ganz genau weiß ich es. Du wirst dich nicht von mir abwenden, nur weil ich an deiner Geschichte Zweifel hegte. Das hat überhaupt nichts damit zu tun. Du wendest dich von mir ab, weil du im Begriff bist, dich zu verlieben, und davor hast du Angst,

Angst wegen deiner Eltern. Angst vor dem, was sie dir angetan haben. Angst vor all den Schlägen, die du einstecken mußtest. Und Angst vor vielen anderen Dingen, von denen du mir noch nichts erzählt hast. Du fliehst deinen Gefühlen, weil deine armselige Kindheit dich emotionell zum Krüppel machte. Aber du liebst mich, und das weißt du auch.«

Sie brachte kein Wort hervor. Sie schüttelte nur den Kopf: »Nein, nein, nein!«

»Sag mir nicht, daß es nicht so ist«, erwiderte er. »Wir brauchen einander, Hilary. Ich brauche dich, weil ich mein ganzes Leben lang Angst hatte, mit *Dingen* Risiken einzugehen – mit Geld, meiner Karriere, meiner Kunst. Ich hatte immer Angst, etwas zu ändern. Und jetzt, seit es dich gibt, seit du in mein Leben getreten bist, bin ich bereit, vorsichtig ein paar Schritte in die Unsicherheit zu wagen, weg von der Sicherheit meines Beamtendaseins. Und wenn ich jetzt ernsthaft daran denke, mir mit Malen meinen Lebensunterhalt zu verdienen, dann bekomme ich plötzlich nicht mehr gleich Schuldgefühle oder halte mich für faul wie früher. Ich höre plötzlich nicht mehr die endlosen Vorträge meines Vaters über Geld, Verantwortungsbewußtsein oder die Grausamkeit des Schicksals. Wenn ich von einem Leben als Künstler träume, so fange ich jetzt nicht mehr automatisch an, all die finanziellen Krisen wieder durchzuleben, die unsere Familie mitgemacht hat, die Zeiten, in denen es nicht genug zu essen gab, und wir fast kein Dach über dem Kopf hatten. Endlich bin ich imstande, das alles hinter mir zu lassen. Ich bin noch nicht stark genug, meinen Job aufzugeben und einfach abzuspringen. Herrgott, nein! Jetzt noch nicht. Aber seit es dich gibt, kann ich mir vorstellen, wirklich Maler zu werden, kann mir das ernsthaft vorstellen; und das konnte ich vor einer Woche noch nicht.«

Jetzt strömten die Tränen über ihr Gesicht. »Du bist so gut«, meinte sie. »Du bist ein wunderbarer, einfühlsamer Künstler.«

»Und du brauchst mich genauso, wie ich dich brauche«, bekräftigte er. »Ohne mich wirst du dir noch ein dickeres Schneckenhaus bauen, noch härter, und am Ende wirst du allein und verbittert darin leben. Du bist immer imstande gewesen, mit *Sachen* Risiken einzugehen – mit Geld, deiner Karriere. Aber du hast es nicht fertiggebracht, mit Menschen etwas zu riskieren. Verstehst du? In der Beziehung sind wir gegensätzlich, ergänzen aber einander. Wir können einander so viel beibringen. Wir können uns gegenseitig dabei helfen, weiterzuwachsen. Es scheint, als wäre jeder von uns nur die Hälfte einer Person gewesen – und fand nun seine andere Hälfte. Ich bin diese Hälfte für dich und du für mich. Unser ganzes Leben lang haben wir gesucht, im Dunkel herumgetastet, bemüht, einander zu finden.«

Hilary ließ die gelbe Bluse fallen, die sie in den Koffer legen wollte, und warf sich in seine Arme.

Tony drückte sie an sich, küßte ihre salzigen Lippen.

Ein oder zwei Minuten lang hielten sie einander umfangen. Keiner brachte ein Wort hervor.

Schließlich sagte er: »Sieh mir in die Augen.«

Sie hob den Kopf.

»Du hast so dunkle Augen.«

»Sag es mir«, sagte er.

»Was soll ich dir sagen?«

»Was ich hören möchte.«

Sie küßte ihn auf die Mundwinkel.

»Sag es mir«, drängte er.

»Ich ... liebe dich.«

»Noch einmal.«

»Ich liebe dich, Tony. Wirklich. Ganz bestimmt.«

»War das so schwer?«

»Ja. Für mich schon.«

»Je öfter du es sagst, desto leichter wird es werden.«

»Ich werde bestimmt üben«, versprach sie.

Sie lächelte und weinte gleichzeitig.

Tony spürte eine zunehmende Beengung in seinem Inneren, so als müßte seine Brust gleich vor Glück zerspringen. Trotz der schlaflosen Nacht, die hinter ihm lag, war er voll Energie, hellwach und sich dieser einmaligen Frau, die in seinen Armen lag, ganz bewußt – der Wärme, die von ihr ausging, ihres herrlichen Körpers, dem letzten Hauch ihres

Parfums und dem angenehmen animalischen Duft ihres Haares, ihrer Haut.

»Jetzt, wo wir einander gefunden haben, wird alles gut werden«, meinte er.

»Erst wenn wir wissen, was mit Bruno Frye ist. Oder wer auch sonst er sein mag. Was auch immer er sein mag. Nichts wird gut sein, solange wir nicht wissen, daß er endgültig tot und begraben ist, ein für allemal.«

»Wenn wir zusammenhalten«, meinte Tony, »dann überstehen wir alles. Solange ich da bin, bekommt er dich nicht zu fassen, das verspreche ich dir.«

»Ich vertraue dir. Aber ... ich habe ... trotzdem Angst vor ihm.«

»Hab keine Angst.«

»Ich kann nichts dafür«, sagte sie. »Außerdem ist es wahrscheinlich gar nicht so dumm, Angst vor ihm zu haben.«

Tony dachte an die Verwüstung unten im Haus, an die spitzen Holzpflöcke und die Säckchen mit Knoblauch, die man in Fryes Fahrzeug gefunden hatte, und kam zu dem Schluß, daß Hilary recht hatte. Es war richtig, vor Bruno Frye Angst zu haben.

Ein wandelnder Toter?

Sie schauderte und steckte damit Tony an.

TEIL ZWEI

Die Lebenden und die lebenden Toten

Das Gute wispert.
Das Böse schreit.

Tibetanisches Sprichwort

Das Gute schreit.
Das Böse wispert.

Balinesisches Sprichwort

5

Am Dienstagmorgen wurde Los Angeles zum zweitenmal im Lauf von acht Tagen von einem Erdbeben mittlerer Stärke erschüttert. Nach der Messung von Cal Tech erreichte es den Wert von 4,6 auf der offenen Richter-Skala und dauerte genau dreiundzwanzig Sekunden.

Größerer Schaden entstand nicht; die meisten Angelenos erwähnten das Beben nur, um darüber ihre Witze zu reißen. Einer ging so, daß die Araber einen Teil des Landes beschlagnahmt hätten, um damit rückständige Ölschulden einzutreiben. Und am Abend meinte Johnny Carson im Fernsehen, die seismische Störung sei von Dolly Parton verursacht worden, die zu plötzlich aus dem Bett gesprungen sei. Für neu zugezogene Bewohner freilich schienen diese dreiundzwanzig Sekunden überhaupt nicht komisch, und sie konnten sich nicht vorstellen, darüber Witze zu reißen, daß die Erde unter ihren Füßen bebte. Ein Jahr später würden sie ihre eigenen Witze dazu erfinden.

Bis das wirklich große käme.

Die nie ausgesprochene, aber im tiefsten Unterbewußtsein schlummernde Furcht vor dem wirklich großen Erdbeben, das alle anderen Beben in den Schatten stellte, war die tiefere Ursache dafür, daß die Kalifornier über kleinere Erdstöße und Beben Witze rissen. Würde man sich dauernd mit der Möglichkeit der Katastrophe befassen und allzu lange über die Heimtücke der Erde nachdenken, so könnte einen diese Furcht allmählich lähmen. Aber das Leben mußte ohne Rücksicht auf Risiken weitergehen. Schließlich konnte das große Erdbeben noch hundert Jahre auf sich warten lassen. Genausogut schien es möglich, daß es nie kommen würde. Schließlich starben in diesen schneereichen eiskalten Wintern im Osten mehr Menschen als in Kalifornien an Erdbeben. Und es war ebenso gefährlich, im Hurricane-Land Florida oder in den von Tornados geplagten Ebenen des mittleren Westens zu leben, als sein Haus auf der San-Andreas-Falte zu bauen. Und in einer Zeit, in der jede Nation auf dem ganzen Erdball sich bemühte, Kernwaffen zu besitzen, schien die Wut der Erde weniger furchterregend als der kleinliche Zorn der Menschen. Um das Erdbeben in die richtige Perspektive zu rücken, machten sich die Kalifornier darüber lustig, fanden schließlich an der potentiellen Katastrophe eine komische Komponente und taten so, als hätte das Leben auf einem instabilen Boden für sie überhaupt keine tiefere Bedeutung.

Aber an jenem Dienstag, wie an allen anderen Tagen, wenn die Erde sich spürbar bewegte, übertraten auch mehr Leute als üblich die Geschwindigkeitsvorschrift auf den Freeways, beeilten sich, zur Arbeit oder zu ihrem Vergnügen zu kommen, eilten nach Hause zu ihren Familien, ihren Freunden, ihren Liebsten; und keiner von ihnen merkte dabei tatsächlich, daß er etwas schneller lebte, als er das noch am Montag getan hatte. Mehr Männer verlangten die Scheidung von ihren Frauen als an einem Tag ohne Erdbeben. Mehr Frauen verließen ihre Männer. Mehr Leute beschlossen, zu heiraten. Eine größere Zahl von Spielern, mehr als üblich, würde Pläne schmieden, um ein Wochenende in Las Vegas zu verbringen. Prostituierte würden einen Aufschwung in ihrem Gewerbe feststellen. Und höchstwahrscheinlich nahm auch die sexuelle Aktivität zwischen Eheleuten, unverheirateten Paaren und unerfahrenen Teenagern zu, die zum ersten Mal zu experimentieren begannen. Es gab keine schlüssigen Beweise für diesen erotischen Aspekt der seismischen Aktivität. Aber im Lauf der Jahre hatten Soziologen und Verhaltenspsychologen in mehreren Zoos beobachtet, daß die Primaten – Gorillas, Schimpansen und Orang-Utans – in den Stunden nach starken und mittleren Erdbeben sich geradezu hektisch paarten; man durfte also vernünftigerweise annehmen, daß, zumindest was die primären Fortpflanzungsorgane anging, der Mensch sich nicht wesentlich von seinen primitiven Vettern unterschied.

Die meisten Kalifornier gaben sich dem selbstgefälligen

Glauben hin, an das Leben im Erdbebenland perfekt angepaßt zu sein; aber auf eine ihnen gar nicht bewußte Art formte und veränderte sie die psychologische Belastung fortwährend. Die Furcht vor der drohenden Katastrophe war ein allgegenwärtiges Wispern, das das Unterbewußtsein beeinflußte, ein sehr einflußreiches Wispern, das das Verhalten und den Charakter der Menschen in stärkerem Maße formte, als sie das zugeben würden.

Natürlich handelte es sich nur um ein Wispern unter vielen.

Hilary überraschte die Reaktion der Polizei bezüglich ihrer Geschichte keineswegs; sie gab sich große Mühe, sich nicht darüber zu ärgern.

Weniger als fünf Minuten, nachdem Tony aus dem Nachbarhaus angerufen hatte, etwa fünfunddreißig Minuten vor dem morgendlichen Erdbeben, erschienen vor Hilarys Haus zwei uniformierte Beamte in einem schwarzweiß lackierten Streifenwagen mit blitzenden Lichtern, aber ohne Sirene. Mit typisch gelangweilter, professioneller, routinemäßiger Höflichkeit nahmen sie pflichtgemäß Hilarys Version des Vorfalls auf, machten die Stelle ausfindig, an der der Eindringling in das Haus eingebrochen war (wieder ein Fenster im Arbeitszimmer), fertigten eine Liste der Schäden im Wohn- und Eßzimmer an und sammelten all die anderen Informationen, die in einen Bericht dieser Art gehörten. Weil Hilary erklärte, der Angreifer habe Handschuhe getragen, entschieden sie sich dafür, niemanden vom Labor für Fingerabdrücke kommen zu lassen. Ihre Behauptung, der Mann, der sie bedrohte, sei derselbe gewesen, den sie letzten Donnerstag getötet zu haben glaubte, schien die Beamten besonders zu beschäftigen. Ihr Interesse richtete sich überhaupt nicht auf eine Überprüfung der Identifikation des Täters aufgrund von Hilarys Beschreibung. Dazu hatten sie sich ihre Meinung bereits gebildet, als sie die Schilderung hörten. In ihren Köpfen bestand jedenfalls nicht die geringste Chance, daß der Täter Bruno Frye gewesen sein könnte. Sie baten sie mehrere Male, ihren Bericht zu wiederholen, und unterbrachen sie häufig mit Fragen, aber damit wollten sie lediglich herausfinden, ob sie sich vielleicht irrte, hysterisch oder verwirrt wirkte, oder einfach nur log. Nach einer Weile kamen sie zu dem Schluß, daß sie infolge des Schocks etwas durcheinander schien und die Ähnlichkeit des Täters mit Bruno Frye diese Verwirrung noch verstärkte.

»Wir werden von der Beschreibung ausgehen, die Sie uns geliefert haben«, sagte einer von ihnen.

»Aber wir können keine Fahndungsmeldung nach einem Toten veranlassen«, meinte der andere. »Das werden Sie sicherlich verstehen.«

»Aber es war Bruno Frye«, beharrte Hilary hartnäckig.

»Nun, aber wir können davon nicht ausgehen, Miss Thomas.«

Obwohl Tony ihre Darstellung nach Kräften unterstützte, soweit das überhaupt möglich war, da er den Eindringling ja nicht gesehen hatte, machten seine Argumente und auch seine Stellung bei der Polizei von Los Angeles wenig oder gar keinen Eindruck auf die uniformierten Beamten. Sie hörten ihm höflich zu, nickten häufig, ließen sich aber von ihrer Überzeugung nicht abbringen.

Zwanzig Minuten nach dem morgendlichen Erdbeben standen Tony und Hilary an der Haustür und schauten dem Streifenwagen nach, wie er aus der Einfahrt fuhr.

»Und jetzt?« fragte sie bedrückt.

»Jetzt wirst du deinen Koffer fertigpacken, und dann fahren wir in meine Wohnung. Ich werde im Büro anrufen und mich mit Harry Lubbock unterhalten.«

»Wer ist das?«

»Mein Boß. Captain Lubbock. Er kennt mich recht gut, wir hegen großen Respekt füreinander. Harry weiß, daß ich mich nicht so leicht festlege, solange ich nicht alles gründlich untersucht habe. Ich werde ihn bitten, sich Bruno Frye noch einmal vorzunehmen und sich weitere Informationen über den Mann zu beschaffen. Und Harry kann auch noch mehr Druck auf Sheriff Laurenski ausüben, als wir das bisher getan haben. Mach dir keine Sorgen. Ich werde schon dafür sorgen, daß etwas geschieht.«

Aber als er dann eine dreiviertel Stunde später aus der Küche seiner Wohnung anrief, war Harry Lubbocks Reaktion alles andere als befriedigend. Der Captain hörte sich alles an, zweifelte auch nicht daran, daß Hilary glaubte, Bruno Frye gesehen zu haben, sah darin aber keine ausreichende Rechtfertigung dafür, Ermittlungen gegen Frye im Zusammenhang mit einem Verbrechen anzustellen, das Tage nach dem Tod des Mannes begangen worden war. Er wollte einfach nicht die Wahrscheinlichkeit von eins zu zehn Millionen in Betracht ziehen, daß der Leichenbeschauer sich geirrt und Frye auf wundersame Weise einen ungeheuren Blutverlust, eine Autopsie und den anschließenden Aufenthalt in der Tiefkühlkammer der Leichenhalle überstanden haben könnte. Harry zeigte Mitgefühl und endlose Geduld, aber es war klar erkennbar, daß er Hilarys Beobachtungen für unzuverlässig und ihre Wahrnehmungen für verzerrt hielt aufgrund des Schrecks und einer möglichen Hysterie.

Tony setzt sich neben Hilary auf einen der drei Barhocker an der Frühstückstheke und berichtete ihr, was Lubbock gesagt hatte.

»Hysterie!« schrie Hilary. »Herrgott, ich kann dieses Wort nicht mehr hören! Jeder glaubt, ich sei durchgedreht. Jeder ist sich so verdammt sicher, daß ich einfach in Stücke gegangen, zusammengeklappt sei. Nun, von allen Frauen, die ich kenne, bin ich diejenige, die am allerwenigsten in einer solchen Situation den Kopf verliert.«

»Da stimme ich dir zu«, meinte Tony. »Ich berichte dir ja nur, wie Harry die Sache sieht.«

»Verdammt!«

»Genau.«

»Und deine Unterstützung hat überhaupt nichts bewirkt?«

Tony schnitt eine Grimasse. »Er ist der Ansicht, ich wäre wegen der Sache mit Frank selbst ein wenig durcheinander.«

»Er bezeichnet *dich* also auch als hysterisch.«

»Nur erregt. Ein wenig verwirrt.«

»Hat er das wirklich gesagt?«

»Yeah.«

Sie erinnerte sich daran, daß Tony dieselben Worte damals benutzte, um ihren Geisteszustand zu beschreiben, als sie ihm ihre Geschichte über einen lebenden Toten geschildert hatte, und sagte: »Vielleicht hast du das verdient.«

»Vielleicht.«

»Was hat Lubbock denn gesagt, als du ihm von den Drohungen erzähltest – dem Pfahl durchs Herz und den Mund voll Knoblauch und all das?«

»Er gab mir recht, daß das ein verblüffender Zufall sei.«

»Bloß ein Zufall?«

»So will er das im Augenblick sehen«, meinte Tony.

»Verdammt.«

»Er hat es nicht ausgesprochen, aber ich glaube ziemlich sicher, daß er meint, ich hätte dir letzte Woche von dem Zeug in Fryes Fahrzeug erzählt.«

»Aber das hast du nicht.«

»Das weißt du, und ich weiß es auch. Aber alle anderen sehen das anders.«

»Aber du hast doch gesagt, daß du dich mit Lubbock sehr gut verstehst und ihr großen Respekt füreinander hegt.«

»So ist es auch«, erwiderte Tony. »Aber wie ich dir schon sagte, er ist der Ansicht, daß ich im Moment selbst ein wenig durcheinander bin. Er meint, in ein paar Tagen, höchstens in einer Woche würde das alles schon wieder in Ordnung kommen, wenn erst einmal der Schock über den Tod meines Partners nachgelassen hat. Er meint, ich würde es mir dann anders überlegen und deine Geschichte nicht mehr unterstützen. Ich weiß sicher, daß das nicht der Fall ist, weil ich *weiß*, daß du von den okkulten Büchern und dem Kram in Fryes Wagen nichts wußtest. Und ich habe selbst das Gefühl, ein sehr starkes Gefühl sogar, daß Frye irgendwie *tatsächlich* zurückgekommen ist. Nur Gott weiß, wie. Aber ich brauche mehr als bloß Vermutungen, um Harry umzustimmen, und ich kann es ihm nicht übelnehmen, daß er Skepsis zeigt.«

»Und inzwischen?«

»Inzwischen interessiert sich die Mordabteilung nicht für den Fall. Er unterliegt nicht unserer Zuständigkeit. Er wird, wie jeder andere Einbruch in Zusammenhang mit versuchter Körperverletzung auch von Unbekannten bearbeitet.«

Hilary runzelte die Stirn. »Und das wiederum bedeutet, daß nicht besonders viel herauskommt.«

»Ich muß dir leider recht geben. Die Polizei *kann* mit einer solchen Anzeige praktisch nichts anfangen. Derartige Fälle werden, wenn überhaupt, erst nach einer sehr langen Zeit gelöst, wenn man den Burschen zufällig in flagranti beim Einbruch in ein anderes Haus, oder der Belästigung einer anderen Frau erwischt, und er dann eine Menge alter, ungelöster Fälle zusätzlich gesteht.«

Hilary erhob sich von dem kleinen Hocker und begann in der Küche auf und ab zu gehen. »Was hier geschieht, ist beängstigend und unheimlich. Ich kann nicht eine Woche oder länger warten, bis du Lubbock überzeugt hast. Frye hat gesagt, er würde wiederkommen. Er wird weiterhin versuchen, mich umzubringen, bis einer von uns tot ist – dauerhaft und unwiderruflich. Er könnte jederzeit wieder auftauchen, überall.«

»Du wirst nicht in Gefahr sein, wenn du hierbleibst, bis wir dieses Rätsel gelöst haben«, meinte Tony, »oder zumindest, bis uns etwas einfällt, um Harry Lubbock zu überzeugen. Hier wirst du sicher sein. Frye – wenn es Frye ist – wird nicht wissen, wo er dich finden kann.«

»Wie kannst du da so sicher sein?« fragte sie. »Er ist nicht allwissend.«

»Nein?«

Tony runzelte die Stirn. »Jetzt mal einen Augenblick. Du willst mir doch nicht einreden, daß er übernatürliche Kräfte besitzt oder den zweiten Blick hat oder so etwas.«

»Das werde ich nicht behaupten, kann es aber auch nicht ausschließen«, erklärte sie. »Hör zu, sobald du einmal die Tatsache akzeptiert hast, daß Frye irgendwie am Leben ist, wie kannst du da noch *irgend etwas* ausschließen? Ich könnte sogar anfangen, an Gnome, Kobolde und den Weihnachtsmann zu glauben. Aber ich meine eigentlich nur – nun, er könnte uns hierher gefolgt sein.«

Tony hob die Brauen. »Uns von deinem Haus aus gefolgt?«

»Wäre eine Möglichkeit.«

»Nein, das ist unmöglich.«

»Bist du da ganz sicher?«

»Als ich bei dir eintraf, ist er weggerannt.«

Sie hörte auf, im Zimmer auf und ab zu gehen, blieb in der Mitte der Küche stehen und preßte sich die Arme an die Brust. »Vielleicht hat er in der Umgebung gewartet, uns beobachtet, um zu sehen, was wir tun und wo wir hingehen würden.«

»Höchst unwahrscheinlich. Selbst wenn er noch dageblieben ist, nachdem ich auftauchte, so wird er sicher abgehauen sein, als er den Streifenwagen sah.«

»Das kannst du nicht einfach annehmen«, kombinierte Hilary. »Wir haben es im besten Fall mit einem Verrückten zu tun. Im schlimmsten Fall steht uns das völlig Unbekannte gegenüber, etwas, das unser Verständnis so weit übersteigt, daß die Gefahr unberechenbar wird. Wie auch immer, du kannst nicht erwarten, daß Frye wie ein gewöhnlicher Mensch denkt und handelt. Was immer er auch sein mag, gewöhnlich ist er bestimmt *nicht*.«

Tony starrte sie einen Augenblick lang an und wischte sich dann müde mit der Hand übers Gesicht. »Du hast ja recht.«

»Bist du also wirklich sicher, daß er uns nicht hierher gefolgt ist?«

»Nun ... ich habe nicht nach einem Verfolger Ausschau gehalten«, meinte Tony. »Es ist mir nicht in den Sinn gekommen.«

»Mir auch nicht. Bis zu dieser Minute. Also könnte er, soweit wir das wissen, ebensogut draußen sein und in diesem Augenblick die Wohnung beobachten.«

Der Gedanke beunruhigte Tony. Er stand auf. »Aber er müßte schon verdammt dreist sein, um sich das zu leisten.«

»Er *ist* dreist.«

Tony nickte. »Stimmt. Du hast wiederum recht.« Er stand einen Augenblick lang nachdenklich da und ging dann aus dem Raum.

Sie folgte ihm. »Wo gehst du hin?«

Er ging durch das Wohnzimmer durch zur Wohnungstür. »Du bleibst hier, während ich mich umsehe.«

»Kommt überhaupt nicht in Frage«, meinte Hilary bestimmt. »Ich komme mit.«

Er blieb stehen, die Hand am Türknopf. »Wenn Frye dort draußen ist und uns beobachtet, bist du viel sicherer, wenn du hierbleibst.«

»Aber was ist, wenn ich auf dich warte – und jemand anderer zurückkommt?«

»Dort draußen ist hellichter Tag«, sagte Tony. »Mir wird nichts passieren.«

»Gewalttaten beschränken sich nicht auf die Dunkelheit«, erklärte sie. »Es werden ständig Menschen am hellichten Tag getötet. Du bist Polizeibeamter und weißt das genau.«

»Ich habe meinen Dienstrevolver bei mir. Ich kann schon auf mich aufpassen.«

Sie schüttelte den Kopf und ließ sich nicht davon abbringen. »Ich werde nicht hier sitzenbleiben und Nägel kauen. Gehen wir.«

Dann standen sie draußen am Balkongeländer und schauten auf die Fahrzeuge und den Parkplatz hinunter. Um die Tageszeit standen nicht viele da; die meisten Leute waren vor mehr als einer Stunde zur Arbeit gefahren. Außer dem blauen Jeep, der Tony gehörte, standen noch sieben Autos unten. Die helle Morgensonne brachte die Chromleisten zum Blitzen und verwandelte einige der Windschutzscheiben in Spiegel.

»Ich glaube, die kenne ich alle«, meinte Tony. »Sie gehören Leuten, die hier wohnen.«

»Bist du da sicher?«

»Nicht ganz.«

»Erkennst du in einem der Wagen jemanden?«

Er kniff die Augen zusammen. »Das kann ich nicht sehen, die Sonne spiegelt im Glas.«

»Sehen wir's uns genauer an«, schlug sie vor.

Auf dem Parkplatz stellten sie fest, daß die Fahrzeuge leer waren. Und auch sonst war niemand zu sehen, der nicht hierhergehörte.

»Das ist auch ganz klar«, meinte Tony. »Bei aller Dreistigkeit würde er ja nicht gerade vor unserer Tür Wache stehen. Und da es nur eine Zufahrt zu diesem Bau gibt, könnte er uns aus der Ferne im Auge behalten.«

Sie verließen die von Mauern umgebene Anlage, gingen auf den Bürgersteig und schauten auf der von Bäumen gesäumten Straße zuerst nach Norden und dann nach Süden. Die ganze Gegend war mit Eigentumswohnungen, Reihenhäusern und Gartenapartments zugebaut, und der Parkraum schien überall knapp, deshalb standen selbst an einem Wochentag wie diesem eine Menge Fahrzeuge auf beiden Straßenseiten.

»Willst du sie dir alle ansehen?« fragte Hilary.

»Das wäre Zeitverschwendung. Wenn er ein Fernglas besitzt, kann er diese Zufahrt aus vier Straßen Entfernung beobachten. Wir müßten vier Straßen in beide Richtungen abgehen und selbst dann könnte er einfach wegfahren.«

»Aber wenn er das tut, fällt er uns auf. Wir werden ihn natürlich nicht aufhalten können, aber wir wissen dann wenigstens, daß er uns gefolgt ist. Und außerdem wissen wir dann auch, was er für einen Wagen fährt.«

»Nicht wenn er zwei oder drei Blocks entfernt parkt, und dann abhaut«, meinte Tony. »Wir wären nicht nahe genug an ihm dran, um sicher zu wissen, daß er es ist. Und dann könnte er auch aus dem Wagen steigen, einen kleinen Spaziergang machen und wieder zurückkommen, nachdem wir weg sind.«

Hilary kam die Luft bleiern vor; tief durchzuatmen kostete sie körperliche Anstrengung. Es würde ein sehr heißer Tag werden, ganz besonders für Ende September, und ein feuchter Tag, besonders für Los Angeles, wo die Luft gewöhnlich trocken war. Der Himmel stand hoch, klar und blau wie eine Gasflamme über ihnen. Schon jetzt flimmerten sich windende Geisterschlangen aus Hitze über dem Pflaster. Gelächter von hohen Stimmen, das irgendwie musikalisch klang, hing in der leichten Morgenbrise; spielende Kinder, die an dem Swimmingpool in der Eigentumswohnanlage auf der anderen Straßenseite herumtollten.

An einem Tag wie diesem fiel es schwer, sich den Glauben an lebende Tote zu erhalten.

Hilary seufzte und meinte: »Wie stellen wir denn fest, ob er hier ist und uns beobachtet?«

»Das kann man nicht mit Gewißheit feststellen.«

»Ich befürchtete, daß du das sagen würdest.«

Hilary schaute die Straße entlang, die mit Tupfen aus Licht und Schatten überzogen war. In Sonnenschein gehüllter Schrecken. Das Unfaßbare, das sich vor dem Hintergrund schöner Palmen und hell verputzter Wände und Dächern mit spanischen Ziegeln versteckte. »Paranoia Avenue«, meinte sie.

»Paranoia *City*, bis das vorüber ist.«

Sie machten kehrt und liefen über den asphaltierten Parkplatz zurück.

»Und was nun?« fragte sie.

»Ich glaube, wir brauchen jetzt beide Schlaf.«

Hilary war noch nie so müde gewesen. Ihre Augen schienen vom fehlenden Schlaf förmlich wund und schmerzten; die grelle Sonne tat weh. Ihr Mund fühlte sich pelzig an, und sie hatte einen Geschmack von Pappkartons; alle Knochen, Muskeln und Sehnen schmerzten, von den Zehenspitzen bis zum Kopf; daß ihr Zustand mindestens zur Hälfte von emotionaler und nicht etwa von physischer Erschöpfung herrührte, schien ihr überhaupt kein Trost zu sein.

»Ich weiß, daß wir Schlaf brauchen«, meinte sie. »Aber glaubst du im Ernst, daß du schlafen kannst?«

»Ich weiß, was du meinst. Ich bin scheußlich müde, aber meine Gedanken kommen einfach nicht zur Ruhe. Es wird nicht leicht sein, abzuschalten.«

»Da gibt es noch ein oder zwei Fragen, die ich dem Leichenbeschauer gern stellen würde«, meinte sie. »Oder demjenigen, der die Autopsie durchgeführt hat. Wenn ich darauf

Antwort erhalte, werde ich vielleicht ein kleines Nickerchen machen können.«

»Okay«, meinte Tony. »Sperren wir die Wohnung ab und fahren zur Leichenschauhalle.«

Ein paar Minuten später in Tonys blauem Jeep schauten sie sich nach einem Verfolger um, aber da war niemand. Das bedeutete natürlich nicht, daß Frye nicht in einem der parkenden Fahrzeuge sitzen könnte, die entlang der von Bäumen gesäumten Straße standen. Wenn er ihnen vorher von Hilarys Haus aus gefolgt war, dann brauchte er jetzt nicht hinter ihnen herzufahren, denn er kannte ihr Ziel ja bereits.

»Und wenn er einbricht, während wir weg sind?« fragte Hilary. »Was ist, wenn er sich in der Wohnung versteckt hält und wartet, bis wir zurückkommen?«

»Ich habe zwei Schlösser an meiner Tür«, entgegnete Tony. »Eines davon ist das beste Modell, das es derzeit überhaupt zu kaufen gibt. Er müßte die Tür zu Kleinholz zerhacken. Die andere Möglichkeit bestünde darin, eines der Balkonfenster einzuschlagen. In diesem Fall würden wir bereits vor dem Betreten der Wohnung merken, daß er auf uns wartet.«

»Und wenn er doch eine andere Möglichkeit findet?«

»Die gibt es nicht«, meinte Tony. »Um bei einem der anderen Fenster einsteigen zu können, müßte er an einer glatten Mauer in den ersten Stock klettern; jeder könnte ihn beobachten. Mach dir keine Sorgen. Mein Haus ist wie eine Burg.«

»Vielleicht kann er durch verschlossene Türen gehen – du weißt schon«, meinte sie mit einem Zittern in der Stimme, »wie ein Gespenst. Oder verwandelt sich in Rauch und dringt durchs Schlüsselloch.«

»An diesen Unsinn glaubst du doch wohl selbst nicht«, antwortete Tony.

Sie nickte. »Du hast recht.«

»Er besitzt keine übernatürlichen Kräfte. Er mußte letzte Nacht eine Fensterscheibe einschlagen, um in dein Haus zu gelangen.«

Sie fuhren durch dichten Verkehr Richtung Innenstadt.

Die Müdigkeit, die ihr in den Knochen saß, hatte den geistigen Schutzwall unterminiert, der sie sonst vor jener schädlichen Krankheit des Selbstzweifels schützte, das machte sie auf eine für sie ganz untypische Weise verletzbar. Zum erstenmal, seit sie Frye aus ihrem Eßzimmer hatte laufen sehen, bezweifelte sie, ob sie tatsächlich das gesehen hatte, was sie glaubte.

»Bin ich verrückt?« fragte sie Tony.

Er schaute sie an und wandte den Blick dann wieder der Straße zu. »Nein. Du bist nicht verrückt. Du hast etwas gesehen. Du hast das Haus nicht selbst verwüstet. Du hast dir nicht nur eingebildet, daß der Eindringling wie Bruno Frye aussah. Ich gebe zu, daß ich das zuerst glaubte. Aber jetzt weiß ich, daß du nicht wirr im Kopf bist.«

»Aber ... ein lebender Toter? Kann man so etwas denn einfach hinnehmen?«

»Es ist ebenso schwierig, diese Sache hinzunehmen, wie es schwer ist, die andere Theorie zu akzeptieren – daß es zwei Wahnsinnige gibt, die überhaupt nicht miteinander in Verbindung stehen, die beide an derselben Art von Wahnvorstellung leiden, beide mit krankhafter Furcht vor Vampiren; und zu glauben, daß beide in ein und derselben Woche einen Überfall auf dich verüben. Da fällt mir tatsächlich die Vorstellung leichter, zu glauben, Frye sei irgendwie am Leben.«

»Vielleicht habe ich dich angesteckt?«

»Womit angesteckt?«

»Mit meinem Wahnsinn.«

Er lächelte. »Wahnsinn ist etwas ganz anderes als eine Erkältung. Man steckt sich beispielsweise nicht einfach durch einen Kuß an.«

»Hast du noch nie etwas von ›Massenpsychosen‹ gehört?«

Er mußte an einer Verkehrsampel bremsen und meinte: »Gemeinschaftspsychosen? Ist das ein Wohlfahrtsprogramm für unterprivilegierte Verrückte, die sich keine eigenen Psychosen leisten können?«

»In einer solchen Situation kannst du Witze reißen?«
»Gerade in einer solchen Situation.«
»Und was ist mit Massenhysterie?«
»Gehört auch nicht zu meinen Hobbys.«
»Ich meine, vielleicht leiden wir an einer Art Hysterie.«
»Nein. Unmöglich«, sagte er. »Zu zweit lassen wir uns niemals als Masse definieren.«

Sie lächelte. »Herrgott, bin ich froh, daß du da bist. Ich möchte jetzt nicht allein sein.«

»Du wirst nie wieder allein sein.«

Sie legte ihre Hand auf seine Schulter.

Um 11.15 Uhr erreichten sie das Leichenschauhaus.

Im Büro des Coroners erfuhren Hilary und Tony von der Sekretärin, daß der leitende Leichenbeschauer die Autopsie an Bruno Fryes Leiche nicht selbst durchgeführt hatte. Vergangenen Donnerstag und Freitag sei er in San Franzisko gewesen, um dort einen Vortrag zu halten; die Autopsie habe einer seiner Mitarbeiter vorgenommen.

Diese Information veranlaßte Hilary zu der Hoffnung, es könne eine einfache Erklärung für die geheimnisvolle Wiederkehr Fryes aus dem Grab geben. Vielleicht hatte sich der mit der Autopsie beauftragte Assistenzarzt in Verletzung seiner Amtspflicht dazu hinreißen lassen, einen falschen Bericht abzuliefern.

Diese Hoffnung erlosch freilich sofort, als sie Ira Goldfield, den betreffenden Arzt, kennenlernte, einen gutaussehenden Mann Anfang dreißig mit durchdringenden blauen Augen und einem dichten blonden Lockenschopf. Er war freundlich, energisch, intelligent und offensichtlich viel zu sehr an seiner Arbeit interessiert, um irgendeine ihm übertragene Aufgabe nicht sorgfältig zu erledigen.

Goldfield führte sie in ein kleines Besprechungszimmer, das nach Fichtennadelspray und Zigarettenqualm roch. Sie setzten sich an einen rechteckigen Tisch, der mit einem halben Dutzend medizinischer Nachschlagewerke, Laborberichten und Computerausdrucken übersät war.

»Natürlich«, meinte Goldfield, »ich erinnere mich genau

an den Fall. Bruno Graham ... nein, Gunther. Bruno Gunther Frye. Zwei Stichwunden, die eine oberflächlicher Natur, die andere tief und tödlich. Ich habe selten so gut entwickelte Bauchmuskeln gesehen.« Er schaute Hilary an und fuhr fort: »Oh, ja ... und Sie sind die Frau, die ... ihn erstochen hat.«

»Notwehr«, ergänzte Tony.

»Daran zweifle ich keinen Augenblick«, versicherte ihm Goldfield. »Ich könnte mir unmöglich vorstellen, daß Miss Thomas einen solchen Mann erfolgreich hätte angreifen können. Dieser Hüne könnte sie einfach wegwischen, als wäre sie ein kleines Kind.« Wieder blickte Goldfield Hilary an. »Nach dem polizeilichen Bericht und den Darstellungen in den Zeitungen hat Frye Sie angegriffen, ohne zu wissen, daß Sie ein Messer besaßen.«

»Das stimmt. Er glaubte, ich sei unbewaffnet.«

Goldfield nickte. »So muß es auch gewesen sein. In Anbetracht der unterschiedlichen Körpergröße blieb Ihnen diese einzige Möglichkeit, sich gegen ihn zur Wehr zu setzen, ohne selbst ernsthafte Verletzungen davonzutragen. Ich meine, dieser Mann besaß wirklich erstaunliche Muskeln. Vor zehn oder fünfzehn Jahren hätte so jemand als Bodybuilder einen Preis gewonnen. Sie können wirklich von Glück reden, Miss Thomas. Wenn Sie ihn nicht überrascht hätten, hätte er Sie in Stücke gerissen. Ich meine das wörtlich buchstäblich, mit Leichtigkeit.« Er schüttelte den Kopf und schien sichtlich beeindruckt bei dem Gedanken an Fryes Körperbau. »Aber was wollten Sie von mir wissen?«

Tony sah Hilary an, und sie zuckte die Achseln. »Jetzt, da wir hier sind, erscheint mir meine Frage sinnlos.«

Goldfield sah zuerst sie und dann ihn an und lächelte aufmunternd.

Schließlich räusperte sich Tony. »Ich muß Hilary recht geben. Es erscheint sinnlos ... jetzt da wir Sie kennengelernt haben.«

»Als Sie hereinkamen, wirkten Sie so ernst und irgendwie geheimnisvoll«, meinte Goldfield freundlich. »Sie haben mich wirklich neugierig gemacht. Sie können mich jetzt nicht einfach in der Luft hängen lassen.«

»Nun«, begann Tony, »wir sind hergekommen, um herauszufinden, ob tatsächlich eine Autopsie vorgenommen wurde.«

Goldfield begriff nicht. »Aber das wußten Sie doch schon, ehe Sie mich verlangt haben. Agnes, die Sekretärin, muß Ihnen doch gesagt haben ...«

»Wir wollten es von Ihnen hören«, erklärte Hilary.

»Ich verstehe das immer noch nicht.«

»Wir kannten den Autopsiebericht«, fuhr Tony fort. »Aber wir wußten nicht mit Sicherheit, ob die Autopsie tatsächlich durchgeführt worden war.«

»Aber jetzt, nach diesem Gespräch mit Ihnen«, fügte Hilary rasch hinzu, »zweifeln wir nicht mehr daran.«

Goldfield legte den Kopf etwas zu Seite. »Sie wollen sagen ... Sie dachten, ich hätte einen falschen Bericht abgegeben, ohne mir die Mühe gemacht zu haben, Frye tatsächlich aufzuschneiden?« Er schien nicht beleidigt, nur verblüfft.

»Wir dachten, es bestünde eine geringe Chance«, gab Tony zu. »Eine sehr geringe natürlich.«

»Aber nicht in *diesem* Büro«, erwiderte Goldfield. »Der L.B. ist ein ganz harter Knochen. Er hält uns auf Trab. Wenn einer von uns seine Arbeit nicht erledigte, würde er ihn glatt ans Kreuz schlagen.« Goldfields Ton konnte man entnehmen, daß er große Stücke von seinem Vorgesetzten hielt.

»Dann besteht für Sie also nicht der geringste Zweifel, daß Bruno Frye ... tot war?« fragte Hilary.

Goldfield starrte sie mit aufgerissenem Mund an, gerade als hätte sie ihn aufgefordert, im Kopfstand ein Gedicht aufzusagen. »Ob er tot war? Selbstverständlich war er tot!«

»Sie haben eine komplette Autopsie durchgeführt?« fragte Tony.

»Ja, ich habe ihn – « Goldfield hielt plötzlich ein oder zwei Sekunden lang inne und fuhr dann fort: »Nein, eine komplette Autopsie in dem Sinne, wie Sie das wahrscheinlich meinen, war es nicht. Keine vollständige Sektion jedes einzelnen Körperteils. Wir hatten hier außergewöhnlich viel zu tun und waren knapp an Personal. Jedenfalls blieb nicht genügend Zeit, um Frye ganz aufzuschneiden. Die Stichwunde im Unterbauch war entscheidend. Es bestand keine Veranlassung, seine Brust zu öffnen und sein Herz anzusehen. Es hätte wenig Sinn gehabt, eine Menge Organe zu wiegen und in seinem Schädel herumzustochern. Ich habe ihn sehr gründlich äußerlich untersucht und anschließend die beiden Wunden weiter geöffnet, um das Ausmaß des Schadens festzustellen und um mich zu vergewissern, daß wenigstens eine der beiden Wunden zum Tode geführt hatte. Wenn er nicht in Ihrem Haus erstochen worden wäre, bei einem Angriff auf Sie ... bei weniger klaren Todesumständen hätte ich vielleicht mehr getan. Aber es stand fest, daß keine Anzeige erfolgen würde; außerdem bin ich absolut sicher, daß er an der Stichwunde gestorben ist.«

»Wäre es möglich, daß er sich bei der Untersuchung nur in tiefem Koma befand?« fragte Hilary.

»Koma? Mein Gott, nein! Niemals!« Goldfield stand auf und ging durch den langen schmalen Raum. »Frye ist auf Pulsschlag, Atmung, Pupillenaktivität und sogar auf Gehirnwellen hin untersucht worden. Der Mann war unzweifelhaft tot, Miss Thomas.« Er kehrte an den Tisch zurück und blickte auf sie hinab. »Mausetot. Als ich ihn zu Gesicht bekam, war nicht einmal soviel Blut in seinem Körper, um auch nur ein Mindestmaß an Leben zu zeigen. Ich habe fortgeschrittene Lividität festgestellt, das bedeutet, daß das noch in seinen Geweben befindliche Blut sich im tiefsten Punkt des Körpers gesammelt hatte – in diesem Fall entsprechend der Position, in der er sich bei seinem Tod befand. An jenen Stellen war das Fleisch etwas aufgedunsen und von purpurner Farbe. Das ist ein unverkennbares Zeichen.«

Tony schob seinen Stuhl zurück und stand auf. »Bitte entschuldigen Sie, daß wir Ihre Zeit vergeudet haben, Mr. Goldfield.«

»Und mir tut es leid, daß ich die Korrektheit Ihrer Arbeit angezweifelt habe«, sagte Hilary, während sie sich ebenfalls erhob.

»Augenblick mal!« meinte Goldfield. »Sie können mich nicht einfach so im unklaren lassen. Was soll das alles?«

Sie schaute Tony an. Es schien ihm ebenso wie ihr zu widerstreben, mit dem Arzt über lebende Tote zu sprechen.

»Kommen Sie schon«, sagte Goldfield. »Sie machen beide auf mich nicht den Eindruck, als wären Sie nur zum Spaß hergekommen.«

Das gab für Tony den Ausschlag. »Gestern nacht brach wieder jemand in Hilarys Haus ein und hat versucht, sie zu töten. Er zeigte verblüffende Ähnlichkeit mit Bruno Frye.«

»Ist das Ihr Ernst?« fragte Goldfield.

»O ja«, sagte Hilary. »Allerdings.«

»Und Sie dachten – «

»Ja.«

»Herrgott, das muß ein Schock gewesen sein, ihn zu sehen und zu denken, er wäre zurückgekommen!« meinte Goldfield. »Aber ich kann Ihnen versichern, daß die Ähnlichkeit Zufall gewesen sein muß. Denn Frye ist tot. Ich kann mir keinen toten Menschen vorstellen.«

Sie bedankten sich bei Goldfield für die Zeit, die er sich genommen hatte; er führte sie in die Empfangshalle hinaus.

Tony blieb am Schreibtisch der Sekretärin stehen und fragte Agnes nach dem Namen des Bestattungsinstitutes, das Fryes Leiche übernommen hatte.

Sie sah in ihrer Kartei nach und meinte: »Das Angels'-Hill-Bestattungsunternehmen.«

Hilary schrieb sich die Adresse auf.

»Sie glauben doch nicht etwa immer noch – « fragte Goldfield.

»Nein«, antwortete Tony. »Andererseits müssen wir jedem Hinweis nachgehen. Zumindest hat man mir das auf der Polizeiakademie so beigebracht.«

Goldfield blickte ihnen mit gerunzelter Stirn und umwölktem Blick nach, als sie das Gebäude verließen.

Vor dem Angels'-Hill-Bestattungsinstitut wartete Hilary im Jeep, während Tony sich drinnen mit dem Mann unterhielt, der sich mit Bruno Fryes Leiche befaßt hatte. Sie hatten sich unterwegs darauf geeinigt, er solle sich der Einfachheit halber die notwendigen Informationen mit seinem Polizeiausweis allein beschaffen.

Das Angels' Hill war ein ziemlich großes Unternehmen mit einer ganzen Anzahl von Leichenwagen, zwölf geräumigen Aussegnungshallen und einem großen Stab von Bestattungstechnikern. Auch im Büro wirkte die indirekte Beleuchtung entspannend, und die ganze Dekoration strahlte irgendwie Ruhe und Würde aus. Den Boden bedeckte ein dicker Teppich. Das ganze sollte Respekt vor dem Geheimnis des Todes ausdrücken, aber Tony hatte eher den Eindruck, daß das Geschäft mit dem Tod guten Profit brachte.

Die Empfangsdame, eine hübsche Blondine mit grauem Rock und dunkelbrauner Bluse, besaß eine gepflegte weiche, fast flüsternde, sorgfältig geschulte Stimme, die Mitgefühl, Trost, Respekt und echte Besorgnis ausdrückte. Tony fragte sich, ob sie ihrem Liebhaber gegenüber wohl dieselbe Stimmlage benutzte, und der Gedanke ließ ihn frösteln.

Sie zog die Akte Bruno Frye heraus und fand den Namen des Technikers, der die Leiche hergerichtet hatte. »Sam Hardesty. Ich glaube, Sam ist im Augenblick in einem der Präparierräume. Wir hatten in letzter Zeit eine ganze Menge Neuzugänge«, sagte sie, als arbeite sie in einem Krankenhaus und nicht etwa in einem Bestattungsunternehmen. »Ich will sehen, ob er ein paar Minuten Zeit für Sie hat. Ich bin nicht sicher, wie weit er schon mit der Behandlung ist. Wenn er sich freimachen kann, kommt er zu Ihnen in den Pausenraum.«

Sie führte Tony in den Pausenraum, damit er dort auf Hardesty warten konnte. Der Raum war klein, aber wohnlich. An den Wänden standen bequeme Sessel, und es gab Aschenbecher und alle möglichen Magazine. Eine Kaffeemaschine. Einen Automaten für kalte Getränke. Eine Anschlagtafel mit ein paar Notizen über einen Kegelwettbewerb und ein paar private Verkaufsangebote und Mitfahrgelegenheiten.

Tony blätterte in einem vierseitigen vervielfältigten Exemplar der *Angels'-Hill-Mitteilungen für Angestellte*, als Sam Hardesty aus einem der Präparierräume kam. Hardesty erinnerte auf eine geradezu perverse Art an einen Automechaniker. Er trug einen etwas zerknitterten weißen Overall mit Reißverschluß; in Hardestys Brusttasche steckten einige kleine Werkzeuge (deren Funktion Tony nicht kennenlernen wollte). Der junge Endzwanziger trug langes braunes Haar und hatte scharfgeschnittene Gesichtszüge.

»Detective Clemenza?«

»Ja.«

Hardesty streckte ihm die Hand entgegen, und Tony schüttelte sie etwas widerstrebend; er überlegte, was diese Hand noch vor wenigen Augenblicken berührt haben mochte.

»Suzy hat gesagt, Sie wollten mich wegen eines Kunden sprechen.« Hardesty war allem Anschein nach vom selben Sprachtrainer ausgebildet worden.

Tony nickte. »Soweit mir bekannt ist, haben Sie am letzten Donnerstag Bruno Fryes Leiche für den Transport nach Santa Rosa vorbereitet.«

»Das ist richtig. Wir haben das im Auftrag eines Bestattungsinstituts in St. Helena gemacht.«

»Würden Sie mir bitte genau sagen, was Sie mit der Leiche taten, nachdem Sie sie aus der Leichenhalle abgeholt hatten?«

Hardesty musterte ihn verständnislos. »Nun, wir haben den Verblichenen hierhergebracht und ihn bearbeitet.«

»Sie haben zwischen der Leichenhalle und hier nirgendwo angehalten?«

»Nein.«

»War die Leiche zwischen dem Zeitpunkt, zu dem man sie Ihnen übergab und dem Transport zum Flughafen unbeaufsichtigt?«

»Unbeaufsichtigt? Nur ein oder zwei Minuten. Es mußte alles sehr schnell gehen, weil wir den Verblichenen mit dem Freitagnachmittagsflug mitschicken mußten. Hören Sie, können Sie mir sagen, was das alles bedeuten soll? Worauf wollen Sie denn hinaus?«

»Das weiß ich nicht genau«, antwortete Tony. »Aber vielleicht finde ich es heraus, wenn ich genügend Fragen stelle. Haben Sie ihn einbalsamiert?«

»Sicher«, entgegnete Hardesty. »Das mußten wir ja tun, weil er in einem öffentlichen Verkehrsmittel überführt wurde. Das Gesetz schreibt vor, die weichen Organe zu entfernen und den Verblichenen einzubalsamieren, ehe wir ihn in ein öffentliches Verkehrsmittel laden.«

»Entfernen?« fragte Tony.

»Ja, das ist leider nicht sehr angenehm«, sagte Hardesty. »Aber die Eingeweide und der Magen und gewisse andere Organe sind da recht problematisch. Weil diese Organe mit sich in Auflösung befindlichen Abfallstoffen angefüllt sind, verfaulen sie einfach schneller als das restliche Gewebe. Um unangenehme Gerüche zu vermeiden und um den Verblichenen auch nach dem Begräbnis in idealer Weise zu konservieren, ist es notwendig, so viele solcher Organe wie möglich zu entfernen. Wir benutzen da eine Art Teleskopgerät mit einem beweglichen Haken am Ende. Wir führen es im Analbereich ein und – «

Tony spürte, wie ihm das Blut aus dem Gesicht entwich, und er hob schnell die Hand, um Hardesty zum Innehalten zu bewegen. »Ja, vielen Dank. Ich glaube, das ist alles, was ich wissen wollte. Jetzt ist mir das schon klar.«

»Ich habe Sie gewarnt, daß es nicht besonders angenehm sein würde.«

»Nicht besonders«, pflichtete Tony ihm bei. Ihm war, als stecke ein Kloß in seiner Kehle. Er hustete, aber der Kloß war immer noch da. Wahrscheinlich würde er so lange steckenbleiben, bis er diesen Raum hier verlassen hatte. »Nun«, meinte er, zu Hardesty gewandt, »ich glaube, Sie haben mir alles gesagt, was ich wissen mußte.«

Mit nachdenklich gerunzelter Stirn meinte Hardesty: »Ich weiß nicht, wonach Sie suchen, aber da gab es schon etwas Eigenartiges an dem Frye-Auftrag.«

»Und was war das?«

»Es geschah zwei Tage, nachdem wir den Verblichenen nach Santa Rosa übersandt hatten«, fuhr Hardesty fort.

»Sonntagnachmittag. Vorgestern. Jemand hat angerufen und wollte mit dem Techniker sprechen, der sich mit Bruno Frye befaßt hatte. Ich war hier, da ich Mittwoch und Donnerstag frei habe, also nahm ich den Anruf entgegen. Der Mann war sehr aufgebracht und warf mir vor, ich hätte schlampige Arbeit geleistet. Das stimmte nicht, ich habe, so gut das unter diesen Umständen möglich war, gearbeitet. Aber der Verblichene hatte ein paar Stunden in der heißen Sonne gelegen und war anschließend gekühlt worden. Und da gab es ja diese Stichwunden und die Einstiche des Leichenbeschauers. Ich kann Ihnen sagen, Mr. Clemenza, das Fleisch befand sich in keinem besonders guten Zustand, als ich den Verblichenen in Empfang nahm. Ich meine, kein Mensch konnte erwarten, daß er wie ein Lebender aussah. Außerdem war ich für die Kosmetikarbeit gar nicht zuständig. Das war Aufgabe der Bestattungsunternehmer in St. Helena. Ich versuchte, diesem Mann am Telefon klarzumachen, daß es nicht meine Schuld war, aber er ließ mich überhaupt nicht zu Wort kommen.«

»Hat er seinen Namen genannt?« fragte Tony. »Nein, er ist nur immer wütender geworden, schrie mich an, brüllte und benahm sich wie ein Verrückter. Das Ganze muß ihn wirklich mitgenommen haben. Ich dachte, es handle sich vielleicht um einen Verwandten des Verblichenen, jemanden, der vor Schmerz und Leid halb außer sich wäre. Deshalb war ich auch sehr geduldig. Und als er dann wirklich hysterisch wurde, sagte er, *er* sei Bruno Frye.«

»Was hat er getan?«

»Yeah. Er sagte, *er* wäre Bruno Frye und würde eines Tages hier auftauchen und mich aufgrund meiner schlechten Arbeit in Stücke reißen.«

»Was hat er noch gesagt?«

»Das war alles. Als er mir diese Geschichte auftischte, wußte ich, daß er nicht ganz bei Trost sein konnte und habe einfach aufgelegt.«

Tony fühlte sich, als hätte man ihm gerade Eiswasser in die Venen injiziert, als bestünde sein ganzer Körper aus Eis.

Sam Hardesty sah ihn erschrocken an. »Was ist denn?«

»Ich habe mich gerade gefragt, ob drei Leute für eine Massenhysterie reichen.«

»Hä?«

»Ist Ihnen an der Stimme des Anrufers irgend etwas Besonderes aufgefallen?«

»Woher wissen Sie das?«

»Eine sehr tiefe Stimme?«

»Eine grollende Stimme«, entgegnete Hardesty.

»Und heiser, als hätte er Kieselsteine geschluckt?«

»Genau. Kennen Sie ihn?«

»Leider ja.«

»Und wer ist das?«

»Wenn ich Ihnen das sage, glauben Sie es nicht.«

»Versuchen Sie es doch«, meinte Hardesty.

Tony schüttelte den Kopf. »Tut mir leid. Das ist eine vertrauliche Polizeiermittlung.«

Hardesty war enttäuscht; das vorsichtige Lächeln, das sich um seine Mundwinkel geformt hatte, verschwand wieder.

»Nun, Mr. Hardesty, was Sie mir gesagt haben, war sehr hilfreich. Vielen Dank für die Mühe und Ihre Zeit.«

Hardesty zuckte die Achseln. »Das war doch nichts Besonderes.«

Und ob das etwas Besonderes darstellte, dachte Tony. Etwas sehr Besonderes sogar. Ich hätte nur verdammt gerne gewußt, was es bedeutete.

In dem kleinen Korridor außerhalb des Pausenraumes trennten sie sich und gingen in verschiedene Richtungen davon. Aber nach ein paar Schritten drehte Tony sich um und sagte: »Mr. Hardesty?«

Hardesty blieb stehen und blickte sich um. »Ja?«

»Würden Sie mir eine persönliche Frage beantworten?«

»Was möchten Sie denn wissen?«

»Was hat Sie dazu veranlaßt ... diesen Beruf zu ergreifen?«

»Mein Lieblingsonkel war Leichenbestatter.«

»Ich verstehe.«

»Er war wirklich nett. Ganz besonders zu Kindern. Er

liebte Kinder. Und ich wollte wie er werden«, ergänzte Hardesty. »Man hatte immer das Gefühl, Onkel Alex würde irgendein ungeheuer wichtiges Geheimnis kennen. Er hat uns Kindern immer Zauberkunststücke beigebracht, aber da war noch mehr als nur das. Ich hatte immer das Gefühl, daß sein Tun etwas Magisches, Geheimnisvolles bedeutete und daß er aufgrund seiner Arbeit etwas Besonderes in Erfahrung brachte.«

»Und haben Sie dieses Geheimnis inzwischen lösen können?«

»Ja«, sagte Hardesty, »ich glaube schon.«

»Können Sie es mir verraten?«

»Freilich. Was Onkel Alex wußte und was ich inzwischen auch gelernt habe, ist, daß man die Toten mit Mitgefühl und Respekt behandeln sollte, genau wie die Lebenden. Man kann sie nicht einfach verdrängen, sie begraben und sie dann vergessen. Das, was sie uns zu Lebzeiten lehrten, bleibt bei uns. Alles, was sie für uns getan haben, bleibt in unserem Bewußtsein erhalten, formt und verändert uns. Und die Art und Weise, wie sie auf uns einwirken, läßt uns auch andere Menschen beeinflussen, weit über unseren Tod hinaus. Und so sterben die Toten nie wirklich. Sie bleiben irgendwie erhalten. Das war Onkel Alex Geheimnis: Auch die Toten sind Menschen.«

Tony starrte ihn einen Augenblick lang an und wußte nicht, was er sagen sollte. Aber dann kam die Frage fast unwillkürlich: »Sind Sie ein religiöser Mann, Mr. Hardesty?«

»Als Berufsanfänger war ich das nicht«, sagte er. »Aber jetzt bin ich es ganz sicher.«

»Ja, das denke ich auch.«

Als Tony das Gebäude verlassen, sich hinter das Steuer des Jeeps gesetzt und die Tür hinter sich geschlossen hatte, fragte Hilary: »Nun, wie ist es? Hat er Frye einbalsamiert?«

»Viel schlimmer.«

»Was ist noch schlimmer?«

»Das willst du in Wirklichkeit gar nicht wissen.«

Er erzählte ihr von dem Anruf des Mannes, der sich als Bruno Frye ausgab.

»Ah!« machte sie. »Dann kannst du vergessen, was ich über gemeinsame Psychosen gesagt habe. Das ist ein Beweis.«

»Ein Beweis wofür? Daß Frye noch lebt? Er kann nicht mehr leben. Abgesehen von anderen Dingen, die so widerwärtig sind, daß ich sie nicht wiederholen möchte, hat man ihn einbalsamiert. Niemand kann selbst im tiefsten Koma am Leben bleiben, wenn in seinen Adern Balsamierflüssigkeit statt Blut steckt.«

»Aber dieser Anruf beweist zumindest, daß hier etwas Außergewöhnliches im Gange ist.«

»Eigentlich nicht«, entgegnete Tony.

»Kannst du das deinem Captain vortragen?«

»Das hätte keinen Sinn. Harry Lubbock würde das für den Anruf eines Spinners halten.«

»Aber die *Stimme*!«

»Das reicht nicht, um Harry zu überzeugen.« Sie seufzte. »Und was nun?«

»Wir müssen sorgfältig nachdenken«, meinte Tony. »Wir müssen die Sache von allen Seiten betrachten, vielleicht stoßen wir dann auf etwas, was wir übersehen haben.«

»Könnten wir das beim Essen tun?« fragte sie. »Ich habe schrecklichen Hunger.«

»Wo möchtest du denn essen?«

»Da wir beide ziemlich mitgenommen aussehen, schlage ich eine dunkle Ecke vor.«

»Eine Nische im hinteren Teil von Casey's Bar?«

»Genau das Richtige«, antwortete sie.

Auf der Fahrt nach Westwood dachte Tony über Hardesty nach und über das, was der Mann gesagt hatte: daß die Toten in gewisser Weise gar nicht tot waren.

Bruno Frye streckte sich im hinteren Abteil seines Dodge-Kombi aus und versuchte, Schlaf zu finden.

Es handelte sich nicht um denselben Lieferwagen, mit dem er letzte Woche nach Los Angeles gekommen war; den hatte die Polizei sichergestellt; inzwischen war er von einem Vertreter Joshua Rhinehartsübernommen und dem Nachlaß gemäß wie alle beweglichen Güter ordnungsgemäß verwertet worden. Diesen neuen Lieferwagen, dunkelblau mit weißen Zierstreifen, hatte Frye gestern bei einem Dodge-Händler am Stadtrand von San Franzisko erworben und bar bezahlt; ein hübscher Wagen.

Er fuhr fast den ganzen gestrigen Tag durch die Straßen und traf gegen Abend in Los Angeles ein. Er war sofort zu Katherines Haus in Westwood gegangen.

Diesmal benutzte sie den Namen Hilary Thomas, aber er wußte, daß es Katherine war.

Katherine.

Wieder aus dem Grab zurückgekehrt.

Das dreckige Miststück.

Er brach in ihr Haus ein, aber sie war nicht da. Dann kam sie schließlich kurz vor Anbruch des Morgens nach Hause; diesmal hätte es beinahe geklappt. Er konnte sich immer noch keinen Reim darauf machen, weshalb die Polizei erschienen war.

In den letzten vier Stunden fuhr er fünfmal an ihrem Haus vorbei, konnte aber nichts von Bedeutung ausmachen. Er wußte nicht, ob sie da war.

Er war verwirrt. Durcheinander. Und er hatte Angst. Er wußte nicht, was er tun sollte, wußte nicht, wie er es anstellen sollte, sie ausfindig zu machen. Seine wirren unkonzentrierten Gedanken bereiteten ihm immer größere Schwierigkeiten. Er fühlte sich benommen, durcheinander, wie berauscht, obwohl er nichts getrunken hatte.

Er war müde. Unendlich müde, hatte seit Sonntag nacht nicht mehr geschlafen, und auch da nicht viel. Könnte er nur ein wenig Schlaf nachholen, so würde er wieder klar denken können.

Und dann würde er sich erneut daranmachen, die Verfolgung dieses dreckigen Miststücks aufzunehmen.

Ihr den Kopf abschneiden.

Ihr das Herz herausreißen. Ihr einen Pflock durchs Herz stoßen. Sie töten. Sie ein für allemal töten.

Aber zuerst brauchte er Schlaf.

Er streckte sich im Ladeabteil des Lieferwagens aus und

dankte der Sonne, die durch die Windschutzscheibe hereinstrahlte, über die Vordersitze und nach hinten in den Laderaum. Er hatte Furcht, im Dunkeln zu schlafen.

Ganz in der Nähe lag ein Kruzifix.

Und zwei zugespitzte Holzpflöcke.

Er hatte kleine Leinensäckchen mit Knoblauch gefüllt und über jeder Tür eines der Säckchen mit Klebeband befestigt.

Das würde ihn vielleicht vor Katherine schützen, aber er wußte sehr wohl, daß diese Dinge den Alptraum nicht von ihm fernhalten könnten. Dieser Alptraum würde sich jetzt wieder wie immer einstellen, wenn er schlief, so wie es sein ganzes Leben lang gewesen war. Und dann würde er aufwachen mit einem Schrei, der sich in seiner Kehle fing. Und wie jedesmal würde er sich nicht daran erinnern können, um was für einen Traum es sich gehandelt hatte. Aber beim Aufwachen würde er das Wispern hören, das laute und doch unverständliche Wispern, und er würde spüren, wie ihm etwas über den Körper kroch, über den ganzen Körper, über sein Gesicht, das versuchte, in seinen Mund und seine Nase einzudringen, irgend etwas Schreckliches, Grauenhaftes; und in den ein oder zwei Minuten, die es dauern würde, bis diese Wahrnehmungen verblaßten, würde er sich nichts so sehr wünschen, als tot zu sein.

Er hatte eine panische Angst vor dem Schlaf, aber er brauchte ihn.

Er schloß die Augen.

Wie üblich herrschte zur Mittagszeit im Speisesaal von Casey's Bar unerträglich lauter, fast ohrenbetäubender Lärm.

Aber im anderen Teil des Restaurants hinter der ovalen Bar befanden sich ein paar etwas abgesonderte Nischen, an drei Seiten von Wänden umgeben, die wie ein großer Beichtstuhl wirkten; und in diesen Nischen konnte man das Getöse, das aus dem Speisesaal herüberhallte, ertragen; es diente hier fast zur Tarnung, so daß man sich ungestört unterhalten konnte, wie dies ohnehin in behaglichen Nischen der Fall ist.

Hilary hatte ihre Mahlzeit zur Hälfte aufgegessen, als sie plötzlich aufblickte und meinte: »Ich hab's.«

Tony legte sein Sandwich weg. »Was hast du?«

»Frye muß einen Bruder haben.«

»Einen Bruder?«

»Das würde alles erklären.«

»Du meinst, du hättest Frye letzten Donnerstag getötet – und gestern nacht wäre dann sein Bruder aufgetaucht?«

»Eine solche Ähnlichkeit kommt nur bei Brüdern vor.«

»Und die Stimme?«

»Sie könnten dieselbe geerbt haben.«

»Es könnte sein, daß man eine tiefe Stimme erbt«, meinte Tony. »Aber eine, die nach deiner Beschreibung wie Kieselsteine klingt? Kann man eine solche Stimme auch erben?«

»Warum nicht?«

»Gestern nacht hast du gesagt, eine solche Stimme könnte nur infolge einer schweren Halsverletzung entstehen oder aufgrund eines deformierten Kehlkopfes bei einem Geburtsfehler.«

»Dann habe ich mich eben getäuscht«, erklärte sie. »Oder beide Brüder haben den gleichen Geburtsfehler.«

»Die Chance dafür steht vielleicht eins zu einer Million.«

»Ist aber immerhin nicht unmöglich.«

Tony nahm einen Schluck Bier und meinte dann: »Es könnte ja vielleicht sein, daß Brüder den gleichen Körperbau aufweisen und dieselben Gesichtszüge und Augen in derselben Farbe und dieselbe Stimme. Aber ist es auch möglich, daß sie unter denselben Wahnvorstellungen leiden?«

Sie nahm einen Schluck Bier und dachte darüber nach, dann meinte sie: »Schwere Geisteskrankheit ist ein Produkt der Umwelt.«

»Das hat man früher einmal angenommen. Jetzt weiß man das nicht mehr so sicher.«

»Nun, nimm doch einmal an, nur um meiner Theorie nachzugehen, daß das gestörte Verhalten als Folge der Umwelt aufträte. Die Brüder stammten von denselben Eltern, wären in demselben Haus aufgezogen worden – in genau derselben Umgebung – könnte man sich da nicht vorstellen, daß sie auch identische Psychosen entwickeln?«

Er kratzte sich am Kinn. »Vielleicht. Ich erinnere mich ...«

»Was?«

»Ich habe auf der Polizeiakademie einen Kurs über abnormale Psychologie besucht«, erinnerte sich Tony. »Man versuchte uns beizubringen, wie man verschiedene Arten von Psychopathen erkennt und mit ihnen umgeht. Das war eine gute Idee. Wenn ein Polizist beim ersten Zusammentreffen mit einer irrational handelnden Person die Art von Geistesgestörtheit identifizieren kann, unter der der Betreffende leidet, oder wenigstens eine gewisse Vorstellung entwickelt, wie dieser Typ von Psychopath denkt oder reagiert, dann hat er eine viel bessere Chance, richtig mit ihm umzugehen. Wir schauten uns eine Menge Filme über solche Fälle an. Ich erinnere mich deutlich an einen – eine geradezu unglaubliche Studie einer Mutter und einer Tochter, beide paranoid und schizophren. Sie litten beide unter denselben Wahnvorstellungen.«

»Da siehst du's!« meinte Hilary erregt.

»Aber es handelte sich dabei um einen äußerst seltenen Fall.«

»Das ist dieser auch.«

»Ich weiß nicht. Möglicherweise war das der einzige Fall dieser Art, den man je feststellte.«

»Aber *möglich* ist es immerhin.«

»Nun, wert, darüber nachzudenken, meine ich.«

»Ein Bruder ...«

Sie wandten sich wieder ihrer Mahlzeit zu, und beide starrten nachdenklich ihre Sandwiches an.

Plötzlich meinte Tony: »Verdammt. Jetzt fällt mir gerade etwas ein, das diese Brüdertheorie ins Wanken bringt.«

Was denn?«

»Du hast ja wahrscheinlich am Freitag und am Samstag die Berichte in den Zeitungen gelesen.«

»Nicht alle«, erklärte sie. »Es ist irgendwie ... nun, ich weiß nicht ... peinlich, wenn man so viel über sich selbst als

Opfer eines Verbrechens liest. Einen Artikel habe ich gelesen, das reichte.«

»Und du erinnerst dich nicht daran, was in dem Artikel stand?«

Sie runzelte die Stirn und versuchte dahinterzukommen, auf was er rauswollte. Und dann wußte sie es. »Oh, ja, natürlich – Frye hatte keinen Bruder.«

»Weder einen Bruder noch eine Schwester. Niemanden. Er war der Alleinerbe des Weingutes nach dem Tod seiner Mutter, das letzte Mitglied der Familie Frye, der letzte seines Namens.«

Hilary wollte ihre Theorie nicht aufgeben. Immerhin war das die einzig vernünftige Erklärung nach den verrückten unsinnigen Ereignissen der letzten Zeit. Aber sie wußte nicht, wie sie an der Theorie festhalten konnte.

Sie beendeten die Mahlzeit schweigend.

Schließlich meinte Tony: »Wir können uns schließlich nicht in alle Ewigkeit vor ihm versteckt halten, und wir können auch nicht immer herumsitzen und warten, bis er dich findet.«

»Die Idee, Köder in einer Falle zu spielen, gefällt mir gar nicht.«

»Jedenfalls liegt die Lösung nicht hier in Los Angeles.«

Sie nickte. »Dasselbe habe ich auch gedacht.«

»Wir müssen nach St. Helena.«

»Und dort mit Sheriff Laurenski sprechen.«

»Mit Laurenski und allen anderen, die Frye gekannt haben.«

»Dazu brauchen wir möglicherweise einige Tage«, meinte sie.

»Nun, ich hab' dir ja gesagt, daß ich noch eine Menge Urlaub habe. Zwei Wochen, alles zusammengezählt. Und ich fühle mich zum ersten Mal, solange ich mich erinnern kann, überhaupt nicht danach, wieder mit der Arbeit zu beginnen.«

»Okay«, sagte sie ... Wann fahren wir ab?«

»Je früher, desto besser.«

»Aber nicht heute«, entgegnete sie. »Wir sind beide zu

müde. Wir brauchen Schlaf. Außerdem möchte ich deine Gemälde zu Wyant Stevens bringen. Und dann muß ich veranlassen, daß ein Schätzer der Versicherungsgesellschaft den Schaden in meinem Haus feststellt. Und dem Reinigungsdienst will ich noch Bescheid sagen, die sollen Ordnung schaffen, während ich weg bin. Und wenn ich schon diese Woche nicht mit den Leuten von Warner Brothers über *The Hour of the Wolf* rede, dann muß ich mir zumindest eine Ausrede einfallen lassen – oder Wally Topelis beauftragen, ihnen entsprechende Ausreden aufzutischen.«

»Ich muß noch einen Abschlußbericht über die Schießerei verfassen«, sagte Tony. »Das hätte ich eigentlich heute vormittag erledigen sollen. Und dann brauchen die mich natürlich für die gerichtsmedizinische Untersuchung. Eine solche Untersuchung findet immer statt, wenn ein Polizeibeamter getötet wird – oder wenn er jemand anderen tötet. Aber wahrscheinlich wird die Untersuchung erst für nächste Woche angesetzt. Sollte das der Fall sein, so kann ich wahrscheinlich erreichen, daß sie sie auch noch etwas verschieben.«

»Wann fahren wir also nach St. Helena?«

»Morgen«, entgegnete er. »Franks Beisetzung ist um neun Uhr. Da will ich hin. Sehen wir also zu, ob wir mittags einen Flug bekommen.«

»Wäre mir recht.«

»Wir haben eine Menge zu erledigen. Am besten fangen wir gleich an.«

»Eines noch«, sagte Hilary. »Ich glaube, es ist besser, diese Nacht nicht in deiner Wohnung zu verbringen.«

Er ergriff über den Tisch hinweg ihre Hand. »Ich bin sicher, daß er dir dort nichts tun kann. Falls er es doch versucht, hast du ja mich, und ich besitze meine Dienstwaffe. Selbst wenn er wie Mr. Universum gebaut ist, gleicht eine Schußwaffe das aus.«

Sie schüttelte den Kopf. »Nein. Kann schon sein, daß du recht hast. Aber ich könnte dort nicht schlafen, Tony. Ich würde die ganze Nacht wachliegen und horchen, ob ich an der Tür oder an den Fenstern ein Geräusch höre.«

»Wo willst du dann übernachten?«

»Laß uns doch heute nachmittag alles erledigen, was zu erledigen ist, und dann packen. Laß uns ein Zimmer in einem Hotel in Flughafennähe nehmen.«

Er drückte ihre Hand. »Okay. Wenn dir dabei wohler ist – «

»Ja.«

»Ich glaube, dann ist das wohl die beste Lösung.«

Am Donnerstag nachmittag um 16.10 Uhr legte Joshua Rhinehart in St. Helena im Büro den Telefonhörer auf und lehnte sich in seinem Sessel zurück. Er war sehr mit sich zufrieden. In den letzten zwei Tagen hatte er eine Menge erledigt. Jetzt drehte er sich im Sessel herum und blickte zum Fenster hinaus auf die Weingärten und die fernen Berge.

Er hing fast den ganzen Montag am Telefon, hatte sich mit Bruno Fryes Banken, seinen Anlageberatern und Börsenmaklern auseinandergesetzt. Es fanden umfangreiche Gespräche darüber statt, wie der Besitz bis zur Liquidierung verwaltet werden sollte, und eine ziemlich hitzige Debatte entbrannte um die Frage, wie man die Anlagen am ertragreichsten zu Geld machen konnte, wenn die Zeit dafür gekommen sei. Das Ganze verlief recht langweilig, denn Frye besaß eine große Zahl verschiedenartigster Sparkonten auf mehreren Banken, Staatsobligationen, ein umfangreiches Portefeuille an Aktien, Immobilienbesitz und vieles andere mehr.

Den Dienstagmorgen und den größten Teil des Nachmittags hatte Joshua damit zugebracht, telefonisch einige der angesehensten Kunstschätzer Kaliforniens dazu zu bringen, nach St. Helena zu reisen, um dort die vielfältige und umfangreiche Kunst-Sammlung zu katalogisieren und zu bewerten, die die Familie Frye im Lauf der letzten sechs oder sieben Jahrzehnte anhäufte. Leo, der Patriarch, Katherines Vater, und nun seit vierzig Jahren tot, hatte damit begonnen – ihn interessierten damals die kunstvollen, handgefertigten hölzernen Zapfhähne, wie sie in europäischen Ländern an Bier- und Weinfässern benutzt wurden. Viele davon zeigten die Form von Köpfen, lachende, weinende, wutverzerrte, finster blickende Köpfe von Dämonen, Engeln, Clowns, Wölfen, Elfen, Kobolden, Hexen, Gnomen und anderen Geschöpfen. Zum Zeitpunkt seines Todes besaß Leo mehr als zweitausend solcher Zapfhähne. Katherine hatte schon zu Lebzeiten des Vaters an seiner Sammlertätigkeit Interesse gefunden und nach seinem Tode aus dieser Sammlung eine Art Lebensinhalt gemacht. Das Interesse am Erwerb schöner Dinge entwickelte sich bei ihr zu einer Leidenschaft und zu guter Letzt zur Manie. (Joshua erinnerte sich daran, wie ihre Augen jedesmal aufleuchteten und es ihr fast den Atem raubte, wenn sie ihm irgendeine Neuerwerbung zeigte; er wußte, daß ihr gehetzter Trieb, jedes Zimmer, jeden Schrank und jede Schublade mit schönen Dingen zu füllen, ins Ungesunde ausartete, aber schließlich hatte man den Reichen zu allen Zeiten ihre Exzentrizitäten und Verrücktheiten nachgesehen, solange sie anderen Menschen nicht schadeten.)

Sie kaufte emaillierte Dosen, Landschaftsgemälde aus der Zeit der Jahrhundertwende, Tiffany-Lampen, antike Gemmen und viele andere Dinge, gar nicht so sehr, weil sie eine ausgezeichnete Anlage darstellten (was der Fall war), sondern, weil sie sie einfach haben wollte, sie brauchte, so wie ein Rauschgiftsüchtiger nach der nächsten Spritze greift. Sie stopfte ihr riesiges Haus mit Sammlergegenständen voll und verbrachte zahllose Stunden damit, sie zu putzen, zu polieren und in Schuß zu halten. Bruno behielt jene Tradition krankhafter Kaufwut bei, und jetzt waren beide Häuser – das, das Leo 1918 baute, und das andere, das Bruno vor fünf Jahren errichtet hatte – mit Schätzen bis unters Dach vollgestopft. Am Dienstag rief Joshua Kunstgalerien und angesehene Auktionshäuser in San Franzisko und Los Angeles an; alle waren erpicht darauf, ihre Gutachter zu schicken, weil die Verwertung der Frye-Sammlung eine fette Provision versprach. Zwei Männer aus San Franzisko und zwei aus Los Angeles würden am Samstag morgen hier eintreffen, und Joshua war überzeugt, daß sie einige Tage dazu brauchen würden, um den Frye-Besitz zu katalogisieren; deshalb bestellte er ihnen gleich in einem nahen Gasthof Zimmer.

Am Dienstagnachmittag um 16.10 Uhr gelangte Joshua zu der Überzeugung, die Dinge jetzt im Griff zu haben, und versuchte deshalb, erstmals seit der Mitteilung über Brunos Tod, abzuschätzen, wie viel Zeit seine Verpflichtungen als Testamentsvollstrecker beanspruchen würden. Ursprünglich befürchtete er, es könnte sich um eine so komplizierte Erbschaft handeln, daß er Jahre oder zumindest viele Monate damit beschäftigt sein würde. Inzwischen aber hatte er das Testament (das er selbst vor fünf Jahren verfaßte) noch einmal durchgesehen, und war zu der Überzeugung gelangt – nachdem Brunos tüchtige Finanzberater ihren Klienten auch gut beraten hatten – , daß er die ganze Angelegenheit binnen einiger Wochen abwickeln könnte. Drei Faktoren, die bei einer mehrere Millionen Dollar-Erbschaft selten zusammentrafen, lagen vor: Zum ersten gab es keine lebenden Angehörigen, die das Testament anfechten oder sonstwie Schwierigkeiten machen konnten; zum zweiten schrieb das Testament eindeutig vor, daß der gesamte Betrag einer einzigen wohltätigen Einrichtung zugute kommen sollte, die im Testament klar erwähnt war; zum dritten hatte Bruno Frye für einen Mann seines Wohlstandes seine Investitionen recht einfach gehalten, so fand sein Testamentsvollstrecker eine ziemlich klar durchschaubare Bilanz mit leicht verständlichen Eintragungen auf der Soll- und Habenseite vor. Drei Wochen müßten genügen, allerhöchstens vier.

Seit dem Tod seiner Frau Cora vor drei Jahren wußte Joshua aus ureigenster Erfahrung um die Kürze des Lebens und wachte daher sorgsam über seine Zeit. Er wollte keinen einzigen Tag vergeuden und vertrat deshalb die Ansicht, jede Minute, die er über Gebühr dem Frye-Nachlaß widmen müsse, sei verschwendet. Selbstverständlich würde er für seine juristischen Dienste ein beträchtliches Honorar erhalten, aber er besaß bereits mehr Geld, als er je ausgeben würde. Ihm gehörten beträchtliche Immobilien im Tal, darunter einige hundert Acres erstklassiges Weinland, das jemand für ihn verwaltete und die Trauben ausgezeichneter Qualität an zwei Betriebe lieferte, die nie genug davon bekommen konnten. Kurze Zeit spielte er sogar mit dem Gedanken, das Gericht darum zu bitten, ihn seiner Pflichten zu entheben; eine von Fryes Banken hätte den Auftrag mit dem größten Vergnügen übernommen. Er zog auch in Betracht, die Arbeit Ken Gavins und Roy Genelli zu übertragen, den zwei tüchtigen Anwälten, die er vor sieben Jahren als Partner aufgenommen hatte; aber sein ausgeprägtes Loyalitätsempfinden hielt ihn davon ab, diesen bequemen Ausweg zu suchen. Katherine Frye hatte ihm vor fünfunddreißig Jahren den Start als Anwalt im Napa-Tal ermöglicht; deshalb glaubte er, ihr einfach die Zeit jetzt schuldig zu sein und persönlich die ordnungsgemäße und würdevolle Auflösung des Frye-Familienimperiums zu leiten.

Drei Wochen.

Dann würde er wieder mehr Zeit für die Dinge haben, die ihm Freude bereiteten: das Lesen guter Bücher, Schwimmen, das Lenken seines Modellflugzeuges, Lernen, neue Gerichte zu kochen und sich gelegentlich ein Wochenende in Reno zu leisten. Ken und Roy erledigten bereits den Löwenanteil der Geschäfte seiner Sozietät und machten ihre Sache verdammt gut. Joshua hatte sich noch nicht ganz aus der aktiven Tätigkeit zurückgezogen, hockte aber irgendwie am Rande, ließ die Beine in einen großen Tümpel der Muße hängen und wünschte sich immer wieder, dafür noch zu Coras Lebzeiten mehr Zeit gefunden zu haben.

Um 16.20 Uhr, mit den erzielten Fortschritten zufrieden und von dem herrlichen Anblick des herbstlichen Tales draußen vor dem Fenster beruhigt, erhob er sich aus seinem Sessel und ging ins Vorzimmer. Karen Farr hämmerte wie wild auf eine IBM Selectric II ein, die ebenso gute Arbeit leistete, würde man sie nur streicheln. Karen war ein zierliches Mädchen, blaß und blauäugig und mit einer leisen Stimme, aber was immer sie tat, betrieb sie mit einem Überschwang an Kraft und Energie.

»Ich will mir einen kleinen Whiskey leisten«, erklärte Joshua. »Falls jemand anruft und mich sprechen möchte, dann sagen Sie, ich sei sinnlos betrunken und könnte nicht ans Telefon kommen.«

»Worauf die antworten werden ›Was? Sagen Sie das noch mal!‹«

Joshua lachte. »Sie sind wirklich eine reizende junge Frau, Miss Farr. Schlagfertig, nett und so zierlich, daß Sie kaum Schatten werfen.«

»Wie Sie nur als Nicht-Ire Ihren Mund so vollnehmen können. Gehen Sie und trinken Sie Ihren Whiskey. Ich werd' schon aufpassen.«

Er ging in sein Büro zurück, klappte die Bar in der Ecke auf, tat Eis in ein Glas, goß einen tüchtigen Schuß Jack Daniel's Black Label darüber und hatte erst zweimal daran genippt, als jemand an seine Bürotür klopfte.

»Herein.«

Karen öffnete die Tür. »Da ist jemand am Telefon – «

»Ich dachte, ich könnte meinen Drink in Ruhe nehmen.«

»Seien Sie doch nicht so ekelhaft«, erwiderte sie.

»Das gehört zu meinem Image.«

»Ich hab' ihm gesagt, Sie wären nicht da. Aber als ich dann hörte, was er wollte, dachte ich, Sie sollten vielleicht doch mit ihm reden. Es handelt sich um eine seltsame Sache.«

»Wer ist es denn?«

»Ein Mr. Preston von der First Pacific United Bank in San Franzisko. Es geht um den Frye-Nachlaß.«

»Was ist denn daran seltsam?«

»Das lassen Sie sich besser von ihm selbst erklären«, meinte sie.

Joshua seufzte. »Na, meinetwegen.«

»Auf Leitung zwei.«

Joshua ging an seinen Schreibtisch, setzte sich, nahm den Hörer ab und sagte: »Guten Tag, Mr. Preston.«

»Mr. Rhinehart?«

»Am Apparat. Was kann ich für Sie tun?«

»Das Shade-Tree-Weingut hat mir mitgeteilt, daß Sie den Frye-Nachlaß verwalten.«

»Das ist richtig.«

»Ist Ihnen bekannt, daß Mr. Bruno Frye in unserem Hauptbüro hier in San Franzisko Konten unterhalten hat?«

»Bei der First Pacific United? Nein, davon weiß ich nichts.«

»Ein Sparkonto, ein Scheckkonto und einen Safe«, ergänzte Preston.

»Er hatte mehrere Konten bei verschiedenen Banken. Es gibt eine Liste darüber. Aber Ihre Bank steht nicht auf dieser Liste. Ich bin auch nicht auf Sparbücher oder Auszüge Ihrer Bank gestoßen.«

»Das hatte ich befürchtet«, meinte Preston.

Joshua runzelte die Stirn. »Ich verstehe nicht. Gibt es mit diesen Konten irgendwelche Probleme?«

Preston zögerte einen Augenblick und sagte dann: »Mr. Rhinehart, hatte Mr. Frye einen Bruder?«

»Nein. Warum fragen Sie?«

»Hat er sich je einer Person bedient, die ihm ähnlich sah?«

»Wie, bitte?«

»Benutzte er ein Double, jemanden, der sich für ihn ausgab und den man selbst aus nächster Nähe für ihn halten könnte?«

»Sie machen sich doch nicht etwa über mich lustig, Mr. Preston?«

»Ich weiß, daß die Frage recht ungewöhnlich klingt. Aber Mr. Frye war ein wohlhabender Mann. Heutzutage brauchen wohlhabende Leute bei all dem Terrorismus und den vielen Verrückten auf den Straßen häufig Leibwächter, und manchmal – nicht sehr oft, das gebe ich zu, aber in ganz bestimmten Fällen – aus Gründen der Sicherheit Personen, die ihnen ähnlich sind und in ihre Dienste treten.«

»Bei allem Respekt für Ihre schöne Stadt«, meinte Joshua, »darf ich vielleicht darauf hinweisen, daß Mr. Frye hier im Napa-Tal lebte und nicht etwa in San Franzisko. Hier gibt es diese Art Verbrechen nicht. Unser Lebensstil hier unterscheidet sich völlig von dem, den Sie ... äh ... genießen. Mr. Frye benötigte kein Double; und ich bin ganz sicher, daß er keines hatte. Mr. Preston, was, in aller Welt, soll das?«

»Wir haben gerade erst erfahren, daß Mr. Frye letzten Donnerstag getötet wurde«, erklärte Preston.

»Und?«

»Unsere Anwälte sind der Ansicht, daß die Bank in keiner Weise verantwortlich gemacht werden kann.«

»Wofür?« fragte Joshua ungeduldig.

»Als Verwalter des Nachlasses hatten Sie die Pflicht, uns in Kenntnis zu setzen, daß unser Kunde verstarb. Bis zum Erhalt dieser Nachricht – oder zumindest, bis wir von dritter Stelle dies erfuhren – bestand überhaupt keine Veranlassung dazu, das Konto zu sperren.«

»Das ist mir klar.« Joshua war im Sessel zusammengesunken und starrte wehmütig das Glas Whiskey auf seinem Schreibtisch an. Er war besorgt, weil Preston ihm jetzt gleich etwas erzählen würde, was seine angenehm beschauliche Stimmung empfindlich störte, und gelangte zu dem Schluß, daß ein wenig bärbeißige Barschheit das Gespräch vielleicht beschleunigen könnte. Also antwortete er: »Mr. Preston, ich weiß wohl, daß Banken gewöhnlich ihre Geschäfte langsam und bedächtig zu führen pflegen, wie es sich auch für ein Institut geziemt, das das hartverdiente Geld anderer Leute verwaltet. Aber ich wäre Ihnen doch dankbar, wenn Sie jetzt zur Sache kämen.«

»Am vergangenen Donnerstag, eine halbe Stunde vor Schalterschluß und ein paar Stunden, *nachdem* Mr. Frye in Los Angeles verstorben war, betrat ein Mann, der Mr. Frye ähnelte, unsere Hauptzweigstelle. Er hatte Schecks mit dem Namensaufdruck Frye und schrieb einen Barscheck aus, der den Haben-Bestand jenes Kontos auf einhundert Dollar reduzierte.«

Joshua richtete sich auf. »Wieviel hat er bekommen?«

»Sechstausend.«

»Autsch!«

»Anschließend legte er ein Sparbuch vor und hob das Konto bis auf fünfhundert ab.«

»Und wieviel war das?«

»Weitere zwölftausend.«

»Insgesamt achtzehntausend Dollar?«

»Ja. Zusätzlich zu dem, was er möglicherweise aus dem Schließfach geholt hat.«

»An das ist er auch noch gegangen?«

»Ja. Aber wir wissen natürlich nicht, was er diesem entnommen haben könnte«, meinte Preston.

Joshua war verblüfft. »Wie konnte Ihre Bank eine so namhafte Summe in bar herausgeben, ohne eine Legitimation zu verlangen?«

»Die haben wir verlangt«, sagte Preston. »Und Sie müssen begreifen, daß er wie Mr. Frye aussah. In den letzten fünf Jahren ist Mr. Frye jeden Monat zwei- oder dreimal zu uns gekommen; dabei zahlte er jedesmal ein paar tausend Dollar auf sein Konto ein, und deshalb kannten wir ihn. Die Leute erinnerten sich an ihn. Am vergangenen Donnerstag hat ihn unsere Kassenangestellte erkannt; deshalb bestand kein Anlaß zu Argwohn, besonders deswegen, weil er ja diese Schecks mit seinem Namensaufdruck und sein Sparbuch dabeihatte und – «

»Das ist noch keine Legitimation«, entgegnete Joshua.

»Die Kassiererin hat seinen Ausweis verlangt, obwohl sie ihn erkannte. So machen wir das bei großen Abhebungen immer; und sie hat die Vorschrift genau befolgt. Der Mann zeigte ihr einen gültigen Führerschein des Staates Kalifornien, komplett mit Foto, auf den Namen Bruno Frye ausgestellt. Ich kann Ihnen versichern, Mr. Rhinehart, die First Pacific United hat in dieser Sache in keinster Weise vorschriftswidrig gehandelt.«

»Beabsichtigen Sie, Ihre Angestellte überprüfen zu lassen?« fragte Joshua.

»Das ist bereits veranlaßt.«

»Das freut mich zu hören.«

»Aber ich bin ganz sicher, daß wir damit nicht weiterkommen werden«, beharrte Preston. »Sie ist seit über sechzehn Jahren bei uns tätig.«

»Ist das dieselbe Frau, die ihn an das Schließfach gelassen hat?« fragte Joshua.

»Nein, das war eine andere Angestellte. Die wird ebenfalls überprüft.«

»Eine verdammt unangenehme Geschichte.«

»Das brauchen Sie mir nicht zu sagen«, meinte Preston bedrückt. »In all den Jahren, die ich jetzt im Bankfach tätig bin, ist mir so etwas noch nicht vorgekommen. Ehe ich Sie anrief, habe ich die Behörden, das Aufsichtsamt und die Anwälte der First Pacific United verständigt.«

»Ich denke, ich sollte morgen zu Ihnen kommen und mich mit Ihren Leuten unterhalten.«

»Das wäre mir sehr recht.«

»Sagen wir, zehn Uhr?«

»Wann immer es Ihnen paßt«, erklärte Preston. »Ich stehe den ganzen Tag zu Ihrer Verfügung.«

»Dann sagen wir, zehn Uhr.«

»Das Ganze tut mir schrecklich leid. Aber der Verlust ist natürlich durch die Bundesversicherung gedeckt.«

»Mit Ausnahme des Schließfachinhaltes«, betonte Joshua.

»So etwas wird von keiner Versicherung gedeckt.« Das war es auch, was Preston so beunruhigte, und das wußten beide. »In dem Schließfach könnten sich wesentlich höhere Werte als auf dem Spar- und Scheckkonto zusammen befunden haben.«

»Aber es könnte natürlich auch leer gewesen sein«, antwortete Preston schnell.

»Wir sehen uns dann morgen, Mr. Preston.« Joshua legte auf und starrte das Telefon an.

Schließlich nahm er einen Schluck von seinem Whiskey.

Ein Double für Bruno Frye? Ein Doppelgänger?

Plötzlich fiel ihm wieder das Licht ein, das er um drei Uhr am Montagmorgen in Brunos Haus gesehen zu haben glaubte. Es war ihm aufgefallen, als er aus dem Bad wieder ins Bett zurückkehrte. Aber als er dann seine Brille aufsetzte, schien das Licht verschwunden. Damals glaubte er, seine Augen hätten ihm vielleicht einen Streich gespielt. Aber vielleicht war da doch ein Licht gewesen. Vielleicht war der Mann, der die Konten auf der Pacific United abgeleert hatte, in Brunos Haus gewesen und hatte dort etwas gesucht.

Joshua war gestern im Haus gewesen und in fünf Minuten durch alle Räume gehetzt, um sich zu vergewissern, ob alles so war, wie es sein mußte, dabei war ihm nichts Ungewöhnliches aufgefallen.

Warum hatte Bruno geheime Bankkonten in San Franzisko unterhalten? Gab es ein Double, einen Doppelgänger?

Wen? Und warum?

Verdammt!

Fryes Nachlaß würde doch etwas mehr Kopfzerbrechen bereiten, als er noch vor einer halben Stunde angenommen hatte.

Am Dienstagabend um 18.00 Uhr lenkte Tony den Jeep in die Straße, die an seinem Haus vorbeiführte. Hilary fühlte sich wacher als den ganzen Tag über. Sie befand sich in jenem Zustand übersteigerter Wachsamkeit, der sich einstellt, wenn man mehr als eineinhalb Tage kein Auge zutat. Es schien, als hätten ihr Körper und ihr Bewußtsein den Beschluß gefaßt, aus diesem Zustand erzwungenen Wachseins das Beste zu machen, so als hätte irgendein chemischer Trick ihr Fleisch ebenso erneuert wie ihren Geist. Sie hörte zu gähnen auf. Ihr Blick, der die letzten Stunden irgendwie verschwommen wirkte, wurde wieder klar, und die qualvolle Müdigkeit löste sich. Sie wußte freilich sehr wohl, daß dies nur eine kurze Weile andauern konnte und daß sich dann eine völlige Erschöpfung einstellen würde. In ein oder zwei Stunden endete dieses verblüffende Hoch sicher mit einem abrupten, unvermeidbaren Absturz; etwa so, als ließe die Wirkung eines Aufputschmittels nach. Dann würde sie allzu ausgepumpt sein und sich nicht mehr auf den Beinen halten können.

Sie und Tony hatten das Notwendige erledigt – mit dem Beauftragten der Versicherung gesprochen, den Reinigungsdienst beauftragt, die Polizeiberichte abgeliefert und so weiter. Das einzige, was nicht glattging, war der Besuch in der Wyant-Stevens-Galerie in Beverly Hills. Weder Wyant noch seine Assistentin Betty waren dagewesen, und die plump wirkende junge Frau, die in ihrer Abwesenheit die Galerie führte, zögerte, Tonys Gemälde in ihre Obhut zu nehmen. Sie scheute die Verantwortung, aber Hilary konnte sie schließlich davon überzeugen, daß ihr kein Prozeß drohte, wenn eine der Leinwände versehentlich einen Flecken oder einen Riß bekäme. Hilary hatte Wyant eine kurze Mitteilung hinterlassen und ihm einiges zu dem Künstler erklärt; danach fuhren sie und Tony in Topelis' Büro, um Wally zu bitten, sie bei Warner Brothers zu entschuldigen. Jetzt waren sie fertig. Morgen, nach Frank Howards Beerdigung, würden sie den PSA-Flug, 11.50 Uhr nehmen und nach San Franzisko fliegen, von dort gab es eine Verbindung nach Napa.

Von dort wollten sie mit einem Mietwagen nach St. Helena weiterfahren.

Dann würden sie sich in Bruno Fryes Wirkungskreis befinden.

Und dann – was dann?

Tony parkte den Jeep und stellte den Motor ab.

Hilary sagte: »Ich hab' ganz vergessen, dich zu fragen, ob du ein Hotelzimmer gefunden hast.«

»Wallys Sekretärin hat das erledigt, während du mit Wally in seinem Büro verhandelt hast.«

»Am Flughafen?«

»Ja.«

»Hoffentlich keine Einzelbetten.«

»Ein großes, Kingsize.«

»Gut«, meinte sie. »Ich möchte, daß du mich festhältst, während ich in den Schlaf sinke.«

Er beugte sich zu ihr hinüber und gab ihr einen Kuß.

Sie brauchten zwanzig Minuten, um zwei Koffer für ihn zu packen, und anschließend trugen sie alle vier Koffer zum Jeep hinunter. Hilary schien die ganze Zeit überreizt und rechnete jeden Augenblick damit, daß Frye aus einem Winkel heraussprang oder plötzlich hinter einer Tür hervortrat und grinste.

Aber das tat er nicht.

Sie fuhren auf Umwegen zum Flughafen, auf einer ungewöhnlichen Route, über Nebenstraßen mit zahlreichen Biegungen und durch viele Vororte. Hilary beobachtete die Fahrzeuge hinter ihnen.

Aber niemand verfolgte sie.

Sie erreichten das Hotel um halb acht, und Tony füllte die Karte in einem Anflug altmodischen Kavalierstums mit Mann und Frau aus.

Ihr Zimmer lag im achten Stock, ein ruhiges Zimmer, in Grün- und Blau-Tönen.

Als der Page ging, standen sie am Bett und umarmten sich eine Minute lang, teilten stumm ihre Müdigkeit und den Rest ihrer Kräfte miteinander.

Weder ihr noch ihm war danach, zum Essen wegzugehen. Tony bestellte beim Etagenservice und erhielt die Antwort, daß es etwa eine halbe Stunde dauern würde.

Hilary und Tony duschten gemeinsam. Sie seiften sich ein und duschten sich gegenseitig ab, aber ohne etwas Sexuelles; sie waren zu müde für jegliche Art von Leidenschaft. Das gemeinsame Duschen verlief erholsam, zärtlich, liebevoll.

Dann aßen sie belegte Brote und Pommes frites.

Sie tranken eine halbe Flasche Rosé-Wein.

Sie unterhielten sich kurze Zeit.

Sie legten ein Handtuch über eine Lampe und ließen sie als Nachtlicht brennen, weil Hilary zum zweiten Mal in ihrem Leben Angst davor hatte, im Dunkeln zu schlafen.

Bald danach schliefen sie.

Acht Stunden später, um halb sechs Uhr morgens, erwachte sie aus einem schlimmen Traum, in dem Earl und Emma wieder zum Leben erwacht waren, ganz genau wie Bruno Frye. Sie verfolgten sie zu dritt durch einen dunklen Korridor, der immer enger und enger wurde ...

Sie konnte nicht mehr einschlafen und lag im bernsteinfarbenen Leuchten des improvisierten Nachtlichtes; schaute Tony beim Schlafen zu.

Um halb sieben wachte er auf, drehte sich zu ihr herum, blinzelte, berührte ihr Gesicht, ihre Brüste, und sie liebten sich. Eine kurze Weile vergaß sie Bruno Frye, aber nachher, als sie sich für Franks Begräbnis zurechtmachten, war die Furcht wieder da.

»Meinst du wirklich, daß wir nach St. Helena gehen sollten?«

»Das müssen wir«, erklärte Tony.
»Aber was wird dort mit uns passieren?«
»Nichts«, sagte er. »Alles wird gutgehen.«
»Da bin ich gar nicht sicher«, antwortete sie.
»Wir werden herausfinden, was hier vorgeht.«
»Das ist es ja«, meinte sie bedrückt. »Ich habe das Gefühl, es wäre besser, wenn wir das nicht wüßten.«

Katherine war weg.

Das Miststück war weg.

Das Miststück hielt sich irgendwo verborgen.

Bruno erwachte am Dienstag um halb sieben Uhr abends in dem blauen Dodge-Lieferwagen, von dem Alptraum, an den er sich nie richtig erinnern konnte, aus dem Schlaf gerissen, von einem wortlosen Wispern bedroht. Irgend etwas kroch ihm über den ganzen Leib, über seine Arme, sein Gesicht, in sein Haar, sogar unter seine Kleidung und versuchte, in seinen Körper einzudringen, versuchte durch seine Ohren, seinen Mund und seine Nasenlöcher einzudringen. Irgend etwas unsagbar Widerwärtiges, Böses. Er schrie und kratzte wie wild an sich herum, bis er schließlich begriff, wo er sich befand; und dann verstummte das scheußliche Wispern langsam, und das kriechende Ding kroch davon. Ein paar Augenblicke lang blieb er zusammengekrümmt liegen, wie ein Fötus, und weinte vor Erleichterung.

Eine Stunde später, nach einem Abendessen im MacDonald's, war er nach Westwood gefahren. Er fuhr ein halbes Dutzend Mal am Haus vorbei und parkte schließlich an einer Stelle, an die das Licht der Straßenlaterne nicht heranreichte, beobachtete ihr Haus die ganze Nacht.

Sie war weg.

Er hatte die Leinenbeutel voll Knoblauch und die zugespitzten Holzpflöcke und das Kruzifix und das Fläschchen mit Weihwasser bei sich. Er hatte die zwei scharfgeschliffenen Messer und eine kleine Holzfälleraxt, mit der er ihr den Kopf abschlagen konnte. Und er besaß den Mut und den Willen und die Entschlossenheit.

Aber sie war fort.

Als er schließlich begriff, daß sie sich abgesetzt hatte, vielleicht tage- oder wochenlang nicht wiederkommen würde, war er vor Wut außer sich. Er verfluchte sie und weinte vor Enttäuschung.

Dann gewann er langsam seine Fassung wieder. Er sagte sich, daß noch nicht alles verloren sein. Er würde sie finden.

Er hatte sie schon so oft gefunden.

6

Am Mittwochmorgen flog Joshua Rhinehart die kurze Strecke nach San Franzisko mit seiner eigenen Cessna Turbo Skylane RG. Dieser Traum von einem Flugzeug erreichte eine Reisegeschwindigkeit von 173 Knoten und hatte eine Reichweite von über tausend Meilen.

Vor drei Jahren, kurz nach Coras Tod, hatte er Flugunterricht genommen. Es war fast sein ganzes Leben lang sein Traum gewesen, einmal den Pilotenschein zu machen, doch bis zu seinem achtundfünfzigsten Lebensjahr fand er nie die Zeit dafür. Nach Coras unerwartetem Tod erkannte er, daß er ein Narr gewesen war, ein Narr, der sich eingebildet hatte, der Tod wäre ein Unglück und stieße nur anderen Leuten zu. Er verbrachte sein Leben bisher so, als gäbe es einen unendlichen Vorrat, als könnte man es verbrauchen und verbrauchen, leben und leben, und das in alle Ewigkeit. Er dachte, einmal endlos Zeit zu haben, um all die Traumreisen nach Europa und in den Orient zu unternehmen, endlos Zeit, um sich zu entspannen, zu reisen und sich zu vergnügen; und deshalb schob er Kreuzfahrten und Ferien immer vor sich her, schob sie anfangs hinaus, bis die Anwaltskanzlei etabliert war, und dann, bis die Hypotheken alle abbezahlt waren, die sie auf ihren umfangreichen Immobilienbesitz aufgenommen hatten, und dann, bis die Traubenzucht sich stabilisiert hatte, und dann ... Und plötzlich ging Cora die Zeit aus. Sie fehlte ihm schrecklich, und es erfüllte ihn unendliches Bedauern, wenn er an all die aufgeschobenen Dinge dachte. Er und Cora waren zusammen in mannigfacher Weise glücklich gewesen. Ihr Zusammenleben verlief ausnehmend harmonisch, nach den meisten Maßstäben geradezu herausragend. Nie fehlte ihnen irgend etwas – weder Nahrung noch Unterkunft, noch ein angemessener Anteil an Luxusgütern. Es war immer genügend Geld vorhanden. Aber nie genügend Zeit. Er konnte einfach nicht umhin, sich

darüber den Kopf zu zerbrechen, was gewesen wäre, wenn
... Er konnte Cora nicht wieder zum Leben erwecken, aber
zumindest schien er fest entschlossen, sich all die Freuden
zu leisten, die er sich in den verbleibenden Jahren noch gönnen konnte. Nie zur Geselligkeit neigend und neun von
zehn Leuten als armselige Ignoranten und/oder böse verurteilend, ging er den meisten seiner Vergnügungen allein
nach; aber trotz seines Hanges zum Alleinsein waren all diese Vergnügungen nicht so befriedigend, wie sie gewesen
wären, hätte er sie mit Cora teilen können. Das Fliegen gehörte zu den wenigen Ausnahmen jener Regel. In seiner
Cessna hoch über der Erde fühlte er sich von allem befreit,
was einen einengte, nicht nur von den Banden der Schwerkraft, sondern auch von den Ketten des Bedauerns, des Leidens.

Joshua landete kurz nach neun in San Franzisko und
fühlte sich von dem Flug erfrischt, gleichsam wie ein neuer
Mensch. Eine Stunde darauf schüttelte er in der First Pacific
United Bank Mr. Ronald Preston die Hand, mit dem er am
Dienstagnachmittag telefoniert hatte.

Preston war einer der Vizepräsidenten der Bank, sein Büro dementsprechend luxuriös eingerichtet. Es standen eine
Menge gepolsterte Ledersessel und viel poliertes Teakholz
herum, ein gepolstertes, luxuriöses, fettes Büro.

Preston andererseits erschien hager, ja geradezu dünn; er
wirkte brüchig, zerbrechlich, war gebräunt und trug einen
sorgfältig gestutzten Schnurrbart. Er redete viel zu schnell,
und seine Hände schleuderten eine schnelle Geste nach der
anderen hervor, wie eine auf Übertouren laufende Maschine
mit einem Kurzschluß, die Funken sprüht. Er schien nervös.

Und gut organisiert schien er auch. Er hatte eine detaillierte Akte über Bruno Fryes Konten zusammengestellt, mit
einer Seite für jedes der fünf Jahre, in denen Frye mit der
First Pacific United Geschäfte gemacht hatte. Die Akte enthielt eine Liste der Sparkonten mit Einzahlungen und Abhebungen, eine weitere Liste mit den Daten, an denen Frye
sein Schließfach besucht hatte, Fotokopien der monatlichen
Abrechnungen seines Scheckkontos, von Mikrofilmakten

vergrößert, und ähnliche Kopien eines jeden einzelnen Schecks, der je aufs Konto eingezogen wurde.

»Auf den ersten Blick«, meinte Preston, »könnte es so aussehen, als hätte ich Ihnen nicht von allen Schecks, die Mr. Frye geschrieben hat, Kopien gegeben. Aber lassen Sie mich versichern, daß das der Fall ist. Es waren nicht besonders viele. Auf diesem Konto wurde eine ganze Menge Geld bewegt, aber Mr. Frye hat in den ersten dreieinhalb Jahren nur zwei Schecks pro Monat ausgestellt, in den letzten einhalb Jahren drei Schecks pro Monat, und immer an dieselben Zahlungsempfänger.«

Joshua verzichtete darauf, die Akte aufzuschlagen. »Ich werde mir das später alles ansehen. Zunächst möchte ich den oder die Angestellten befragen, die die Auszahlungen auf die Schecks und Sparkonten beobachtet haben.«

In einer Ecke des Raumes stand ein runder Konferenztisch mit sechs bequem gepolsterten Stühlen drumherum. Joshua wählte sich diese Besucherecke für die Befragungen.

Cynthia Willis, die Kassenangestellte, war eine selbstsichere, recht attraktive Negerin Ende Dreißig. Sie trug einen blauen Rock und eine gestärkte weiße Bluse, sorgfältig frisiertes Haar und wohlgeformte, auf Hochglanz polierte Fingernägel. Ihre Haltung strahlte Selbstbewußtsein und Eleganz aus. Joshua bat sie, ihm gegenüber Platz zu nehmen, und sie setzte sich aufrecht und mit geradem Rücken in den Sessel.

Preston stand neben seinem Schreibtisch; man sah ihm an, wie er unter der ganzen Prozedur litt.

Joshua klappte den Aktendeckel auf, den er mitgebracht hatte, und entnahm ihm fünfzehn Schnappschüsse von Leuten, die in St. Helena lebten oder einmal dort gelebt hatten. Er breitete die Fotos auf dem Tisch aus und begann: »Miss Willis – «

»Mrs. Willis«, korrigierte sie ihn.

»Entschuldigen Sie. Mrs. Willis, ich möchte, daß Sie sich diese Fotos gründlich ansehen und mir dann sagen, auf welchem Bruno Frye abgebildet ist. Aber erst, nachdem Sie sich alle angesehen haben.«

Nach einer Minute Betrachtung nahm sie zwei Fotos. »Diese beiden.«

»Sind Sie sicher?«

»Ganz sicher«, antwortete sie. »Das war doch kein besonderer Test. Die anderen dreizehn sehen überhaupt nicht aus wie er.«

Sie hatte ihre Sache ausgezeichnet gemacht, viel besser, als er das erwartete. Viele der Fotos waren verschwommen, einige davon unter ausnehmend schlechten Lichtverhältnissen aufgenommen. Joshua hatte bewußt schlechte Bilder mitgebracht, um die Identifizierung zu erschweren, aber Mrs. Willis zögerte keinen Augenblick. Und obwohl sie sagte, die anderen dreizehn würden nicht wie Frye aussehen, so taten das einige sogar ein wenig. Joshua suchte Fotos von ein paar Leuten aus, die Frye ähnelten, wenigstens bei nicht scharfgestellter Kamera, aber damit konnte er Cynthia Willis nicht täuschen und ebensowenig mit den zwei Kopfaufnahmen von Frye, die sich wesentlich voneinander unterschieden.

Mrs. Willis tippte mit dem Zeigefinger auf die zwei Schnappschüsse und entgegnete: »Das ist der Mann, der am vergangenen Donnerstagnachmittag in die Bank kam.«

»Er wurde am Donnerstagmorgen in Los Angeles getötet«, erklärte Joshua.

»Das glaube ich nicht«, meinte sie entschieden. »Da muß irgendein Irrtum vorliegen.«

»Ich habe seine Leiche gesehen!« erklärte Joshua. »Er wurde vergangenen Sonntag in St. Helena begraben.«

Sie schüttelte den Kopf. »Dann müssen Sie jemand anderen begraben haben, den falschen Mann.«

»Ich kenne Bruno Frye seit seinem fünften Lebensjahr«, meinte Joshua. »Es ist ganz unmöglich, daß ich mich irre.«

»Und ich weiß, wen ich gesehen habe«, widersprach Mrs. Willis höflich, aber hartnäckig.

Sie würdigte Preston keines Blickes. Ihr Stolz ließ es nicht zu, daß sie ihre Antworten seinen Maßstäben anpaßte. Sie wußte, daß sie ihre Arbeit gut machte, und hatte keine Angst vor dem Chef. Sie richtete sich sogar noch gerader auf und meinte: »Was Mr. Preston denkt, ist seine Sache. Aber er hat den Mann schließlich nicht gesehen. Ich schon. Es war Mr. Frye. Er kam in den letzten fünf Jahren zwei- oder dreimal pro Monat in die Bank. Er zahlte immer wenigstens zweitausend Dollar auf sein Scheckkonto ein, manchmal auch drei, und immer in bar. Das ist ungewöhnlich. Das macht ihn auffällig. Das und sein Aussehen, all die Muskeln und – «

»Er hat doch ganz bestimmt seine Einzahlungen nicht immer an Ihrem Schalter getätigt.«

»Nicht immer«, gab sie zu. »Aber sehr häufig. Und ich weiß, daß er derjenige war, der letzten Donnerstag das Geld hier abhob. Wenn Sie ihn auch nur im entferntesten kennen, Mr. Rhinehart, dann wissen Sie, daß man Mr. Frye nicht einmal zu sehen braucht, um ihn zu kennen. Seine seltsame Stimme erkennt man selbst mit verbundenen Augen.«

»Eine Stimme kann man jederzeit nachahmen«, erklärte jetzt Preston und leistete damit seinen ersten Beitrag zum Gespräch.

»Aber nicht eine solche«, wandte Mrs. Willis ein.

»Man könnte sie nachahmen«, erwiderte Joshua, »aber nicht ohne weiteres.«

»Und die Augen«, fuhr Mrs. Willis fort. »Die sind fast genauso seltsam wie seine Stimme.«

Die Bemerkung machte Joshua neugierig; er beugte sich vor und fragte: »Was war denn mit seinen Augen?«

»Sie wirkten kalt«, entgegnete sie. »Und ich meine nicht nur die blaugraue Farbe. Sehr kalte, harte Augen. Und die meiste Zeit hatte ich das Gefühl, er würde mich gar nicht gerade ansehen. Seine Augen glitten immer zur Seite, so als hätte er Angst, man könnte seine Gedanken oder so etwas lesen. Aber dann, manchmal, ganz selten, wenn er einen doch richtig anschaute, dann hatte man das Gefühl, als hätte man ... nun ... jemanden vor sich, der im Kopf nicht ganz richtig ist.«

Ganz der stets diplomatische Banker, meinte Preston schnell: »Mrs. Willis, Mr. Rhinehart will ganz sicher, daß Sie sich an die objektiven Fakten dieses Falles halten. Wenn Sie

Ihre persönliche Meinung äußern, dann kompliziert das die Dinge nur, macht es ihm noch schwerer.«

Mrs. Willis schüttelte den Kopf. »Ich weiß nur, daß der Mann, der letzten Donnerstag hier war, dieselben Augen hatte.«

Diese Beobachtung erschütterte Joshua ein wenig, weil auch er häufig das Gefühl hatte, Brunos Augen deuteten eine gepeinigte Seele an. Die Augen Fryes machten stets einen verängstigten Eindruck – zugleich aber zeigten sie auch die harte, mörderische, eisige Kälte, die Cynthia Willis festgestellt hatte.

Joshua verbrachte noch eine halbe Stunde damit, sie bezüglich einer Vielzahl von Themen auszufragen, tausenderlei Dingen: Wie sie vorging, wenn sie große Barbeträge auszahlte, wie sie letzten Donnerstag vorgegangen war, was für Ausweispapiere der Mann zeigte, wie sie lebte, ihre bisherige Tätigkeit in der Bank, Dinge, die ihren Mann und ihre Kinder betrafen, ihre finanzielle Situation und noch ein halbes Dutzend weiterer Dinge. Er packte sie hart an, war manchmal sogar ausgesprochen grob, weil er das Gefühl hatte, damit weiterzukommen. Verstimmt über die Aussicht darauf, zusätzliche Wochen mit Fryes Nachlaß verbringen zu müssen, und darauf erpicht, eine schnelle Lösung der geheimnisvollen Vorgänge zu finden, suchte Joshua nach einem Grund, sie der Mittäterschaft an der Ausräumung der Frye-Konten zu beschuldigen, fand am Ende aber nichts. Tatsächlich mußte er sich nach Beendigung des Verhörs eingestehen, daß sie ihm recht sympathisch war und durchaus sein Vertrauen gewonnen hatte. Er ging sogar so weit, sich bei ihr für seine teilweise scharfe aggressive Art zu entschuldigen, und das war etwas, was bei ihm nur äußerst selten vorkam.

Nachdem Mrs. Willis wieder an ihren Schalter zurückgekehrt war, führte Ronald Preston Jane Symmons ins Zimmer. Sie hatte Fryes Doppelgänger in den Kellerraum zu den Schließfächern begleitet. Sie war siebenundzwanzig, rothaarig, grünäugig, stupsnasig und recht reizbar. Ihre etwas weinerliche Stimme und die teilweise schnippischen

Antworten trugen nicht gerade dazu bei, Joshua freundlicher zu stimmen; aber je mürrischer er wurde, desto schnippischer antwortete sie. Jane Symmons zeigte sich bei weitem nicht so ausdrucksgewandt wie Cynthia Willis, und schien ihm auch nicht so sympathisch wie die Schwarze; er entschuldigte sich auch nicht bei ihr, war aber dennoch sicher, daß sie ebenso wahrheitsgemäß aussagte wie Mrs. Willis, zumindest im vorliegenden Fall.

Nach Jane Symmons' Verhör fragte Preston: »Nun, was meinen Sie?«

»Es ist höchst unwahrscheinlich, daß eine der beiden an irgendeinem Schwindelmanöver beteiligt war«, meinte Joshua.

Preston fühlte sich erleichtert, gab sich Mühe, sich davon nichts anmerken zu lassen. »Zu dem Schluß sind wir auch gelangt.«

»Aber dieser Mann, der als Frye auftrat, muß ihm unwahrscheinlich ähnlich sehen.«

»Miss Symmons ist eine höchst aufmerksame junge Frau«, meinte Preston »Wenn sie gesagt hat, er sähe genau wie Frye aus, muß die Ähnlichkeit in der Tat frappierend sein.«

»Miss Symmons ist ein hoffnungsloser Trottel«, entgegnete Joshua mürrisch. »Wenn es außer ihr keine Zeugen gäbe, wäre ich verloren.«

Preston blinzelte überrascht.

»Ihre Mrs. Willis andererseits besitzt eine ausgezeichnete Beobachtungsgabe«, fuhr Joshua fort. »Und verdammt intelligent ist sie auch. Und selbstbewußt, ohne anmaßend zu wirken. An Ihrer Stelle würde ich dafür sorgen, daß sie nicht immer nur Kassenangestellte bleibt.«

Preston räusperte sich. »Nun ... äh, und was jetzt?«

»Ich möchte sehen, was sich in dem Schließfach befindet.«

»Mr. Fryes Schlüssel haben Sie wohl nicht zufällig?«

»Nein. Er ist bis jetzt noch nicht von den Toten auferstanden, um ihn mir zu geben.«

»Ich dachte, er befände sich vielleicht unter seinen Sachen, und sie hätten ihn nach unserem gestrigen Gespräch gesucht.«

»Nein. Wenn der falsche Frye ihn benutzt hat, dann befindet er sich vermutlich noch immer in seinem Besitz.«

»Ich möchte nur wissen, wie er an ihn gekommen ist«, wunderte sich Preston. »Wenn Mr. Frye ihn ihm gegeben hat, dann würde das die Dinge in einem ganz anderen Licht erscheinen lassen, dann würde es auch für die Bank anders aussehen. Wenn Mr. Frye mit einem Doppelgänger gemeinsame Sache macht, um Geld von seinen Konten – «

»Mr. Frye kann sich unmöglich mit irgend jemandem zusammengetan haben. Er ist tot. Wollen wir jetzt nachsehen, was sich im Schließfach befindet?«

»Wenn keiner der beiden Schlüssel vorhanden ist, wird man es aufbrechen müssen.«

»Dann veranlassen Sie das bitte«, entgegnete Joshua.

Fünfunddreißig Minuten später standen Joshua und Preston im Kellergewölbe der Bank und sahen zu, wie ein Techniker das zerstörte Schloß aus dem Schließfach entfernte und gleich darauf die ganze Schublade aus der Wand zog. Er reichte sie Ronald Preston, und Preston gab sie an Joshua weiter.

»Unter normalen Umständen«, sagte Preston etwas steif, »würde man Sie jetzt in eine unserer Nischen führen, damit Sie sich den Inhalt unbeobachtet ansehen können. Nachdem aber eine ziemlich große Wahrscheinlichkeit besteht, daß Sie gleich behaupten werden, Wertgegenstände wären unrechtmäßig aus dem Fach entfernt worden, und weil die Bank sich möglicherweise einer Anzeige dieses Inhalts ausgesetzt sehen könnte, muß ich darauf bestehen, daß Sie das Schließfach in meiner Gegenwart öffnen.«

»Sie haben keinerlei Recht, das zu verlangen«, erwiderte Joshua nicht besonders freundlich. »Aber ich habe keineswegs die Absicht, Ihrer Bank ohne zwingende Gründe einen Prozeß anzuhängen, also werde ich Ihre Neugierde befriedigen.«

Joshua nahm den Deckel des Schließfachs ab. In dem Behälter lag ein weißer Umschlag, sonst nichts, und er nahm ihn heraus. Er reichte Preston den leeren Metallbehälter und riß den Umschlag auf. Er enthielt ein weißes, mit Schreibmaschine beschriebenes unterzeichnetes Blatt Papier.

Joshua hatte noch nie etwas so Eigenartiges gesehen.

Das Blatt schien von einem Mann im Fieberdelirium verfaßt worden zu sein.

Donnerstag, den 25. September

An alle, die es angeht:
Meine Mutter, Katherine Anne Frye, ist vor fünf Jahren gestorben, kehrt aber immer wieder in einem neuen Körper ins Leben zurück. Sie hat einen Weg gefunden, um aus dem Grab zurückzukehren, und versucht, mich zu holen. Im Augenblick lebt sie in Los Angeles und benutzt den Namen Hilary Thomas.
Heute morgen hat sie mich erstochen, und ich bin in Los Angeles gestorben. Ich beabsichtige, dorthin zurückzugehen und sie zu töten, ehe sie mich aufs neue umbringt. Wenn sie mich nämlich zweimal tötet, dann muß ich tot bleiben. Ich besitze ihren Zauber nicht und kann nicht aus dem Grab zurückkehren, nicht wenn sie mich zweimal tötet.
Ich fühle mich so leer, so unvollkommen. Sie hat mich umgebracht, und ich bin nicht mehr ganz.
Ich hinterlasse dieses Blatt für den Fall, daß sie wieder gewinnt. Bis ich zweimal tot bin, ist das mein ganz persönlicher Krieg, der meine, der sonst niemanden etwas angeht. Ich kann nicht an die Öffentlichkeit treten und polizeilichen Schutz erbitten. Wenn ich das tue, dann weiß jeder, was und wer ich bin. Jeder wird dann wissen, was ich mein ganzes Leben lang versteckt habe, und dann wird man mich zu Tode steinigen. Aber wenn sie mich wieder erwischt, dann macht das auch nichts, wenn jemand herausfindet, was ich bin, denn dann bin ich schon zweimal gestorben. Wenn sie mich wieder erwischt, dann muß derjenige, der diesen Brief auffindet, die Verantwortung dafür übernehmen, daß man sie unschädlich macht.
Man muß ihr den Kopf abschneiden und ihr Knoblauch in den Mund stopfen. Man muß ihr Herz herausschneiden

und einen Pflock durchstoßen. Den Kopf und das Herz muß man auf zwei verschiedenen Friedhöfen beisetzen. Sie ist kein Vampir. Aber ich glaube trotzdem, daß das vielleicht wirken könnte. Wenn sie auf diese Weise getötet wird, könnte es sein, daß sie tot bleibt. Sie kommt aus dem Grab zurück.

Unter dem Brieftext fand sich eine ausgezeichnete Fälschung von Bruno Fryes Unterschrift. Es mußte sich natürlich um eine Fälschung handeln, denn Frye war bereits tot gewesen, als diese Zeilen verfaßt wurden.

Joshua verspürte ein *Prickeln* im Nacken, und aus irgendeinem Grund mußte er plötzlich an Freitagnacht denken: Wie er Avril Tannertons Bestattungsinstitut verlassen hatte, in die pechschwarze Nacht hinausgetreten war, *überzeugt*, irgend etwas Gefährliches lauere ganz in der Nähe, irgend etwas Böses.

»Was ist das?« fragte Preston.

Joshua gab ihm das Blatt.

Preston las und ließ das Blatt dann verblüfft sinken.

»Was, in aller Welt, hat das zu bedeuten?«

»Der falsche Frye, der die Konten abgeleert hat, muß es in das Schließfach gelegt haben«, antwortete Joshua.

»Aber warum sollte er das tun?«

»Vielleicht ist das Ganze ein schlechter Scherz«, entgegnete Joshua. »Wer das auch sein mag, er hat offenbar Spaß an Gespenstergeschichten. Er wußte natürlich, daß wir herausfinden würden, daß er die Scheck- und Sparkonten abgeleert hatte, und dachte sich, es könnte nicht schaden, sich auch noch über uns lustig zu machen.«

»Aber das ist doch sehr ... eigenartig«, erwiderte Preston. »Ich meine, man würde doch eher erwarten, daß er sich selbst beglückwünscht und uns sozusagen eine lange Nase dreht. Aber das hier? Das scheint doch nicht das Werk eines Witzboldes. Es klingt zwar unheimlich und ergibt nicht unbedingt einen Sinn, aber es kommt mir doch sehr ... sehr *ernsthaft* vor.«

»Wenn Sie es für keinen dummen Witz halten, was meinen Sie dann?« fragte Joshua. »Wollen Sie etwa sagen, Bruno Frye hätte diesen Brief geschrieben und ihn *nach* seinem Tod in das Schließfach getan?«

»Nun ... nein. Selbstverständlich nicht.«

»Was dann?«

Preston sah das Blatt an. »Dann würde ich sagen, daß dieser Mann, der Mr. Frye so erstaunlich ähnelt und auch wie Mr. Frye redet, dieser Mann, der einen Führerschein auf den Namen Frye besitzt, dieser Mann, dem bekannt war, daß Mr. Frye Konten bei der First Pacific United hatte – daß dieser Mann nicht einfach nur vorgibt, Mr. Frye zu sein. Er meint tatsächlich, daß er Mr. Frye *ist*.« Er schaute Joshua an. »Ich glaube nicht, daß ein gewöhnlicher Dieb, der zu dummen Scherzen neigt, einen solchen Brief verfassen würde. Dieser Brief deutet auf eine echte Geistesgestörtheit.«

Joshua nickte. »Ich fürchte, da muß ich Ihnen zustimmen. Aber woher kam dieser Doppelgänger? Wer ist dieser Mann? Wußte Bruno, daß dieser Mann existierte? Und wie kommt es, daß dieser Mann, der Bruno zum Verwechseln ähnlich sieht, auch die manische Angst und den Haß teilt, den Bruno für Katherine Frye empfand? Wie könnte es sein, daß beide Männer unter der gleichen Wahnvorstellung leiden – der Annahme nämlich, sie wäre von den Toten auferstanden? Es gibt da tausend Fragen. Man könnte den Verstand verlieren dabei.«

»Das könnte man wohl«, entgegnete Preston. »Ich kann Ihre Fragen auch nicht beantworten. Aber einen Vorschlag habe ich: Man sollte dieser Hilary Thomas sagen, daß sie sich wahrscheinlich in großer Gefahr befindet.«

Nach der Beerdigung Frank Howards, die mit allen polizeilichen Ehren stattfand, bestiegen Tony und Hilary die 11.55-Uhr-Maschine in Los Angeles. Während des Fluges gab Hilary sich redlich Mühe, munter und amüsant zu wirken, weil sie spürte, daß die Beerdigung Tony deprimiert und in ihm die schreckliche Erinnerung an die Schießerei am Montagmorgen wachgerufen hatte. Zuerst saß er brütend und zusammengekauert in seinem Sitz und gab ihr kaum Antwort. Nach einer Weile aber schien er zu bemerken, daß sie sich bemühte, ihn aufzumuntern, fand sein Lächeln wieder und begann langsam, seine Deprimiertheit abzulegen. Sie landeten pünktlich auf dem Internationalen Flughafen von San Franzisko, aber die 14.00-Uhr-Maschine nach Napa würde erst um 15.00 Uhr fliegen, weil es irgendwelche technischen Schwierigkeiten gab.

Um die Zeit totzuschlagen, aßen sie in einem Flughafenrestaurant mit Ausblick auf die Start- und Landebahnen zu Mittag. Der erstaunlich gute Kaffee schien das einzige zu sein, was für das Lokal sprach, die belegten Brote schmeckten nach Gummi, und die Pommes frites waren weich und klebrig.

Die Zeit des Abflugs rückte immer näher und Hilary fing an, sichtlich unruhig zu werden. Das Gefühl steigerte sich von Minute zu Minute.

Tony bemerkte die Veränderung an ihr.

»Was ist denn?«

»Das weiß ich nicht so recht. Mir ist nur ... Nun, ich habe einfach das Gefühl, wir könnten einen schrecklichen Fehler machen. Vielleicht rennen wir geradewegs in die Höhle des Löwen.«

»Frye ist in Los Angeles. Er kann unmöglich wissen, daß du nach St. Helena fliegst«, entgegnete Tony.

»Wirklich nicht?«

»Bist du immer noch davon überzeugt, daß sich hier etwas Übernatürliches tut, etwas mit Geistern und Untoten und solchem Zeug?«

»Ich schließe überhaupt nichts aus.«

»Wir werden am Ende eine logische Erklärung finden.«

»Nun, mag ja sein, aber ich habe trotzdem dieses unheimliche Gefühl ... diese Vorahnung.«

»Eine Vorahnung wovon?«

»Daß noch viel schlimmere Dinge passieren werden«, antwortete sie.

Nach einem hastigen, aber ausgezeichneten Lunch im Vorstandskasino der First Pacific United Bank trafen sich Joshua

Rhinehart und Ronald Preston im Büro des Bankers mit Beamten der staatlichen Bankenaufsicht. Die Bürokraten wirkten langweilig, schlecht vorbereitet und offenkundig nicht sonderlich kompetent, aber Joshua nahm das hin, beantwortete ihre Fragen und füllte die Formulare aus, die sie ihm vorlegten, da nur so Aussicht bestand, über das staatliche Versicherungssystem das gestohlene Geld für Fryes Erben zurückzuerhalten.

Die Beamten wollten gerade gehen, da traf Warren Sackett, ein Mitarbeiter des FBI, ein. Da es sich um Diebstahl aus einer unter Bundesaufsicht stehenden Bank handelte, war das FBI für die Aufklärung der Tat zuständig. Sackett – ein hochgewachsener, aufmerksamer Mann mit wie gemeißelt wirkenden Gesichtszügen – setzte sich mit Joshua und Preston an den Konferenztisch und förderte in der Hälfte der Zeit doppelt soviel Informationen zutage, wie das ganze Rudel Bürokraten ausfindig gemacht hätten. Er informierte Joshua davon, daß im Rahmen der Ermittlungsarbeiten auch sehr detaillierte Auskünfte über ihn eingeholt werden würden, aber das war Joshua bereits bekannt, und er hatte keinen Grund, sich davor zu fürchten. Sackett schloß sich der Meinung an, Hilary Thomas würde sich möglicherweise in Gefahr befinden, und übernahm es, die Polizeibehörden von Los Angeles über die ungewöhnliche Situation zu informieren, um damit sicherzustellen, daß sowohl die Polizei als auch das Los-Angeles-Büro des FBI sich ihrer annehmen konnten.

Obwohl Sackett höflich, kompetent und gründlich vorging, war Joshua bewußt, daß das FBI den Fall keineswegs in wenigen Tagen aufklären würde – es sei denn, der falsche Bruno Frye suchte von sich aus ihr Büro auf und legte dort ein Geständnis ab. Schließlich schien das für das FBI kein Fall von besonderer Dringlichkeit. In einem Land, das von verschiedensten terroristischen Gruppierungen, organisierten verbrecherischen Familien, der Mafia und korrupten Politikern heimgesucht wurde, konnte man natürlich nicht damit rechnen, daß das FBI alle ihm zur Verfügung stehenden Ressourcen in vollem Ausmaß für einen Achtzehntausend-Dollar-Fall dieser Art einsetzen würde. Mit hoher Wahrscheinlichkeit würde Sackett sich als einziger hauptberuflicher FBI-Agent der Angelegenheit annehmen, zunächst ganz langsam anfangen und alle Beteiligten gründlich überprüfen; anschließend müßte er eine erschöpfende Untersuchung der Banken im nördlichen Kalifornien durchführen, um in Erfahrung zu bringen, ob Bruno Frye weitere Geheimkonten besaß. Bis Sackett nach St. Helena käme, würden wenigstens noch ein oder zwei Tage vergehen. Und falls er nicht in der ersten Woche seiner Ermittlungen auf irgendwelche Hinweise stieß, würde er möglicherweise den Fall weiterhin nur noch zeitweise bearbeiten.

Nach Beendigung der Befragungen wandte Joshua sich Ronald Preston zu und meinte: »Ich nehme doch an, daß die fehlenden achtzehntausend in Kürze ersetzt werden.«

»Nun ...« Preston zupfte nervös an seinem adretten kleinen Schnurrbärtchen. »Wir müssen abwarten, bis die Bankenaufsicht ihre Zustimmung gibt.«

Joshua schaute Sackett an. »Gehe ich recht in der Annahme, daß die Bankenaufsicht so lange abwarten will, bis Sie ihr die Gewähr liefern, daß weder ich, noch irgendein Erbberechtigter in irgendeiner Weise an der Abhebung dieser achtzehntausend Dollar beteiligt waren?«

»Das könnte durchaus sein«, meinte Sackett. »Schließlich handelt es sich um einen höchst ungewöhnlichen Fall.«

»Aber ehe Sie eine solche Versicherung abgeben können, wird möglicherweise sehr viel Zeit vergehen«, fuhr Joshua fort.

»Wir werden dafür sorgen, daß Sie nicht ungewöhnlich lange warten müssen«, meinte Sackett. »Im äußersten Fall drei Monate.«

Joshua seufzte. »Und ich hatte gehofft, die Erbschaft schnell abwickeln zu können.«

Sackett zuckte die Achseln. »Vielleicht brauche ich keine drei Monate. Alles könnte sich auch schnell klären lassen. Man kann nie wissen. Möglicherweise mache ich sogar in ein oder zwei Tagen diesen Burschen ausfindig, der Frye so verblüffend ähnelt. Dann könnte ich der Versicherung grünes Licht geben.«

»Aber Sie rechnen doch nicht damit, den Fall schnell zu lösen?«

»Dazu ist alles wirklich etwas zu verwirrend. Ich kann mich nicht auf einen Termin festlegen«, pflichtete Sackett ihm bei.

»Verdammt!« entgegnete Joshua bedrückt.

Einige Minuten später beim Verlassen der Bank ging Joshua durch die mit Marmor belegte Schalterhalle, als Mrs. Willis ihm zurief. Sie hatte an einem der Schalter Dienst. Er ging zu ihr, und sie meinte: »Wissen Sie, was ich an Ihrer Stelle veranlassen würde?«

»Was denn?« fragte Joshua.

»Ihn ausgraben. Diesen Mann, den Sie begraben haben. Graben Sie ihn wieder aus.«

»Bruno Frye?«

»Sie haben nicht Mr. Frye begraben.« Mrs. Willis ließ sich nicht von ihrer Meinung abbringen; sie preßte die Lippen zusammen und schüttelte mit strenger Miene den Kopf. »Nein. Wenn Mr. Frye wirklich ein Double hat, dann läuft dieses Double jetzt nicht herum. Dieses Double liegt sechs Fuß tief unter der Erde, mit einer Granitplatte bedeckt. Der echte Mr. Frye war letzten Donnerstag hier. Das würde ich vor jedem Gericht beschwören. Und wenn mein Leben davon abhinge.«

»Aber wenn der Mann, der in Los Angeles getötet wurde, nicht Frye war – wo befindet sich dann der echte Frye jetzt? Warum ist er weggelaufen? Was, in aller Welt, geht hier vor?«

»Das kann ich Ihnen auch nicht sagen«, erklärte sie. »Ich weiß nur, was ich gesehen habe. Graben Sie ihn aus, Mr. Rhinehart. Ich bin fest davon überzeugt, Sie werden dann feststellen, daß Sie den falschen Mann begraben haben.«

Am Mittwochnachmittag gegen 15.20 Uhr landete Joshua auf dem Bezirksflughafen außerhalb von Napa. Bei einer Bevölkerungszahl von fünfundvierzigtausend galt Napa keineswegs als Großstadt; infolge seiner Lage mitten in einer Weingegend wirkte es sogar noch kleiner und gemütlicher als in Wirklichkeit; aber Joshua, der sich seit langer Zeit an den ländlichen Frieden des winzigen St. Helena gewöhnt hatte, empfand Napa als ebenso laut und lästig wie San Franzisko. Es drängte ihn daher, möglichst schnell wieder von dort wegzukommen.

Sein Wagen stand auf dem öffentlichen Parkplatz am Flughafen, dort, wo er ihn am Morgen abgestellt hatte. Er fuhr weder nach Hause noch in sein Büro, sondern geradewegs zu Bruno Fryes Haus in St. Helena.

Unter normalen Umständen pflegte Joshua sich die Schönheit des Tales stets bewußt zu machen – nicht aber heute. Diesmal fuhr er gleichsam mit Scheuklappen übers Land, bis der Frysche Besitz vor ihm auftauchte.

Einen Teil des Weingutes bildete ebenes, fruchtbares Land, aber der größte Teil erstreckte sich über die sanften Hügel im Westen des Tales. Die Kelterei, der für die Öffentlichkeit zugängliche Probiersaal, die ausgedehnten Kellereien und die anderen Geschäftsbauten – alle massive Bauwerke aus behauenem Felsgestein, Redwood und Eichenholz, die förmlich aus dem Boden hervorzuwachsen schienen – lagen auf einem breiten Streifen flachen Landes am westlichen Rand des Anwesens. Die Gebäude waren so angeordnet, daß sie nach Osten über das Tal hinausblickten, auf die Weinberge, und sich mit dem Rücken einer fünfzig Meter hohen Klippe zuwandten, einer Klippe aus grauer Vorzeit, geformt durch eine Erdbewegung, die die Mayacamas-Berge in die Höhe geschoben hatte.

Über der Klippe auf einem isoliert aufragenden Hügel, lag das Haus, das Leo Frye, Katherines Vater, 1918 bei seiner Ankunft erbaut hatte. Leo, ein verschlossener Typ, hatte mehr als alles andere Wert auf Abgeschiedenheit gelegt. Der Bauplatz bot ihm damals sowohl den ungehinderten Blick auf das schöne Tal als auch die völlige Abgeschlossenheit, also der ideale Platz über der Hügelgruppe. Leo, damals, 1918, schon Witwer und Vater lediglich eines kleinen Kindes, errichtete auf der Hügelkuppe ein geräumiges Zwölf-Zimmer-Haus im viktorianischen Stil, ein Haus mit vielen Erkern und Giebeln und einer ganzen Menge architektonischem Zierat, obwohl er eine nochmalige Ehe nicht ins Auge gefaßt hatte. Das Haus überblickte das Weingut, das er später auf dem Hochland darunter aufgebaut hatte, und besaß nur zwei Zugänge, zum einen eine Seilbahn, ein System aus Kabeln, Flaschenzügen, Elektromotoren und einer viersitzigen Gondel, die von der Talstation (einer Ecke der Hauptkelterei) zur Bergstation (irgendwo im Norden des Hauses auf der Klippe) hochführte. Zum zweiten gab es eine im Zickzack verlaufende, an der Klippenwand befestigte Treppe. Ihre dreihundertzwanzig Stufen sollten nur dann benutzt werden, wenn die Seilbahn nicht funktionierte – und man die Reparaturarbeiten nicht abwarten konnte.

Auf seinem Weg von der öffentlichen Straße über eine lange Privatstraße in Richtung Kelterei, versuchte Joshua, sich an alles zu erinnern, was er über Leo Frye wußte. Viel war das nicht. Katherine hatte nur selten über ihren Vater gesprochen, und Leo besaß nicht gerade viele Freunde.

Joshua selbst kam erst 1945, einige Jahre nach Leos Tod, in dieses Tal. Er hatte den Mann also nie persönlich kennengelernt, aber genug über ihn gehört, um sich ein Bild von ihm zu machen, von jenem Menschen, der sich nach solch außergewöhnlicher Abgeschiedenheit auf der Klippe gesehnt hatte. Leo Frye war kalt, streng, nüchtern, introvertiert, hartnäckig, hochintelligent, Egoist und ein Mann von eiserner Autorität gewesen. Irgendwie erinnerte er an einen Feudalherrn aus ferner Zeit, einen mittelalterlichen Aristokraten, der gerne in einem gut befestigten Schloß weitab vom ungewaschenen Bauernpack lebte.

Katherine hatte nach dem Tod ihres Vaters das Haus weiter bewohnt. Sie zog Bruno in jenen hohen Räumen auf, einer Welt fernab von jeglichen Altersgenossen des Kindes, einer viktorianischen Welt aus hüfthohen Wandvertäfelungen, geblümten Tapeten, geschwungenen Stuckverzierungen, Kaminsimsen und Spitzentischtüchern. Tatsächlich hatten Mutter und Sohn abgeschieden bis zu Brunos fünfunddreißigstem Lebensjahr zusammengelebt, dem Jahr, in dem Katherine schließlich an einer Herzkrankheit verstarb.

Die lange Asphaltstraße zur Kelterei entlangfahrend, erhob Joshua seinen Blick über die Gutsgebäude hinweg hinüber zu dem mächtigen Haus, das wie ein gewaltiger Grabstein auf der Klippe stand.

Seltsam, daß ein erwachsener Mann so lange mit seiner Mutter zusammenlebte, wie Bruno mit Katherine. Natürlich hatte es Gerüchte und Mutmaßungen gegeben. In St. Helena vertrat man allgemein die Ansicht, Bruno interessiere sich wenig oder gar nicht für Mädchen; seine Zuneigung gelte eher jungen Männern. Man vermutete, daß er seine Wünsche bei gelegentlichen Besuchen in San Franzisko befriedigte, wo ihn seine Nachbarn nicht beobachten konnten. Die Leute im Ort redeten nicht viel darüber – es war ihnen ziemlich gleichgültig. St. Helena galt zwar als Kleinstadt, gab sich in der Beziehung aber recht modern; vielleicht lag das am Weinbau.

Jetzt fragte sich Joshua freilich, ob die öffentliche Meinung sich in dem Punkt nicht geirrt hatte. Angesichts der ungewöhnlichen Ereignisse der vergangenen Woche sah es allmählich so aus, als hätte der Mann ein viel finstereres und unendlich schrecklicheres Geheimnis mit sich herumgetragen als bloße Homosexualität.

Bruno zog sofort nach Katherines Begräbnis, von ihrem Tod schwer erschüttert, aus dem Haus auf der Klippe aus. Seine Kleider und die umfangreiche Sammlung an Gemälden, Metallskulpturen und Büchern, die er selbst zusammengetragen hatte, nahm er mit; aber alles, was Katherine gehörte, ließ er zurück. Ihre Kleider blieben in den Schränken hängen, ihr antikes Mobiliar, die Gemälde, die Porzellansammlungen, Spieldosen an ihren Plätzen stehen – all die Dinge (und vieles mehr) hätten um beträchtliches Geld versteigert werden können. Aber Bruno bestand darauf, daß jeder Gegenstand dort liegenblieb, wo Katherine ihn hingelegt hatte, unberührt und von niemandem verrückt. Er verriegelte die Fenster, zog die Gardinen und Vorhänge vor, verschloß die Läden im Erdgeschoß und dem ersten Stockwerk, verriegelte die Türen und versiegelte das Ganze wie ein Grabmal, als könne er damit die Erinnerung an seine Adoptivmutter für alle Zeit bewahren.

Bruno mietete sich eine Wohnung und fing an, Pläne für den Bau eines neuen Hauses zu schmieden. Joshua wollte ihn überzeugen, das Haus auf der Klippe mit seinen vielen Werten nicht unbewacht zu lassen. Aber Bruno bestand darauf; das Haus sei sicher und würde schon allein aufgrund seiner Abgelegenheit Einbrecher nicht reizen – insbesondere deshalb, da es im Tal praktisch noch nie Einbrecher gegeben hätte. Die beiden Zugänge zum Haus – die Treppe und die Seilbahn – lagen auf dem Fryeschen Anwesen hinter der Kelterei; und die Seilbahn ließ sich nur mit einem Schlüssel in Gang setzen. Außerdem (so argumentierte Bruno damals) wüßte außer ihm und Joshua niemand, daß sich in dem alten Haus eine große Zahl von Wertgegenständen befänden. Bruno ließ sich von seinem Entschluß nicht abbringen; niemand durfte Katherines Besitztümer berühren – und schließlich hatte Joshua zwar widerstrebend und unzufrieden den Wünschen seines Klienten nachgegeben.

Nach Joshuas bestem Wissen hatte seit fünf Jahren niemand mehr das Haus auf der Klippe betreten, seit jenem Tag, an dem Bruno ausgezogen war. Die Seilbahn war gut in Schuß, obwohl der einzige Mensch, der sie benutzte, Gilbert Ulman war, der Mechaniker, der auf dem Weingut die Einsatzbereitschaft aller Fahrzeuge und Maschinen prüfte; so mußte Gil auch regelmäßig die Seilbahn inspizieren und reparieren, was freilich nur ein paar Stunden pro Monat in Anspruch nahm. Morgen oder spätestens am Freitag würde Joshua mit der Seilbahn auf die Klippe fahren und das Haus öffnen, jede Tür und jedes Fenster, und es lüften, bevor am Samstagmorgen die Kunstsachverständigen aus Los Angeles und San Franzisko kämen.

Im Augenblick dachte Joshua aber nicht im mindesten an Leo Fryes isolierte viktorianische Bastion; seine Geschäfte führten ihn in Brunos modernes, wesentlich leichter zugängliches Haus. Am Ende der Zufahrt zum öffentlichen Parkplatz des Weinguts bog er nach links in einen schmalen Weg ein, der in südlicher Richtung durch die von der Sonne verwöhnten Weingärten führte. Zu beiden Seiten der aufgesprungenen Asphaltdecke wucherten Trauben. Der Weg führte ihn einen Hügel hinunter über eine Wiese, dann wieder einen Hügel hinauf, bis er schließlich zweihundert Meter südlich der Kelterei an einer Lichtung endete, auf der Brunos Haus stand, ringsum von Weingärten umgeben. Das große, einstöckige Gebäude aus Redwood und Naturstein stand im Schatten einer jener neun mammutartigen Eichen auf Fryeschem Grund, die der Firma ihren Namen gaben.

Joshua stieg aus und ging zur Eingangstür des Hauses. Am strahlendblauen Himmel zogen nur ein paar hochstehende weiße Wölkchen herum. Die leichte Brise von den baumbestandenen Höhen der Mayacamas-Berge wehte frisch und angenehm.

Er sperrte die Tür auf, trat ein und blieb einen Augenblick lang lauschend im Vorraum stehen. Was er erwartete, wußte er nicht.

Vielleicht Schritte.

Oder Bruno Fryes Stimme.

Aber da herrschte nur Stille.

Er mußte von einem Ende des Hauses zum anderen gehen, um Fryes Arbeitszimmer zu erreichen. Die Einrichtung bildete den lebendigen Beweis dafür, daß Bruno sich Katherines zwanghafte Sammlerleidenschaft angeeignet hatte. An einigen Wänden hingen so viele Gemälde so dicht nebeneinander, daß ihre Rahmen sich berührten und daß das Auge in diesem Durcheinander aus Form und Farbe keinen Ruhepunkt finden konnte. Überall standen Vitrinen herum, angefüllt mit Kunstwerken aus Glas und Bronze, mit Briefbeschwerern aus Kristall und präkolumbianischen Statuetten. Jeder Raum quoll über vor Möbeln, aber jedes Stück schien ein exquisites Beispiel aus seiner Stilepoche darzustellen. In dem riesigen Arbeitsraum standen fünf- oder sechshundert seltene Bücher, viele davon in Leder gebundene Sammlerausgaben; und dann gab es ein paar Dutzend perfekter kleiner Schnitzereien aus Walknochen in einer eigenen Vitrine, und schließlich sechs unvorstellbar wertvolle, makellose Kristallkugeln, eine so klein wie eine Orange, bis hin zur Größe eines Basketballs. Joshua zog die Vorhänge zurück, so daß ein wenig Licht hereinkam, knipste eine

Messinglampe an und setzte sich in einen modernen gefederten Bürostuhl hinter den mächtigen englischen Schreibtisch aus dem 18. Jahrhundert. Er holte den seltsamen Brief, den er in dem Schließfach der First Pacific United Bank gefunden hatte, aus seiner Jackettasche. Tatsächlich handelte es sich nur um eine Fotokopie; Warren Sackett, der FBI-Agent, bestand darauf, das Original zu behalten. Joshua entfaltete die Kopie und legte sie so hin, daß er sie gut sehen konnte. Er drehte sich zu dem niedrigen Schreibmaschinenpult hin, das neben dem Schreibtisch stand, zog es ein wenig heran, schob ein Blatt Papier in die Walze und tippte schnell den ersten Satz des Briefes.

> *Meine Mutter, Katherine Anne Frye, ist vor fünf Jahren gestorben, kehrt aber immer wieder in einem neuen Körper ins Leben zurück.*

Er hielt die Fotokopie vergleichend daneben. Es handelte sich um dieselbe Maschinenschrift. Auf beiden Blättern war die Schleife des kleinen, ›e‹ völlig mit Druckerschwärze gefüllt, weil die Typen schon seit einer Weile nicht mehr gereinigt worden waren. Die Schleife beim kleinen ›a‹ war in beiden Fällen teilweise gefüllt, und das kleine ›d‹ stand etwas höher als die anderen Buchstaben. Der Brief wurde also in Bruno Fryes Arbeitszimmer auf Bruno Fryes Maschine getippt.

Der Doppelgänger, jener Mann, der sich letzten Donnerstag in der Bank in San Franzisko als Frye ausgab, besaß anscheinend einen Schlüssel zum Haus. Aber wie war er an ihn rangekommen? Die nächstliegende Antwort auf die Frage wäre, daß Bruno selbst ihn hergegeben hatte, was bedeutete, daß der Mann doch ein Angestellter, ein bezahltes Double sein müßte.

Joshua lehnte sich im Sessel zurück und starrte die Fotokopie des Briefes an, wobei ein ganzes Feuerwerk von Fragen in ihm hochkam. Warum hatte Bruno ein Double eingestellt? Wo hatte er jemanden gefunden, der ihm so verblüffend ähnelte? Seit wann war dieses Double schon für ihn tätig? Und womit hatte er den Mann beschäftigt? Und wie oft hatte er, Joshua, vielleicht schon mit diesem Doppelgänger verhandelt, in der Meinung, der Mann wäre in Wirklichkeit Frye? Wahrscheinlich mehr als nur einmal, wahrscheinlich sogar häufiger als mit dem echten Bruno. Es gab keine Möglichkeit, das zu erfahren. War das Double am Donnerstagmorgen hier im Haus gewesen, als Bruno in Los Angeles starb? Höchstwahrscheinlich. Schließlich hatte er hier den Brief getippt, den er in das Schließfach legte, also mußte er auch hier die Nachricht erhalten haben. Aber wie hatte er so schnell von Brunos Tod erfahren? Man fand Brunos Leiche neben einer öffentlichen Telefonzelle ... War es möglich, daß Brunos letzte Handlung darin bestanden hatte, zu Hause anzurufen und mit seinem Double zu sprechen? Ja. Möglich. Sogar wahrscheinlich. Man würde die Aufzeichnungen der Telefongesellschaft überprüfen müssen. Aber was hatten jene zwei Männer miteinander gesprochen, als der eine im Sterben lag? Konnte es sein, daß sie beide an derselben Psychose litten, nämlich der Überzeugung, Katherine sei aus dem Grab zurückgekehrt?

Joshua schauderte. Er faltete den Brief zusammen und schob ihn in seine Jackettasche zurück.

Zum erstenmal wurde ihm bewußt, wie *düster* diese Räume wirkten – mit Möbeln und teuren Gegenständen vollgestopft, die Fenster mit schweren Gardinen verhangen, die Böden mit dunklen Teppichen ausgelegt. Plötzlich erschien ihm dieses Haus noch viel isolierter als Leos Zuflucht oben auf dem Berg.

Ein Geräusch. In einem anderen Raum.

Joshua stand auf, schickte sich an, um den Tisch herumzugehen und erstarrte dann. Er wartete, lauschte. »Fantasie«, sagte er, bemüht, sich selbst zu beruhigen.

Dann, im Wagen, auf dem Weg zu seinem Büro in St. Helena, drängten sich ihm weitere Fragen auf. Wer war letzte Woche tatsächlich in Los Angeles gestorben – Frye oder der andere? Und welcher von beiden besuchte am Donnerstag die First Pacific United Bank – der echte oder der Doppelgänger? Wie sollte er denn die Erbschaft abwickeln, solange er die Antwort darauf nicht wußte? Zahllose Fragen, aber verdammt wenig Antworten.

Als er den Wagen ein paar Minuten später hinter seinem Büro abstellte, wurde ihm klar, daß er Mrs. Willis' Rat ernsthaft würde in Erwägung ziehen müssen. Möglicherweise müßte Bruno Fryes Grab eröffnet werden, um festzustellen, wer tatsächlich darin begraben lag.

Tony und Hilary landeten in Napa, mieteten sich einen Wagen und trafen gegen 16.20 Uhr am Mittwochnachmittag im Sheriffsbüro von Napa County ein. Das Büro wirkte bei weitem nicht so verschlafen, wie in vielen Fernsehproduktionen dargestellt. Ein paar junge Deputys und zwei emsige Büroangestellte beschäftigten sich mit Akten und Papieren.

Die Sekretärin des Sheriffs saß an einem großen Stahlschreibtisch; ein Namensschild vor ihrer Schreibmaschine verriet ihren Namen: *Marsha Peletrino*. Diese Frau mit ihren strengen Zügen wirkte wie gestärkt, aber ihre Stimme klang weich wie Seide, geradezu sexy. Auch ihr Lächeln wirkte viel angenehmer und einladender, als Hilary sich das vorgestellt hatte.

Marsha Peletrino öffnete die Tür zwischen dem Vorzimmer und Peter Laurenskis Büro und teilte ihm mit, daß Tony und Hilary ihn zu sprechen wünschten. Laurenski wußte sofort Bescheid und versuchte nicht im mindesten, ihnen auszuweichen, wie sie das erwartet hatten. Er kam aus seinem Büro heraus und schüttelte ihnen etwas verlegen die Hand. Das Ganze schien ihm peinlich. Offenkundig war er nicht gerade erpicht darauf, ihnen erklären zu müssen, weshalb er Bruno Frye ein Alibi für letzte Mittwochnacht verschafft hatte, lud aber Tony und Hilary trotz seines unverhohlenen Unbehagens in sein Büro ein.

Irgendwie schien Hilary von Laurenski enttäuscht zu sein. Da stand nicht der schmuddelige, dickbäuchige, zigarrenkauende, leicht zu hassende Kleinstadttyp vor ihr, wie sie erwartet hatte, auch nicht der etwas verbauerte, machthungrige Bürokrat, der um einen wohlhabenden Bürger wie Bruno Frye zu schützen, vor Lügen nicht zurückschreckte.

Laurenski war Mitte dreißig, hochgewachsen, blond, freundlich und allem Anschein nach seinem Beruf ergeben, ein guter Gesetzesvertreter. Seine Augen blickten freundlich, und seine Stimme klang überraschend sanft; er erinnerte sie in vieler Hinsicht an Tony. Die Büros wirkten sauber, geradezu spartanisch, und man sah, daß hier gute Arbeit geleistet wurde; Laurenskis Mitarbeiter, Hilfssheriffs wie Zivilisten, bildeten nicht etwa Produkte von Vetternwirtschaft, sondern schienen intelligente, arbeitsame Diener der Öffentlichkeit. Bereits nach wenigen Minuten im Gespräch mit dem Sheriff wußte sie, daß sich keine einfache Antwort auf die mysteriösen Vorgänge um Frye finden ließe; jedenfalls lag hier keine offenkundige oder leicht aufzudeckende Verschwörung vor.

Im Privatbüro des Sheriffs nahmen sie und Tony auf einer massiven alten Bank Platz, die mit ein paar cordüberzogenen Schaumstoffkissen für etwas Bequemlichkeit sorgte. Laurenski zog sich einen Stuhl her, setzte sich rittlings darauf und verschränkte die Arme auf der Rückenlehne.

Er entwaffnete Hilary und Tony, indem er sofort zur Sache kam, ohne sich die Sache selbst zu erleichtern.

»Ich muß gestehen, daß ich in dieser Angelegenheit nicht gerade besonders professionell vorging«, sagte er. »Ich habe mich bei den Anrufen seitens Ihrer Abteilung stets verleugnen lassen.«

»Das ist auch der Grund, warum wir hier sind«, erwiderte Tony.

»Handelt es sich ... irgendwie um einen offiziellen Besuch?« fragte Laurenski etwas verwirrt.

»Nein«, entgegnete Tony. »Ich bin privat hier, nicht in meiner Eigenschaft als Polizeibeamter.«

»Wir haben in den letzten paar Tagen höchst ungewöhnliche und beunruhigende Dinge erlebt«, erklärte Hilary. »Unglaubliches ist geschehen, und wir hoffen, daß Sie uns eine Erklärung dafür liefern können.«

Laurenski schob die Brauen hoch. »Noch mehr als Fryes Überfall auf Sie?«

»Wir werden Ihnen alles erzählen«, warf Tony ein. »Aber

zuerst möchten wir gerne wissen, warum Sie der Polizei von Los Angeles keine Auskunft gaben.«

Laurenski nickte, und errötete dabei. »Ich wußte einfach nicht, was ich sagen sollte. Indem ich mich für Frye verbürgte, habe ich mich schon blamiert. Wahrscheinlich hegte ich die Hoffnung, das Ganze würde sich irgendwie legen.«

»Und warum haben Sie sich für ihn verbürgt?« wollte Hilary wissen.

»Es ist einfach ... verstehen Sie ... Ich dachte wirklich, er wäre in jener Nacht zu Hause.«

»Sie haben mit ihm gesprochen?« fragte Hilary.

»Nein«, gab Laurenski zu. Er räusperte sich. »Sehen Sie, den Anruf an jenem Abend hat ein Beamter der Nachtschicht entgegengenommen. Tim Larsson, einer meiner besten Leute, seit sieben Jahren hier tätig. Wirklich ein tüchtiger Mann. Nun ... als die Polizei von Los Angeles wegen Bruno Frye anrief, dachte Tim, es wäre vielleicht klüger, mich anzurufen, um zu fragen, ob ich das vielleicht übernähme, nachdem es sich bei Frye um einen der prominentesten Bürger des Bezirks handelte. Ich war an jenem Abend zu Hause. Meine Tochter hatte Geburtstag, für mich und meine Familie ein recht wichtiger Anlaß; deshalb wollte ich mir mein Privatleben an diesem Abend von meiner Arbeit nicht zerstören lassen. Schließlich habe ich sehr wenig Zeit für meine Kinder ...«

»Das verstehe ich«, meinte Tony. »Ich kann mir vorstellen, daß Sie hier gute Arbeit leisten. Und ich verstehe genug vom Polizeibetrieb, um zu wissen, daß acht Stunden am Tag hierfür nicht genügen.«

»Eher zwölf, und das an sechs oder sieben Tagen der Woche«, antwortete der Sheriff. »Nun, jedenfalls hat Tim mich in der Nacht angerufen, und ich habe ihm gesagt, er sollte das erledigen. Verstehen Sie, zunächst klang es nach einer ziemlich lächerlichen Anfrage. Ich meine, Frye war schließlich ein bekannter Geschäftsmann, sogar Millionär, weiß Gott. Warum sollte er das alles wegwerfen und versuchen, jemanden zu vergewaltigen? Also riet ich Tim, sich der Sache anzunehmen und mir Bescheid zu geben, sobald er Näheres erführe. Wie gesagt, er ist ein äußerst tüchtiger Beamter. Außerdem kannte er Frye besser als ich. Tim hat, ehe er sich für die Arbeit hier entschied, fünf Jahre in der Verwaltung des Shade-Tree-Weingutes gearbeitet, und in dieser Zeit Frye praktisch täglich zu Gesicht bekommen.«

»Dann hat also Officer Larsson Frye vergangenen Mittwoch nachts aufgesucht«, meinte Tony.

»Ja. Er rief mich während der Geburtstagsfeier meiner Tochter nochmals an und erklärte, Frye sei zu Hause, nicht in Los Angeles. Also habe ich Los Angeles das mitgeteilt und mich blamiert.«

Hilary runzelte die Stirn. »Das verstehe ich aber nicht. Wollen Sie damit behaupten, dieser Tim Larsson habe Sie angelogen?«

Laurenski wollte darauf nicht antworten. Er stand auf und fing an, im Zimmer auf und ab zu gehen, wobei er mit finsterer Miene zu Boden starrte. Schließlich entgegnete er: »Ich habe Vertrauen zu Tim Larsson. Ich vertraute ihm immer. Er ist ein guter Mann. Einer meiner besten. Ich kann mir das einfach nicht erklären.«

»Bestand Anlaß für ihn, Frye zu decken?« fragte Tony.

»Sie meinen, ob Sie Kumpel waren? Nein. Nichts dergleichen. Nicht einmal Freunde. Er arbeitete nur für Frye. Und er hat den Mann nicht gemocht.«

»Hat er behauptet, er hätte Bruno Frye in jener Nacht gesehen?« fragte Hilary Laurenski.

»Damals nahm ich einfach an, er hätte ihn gesehen«, erwiderte der Sheriff. »Später sagte er mir dann, er sei der Meinung gewesen, Frye über Telefon identifizieren zu können und es bestünde wirklich kein Anlaß, die ganze Strecke mit einem Streifenwagen zu fahren und persönlich nachzusehen. Wie Sie ja sicherlich wissen, hatte Bruno Frye eine sehr ausgeprägte, sehr seltsame Stimme.«

»Also könnte sein, daß Larsson mit jemandem sprach, der Frye deckte, jemandem, der seine Stimme imitieren konnte«, erklärte Tony.

Laurenski sah ihn an. »Das behauptet Tim auch. Das ist seine Entschuldigung. Aber das Ganze paßt nicht. Wer hätte das denn tun sollen? Weshalb deckte er Vergewaltigung und Mord? Und wo befindet sich der Betreffende jetzt? Und außerdem handelte es sich bei Fryes Stimme nicht gerade um eine Tonlage, die man so leicht nachahmen konnte.«

»Was glauben Sie also?« fragte Hilary.

Laurenski schüttelte den Kopf. »Ich weiß nicht, was ich glauben soll. Ich brüte schon die ganze Woche darüber nach. Ich möchte Larsson glauben. Aber wie kann ich das? Irgend etwas ist hier im Gange – aber was? Und bis ich darauf eine Antwort habe, schickte ich ihn in unbezahlten Urlaub.«

Tony schaute zuerst Hilary und dann wieder den Sheriff an. »Wenn Sie hören, was wir Ihnen zu sagen haben, werden Sie, denke ich, Officer Larsson wieder glauben können.«

»Aber«, fügte Hilary hinzu, »verstehen werden Sie es immer noch nicht. Wir stecken tiefer in dieser Geschichte drin als Sie und wissen auch nicht, was hier im Gange ist.«

Und dann schilderte sie Laurenski das Erlebnis mit Bruno Frye in ihrem Hause am Dienstagmorgen, fünf Tage nach seinem Tod.

Joshua Rhinehart saß in seinem Büro in St. Helena an seinem Schreibtisch, ein Glas Jack Daniel's Black Label vor sich, und schaute sich die Akte an, die Ronald Preston ihm in San Franzisko ausgehändigt hatte. Die Akte enthielt unter anderem Fotokopien der Monatsauszüge aus dem Mikrofilmarchiv sowie Kopien der Vorder- und Rückseiten jedes einzelnen Schecks, den Frye je ausgestellt hatte. Da Frye dieses Geheimkonto auf einer Bank unterhielt, mit der er sonst keine Geschäfte machte, war Joshua überzeugt davon, bei der Untersuchung der Unterlagen Hinweise auf die Identität des Doppelgängers zu finden.

In den ersten dreieinhalb Jahren, in denen das Konto existierte, hatte Bruno pro Monat zwei Schecks ausgestellt, nie mehr und nie weniger.

Und die Schecks gingen immer an dieselben Leute – Rita Yancy und Latham Hawthorne –, für Joshua gänzlich unbekannte Namen.

Aus Gründen, die aus den Akten nicht ersichtlich waren, hatte Mrs. Yancy fünfhundert Dollar pro Monat erhalten. Das einzige, was Joshua aus den Fotokopien jener Schecks entnehmen konnte, war Rita Yancys Wohnsitz, offenbar Hollister, Kalifornien. Sie hatte jeden Scheck auf eine Bank in Hollister einbezahlt.

Die Schecks an Latham Hawthorne wiesen unterschiedliche Beträge auf; sie reichten von ein paar hundert Dollar bis zu fünf- oder sechstausend. Offenbar lebte Hawthorne in San Franzisko, denn er deponierte sämtliche Schecks in ein- und derselben Zweigstelle der Wells Fargo Bank dort. Jeder einzelne von Hawthornes Schecks trug auf der Rückseite einen Stempelabdruck:

NUR ZUR VERRECHNUNG

Latham Hawthorne

ANTIQUAR & OKKULTIST

Joshua starrte das letzte Wort eine Weile an. *Okkultist.* Es schien offenbar von dem Wort *okkult* abgeleitet und von Hawthorne dazu benutzt, seinen Beruf wenigstens teilweise näher zu bezeichnen, während der andere Teil sich ganz offensichtlich auf den Verkauf antiquarischer Bücher bezog. Joshua glaubte, die Bedeutung des Wortes zu kennen, war sich aber nicht sicher.

Zwei Wände seines Büros standen mit juristischen und anderen Nachschlagewerken voll. Er besaß drei Wörterbücher und schaute in allen dreien das Wort *Okkultist* nach. Die zwei ersten enthielten das Wort nicht, aber das dritte lieferte ihm eine Definition, die ziemlich genau seinen Erwartungen entsprach. Ein Okkultist glaubte an die Rituale und übernatürlichen Kräfte verschiedener *okkulter Wissenschaften* – darunter, ohne Anspruch auf Vollständigkeit, Astrologie, Handlesen, schwarze Magie, weiße Magie und Satanismus.

Dem Lexikon gemäß konnte ein Okkultist auch Gegenstände verkaufen, die man für die Ausübung dieser Rituale benötigte – Bücher, Kostüme, Karten, magische Instrumente, Reliquien, seltene Kräuter, Kerzen aus Schweinetalg und dergleichen. In den fünf Jahren zwischen Katherines Tod und seinem eigenen Ableben hatte Bruno Frye mehr als einhundertdreißigtausend Dollar an Latham Hawthorne entrichtet. Keiner der Schecks enthielt irgendwelche Hinweise darauf, was er für all sein Geld bekommen hatte.

Joshua füllte sein Glas nach und kehrte an seinen Schreibtisch zurück.

Die Akte über Fryes geheime Bankkonten zeigte, daß in den ersten dreieinhalb Jahren zwei Schecks pro Monat ausgestellt wurden und in den vergangenen eineinhalb Jahren schließlich drei Schecks pro Monat; einen an Rita Yancy, einen an Latham Hawthorne – und einen dritten an Dr. Nicholas W. Rudge. Alle an den Doktor ausgestellten Schecks waren in einer Zweigstelle der Bank of America in San Franzisko eingelöst worden, also nahm Joshua an, der Arzt wohne wohl in jener Stadt.

Er rief die Telefonauskunft von San Franzisko an und anschließend die des Vorwahlbereichs 408, dem die Ortschaft Hollister angehört. Keine fünf Minuten später besaß er die Telefonnummern von Hawthorne, Rudge und Rita Yancy.

Zuerst rief er Rita Yancy an.

Sie meldete sich beim zweiten Klingeln. »Hallo?«

»Mrs. Yancy?«

»Ja.«

»Rita Yancy?«

»Richtig.« Ihre Stimme klang angenehm und sanft, melodisch. »Wer spricht?«

»Mein Name ist Joshua Rhinehart. Ich rufe aus St. Helena an. Ich verwalte den Nachlaß von Bruno Frye.«

Sie gab keine Antwort.

»Mrs. Yancy?«

»Sie meinen, er ist tot?« fragte sie.

»Das wußten Sie nicht?«

»Woher sollte ich das wissen?«

»Es stand in den Zeitungen.«

»Ich lese nie Zeitung«, antwortete sie. Ihre Stimme hatte sich verändert; sie klang nicht mehr angenehm, sondern eher hart und kalt.

»Er ist letzten Donnerstag gestorben«, erzählte Joshua. Sie blieb stumm.

»Ist bei Ihnen alles in Ordnung?« fragte er.

»Was wollen Sie von mir?«

»Nun, eine meiner Obliegenheiten als Nachlaßverwalter besteht darin, dafür zu sorgen, daß sämtliche Verpflichtungen Mr. Fryes bezahlt sind, ehe der Nachlaß an die Erben verteilt wird.«

»Und?«

»Ich habe festgestellt, daß Mr. Frye Ihnen fünfhundert Dollar pro Monat bezahlt hat, und ich dachte, es könnte sich dabei um Ratenzahlungen für irgendeine Verbindlichkeit handeln.« Sie gab keine Antwort.

Er konnte sie atmen hören.

»Mrs. Yancy?«

»Er schuldet mir keinen Penny«, entgegnete sie steif.

»Dann hat er keine Schuld abbezahlt?«

»Nein«, antwortete sie.

»Waren Sie in irgendeiner Form für ihn tätig?« Sie zögerte. Dann: *Klick!*

»Mrs. Yancy?«

Keine Antwort. Nur das Zischen der Fernleitung, ein weitentferntes Knistern und Störgeräusche. Joshua wählte erneut ihre Nummer.

»Hallo?« sagte sie.

»Ich bin es, Mrs. Yancy. Wir sind offenbar unterbrochen worden.«

Klick!

Er überlegte, ob er sie ein drittes Mal anrufen sollte, aber wahrscheinlich würde sie wieder auflegen. Sie verstellte sich nicht sonderlich gut; offenbar besaß sie ein Geheimnis, ein Geheimnis, das sie mit Bruno geteilt hatte, und das sie jetzt vor Joshua verbergen wollte. Dabei hatte sie seine Neugierde nur geschürt. Er schien mehr denn je davon überzeugt, jeder der Leute, die über dieses Bankkonto in San Franzisko Geld erhielten, würde ihm etwas sagen können, ihm bei der Aufklärung des Geheimnisses um Bruno Fryes Doppelgänger helfen können. Er müßte sie nur alle zum Reden bringen. Vielleicht könnte er den Nachlaß dann doch noch recht schnell abwickeln.

Während er den Hörer auflegte, sagte er sich: »So leicht entkommst du mir nicht, Rita.«

Morgen würde er mit seiner Cessna nach Hollister fliegen und sie sich persönlich vornehmen.

Anschließend rief er Dr. Nicholas Rudge an, geriet an einen Auftragsdienst und hinterließ dort eine Nachricht mit seiner Privat- und seiner Büronummer.

Beim dritten Gespräch wurde er fündig, wenn auch nicht in dem Maße, wie er sich das erhofft hatte. Latham Hawthorne war zu Hause und bereit, Auskunft zu geben. Der Okkultist sprach mit nasaler Stimme und der Andeutung eines britischen Akzentes.

»Ich habe ihm eine ganze Menge Bücher verkauft«, meinte Hawthorne als Antwort auf Joshuas erste Frage.

»Einfach nur Bücher?«

»Richtig.«

»Eine beträchtliche Geldsumme nur für Bücher.«

»Er war ein hervorragender Kunde.«

»Aber hundertdreißigtausend Dollar?«

»Im Lauf von fünf Jahren.«

»Trotzdem – «

»Bei den meisten handelte es sich um äußerst seltene Bücher, müssen Sie wissen.«

»Sind Sie daran interessiert, sie aus dem Nachlaß zurückzukaufen?« fragte Joshua, um herauszufinden, ob der Mann ehrlich antwortete.

»Sie zurückkaufen? O ja, mit dem größten Vergnügen. Ganz bestimmt.«

»Wieviel?«

»Nun, das kann ich nicht genau sagen; ich muß sie mir ansehen.«

»Probieren Sie's doch einfach. Einfach so. Wieviel?«
»Nun, sehen Sie, wenn die Bücher mißbraucht wurden – zerfetzt, ausgefranst oder mit Eselsohren versehen –, dann wäre das eine ganz andere Geschichte.«
»Nehmen wir einmal an, sie wären makellos – wieviel würden Sie bieten?«
»Wenn sie sich noch in dem Zustand befinden, in dem ich sie an Mr. Frye verkaufte, dann bin ich bereit, Ihnen ein ganzes Stück mehr dafür zu bieten, als er ursprünglich dafür bezahlt hat. Eine ganze Anzahl Titel seiner Sammlung sind im Wert gestiegen.«
»Wieviel?« fragte Joshua.
»Sie sind sehr hartnäckig.«
»Eine meiner vielen Tugenden. Kommen Sie schon, Mr. Hawthorne, ich erwarte ja nicht, daß Sie mir ein bindendes Angebot machen. Nur eine Schätzung.«
»Nun, *falls* die Sammlung vollständig ist und jedes Buch enthält, das ich ihm verkauft habe, und falls alle Bücher sich in erstklassigem Zustand befinden ... würde ich sagen ... man muß schließlich auch meinen Gewinn berücksichtigen ... etwa zweihunderttausend Dollar.«
»Sie würden dieselben Bücher für siebzigtausend mehr zurückkaufen, als er Ihnen bezahlt hat?«
»Ja, mal grob geschätzt.«
»Das bedeutet ja einen beachtlichen Wertzuwachs.«
»Das liegt an dem großen Interesse«, meinte Hawthorne. »Es kommen Tag für Tag neue Interessenten hinzu.«
»Um was für einen Bereich handelt es sich?« fragte Joshua. «Was für Bücher hat er denn gesammelt?«
»Haben Sie sie sich nicht angesehen?«
»Ich nehme an, daß sie auf den Bücherregalen in seinem Arbeitszimmer stehen«, entgegnete Joshua. »Viele davon scheinen sehr alt zu sein, und eine ganze Menge sind in Leder gebunden. Ich war mir der Außergewöhnlichkeit nicht bewußt. Ich habe mir nicht die Zeit genommen, sie eingehender zu betrachten.«
»Es handelt sich um okkulte Titel«, meinte Hawthorne. »Ich verkaufe ausschließlich Bücher, die sich mit dem

Okkulten in all seinen Manifestationen befassen. Ein großer Teil meiner Ware umfaßt sozusagen verbotene Bücher, Bücher, die zu anderen Zeiten von Kirche oder Staat mit dem Bann belegt waren, Bücher, die unsere modernen skeptischen Verleger nicht wieder aufgegriffen haben. Bücher in begrenzten Auflagen. Zu mir kommen mehr als zweihundert regelmäßige Kunden. Einer zum Beispiel, ein Herr in San José, sammelt ausschließlich Bücher über Hindu-Mystik. Eine Frau in Marin County hat inzwischen eine riesige Bibliothek über Satanismus aufgebaut, darunter ein Dutzend obskure Titel, die nur in lateinischer Sprache vorliegen. Eine andere Frau in Seattle kaufte buchstäblich jedes jemals gedruckte Wort über Entkörperlichung. Ich kann für jeden Geschmack etwas liefern. Wenn ich behaupte, der angesehenste, verläßlichste Händler für okkulte Literatur in diesem Land zu sein, will ich damit sicherlich nicht nur mein Ego aufpolieren.«

»Aber ganz sicher gibt doch nicht jeder Ihrer Kunden soviel Geld aus wie Mr. Frye.«

»Oh, selbstverständlich nicht. Nur noch zwei oder drei andere Kunden verfügen über solche Mittel. Aber ich habe ein Dutzend Kunden, die etwa zehntausend Dollar im Jahr für die Bücher ausgeben.«

»Das ist ja unglaublich«, meinte Joshua.

»Eigentlich nicht«, antwortete Hawthorne. »Diese Leute sind überzeugt davon, an der Schwelle einer großen Entdeckung zu stehen, einer monumentalen Erkenntnis, nahe einem Geheimnis, dem Rätsel des Lebens auf der Spur. Einige von ihnen sind auf der Suche nach der Unsterblichkeit, andere wollen Zaubersprüche und Rituale entdecken, die ihnen grenzenlosen Reichtum oder unbegrenzte Macht über andere Menschen verleihen, Motive, die durchaus überzeugen können. Wenn diese Leute ernsthaft glauben, nur noch ein wenig mehr verbotenes Wissen würde ihnen derlei Kraft bringen, dann bezahlen sie praktisch jeden Preis dafür, in den Besitz dieses Wissens zu gelangen.«

Joshua drehte sich in seinem Sessel herum und schaute zum Fenster hinaus. Von Westen trieben tiefhängende graue

Wolken über die Gipfel der Mayacamas-Berge herein und senkten sich über das Tal.

»Welcher Aspekt des Okkulten hat denn Mr. Frye besonders interessiert?« fragte Joshua.

»Er sammelte zwei Arten von Büchern, die sich beide mit demselben allgemeinen Thema befaßten«, erklärte Hawthorne. »Ihn faszinierte die Möglichkeit der Kommunikation mit Toten: Seancen, Tischerücken, Geisterstimmen, ektoplasmische Erscheinungen, Verstärkung von Ätheraufzeichnungen, automatische Schrift und derlei Dinge. Sein größtes Interesse galt der Literatur über Untote.«

»Vampire?« fragte Joshua und dachte an den eigenartigen Brief in dem Schließfach.

»Ja«, erwiderte Hawthorne. »Vampire, Zombies, Geschöpfe dieser Art. Er konnte nicht genug Bücher über dieses Thema bekommen. Ich meine damit nicht, daß er sich für Horrorromane und billige Sensationen interessierte. Er sammelte nur ernsthafte Studien zu diesem Thema – und gewisse ausgewählte Esoterik.«

»Was zum Beispiel?«

»Nun ... in der Kategorie Esoterika ... hat er beispielsweise sechstausend Dollar für das handschriftliche Tagebuch des Christian Marsden bezahlt.«

»Wer ist Christian Marsden?« fragte Joshua ahnungslos.

»Vor vierzehn Jahren wurde Marsden wegen Mordes an neun Menschen in San Franzisko und Umgebung verhaftet. Die Presse nannte ihn den Golden-Gate-Vampir, weil er immer das Blut seiner Opfer trank.«

»O nein«, meinte Joshua schockiert.

»Und er hat seine Opfer zerlegt.«

»Ja.«

»Ihnen die Arme, die Beine und den Kopf abgeschnitten.«

»Ja, schrecklich, ich erinnere mich jetzt. Ein gräßlicher Fall«, entgegnete Joshua.

Die schmutziggrauen Wolken wälzten sich immer noch im Westen über die Berge und schoben sich beständig auf St. Helena zu.

»Marsden hat Tagebuch über seine Greueltaten geführt«, fuhr Hawthorne fort. »Ein höchst eigenartiges Werk. Er war der festen Überzeugung, ein Toter namens Adrian Trench wäre bemüht, seinen Körper zu übernehmen und durch ihn wieder ins Leben zurückzukehren. Marsden glaubte tatsächlich, er stünde in einem andauernden verzweifelten Kampf, wer die Kontrolle über sein eigenes Fleisch ausübte.«

»Wenn er also tötete, dann handelte es sich in Wirklichkeit gar nicht um ihn, sondern um diesen Adrian Trench.«

»So hat er es in seinem Tagebuch dargestellt«, meinte Hawthorne. »Aus irgendeinem Grund, den er nie erklärte, war Marsden davon überzeugt, der böse Geist Adrian Trenchs verlange das Blut anderer Leute, um die Kontrolle über Marsdens Körper zu behalten.«

»Das ist derart verrückt, um vor einem Gericht auf mangelnde Zurechnungsfähigkeit zu plädieren«, ergänzte Joshua zynisch.

»Marsden wurde tatsächlich in eine Anstalt eingewiesen«, erklärte Hawthorne. »Sechs Jahre später starb er dort. Aber er hat das Ganze nicht nur inszeniert, um einer Gefängnisstrafe zu entgehen. Er glaubte tatsächlich, Adrian Trenchs Geist versuchte ihn aus seinem eigenen Körper zu verdrängen.«

»Schizophren.«

»Wahrscheinlich«, gab Hawthorne zu. »Aber ich glaube, wir sollten die Möglichkeit nicht ausschließen, daß Marsden durchaus zurechnungsfähig war und lediglich über ein echtes paranormales Phänomen berichtete.«

»Würden Sie das bitte wiederholen?«

»Ich deutete an, daß Christian Marsden vielleicht auf die eine oder andere Art tatsächlich besessen war.«

»Das ist doch nicht Ihr Ernst«, entgegnete Joshua.

»Um Shakespeare zu zitieren – es gibt Dinge zwischen Himmel und Erde, von denen sich des Menschen Schulweisheit keine Vorstellung machen kann.«

Vor dem breiten Fenster in Joshuas Büro drängten immer noch schieferfarbene Wolkenbänke ins Tal; die Sonne versank hinter den Mayacamas-Bergen, und die frühe Abenddämmerung des Herbstes breitete sich über St. Helena.

Joshua blickte auf den verblassenden Tag und fragte: »Warum war Mr. Frye so scharf auf das Marsden-Tagebuch?«

»Weil er glaubte, selbst etwas Ähnliches wie Marsden zu erleben«, antwortete Hawthorne.

»Sie meinen, Bruno dachte, irgendein Toter versuche seinen Körper zu übernehmen?«

»Nein«, entgegnete Hawthorne. »Er hat sich nicht mit Marsden, sondern mit Marsdens Opfern identifiziert. Mr. Frye glaubte, seine Mutter – ich glaube, sie hieß Katherine – wäre im Körper einer anderen von den Toten zurückgekehrt und schmiede Komplotte, um ihn zu töten. Er hoffte, das Marsden-Tagebuch würde ihm Aufschluß darüber geben, was er gegen sie unternehmen könnte.«

Joshua hatte plötzlich das Gefühl, jemand habe ihm eine riesige Dosis eiskalten Wassers in seine Venen injiziert. »Bruno hat mir gegenüber nie dergleichen erwähnt.«

»Oh, er behielt das für sich und vertraute wenigen Menschen« erklärte Hawthorne. »Wahrscheinlich bin ich sogar der einzige, dem er das je anvertraut hat. Er faßte Vertrauen zu mir, weil ich seine Interessen für das Okkulte teilte. Trotzdem hat er es auch mir gegenüber nur einmal erwähnt. Er vertrat geradezu leidenschaftlich die Überzeugung, sie sei von den Toten zurückgekehrt, und die Vorstellung, ihr zum Opfer zu fallen, bereitete ihm unendliche Qual. Später tat es ihm dann leid, daß er mir das erzählt hatte.«

Joshua richtete sich in seinem Sessel auf. Ihm war eiskalt.

»Mr. Hawthorne, letzte Woche hat Mr. Frye versucht, in Los Angeles eine Frau zu töten.«

»Ja, ich weiß.«

»Er wollte sie töten, weil er dachte, sie wäre tatsächlich seine Mutter, die sich in einem neuen Körper versteckte.«

»Wirklich? Wie interessant.«

»Du lieber Gott, Mr. Hawthorne! Sie wußten, was in seinem Kopf vor sich ging. Warum haben Sie nichts unternommen?«

Hawthorne blieb kühl und ungerührt. »Was hätte ich denn tun sollen?«

»Sie hätten es der Polizei erzählen müssen! Die hätten ihn verhört, untersucht und festgestellt, ob er vielleicht ärztliche Hilfe benötigte.«

»Mr. Frye hat kein Verbrechen begangen«, erwiderte Hawthorne entschieden. »Und außerdem gehen Sie davon aus, daß er verrückt war, und diese Annahme teile ich nicht.«

»Das kann doch nicht Ihr Ernst sein«, meinte Joshua ungläubig.

»Warum denn nicht? Vielleicht ist Fryes Mutter tatsächlich von den Toten zurückgekehrt, um ihn zu holen. Vielleicht ist es ihr sogar gelungen.«

»Herrgott, diese Frau in Los Angeles ist nicht seine Mutter!«

»Vielleicht«, behauptete Hawthorne. »Vielleicht auch nicht.« Obwohl Joshua noch immer in seinem schweren Bürosessel saß, und der Sessel noch fest auf massivem Boden stand, hatte er das eigenartige Gefühl, das Gleichgewicht zu verlieren. Das Bild, das er sich von Hawthorne gemacht hatte, war das eines einigermaßen kultivierten, wohlerzogenen Bücherwurms gewesen, der sein etwas ungewöhnliches Geschäft hauptsächlich aufgrund guter Gewinne betrieb. Jetzt begann Joshua sich ernsthaft zu fragen, ob dieses Bild nicht völlig falsch war. Latham Hawthorne schien ebenso unheimlich wie die Ware, die er verkaufte.

»Mr. Hawthorne, Sie sind offensichtlich ein tüchtiger, erfolgreicher Geschäftsmann. Wenn man Sie so reden hört, hält man Sie für einen gebildeten Menschen. Sie formulieren viel besser als die meisten Menschen, mit denen ich üblicherweise zu tun habe. In Anbetracht all dessen fällt es mir schwer, anzunehmen, daß Sie Dingen wie Seancen, Mystik und Untoten soviel Glauben schenken.«

»Ich mache mich über nichts lustig«, erwiderte Hawthorne. »Und tatsächlich bin ich überzeugt, daß meine Bereitschaft zu glauben weniger seltsam ist als Ihre sture Ablehnung. Ich kann nicht begreifen, daß ein intelligenter Mensch *nicht* erkennen kann, daß es viele Welten jenseits unserer eigenen gibt, Realitäten, die über das hinausgehen, was wir erleben.«

»Oh, ich glaube auch, daß die Welt vor Geheimnissen wimmelt und wir diese in Wirklichkeit nur zum Teil wahrnehmen«, antwortete Joshua. »Da will ich Ihnen gar nicht widersprechen. Aber ich vertrete auch die Ansicht, mit der Zeit wird unser Wahrnehmungsvermögen derart geschärft, daß die Geheimnisse alle von Wissenschaftlern erklärt werden können, von rational denkenden Menschen, die in Laboratorien arbeiten – nicht von abergläubischen Kultanhängern, die im Weihrauchdunst unsinnige Gesänge produzieren.«

»Ich glaube nicht an Wissenschaftler«, erklärte Hawthorne. »Ich bin Satanist. In dieser Disziplin finde ich meine Antworten.«

»Teufelsanbetung?« fragte Joshua. Der Okkultist verblüffte ihn immer wieder aufs neue.

»Das ist eine recht primitive Formulierung. Ich glaube an den Anderen Gott, den Herrn der Finsternis. Seine Zeit naht, Mr. Rhinehart.« Hawthorne sprach ruhig, angenehm, als spräche er über das Wetter und nicht über Ungewöhnliches oder Kontroverses. »Ich sehe den Tag kommen, an dem Er Christus und all die geringeren Götter verjagt und den Thron der Welt für sich beansprucht, ein großer Tag. All die Anhänger anderer Religionen werden dann versklavt oder hingeschlachtet werden. Man wird ihre Priester köpfen und sie an die Hunde verfüttern. Auf den Straßen wird man Nonnen schänden. In den Kirchen, Moscheen, Synagogen und Tempeln feiert man dann schwarze Messen, und jeder Mensch auf der Erde wird Ihn verehren; man wird Babys auf jenen Altaren opfern, und Beelzebub wird bis zum Ende der Zeiten regieren. Bald, Mr. Rhinehart. Die Zeichen künden es. Sehr bald schon. Ich freue mich darauf.«

Joshua wußte nicht, was er sagen sollte. Was Hawthorne hier von sich gab, war Wahnsinn, und doch klang er wie ein vernünftiger, rationaler Mensch. Er schrie oder geiferte nicht. In seiner Stimme schwang nicht einmal eine Andeutung von Hysterie mit. Die Gefaßtheit, die sanfte Art, mit der Hawthorne sprach, beunruhigte Joshua viel mehr, als würde Hawthorne geifern, schreien oder Schaum vor dem Mund haben. Joshua fühlte sich, als hätte er bei einer Cocktailparty einen Fremden kennengelernt, sich mit ihm eine Weile unterhalten, ihn sympathisch gefunden und dann plötzlich erkannt, daß er eine Gummimaske trug, ein raffiniertes falsches Gesicht, hinter dem das böse, grinsende Antlitz des Todes selbst steckte. Eine Schreckensmaske, nur umgekehrt. Ein Dämon, der sich hinter der Maske eines Durchschnittsmenschen versteckte, ein Alptraum wie von Edgar Alan Poe, zum Leben erwacht.

Joshua schauderte.

»Könnten wir es einrichten, daß wir uns treffen?« fragte Hawthorne. »Ich würde mir gerne die Büchersammlung ansehen, die Mr. Frye von mir erstanden hat. Ich kann jederzeit kommen. Welcher Tag würde Ihnen passen?«

Joshua freute sich nicht darauf, diesen Mann persönlich kennenzulernen und mit ihm Geschäfte zu machen. Er beschloß, den Okkultisten hinzuhalten, bis die anderen Sachverständigen die Bücher gesehen hatten. Vielleicht würde einer jener Männer den Wert der Sammlung erkennen und ein angemessenes Angebot machen; dann würde es nicht nötig sein, sich mit Latham Hawthorne einzulassen.

»Ich muß da wieder auf Sie zukommen«, meinte Joshua. »Vorher gibt es eine ganze Menge anderer Dinge zu erledigen. Es handelt sich um einen umfangreichen, ziemlich komplizierten Nachlaß. Es wird ein paar Wochen dauern, das alles in Ordnung zu bringen.«

»Ich erwarte Ihren Anruf.«

»Zwei Dinge noch, ehe Sie auflegen«, bat Joshua.

»Ja?«

»Hat Mr. Frye erwähnt, weshalb er eine solch panische Angst vor seiner Mutter hatte?«

»Ich weiß nicht, was sie ihm angetan hat«, entgegnete Hawthorne, »aber er haßte sie aus ganzem Herzen. Ich habe noch nie solch unverhohlenen schwarzen Haß erlebt, sobald er von ihr sprach.«

»Ich kannte sie beide«, meinte Joshua. »Ich habe nie dergleichen bemerkt, dachte sogar immer, er würde sie verehren.«

»Dann muß es sich um einen geheimen Haß gehandelt haben, den er lange, lange Zeit in sich hegte«, entgegnete Hawthorne.

»Was kann sie ihm nur angetan haben?«

»Wie ich schon sagte, er hat davon mir gegenüber nie etwas erwähnt. Aber es mußte etwas dahinterstecken, etwas so Schlimmes, daß er nicht einmal darüber reden konnte. Sie sagten, es gäbe zwei Dinge, die Sie noch wissen wollten. Was war das andere?«

»Hat Bruno ein Double erwähnt?«

»Double?«

»Jemanden, der aussah wie er. Jemanden, der sich für ihn ausgab.«

»Bedenkt man seine Größe und seine ungewöhnliche Stimme, so würde es nicht leicht sein, ein Double für ihn zu finden.«

»Allem Anschein nach hat er es aber geschafft. Ich versuche herauszufinden, weshalb er dies für nötig erachtete.«

»Kann Ihnen das der Doppelgänger nicht sagen? Er muß doch wissen, warum man ihn einstellte.«

»Ich habe Schwierigkeiten, ihn ausfindig zu machen.«

»Verstehe«, erwiderte Hawthorne. »Nun, mir gegenüber hat Mr. Frye nie ein Wort darüber verloren. Aber mir kam gerade in den Sinn ...«

»Ja?«

»Ein Grund, weshalb er vielleicht ein Double benutzen könnte.«

»Und der wäre?« fragte Joshua.

»Um seine Mutter zu verwirren, wenn sie aus dem Grab zurückkam und nach ihm Ausschau hielt.«

»Natürlich«, entgegnete Joshua sarkastisch. »Wie unvernünftig von mir, nicht daran zu denken.«

»Sie mißverstehen mich«, erklärte Hawthorne. »Ich weiß, daß Sie Skeptiker sind. Ich sage ja nicht, daß sie tatsächlich aus dem Grab zurückgekehrt ist. Ich weiß nicht genug, um dazu Stellung zu beziehen. Aber Mr. Frye war absolut überzeugt, daß sie *zurückkäme*. Vielleicht dachte er, ein Double könnte ihm ausreichend Schutz bieten.«

Joshua mußte zugeben, daß Hawthornes Idee einiges für sich hatte. »Sie wollen damit andeuten, ich käme der Sache am leichtesten auf den Grund, wenn ich mich in Fryes Vorstellungswelt versetzen könnte und versuchte, so zu denken wie er, wie ein paranoider Schizophrener.«

»Wenn er das wirklich war«, erklärte Hawthorne. »Wie ich schon sagte – ich versuche da völlig objektiv zu bleiben und mich über nichts lustig zu machen.«

»Und ich mache mich über alles lustig«, erwiderte Joshua ernst. »Nun ... vielen Dank, daß Sie sich soviel Zeit für mich genommen haben, Mr. Hawthorne.«

»Gar keine Ursache. Ich erwarte also Ihren Anruf.«

Da können sie schwarz werden, dachte Joshua.

Er legte den Hörer auf, erhob sich, trat an das große Fenster und starrte hinaus aufs Tal. Das Land überzog sich jetzt unter den grauen Wolken und den purpurblauen Rändern der heraufziehenden Finsternis mit Schatten. Der Tag schien viel zu schnell in die Nacht überzugehen. Und ein plötzlicher kalter Windstoß, der die Fensterscheiben beben ließ, erinnerte Joshua daran, daß der Herbst mit derselben unnatürlichen Hast dem Winter das Feld räumen würde. Der Abend gehörte eher dem düsteren, regnerischen Januar und nicht etwa dem frühen Oktober an.

Latham Hawthornes Worte kreisten in Joshuas Gedankenwelt wie dunkle Fäden eines schwarzen Gewebes auf dem Webstuhl irgendeiner monströsen Spinne: *Seine Zeit naht, Mr. Rhinehart. Die Zeichen künden es. Sehr bald schon.* In den letzten vielleicht fünfzehn Jahren etwa schien es, als würde es mit der Welt bergab gehen, ohne Bremsen, völlig außer Kontrolle. Es lebten eine Unmenge der seltsamsten Leute dort draußen. Wie Hawthorne. Und schlimmer. Viel schlimmer. Viele dieser Leute agierten als politische Führer, jene Art von Betätigung, die Schakale oft für sich auswählten, um eine gewisse Macht über andere ausüben zu können; in ihren Händen lag das Steuer des ganzen Planeten, verrückte Ingenieure jeder Nation, die mit dem Grinsen des Besessenen die Maschine vor sich herstießen, bis sie schließlich aus den Gleisen sprang.

Leben wir wirklich in den letzten Tagen der Erde? fragte sich Joshua. Rückt das Armageddon näher?

Mist, schimpfte er. Du überträgst einfach deine eigenen Vorahnungen der Sterblichkeit auf deine Weltwahrnehmung, alter Mann. Du hast Cora verloren, bist ganz allein, und plötzlich wird dir bewußt, daß du anfängst, alt zu werden, daß dir die Zeit davonläuft. Und jetzt entwickelst du die unglaublich egoistische Vorstellung, daß die ganze Welt mit dir zu Ende gehen wird, mit deinem Tod. Aber das einzige Jüngste Gericht, das näherrückt, ist ein sehr persönliches. Die Welt wird noch da sein, wenn du einmal nicht mehr bist. Noch lange wird sie existieren, versicherte er sich. Aber ganz glauben wollte er das nicht. Die Luft schien mit unheilverheißenden Strömungen geladen.

Jemand klopfte an die Tür, Karen Fall, seine tüchtige junge Sekretärin.

»Ich wußte gar nicht, daß Sie noch hier sind«, meinte Joshua. Er sah auf die Uhr. »Sie hätten schon vor einer Stunde gehen können.«

»Ich gestattete mir heute eine längere Mittagspause. Außerdem habe ich noch einiges zu erledigen.«

»Die Arbeit ist ein wesentlicher Bestandteil des Lebens, meine Liebe, aber Sie sollten nicht Ihre ganze Zeit damit verbringen. Gehen Sie nach Hause, Sie können das morgen wieder hereinbringen.«

»Ich bin in zehn Minuten fertig«, meinte sie. »Außerdem sind gerade zwei Leute gekommen, die Sie sprechen möchten.«

»Ich habe aber keine Verabredung mehr.«

»Sie sind extra aus Los Angeles angereist. Anthony Clemenza, und die Frau, die bei ihm ist, heißt Hilary Thomas ... die Frau, die – «

»Ich weiß, wer das ist«, meinte Joshua verblüfft. »Bitten Sie sie herein, schnell.«

Er trat hinter seinem Schreibtisch hervor und empfing

die beiden Besucher mitten im Zimmer. Als sie sich vorstellten, schien das fast peinlich zu wirken; aber dann bot Joshua ihnen bequeme Plätze an, schenkte ihnen zwei Jack Daniel's ein und zog sich einen Sessel vor die Couch, auf der die beiden nebeneinander Platz genommen hatten.

Tony Clemenzas Art wirkte auf Joshua irgendwie sympathisch. Er erschien auf angenehme Weise selbstbewußt und kompetent.

Und Hilary Thomas strahlte das gleiche Selbstvertrauen und ebensoviel lautlose Kompetenz aus wie Clemenza. Darüber hinaus war sie eine reizende junge Frau, so reizend, daß es schon schmerzte.

Einen Augenblick lang schien keiner den Anfang machen zu wollen. Sie schauten einander in stummer Erwartung an und nippten alle an ihrem Whiskey.

Joshua ergriff als erster das Wort. »Ich habe nie viel von Hellseherei und solchen Dingen gehalten, aber im Augenblick besitze ich weiß Gott so etwas wie eine Vorahnung. Sie haben die weite Reise doch nicht unternommen, um mir etwas über den letzten Mittwoch und Donnerstag zu erzählen, oder? In der Zwischenzeit muß also noch etwas geschehen sein.«

»Eine ganze Menge ist passiert«, erwiderte Tony. »Aber sehr viel Sinn ergibt nichts von alledem.«

»Sheriff Laurenski hat uns hierhergeschickt«, erklärte Hilary.

»Wir hoffen, daß Sie einige unserer Fragen beantworten können.«

»Ich bin selbst auf der Suche nach Antworten«, entgegnete Joshua.

Hilary legte den Kopf etwas zur Seite und sah Joshua mit einem eigentümlichen Blick an. »Ich glaube, ich habe selbst auch eine kleine Vorahnung«, meinte sie. »Hier ist auch etwas geschehen, oder nicht?«

Joshua nahm einen Schluck von seinem Whiskey ... Wenn ich abergläubisch wäre, dann würde ich Ihnen jetzt wahrscheinlich erklären, daß ... irgendwo dort draußen ... ein Toter unter den Lebenden herumgeht.«

Draußen verlosch das letzte Tageslicht. Die kohlschwarze Nacht ergriff Besitz vom Tal draußen vor den Fenstern. Ein kalter Wind suchte sich seinen Weg an den vielen Glasscheiben vorbei; er zischte und stöhnte. Aber gleichzeitig schien eine neue Art von Wärme Joshuas Büro zu erfüllen, denn das Wissen über das unglaubliche Mysterium der offenkundigen Wiedererweckung Bruno Fryes, das er mit Tony und Hilary teilte, brachte sie einander näher.

Bruno Frye schlief im hinteren Teil des blauen Dodge-Lieferwagens auf dem Parkplatz eines Supermarktes bis elf Uhr vormittags. Dann hatte ihn der Alptraum geweckt, ein eindringliches, drohendes Wispern. Eine Weile saß er in dem stickigen, schwach beleuchteten Laderaum des Lieferwagens, die Knie angezogen, von einem so verzweifelten Gefühl des Alleinseins und der Angst erfüllt, daß er wie ein kleines Kind wimmerte und weinte.

Ich bin tot, dachte er. Tot. Das Miststück hat mich umgebracht. Tot. Dieses widerwärtige, stinkende Miststück hat mir ein Messer in den Bauch gerammt.

Als sein Weinen langsam nachließ, kam ihm ein eigenartiger, irgendwie beunruhigender Gedanke: Wenn ich tot bin ... wie kann ich dann jetzt hier sitzen? Wie kann ich zur gleichen Zeit tot und lebendig sein?

Er betastete mit beiden Händen seinen Leib. Nichts tat weh, es gab keine Stichwunden, keine Narben.

Und plötzlich kam wieder Klarheit in seine Gedanken. Plötzlich schien sich ein grauer Nebel von ihm zu lösen, und einen Augenblick lang leuchtete alles in einem kristallklaren, geradezu grellen Licht. Er begann sich zu fragen, ob Katherine wirklich aus dem Grab zurückgekehrt war. War Hilary Thomas etwa doch nur Hilary Thomas und gar nicht Katherine Anne Frye? War er verrückt, weil er sie töten wollte? Und all die anderen Frauen, die er in den letzten fünf Jahren getötet hatte – waren das tatsächlich neue Körper gewesen, in denen Katherine sich versteckt hielt? Oder handelte es sich um wirkliche Menschen, unschuldige Frauen, die den Tod gar nicht verdienten?

Bruno saß in seinem Lieferwagen, benommen und von dieser neuen Einsicht überwältigt.

Und das Wispern, das sich jede Nacht in seinen Schlaf drängte, das schreckliche Wispern, das ihm solche Furcht einjagte ...

Plötzlich wußte er es – er mußte sich nur genügend konzentrieren, sorgfältigst die Erinnerungen seiner Kindheit erforschen, dann würde er herausfinden, was dieses Wispern bedeutete. Er erinnerte sich an die zwei schweren, in den Boden eingelassenen Holztüren. Er erinnerte sich daran, wie Katherine die Türen öffnete und ihn in die Finsternis hineinstieß. Er erinnerte sich daran, wie sie die Türen hinter ihm zuknallte und verriegelte. Er erinnerte sich an Stufen, die in die Tiefe führten, in die Erde hinein ...

Nein!

Er preßte sich die Hände an seine Ohren, als könne er damit ungewollte Erinnerungen ebenso leicht verdrängen wie unerwünschten Lärm.

Der Schweiß lief ihm in dicken Tropfen von der Stirn. Er zitterte, bebte.

»Nein!« flüsterte er. »Nein, nein, nein!«

Solange er sich zurückerinnern konnte, wollte er herausfinden, wer in seinen Alpträumen wisperte. Nichts wünschte er sich sehnlicher als herauszufinden, was dieses Wispern ihm sagen wollte, um es danach vielleicht für immer aus seinem Schlaf verdrängen zu können. Aber jetzt im Begriff stehend, es zu erfahren, mußte er feststellen, daß das Wissen sich viel schrecklicher und qualvoller äußerte als jenes Geheimnis selbst, und so wandte er sich von Panik erfüllt von der schrecklichen Enthüllung ab, ehe sie ihm offenbart werden konnte.

Jetzt erfüllte den Lieferwagen wieder jenes Wispern, zischelnde Stimmen, ein spukhaftes Murmeln.

Bruno schrie furchterfüllt auf und wälzte sich auf dem Boden.

Da waren sie wieder, diese seltsamen Geschöpfe, die über ihn hinwegkrabbelten. Sie versuchten, an seinen Armen hochzuklettern, seine Brust, seinen Rücken zu überqueren, versuchten sein Gesicht zu erreichen, versuchten sich zwischen seinen Lippen hindurchzuzwängen, zwischen seinen Zähnen. Versuchten in seine Nasenlöcher einzudringen.

Wimmernd um sich schlagend, wollte Bruno sie wegwischen, wand sich auf dem Boden.

Aber die Dunkelheit nährte die Illusion; in dem Lieferwagen war es inzwischen zu hell, als daß die grotesken Halluzinationen ihre Substanz hätten behalten können. Er konnte sehen, daß nichts da war, und allmählich lockerte die Panik ihren Griff, und er erschlaffte.

Ein paar Minuten lang saß er einfach da, den Rücken an die Wand gelehnt, betupfte sich das schweißüberströmte Gesicht mit einem Taschentuch und lauschte seinem keuchenden Atem, der mit der Zeit ruhiger wurde.

Schließlich hielt er die Zeit wieder für gekommen, sich erneut nach dem Miststück umzusehen. Sie war irgendwo dort draußen, wartete, hielt sich irgendwo in der Stadt versteckt. Er mußte sie ausfindig machen, sie töten, ehe sie ihm zuvorkam und ihn tötete.

Der kurze Augenblick geistiger Klarheit und die blitzartige Erkenntnis schienen dahin, so, als hätten sie nie existiert. Er hatte die Fragen, die Zweifel längst vergessen. Aufs neue fest überzeugt vertrat er felsenfest die Überzeugung, Katherine sei von den Toten zurückgekehrt und müsse erledigt werden.

Später, nach dem Lunch in einem Schnellimbiß, fuhr er nach Westwood und parkte ein Stück von Hilary Thomas' Haus entfernt. Er stieg wieder in den Laderaum und beobachtete ihr Anwesen aus einem kleinen, eher dekorativ wirkenden Bullauge in der Seitenwand des Dodge.

In der Zufahrt stand ein Lieferwagen, weiß lackiert, mit goldenen und blauen Lettern an den Seitenwänden:

MÄDCHEN FÜR ALLES
WIR MACHEN WÖCHENTLICH SAUBER
FRÜHJAHRSPUTZ & PARTYPUTZ
FENSTERPUTZEN

Drei Frauen in weißen Arbeitskitteln machten sich im Haus zu schaffen. Sie gingen ein paarmal zwischen Haus und Lieferwagen hin und her, trugen Mops, Besen, Staubsauger und Kübel, und schafften Plastiksäcke voll Abfall aus dem Haus, schleppten dann eine Teppichreinigungsmaschine hinein und trugen jene Bruchstücke von Möbeln hinaus, die Frye gestern vor Tagesanbruch in dem Haus zertrümmert hatte.

Obwohl er seine Beobachtungsstation den ganzen Nachmittag nicht verließ, bekam er Hilary Thomas kein einziges Mal zu Gesicht und war schließlich überzeugt, daß sie sich nicht im Haus aufhielt. Er vermutete, daß sie so lange nicht zurückkehren würde, bis sie ganz sicher gehen könnte, daß keine Gefahr mehr bestünde, er also tot war.

»Aber ich bin nicht derjenige, der sterben wird«, sagte er sich laut, während er das Haus betrachtete. »Hast du das gehört, du Miststück? Dich erledige ich zuerst. Ich werde dich erwischen, ehe du Gelegenheit erhältst, an mich 'ranzukommen. Den Kopf werd' ich dir abschneiden, du Miststück.«

Kurz nach fünf schließlich trugen die Frauen von ›Mädchen für alles‹ ihre Geräte allesamt heraus und in den Lieferwagen. Sie sperrten das Haus ab und fuhren weg.

Er folgte ihnen. Sie stellten für ihn die einzige Verbindung zu Hilary Thomas her. Das Miststück hatte sie eingestellt. Sie mußten also wissen, wo sie sich befand. Wenn er sich an eine der jungen Frauen allein heranmachen und sie zum Reden zwingen könnte, würde er schon herausfinden, wo Katherine sich versteckte.

Das Büro von ›Mädchen für alles‹ lag in einem einstöckigen Bau in einer schäbigen Seitenstraße, einen halben Block von der Pico entfernt. Der Lieferwagen, hinter dem Frye herfuhr, bog in den Parkplatz neben dem Gebäude ein und parkte in einer Reihe mit acht weiteren Fahrzeugen, die alle den Firmennamen in blauen und goldenen Lettern trugen.

Frye fuhr an der Reihe identischer weißer Lieferwagen vorbei bis zum Ende des Häuserblocks, machte dort an der

Kreuzung kehrt und fuhr den Weg zurück, den er gekommen war. Er kehrte gerade rechtzeitig zurück, um die drei Frauen in das Gebäude gehen zu sehen. Allem Anschein nach bemerkte ihn keine; es schien auch keiner aufgefallen zu sein, daß der Dodge den ganzen Tag vor dem Thomas-Haus geparkt hatte. Er stellte den Wagen am Randstein der anderen Straßenseite unter einer Dattelpalme ab und wartete, daß eine der Frauen wieder herauskäme.

Im Laufe der nächsten zehn Minuten kamen eine ganze Menge junger Frauen in weißen Kitteln von ›Mädchen für alles‹ aus dem Gebäude, aber keine von ihnen war am Nachmittag in Hilary Thomas' Haus gewesen. Dann entdeckte er eine Frau, die ihm bekannt vorkam. Sie verließ das Gebäude und ging auf einen hellgelben Datsun zu. Sie war jung, um die Zwanzig, mit braunem, geradem Haar fast bis zu den Hüften. Sie ging ganz aufrecht, mit zurückgedrückten Schultern und schnellen, elastischen Schritten. Der Wind wehte ihren Mantel um die Hüften und zwischen ihre Schenkel und ließ ihn über ihren hübschen Knien flattern. Sie stieg in den Datsun und verließ den Parkplatz, bog nach links auf die Pico.

Frye zögerte, versuchte sich klarzuwerden, ob sie sich wohl eignen würde, überlegte, ob er noch auf eine der beiden anderen warten sollte. Aber irgendwie erschien ihm die hier geeignet. Er ließ den Dodge an, reihte sich in den fließenden Verkehr ein.

Um nicht aufzufallen, versuchte er etwas Abstand zwischen seinem Dodge und dem gelben Datsun zu lassen.

Er folgte ihr, so unauffällig wie möglich, von Straße zu Straße; sie schien überhaupt nichts davon zu bemerken.

Sie wohnte in Culver City, ein paar Straßen von den MGM-Filmstudios entfernt, in einem alten, wunderschönen Bungalow in einer Straße alter Bungalows mit wunderschönen Fassaden. Ein paar der Häuser wirkten schäbig und renovierungsbedürftig, grau und armselig, aber die meisten waren gepflegt, frisch getüncht, hatten Fensterläden in Kontrastfarben, das eine oder andere besaß sogar eine hübsche kleine Veranda, gelegentlich ein Buntglasfenster oder eine

Tür mit Mosaikglaseinsatz, mit Kutschenlampen und Ziegeldächern. Das hier war keine wohlhabende Gegend, aber durchaus eine mit Charakter.

Das Haus der jungen Frau lag in Dunkelheit da, bevor sie eintraf. Sie ging hinein und knipste die Lichter der vorderen Zimmer an.

Bruno parkte den Dodge auf der gegenüberliegenden Straßenseite im Schatten, schaltete die Scheinwerfer ab, den Motor aus und kurbelte das Fenster herunter. Die ganze Umgebung wirkte friedlich. Man konnte kaum einen Laut vernehmen. Die einzigen Geräusche kamen von den Bäumen, die auf den hartnäckigen Herbstwind reagierten, oder von gelegentlich vorüberrollenden Fahrzeugen, von einer Stereoanlage oder einem Radio in der Ferne, das gerade Swing-Musik präsentierte, eine Benny-Goodman-Melodie aus den vierziger Jahren, aber Bruno wollte der Titel einfach nicht einfallen; die Melodie schwebte in Fragmenten auf ihn zu, je nachdem, ob der Wind gerade Laune zeigte oder nicht. Bruno saß hinter dem Steuer seines Lieferwagens und wartete, lauschte, beobachtete.

Um 18.40 Uhr gelangte Frye zu dem Schluß, daß die junge Frau weder Ehemann noch Freund besaß, der bei ihr wohnte. Hätte ein Mann das Haus mit ihr geteilt, so wäre er zweifellos längst von der Arbeit nach Hause gekommen.

Frye beschloß, noch weitere fünf Minuten zu warten.

Die Benny-Goodman-Musik verstummte.

Die einzige Veränderung.

Um 18.45 Uhr stieg er aus dem Dodge und ging quer über die Straße auf das Haus zu.

Der Bungalow stand auf einem schmalen Grundstück, viel dichter an den benachbarten Häusern, als Bruno lieb war. Aber zumindest befanden sich an den Grundstücksgrenzen eine Menge Bäume und Sträucher, die die vordere Terrasse vor neugierigen Blicken der Nachbarn abschirmten. Trotzdem würde er sich beeilen und sich schnell Zutritt zu dem Bungalow verschaffen müssen, damit es keinen Ärger gäbe und sie keine Gelegenheit fände, zu schreien.

Er ging zwei flache Stufen hinauf, betrat die Veranda. Die Dielen ächzten unter seinem Schritt etwas. Er klingelte.

Sie kam an die Tür, lächelte unsicher. »Ja?«

An der Tür lag eine Sperrkette vor, schwerer und massiver als gewöhnlich, bot aber nicht einen Bruchteil des Schutzes, den die Frau wahrscheinlich zu haben glaubte. Selbst ein viel kleinerer Mann hätte die Kette mit ein paar kräftigen Schlägen gegen die Tür aus ihrer Verankerung reißen können. Bruno mußte seine mächtigen Schultern nur ein einziges Mal einsetzen, kurz und hart, während sie ihn noch anlächelte und »Ja?« sagte. Die Tür explodierte förmlich nach innen, Splitter flogen durch die Luft, und ein Teil der abgerissenen Sperrkette fiel klirrend zu Boden.

Er sprang ins Haus und schlug die Tür hinter sich zu.

Die Frau lag jetzt auf dem Rücken; sie war hingefallen, die Tür hatte sie mitgerissen. Sie trug immer noch den weißen Arbeitskittel, ihr Rock hatte sich über ihre Schenkel hochgeschoben und zeigte ihre hübschen Beine.

Er ließ sich neben ihr auf ein Knie nieder.

Sie war benommen. Sie schlug die Augen auf und versuchte, zu ihm aufzublicken, aber sie brauchte einen Moment, um klar sehen zu können.

Er preßte ihr die Messerspitze an den Hals. »Wenn du schreist«, drohte er, »schlitz' ich dich auf. Hast du verstanden?«

Die Verwirrung in ihren warmen braunen Augen wich der Angst, und sie fing zu zittern an. Tränen traten ihr in die Augen, glitzerten, rollten aber noch nicht herunter.

Er piekste ihre Haut ganz leicht an, und ein winziger Blutstropfen zeigte sich.

Sie zuckte zusammen.

»Daß du ja nicht schreist«, wiederholte er. »Kannst du mich hören?«

Es kostete sie sichtlich Mühe, darauf zu antworten. »Ja«, flüsterte sie.

»Wirst du dich benehmen?«

»Bitte. Bitte, tun Sie mir nicht weh.«

»Ich will dir nicht wehtun«, entgegnete Frye. »Wenn du

ruhig bist, nett bist und wenn du das tust, was ich will, dann brauch' ich dir nicht wehzutun. Aber wenn du schreist oder weglaufen willst, dann schneid' ich dich in Stücke. Verstehst du das?«

Mit kaum hörbarer Stimme antwortete sie: »Ja.«

»Wirst du brav sein?«

»Ja.«

»Lebst du allein hier?«

»Ja.«

»Kein Ehemann?«

»Nein.«

»Freund?«

»Der wohnt nicht hier.«

»Erwartest du ihn heute noch?«

»Nein.«

»Lügst du mich an?«

»Das ist die Wahrheit. Ich schwör' es.«

Trotz ihrer gebräunten Hautfarbe war sie jetzt totenbleich.

»Wenn du mich anlügst«, drohte er, »dann schneid' ich dir dein hübsches Gesicht in Stücke.«

Er hob das Messer und berührte sie mit der Spitze an der Wange.

Sie schloß die Augen und fing zu zittern an.

»Gibt es irgend jemanden, den du erwartest?«

»Nein.«

»Wie heißt du?«

»Sally.«

»Okay, Sally. Ich will dir ein paar Fragen stellen. Aber nicht hier und nicht so.«

Sie schlug die Augen auf. An ihren Augenlidern hingen Tränen. Eine rollte jetzt über die Wange. Sie schluckte. »Was wollen Sie?«

»Ich hab' da ein paar Fragen wegen Katherine.«

Sie runzelte die Stirn. »Ich kenne keine Katherine.«

»Du kennst sie als Hilary Thomas.«

Die Furchen auf ihrer Stirn vertieften sich. »Die Frau in Westwood?«

»Ihr habt heute ihr Haus saubergemacht.«

»Aber ... ich kenne sie nicht. Ich habe sie nie zu Gesicht bekommen.«

»Das werden wir ja sehen.«

»Ehrlich, das ist die Wahrheit. Ich weiß nichts über sie.«

»Vielleicht weißt du mehr über sie, als du denkst.«

»Nein, wirklich nicht.«

»Komm schon«, ermunterte er sie und gab sich große Mühe, ein Lächeln in seine Gesichtszüge und einen warmen Klang in seine Stimme zu zwingen. »Gehen wir ins Schlafzimmer, dort haben wir's bequemer.«

Ihr Zittern verschlimmerte sich, schien fast epileptisch. »Sie werden mir Gewalt antun, nicht wahr?«

»Nein, nein.«

»Doch, ganz bestimmt.«

Frye konnte seinen Zorn kaum mehr unter Kontrolle halten. Es ärgerte ihn, daß sie ihm widersprach. Es ärgerte ihn, daß sie sich nicht von der Stelle rührte. Er wünschte, er könnte ihr das Messer in den Bauch treiben und das, was er wissen wollte, aus ihr herausschneiden, aber das konnte er natürlich nicht tun. Er wollte wissen, wo Hilary Thomas sich versteckt hielt. Wahrscheinlich würde er es am ehesten erfahren, wenn er diese Frau so zerbrach, wie man ein Stück kräftigen Draht brach: sie ein paarmal hin und herbiegen, bis sie auseinanderbrach, sie mit Drohungen in die eine Richtung biegen und mit gutem Zureden in die andere, ihr abwechselnd wehtun und dann wieder freundlich zu ihr sein. Daß sie freiwillig bereit sein könnte, ihm alles zu sagen, was sie wußte, kam ihm überhaupt nicht in den Sinn. Für ihn stand fest, daß sie im Dienst von Hilary Thomas stand und deshalb auch im Dienst von Katherine, und daß sie demzufolge auch einen Teil von Katherines Komplott darstellte, das darauf abzielte, ihn zu töten. Diese Frau bildete keinen unschuldigen Außenseiter; sie war eine Mitverschwörerin von Katherine, vielleicht sogar selbst eine dieser Untoten. Er rechnete damit, daß sie das, was sie wußte, vor ihm verbergen wollte und ihm nur widerstrebend Auskunft geben würde.

»Ich verspreche dir; daß ich dich nicht vergewaltigen

werde«, sagte er mit leiser Stimme, fast sanft. »Aber während ich dir Fragen stelle, möchte ich, daß du flach auf dem Rücken liegst, damit du nicht einfach wegrennen kannst. Wenn du auf dem Rücken liegst, fühle ich mich sicherer. Und wenn du dich schon eine Weile hinlegen mußt, dann kannst du das ebensogut auf einer weichen hübschen Matratze tun anstatt auf dem harten Fußboden. Ich will nur, daß du es bequem hast, Sally.«

»Hier ist es bequem genug«, antwortete sie nervös.

»Sei nicht albern«, meinte er. »Und außerdem, wenn jemand an die Tür kommt und klingelt ... dann könnte er uns vielleicht hören und auf die Idee kommen, daß etwas nicht stimmt. Im Schlafzimmer sind wir allein, dort stört uns keiner. Jetzt komm schon, los!«

Sie richtete sich auf.

Er bedrohte sie mit dem Messer.

Sie gingen ins Schlafzimmer.

Hilary trank gewöhnlich nicht viel Alkohol, aber jetzt war sie um das Glas Whiskey froh, in Joshua Rhineharts Büro auf der Couch sitzend und stumm der Geschichte des Anwalts lauschend. Er berichtete ihr und Tony von dem Geld, das in San Franzisko verschwunden war, von Fryes Doppelgänger, der den seltsamen Brief in dem Schließfach hinterlassen hatte – und davon, daß er selbst immer unsicherer wäre, wer nun tatsächlich in Bruno Fryes Grab läge.

»Werden Sie die Leiche exhumieren?« fragte Tony.

»Jetzt noch nicht«, antwortete Joshua. »Ich muß mich vorher noch um ein paar Dinge kümmern. Wenn dabei das herauskommt, was ich hoffe, dann erübrigt es sich vielleicht, das Grab zu öffnen.«

Er erzählte ihnen von Rita Yancy in Hollister, von Dr. Nicholas Rudge in San Franzisko, und versuchte dann, jenes Gespräch zu rekonstruieren, das er vor kurzem mit Latham Hawthorne geführt hatte.

Obwohl es in dem Zimmer warm war und der Whiskey sie von innen heraus wärmte, verspürte Hilary plötzlich eine Eiseskälte. »Dieser Hawthorne klingt ja, als gehöre er selbst in eine Anstalt.«

Joshua seufzte. »Manchmal denke ich mir, wenn wir alle Verrückten in Anstalten steckten, liefe draußen kaum mehr ein Mensch herum.«

Tony beugte sich auf der Couch nach vorn. »Glauben Sie, daß Hawthorne wirklich nichts von dem Doppelgänger gewußt hat?«

»Ja«, antwortete Joshua. »Es mag Ihnen eigenartig vorkommen, aber ich glaube ihm. In bezug auf seinen Satanismus mag er ja verrückt sein, und in manchen Bereichen gebiert er vielleicht seine eigenen Moralvorstellungen. Möglicherweise ist er sogar etwas gefährlich. Aber er machte auf mich nicht den Eindruck, als würde er lügen. Es mag seltsam erscheinen, aber meiner Ansicht nach stellt er in den meisten Dingen wahrscheinlich einen durchaus glaubwürdigen Menschen dar, und ich kann mir eigentlich nicht vorstellen, daß man von ihm noch sehr viel mehr erfahren wird. Vielleicht wissen Dr. Rudge oder Rita Yancy noch etwas, das uns weiterhilft. Aber genug. Ich würde jetzt gern von Ihnen einiges erfahren. Was ist geschehen? Was hat Sie veranlaßt, nach St. Helena zu kommen?«

Hilary und Tony wechselten sich in ihrem Bericht über die Ereignisse der letzten Tage ab.

Als sie schließlich fertig waren, starrte Joshua Hilary einen Augenblick lang an und schüttelte dann den Kopf. »Sie besitzen wirklich Mut, junge Frau«, sagte er anerkennend.

»Ganz und gar nicht«, erwiderte sie. »Eigentlich bin ich feige und habe panische Angst, seit Tagen.«

»Daß Sie sich ängstigen, beweist noch lange nicht, daß Sie feige sind«, antwortete Joshua. »Jede Art von Tapferkeit basiert auf Angst. Der Feigling ebenso wie der Held handeln aus einem Schrecken, aus einer Notwendigkeit heraus. Der einzige Unterschied zwischen den beiden liegt darin, daß der Feigling seiner Furcht nachgibt, während die couragierte Person schließlich den Triumph davonträgt. Wenn Sie feige wären, hätten Sie einen Monat Urlaub in Europa, Hawaii oder dergleichen gebucht und unterdessen gehofft, die Zeit möge das Rätsel um Frye schon lösen. Aber Sie sind hierhergekommen, in Brunos Heimatstadt, wo Sie eigentlich damit rechnen müssen, in noch viel größere Gefahr zu geraten, als in Los Angeles. Es gibt nicht viel, was ich auf dieser Welt bewundere, aber Ihren Mumm bewundere ich.«

Hilary errötete, schaute Tony an und senkte dann den Blick auf ihr Glas. »Wenn ich tapfer wäre«, sagte sie, »wäre ich in der Stadt geblieben, hätte ihm dort eine Falle gelegt und mich ihm selbst als Köder angeboten. Hier bin ich eigentlich nicht in Gefahr. Schließlich ist er momentan ja damit beschäftigt, in Los Angeles nach mir zu suchen. Und er kann unmöglich herausfinden, wo ich mich aufhalte.«

Das Schlafzimmer.

Sally beobachtete ihn vom Bett aus mit entsetztem Blick.

Er ging im Zimmer herum, öffnete ein paar Schubladen, sah sich um. Dann kam er zu ihr zurück.

Ihr Hals wirkte schlank und straff gespannt. Der Blutstropfen war bis zum Schlüsselbein heruntergelaufen.

Sie sah, daß er auf das Blut starrte, hob die Hand, berührte es und schaute dann auf ihre blutbedeckten Fingerspitzen.

»Keine Sorge«, meinte er. »Das ist nur ein Kratzer.«

Sallys Schlafzimmer im hinteren Bereich ihres gepflegten kleinen Bungalows war ganz in Erdtönen gehalten. Drei der Wände waren beige gestrichen; die vierte überspannte eine Rupfentapete. Der Teppich war schokoladenbraun. Die Bettdecke und die dazu passenden Vorhänge zeigten abstrakte Muster von Kaffeebraun bis Beige, angenehme, wohltuende Muster fürs Auge. Das auf Hochglanz polierte Mahagonimobiliar spiegelte das weiche, bernsteinfarbene Licht einer der beiden Nachttischlampen wider.

Sie lag auf dem Bett, auf dem Rücken, die Beine ausgestreckt, die Arme an den Seiten, die Hände zu Fäusten geballt. Sie trug immer noch ihren weißen Arbeitskittel, den sie sich züchtig bis zu den Knien heruntergezogen hatte. Ihr langes kastanienbraunes Haar lag wie ein Fächer um ihren Kopf. Sie war hübsch.

Bruno setzte sich neben sie auf die Bettkante. »Wo ist Katherine?«

Ihre Lider zuckten. Tränen rannen ihr aus den Augenwinkeln. Sie weinte lautlos, aus Angst, der geringste Laut könnte ihn dazu bringen, auf sie einzustechen.

Er wiederholte die Frage: »Wo ist Katherine?«

»Ich habe Ihnen doch gesagt, daß ich keine Katherine kenne«, sagte sie. Sie sprach stockend, mit zitternder Stimme; jedes Wort kostete sie Mühe. Ihre weiche Unterlippe zitterte beim Reden.

»Du weißt, wen ich meine«, erklärte er scharf. »Mach mir nichts vor. Sie nennt sich jetzt Hilary Thomas.«

»Bitte. Bitte ... lassen Sie mich gehen.«

Er hielt ihr das Messer ans rechte Auge, so daß die Spitze auf die sich weitende Pupille zeigte. »Wo ist Hilary Thomas?«

»O Gott!« sagte sie mit bebender Stimme. »Hören Sie, Mister, da scheint irgend etwas durcheinandergeraten zu sein. Ein Fehler. Sie machen da einen großen Fehler.«

»Willst du dein Auge verlieren?«

Der Schweiß brach ihr in dicken Tropfen am Haaransatz aus.

»Willst du halb blind werden?« fragte er.

»Ich weiß nicht, wo sie ist«, antwortete Sally kläglich.

»Lüg mich nicht an.«

»Ich lüge nicht. Das schwöre ich.«

Er starrte sie ein paar Sekunden lang an.

Jetzt standen ihr auch an der Oberlippe Schweißtropfen, winzige feuchte Tröpfchen.

Er nahm das Messer von ihrem Auge weg.

Sie schien sichtlich erleichtert.

Er überraschte sie. Er schlug ihr mit der anderen Hand ins Gesicht, schlug so heftig zu, daß ihr die Zähne aneinanderschlugen und ihre Augen sich verdrehten.

»Miststück!«

Jetzt konnte sie die Tränen nicht mehr halten. Ein weicher, klagender Ton entrang sich ihrem Innersten, und sie zuckte zurück.

»Du mußt wissen, wo sie ist«, beharrte er. »Sie hat euch doch bezahlt.«

»Wir sind regelmäßig bei ihr beschäftigt. Sie hat angerufen und einen zusätzlichen Reinigungsauftrag erteilt. Sie hat uns nicht gesagt, wo sie sich befindet.«

»War sie zu Hause, als ihr angekommen seid?«

»Nein.«

»War sonst jemand im Haus?«

»Nein.«

»Wie seid ihr dann reingekommen?«

»Wie?«

»Wer hat euch den Schlüssel gegeben?«

»Oh. O ja, das«, meinte sie, und ihr Gesicht hellte sich etwas auf, weil sie einen Ausweg witterte. »Ihr Agent. Ein Literaturagent. Wir mußten an seinem Büro vorbeifahren, um uns den Schlüssel zu holen.«

»Und wo ist das?«

»Beverly Hills. Sie sollten mit dem Agenten reden, wenn Sie wissen wollen, wo sie sich aufhält. Den sollten Sie fragen. Der weiß bestimmt, wo Sie sie finden können.«

»Wie heißt der?«

Sie zögerte. »Ein komischer Name. Ich hab' ihn geschrieben gesehen ... aber ich weiß nicht, ob ich mich genau daran erinnern kann ...«

Er hielt ihr wieder die Messerspitze ans Auge.

»Topelis«, erwiderte sie.

»Sag mir, wie man das schreibt.«

Das tat sie. »Ich weiß nicht, wo Miss Thomas ist. Aber dieser Mr. Topelis wird es wissen. Ganz sicher wird er es wissen.«

Er nahm das Messer weg.

Sie schien völlig erstarrt. Jetzt sackte sie zurück.

Er starrte auf sie hinunter. Etwas regte sich in seinem Unterbewußtsein, eine Erinnerung, und dann eine schreckliche Erkenntnis.

»Dein Haar«, meinte er. »Du hast dunkles Haar. Und deine Augen. Die sind so dunkel.«

»Was ist denn?« fragte sie beunruhigt und erkannte plötzlich, daß sie sich noch nicht außer Gefahr befand.

»Du hast dasselbe Haar und dieselben Augen und dieselbe Gesichtsfarbe, wie sie hatte«, meinte Frye.

»Ich verstehe nicht. Ich weiß nicht, was das alles soll. Sie machen mir angst.«

»Hast wohl geglaubt, du könntest mich reinlegen?« Er grinste sie an und freute sich darüber, daß sie ihn mit ihrem raffinierten Trick nicht hatte täuschen können.

Er wußte es. *Er wußte es.*

»Du hast dir wohl gedacht, ich würd' jetzt zu diesem Topelis gehen«, keifte Bruno, »damit du mir entwischen kannst.«

»Topelis weiß, wo sie ist. Er weiß es. Ich nicht. Ich weiß wirklich überhaupt nichts.«

»Ich weiß, wo sie sich jetzt befindet«, entgegnete Bruno.

»Wenn Sie es wissen, können Sie mich ja gehenlassen.«

Er lachte. »Du hast die Körper getauscht, nicht wahr?«

Sie starrte ihn an. »Was?«

»Irgendwie bist du aus diesem Thomas-Weib herausgeschlüpft und hast die Kontrolle über dieses Mädchen übernommen, nicht wahr?«

Jetzt weinte sie nicht mehr. Ihre Furcht brannte so heiß in ihr, daß die Tränen verdunsteten.

Das Miststück.

Dieses dreckige Miststück.

»Hast du wirklich gedacht, du könntest mich 'reinlegen?« fragte er. Er lachte wieder, diesmal vor Entzücken. »Nach alldem, was du mir angetan hast, konntest du wirklich annehmen, ich würde dich nicht erkennen?«

Panische Angst hallte in ihrer Stimme mit. »Ich hab' Ihnen doch nichts getan. Ich versteh' das alles nicht, was Sie da sagen. O Jesus. O mein Gott. Mein Gott, was wollen Sie denn von mir?«

Bruno beugte sich über sie, sein Gesicht war jetzt ganz dicht über dem ihren. Sein Blick bohrte sich in ihre Augen, und er flüsterte: »Du bist da drinnen, nicht wahr? Da drinnen bist du, ganz tief drinnen, und versteckst dich vor mir, nicht wahr? Nicht wahr, Mutter? Ich sehe dich, Mutter. Da drinnen sehe ich dich.«

Ein paar dicke Regentropfen klatschten an die Fensterscheiben von Joshua Rhineharts Büro.

Draußen stöhnte der Nachtwind.

»Ich begreife immer noch nicht, warum Frye gerade mich ausgewählt hat«, meinte Hilary. »Als ich hier Recherchen für mein Drehbuch anstellte, benahm er sich ganz freundlich. Er hat alle meine Fragen über das Weingeschäft beantwortet. Zwei oder drei Stunden haben wir zusammen verbracht. Ich hatte nie das Gefühl, er könnte etwas anderes als ein ganz gewöhnlicher Geschäftsmann sein. Und dann taucht er wenige Wochen später mit einem Messer in meinem Haus auf. Nach diesem Brief zu urteilen, den Sie in dem Schließfach fanden, hält er mich für seine Mutter in einem neuen Körper. Warum gerade mich?«

Joshua rutschte unbehaglich auf seinem Sessel hin und her. »Ich hab' Sie angesehen und mir gedacht ...«

»Was haben Sie gedacht?«

»Daß er Sie vielleicht deshalb ausgewählt hat, weil ... nun, Sie sehen ein wenig wie Katherine aus.«

»Sie wollen doch nicht etwa behaupten, wir hätten hier noch eine Doppelgängerin«, mischte Tony sich ein.

»Nein, das nicht«, erklärte Joshua. »Es handelt sich auch nur um eine schwache Ähnlichkeit.«

»Gut«, nickte Tony. »Ein zweiter Doppelgänger wär' mir jetzt auch zuviel gewesen.«

Joshua stand auf, ging zu Hilary hinüber, griff ihr unter das Kinn, hob ihren Kopf etwas an, drehte ihr Gesicht nach links und dann nach rechts. »Das Haar, die Augen, der dunkle Teint«, meinte er nachdenklich. »Ja, das alles wirkt recht ähnlich. Und dann gibt es noch andere Dinge in Ihren Gesichtszügen, die mich entfernt an Katherine erinnern, winzige Kleinigkeiten, so winzig, daß ich eigentlich gar nicht sagen kann, um was es sich handelt. Es besteht wirklich nur eine oberflächliche Ähnlichkeit. Und dann war sie keineswegs so attraktiv wie Sie.«

Als Joshua ihr Kinn losließ, stand Hilary auf und ging zum Schreibtisch des Anwalts hinüber. Sie starrte auf die ordentlich aufgereihten Gegenstände des Schreibtisches hinunter – Schreibunterlage, Brieföffner, Klammerapparat – und grübelte über das nach, was sie im Lauf der letzten Stunde erfahren hatte.

»Ist was?« fragte Tony.

Der Wind nahm alle seine Kräfte zusammen und ballte sie zu einer kurzen Böe. Wieder klatschten ein paar Regentropfen ans Fenster.

Sie drehte sich um und schaute die Männer an. »Ich will versuchen, die Lage in ein paar Sätzen zusammenzufassen. Mal sehen, ob ich das alles richtig verstanden habe.«

»Ich glaube, keiner von uns hat das richtig verstanden«, meinte Joshua und kehrte zu seinem Sessel zurück. »Die ganze verdammte Geschichte erscheint viel zu verdreht, um eine gerade Linie reinbringen zu können.«

»Darauf will ich hinaus«, antwortete sie. »Ich denke, ich bin da noch auf eine weitere Wendung gekommen.«

»Und die wäre?« fragte Tony.

»Soweit wir das feststellen können«, fing Hilary an, »kam Bruno kurz nach dem Tod seiner Mutter auf die Idee, sie wäre aus dem Grab zurückgekehrt. Fast fünf Jahre lang hat er regelmäßig von Latham Hawthorne Bücher über Untote erstanden. Fünf Jahre lang hat er in beständiger Angst vor Katherine gelebt. Als er schließlich mich zu Gesicht bekam, dämmerte ihm, ich wäre der neue Körper, den sie benutzte. Aber warum hat er so lange dafür gebraucht?«

»Jetzt weiß ich nicht, ob ich Ihnen folgen kann«, entgegnete Joshua.

»Warum brauchte er fünf Jahre, um sich auf jemanden zu fixieren? Fünf lange Jahre, um sich ein Ziel aus Fleisch und Blut für seine Ängste auszuwählen?«

Joshua zuckte die Achseln. »Er ist wahnsinnig. Wir können nicht erwarten, daß seine Überlegungen logisch und nachvollziehbar sind.«

Aber Tony hatte erfaßt, was hinter ihrer Frage steckte. Er rutschte auf der Couch nach vorn und runzelte die Stirn. »Ich glaube, ich weiß, was du sagen willst«, meinte er. »Mein Gott, ich bekomme gleich eine Gänsehaut.«

Joshuas Blick wanderte zwischen den beiden hin und

her, und dann begann er: »Ich muß auf meine alten Tage etwas begriffsstutzig geworden sein. Würde sich jemand meiner erbarmen?«

»Vielleicht bin ich gar nicht die erste Frau, die er für seine Mutter gehalten hat«, antwortete Hilary. »Vielleicht hat er schon andere umgebracht, ehe er auf mich losging.«

Joshua starrte sie mit weitaufgerissenen Augen an. »Unmöglich!«

»Warum?«

»Das hätten wir doch erfahren, wenn er die letzten fünf Jahre herumgelaufen wäre und Frauen umgebracht hätte. Man hätte ihn doch erwischt!«

»Nicht unbedingt«, meinte Tony. »Geisteskranke Mörder gehen manchmal äußerst sorgfältig und vorsichtig zu Werk. Manche entwerfen raffinierte Pläne – und verfügen doch über eine geradezu unheimliche Fähigkeit, wenn nötig, genau das richtige Maß an Risiko einzugehen, falls irgend etwas Unerwartetes passiert, das ihre Pläne zum Scheitern bringt. Es fällt nicht immer leicht, sie zu schnappen.«

Joshua fuhr sich mit der Hand durch seine schneeweiße Mähne. »Aber wenn Bruno andere Frauen tötete – wo sind dann ihre Leichen?«

»Nicht in St. Helena«, versicherte ihm Hilary. »Mag sein, er war schizophren, aber die respektable, die Dr.-Jekyll-Hälfte seiner Persönlichkeit, hatte ihn fest unter Kontrolle, sobald er mit Leuten verkehrte, die ihn kannten. Ich bin fast sicher, er hat jedesmal die Stadt verlassen, um zu morden. Und sicher auch das Tal.«

»San Franzisko«, meinte Tony. »Allem Anschein nach ist er regelmäßig dorthin gefahren.«

»Irgendeine Stadt im nördlichen Teil des Staates«, meinte Hilary. »Jeder beliebige Ort kommt in Frage, weit genug vom Napa-Tal entfernt gelegen, um seine Anonymität zu garantieren.«

»Warten Sie«, meinte Joshua. »Einen Augenblick. Selbst wenn er woanders hinfuhr und dort Frauen fand, die eine gewisse Ähnlichkeit mit Katherine aufwiesen, selbst wenn er in anderen Städten und Ortschaften mordete – so muß er doch trotzdem Leichen hinterlassen haben. Es müßten auch gewisse Ähnlichkeiten im Tatverlauf aufgetreten sein, Dinge, die die Behörden aufmerksam werden ließen. Man würde doch nach einem modernen Jack the Ripper fahnden und hätte bestimmt in den Nachrichten etwas gehört.«

»Wenn die Morde sich über fünf Jahre verteilten und sich noch dazu in verschiedenen Ortschaften der unterschiedlichsten Bezirke ereigneten, konnte die Polizei möglicherweise keine Verbindung zwischen den einzelnen Taten herstellen«, meinte Tony. »Kalifornien erstreckt sich über hunderttausende von Quadratmeilen. Es gibt Hunderte und Aberhunderte von Polizeiorganisationen und bei weitem nicht so viel Informationsaustausch, wie wünschenswert wäre. Tatsächlich kann man eine Verbindung zwischen mehreren Morden nur dann herstellen, wenn zwei oder besser drei Morde in relativ kurzer Zeit im Zuständigkeitsbereich einer einzigen Polizeibehörde, einem Bezirk oder einer einzigen Stadt begangen werden.«

Hilary wandte sich vom Schreibtisch ab und kehrte zur Couch zurück. »Es ist also möglich«, meinte sie und fühlte sich ebenso kalt, wie der Oktoberwind draußen klang. »Es ist möglich, daß er in den letzten fünf Jahren Frauen hingemetzelt hat – zwei sechs, zehn, fünfzehn oder noch mehr – und daß ich die erste bin, die ihm Schwierigkeiten bereitete.«

»Das ist nicht nur möglich, sondern sogar höchst wahrscheinlich«, erklärte Tony. »Ich würde sagen, wir können uns sicher darauf verlassen.«

Die Xerox-Kopie des Briefes aus dem Schließfach lag vor ihm auf dem Tisch; er griff danach und las den ersten Satz laut vor. »Meine Mutter, Katherine Anne Frye, ist vor fünf Jahren gestorben, kehrt aber immer wieder in einem neuen Körper ins Leben zurück.«

»Mehrere Körper«, entgegnete Hilary.

»Genau das ist das Entscheidende«, fuhr Tony fort. »Nicht nur ein Körper, sondern mehrere. Daraus, so meine ich, können wir den Schluß ziehen, daß er sie schon mehrere Male getötet hat, und immer wieder glaubte, sie wäre erneut aus dem Grab zurückgekehrt.«

Joshuas Gesicht war aschfahl geworden. »Aber wenn Sie recht haben ... dann habe ich ... dann haben wir alle hier in St. Helena in unmittelbarer Umgebung eines gemeinen, bösartigen Monstrums gelebt. Und wir haben es nicht einmal gewußt!«

Tonys Miene verfinsterte sich. »›Das Böse wandelt unter uns im Gewande eines gewöhnlichen Menschen.‹«

»Woher stammt das?« fragte Joshua.

»Ich habe ein Gedächtnis wie eine Mülltonne«, meinte Tony. »Bei mir verschwindet nicht so leicht etwas, ob ich es nun aufbewahren will oder nicht. Ich erinnere mich an die Stelle aus dem katholischen Katechismus, und das liegt weit zurück. Es stammt von einem der Heiligen, aber ich weiß nicht, von wem. ›Das Böse wandelt unter uns im Gewande eines gewöhnlichen Menschen. Wenn der Dämon dir sein wahres Gesicht zu einer Zeit enthüllen sollte, zu der du dich von Christus abgewandt hast, dann wirst du ohne Schutz sein; er wird mit Freude dein Herz verschlingen und dir deine Gliedmaßen abreißen und deine unsterbliche Seele in den gähnenden Abgrund stoßen.‹«

»Wenn man Sie so hört, klingen Sie fast wie Latham Hawthorne«, erwiderte Joshua.

Draußen heulte der Wind.

Frye deponierte das Messer so auf dem Nachttisch, daß Sally es nicht erreichen konnte. Dann packte er den Kragen ihres Arbeitskittels und riß das Kleidungsstück auf. Die Knöpfe sprangen ab.

Sie war vor Entsetzen wie gelähmt, leistete keinen Widerstand, fühlte sich dazu nicht in der Lage.

Er grinste sie an und meinte: »So. So, Mutter. Jetzt werd' ich mich revanchieren.«

Er riß ihr den Mantel von oben bis unten auf, so daß sie in Büstenhalter, Höschen und Strumpfhose vor ihm lag, schlank und hübsch. Er packte ihren BH und riß ihn auf. Die Träger schnitten ihr in die Haut und sprangen dann auf. Der Stoff und die Träger platzten.

Sie hatte große Brüste mit dunklen, kräftigen Brustwarzen. Er quetschte sie grob.

»Ja, ja, ja, ja, ja!« In seiner tiefen, gutturalen Stimme klang das eine Wort wie eine satanische Litanei.

Er riß ihr die Schuhe herunter, zuerst den rechten, dann den linken, und warf sie hinter sich. Einer davon prallte gegen den Spiegel über dem Frisiertisch und zerschmetterte ihn.

Das Klirren des herunterfallenden Glases riß die Frau aus ihrer tranceartigen Starre, sie versuchte, sich ihm zu entwinden, aber die Angst lähmte ihre Kräfte; sosehr sie sich auch wand, sie konnte ihm nicht entkommen.

Er hielt sie mühelos fest und schlug ihr zweimal so brutal ins Gesicht, daß ihr der Mund offenstehen blieb und ihre Augen glasig wurden. Ein dünner Blutfaden rann ihr aus dem Mundwinkel und übers Kinn.

»Du dreckiges Miststück!« brüllte er wütend. »Kein Sex, was! Ich darf keinen Sex haben, hast du gesagt. Niemals Sex, hast du gesagt. Damit ja nicht einmal irgendeine Frau herausfindet, was ich bin, hast du gesagt. Nun, du weißt schon, was ich bin, Mutter. Du kennst ja mein Geheimnis. Vor dir brauch' ich mich nicht zu verbergen, Mutter. Du weißt, daß ich anders bin als andere Männer. Du weißt, daß mein Schwanz anders ist. Du weißt, wer mein Vater war. Du weißt es. Du weißt, daß mein Schwanz so ist, wie er ist. Vor dir brauch' ich ihn nicht zu verstecken, Mutter. Und dir werd' ich ihn jetzt 'reinstecken, Mutter. Ganz rein. Hörst du?«

Die Frau weinte, warf den Kopf hin und her. »Nein, nein, nein, o Gott!« Aber dann faßte sie sich wieder, schaute ihm in die Augen, schaute ihn durchdringend an (und er konnte Katherine vor sich sehen, sah sie hinter den braunen Augen, sah, wie sie ihn anfunkelte) und sagte: »Hören Sie mir zu. Bitte, hören Sie mir doch zu! Sie sind krank, ein sehr kranker Mensch. Sie sind völlig durcheinander. Sie brauchen Hilfe.«

»Halt's Maul, halt's Maul, halt's Maul!«

Wieder schlug er auf sie ein, noch heftiger als beim letzten Mal, ließ seine mächtige Pranke in hohem Bogen auf ihr Gesicht klatschen.

Und jede Gewalttat erregte ihn noch mehr: das Klatschen

der Schläge, ihr schmerzerfülltes Stöhnen und die leisen Schmerzensschreie, die wie bei einem Vogel klangen, und die Art, wie ihre zarte Haut sich rötete und anschwoll. Der Anblick ihres vor Schmerz verzerrten Gesichtes und ihrer verängstigten Hasenaugen schürten seine Lust zu einer unerträglichen, weißglühenden Flamme.

Er bebte vor Erregung, zitterte, geiferte, schnaufte wie ein Stier, riß die Augen weit auf und mußte immer wieder schlucken, um nicht am eigenen Speichel zu ersticken.

Er quetschte ihre Brüste, streichelte, knetete sie, packte brutal zu.

Sie hatte sich vor dem Entsetzen zurückgezogen, war wieder in jene Halbtrance versunken, reglos und starr.

Auf der einen Seite haßte Bruno sie; es war ihm gleichgültig, wie weh er ihr tat. Er *wollte* ihr wehtun, wollte sie leiden lassen für all das, was sie ihm angetan hatte – dafür, daß sie ihn überhaupt in die Welt setzte.

Auf der anderen Seite schämte er sich, weil er die Brüste seiner Mutter berührte, schämte sich, weil er seinen Penis in sie reinstecken wollte. Deshalb versuchte er auch, sich zu erklären und das, was er tat, zu rechtfertigen, während er an ihr herumfingerte. »Du hast mir gesagt, wenn ich je versuche, eine Frau zu lieben, würde sie sofort wissen, daß ich nicht menschlich bin. Du hast gesagt, sie wird den Unterschied erkennen und Bescheid wissen. Sie wird die Polizei rufen, und dann holen sie mich und verbrennen mich auf dem Scheiterhaufen, weil sie dann wissen, wer mein Vater war. Aber du weißt es bereits. Für dich ist es keine Überraschung, Mutter. Also kann ich dir meinen Schwanz 'reinstecken, Mutter, und keiner wird mich dafür verbrennen.«

Als sie noch lebte, hatte er nie an so etwas gedacht. Seine Angst vor ihr war grenzenlos gewesen. Aber als sie dann in ihrem ersten neuen Körper von den Toten zurückkehrte, hatte Bruno die Freiheit bereits gekostet, steckte voller Wagemut und voll neuer Ideen. Er erkannte sofort, daß er sie töten mußte, um sie daran zu hindern, wieder Gewalt über ihn zu bekommen – oder ihn gar mit sich ins Grab zurückzuzerren. Aber gleichzeitig wußte er auch, daß er es mit ihr gefahrlos treiben konnte, da sie ja sein Geheimnis kannte. Sie war es, die ihm die Wahrheit über sich selbst offenbart hatte; zehntausendmal hatte sie es ihm gesagt. Sie wußte, daß sein Vater ein Dämon sei, etwas Grauenhaftes, Scheußliches, der sie vergewaltigt und gegen ihren Willen geschwängert hatte. Während ihrer Schwangerschaft hatte sie die engsten Korsetts getragen, damit man nichts merkte. Und als schließlich ihre Zeit nahte, war sie weggegangen und hatte ihr Kind bei einer verschwiegenen Hebamme in San Franzisko zur Welt gebracht. Später erzählte sie den Leuten in St. Helena, Bruno wäre der illegitime Sohn einer guten Freundin aus Collegezeiten, die, in Schwierigkeiten gekommen, kurz nach seiner Geburt gestorben sei und Katherine gebeten habe, sich um den Jungen zu kümmern. Sie brachte das Baby nach Hause und behauptete, man hätte es ihrer Obhut übergeben. Sie lebte in dauernder Angst, jemand könnte herausfinden, Bruno sei ihr Kind und sein Vater ein Dämon. Was ihn gegenüber anderen Menschen als Abkömmling eines Dämons auszeichnen würde, wäre sein Penis. Er hätte den Penis eines Dämons, nicht den eines Menschen. Er müßte ihn immer verstecken, hatte sie behauptet, sonst würde man sein Geheimnis entdecken und ihn bei lebendigem Leib verbrennen. Sie hatte ihm das alles eingebläut, von frühester Jugend an, noch zu einer Zeit, wo er viel zu jung war, um überhaupt zu wissen, wozu man einen Penis brauchte. Also war sie gleichzeitig sein Segen und sein Fluch geworden. Ein Fluch, weil sie immer wieder aus dem Grab zurückkehrte, um ihn wieder unter Kontrolle zu bekommen oder ihn zu töten. Aber gleichzeitig auch ein Segen, weil er ohne sie all seinen Samen nicht hätte loswerden können, der sich wie kochende Lava in ihm aufbaute. Ohne sie war er zu einem Leben im Zölibat verdammt; deshalb erfüllten ihn zwar Wut und Schrecken darüber, daß sie immer wieder aus dem Grab zurückkehrte, aber gleichzeitig wartete auch etwas in ihm eifrig darauf, sich mit jedem neuen Körper, den sie bewohnte, zu vereinigen.

Er kniete neben ihr auf dem Bett, blickte auf ihre Brüste

und das dunkle Schamhaar, das man durch ihr hellgelbes Höschen sehen konnte, und spürte seine Erektion plötzlich so hart werden, daß es wehtat. Er merkte, daß jetzt die dämonische Hälfte seiner Persönlichkeit ihr Recht forderte; er spürte, wie die Bestie in seinem Bewußtsein nach vorn drängte.

Er krallte Sallys (Katherines) Strumpfhose, zerfetzte das Nylongewebe, und zerrte es über ihre schlanken Beine herunter. Er packte ihre Schenkel mit seinen riesigen Händen, preßte sie auseinander und rutschte schwerfällig auf der Matratze herum, bis er zwischen ihren Beinen kniete.

Sie fuhr aus ihrer Trance hoch, warf sich empor, bäumte sich auf, schlug um sich, versuchte, ihn abzuschütteln, aber es bereitete ihm keine Mühe, sie auf das Bett zu pressen. Sie hieb mit den Fäusten auf ihn ein, aber ihre Schläge schienen kraftlos. Als sie das merkte, versuchte sie, ihn zu kratzen, fuhr ihm ins Gesicht, krallte ihre Nägel in seine rechte Wange, versuchte, seine Augen zu erreichen.

Er zuckte zurück, hob einen Arm, um sich zu schützen, fuhr zusammen, als sie ihm den Handrücken zerkratzte. Dann ließ er sich mit seinem schweren Körper auf sie fallen, legte einen Arm über ihre Kehle und drückte zu, schnitt ihr die Luft ab.

Joshua Rhinehart wusch die drei Whiskeygläser im Ausguß neben der Bar. Zu Tony und Hilary gewandt meinte er: »Für Sie beide steht bei dieser Geschichte mehr auf dem Spiel als für mich. Was halten Sie also davon, morgen mitzukommen, wenn ich nach Hollister fliege, um Rita Yancy aufzusuchen?«

»Ich hatte gehofft, daß Sie uns dazu auffordern würden«, entgegnete Hilary.

»Hier bleibt im Augenblick für uns nichts zu tun«, ergänzte Tony.

Joshua trocknete sich die Hände an einem Geschirrtuch ab. »Gut. Das wäre dann also klar. Haben Sie schon ein Hotelzimmer für die Nacht?«

»Bis jetzt noch nicht«, meinte Tony.

»Sie können gern bei mir übernachten«, schlug Joshua vor.

Hilary lächelte liebenswürdig. »Das ist sehr nett von Ihnen. Aber wir möchten Ihnen nicht zur Last fallen.«

»Sie werden mir nicht zur Last fallen.«

»Aber Sie haben nicht mit uns gerechnet, und wir – «

»Junge Frau«, meinte Joshua ungeduldig, »wissen Sie, wie lange es her ist, daß ich das letzte Mal Hausgäste bewirtete? Mehr als drei Jahre. Und wissen Sie, warum ich seit drei Jahren keine Hausgäste mehr hatte? Weil ich niemanden mehr einlud, bei mir zu wohnen – deshalb. Ich bin kein besonders geselliger Mensch und lasse mich nicht ohne weiteres zu einer Einladung hinreißen. Hätte ich das Gefühl, Sie und Tony bedeuteten eine Last für mich – oder, viel schlimmer, wären langweilig –, dann hätte ich Sie nicht eingeladen. Und jetzt sollten wir aufhören, uns gegenseitig die Zeit zu stehlen, indem wir höflich zueinander sind. Sie brauchen ein Zimmer. Ich habe eins. Werden Sie jetzt bei mir wohnen oder nicht?«

Tony lachte, und Hilary grinste Joshua an. »Vielen Dank für die Einladung«, sagte sie. »Es ist uns ein Vergnügen.«

»Gut«, meinte Joshua.

»Mir gefällt Ihre Art«, ergänzte sie.

»Die meisten Leute halten mich für einen richtigen Miesepeter.«

»Aber einen netten Miesepeter.«

Jetzt mußte Joshua lächeln. »Vielen Dank. Ich glaube, das lasse ich mir in meinen Grabstein einmeißeln: ›Hier liegt Joshua Rhinehart, ein netter Miesepeter‹.«

Gerade wollten sie sein Büro verlassen, da klingelte das Telefon, und Joshua kehrte an seinen Schreibtisch zurück. Dr. Nicholas Rudge rief aus San Franzisko an.

Bruno Frye lag immer noch auf der Frau und preßte sie auf die Matratze, einen muskulösen Arm auf ihrem Hals.

Sie röchelte und rang nach Atem. Ihr Gesicht wurde rot, war schmerzverzerrt.

Sie erregte ihn.

»Wehr dich nicht, Mutter. Wehr dich nicht so. Du weißt, daß es keinen Sinn hat. Du weißt, am Ende bleibe ich doch Sieger.«

Sie wand sich unter ihm, versuchte sich aufzubäumen und zur Seite wegzuwälzen; als es ihr nicht gelang, ihn herunterzustoßen, erfaßte sie plötzlich ein Muskelkrampf, weil ihr Körper auf die gestörte Luftzufuhr und damit auch die mangelnde Blutzufuhr zum Gehirn reagierte. Endlich schien sie zu begreifen, daß sie sich nie von ihm würde befreien können, daß sie absolut keine Chance hatte, ihm zu entkommen. So erschlaffte sie.

Überzeugt davon, daß die Frau sich seelisch wie körperlich geschlagen gab, nahm Frye den Arm von ihrer Kehle. Er kniete sich wieder aufs Bett, nahm sein Gewicht von ihr.

Sie griff sich an den Hals, würgte und hustete unaufhörlich.

Frye befand sich jetzt in höchster Erregung, sein Herz schlug wild, und das Blut toste in seinen Schläfen. Er stand auf, trat neben das Bett, riß sich die Kleider herunter, warf sie auf die Kommode, weit weg von sich.

Er sah auf seine Erektion herunter. Der Anblick erregte ihn noch stärker.

Er stieg wieder aufs Bett.

Sie wirkte jetzt ganz gefügig. Ihre Augen schienen leer.

Er riß ihr das gelbe Höschen herunter und schob sich zwischen ihre schlanken Beine. Geifer rann ihm aus dem Mund, tropfte auf ihre Brüste.

Er drang in sie ein, stach seinen Dämonenpenis, knurrend wie ein wildes Tier, in sie hinein und stieß zu, immer wieder, bis Samen aus ihm herausströmte.

Er malte sich aus, wie die milchige Flüssigkeit herausströmte, aus ihm hervortrat, tief in ihrem Inneren.

Er dachte an Blut, das aus einer Wunde quoll. Rote Blüten, die aus einer tiefen Messerwunde emporwuchsen.

Und diese Vorstellung steigerte seine Erregung noch: Samen und Blut.

Er erschlaffte nicht.

Schwitzend, knurrend, geifernd stieß er immer wieder zu. In sie hinein. Hinein.

Später würde er das Messer gebrauchen.

Joshua Rhinehart drückte auf eine Taste an seinem Apparat und legte damit Dr. Nicholas Rudges Anruf auf den Lautsprecher, so daß Tony und Hilary das Gespräch mithören konnten.

»Zuerst habe ich es bei Ihnen zu Hause versucht«, meinte Rudge. »Ich dachte nicht, daß Sie sich jetzt noch im Büro aufhalten würden.«

»Ich bin ein Arbeitstier, Doktor.«

»Da sollten Sie versuchen, etwas dagegen zu unternehmen«, riet Rudge, und seine Stimme klang echt besorgt. »So darf man nicht leben. Ich habe schon eine ganze Menge Leute mit übermäßigem Ehrgeiz behandelt, die im Leben nichts anderes außer ihrer Arbeit kannten. Dieser zwanghafte Drang zu arbeiten kann einen kaputtmachen.«

»Dr. Rudge, worauf haben Sie sich fachlich spezialisiert?«

»Psychiatrie.«

»Das dachte ich mir.«

»Sie sind der Nachlaßverwalter?«

»Ja. Ich nehme an, Sie haben alles über Mr. Fryes Tod gehört.«

»Nur das, was in der Zeitung stand.«

»Ich habe bei Durchsicht der Unterlagen herausgefunden, daß Mr. Frye Sie in den eineinhalb Jahren vor seinem Tod regelmäßig aufsuchte.«

»Er kam einmal im Monat«, antwortete Rudge.

»Ist Ihnen bewußt, daß er zu einem Mord fähig war?«

»Selbstverständlich nicht«, antwortete Rudge.

»Sie behandelten ihn die ganze Zeit über und haben nicht bemerkt, daß er zu gewalttätigen Handlungen neigte?«

»Ich wußte, daß bei ihm schwere seelische Störungen vorlagen«, erwiderte Rudge. »Aber ich dachte nicht, daß er jemandem gefährlich werden würde. Aber Sie müssen wissen, daß er mir wirklich keine Gelegenheit gab, seine gewalttätige Seite zu entdecken. Ich meine, er kam, wie gesagt, nur einmal im Monat. Ich empfahl ihm, mich wenigstens einmal pro Woche, vorzugsweise zweimal, aufzusuchen. Aber das hat er abgelehnt. Andererseits wollte er, daß ich ihm helfen sollte. Gleichzeitig hatte er aber Angst vor dem, was ich vielleicht über ihn herausfinden könnte. Nach einer Weile beschloß ich, ihn nicht zu sehr zu bedrängen, ihn nicht auf einen wöchentlichen Besuch festzulegen, aus Sorge darüber, daß er die Behandlung womöglich ganz aufgeben und nicht mal mehr einmal pro Monat kommen würde. Ich dachte mir, etwas Therapie sei besser als gar keine, verstehen Sie?«

»Was hat ihn hergeführt?«

»Wollen Sie jetzt wissen, was mit ihm nicht in Ordnung war, worüber er klagte?«

»Ja, das will ich.«

»Als Anwalt sollten Sie wissen, Mr. Rhinehart, daß ich derartige Informationen nicht ohne weiteres preisgeben darf. Ich habe die ärztliche Schweigepflicht zu beachten.«

»Der Patient ist tot, Dr. Rudge.«

»Das ändert auch nichts daran.«

»Für den Patienten ändert das eine ganze Menge.«

»Er hat mir sein Vertrauen geschenkt.«

»Wenn der Patient einmal tot ist, so hat die ärztliche Schweigepflicht doch kaum mehr juristische Bedeutung.«

»Vielleicht ist das so«, meinte Rudge. »Aber die moralische Verpflichtung bleibt. Ich trage immer noch eine gewisse Verantwortung. Ich würde nichts tun, was den Ruf eines Patienten schädigen könnte, gleichgültig, ob er nun tot ist oder am Leben.«

»Lobenswert«, antwortete Joshua spitz. »Aber in diesem Fall würde nichts, was Sie mir sagen könnten, seinen Ruf auch nur ein Jota mehr schädigen, als er ihn selbst schon geschädigt hat.«

»Auch das macht keinen Unterschied.«

»Doktor, die besondere Situation verlangt es. Ich erhielt heute Informationen, die darauf hindeuten, daß Bruno Frye im Lauf der letzten fünf Jahre eine Anzahl Frauen ermordet hat, eine ziemlich große Zahl, ohne ertappt zu werden.«

»Sie machen Witze.«

»Ich weiß nicht, was Ihnen dabei komisch vorkommt, Dr. Rudge, aber *ich* mache keine Witze; es handelt sich um Massenmord.«

Rudge verstummte.

»Außerdem besteht Grund zu der Annahme«, fuhr Joshua fort, »daß Frye nicht allein tätig war. Möglicherweise hat er bei seinen Morden einen Partner benutzt. Und es kann sein, daß dieser Mittäter noch frei herumläuft.«

»Unvorstellbar.«

»Das sagte ich ja.«

»Haben Sie die Polizei bereits informiert?«

»Nein«, entgegnete Joshua. »Zum einen reicht es wahrscheinlich nicht aus, um die Aufmerksamkeit der Polizei zu erwecken. Was ich herausgefunden habe, überzeugt *mich* – mich und zwei weitere Personen, die auch in die Angelegenheit verwickelt sind. Aber die Polizei wird wahrscheinlich sagen, es handle sich nur um Indizien. Und darüber hinaus weiß ich nicht, welche Polizeibehörde für den Fall zuständig ist. Möglicherweise sind die Morde in verschiedenen Bezirken und verschiedenen Städten begangen worden. Ich glaube nun, daß Frye Ihnen vielleicht etwas erzählt haben könnte, das für sich allein betrachtet wahrscheinlich gar nicht wichtig erscheint, das aber mit den Dingen in Verbindung stehen könnte, die ich ausfindig gemacht habe. Falls Sie in diesen achtzehn Monaten Ihrer Behandlung irgend etwas in Erfahrung brachten, was meine Informationen ergänzt, dann reicht das für mich vielleicht schon aus, um zu erkennen, an welche Polizeibehörde ich mich wenden muß – vielleicht genügt das dann, um die Polizei davon zu überzeugen, wie ernst die Lage ist.«

»Nun …«

»Dr. Rudge, wenn Sie darauf bestehen, diesen ganz speziellen Patienten weiterhin zu schützen, kann es noch zu weiteren Morden kommen. Es kann sein, daß noch mehr Frauen sterben müssen. Wollen Sie Ihr Gewissen derart belasten?«

»Also gut«, antwortete Rudge. »Aber das läßt sich nicht am Telefon abhandeln.«

»Ich komme morgen nach San Franzisko, so früh es Ihnen möglich ist.«

»Ich habe morgen vormittag Zeit«, entgegnete Rudge.

»Ist es Ihnen recht, wenn meine zwei Begleiter und ich um zehn Uhr in Ihr Büro kommen?«

»Einverstanden«, meinte Rudge. »Aber ich warne Sie – ehe ich näher auf Mr. Fryes Therapie eingehe, möchte ich mehr über Ihre Beweise hören.«

»Selbstverständlich.«

»Und falls mich das nicht überzeugt, daß akute Gefahr besteht, bleibt seine Akte geschlossen.«

»Oh, ich zweifle nicht daran, daß wir Sie überzeugen können«, erklärte Joshua. »Ich bin ganz sicher, daß Ihnen alle Haare zu Berge stehen werden. Bis morgen also, Doktor.«

Joshua legte auf. Er schaute Tony und Hilary an. »Der morgige Tag wird anstrengend werden. Zuerst San Franzisko und Dr. Rudge, dann Hollister und die mysteriöse Rita Yancy.«

Hilary erhob sich von der Couch. »Mir ist es egal, und wenn wir um die halbe Welt fliegen müssen. Zumindest scheint es jetzt weiterzugehen. Ich habe zum ersten Mal das Gefühl, daß wir herausfinden werden, was hinter all dem steckt.«

»So geht es mir auch«, erklärte Tony. Er lächelte Joshua zu. »Wissen Sie ... wenn ich mir überlege, wie Sie das mit Rudge angestellt haben ... Sie besitzen echtes Talent, Menschen zu verhören. Sie würden einen guten Detektiv abgeben.«

»Das kommt auch auf meinen Grabstein«, lachte Joshua. »›Hier liegt Joshua Rhinehart, ein netter Miesepeter, der einen guten Detektiv abgegeben hätte.‹« Er stand auf. »Jetzt habe ich Hunger. Zu Hause liegen Steaks im Kühlschrank und im Keller lagert eine Menge guter Rotwein. Worauf warten wir noch?«

Frye wandte sich von dem blutbesudelten Bett und der mit Blut besprühten Wand dahinter ab.

Er legte das blutige Messer auf den Nachttisch und ging aus dem Zimmer.

Unheimliche Stille erfüllte das Haus.

Seine dämonische Energie schien dahin. Seine Bewegungen wirkten schlaff und schwerfällig; er war gesättigt.

Im Bad stellte er die Dusche an, so heiß er es gerade noch ertragen konnte, seifte sich ein und wusch sich das Blut aus den Haaren, vom Gesicht, vom ganzen Körper. Er reinigte sich, seifte sich dann ein zweites Mal ein und duschte sich erneut ab.

Sein Gehirn war leer. Er dachte lediglich an den Vorgang des Waschens. Der Anblick der blutigroten Brühe, die sich in den Abfluß ergoß, erinnerte ihn nicht an die tote Frau im Zimmer nebenan; er spülte einfach nur Schmutz weg.

Er wollte sich nichts als säubern und anschließend die nächsten paar Stunden in seinem Lieferwagen schlafen. Er fühlte sich erschöpft. Seine Arme wirkten bleiern und seine Beine wie Gummi.

Er verließ die Duschkabine und trocknete sich mit einem großen Handtuch ab. Das Tuch roch wie die Frau, aber das erweckte in ihm weder angenehme noch unangenehme Assoziationen.

Er stand lange Zeit vor dem Waschbecken und hantierte mit einer Bürste, die er neben der Seifenschale gefunden hatte, an seinen Händen herum, schrubbte seine Nägel, Fingerspitzen und -kuppen ab, bis auch die letzten Überreste von Blut beseitigt waren.

Beim Verlassen des Badezimmers und beim Holen seiner Kleider aus dem Schlafzimmer entdeckte er an der Tür einen bis zum Boden reichenden Spiegel, der ihm vorher nicht aufgefallen war. Er blieb stehen und musterte sich kritisch darin auf irgendwelche Blutschmierer hin, die er vielleicht übersehen hatte. Aber er schaute makellos frisch und rosafarben aus wie ein frischgebadetes Baby.

Er starrte das Spiegelbild seiner Geschlechtsorgane an, bemühte sich, das Zeichen des Dämons zu erkennen. Er wußte, daß er anders war als andere Männer; daran hatte er nicht den leisesten Zweifel. Seine Mutter war stets von Angst erfüllt gewesen, jemand würde es herausfinden und der Welt mitteilen, er sei ein Halbdämon, das Kind einer gewöhnlichen Frau und einer schuppigen, mit scheußlichen Fängen bewehrten Bestie. Diese Angst hatte sich seit frühester Kindheit in Bruno festgesetzt; er fürchtete sich heute immer noch vor der Entdeckung seines Geheimnisses und vor der anschließend folgenden Verbrennung bei lebendigem Leib. Er hatte sich nie einem anderen Menschen nackt gezeigt. In der Schule war er vom Sportunterricht befreit gewesen, und zwar unter dem Vorwand religiöser Vorschriften, die es ihm nicht erlaubten, nackt mit anderen Jungs zu duschen. Nicht einmal vor einem Arzt hatte er sich je ganz ausgezogen. Seine Mutter war felsenfest davon überzeugt, daß jeder, der seine Sexualorgane sähe, sofort seine Mannheit als Erbe eines dämonischen Vaters identifizieren würde, und ihre panische Angst hatte sich auf ihn übertragen.

Jetzt freilich konnte er im Spiegel nichts erkennen, was seine Sexualorgane von denen anderer Männer unterschieden hätte. Kurz nach dem Herztod seiner Mutter besuchte Bruno in San Franzisko ein Pornokino, um festzustellen, wie der Penis eines normalen Mannes aussah. Die Entdeckung, daß die Männer in dem Film ganz genauso aussahen wie er, hatte ihn überrascht und zugleich verblüfft. Er schaute sich immer wieder ähnliche Filme an, entdeckte aber auch dabei kein einziges Mal einen Mann, der sich wesentlich von ihm unterschied. Manche besaßen einen größeren Penis als er, manche einen kleineren, dickeren oder dünneren, manche einen beschnittenen, andere nicht. Aber sie alle bildeten nur kleine Variationen und nicht etwa einen abscheulichen, erschütternden, fundamentalen Unterschied, den er erwartet hatte.

Verblüfft und beunruhigt war er damals nach St. Helena zurückgefahren, um mit sich selbst Zwiesprache über seine Entdeckung zu halten. Zuerst glaubte er, seine Mutter habe ihn belogen. Aber das schien beinahe unvorstellbar. Sie hatte ihm über Jahre hinweg mehrmals pro Woche von jenem abscheulichen Dämon erzählt und davon, wie er sie vergewaltigt hatte, und dabei kamen ihr immer die Tränen, liefen ihr über die Wangen. Für sie bedeutete das ein echtes Erlebnis, kein Phantasiegebilde, nicht dazu geschaffen, um ihn in die Irre zu führen. Und doch ... Wie er an jenem Nachmittag vor fünf Jahren mit sich selbst dasaß und diskutierte, war ihm keine andere Erklärung in den Sinn gekommen, nur die, daß seine Mutter ihn belogen haben mußte; davon war er selbst nun überzeugt.

Am folgenden Tag fuhr er in einem Zustand höchster Erregung nach San Franzisko zurück, geradezu fiebernd und wild entschlossen, jetzt, im Alter von fünfunddreißig Jahren, zum ersten Mal Sex mit einer Frau zu riskieren. Er besuchte einen Massagesalon, ein nur schwach getarntes Bordell, und wählte sich dort eine schlanke, attraktive Blondine aus. Sie nannte sich Tammy, und wenn man von den etwas vorstehenden Zähnen und ihrem etwas zu lang geratenen Hals absah, stand sie an Schönheit keiner anderen Frau nach; zumindest erschien sie ihm so, während er sich bemühte, nicht in seine Hose zu ejakulieren. In einem der kleinen zellenartigen Räume beim Geruch von Desinfektionsmitteln und abgestandenem Samen hatte er Tammys Preis akzeptiert, sie bezahlt und ihr zugesehen, wie sie Pullover und Hose auszog. Ihr Körper war glatt, schlank und so begehrenswert, daß er wie eine Säule stand und sich vor lauter Ehrfurcht kaum bewegen konnte, während er über all das nachdachte, was er mit ihr nun tun würde. Sie setzte sich auf das schmale Bett, lächelte ihm zu und schlug ihm vor, sich zu entkleiden. Er zog sich bis auf die Unterhose aus, und als die Zeit kam, wo er ihr seinen steifen Penis hätte zeigen müssen, war er einfach unfähig dazu, das Risiko einzugehen, weil er sich selbst in einer Flammensäule sah, verbrannt ob seines Dämonenblutes. Er erstarrte; sein Blick blieb an Tammys schlanken Beinen, ihrem gekräuselten Schamhaar und ihren Brüsten hängen, und er begehrte sie, sehnte sich nach ihr, hatte aber Angst, sie zu nehmen. Sie spürte seine Scheu und griff ihm zwischen die Beine, betastete seinen Penis durch die Unterhose. Sie rieb ihn langsam und sagte: »Oh, den will ich haben. Der ist so groß. Einen solchen hab' ich noch nie gehabt. Zeig ihn mir. Ich will ihn sehen. *So einen hab' ich noch nie gehabt.*« Als sie das sagte, wußte er, daß tatsächlich etwas anders sein mußte, obwohl er den Unterschied nicht erkennen konnte. Tammy versuchte, ihm die Unterhose herunterzuziehen, und er schlug ihr ins Gesicht, schlug so heftig zu, daß sie auf das Bett zurückfiel und ihr Kopf gegen die Wand knallte. Sie riß die Hände hoch, um ihn abzuwehren, und schrie und schrie. Bruno überlegte, ob er sie töten sollte. Obwohl sie seinen dämonischen Schwanz nicht gesehen hatte, schien es immerhin möglich –, daß sie das Unmenschliche daran erkannte, vielleicht durchs Betasten. Aber ehe er sich entscheiden konnte, flog die Tür auf, und ein Mann mit einem Totschläger in der Hand kam aus dem Korridor herein. Der Rausschmeißer war so groß wie Bruno, und die Waffe bot ihm einen wesentlichen Vorteil. Bruno war überzeugt, daß sie ihn überwältigen, verfluchen, bespucken, foltern und ihn dann am Pfahl verbrennen würden. Aber zu seiner Verblüffung zwangen sie ihn nur, sich anzuziehen und das Etablissement zu verlassen. Tammy verlor kein Wort mehr über Brunos ungewöhnlichen Penis. Offenbar wußte sie zwar, daß er anders war, aber nicht warum und *wie;* sie hatte das Zeichen des Dämons, den Beweis seiner höllischen Herkunft nicht erkannt. Erleichtert zog er sich hastig an und floh aus dem Bordell, mit gerötetem Gesicht und peinlich berührt, aber dankbar, daß sein Geheimnis unentdeckt blieb. Er kehrte nach St. Helena zurück, erzählte sich von seinem knappen Davonkommen und kam schließlich mit sich überein, daß Katherine recht hatte und daß er Sex ohne Hilfe einer Frau würde finden müssen.

Und plötzlich hatte Katherine angefangen, aus dem Grab zurückzukehren; Bruno konnte bei ihr Befriedigung finden, ergoß sich in die vielen reizenden Körper, die sie zwischenzeitlich bewohnt hatte. Aber meistens fand er seine sexuelle Befriedigung allein, mit sich, mit seinem anderen Ich, seiner anderen Hälfte – aber erregender war natürlich, hie und da eine Frau zu besitzen.

Jetzt stand er vor dem Spiegel, der die ganze Badezimmertür Sallys bedeckte, und starrte fasziniert auf das Spiegelbild seines Penis, fragte sich, welchen Unterschied Tammy damals wohl fühlte, als sie in jenem Raum des Massagesalons vor fünf Jahren seine Erektion berührte.

Und dann wanderte sein Blick nach oben, über seinen flachen, harten, muskulösen Leib und den mächtigen Brustkasten noch weiter hinauf, bis sein Blick dem anderen Bruno im Spiegel begegnete. Als er schließlich in seine eigenen Augen starrte, verblaßte alles am Rande seines Gesichtsfeldes, und die Grundfesten der Wirklichkeit verschmolzen, nahmen neue Gestalt an; er tauchte ohne Drogen oder Alkohol in eine Halluzination ein. Seine Hand streckte sich aus und berührte den Spiegel, und die Finger des anderen Bruno berührten von der anderen Seite des Spiegels die seinen. Wie im Traum schob er sich näher an den Spiegel heran und drückte seine Nase an die des anderen ... Er blickte tief in die Augen des anderen, und jene anderen Augen bohrten sich in die seinen. Einen Augenblick lang vergaß er, daß er nur einem Spiegelbild gegenüberstand. Für ihn existierte der andere Bruno wirklich. Er küßte den anderen; der Kuß war kalt. Er wich ein wenig zurück und der andere Bruno auch. Er leckte sich die Lippen, der andere Bruno auch. Dann küßten sie sich wieder. Seine Zunge leckte über den offenen Mund des anderen Bruno, und dann wurde der Kuß langsam wärmer, aber nicht so weich und angenehm, wie er das erwartet hatte. Sally-Katherine hatte ihn dreimal zum Orgasmus gebracht, und doch wurde sein Penis wieder steif, ganz hart; und er preßte ihn gegen den Penis des anderen Bruno, ließ langsam die Hüften kreisen, und ihre erigierten Organe rieben sich aneinander, während sie sich immer noch küßten und sich voll Hingabe durch den Spiegel hindurch in die Augen blickten. Ein oder zwei Minuten lang schien er so glücklich wie schon seit Tagen nicht mehr.

Aber dann verflog die Halluzination plötzlich; die Wirklichkeit stellte sich wieder ein, wie ein Hammer, der auf Eisen schlägt. Jetzt wußte er plötzlich, daß er in Wirklichkeit nicht sein anderes Ich umfaßt hielt, sondern hier den Versuch unternahm, sich an einem Spiegelbild sexuell zu betätigen. Etwas Blitzartiges sprang zwischen den Augen des Spiegelbildes und seinen eigenen über, und ein ungeheurer Schock peitschte seinen Körper, ein emotionaler Schock, der körperlich auf ihn wirkte und ihn erzittern ließ. In diesem

Augenblick verflog seine Lethargie, und neue Energien erfüllten ihn; sein volles Bewußtsein schien plötzlich wieder zurückgekehrt.

Er erinnerte sich an seinen Tod; eine Hälfte von ihm war tot. Dieses Miststück hatte ihn letzte Woche erstochen, in Los Angeles. Jetzt schien er gleichzeitig tot und am Leben zu sein.

Ein tiefes Gefühl von Besorgnis wallte in ihm auf.

Tränen traten ihm in die Augen.

Plötzlich wurde ihm klar, daß er sich nicht mehr selbst umarmen und festhalten konnte, wie er das früher getan hatte. Niemals mehr.

Er konnte sich nicht mehr selbst liebkosen oder von sich selbst liebkost werden wie früher. Nie wieder.

Jetzt besaß er nur noch zwei Hände, nicht vier, nur einen Penis, nicht zwei; nur einen Mund, nicht zwei.

Nie wieder würde er sich selbst küssen können, nie wieder seine zwei Zungen spüren, die einander liebkosten. Nie wieder.

Seine andere Hälfte war tot. Er weinte.

Nie wieder würde er Sex mit sich selbst machen können wie tausend Mal in der Vergangenheit. Es gäbe für ihn nun, außer seiner Hand, keinen Liebhaber mehr, nur noch die beschränkten Freuden der Masturbation.

Er war allein. Für alle Zeit. Eine Weile stand er weinend vor dem Spiegel, die breiten Schultern vom schrecklichen Gewicht der Verzweiflung gebeugt. Aber dann machte langsam das unerträgliche Selbstmitleid dem Zorn Platz. *Sie* hatte ihm das angetan. Katherine. Das Miststück. Sie hatte eine Hälfte getötet, ihn unvollständig und leer zurückgelassen, ihn ausgehöhlt. Dieses widerwärtige, selbstsüchtige Miststück! Und während seine Wut anschwoll, erfüllte ihn ein Drang, alles zu zerschlagen. Nackt stürmte er durch den Bungalow – durch Wohnzimmer, Küche, Badezimmer –, zerschlug Möbel, riß Polster auseinander, zerschmetterte Geschirr, verfluchte seine Mutter, verfluchte seinen Dämonenvater, verfluchte eine Welt, die er manchmal überhaupt nicht begreifen konnte.

In Joshua Rhineharts Küche schrubbte Hilary drei große Folienkartoffeln und legte sie sich auf der Arbeitstheke zurecht, um sie gleich in den Mikrowellenherd schieben zu können, sobald die dicken Steaks auf dem Rost sich der Vollendung näherten. Die körperliche Tätigkeit entspannte sie. Sie schaute beim Arbeiten auf ihre Hände und beschäftigte sich nur mit der Vorbereitung der Mahlzeit, so daß ihre Sorgen in ihr Unterbewußtsein zurückgedrängt wurden.

Tony hantierte mit dem Salat herum. Er stand mit hochgekrempelten Ärmeln neben ihr an der Spüle und putzte Gemüse.

Während sie das Abendessen zubereiteten, rief Joshua von seinem Küchentelefon aus den Sheriff an. Er berichtete Laurenski von dem Geld, das von Fryes Konten in San Franzisko verschwunden war und von dem Doppelgänger, der jetzt irgendwo in Los Angeles Hilary suchte. Außerdem weihte er ihn bezüglich der Massenmordtheorie ein, die er, Tony und Hilary vor kurzem in seinem Büro entwickelten. Für Laurenski gab es im Augenblick nicht viel zu tun, denn in seinem Zuständigkeitsbereich waren (soweit bekannt) wohl keine Straftaten begangen worden. Aber mit hoher Wahrscheinlichkeit gab es im näheren Umkreis Straftaten, mit denen Frye zu tun hatte, die sie nur im Augenblick noch nicht kannten. Und darüber hinaus schien die Möglichkeit groß, daß im Bezirk weitere Verbrechen verübt würden, ehe das Geheimnis des Doppelgängers gelöst werden könnte. Aus diesem Grund und zur Aufmunterung, nachdem Laurenskis Ruf etwas darunter gelitten hatte, daß er sich letzten Mittwoch für Frye verwendet hatte, wollte Joshua – und dieser Meinung schloß Hilary sich an – den Sheriff über den neuesten Wissensstand informieren. Obwohl Hilary nur die Hälfte des Telefongesprächs hörte, konnte sie doch spüren, daß Peter Laurenski von den Neuigkeiten fasziniert schien, und Joshuas Antworten entnehmen, daß der Sheriff zweimal vorschlug, Fryes Leiche zu exhumieren, um festzustellen, ob es sich tatsächlich um Bruno Frye handelte. Joshua wollte lieber erst das Gespräch mit Dr. Rudge und Rita Yancy abwarten, versicherte Laurenski aber, daß jene Maßnahme sofort veranlaßt würde, falls Rudge und Yancy ihm nicht sämtliche noch offenen Fragen beantworten könnten.

Joshua legte auf und betrachtete sich Tonys Salat näher, fragte sich, ob die Salatblätter genügend knackig seien, zerbrach sich den Kopf, ob der Rettich zu scharf oder vielleicht nicht scharf genug sei prüfte die bruzzelnden Steaks, als suche er Unregelmäßigkeiten in drei Diamanten, beauftragte Hilary, die Kartoffeln in den Mikrowellenherd zu legen, hackte schnell etwas frischen Schnittlauch, um ihn der sauren Sahne beizufügen und entkorkte schließlich zwei Flaschen California Cabernet Sauvignon, einen sehr trockenen Rotwein aus dem nur wenige Kilometer von seinem Haus entfernten Robert-Mondavi-Weingut. Er schien die Küchenarbeit sehr wichtig zu nehmen, und Hilary erfreute sich an seiner betulichen Art.

In der kurzen Zeit, die sie ihn erst kannte, war der Anwalt Hilary bereits ans Herz gewachsen. Sie hatte sich bisher selten in der Gegenwart eines Menschen, den sie erst Stunden kannte, derart wohlgefühlt. Sein väterliches Gehabe, seine brummige Offenheit, sein Witz, seine Intelligenz und seine eigenartig beiläufig wirkende Höflichkeit trugen bei Hilary zu diesem Gefühl bei.

Sie aßen im Eßzimmer, einem behaglichen rustikalen Raum mit drei weißgetünchten Wänden und einer Klinkerwand, einem Eichenparkettboden und einer schweren Balkendecke. Hie und da prasselten ein paar Regentropfen gegen die bleigefaßten Fenster.

Als sie sich zum Essen setzten, meinte Joshua: »Eines möchte ich klarstellen – es wird nicht über Bruno Frye geredet, bis wir mit dem Steak fertig sind und den letzten Schluck dieses ausgezeichneten Weines getrunken, den Kaffee zu uns genommen und den letzten Schluck Brandy getrunken haben.«

»Einverstanden«, erklärte Hilary.

»Ganz bestimmt«, pflichtete Tony bei. »Ich glaube, ich habe mein Gehirn schon vor einer ganzen Weile mit dem Thema überlastet. Es gibt weiß Gott *andere* Dinge auf der Welt, über die es sich zu reden lohnt.«

»Ja«, meinte Joshua. »Aber unglücklicherweise sind die meisten ebenso deprimierend wie Fryes Geschichte. Krieg, Terrorismus, Inflation und die Tatsache, daß die meisten Politiker inkompetent sind und – «

» – und Kunst, Musik, Kino, und die neusten Erkenntnisse der Medizin und die bevorstehende technologische Revolution, die unser Leben trotz aller Inkompetenz der Politiker ungeheuer verbessern wird«, fügte Hilary hinzu.

Joshua schaute sie über den Tisch hinweg an. »Das sind ja ganz neue Züge an Ihnen.«

»Nun, ich dachte, ich muß Sie von Ihren Kassandrarufen weglocken.«

»Kassandra hatte aber recht, als sie Untergang und Zerstörung prophezeite«, entgegnete Joshua. »Nach einer Weile glaubte man ihr nur nicht mehr.«

»Wenn man Ihnen nicht glaubt«, meinte Hilary, »was nützt es dann, recht zu haben?«

»Oh, ich habe es aufgegeben, andere Menschen davon zu überzeugen, daß die Regierung unser einziger Feind ist und daß der große Bruder uns am Ende alle vernichten wird. Ich habe aufgehört, die Leute von hunderterlei Dingen überzeugen zu wollen, die mir offenkundig scheinen, ihnen aber gar nicht klar sind. Die meisten scheinen ohnehin zu dumm, um das zu begreifen. Aber es befriedigt mich ungemein, zu wissen, daß ich recht habe und jeden Tag den Beweis dafür in der Zeitung zu lesen. *Ich* weiß es, und das genügt mir.«

»Ah«, erklärte Hilary. »Mit anderen Worten, es ist Ihnen egal, ob die Welt unter unseren Füßen in Stücke fällt, solange Sie nur behaupten können: ›Ich habe es euch ja gleich gesagt.‹«

»Autsch!« machte Joshua.

Tony lachte. »Sie müssen bei ihr vorsichtig sein, Joshua. Denken Sie daran, daß sie sich ihren Lebensunterhalt damit verdient, Wortschöpfungen zu produzieren.«

Eine dreiviertel Stunde lang redeten sie über alles mögliche, aber dann ertappten sie sich trotz ihres Gelübdes wieder beim Thema Bruno Frye, und zwar lange bevor sie Wein oder Kaffee und Brandy fertig ausgetrunken hatten.

Einmal meinte Hilary: »Was könnte ihm Katherine wohl angetan haben, daß er sie allem Anschein nach so fürchtet und haßt?«

»Das ist dieselbe Frage, die ich Latham Hawthorne stellte«, entgegnete Joshua.

»Und seine Antwort?«

»Er hat keine Ahnung«, meinte Joshua. »Mir fällt es immer noch schwer zu glauben, daß zwischen ihnen ein derartiger Haß bestand, ohne daß ich das in all den Jahren bemerkte. Katherine schien ihn geradezu zu vergöttern. Und Bruno betete sie an. Alle Leute in der Stadt hielten Katherine für so etwas wie eine Heilige, weil sie den Jungen selbstlos zu sich genommen hatte. Aber jetzt sieht es eher so aus, als wäre sie weniger eine Heilige als eine Teufelin gewesen.«

»Moment mal«, antwortete Tony. »Sie hat ihn aufgenommen? Was wollen Sie damit sagen?«

»Genau das. Sie hätte das Kind auch in ein Waisenhaus geben können, aber das hat sie nicht getan. Sie hat ihm ihr Herz und ihr Heim geöffnet.«

»Aber er ist doch ihr Sohn«, meinte Hilary.

»Adoptiert«, entgegnete Joshua.

»Das stand nicht in der Zeitung«, meinte Tony.

»Das liegt auch weit, weit zurück«, fuhr Joshua fort. »Bruno ist bis auf wenige Monate seines Lebens immer ein Frye gewesen. Manchmal schien er mir viel eher ein Frye zu sein, als Katherines leibliches Kind es je hätte sein können. Seine Augen haben dieselbe Farbe wie die Katherines. Und dann besaß er auch dieselbe kalte, introvertierte, grüblerische Persönlichkeit wie Katherine – und wie Leo sie besessen haben soll.«

»Wenn er ein Adoptivkind war«, meinte Hilary, »dann besteht doch auch die Möglichkeit, daß er *tatsächlich* einen Bruder hat.«

»Nein«, antwortete Joshua, »den hatte er nicht.«

»Wie können Sie sich dessen so sicher sein? Vielleicht hat er sogar einen *Zwillingsbruder!*« beharrte Hilary, die der Gedanke zu erregen schien.

478

Joshua runzelte die Stirn. »Sie meinen, Katherine hätte ihn adoptiert, ohne zu wissen, daß es möglicherweise einen Zwillingsbruder gibt?«

»Das würde immerhin erklären, wieso plötzlich ein Doppelgänger von ihm auftauchte«, meinte Tony.

Joshuas Stirn runzelte sich noch mehr. »Aber, wo soll sich dieser geheimnisvolle Zwillingsbruder all die Jahre versteckt gehalten haben?«

»Wahrscheinlich ist er bei einer anderen Familie aufgewachsen«, meinte Hilary, eifrig bemüht, ihre Theorie auszubauen. »In einer anderen Stadt, in einem anderen Bundesstaat.«

»Oder vielleicht sogar in einem anderen Teil des Landes«, fügte Tony hinzu.

»Wollen Sie mir etwa weismachen, daß Bruno und sein langverschollener Bruder sich irgendwann irgendwie gefunden hätten?«

»Möglich wäre das schon«, entgegnete Hilary.

Joshua schüttelte den Kopf. »Möglich vielleicht schon, aber ganz sicher nicht in diesem Fall. Bruno war ein Einzelkind.«

»Sind Sie da ganz sicher?«

»Ohne jeden Zweifel«, antwortete Joshua. »Die Umstände seiner Geburt sind schließlich kein Geheimnis.«

»Aber Zwillinge ... die Theorie wäre so einleuchtend«, beharrte Hilary.

Joshua nickte. »Ich weiß. Das ergäbe eine bequeme Lösung, und ich wäre wirklich an einer bequemen Lösung interessiert, damit wir diese Geschichte bald zu Ende brächten. Glauben Sie mir, es macht mir keinen Spaß, Ihre Theorie zu zerpflücken.«

»Vielleicht können Sie das auch gar nicht«, entgegnete Hilary.

»Doch.«

»Versuchen Sie es«, ermunterte ihn Tony. »Sagen Sie uns, wo Bruno herkam, wer seine leibliche Mutter war. Vielleicht zerpflücken wir dann *Ihre* Geschichte. Vielleicht ist sie gar nicht so klar und unwiderlegbar, wie Sie glauben.«

Als Bruno in dem Bungalow schließlich alles zerfetzt und zerschlagen hatte, bekam er sich wieder in die Gewalt; seine hitzige, bestialische Wut kühlte sich allmählich ab; übrig blieb ein weniger zerstörerischer menschlicher Zorn. Nach Absinken seiner Wut unter den Siedepunkt stand er noch eine Weile inmitten all der Verwüstung da; er atmete schwer, der Schweiß tropfte ihm von der Stirn und stand in glänzenden Tupfen auf seiner nackten Haut. Schließlich ging er ins Schlafzimmer und zog sich an. Fertig bekleidet stand er nun am Fußende des blutigen Bettes und starrte die brutal zugerichtete Leiche der Frau an, die er als Sally gekannt hatte. Jetzt, zu spät, war ihm klar, daß es sich bei ihr nicht um Katherine handelte. Sie stellte keine weitere Reinkarnation seiner Mutter dar. Das alte Miststück war nicht aus Hilary Thomas' Körper in den Sallys übergegangen; das konnte sie nicht, solange Hilary nicht gestorben war. Bruno konnte sich jetzt nicht mehr vorstellen, warum er etwas anderes hatte annehmen können; seine völlige Verwirrung überraschte ihn.

Aber er empfand keinerlei Schuldgefühl für das, was er Sally angetan hatte. Selbst wenn sie nicht Katherine verkörperte, so war sie doch eine von Katherines Helferinnen gewesen, eine Frau aus der Hölle, in Katherines Diensten stehend. Sally gehörte auch zu seinen Feinden, war eine Verschwörerin gewesen in dem Komplott, das auf seinen Tod abzielte, dessen schien er ganz sicher. Vielleicht gehörte sie sogar selbst zu den Untoten. Ja, natürlich, davon war er jetzt sogar felsenfest überzeugt. Ja, Sally verkörperte dasselbe wie Katherine: eine tote Frau in einem neuen Körper, eines jener Ungeheuer, die nicht in ihrem Grab bleiben wollten. Sie gehörte zu denen. Ein Schauder überlief ihn. Er gelangte zu der Überzeugung, daß sie die ganze Zeit wußte, wo Hilary-Katherine sich versteckt hielt. Aber sie behielt ihr Geheimnis für sich; dafür verdiente sie den Tod.

Außerdem hatte er sie in Wirklichkeit gar nicht getötet, weil sie ja in irgendeinem neuen Körper ins Leben zurückkehren würde, einfach eine Person aus einem Körper verdrängte, der er rechtmäßig gehören würde. Nein, er durfte jetzt nicht an Sally denken, er mußte Hilary-Katherine finden. Sie lauerte immer noch irgendwo dort draußen auf ihn.

Er mußte sie ausfindigmachen und töten, ehe sie einen Weg finden würde, ihn zu töten.

Zumindest hatte Sally ihm einen winzigen Hinweis geliefert. Einen Namen. Topelis, Hilary Thomas' Agent. Topelis würde wahrscheinlich wissen, wo sie sich versteckt hielt.

Sie räumten das Geschirr weg; Joshua schenkte ihnen Wein nach, ehe er zu berichten begann, wie Bruno, der Waisenknabe, Alleinerbe des Fryeschen Besitzes wurde. Joshua hatte sich diese Kenntnisse über Jahre hinweg erworben, stückweise, von Katherine und anderen Leuten, die schon lange vor ihm in St. Helena lebten, lang vor der Eröffnung seiner Rechtsanwaltskanzlei.

1940, im Jahr von Brunos Geburt, war Katherine sechsundzwanzig und lebte immer noch bei ihrem Vater Leo in dem Haus auf der Klippe hoch über dem Weingut; sie hausten dort zusammen seit 1918, dem Todesjahr von Katherines Mutter. Katherine hatte nur ein knappes Jahr weg von zu Hause auf einem College in San Franzisko zugebracht; dann gab sie die Schule auf, anscheinend, weil sie sich außerhalb von St. Helena nicht wohlfühlte und weil sie obendrein abgestandenes Buchwissen, das sie nie benutzen würde, nicht erwerben wollte. Sie liebte das Tal und das mächtige alte viktorianische Haus oben auf der Klippe. Katherine war eine gutaussehende Frau und hätte wohl genügend Partner finden können, wenn sie nur gewollte hätte. Aber sie schien keinen Sinn für romantische Liebe zu haben. Trotz ihrer Jugend führte ihre introvertierte Persönlichkeit und die kühle ablehnende Haltung Männern gegenüber dazu, daß die meisten ihrer Bekannten überzeugt davon waren, daß sie eines Tages als alte Jungfer enden und sich in dieser Rolle auch noch wohlfühlen würde.

Und dann erhielt Katherine im Januar 1940 einen Anruf von einer Freundin, Mary Gunther, einer Kollegin aus dem College. Mary brauchte Hilfe. Sie hatte einen Mann kennengelernt, der ihr die Ehe versprochen, sie mit Vorwänden hingehalten und dann im sechsten Monat Schwangerschaft sitzengelassen hatte. Mary war fast mittellos und besaß auch keine Familie, die ihr hätte helfen können; sie kannte niemanden außer Katherine, der ihr nahestand. Sie bat Katherine, in ein paar Monaten, nach der Geburt des Babys, nach San Franzisko zu kommen; Mary wollte in dieser schweren Zeit nicht allein sein. Außerdem sollte Katherine für das Baby sorgen, bis sie, Mary, eine Stelle finden und dem Kind ein ordentliches Zuhause bieten könnte. Katherine erklärte sich einverstanden und erzählte allen Leuten in St. Helena, daß sie eine Zeitlang so etwas wie eine Ersatzmutter spielen würde. Sie schien von der Aussicht darauf so erregt und beglückt, daß ihre Nachbarn meinten, sie würde auch bei eigenen Kindern eine wunderbare Mutter abgeben, fände sie nur endlich einen Mann, der sie heirate und Vater jener Kinder werden würde.

Sechs Wochen nach Mary Gunthers Anruf und genau sechs Wochen vor Katherines Abreise nach San Franzisko, erlitt Leo einen Gehirnschlag und starb mitten zwischen den hohen Eichenfässern in einem der ausgedehnten Keller seines Weingutes. Katherine schien von dem Schicksalsschlag schwer getroffen und empfand große Trauer um ihren Vater; sie hatte auch schon angefangen, sich in die Führung des Familiengeschäftes einzuarbeiten, hielt aber dennoch das Versprechen, das sie Mary Gunther gegeben hatte. Als Mary ihr daher im April telegrafisch die Geburt ihres Babys mitteilte, fuhr Katherine sofort nach San Franzisko. Sie blieb über zwei Wochen dort, und bei ihrer Rückkehr brachte sie ein winziges Baby mit, Bruno Gunther, Marys erschreckend kleines, schwächliches Kind.

Katherine rechnete damit, Bruno etwa ein Jahr lang bei sich aufzuziehen – bis dahin würde Mary auf eigenen Füßen stehen und die Verantwortung für den Kleinen übernehmen können. Doch nach sechs Monaten kam die Nachricht, daß Mary erneut in Schwierigkeiten steckte, diesmal in viel schlimmeren – sie litt an Krebs und lag im Sterben. Ihr blieben nur noch wenige Wochen, höchstens ein Monat. Katherine fuhr mit dem Kind nach San Franzisko, damit die Mutter die wenige Zeit, die ihr noch blieb, in Gesellschaft ihres Babys verbringen sollte. In ihren letzten Tagen traf Mary all die notwendigen Vorkehrungen, um Katherine das Sorgerecht für das Baby zu übertragen. Marys Eltern waren bereits gestorben; sonst besaß sie keine Verwandten, die Bruno hätten aufziehen können. Hätte Katherine ihn nicht zu sich genommen, wäre er entweder in ein Waisenhaus oder zu Pflegeeltern gekommen, von denen man nicht wissen konnte, ob sie gut zu ihm gewesen wären. Mary starb; Katherine zahlte das Begräbnis und kehrte dann mit Bruno nach St. Helena zurück.

Sie zog den Jungen auf, als wäre er ihr eigenes Kind, wobei sie sich weniger wie ein Vormund, sondern eher wie eine besorgte liebende Mutter verhielt. Sie hätte sich ein Kindermädchen oder sonstige Hausangestellte leisten können, verzichtete aber darauf; sie wollte nicht, daß irgendein anderer sich um dieses Kind kümmerte. Leo besaß keine Hausangestellten, und Katherine schien ein ebenso unabhängiger Mensch zu sein wie ihr Vater. Sie kam allein gut zurecht. Bruno war vier Jahre alt, als sie in San Franzisko den Richter aufsuchte, der ihr damals auf Marys Bitte hin das Pflegerecht für Bruno zugestanden hatte, und der jetzt offiziell der Adoption zustimmte. Nun trug Bruno den Familiennamen Frye.

In der Hoffnung, bei Joshuas Bericht irgendwelche Hinweise auf eventuelle Ungereimtheiten zu erfahren, hockten Hilary und Tony gespannt am Eßtisch, ihre Köpfe auf die Arme gestützt. Jetzt lehnten sie sich in ihren Sesseln zurück und griffen nach ihren Weingläsern.

»Es gibt viele Leute in St. Helena, die sich gut an Katherine Frye erinnern«, meinte Joshua. »Sie sehen in ihr die wohltätige Frau, die einen armen Findling aufnahm, ihm ihre Liebe und obendrein ein beträchtliches Vermögen schenkte.«

»Es gab also keinen Zwillingsbruder«, unterbrach ihn Tony. »Ganz sicher nicht«, erklärte Joshua.

Hilary seufzte. »Womit wir wieder genauso schlau wären wie vorher.«

»An dieser Geschichte stimmen mich ein paar Punkte nachdenklich«. meinte Tony.

Joshua hob die Brauen. »Was denn?«

»Nun, wir machen es selbst in unserer heutigen aufgeklärten Zeit der mehr oder weniger liberalen Vorstellungen einer alleinstehenden Frau verdammt schwer, ein Kind zu adoptieren«, behauptete Tony. »Damals, 1940, muß das nahezu unmöglich gewesen sein.«

»Ich glaube, das kann ich erklären«, erwiderte Joshua. »Wenn mich mein Gedächtnis nicht ganz trügt, dann hat Katherine mir einmal erzählt, sie und Mary hätten die Schwierigkeiten vor Gericht schon vorhergesehen. Also haben sie ein wenig geflunkert. Sie behaupteten, Katherine sei Marys Cousine und damit ihre engste noch lebende Verwandte. Wollte in jener Zeit eine nahe Verwandte ein Kind adoptieren, so stimmten die Gerichte in den meisten Fällen zu.«

»Und der Richter hat das einfach so hingenommen, ohne die Verwandtschaft zu überprüfen?« fragte Tony.

»Sie dürfen nicht vergessen, daß die Richter sich 1940 viel weniger in Familienangelegenheiten einmischten, als sie das heute tun. In jener Zeit haben die Amerikaner den Behörden noch keine so wichtige Rolle zugestanden. Im allgemeinen betrachtet schien diese Zeit viel besser zu sein als heute.«

Hilary wandte sich an Tony und meinte: »Du sagtest, einige Dinge würden dich stören. Was denn noch?«

Tony strich sich müde übers Gesicht. »Das andere läßt sich nicht so leicht in Worte kleiden. Es ist mehr ein Verdacht, aber die ganze Geschichte klingt ... einfach zu glatt.«

»Erfunden, meinen Sie?« fragte Joshua.

»Ich weiß nicht«, entgegnete Tony. »Das kann ich wirklich nicht sagen. Aber nach so langer Zeit im Polizeidienst entwickelt man für solche Dinge einen siebten Sinn.«

»Und etwas kommt dir faul vor?« fragte Hilary.

»Ja, ich glaube schon.«

»Was denn?« Joshua klang neugierig.

»Nichts Eindeutiges. Wie gesagt, mir kommt die Geschichte einfach zu glatt vor.« Tony leerte sein Weinglas und meinte dann: »Könnte es sein, daß Bruno in Wirklichkeit Katherines Kind ist?«

Joshua starrte ihn verdutzt an. Als er wieder Worte fand, meinte er: »Ist das Ihr Ernst?«

»Ja.«

»Sie fragen, ob es möglich wäre, daß sie die ganze Sache mit Mary Gunther erfand und einfach nach San Franzisko fuhr, um selbst ein uneheliches Kind zur Welt zu bringen?«

»Genau das ist meine Frage«, entgegnete Tony.

»Nein«, antwortete Joshua. »Sie war nicht schwanger.«

»Sind Sie ganz sicher?«

»Nun«, räumte Joshua ein, »ich habe natürlich keine persönlichen Urinproben genommen und damit den Kaninchentest durchgeführt. Ich lebte 1940 noch nicht einmal hier im Tal. Ich bin erst '45 hierhergezogen, nach dem Krieg. Aber Leute, die 1940 hier wohnten, haben mir die Geschichte erzählt, mehrfach, manchmal ausschnittweise und manchmal die ganze Story. Jetzt werden Sie behaupten, diese Leute wiederholten vermutlich einfach nur das, was ihnen selbst erzählt wurde. Aber eine Schwangerschaft könnte sie doch nicht so einfach vor der ganzen Welt verbergen. Nicht in einer so kleinen Stadt wie St. Helena. Jeder hätte es gewußt.«

»Es gibt manchmal Frauen, die nicht besonders dick werden, wenn sie ein Kind erwarten«, erklärte Hilary. »Man würde ihnen äußerlich gar nichts anmerken.«

»Sie vergessen, daß Katherine sich überhaupt nicht für Männer interessierte«, meinte Joshua. »Sie ging mit niemandem aus. Wie hätte sie da schwanger werden können?«

»Vielleicht ging sie nicht mit den Männern am Ort aus«, ergänzte Tony. »Gibt es denn in der Erntezeit, im Herbst, auf den Weingütern nicht eine Menge Wanderarbeiter? Und befinden sich darunter nicht eine ganze Anzahl junger, gutaussehender Männer?«

»Jetzt mal langsam«, entgegnete Joshua. »Sie reden sich da etwas ein. Sie versuchen mir weiszumachen, Katherine, deren Desinteresse an Männern jeder kannte, hätte sich plötzlich mit einem einfachen Wanderarbeiter eingelassen.«

»So etwas soll schließlich schon vorgekommen sein.«

»Und außerdem versuchen Sie mir weiszumachen, daß diese höchst unwahrscheinliche Affäre praktisch in einem Glassturz stattfand, daß sie unentdeckt blieb und nicht einmal zu Klatsch Anlaß gab. Und *dann* versuchen Sie mir auch noch einzureden, Katherine sei auch noch in einer Beziehung außergewöhnlich gewesen, eine von tausend Frauen, die nicht wie schwanger aussah, obwohl sie es war. Nein«, Joshua schüttelte energisch seine weiße Mähne, »das ist mir einfach zuviel. Zu viele Zufälle. Sie sagen, Katherines Geschichte klinge zu glatt, zu konstruiert, aber im Vergleich zu Ihren Vermutungen klingt sie verdammt echt.«

»Sie haben recht«, meinte Hilary. »Also wieder eine vielversprechende Theorie dahin.« Sie leerte ihr Glas.

Tony kratzte sich am Kinn und seufzte. »Yeah. Wahrscheinlich bin ich einfach zu müde, um besonders kluge Ideen zu gebären. Trotzdem paßt mir Katherines Geschichte nicht. Dahinter steckt mehr. Irgend etwas hielt sie vor der Welt versteckt, irgend etwas Seltsames.«

Bruno Frye stand in Sallys Küche inmitten der Scherben ihres Geschirrs. Er schlug das Telefonbuch auf und suchte die Nummer von Topelis & Associates heraus. Das Büro der Agentur befand sich in Beverly Hills. Er wählte und geriet erwartungsgemäß an den Auftragsdienst.

»Ich habe hier eine dringende Angelegenheit«, erzählte er der jungen Frau am anderen Ende der Leitung, »und ich dachte, Sie würden mir vielleicht helfen.«

»Dringende Sache?« fragte sie.

»Ja. Wissen Sie, meine Schwester wird von Mr. Topelis vertreten. Es hat einen Todesfall in der Familie gegeben, und ich muß sofort mit ihr Verbindung aufnehmen.«

»Oh, das tut mir leid«, erklärte sie.

»Es sieht nun so aus, daß meine Schwester allem Anschein nach eine kurze Urlaubsreise angetreten hat, und ich weiß nicht, wohin.«

»Ich verstehe.«

»Es ist außerordentlich wichtig; ich muß sie erreichen.«

»Nun, normalerweise würde ich diese Nachricht sofort an Mr. Topelis weiterleiten. Aber er ist heute abend ausgegangen und hat mir keine Nummer hinterlassen, unter der ich ihn erreichen kann.«

»Ich würde ihn ohnehin nicht belästigen wollen«, meinte Bruno. »Ich dachte, nachdem Sie ja alle Anrufe für ihn entgegennehmen, wüßten *Sie* vielleicht, wo meine Schwester sich aufhält. Ich meine, sie hat vielleicht angerufen und etwas für Mr. Topelis hinterlassen, etwas, das vielleicht darauf hindeutet, wo sie sich befindet.«

»Wie heißt denn Ihre Schwester?«

»Hilary Thomas.«

»Oh, ja! Ich weiß, wo sie ist.«

»Das ist ja wunderbar. Wo?«

»Ich habe keinen Anruf von ihr entgegengenommen. Aber jemand hat vor kurzem angerufen und eine Nachricht für Mr. Topelis hinterlassen, die er an sie weitergeben soll. Warten Sie bitte einen Augenblick, ja?«

»Gerne.«

»Ich habe es irgendwo aufgeschrieben.«

Bruno wartete geduldig, während sie in ihren Zetteln blätterte.

Dann antwortete sie: »Da ist es. Ein Mr. Wyant Stevens hat angerufen. Mr. Topelis sollte Miss Thomas sagen, er, Mr. Stevens, würde sich gerne mit den Gemälden befassen. Mr. Stevens sagte, man solle ihr ausrichten, er würde nicht schlafen können, bis sie aus St. Helena zurückkäme und ihm die Chance gäbe, ein Angebot zu machen. Also muß sie in St. Helena sein.«

Das traf Bruno wie ein Schock.

Er brachte kein Wort mehr hervor.

»Ich weiß nicht, in welchem Hotel oder Motel«, meinte die junge Frau mit nachsichtheischender Stimme. »Aber im ganzen Napa-Tal gibt es ja nicht so viele Möglichkeiten, also wird es Ihnen nicht schwerfallen, sie zu finden.«

»Nein, ganz und gar nicht«, meinte Bruno stockend.

»Kennt sie jemanden in St. Helena?«

»Was?«

»Ich dachte nur, sie wohnt vielleicht bei Freunden«, entgegnete die junge Frau.

»Ja«, sagte Bruno. »Ich glaube, ich weiß schon, wo sie ist.«

»Das mit dem Todesfall tut mir wirklich leid.«

»Was?«

»Der Todesfall in Ihrer Familie.«

»Oh«, machte Bruno. Er leckte sich nervös die Lippen. »Ja. In den letzten fünf Jahren hat es eine ganze Menge Todesfälle in der Familie gegeben. Vielen Dank, daß Sie mir geholfen haben.«

»Habe ich doch gerne getan.«

Er legte auf.

In St. Helena hielt sie sich also auf.

Dieses unverschämte Miststück war tatsächlich zurückgekommen.

Warum? Mein Gott, was führte sie nur im Schilde? Was wollte sie?

Gehetzt und voller Angst, sie würde etwas bezüglich seines Todes planen, begann er, die Fluggesellschaften am Flughafen von Los Angeles anzurufen und bemühte sich um einen Platz in einem Flugzeug nach Norden. Aber bis zum Morgen starteten keine Maschinen mehr, und alle Frühflüge waren bereits ausgebucht. Er würde Los Angeles also erst morgen nachmittag verlassen können.

Dann würde es zu spät sein.

Das wußte er. Spürte es.

Er mußte sich beeilen.

Er beschloß, mit dem Wagen zu fahren. Es war noch früh am Abend. Wenn er die ganze Nacht fuhr und sich beeilte, würde er St. Helena im Morgengrauen erreichen.

Er hatte das Gefühl, sein Leben hinge davon ab.

Er eilte aus dem Bungalow, stolperte dabei über all die Verwüstung, die er angerichtet hatte, ließ die Haustür weit offenstehen, achtete auf nichts mehr, nahm sich nicht einmal die Zeit, sich umzusehen, ob etwa jemand in der Nähe stand. Er hetzte über den Rasen auf die dunkle verlassene Straße hinaus zu seinem Lieferwagen.

Nach Kaffee und Cognac zeigte Joshua Tony und Hilary ihr Gästezimmer und das dazugehörige Bad am anderen Ende des Hauses, ein großer und behaglicher Raum mit breiten Fenstersimsen und Bleiglasfenstern wie im Eßzimmer. Aber das riesige Himmelbett entzückte Hilary am meisten.

Nachdem sie Joshua gute Nacht gesagt, die Schlafzimmertür geschlossen und die Vorhänge zugezogen hatten, um die augenlose Nacht daran zu hindern, sie blindlings anzustarren, stellten sie sich gemeinsam unter die Dusche, um ihre verspannten Muskeln etwas zu lockern. Sie fühlten sich ziemlich erschöpft und hatten eigentlich nur vor, das kindlich entspannende, geschlechtslose Vergnügen des Bades zu erleben, das sie in der letzten Nacht bereits in dem Flughafenhotel in Los Angeles miteinander geteilt hatten. Keiner von beiden rechnete mit der sie überwältigenden Leidenschaft. Während er aber ihre Brüste einseifte, brachte die sanfte, rhythmische, kreisende Bewegung seiner Hände ihre Haut zum Beben. Als er schließlich ihre Brüste umschloß und sie seine großen Hände ausfüllten, wurden ihre Brustwarzen hart und traten aus dem Seifenschaum hervor. Er ging auf die Knie und wusch ihr den Bauch, die langen schlanken Beine und die Pobacken. Für Hilary schrumpfte die Welt in diesem Moment zu einer winzigen Kugel, beschränkte sich auf ein paar Bilder, Geräusche und erlesene Empfindungen: den Fliederduft der Seife, das Plätschern des Wassers, die aufsteigenden Dampfschwaden, sein schlanker Körper, überströmt vom Wasser, und das Wachsen seiner Männlichkeit, als sie sich schließlich daranmachte, ihn einzuseifen. Nach dem Duschen hatten beide ihre Müdigkeit vergessen; dachten nicht mehr an die schmerzenden Muskeln, sondern nur noch an ihr Begehren.

Im weichen Schein der Nachttischlampe hielt er sie auf dem Himmelbett umfangen, küßte sie auf die Augen, die Nase, die Lippen, das Kinn, den Hals und die steil aufgerichteten Brustwarzen.

»Bitte!« flüsterte sie. »Komm!«

»Ja«, sagte er an ihrem Hals.

Sie öffnete ihm die Beine, und er drang in sie ein.

»Hilary«, seufzte er. »Meine süße, süße Hilary.«

Er drang mit großer Kraft und doch zart in sie ein, füllte sie aus.

Sie bewegte sich mit ihm. Ihre Hände glitten über seinen breiten Rücken, zeichneten seine Muskelstränge nach. Sie hatte noch nie soviel Leben, Kraft und Energie in sich gefühlt. Schon nach kurzer Zeit war sie auf dem Höhepunkt, dachte, das würde nie aufhören, ewig so weitergehen, von einem Höhepunkt zum nächsten, immerzu und ohne Ende.

Er bewegte sich in ihr und sie schienen körperlich und seelisch eins. Noch mit keinem anderen Mann hatte sie das erlebt. Und sie wußte, daß auch Tony so empfand. Sie verschmolzen körperlich, gefühlsmäßig, vom Verstand her und seelisch miteinander zu einem einzigen Wesen, das viel mehr war, als die Summe seiner beiden Teile bedeutete. Und in diesem Augenblick des Einsseins – wie sie es beide noch nie vorher erlebten – wußte Hilary, daß das, was sie hier besaßen, etwas so Besonderes, so Wichtiges, so Seltenes darstellte und ihr ganzes Leben lang anhielte. Seinen Namen rufend, bäumte sie sich auf, warf sich ihm entgegen, und kam erneut zum Höhepunkt. Genau wie beim ersten Mal, bei ihrer ersten Vereinigung, fühlte sie, daß sie ihm vertrauen und sich ganz auf ihn verlassen konnte, wie sie das noch nie zuvor auf einen anderen Menschen konnte – und was das Schönste daran war, sie wußte, von nun an würde sie nie wieder allein sein.

Nachher, zusammengekuschelt unter der Decke, sagte er: »Erzählst du mir von der Narbe?«

»Ja, jetzt schon.«

»Sie sieht nach Schußwunde aus.«

»Das stimmt. Ich war neunzehn und lebte damals in Chicago. Über ein Jahr hatte ich die Schule beendet, arbeitete als Stenotypistin und versuchte mir Geld zu sparen, um mir eine eigene Wohnung nehmen zu können. Ich mußte Earl und Emma für mein Zimmer Miete bezahlen.«

»Earl und Emma?«

»Meine Eltern.«

»Du hast sie beim Vornamen genannt?«

»Ich hab' in ihnen nie Vater und Mutter gesehen.«

»Sie müssen dir sehr wehgetan haben«, meinte er mitfühlend.

»Bei jeder Gelegenheit, die sich ihnen bot.«

»Wenn du jetzt nicht darüber reden willst – «

»Doch«, erwiderte sie. »Jetzt, plötzlich, zum erstenmal im Leben *möchte* ich darüber reden. Es tut nicht mehr weh. Weil ich jetzt dich habe, und das gleicht all die schlimmen Tage aus.«

»Meine Familie war arm«, erzählte Tony. »Aber in unserem Haus herrschte Liebe.«

»Da hattest du Glück.«

»Du tust mir leid, Hilary.«

»Jetzt ist es vorbei«, meinte sie. »Sie sind schon lange tot, und ich hätte sie schon vor Jahren aus meinem Leben verbannen müssen.«

»Erzähl weiter.«

»Ich zahlte ihnen ein paar Dollar Miete die Woche, und davon kauften sie sich nur noch mehr Schnaps. Aber alles, was ich darüber hinaus sparen konnte, habe ich auf die Seite gelegt. Jeden Penny. Es war nicht viel, aber mit der Zeit wuchs der Betrag doch auf der Bank. Nicht einmal für ein Mittagessen habe ich Geld ausgegeben. Ich sparte und war fest entschlossen, so schnell wie möglich eine eigene Wohnung zu mieten. Es war mir auch völlig egal, ob es wieder nur eine schäbige Bude mit dunklen kleinen Zimmern gewesen wäre, schlechter Installation und Küchenschaben – wenn nur Emma und Earl nicht dort wohnten.«

Tony küßte sie auf die Wange und auf die Mundwinkel.

»Und dann reichte es endlich. Ich konnte ausziehen. Einen Tag noch, einen Gehaltszettel, und dann würde ich ausziehen.«

Sie zitterte.

Tony hielt sie fest an sich gepreßt.

»Ich kam an jenem Tag von der Arbeit nach Hause«, fuhr Hilary fort, »und ging in die Küche – und da stand Earl und hielt Emma gegen den Kühlschrank gedrückt. Er hatte eine Pistole in der Hand und preßte Emma den Lauf gegen die Zähne.«

»Mein Gott!«

»Er hatte einen schweren Anfall von ... Weißt du, was Delirium tremens ist?«

»Sicher. Halluzinationen. Anfälle sinnloser Furcht. So etwas widerfährt echten chronischen Alkoholikern. Ich hatte mit Leuten zu tun, die unter Delirium tremens litten. Dabei können sie ganz gewalttätig und völlig unberechenbar werden.«

»Earl preßte ihr die Pistole gegen die Zähne, die sie zusammengebissen hielt, und fing an, verrücktes Zeug zu schreien, von riesigen Würmern, die angeblich aus den Wänden kämen. Er warf Emma vor, sie hätte die Würmer aus den Wänden gelassen, und wollte, daß sie sie aufhielte. Ich versuchte, auf ihn einzureden, aber er hörte nicht zu. Es kamen nur immer mehr Würmer aus den Wänden und fingen an, über seine Füße zu kriechen; er war so wütend auf Emma und drückte einfach ab.«

»Du lieber Gott!«

»Ich sah, wie ihr das Gesicht weggerissen wurde.«

»Hilary – «

»Ich muß jetzt darüber sprechen.«

»Also gut.«

»Ich habe noch nie darüber gesprochen.«

»Ich höre zu.«

»Als er sie erschoß, rannte ich aus der Küche«, fuhr Hilary fort. »Ich wußte, ich würde es nicht schaffen, aus der Wohnung und durch den Gang zu fliehen, ehe er mich von hinten niederschießen würde, also rannte ich in die andere Richtung, in mein Zimmer. Ich schloß die Tür hinter mir und sperrte sie zu. Aber er schoß das Schloß weg. Mittlerweile war er davon überzeugt, ich hätte die Würmer aus den Wänden gelassen. Er schoß auf mich. Es war zwar keine tödliche Wunde, aber es tat höllisch weh, als hätte dir jemand ein weißglühendes Eisen in die Seite gestoßen; und es blutete sehr.«

»Warum hat er nicht ein zweites Mal geschossen? Was hat dir das Leben gerettet?«

»Ich habe zugestochen«, erklärte sie.

»Zugestochen? Wo hattest du das Messer her?«

»Es lag im Zimmer. Ich besaß es seit meinem achten Lebensjahr. Bis dahin hatte ich es noch nie gebraucht. Aber ich nahm mir immer vor, wenn sie mich wieder einmal verprügelten und es so schlimm würde, daß ich das Gefühl hätte, sie würden mich erledigen, dann stäche ich zu, um mich selbst zu retten. Also stach ich in dem Augenblick auf Earl ein, als er den Abzug betätigte. Ich hab' ihm nicht mehr wehgetan als er mir; er erschrak, geriet in Panik, als er sein eigenes Blut sah. Er rannte aus dem Zimmer in die Küche zurück, fing wieder an, Emma anzuschreien, verlangte, sie solle dafür sorgen, daß die Würmer verschwänden, ehe sie sein Blut röchen und auf ihn losgingen. Und dann schoß er das ganze Magazin leer, weil sie die Würmer nicht wegschickte. Mir tat meine Wunde scheußlich weh, und ich hatte Angst, aber ich versuchte, die Schüsse zu zählen. Überzeugt, daß das Magazin leer sei, humpelte ich aus meinem Zimmer und versuchte die Wohnungstür zu erreichen. Aber er besaß ein paar Schachteln Patronen und hatte bereits nachgeladen. Er sah mich und schoß aus der Küche auf mich; ich rannte in mein Zimmer zurück. Ich verbarrikadierte die Tür mit einer Kommode und hoffte, daß Hilfe käme, ehe ich verblutete. Draußen in der Küche schrie Earl die ganze Zeit wegen der Würmer herum und dann faselte er etwas von riesigen Krebsen am Fenster und feuerte die ganze Zeit weiter auf Emma. Er muß an die hundertfünfzig Schüsse auf sie abgegeben haben, ehe dann alles vorbei war. Sie wurde buchstäblich in Stücke gerissen. Die Küche sah aus wie ein Schlachthaus.«

Tony räusperte sich. »Was wurde dann aus ihm?«

»Er erschoß sich, als die Polizei schließlich die Tür aufbrach.«

»Und du?«

»Eine Woche Krankenhaus. Die Narbe ist mir geblieben.«

Eine Weile blieben beide stumm.

Draußen, hinter den Vorhängen, hinter den Bleiglasfenstern seufzte der Wind.

»Ich weiß nicht, was ich sagen soll«, meinte Tony.

»Sag mir, daß du mich liebst.«
»Das tue ich doch.«
»Sag es mir.«
»Ich liebe dich.«
»Und ich liebe dich, Tony.«
Er küßte sie.

»Ich liebe dich mehr, als ich je glaubte jemanden lieben zu können«, meinte sie. »In der einen Woche hast du mich für immer verändert.«

»Du bist verdammt stark«, sagte er bewundernd.

»Du gibst mir Kraft.«

»Davon besäßest du schon eine ganze Menge, ehe ich in Erscheinung trat.«

»Nicht genug. Du gibst mir mehr. Gewöhnlich ... wenn ich bloß an den Tag denke, wo er auf mich geschossen hat ... da werde ich unruhig, bekomme wieder Angst, als wäre es gestern passiert. Aber diesmal bekam ich keine Angst. Ich hab' dir jetzt alles erzählt, und es hat mich kaum berührt. Weißt du, warum das so ist?«

»Warum?«

»Weil all die schrecklichen Dinge, die in Chicago passierten, die vielen Schüsse und alles, was vorher geschah, jetzt der Vergangenheit angehören. Nichts von alledem hat heute noch etwas zu bedeuten. Ich habe dich, und damit ist alles Vergangene vorbei.«

»Das beruht durchaus auf Gegenseitigkeit, weißt du. Ich brauche dich genausosehr, wie du mich brauchst.«

»Ich weiß. Das macht das Ganze ja so vollkommen.«

Wieder schwiegen beide.

Dann fuhr sie fort: »Es gibt noch einen Grund, weshalb all die Erinnerungen an Chicago mir nun keine Angst mehr machen. Ich meine, außer der Tatsache, daß ich jetzt dich habe.«

»Welchen Grund?«

»Nun, das hat mit Bruno Frye zu tun. Heute abend begriff ich, daß er und ich vieles gemeinsam haben. Es scheint, als mußte er von Katherine ähnliches erdulden, wie ich von Earl und Emma. Er ist daran zerbrochen, ich nicht. Dieser große, starke Mann ist zerbrochen, aber ich habe durchgehalten. Das bedeutet mir etwas. Eine ganze Menge sogar. Das sagt mir, daß ich mir keine so großen Sorgen machen und keine Angst haben sollte, mich den Menschen zu öffnen, daß ich so ziemlich alles ertragen kann, was die Welt mir in den Weg wirft.«

»Das habe ich dir gleich gesagt. Du bist stark, zäh und hart wie Eisen«, meinte Tony.

»Ich bin nicht hart. Faß mich doch an. Fühle ich mich hart an?«

»Hier nicht«, sagte er.

»Und da?«

»Fest«, meinte er.

»Fest ist nicht dasselbe wie hart.«

»Du fühlst dich gut an.«

»Gut ist auch nicht dasselbe wie hart.«

»Gut und fest und warm«, erklärte er.

Sie drückte ihn.

»*Das* ist hart«, meinte sie und grinste.

»Aber es fällt gar nicht schwer, es wieder weichzumachen. Soll ich's dir zeigen?«

»Ja«, sagte sie. »Ja. Zeig es mir.«

Sie liebten sich wieder. Die Wellen der Lust schlugen über ihr zusammen und sie wußte, daß alles gut sein würde. Der Akt der Liebe beruhigte sie, erfüllte sie mit ungeheurem Vertrauen in die Zukunft. Bruno Frye war nicht aus dem Grab zurückgekommen, stellte keine wandelnde Leiche dar, die sie verfolgte. Es gab eine logische Erklärung dafür. Morgen würden sie mit Dr. Rudge und Rita Yancy sprechen und erfahren, was hinter dem Geheimnis um Fryes Doppelgänger steckte. Sie würden genügend erfahren, um der Polizei alles zu erklären. Man würde den Doppelgänger finden und ihn verhaften. Die Gefahr ginge vorüber. Danach würde sie immer mit Tony zusammensein und Tony mit ihr, nichts wirklich Schlimmes könnte mehr passieren. Nichts könnte ihr mehr wehtun. Weder Bruno Frye noch sonst jemand könnte ihr wehtun. Endlich wäre sie glücklich und in Sicherheit.

Später, am Rand des Schlafes dahindämmernd, erfüllte ein Donnerschlag die Luft, rollte die Berge hinunter ins Tal und über das Haus hinweg.

Ein seltsamer Gedanke fuhr wie ein Blitz durch ihr Bewußtsein: *Der Donner ist eine Warnung. Ein Omen. Er fordert mich auf, vorsichtig, meiner selbst nicht so verdammt sicher zu sein.*

Aber ehe sie weiter darüber nachdenken konnte, versank sie in Schlaf.

Frye fuhr von Los Angeles nach Norden, raste zuerst am Meer entlang und folgte dann dem Freeway ins Landesinnere.

Kalifornien hatte gerade eine der periodischen Benzinknappheiten hinter sich gebracht. Die Tankstellen waren offen, und es gab wieder Treibstoff. Der Freeway bildete eine Betonarterie im Fleisch des Landes. Die beiden Skalpelle seiner Scheinwerfer schnitten es vor ihm auf.

Er dachte an Katherine. Das Miststück! Was macht sie in St. Helena? Wohnt sie wieder im Haus auf der Klippe? Und wenn ja, hatte sie auch die Kontrolle über das Weingut wieder an sich gerissen? Würde sie ihn wieder dazu zwingen, bei ihr einzuziehen? Würde er bei ihr wohnen und ihr wieder wie früher gehorchen müssen? All die Fragen schienen für ihn von entscheidender Wichtigkeit, obwohl die meisten davon überhaupt keinen Sinn ergaben und sich auch nicht vernünftig beantworten ließen.

Er spürte deutlich, daß sein Verstand nicht richtig funktionierte. Er konnte nicht klar denken, sosehr er sich auch bemühte; das machte ihm angst.

Er fragte sich, ob er am nächsten Rastplatz herausfahren und etwas schlafen sollte. Nach dem Aufwachen würde er sich vielleicht besser im Griff haben.

Aber dann erinnerte er sich daran, daß Hilary-Katherine sich bereits in St. Helena aufhielt, und die Möglichkeit, daß sie vielleicht in seinem eigenen Haus eine Falle für ihn bereitstellte, beunruhigte ihn mehr als die augenblickliche Unfähigkeit, seine Gedanken in Ordnung bringen zu können.

Kurze Zeit überlegte er, ob das Haus überhaupt noch ihm gehörte. Schließlich war er tot. (Oder halb tot.) Und sie hatten ihn begraben. (Oder dachten wenigstens, sie hätten ihn begraben.) Am Ende würde der Nachlaß aufgelöst sein.

Während Bruno darüber nachdachte, wieviel er verloren hatte, wuchs sein Groll auf Katherine, die ihm so viel weggenommen und so wenig gelassen hatte.

Sie hatte ihn getötet, hatte ihn sich weggenommen, hatte ihn alleingelassen, so daß er sich nicht mehr berühren und nicht mehr mit sich reden konnte. Und jetzt verweilte sie sogar in seinem Haus.

Er drückte das Gaspedal nieder, bis der Tachometer hundertfünfzig Stundenkilometer anzeigte.

Wenn ein Polizist ihn wegen überhöhter Geschwindigkeit aufhalten würde, so würde Bruno ihn töten. Mit dem Messer. Aufschlitzen würde er ihn. Niemand könnte Bruno aufhalten, niemand verhindern, daß er St. Helena erreichte, noch ehe die Sonne aufging.

7

Aus Sorge, Leute der Nachtschicht könnten ihn sehen, Leute, die von seinem Tod wußten, fuhr Bruno Frye mit dem Lieferwagen nicht auf das Gelände seines Weingutes. Statt dessen parkte er fast eineinhalb Kilometer entfernt auf der Hauptstraße und schlich dann durch die Weingärten zu dem Haus, das er vor fünf Jahren gebaut hatte.

Das Licht der kalten, weißen Mondscheibe fiel indirekt durch die Risse der Wolkendecke und bot ihm ausreichende Beleuchtung, um seinen Weg zwischen den Reben zu finden.

Über den sanft gerundeten Hügeln lag Stille. Die Luft roch nach Kupfersulfat, das man im Sommer sprühte, um Mehltau zu verhindern, und nach frischem Regen. Inzwischen regnete es nicht mehr. Heftig konnte der Sturm auch nicht gewesen sein, denn der Boden schien nur weich und feucht, nicht aber schlammig zu sein.

Der Nachthimmel wurde zunehmend heller. Die Morgendämmerung ließ noch etwas auf sich warten, doch bald würde die Sonne aufgehen.

Am Rande der Lichtung kauerte Bruno sich neben ein paar Büschen nieder und studierte die Schatten rings ums Haus. Die Fenster waren dunkel und leer. Nichts bewegte sich. Außer dem weichen, wispernden Pfeifen des Windes konnte man keinen Laut hören.

Bruno blieb ein paar Minuten in geduckter Haltung bei den Büschen. Er wagte nicht, sich zu bewegen, aus Angst, sie könnte drinnen auf ihn warten. Doch zu guter Letzt zwang er sich, den Schutz und die relative Sicherheit der Büsche zu verlassen, erhob sich klopfenden Herzens und ging auf die Haustür zu.

Er hielt eine nicht eingeschaltete Taschenlampe in der linken Hand und in der rechten ein Messer, bereit, bei der geringsten Bewegung zuzustoßen; aber da gab es nichts, was sich bewegte – nur er.

An der Türschwelle legte er die Lampe nieder, fischte einen Schlüssel aus der Jackettasche und sperrte die Tür auf. Dann ergriff er wieder die Lampe, stieß mit einem Fuß die Tür auf, knipste die Lampe an und huschte geduckt ins Haus, das Messer nach vorn gerichtet.

Aber sie wartete nicht in der Halle auf ihn.

Bruno tappte langsam von einem düsteren, mit Möbeln vollgestopften Raum zum nächsten. Er schaute in Schränke, hinter Sofas und hinter die großen Vitrinen.

Sie hielt sich nicht im Haus auf.

Vielleicht war er rechtzeitig zurückgekehrt und ihrem Komplott zuvorgekommen.

Er stand mitten im Wohnzimmer, das Messer in der einen, die Taschenlampe in der anderen Hand, beide gen Boden gerichtet. Er schwankte etwas, wirkte erschöpft, benommen, verwirrt.

In solchen Augenblicken drängte es ihn danach, mit sich selbst zu sprechen, seine Empfindungen mit sich zu teilen, seine Verwirrung mit sich selbst zu lösen, um wieder klar denken zu können. Aber er würde sich nie mehr mit sich selbst beraten können, weil er tot war.

Tot. Bruno begann zu zittern. Er weinte.

Er war allein, verängstigt, völlig verstört.

Vierzig Jahre lang spielte er die Rolle eines gewöhnlichen Menschen, und es gelang ihm recht gut. Jetzt ging das nicht mehr. Eine Hälfte von ihm war tot. Der Verlust schien zu groß, als daß er ihn einfach hätte abtun können. Er besaß keinerlei Selbstvertrauen. Wenn er sich nicht an sich selbst wenden, sein anderes Ich nicht mehr um Rat und Empfehlungen bitten konnte, dann schien auch jede Kraft von ihm gewichen zu sein, um das Spiel weiter durchzuhalten.

Aber das Miststück befand sich in St. Helena. Irgendwo. Er konnte seine Gedanken nicht ordnen, sich nicht in den Griff bekommen. Aber eines wußte er: Er mußte sie finden und töten. Er mußte sie ein für allemal loswerden.

Der kleine Reisewecker sollte um sieben Uhr am Donnerstag morgen klingeln.

Tony erwachte eine Stunde früher. Er fuhr hoch, ging daran, sich im Bett aufzusetzen, erkannte dann, wo er sich befand, und ließ sich langsam in die Kissen zurücksinken. Er lag in der Finsternis auf dem Rücken und starrte zu der mit Schatten verhangenen Decke empor, lauschte auf Hilarys rhythmischen Atem.

Er war im Schlaf hochgeschreckt, um einem Alptraum zu entfliehen, einem total abscheulichen Traum, angefüllt mit Gräbern, Leichenhallen und Särgen, einem Traum, der schwer und drückend auf ihm lastete, finster wie der Tod. Messer. Kugeln. Blut. Würmer, die aus den Wänden kamen und aus glasigen Augen von Leichen hervorquollen. Untote, die von Krokodilen redeten. In dem Traum war Tonys Leben ein halbes Dutzend mal bedroht gewesen, aber jedesmal trat Hilary zwischen ihn und den Mörder, jedesmal starb sie für ihn.

Ein verdammt beunruhigender Traum.

Er hatte Angst, sie zu verlieren. Er liebte sie, liebte sie mehr, als er ihr je würde sagen können. Er konnte sich ausdrücken, empfand nicht das geringste Widerstreben, seinen Gefühlen Ausdruck zu geben; aber hier fehlten ihm die Worte, um der Tiefe und der Beschaffenheit seiner Gefühle für sie Ausdruck zu verleihen.

Er glaubte nicht, daß er solche Worte fände; die Ausdrücke, die er kannte, erschienen primitiv, schwerfällig, hoffnungslos unzureichend. Sollte er Hilary verlieren, so würde das Leben natürlich weitergehen – aber nicht leicht, nicht glücklich, nicht ohne entsetzlich viel Schmerz und Leid.

Er starrte zu der dunklen Decke empor und sagte sich, daß der Traum die Sorgen nicht lohne. Er bedeutete kein Omen, keine Prophezeiung. Nur ein Traum. Nur ein böser Traum. Nichts anderes.

In der Ferne vernahm er das Pfeifen eines Zuges, zweimal, ein kaltes, einsames, klagendes Geräusch, das ihn dazu veranlaßte, sich die Decke bis zum Kinn hochzuziehen.

Bruno gelangte zu der Überzeugung, daß Katherine vielleicht in Leos Haus auf ihn wartete.

Er verließ sein eigenes Haus und ging quer durch die Weingärten, Messer und Taschenlampe nahm er mit.

Im ersten fahlen Licht der Morgendämmerung – der größte Teil des Himmels war noch schwarzblau und das Tal lag noch im verblassenden Halbschatten der Nacht – hastete er zu dem Haus auf der Klippe. Er fuhr nicht mit der Seilbahn hinauf; dazu hätte er das Weingut betreten und durchs Obergeschoß zur Talstation gehen müssen. Er riskierte nicht, dort gesehen zu werden, denn er rechnete damit, daß das ganze Anwesen von Katherines Spionen nur so wimmelte. Er wollte sich ans Haus heranpirschen, und das funktionierte nur, wenn er die Treppe an der Klippenwand benutzte.

Zuerst bewegte er sich eilig, nahm mit jedem Schritt zwei Stufen, erkannte aber bald, daß Vorsicht geboten schien. Die Treppe war baufällig geworden. Man hatte sie nicht so gut in Schuß gehalten wie die Seilbahn. Jahrzehnte des Regens, des Windes und der sommerlichen Hitze konnten an dem Mörtel nagen. Kleine Steinchen, Stücke aus praktisch jeder einzelnen der dreihundertzwanzig Stufen, brachen unter seinen Schritten ab und prasselten in die Tiefe. Ein paarmal verlor er das Gleichgewicht, wäre beinahe gestürzt oder seitlich abgerutscht. Das Geländer war ebenfalls verfallen, ganze Stücke fehlten; stieße er versehentlich dagegen, könnte es seinen Fall nicht aufhalten. So stieg er langsam, vorsichtig die Stufen hinauf und erreichte schließlich die Klippe.

Er tappte über die Rasenfläche, die inzwischen das Unkraut in Beschlag genommen hatte. Dutzende von Rosenbüschen, einstmals sorgfältig gepflegt und geschnitten, reckten ihre dornenbesetzten Tentakel nach allen Richtungen und bildeten jetzt ein wirres Durcheinander von Gestrüpp ohne Blumen.

Bruno öffnete die Tür zu dem ausgedehnten viktorianischen Palast und durchsuchte die modrigen, verstaubten, von Spinnweben durchzogenen Räume, die nach Schimmel rochen. Das Haus war vollgestopft mit alten Möbeln, Skulpturen und vielen anderen Dingen, aber es enthielt nichts Unheimliches. Die Frau wartete auch hier nicht auf ihn.

Er wußte nicht, ob das Gutes oder Schlechtes bedeutete. Einerseits hatte sie sich nicht hier eingenistet, seine Abwesenheit nicht ausgenutzt. Das war gut. Darüber schien er erleichtert. Aber andererseits – wo, zum Teufel, steckte sie?

Die Verwirrung, die ihn erfaßte, steigerte sich. Seine Fähigkeit, klar zu denken, hatte schon vor Stunden angefangen, ihn wieder im Stich zu lassen. Jetzt konnte er auch seinen fünf Sinnen nicht mehr trauen. Manchmal glaubte er, Stimmen zu vernehmen, verfolgte sie durchs Haus, nur um dann festzustellen, daß er seinem eigenen Murmeln folgte. Manchmal roch der Schimmel gar nicht wie Schimmel, sondern wie das Lieblingsparfüm seiner Mutter; doch im nächsten Augenblick roch es wieder nach Schimmel. Beim Betrachten vertrauter Gemälde, die seit seiner Kindheit an den Wänden hingen, konnte er nicht erkennen, was sie darstellten; die Umrisse und Farben wollten sich nicht auflösen, und selbst die einfachsten Bilder blieben ihm ein Rätsel. Er stand vor einem Gemälde, von dem er wußte, daß es eine Landschaft mit Bäumen und Wildblumen darstellte; aber er konnte die Gegenstände darauf nicht sehen, konnte sich nur daran erinnern, daß sie abgebildet waren. Was er sah, waren Schmierer, sinnlose Linien, Tupfer, bedeutungslose Umrisse.

Er versuchte, nicht in Panik zu geraten, redete sich ein, daß seine Verwirrung und Desorientierung lediglich daher rührten, daß er die ganze Nacht nicht schlief. In kurzer Zeit hatte er eine weite Strecke zurückgelegt, und deshalb war seine Müdigkeit ganz verständlich. Seine Augen wirkten schwer, ausgedörrt, rot und brannten. Der ganze Körper tat ihm weh, sein Hals fühlte sich steif an. Er brauchte jetzt dringend Schlaf. Später, beim Aufwachen würde sein Kopf wieder klar sein. Das redete er sich ein, daß mußte er einfach glauben.

Er hatte das Haus von unten bis oben durchsucht, befand sich jetzt also in dem ausgebauten Speicher, dem großen Raum mit der schrägen Decke, in dem er den größten Teil seines Lebens zugebracht hatte. Im kalkigen Licht seiner Taschenlampe konnte er das Bett sehen, in dem er all die Jahre schlief, damals in dieser Felsenvilla.

Er selbst lag schon auf dem Bett, lag da mit geschlossenen Augen, so als schliefe er. Aber die Augen waren natürlich zugenäht, und das weiße Nachthemd stellte gar kein Nachthemd dar, sondern das Leichenhemd, das Avril Tannerton ihm angezogen hatte. Er selbst war tot. Das Miststück hatte ihn erstochen, ihn umgebracht. Seit letzter Woche war er kalt und mausetot.

Bruno schien zu entnervt, um seinem Leid und seiner emporsteigenden Wut Luft zu machen. Er ging zu dem breiten Bett hin und streckte sich auf seiner Hälfte aus, neben sich selbst.

Er selbst stank, verbreitete einen durchdringenden chemischen Geruch.

Das Bettzeug um ihn herum war befleckt, von dunklen Flüssigkeiten durchfeuchtet, die langsam aus der Leiche rannen.

Bruno störte das nicht. Seine Betthälfte schien trocken. Und obwohl er selbst tot war und nie wieder sprechen oder lachen konnte, fühlte Bruno sich wohl, fühlte sich selbst nahe.

Bruno streckte die Hand aus und berührte sich selbst. Er berührte die kalte, harte, starre Hand und hielt sie fest.

Die qualvolle Einsamkeit ließ ein wenig nach.

Nicht daß Bruno sich wieder ganz gefühlt hätte – er würde sich nie wieder ganz fühlen können, weil eine Hälfte von ihm tot war. Aber wie er so neben seiner Leiche lag, fühlte er sich nicht mehr ganz so allein.

Er ließ die Taschenlampe brennen, um die Dunkelheit aus dem Schlafzimmer im Dachboden zu verjagen, und schlief ein.

Dr. Nicholas Rudges Praxis befand sich im zwanzigsten Stock eines Hochhauses im Herzen von San Franzisko. Offenbar, dachte Hilary, hatte der Architekt das unangenehme Wort ›Erdbeben‹ nie vernommen oder einen sicheren Pakt mit dem Teufel geschlossen. Eine Wand in Rudges Praxis bestand vom Boden bis zur Decke aus Glas, wurde lediglich von zwei schmalen vertikalen Stahlstreben in drei riesige

Scheiben geteilt; jenseits der Glasfläche lag die terrassenartig angelegte Stadt, die Bucht, die grandiose Golden-Gate-Brücke und die letzten Überreste des Nebels der vergangenen Nacht. Ein aufkommender Pazifikwind zerfetzte die grauen Wolken mehr und mehr, und der blaue Himmel weitete sich von Minute zu Minute. Ein grandioser Ausblick.

Am anderen Ende des großen Raumes standen sechs behagliche Sessel um einen kreisförmigen niedrigen Tisch aus Teakholz; offenbar fanden dort die Gruppentherapiesitzungen statt. Jetzt nahmen Hilary, Tony, Joshua und der Arzt dort Platz.

Rudge wirkte sympathisch, konnte einem das Gefühl vermitteln, man sei der interessanteste und bezauberndste Mensch, dem er seit Jahrzehnten begegnet war. Sein Haupt war kahl wie eine Billardkugl, trug dafür aber einen sauber gestutzten Vollbart und einen Schnurrbart, und einen Anzug mit Weste; das Einstecktuch in der Brusttasche paßte exakt zu seiner Krawatte; er wirkte weder bankiermäßig noch dandyhaft, sondern eher distinguiert, dabei aber verläßlich und locker, als trüge er Tenniskleidung.

Joshua faßte in kurzen Sätzen seine Beweise zusammen, die der Arzt hören wollte, und hielt dann einen kurzen Vortrag (der Rudge zu belustigen schien) über die Pflicht eines jeden Psychiaters, die Gesellschaft vor einem Patienten zu schützen, der allem Anschein nach mordlustig war. In einer Viertelstunde hatte Rudge genug gehört, um überzeugt zu sein, daß in diesem Fall die Berufung auf die ärztliche Schweigepflicht unklug wäre. Er war bereit, ihnen Einsicht in die Akte Frye zu gewähren.

»Obwohl ich zugeben muß«, meinte Rudge, »daß ich dieser unglaublichen Geschichte wenig Glauben geschenkt hätte, wären Sie allein zu mir gekommen. Ich hätte dann sogar eher angenommen, Sie bedürften meiner professionellen Dienste.«

»Wir haben durchaus die Möglichkeit in Betracht gezogen, zu dritt den Verstand verloren zu haben«, erwiderte Joshua.

»Haben uns dann aber anders entschieden«, fügte Tony hinzu.

»Nun, sollten Sie wirklich nicht ganz bei Verstand sein«, meinte Rudge, »dürfen Sie inzwischen ›wir vier‹ sagen, weil Sie mich überzeugt haben.«

In den vergangenen achtzehn Monaten (erklärte Rudge) hatte er Frye achtzehnmal in jeweils fünfzig Minuten dauernden Sitzungen bei sich. Bereits beim ersten Termin erkannte er, daß der Patient aus irgendeinem Grund an schweren Störungen litt und legte Frye deshalb nahe, ihn mindestens einmal pro Woche aufzusuchen, weil er (Rudge) die Ansicht vertrat, es handle sich um ein allzu ernsthaftes Problem, deshalb genüge eine Sitzung pro Monat kaum dafür. Aber Frye wollte das nicht.

»Wie ich Ihnen schon am Telefon mitteilte«, erklärte Rudge, »wurde Mr. Frye von zwei Wünschen hin- und hergerissen. Er wollte meine Hilfe und seinem Problem auf den Grund kommen. Aber gleichzeitig hatte er Angst davor, mir zuviel anzuvertrauen – und vor dem, was er möglicherweise dabei über sich erfahren könnte.«

»Worin bestand sein Problem?« wollte Tony wissen.

»Nun, das Problem selbst – der psychologische Knoten, der seine Ängste und Spannungen verursachte – befand sich natürlich in seinem Unterbewußtsein. Deshalb brauchte er mich. Am Ende wären wir imstande gewesen, diesen Knoten ausfindig zu machen, und dann hätten wir ihn, falls die Therapie erfolgreich gewesen wäre, vielleicht sogar lösen können. Aber so weit kamen wir nicht. Ich kann Ihnen also nicht sagen, was ihm fehlte, weil ich es nicht weiß. Aber ich glaube, was Sie tatsächlich wissen wollen, ist – was Frye ursprünglich zu mir führte? Was ließ ihn erkennen, daß er Hilfe brauchte?«

»Ja«, meinte Hilary. »Zumindest können wir damit anfangen. Was zeigte er für Symptome?«

»Was ihn am meisten beunruhigte, von Mr. Fryes Standpunkt aus, war ein immer wiederkehrender Alptraum, der ihm angst machte.«

Auf dem runden Tisch stand ein Tonbandgerät, und daneben lagen zwei Stapel Kassetten; vierzehn auf dem einen und vier auf dem anderen Stapel. Rudge beugte sich in seinem Sessel vor und ergriff eine der vier.

»Alle meine Konsultationen werden aufgezeichnet und in einem Safe aufbewahrt«, erklärte der Psychiater. »Das hier sind die Tonbandaufzeichnungen der Sitzungen mit Mr. Frye. Gestern nacht habe ich mir nach dem Telefonat mit Mr. Rhinehart Teile dieser Aufzeichnungen angehört, um herauszufinden, ob ich vielleicht ein paar besonders aufschlußreiche Stellen finden würde. Ich fühlte, daß Sie mich überzeugen würden, Ihnen Einsicht zu gewähren, und dachte, es wäre vielleicht besser, wenn Sie Bruno Fryes Beschwerden in seiner eigenen Ausdrucksweise hören.«

»Ausgezeichnet«, meinte Joshua.

»Dieses erste Band stammt von der allerersten Sitzung«, sagte Rudge. »In den ersten vierzig Minuten wollte Frye fast überhaupt nichts von sich geben. Es war höchst seltsam. Äußerlich schien er ruhig und konzentriert, aber ich sah, daß er Angst hatte und sich bemühte, seine wahren Gefühle zu verbergen. Er fürchtete sich davor, mit mir zu sprechen. Fast wäre er aufgestanden und weggegangen. Aber ich habe mir große Mühe mit ihm gegeben, und so erklärte er mir schließlich in den letzten zehn Minuten, weshalb er mich aufgesucht hatte, obwohl es ungeheure Mühe bereitete, etwas aus ihm herauszuholen.«

Rudge legte die Kassette auf und schaltete das Gerät ein.

Als Hilary die vertraute, tiefe, heisere Stimme vernahm, lief ihr ein eisiger Schauder über den Rücken.

Frye sprach den ersten Satz:

»*Ich habe da Probleme.*«
»*Was für Probleme?*«
»*Nachts.*«
»*Ja?*«
»*Jede Nacht.*«
»*Sie meinen, Sie haben Schlafprobleme?*«
»*Das teilweise auch.*«

»Könnten Sie etwas deutlicher werden?«
»Ich habe da diesen Traum.«
»Was für einen Traum?«
»Einen Alptraum.«
»Jede Nacht denselben?«
»Ja.«
»Seit wann geht das schon so?«
»Solange ich mich erinnern kann.«
»Ein Jahr? Zwei Jahre?«
»Nein, nein. Schon viel länger.«
»Fünf Jahre? Zehn?«
»Wenigstens dreißig. Vielleicht noch länger.«
»Sie haben wenigstens dreißig Jahre lang jede Nacht denselben schlimmen Traum?«
»Richtig.«
»Aber doch ganz sicher nicht jede Nacht.«
»Doch. Jede Nacht.«
»Und was ist das für ein Traum?«
»Ich weiß nicht.«
»Sie dürfen nichts vor mir zurückhalten.«
»Das tu ich ja gar nicht.«
»Sie wollen es mir doch sagen.«
»Ja.«
»Deshalb sind Sie hier. Also sagen Sie's mir.«
»Das will ich ja. Aber ich weiß nicht, was das für ein Traum ist.«
»Wie können Sie dreißig Jahre oder länger jede Nacht diesen Traum haben und doch nicht wissen, um was für einen Traum es sich handelt?«
»Ich wache auf und schreie. Ich weiß immer, daß ein Traum mich geweckt hat. Aber ich kann mich nie daran erinnern.«
»Wie können Sie dann wissen, daß es immer derselbe Traum ist?«
»Ich weiß es einfach.«
»Das reicht nicht.«
»Das reicht nicht wozu?«
»Das reicht nicht, um mich davon zu überzeugen, daß es immer derselbe Traum ist. Wenn Sie so sicher sind, daß es

ein Alptraum ist, der sich jede Nacht wiederholt, dann müssen Sie doch bessere Gründe für diese Annahme haben.«
»Wenn ich es Ihnen sage ...«
»Ja?«
»Dann glauben Sie, daß ich verrückt bin.«
»Das Wort, verrückt, benutze ich nie.«
»Nein?«
»Nein.«
»Nun ... jedesmal, wenn mich der Traum weckt, dann habe ich das Gefühl, etwas würde über mich krabbeln.«
»Und was ist das?«
»Das weiß ich nicht. Ich kann mich nie daran erinnern. Aber ich habe das Gefühl, etwas versucht, mir in die Nasenlöcher und den Mund zu kriechen. Etwas Widerwärtiges. Es versucht, in mich hineinzukommen. Es drückt mir auf die Augenwinkel und versucht mich dazu zu bringen, die Augen zu öffnen. Ich spüre, wie es sich unter meinen Kleidern bewegt, in meinem Haar, überall. Es krabbelt und kriecht ...«

Alle starrten das Tonbandgerät an.

Fryes Stimme klang immer noch, als hätte er Kieselsteine verschluckt, aber sie schien jetzt von nacktem Schrecken erfüllt. Hilary konnte fast das furchtverzerrte Gesicht des hünenhaften Mannes vor sich sehen – die vom Schock geweiteten Augen, die blasse Haut, die Schweißtropfen an seinem Haar.

Das Band lief weiter:

»Ist das, was auf Ihnen krabbelt, ein Exemplar?«
»Das weiß ich nicht.«
»Oder sind es mehrere?«
»Ich weiß es nicht.«
»Wie fühlt es sich an?«
»Einfach ... scheußlich. Übel wird einem dabei.«
»Und warum will dieses Ding in Sie hineinkriechen?«
»Das weiß ich nicht.«

»Und Sie sagen, Sie fühlen sich immer so, wenn der Traum vorbei ist?«
»Ja. Es dauert ein oder zwei Minuten.«
»Abgesehen von diesem Krabbeln – ist da sonst noch ein Gefühl?«
»Ja. Das heißt, eigentlich kein Gefühl. Ein Geräusch.«
»Was für ein Geräusch.«
»Ein Wispern.«
»Sie meinen, Sie wachen auf und bilden sich ein, Sie hörten Leute wispern?«
»Ja, so ist es. Wispern, wispern, wispern. Überall, rings um mich herum.«
»Wer sind diese Leute?«
»Das weiß ich nicht.«
»Und was wispern sie?«
»Das weiß ich auch nicht.«
»Haben Sie das Gefühl, daß diese Leute Ihnen irgend etwas sagen wollen?«
»Ja. Aber ich komme nicht dahinter, was es ist.«
»Haben Sie irgendeine Theorie, eine Vermutung? Indem Sie einfach nur raten?«
»Ich kann nicht genau hören, was sie sagen, aber ich weiß, daß es sich um schlimme Dinge handelt.«
»Schlimme Dinge? In welcher Hinsicht?«
»Sie bedrohen mich. Sie hassen mich.«
»Ein drohendes Flüstern also?«
»Ja.«
»Und wie lang hält das an?«
»Etwa so lang wie das ... das Kriechen ... das Krabbeln.«
»Vielleicht eine Minute?«
»Ja. Klinge ich wie ein Verrückter?«
»Überhaupt nicht.«
»Kommen Sie – ich klinge ein wenig verrückt.«
»Glauben Sir mir, Mr. Frye, ich habe viel eigenartigere Geschichten gehört als die Ihre.«
»Ich denke mir immer wieder, wenn ich wüßte, was dieses Wispern bedeutet, was diese Stimmen sagen, wenn ich wüßte, was da über mich krabbelt, dann könnte ich mir

auch zusammenreimen, was es für ein Traum ist. Und sobald ich einmal weiß, was es für ein Traum ist, hört er vielleicht auf.«
»Und genau so werden wir an dieses Problem herangehen.«
»Können Sie mir helfen?«
»Nun, das hängt zu einem Großteil davon ab, wie sehr Sie sich selbst helfen wollen.«
»Oh, ich will diesem Ding Herr werden. Ganz bestimmt will ich das.«
»Dann werden Sie es wahrscheinlich auch schaffen.«
»Ich lebe schon so lange damit ... aber ich gewöhne mich nie daran. Ich habe Angst vor dem Einschlafen. Jede Nacht fürchte ich mich davor.«
»Haben Sie sich schon einmal einer Therapie unterzogen?«
»Nein.«
»Warum nicht?«
»Ich hatte Angst.«
»Wovor?«
»Vor dem ... was vielleicht dabei herauskommen würde.«
»Warum sollten Sie Angst davor haben?«
»Es könnte etwas ... etwas Peinliches sein.«
»Aber für mich doch nicht.«
»Vielleicht für mich selbst.«
»Darüber sollten Sie sich keine Sorgen machen. Ich bin Ihr Arzt. Ich bin hier, um Ihnen zuzuhören und zu helfen. Wenn Sie – «

Dr. Rudge nahm die Kassette aus dem Bandgerät und erklärte: »Ein immer wiederkehrender Alptraum. Das ist nicht gerade außergewöhnlich. Aber ein Alptraum, dem taktile und akkustische Halluzinationen folgen – das sind eigenartige Beschwerden.«

»Und trotzdem«, meinte Joshua, »erschien er Ihnen nicht gefährlich?«

»Du lieber Himmel, nein!« antwortete Rudge. »Er hatte nur Angst vor einem Traum, und dies begreiflicherweise. Und die Tatsache, daß einige Empfindungen aus dem Traum selbst noch über das Erwachen hinaus anhielten, bedeutete, daß der Alptraum aller Wahrscheinlichkeit nach irgendein ganz besonders schreckliches, unterdrücktes Erlebnis repräsentierte, ein tief in seinem Unterbewußtsein vergrabenes Geheimnis. Aber Alpträume sind gewöhnlich eine durchaus gesunde Methode, um psychologisch Dampf abzulassen. Er zeigte keinerlei Anzeichen einer Psychose. Er erweckte auch nicht den Anschein, als vermenge er Bestandteile seines Traumes mit der Realität. Wenn er von seinem Traum sprach, gab es für ihn eine ganz klare Trennungslinie. In seinem Bewußtsein schien er deutlich zwischen Alptraum und wirklicher Welt zu unterscheiden.«

Tony rutschte auf seinem Sessel nach vorn. »Könnte es sein, daß er sich der Realität weniger sicher glaubte, als er Ihnen vorgab?«

»Sie meinen ... ob es sein könnte, daß er mich täuschte?«
»Könnte er das?«

Rudge nickte. »Die Psychologie ist keine exakte Wissenschaft. Und im Vergleich dazu ist die Psychiatrie noch weniger genau. Ja, er hätte mich täuschen können, insbesondere nachdem ich ihn ja nur einmal im Monat sah und so keine Gelegenheit hatte, das Auf und Ab seiner Stimmungen und seiner Persönlichkeit zu beobachten, das sicher offenkundiger gewesen wäre, hätten wir wöchentlich Kontakt gepflegt.«

»In Anbetracht dessen, was Joshua Ihnen vor einer Weile gesagt hat«, meinte Hilary, »haben Sie das Gefühl, getäuscht worden zu sein?«

Rudge lächelte schief. »Sieht so aus, nicht wahr?«

Er griff nach einer zweiten Kassette, die bereits ein Stück abgespult war, und legte sie auf.

> »*Sie haben Ihre Mutter nie erwähnt.*«
> »*Was ist mit ihr?*«
> »*Das ist meine Frage an Sie.*«
> »*Sie stecken voll Fragen, wie?*«
> »*Es gibt Patienten, die brauche ich fast nie etwas zu fragen. Die öffnen sich einfach und fangen zu reden an.*«
> »*So? Wovon reden die denn?*«

»*Sie reden häufig von ihren Müttern.*«
»*Muß für Sie recht langweilig werden.*«
»*Selten. Erzählen Sie mir von Ihrer Mutter.*«
»*Sie hieß Katherine.*«
»*Und?*«
»*Ich habe über sie nichts zu berichten.*«
»*Jeder hat etwas über seine Mutter zu erzählen – und seinen Vater.*«

Fast eine Minute lang herrschte Stille. Das Band rollte von der einen Spule auf die andere und erzeugte nur ein zischendes Geräusch.

»Ich warte einfach ab, bis er wieder zu reden anfängt«, meinte Rudge und erklärte ihnen damit das Schweigen. »Er wird gleich wieder anfangen.«

»*Dr. Rudge?*«
»*Ja?*«
»*Meinen Sie ...*«
»*Was?*«
»*Meinen Sie, daß die Toten tot bleiben?*«
»*Fragen Sie, ob ich ein religiöser Mann bin?*«
»*Nein. Ich meine ... glauben Sie, daß jemand sterben kann ... und dann wieder aus dem Grab zurückkehrt?*«
»*Wie ein Geist?*«
»*Ja. Glauben Sie an Geister?*«
»*Sie?*«
»*Ich habe zuerst gefragt.*«
»*Nein. Ich glaube nicht daran, Bruno. Und Sie?*«
»*Ich habe mich dazu nicht entschieden.*«
»*Haben Sie je einen Geist gesehen?*«
»*Das weiß ich nicht genau.*«
»*Was hat das mit Ihrer Mutter zu tun?*«
»*Sie hat mir gesagt, sie würde ... aus dem Grab zurückkommen.*«
»*Wann hat sie Ihnen das gesagt?*«
»*Oh, tausende Male. Sie hat es die ganze Zeit gesagt. Sie hat gemeint, sie wüßte, wie man es macht. Sie hat gesagt, sie würde nach ihrem Tod auf mich aufpassen. Sie hat ge-*

sagt, wenn sie sähe, daß ich mich schlecht benähme und nicht so lebte, wie sie das wollte, dann würde sie zurückkommen und dafür sorgen, daß es mir leidtut.«
»Haben Sie ihr geglaubt?«
»...«
»Haben Sie ihr geglaubt?«
»...«
»Bruno?«
»Reden wir von etwas anderem.«

»Jesus!« stöhnte Tony. »So ist er also auf die Idee verfallen, Katherine wäre zurückgekommen. Die Frau hat die Idee in ihn eingepflanzt, ehe sie starb!«

Und Joshua meinte, zu Rudge gewandt: »In Gottes Namen, was hat diese Frau damit bezweckt? Was war das für eine Beziehung zwischen den beiden?«

»Das schien die Wurzel seines Problems«, antwortete Rudge. »Aber wir sind nie so weit gekommen, es wirklich freizulegen. Ich hoffte die ganze Zeit, ich könnte ihn überzeugen, jede Woche herzukommen. Aber er wollte nicht – und dann starb er.«

»Sind Sie in späteren Sitzungen weiter auf das Thema Geister eingegangen?« fragte Hilary.

»Ja«, erwiderte der Arzt. »Als er das nächste Mal kam, fing er wieder damit an. Er sagte, die Toten blieben tot, und nur Kinder und Narren glaubten etwas anderes. Er sagte, so etwas wie Geister und Zombies gäbe es nicht. Er wollte mir klarmachen, daß er Katherine nie geglaubt hatte, als sie ihm drohte, sie würde zurückkommen.«

»Aber er log«, meinte Hilary, »er hat ihr geglaubt.«

»Ja, offensichtlich«, erklärte Rudge und legte das dritte Band ein.

»Doktor, welcher Religion gehören Sie an?«
»Ich bin Katholik.«
»Und sind immer noch einer?«
»Ja.«
»Gehen Sie in die Kirche?«

»Ja. Sie?«
»Nein. Gehen Sie jede Woche in die Messe?«
»Fast jede Woche.«
»Glauben Sie an den Himmel?«
»Ja. Sie?«
»Yeah. Und was ist mit der Hölle?«
»Was meinen Sie, Bruno?«
»Nun, wenn es einen Himmel gibt, muß es auch eine Hölle geben.«
»Manche Leute würden sagen, die Erde ist die Hölle.«
»Nein. Es gibt da noch einen Ort mit Feuer und all dem. Und wenn es Engel gibt ...«
»Ja?«
»Dann muß es auch Dämonen geben. Die Bibel sagt, es gabe welche.«
»Man kann ein guter Christ sein, ohne die Bibel wörtlich zu nehmen.«
»Wissen Sie, wie man die verschiedenen Zeichen der Dämonen herausfinden kann?«
»Zeichen?«
»Yeah. Wenn ein Mann oder eine Frau einen Pakt mit dem Teufel schließt, dann drückt er ihnen ein Zeichen auf. Oder wenn er sie aus irgendeinem anderen Grund besitzt, dann markiert er sie, so ähnlich, wie wir dem Vieh ein Brandzeichen aufdrücken.«
»Glauben Sie, daß man wirklich einen Pakt mit dem Teufel schließen kann?«
»Was? Oh, nein. Nein. Das ist natürlich Unfug. Quatsch ist das. Aber manche Leute glauben daran. Eine ganze Menge Leute sogar. Und ich finde sie interessant. Mich fasziniert das psychologische Phänomen, das dahintersteckt. Ich lese viel über Okkultismus und versuche, mir zusammenzureimen, was das für Leute sind, die daran glauben. Ich will begreifen, wie ihr Verstand funktioniert. Wissen Sie?«
»Sie haben von Zeichen gesprochen, die die Dämonen an den Menschen hinterlassen.«
»Yeah. Davon hab' ich kürzlich gelesen. Nichts Wichtiges.«

»*Erzählen Sie mir davon.*«
»*Nun, sehen Sie, angeblich soll es ja in der Hölle Hunderte und Aberhunderte von Dämonen geben. Vielleicht Tausende. Und angeblich soll jeder davon sein eigenes Zeichen tragen, das er den Leuten aufdrückt, deren Seele er beansprucht. Im Mittelalter beispielsweise hat man geglaubt, ein rotes Muttermal im Gesicht sei das Zeichen eines Dämons. Wenn man schielte, war das das Mal eines anderen. Oder eine dritte Brust. Manche Leute kommen mit einer dritten Brust zur Welt. Das ist in Wirklichkeit gar nicht so selten. Und dann gibt es Leute, die sagen, das sei das Zeichen eines Dämons. Die Zahl 666. Das ist das Zeichen des obersten Dämons das Zeichen des Satan. Seinen Leuten ist die Zahl 666 in die Haut eingebrannt, unter dem Haar, wo man sie nicht sehen kann. Ich meine, die wahren Gläubigen denken das. Und Zwillinge ... das ist ein weiteres Zeichen dafür, daß ein Dämon am Werk war.*«
»*Zwillinge sind das Werk von Dämonen?*«
»*Verstehen Sie, ich sage nicht, daß ich an das glaube. Wirklich nicht. Das ist Unsinn. Ich sage nur, was einige Verrückte dort draußen glauben.*«
»*Ich verstehe.*«
»*Wenn ich Sie langweile –* «
»*Nein. Das ist für mich genauso faszinierend wie für Sie.*«

Rudge schaltete das Tonbandgerät ab. »Eine Bemerkung, ehe ich ihn weitermachen lasse. Ich habe ihn dazu aufgemuntert, über das Okkulte zu sprechen, weil ich die Ansicht vertrat, es stelle für ihn nur eine intellektuelle Übung dar, etwas, womit er sein eigenes Bewußtsein stärkte, um sich mit seinem eigenen Problem auseinanderzusetzen. Ich bedaure sagen zu müssen, daß ich ihm geglaubt habe, als er sagte, er nähme das nicht ernst.«

»Aber er nahm es sogar sehr ernst«, ergänzte Hilary.

»So scheint es. Damals dachte ich, es sei nur eine geistige Übung für ihn, eine Vorbereitung darauf, sein eigenes Problem zu lösen. Wenn er eine Möglichkeit fände, die scheinbar irrationalen Denkvorgänge von Okkultisten zu erklären, dann würde er auch eine Erklärung für das winzige Stück irrationalen Verhaltens in seiner eigenen Persönlichkeit finden. Wenn er erklären könnte, was Okkultisten bewegte, so würde es ihm leichter fallen, seinen Traum zu erklären, an den er sich nicht erinnern konnte. Das dachte ich damals. Aber ich hatte unrecht. Verdammt! Wenn er nur häufiger gekommen wäre.«

Rudge setzt das Tonbandgerät wieder in Gang.

> »Sie sagten, Zwillinge seien das Werk von Dämonen?«
> »Yeah. Natürlich nicht alle Zwillinge. Nur bestimmte Arten von Zwillingen.«
> »Welche beispielsweise?«
> »Siamesische Zwillinge. Manche Leute glauben, sie seien ein Zeichen eines Dämons.«
> »Ja. Ich kann mir gut vorstellen, wie sich ein solcher Aberglaube entwickelt.«
> »Und manchmal kommen eineiige Zwillinge zur Welt, deren Kopf eine Glückshaube trägt. Das ist selten. Einer vielleicht, aber nicht beide. Es ist sehr selten, daß beide Zwillinge mit Glückshauben geboren werden. Wenn das geschieht, kann man ziemlich sicher sein, daß diese Zwillinge von einem Dämon markiert wurden. Zumindest glauben das manche Leute.«

Rudge nahm das Band aus dem Gerät. »Ich weiß nicht genau, wie das zu dem paßt, was Sie drei erlebten. Aber nachdem es einen Doppelgänger von Bruno Frye zu geben scheint, schien mit das Thema Zwillinge sehr interessant.«

Joshua schaute Tony und dann Hilary an. »Aber wenn Mary Gunther zwei Kinder hatte, weshalb brachte Katherine nur eines mit nach Hause? Warum hätte sie lügen und sagen sollen, da wäre nur ein Baby? Das ergibt doch keinen Sinn.«

»Ich weiß nicht«, meinte Tony nachdenklich. »Ich habe Ihnen ja gesagt, daß mir die Geschichte zu glatt vorkam.«

»Haben Sie eine Geburtsurkunde für Bruno gefunden?« wollte Hilary wissen.

»Bis jetzt nicht«, erwiderte Joshua. »In seinen Schließfächern befand sich nirgends eine.«

Rudge nahm die vierte der vier gesondert sortierten Kassetten. »Das hier war die letzte Sitzung mit Frye. Endlich hatte er sich einverstanden erklärt, daß ich es auf hypnotischem Weg versuchte, die Erinnerung an den Traum in ihm wachzurufen. Aber er war sehr argwöhnisch. Er nahm mir das Versprechen ab, mich auf bestimmte Fragen zu beschränken. Ich durfte ihn nach nichts anderem, nur nach dem Traum befragen. Der Ausschnitt, den ich für Sie ausgewählt habe, beginnt, nachdem er sich in Trance befand. Ich habe die Zeit zurückversetzt, nicht weit, nur in die vorangegangene Nacht. Ich habe ihn wieder in seinen Traum versetzt.«

»Was sehen Sie, Bruno?«
»Meine Mutter. Und mich.«
»Weiter.«
»Sie zieht mich mit.«
»Wo sind Sie?«
»Ich weiß nicht. Aber ich bin klein.«
»Klein?«
»Ein kleiner Junge.«
»Und Ihre Mutter zwingt Sie, irgendwohin zu gehen?«
»Ja. Sie zieht mich an der Hand mit.«
»Wohin zieht sie Sie?«
»Zur ... zur ... Tür. Die Tür. Lassen Sie nicht zu, daß sie sie aufmacht. Nein ... nicht!«
»Ruhig. Ganz ruhig jetzt. Sagen Sie mir etwas über diese Tür. Wohin führt sie?«
»In die Hölle.«
»Woher wissen Sie das?«
»Sie ist im Boden.«
»Die Tür ist im Boden?«
»Um Himmels willen, lassen Sie nicht zu, daß sie sie aufmacht. Lassen Sie nicht zu, daß sie mich wieder dorthin bringt. Nein! Nein! Ich geh' nicht mehr dort hinunter!«
»Beruhigen Sie sich. Ganz ruhig. Es gibt keinen Grund zur

Angst. Seien Sie ganz ruhig, Bruno, entspannen Sie sich. Sind Sie entspannt?«
»J-j-ja.«
»Also gut. Und jetzt sagen Sie mir ganz langsam und ruhig und ohne Aufregung, was als nächstes passiert. Sie und Ihre Mutter stehen vor der Tür im Boden. Was passiert jetzt?«
»Sie ... sie ... öffnet die Tür.«
»Weiter.«
»Sie schiebt mich.«
»Weiter.«
»Schiebt mich ... durch die Tür.«
»Weiter, Bruno.«
»Sie schlägt sie zu ... sperrt sie ab.«
»Sie schließt Sie ein?«
»Ja.«
»Und wie ist es dort drinnen?«
»Dunkel.«
»Was sonst noch?«
»Nur dunkel. Schwarz.«
»Sie müssen doch etwas sehen können.«
»Nein. Nichts.«
»Und was passiert dann?«
»Ich versuche hinauszukommen.«
»Und?«
»Die Tür ist zu schwer, zu stark.«
»Bruno, ist das wirklich nur ein Traum?«
»...«
»Ist es wirklich nur ein Traum, Bruno?«
»Das ist es, was ich träume.«
»Aber ist es auch eine Erinnerung?«
»...«
»Hat Ihre Mutter Sie wirklich in einen dunklen Raum eingesperrt, als Sie noch ein Kind waren?«
»J-j-ja.«
»Im Keller?«
»Im Boden. In diesem Raum im Boden.«
»Wie oft hat sie das getan?«

»Die ganze Zeit.«
»Einmal in der Woche?«
»Öfter.«
»War es eine Strafe?«
»Ja.«
»Wofür?«
»Dafür, daß ich ... mich nicht wie einer ... verhalten und auch nicht so gedacht habe.«
»Was meinen Sie damit?«
»Es war eine Strafe dafür, daß ich nicht einer war.«
»Ein was?«
»Einer. Einer. Einfach einer. Das ist alles. Einfach einer.«
»Also gut. Darauf kommen wir später zurück. Jetzt werden Sie weitermachen und herausfinden, was als nächstes geschieht. Sie sind also in diesem Raum eingeschlossen. Sie können nicht heraus. Was passiert als nächstes, Bruno?«
»Ich habe A-a-angst.«
»Nein. Sie haben keine Angst. Sie fühlen sich ganz ruhig, entspannt, haben überhaupt keine Angst. Stimmt das etwa nicht? Fühlen Sie sich nicht ganz ruhig?«
»Ich ... ja, ich glaube schon.«
»Okay. Was passiert, nachdem Sie versuchen, die Tür zu öffnen?«
»Ich kann sie nicht aufbekommen. Also stehe ich einfach auf der obersten Stufe und blicke ins Dunkel hinunter.«
»Es gibt Stufen?«
»Ja.«
»Wo führen die hin?«
»In die Hölle.«
»Gehen Sie hinunter?«
»Nein! Ich stehe ... stehe bloß da. Und ... lausche.«
»Was hören Sie?«
»Stimmen.«
»Was sagen die Stimmen?«
»Es ist nur ... ein Wispern. Ich kann nichts erkennen. Aber sie ... kommen ... werden lauter. Sie kommen näher. Sie kommen die Stufen herauf. Sie sind jetzt so laut?«
»Was sagen sie?«

»*Wispern. Rings um mich herum.*«
»*Was sagen sie?*«
»*Nichts. Es bedeutet nichts.*«
»*Hören Sie ganz genau hin.*«
»*Sie sprechen nicht in Worten.*«
»*Wer sind sie? Wer wispert da?*«
»*O Jesus! Hören Sie! Jesus!*«
»*Wer sind sie?*«
»*Nicht Leute. Nein, nein! Nicht Leute!*«
»*Das sind keine Leute, die da wispern?*«
»*Schaffen Sie sie weg! Schaffen Sie sie von mir weg!*«
»*Warum wischen Sie an sich herum?*«
»*Weil sie überall an mir sind.*«
»*An Ihnen ist nichts.*«
»*Überall!*«
»*Stehen Sie nicht auf, Bruno. Warten Sie –* «
»*O mein Gott!*«
»*Bruno, legen Sie sich auf die Couch!*«
»*Jesus, Jesus, Jesus!*«
»*Ich befehle Ihnen, sich auf die Couch zu legen.*«
»*Jesus, hilf mir! Hilf mir!*«
»*Hören Sie mir zu, Bruno. Sie –* «
»*Ich muß die loswerden, die loswerden!*«
»*Bruno, es ist alles gut. Entspannen Sie sich. Die gehen fort.*«
»*Nein! Jetzt sind es noch mehr! Ah! Ah! Nein!*«
»*Die gehen weg. Das Wispern wird schwächer, leiser. Sie –* «
»*Lauter! Lauter wird es! Ein brüllendes Wispern!*«
»*Seien Sie ganz ruhig. Legen Sie sich hin und –* «
»*In die Nase kriechen sie mir! Oh, Jesus! Mein Mund!*«
»*Bruno!*«

Auf dem Band vernahm man ein seltsames, halbersticktes Geräusch. Immer weiter ging es so.

Hilary preßte sich die Arme an den Leib. Plötzlich schien es eiskalt im Raum.

Rudge erzählte: »Er sprang von der Couch und rannte in

die Ecke, dort drüben. Er kauerte sich in die Ecke und bedeckte sein Gesicht mit den Händen.«

Das unheimliche, ächzende, würgende Geräusch war immer noch zu hören.

»Aber Sie haben ihn aus der Trance herausgerissen«, meinte Tony.

Rudge war bei der Erinnerung daran bleich geworden. »Zuerst dachte ich, er würde dort bleiben, in dem Traum. Ich hatte noch nie zuvor so etwas erlebt. Ich verstehe eine ganze Menge von Hypnosetherapie. Wirklich. Aber ich dachte, ich hätte ihn verloren. Es dauerte eine Weile, aber am Ende reagierte er dann wieder auf mich.«

Auf dem Band war immer noch Würgen und Keuchen zu hören.

»Was Sie da hören«, meinte Rudge, »ist Frye. Er schreit. Er hat solche Angst, daß ihm die Kehle zugeschnürt wird, ist so entsetzt, daß er seine Stimme verloren hat. Er versucht zu schreien, bekommt aber keinen Laut heraus.«

Joshua stand auf, beugte sich vor und schaltete das Tonbandgerät ab. Seine Hand zitterte. »Sie meinen, seine Mutter hat ihn wirklich in ein dunkles Zimmer gesperrt.«

»Ja«, antwortete Rudge.

»Und dann war noch etwas bei ihm.«

»Ja.«

Joshua fuhr sich mit der Hand durch das dichte weiße Haar.

»Aber um Himmels willen, was kann das gewesen sein? Was befand sich noch in diesem Raum?«

»Ich weiß es nicht«, entgegnete Rudge. »Ich hatte erwartet, es in einer der nächsten Sitzungen herauszufinden. Aber damals sah ich ihn zum letztenmal.«

Als sie in Joshuas Cessna saßen und nach Hollister weiterflogen, meinte Tony: »Meine Meinung bezüglich dieser Geschichte ändert sich immer wieder.«

»In welcher Hinsicht?« fragte Joshua.

»Nun, zuerst sah ich das ganz einfach, sozusagen in Schwarz-weiß. Hilary war das Opfer, und Frye der Bösewicht. Aber jetzt ... vielleicht ... ist Frye in gewisser Weise auch ein Opfer.«

»Ich weiß, was du meinst«, unterstützte ihn Hilary. »Nachdem ich diese Bänder hörte ... tat er mir richtig leid.«

»Es ist durchaus in Ordnung, daß er einem leidtut«, meinte Joshua, »solange Sie dabei nicht vergessen, daß er verdammt gefährlich ist.«

»Ist er denn nicht tot?«

»Ist er das?«

Hilary hatte ein Drehbuch geschrieben, und zwei Szenen spielten in Hollister. Daher kannte sie das Städtchen ein wenig.

Auf den ersten Blick glich Hollister hundert anderen Kleinstädten in Kalifornien. Es gab ein paar hübsche und einige häßliche Straßen, neue Häuser und alte. Palmen und Eichen, Oleanderbüsche, und, da es sich hier um einen trockenen Landstrich handelte, mehr Staub als anderswo, aber der fiel einem erst auf bei starkem Wind.

Was Hollister von anderen Städten unterschied, lag unter seiner Oberfläche. Geologische Falten. Die meisten Ortschaften in Kalifornien waren in der Nähe von geologischen Falten oder gar auf ihnen erbaut, die sich hie und da verschoben und damit Erdbeben verursachten. Aber Hollister war nicht nur auf einer einzigen Falte erbaut; es stand auf einer seltenen Ansammlung von Falten, einem Dutzend vielleicht oder mehr, größerer und kleinerer, darunter auch der San-Andreas-Falte.

Hollister bildete eine Stadt der Bewegung; es wurde an jedem Tag des Jahres von wenigstens einem Erdbeben erfaßt. Die meisten Erdstöße lagen natürlich im mittleren oder unteren Bereich der Richter-Skala. Dem Erdboden war die Stadt noch nie gleichgemacht worden. Aber die Bürgersteige zeigten sich aufgesprungen und verworfen. Es konnte durchaus sein, daß ein Weg sich am Montag eben, am Dienstag ein wenig verschoben und am Mittwoch wieder ganz glatt zeigte. An manchen Tagen erschütterten ganze Ketten von leichten Erdstößen sanft die Stadt, mit ganz kurzen, ein- oder zweistündigen Pausen dazwischen. Aber die Bewohner von Hollister wurden sich dieser sehr kleinen Erdbewegungen nur selten bewußt, ebenso wie die Menschen, die im Skigebiet der Sierras lebten, solche Schneefälle nur selten zur Kenntnis nahmen, die höchstens einen Zoll Schnee brachten. Im Lauf der Jahrzehnte hatte die sich stets in Bewegung befindliche Erde den Verlauf einiger Straßen in Hollister verändert; breite, einmal gerade verlaufende Avenues erschienen jetzt etwas gebogen, gelegentlich sogar regelrecht krumm. In den Lebensmittelgeschäften gab es Regale, die nach hinten geneigt oder mit Drahtgittern bedeckt waren, damit Flaschen und Dosen nicht bei jeder Erschütterung herunterfielen. Manche Leute lebten in Häusern, die allmählich in instabiles Land abrutschten, aber der Vorgang des Sinkens ging so langsam vor sich, daß man sich darüber nicht beunruhigte und keine Eile entwickelte, eine neue Bleibe zu finden; man reparierte einfach die Sprünge in den Wänden und hobelte die Türen an den Unterkanten ab. Hie und da bauten Leute in Hollister zusätzliche Zimmer an ihre Häuser an, ohne dabei zu bedenken, daß der Anbau vielleicht auf der einen Seite einer Falte und das Haus auf der anderen Seite stehen könnten. In der Folgezeit, im Lauf der Jahre, bewegte sich das neue Zimmer mit gemächlicher, schildkrötenartiger Entschlossenheit – nach Norden, Süden, Osten oder Westen, je nach Verlauf der Falte –, während der Rest des Hauses stillstand oder sich langsam in entgegengesetzter Richtung bewegte; ein subtiler, aber dennoch machtvoller Prozeß, der am Ende unweigerlich den Anbau vom Hauptgebäude abreißen würde. In den Kellern einiger Häuser fanden sich Senklöcher, bodenlose Gruben; diese Gruben breiteten sich unaufhaltsam unter den Gebäuden aus und würden sie eines Tages verschlingen, aber bis dahin lebten und arbeiteten die Bürger von Hollister ungeniert darüber weiter. Eine Menge Leute wären zweifellos von der Vorstellung entsetzt, in einer Stadt zu leben, in der man (wie das manche Bewohner der Stadt ausdrückten) »des Nachts schlafen gehen und dabei hören könnte, wie die Erde mit sich selbst wisperte«. Aber die strebsamen Leute von Hollister gingen über Generationen hinweg ihren Geschäften mit einer positiven Einstellung zum Leben nach, die zu betrachten an das Wundersame grenzte.

Hier konnte man kalifornischen Optimismus in Reinkultur erleben.

Rita Yancy lebte in einem Eckhaus an einer ruhigen Straße, einem ziemlich kleinen Haus mit einer mächtigen Porch davor. In einem Beet an der Grundstücksgrenze blühten weiße und gelbe Herbstblumen.

Joshua klinglte. Hilary und Tony standen hinter ihm.

Eine ältere Frau kam an die Tür. Sie trug ihr graues Haar zu einem Knoten hochgesteckt. Ihr Gesicht war runzelig, und ihre blauen Augen blickten munter und schnell. Sie zeigte ein freundliches Lächeln. Über einem blauen Hauskleid trug sie eine weiße Schürze, und ihre Schuhe deuteten auf eine Art, wie alte Frauen sie tragen. Sie wischte sich die Hände an einem Küchenhandtuch ab und meinte: »Ja?«

»Mrs. Yancy?« fragte Joshua.

»Die bin ich.«

»Mein Name ist Joshua Rhinehart.«

Sie nickte. »Hab' mir schon gedacht, daß Sie auftauchen würden.«

»Ich bin fest entschlossen, mit Ihnen zu sprechen«, entgegnete er.

»Sie erwecken in mir den Eindruck, daß Sie nicht leicht aufgeben, am besten gar nicht.«

»Ich werde hier auf Ihrer Porch meine Zelte aufschlagen, bis ich das erfahre, weshalb ich herkam.«

Sie seufzte. »Das wird nicht nötig sein. Ich habe seit Ihrem Anruf gestern gründlich über die ganze Geschichte nachgedacht. Dabei bin ich zu dem Entschluß gekommen – Sie können mir überhaupt nichts anhaben. Nicht das geringste. Ich bin fünfundsiebzig Jahre alt, und Frauen meines Alters steckt man nicht einfach ins Gefängnis. Also kann ich Ihnen ebensogut auch die ganze Geschichte erzählen. Denn wenn ich das nicht tue, werden Sie mir bloß weiter auf den Nerv gehen.«

Sie trat zurück, öffnete die Tür, und die drei gingen hinein.

Auf dem Dachboden des Hauses auf der Klippe erwachte Bruno schreiend in dem riesigen Bett.

Es herrschte Dunkelheit im Zimmer. Die Batterien seiner Taschenlampe hatten, während er schlief, ihren Geist aufgegeben.

Wispern.

Rings um ihn.

Weiches, zischelndes, bösartiges Wispern.

Er schlug sich mit den Händen ins Gesicht, auf den Hals, die Brust und die Arme, versuchte die widerwärtigen Biester wegzuwischen, die auf ihm herumkrabbelten; dabei fiel Bruno aus dem Bett. Auf dem Boden schien es von den herumhuschenden Biestern geradezu zu wimmeln. Tausende, und alle wisperten, wisperten. Er schrie und jammerte und preßte sich seine Hand über Mund und Nase, damit die Biester nicht in ihn hineinkrabbeln konnten.

Licht.

Lichtfäden.

Dünne Linien des Lichtes, wie lose strahlende Fäden, die aus dem ansonsten finsteren Raum herunterhingen. Nicht viele Fäden. Nicht viel Licht. Aber etwas. Jedenfalls viel besser als gar nichts.

Er strebte, so schnell er konnte, auf die schwachen Lichtfäden zu, wischte die Biester von sich und fand schließlich ein jalousienbedecktes Fenster auf der anderen Seite des Raumes. Das Licht fiel durch die schmalen Ritzen der Läden.

Bruno stand schwankend da und tastete in der Finsternis nach dem Fensterriegel. Als er das Schloß endlich fand, ließ es sich nicht bewegen; es war eingerostet.

Schreiend und unentwegt an sich herumwischend taumelte er zum Bett zurück, fand in der konturlosen Dunkelheit tastend schließlich die Lampe, die auf dem Nachttisch stand, trug sie zum Fenster und benutzte sie wie einen Knüppel; das Glas klirrte. Er warf die Lampe beiseite, tastete nach dem Ringel auf der Innenseite der Läden, fand ihn, riß daran herum, schürfte sich die Haut ab, löste endlich den Ringel, stieß die Läden auf und weinte erleichtert, als Licht in den Dachboden flutete.

Das Wispern verstummte.

Rita Yancys Salon – so nannte sie den Raum: Salon – statt eines modernen, weniger farbigen Wortes – klang fast wie eine Parodie auf jene klischeehaften Salons, in denen alte Jungfern wie sie angeblich ihren Lebensabend verbrachten. Chintzvorhänge. Handgestickte Wandbehänge – meist fromme Sprüche, eingerahmt von Blumen und Vögeln in Pennygröße – hingen überall herum, eine gnadenlose Zurschaustellung guten Willens und schlechten Geschmacks. Schwellende Polster, Backensessel. Reader's-Digest-Hefte auf niedrigen Tischchen. Ein Korb mit Wolle und Stricknadeln. Ein Blümchen-Teppich mit Schon-Läufern im selben Muster darüber. Auf dem Kaminsims tickte hohl eine Uhr.

Hilary und Tony setzten sich auf die vorderste Kante des Sofas, so als hätten sie Angst, sich anzulehnen und den Bezug zu zerdrücken. Hilary bemerkte, daß jeder der zahllosen Nippesgegenstände staubfrei und auf Hochglanz poliert war. Sie hatte das Gefühl, Rita Yancy würde sofort aufspringen und einen Staublappen holen, falls jemand versuchte, jene wertvollen Besitztümer zu bewundern oder gar zu berühren.

Joshua hatte es sich in einem Armsessel bequem gemacht. Sein Kopf und seine Ellbogen ruhten auf weißen Kissenschonern.

Mrs. Yancy nahm in einem anderen Sessel Platz, offenbar ihr Lieblingsstuhl; sie schien einen Teil seines Wesens übernommen zu haben und der Sessel von ihr. Man konnte sich gut vorstellen, dachte Hilary, wie Mrs. Yancy und der Sessel zu einem einzigen organisch-anorganischen Gebilde mit sechs Beinen und Samthaut zusammenwuchsen.

Die alte Frau griff nach einer blau-grün gemusterten Decke, die zusammengefaltet auf dem Fußschemel lag. Sie entfaltete die Decke und legte sie sich auf den Schoß.

Einen Augenblick lang herrschte völliges Schweigen; es schien, als würde sogar die Uhr auf dem Kaminsims innehalten, als wäre die Zeit stehengeblieben, als hätte man sie blitzschnell eingefroren und auf magischem Weg mit dem ganzen Zimmer zu einem fernen Planeten transportiert, um sie in der Erdabteilung eines extraterrestrischen Museums zur Schau zu stellen.

Dann sprach Rita Yancy, und das, was sie sagte, erschütterte das Bild von Gemütlichkeit und Wohlanständigkeit, das Hilary sich von ihr gemacht hatte, auf das empfindlichste. »Nun, hat ja wohl keinen Sinn, lang um den heißen Brei herumzureden. Schließlich habe ich keine Lust, den ganzen Tag mit dieser Albernheit zu vergeuden. Wollen wir also gleich zur Sache kommen. Sie wollen wissen, warum Bruno Frye mir fünfhundert Eier pro Monat zahlte. Das war Schweigegeld. Er hat mich bezahlt, damit ich den Mund halte. Seine Mutter hat mir fast fünfunddreißig Jahre lang jeden Monat denselben Betrag überwiesen. Als sie starb, fing Bruno an, mir Schecks zu schicken. Ich muß zugeben, daß mich das ganz schön erstaunt hat. Heutzutage findet man nur noch selten einen Sohn, der so viel Geld bezahlt, um den Ruf seiner Mutter zu schützen – insbesondere, nachdem sie bereits ins Gras gebissen hat. Aber er hat gezahlt.«

»Wollen Sie damit sagen, daß Sie Mr. Frye und vor ihm seine Mutter erpreßt haben?« fragte Tony erstaunt.

»Nennen Sie es, wie Sie wollen: Schweigegeld oder Erpressung, oder wie es Ihnen beliebt.«

»Nach dem, was Sie uns bis jetzt mitteilten«, meinte Tony, »glaube ich, daß das Gesetz es Erpressung und nicht anders nennen würde.«

Rita Yancy lächelte ihn an. »Glauben Sie, daß das Wort mir etwas ausmacht? Glauben Sie, ich habe Angst davor? Fang nun innerlich zu zittern an? Söhnchen, lassen Sie sich von mir sagen –, man hat mir zu meiner Zeit schon Schlimmeres vorgeworfen. Wollen Sie das Wort Erpressung benutzen? Nun, mir soll's recht sein. Erpressung. Das ist es schließlich. Wir wollen ihm kein hübscheres Gesicht überstülpen. Aber wenn Sie natürlich so dumm sein sollten, eine alte Dame vor Gericht zu zerren, werde ich dasselbe Wort dann nicht mehr benutzen. Ich werde lediglich sagen, daß ich vor langer Zeit Katherine Frye einen großen Gefallen erwiesen habe und daß sie darauf bestand, sich dafür mit einem monatlichen Scheck bei mir zu revanchieren. Sie haben ja schließlich keine Beweise, oder? Das ist ein Grund, weshalb ich es von Anfang an monatlich wollte. Ich meine, bei Erpressung geht man davon aus, daß man einmal zuschlägt und dann abhaut, einen zu großen Bissen nimmt, den die Anklage meistens feststellen kann. Aber wer würde schon glauben, daß ein Erpresser sich auf eine bescheidene Monatszahlung einläßt?«

»Wir haben nicht die Absicht, Anklage gegen Sie zu erheben«, versicherte ihr Joshua. »Und wir sind auch nicht im geringsten daran interessiert, das Geld zurückzufordern, das man Ihnen bezahlt hat. Wir wissen wohl, daß das wenig Aussicht auf Erfolg hätte.«

»Gut«, meinte Mrs. Yancy. »Ich würde mich auch zur Wehr setzen, und Sie würden sich eine blutige Nase dabei holen.«

Sie zupfte sich die Decke zurecht.

Die muß ich mir gut merken, dachte Hilary. Alles, was sie sagt und tut. Irgendwann einmal wird sie eine großartige kleine Charakterrolle in irgendeinem Film abgeben: eine Oma mit Pep und ein wenig Fäulnis.

»Wir sind lediglich an einigen Informationen interessiert«, fuhr Joshua fort. »Es gibt ein Problem mit der Erbschaft, und das behindert die Auszahlung. Ich brauche Antworten auf ein paar Fragen, um die Schlußzahlung zu beschleunigen. Sie sagen, Sie wollen nicht den ganzen Tag mit dieser ›Albernheit‹ vergeuden. Nun, und ich will nicht Monate mit dem Frye-Nachlaß vergeuden. Das einzige Motiv, was mich herführte, ist, mir Informationen zu beschaffen, die ich brauche, um meine Albernheit zu Ende zu führen.«

Mrs. Yancy musterte ihn scharf und schaute dann Hilary und Tony an. Ihre Augen blickten schlau und prüfend. Schließlich nickte sie sichtlich befriedigt, so als hätte sie soeben die Gedanken ihrer Besucher gelesen und das gebilligt, was sie darin fand. »Ich denke, ich werde Ihnen glauben. Also gut. Stellen Sie Ihre Fragen.«

»Wie Sie sich ja vorstellen können«, meinte Joshua, »wollen wir zuallererst wissen, womit Sie Katherine Frye in der Hand hatten und sie und ihren Sohn dazu veranlassen konnten, Ihnen im Lauf der letzten vierzig Jahre fast eine Viertelmillion Dollar zu bezahlen.«

»Um das zu begreifen«, meinte Mrs. Yancy, »brauchen Sie ein wenig Hintergrundinformation über mich. Sehen Sie, als ich auf dem Höhepunkt der großen Wirtschaftskrise eine junge Frau war, sah ich mich um und machte mir meine Gedanken über all die Berufe, in denen ich es zu Geld bringen könnte. Dabei kam ich zu dem Schluß, daß keiner mir mehr als bloßes Überleben und ein Leben der Plackerei eintragen würde. Alle bis auf eine Ausnahme: Ich erkannte, daß der einzige Beruf, der mir die Chance auf echtes Geld böte, das älteste Gewerbe der Welt war. Also wurde ich, mit achtzehn, Prostituierte. In jener Zeit pflegte man solche Frauen ›Damen von zweifelhaftem Ruf‹ zu nennen. Heute braucht man nicht mehr auf Zehenspitzen herumzulaufen, sondern kann sagen, was man will.« Eine graue Haarsträhne rutschte aus ihrem Schopf. Sie schob sie sich aus dem Gesicht und klemmte sie sich hinters Ohr. »Wenn es um Sex geht, so komme ich aus dem Staunen nicht mehr heraus, wie die Zeiten sich verändert haben.«

»Sie meinen, Sie waren wirklich eine ... Prostituierte?« fragte Tony und brachte damit die Überraschung zum Ausdruck, die Hilary empfand.

»Ich war ein ausnehmend gutaussehendes Mädchen«, meinte Mrs. Yancy stolz. »Ich habe nie auf der Straße, in Bars, Hotels oder dergleichen gearbeitet. Ich stand auf der Liste eines der elegantesten und besten Häuser von San Franzisko. Nur die besten Kunden. Wir waren nie weniger als zehn Mädchen und oft fünfzehn, aber jede einzelne von uns stellte etwas Besonderes dar, gab sich sehr kultiviert. Ich verdiente gutes Geld, wie ich das erwartet hatte. Aber mit vierundzwanzig wurde mir klar, daß ich noch viel mehr

Geld mit der Eröffnung eines eigenen Hauses verdienen könnte als im Etablissement eines anderen. Also suchte ich mir ein hübsches Haus und investierte fast meine ganzen Ersparnisse in die neue Einrichtung. Dann holte ich mir einen Stall voll netter, eleganter, gebildeter junger Damen zusammen. Die nächsten sechsunddreißig Jahre lebte ich als Bordellmutter, und mein Haus florierte verdammt gut. Vor fünfzehn Jahren, mit sechzig, zog ich mich aufs Altenteil zurück, weil ich hier in Hollister bei meiner Tochter und ihrem Mann leben wollte; wissen Sie, ich wollte meine Enkelkinder öfter sehen. Enkelkinder verschönern das Alter viel mehr, als ich je gedacht hätte.«

Hilary lehnte sich auf der Couch zurück, ohne sich jetzt noch um die Decken Gedanken zu machen, die über die Polster drapiert waren.

Joshua meinte: »Das ist ja alles höchst faszinierend, aber was hat das mit Katherine Frye zu tun?«

»Ihr Vater hat mein Haus in San Franzisko regelmäßig aufgesucht«, erzählte Rita Yancy.

»Leo Frye?«

»Ja. Ein höchst seltsamer Mann. Ich war nie selbst mit ihm zusammen, hatte nie mit ihm zu tun. Als Bordellmutter war ich kaum noch selbst tätig; ich mußte mich viel zu sehr mit der Geschäftsleitung auseinandersetzen. Aber ich hörte all die Geschichten, die meine Mädchen über ihn erzählten. Er muß ein ganz besonderer Schweinehund gewesen sein. Er liebte unterwürfige Frauen, beleidigte sie gern und gab ihnen schmutzige Namen, während er sich ihrer bediente. Er stand auf Disziplin, wenn Sie wissen, was ich meine. Es gab da ein paar häßliche Dinge, die er gerne tat, und zahlte einen hohen Preis dafür, daß meine Mädchen mitmachten. Jedenfalls tauchte im April 1940 Leos Tochter Katherine bei mir auf. Ich war ihr vorher nie begegnet, ja wußte nicht einmal, daß er eine Tochter hatte. Aber er mußte ihr von mir erzählt haben. Er hatte sie zu mir geschickt, damit sie ihr Baby unter strengster Geheimhaltung zur Welt bringen konnte.«

Joshua riß die Augen auf. »Ihr Baby?«

»Sie war schwanger.«

»Bruno war ihr Baby?«

»Und was ist mit Mary Gunther?« fragte Hilary.

»Eine Mary Gunther hat es nie gegeben«, fuhr die alte Frau fort.

»Diese Geschichten haben Katherine und Leo nur zur Tarnung erfunden.«

»Ich hab's gewußt!« erklärte Tony. »Zu glatt. Das Ganze war einfach zu glatt.«

»Niemand in St. Helena wußte, daß sie schwanger war«, erzählte Rita Yancy weiter. »Sie trug mehrere Korsetts. Sie würden es nicht für möglich halten, wie das arme Mädchen sich einschnürte. Es war schrecklich. Vom ersten Tag an, dem ersten Ausbleiben ihrer Periode, lange bevor sie anfing, dick zu werden, begann sie sich immer kräftiger zu schnüren, ein Korsett über dem anderen zu tragen. Und gegessen hat sie auch nichts, um ja nicht zuzunehmen. Es ist ein Wunder, daß sie keine Fehlgeburt hatte und sich nicht selbst umbrachte.«

»Und Sie haben sie zu sich genommen?« fragte Tony.

»Ich will nicht behaupten, daß ich es aus reiner Herzensgüte tat«, meinte Mrs. Yancy. »Ich kann alte Frauen nicht ertragen, die selbstgefällig und selbstgerecht sind, wie all die, die ich beim Bridge oder in der Kirche sehe. Katherine hat mir keineswegs leid getan oder so etwas. Und ich hab' sie auch nicht aufgenommen, weil ich das Gefühl hatte, ihrem Vater etwas schuldig zu sein. Nicht das geringste schuldete ich ihm. Nach all dem, was ich von meinen Mädchen über ihn gehört hatte, mochte ich ihn auch nicht. Als Katherine auftauchte, war er bereits sechs Wochen tot. Ich hab' sie aus einem einzigen Grund aufgenommen und will Ihnen da gar nichts vormachen. Sie hatte dreitausend Eier bei sich für Unterkunft, Verpflegung und das Arzthonorar. Das war damals viel mehr Geld als heute.«

Joshua schüttelte den Kopf. »Ich kann es einfach nicht verstehen. Sie hatte den Ruf, eiskalt zu sein. Sie machte sich nichts aus Männern. Sie hatte auch keinen Liebhaber, von dem irgend jemand erfahren hätte. Wer war der Vater?«

»Leo«, entgegnete Mrs. Yancy.

»Ach, du lieber Gott!« meinte Hilary leise.

»Sind Sie da sicher?« fragte Joshua Rita Yancy.

»Ganz sicher«, erklärte die alte Frau. »Er hatte sich an seiner eigenen Tochter seit ihrem vierten Lebensjahr vergangen. Schon als kleines Kind zwang er sie, ihm oral zu Willen zu sein. Und später, als sie dann größer wurde, hat er alles mit ihr gemacht. Alles.«

Bruno hatte gehofft, ausreichender Schlaf würde Klarheit in sein Denken bringen, Durcheinander und Orientierungslosigkeit, die ihn letzte Nacht und auch noch am frühen Morgen peinigten, von ihm nehmen. Jetzt aber vor dem zerbrochenen Fenster im Dachboden stehend und in den grauen Oktobertag hinausblickend, spürte er, daß er sich ebensowenig unter Kontrolle hatte wie vor sechs Stunden. In seinem Gehirn tobten chaotische Gedanken, Zweifel, Fragen, Ängste; angenehme Erinnerungen und abscheuliche, wie Würmer ineinander verschlungen.

Er wußte, was mit ihm nicht stimmte. Er war allein. Ganz allein. Nur ein halber Mensch. Das war es, was mit ihm nicht stimmte. Seit dem Augenblick, da seine andere Hälfte starb, stieg seine Nervosität beständig, fühlte er sich seiner immer unsicherer. Er verfügte nicht mehr über die Kraftreserven seiner beiden Hälften. Und jetzt, da er versuchen mußte, als halbe Person dahinzustolpern, wurde er mit sich einfach nicht mehr fertig; selbst die kleinsten Probleme schienen ihm unlösbar zu sein.

Er wandte sich vom Fenster ab, taumelte schwerfällig zum Bett, kniete nieder und legte den Kopf in seiner Verzweiflung auf die Brust der Leiche.

»Sag etwas. Sag doch etwas zu mir. Hilf mir doch bei dem, was ich tun muß. Bitte. Bitte, hilf mir.«

Aber der tote Bruno hatte dem anderen, dem, der noch lebte, nichts zu sagen.

Mrs. Yancys Salon.

Die tickende Uhr.

Eine weiße Katze kam aus dem Eßzimmer hereingeschlendert und sprang der alten Frau auf den Schoß.

»Woher wissen Sie denn, daß Leo Katherine belästigt hat?« fragte Joshua. »Er hat es Ihnen sicherlich nicht erzählt.«

»Nein, hat er nicht«, entgegnete Mrs. Yancy. »Aber Katherine hat es getan. Sie war in einem schrecklichen Zustand. Halb von Sinnen. Sie hatte damit gerechnet, daß ihr Vater sie zu mir schicken würde, wenn ihre Zeit kam, aber dann starb er. Sie war allein und hatte panische Angst, wegen ihres Hungerns und weil sie sich so eng geschnürt hatte, machte sie vor der Entbindung eine grausame Zeit mit. Ich rief den Arzt, der meine Mädchen jede Woche untersuchte, weil ich wußte, daß er diskret sein würde und bereit, ihren Fall zu übernehmen. Er war sich sicher, daß das Baby tot zur Welt kommen und Katherine eventuell bei der Geburt sterben würde. Ihre Wehen dauerten vierzehn Stunden und waren äußerst qualvoll. Ich habe noch nie solche Schmerzen mitansehen müssen. Die meiste Zeit schien sie im Delirium, aber wenn sie wieder zu sich kam, drängte es sie geradezu verzweifelt danach, mir zu erzählen, was ihr Vater ihr angetan hatte. Ich glaube, sie versuchte damit, ihre Seele zu flikken. Sie schien Angst davor zu haben, mit dem Geheimnis sterben zu müssen, und deshalb sah sie in mir einen Priester, der ihr die Beichte abnahm. Ihr Vater hatte sie kurz nach dem Tod ihrer Mutter gezwungen, ihm oral zu Willen zu sein, und als sie dann in das Haus auf der Klippe zogen, das, soweit mir bekannt ist, ziemlich isoliert steht, ging er daran, sie buchstäblich zur Sexsklavin abzurichten. Endlich alt genug für normalen Verkehr, traf er zwar Vorkehrungen, aber nachdem das viele Jahre lang gutging, wurde sie schließlich doch schwanger.«

Hilary hätte sich am liebsten in die Afghandecke auf der Couch gewickelt, um die Kälte abzuwehren, die auf sie eindrängte. Trotz der dauernden Prügel und der ewigen Einschüchterung, der physischen und geistigen Folterqualen, die sie im täglichen Zusammenleben mit Earl und Emma hatte erdulden müssen, wußte sie, daß sie noch Glück gehabt hatte, daß man sie nicht auch sexuell mißbraucht hatte. Wahrscheinlich war Earl impotent gewesen; nur das hatte sie vor dieser letzten Erniedrigung bewahrt. Dieser Alptraum war ihr wenigstens erspart geblieben. In diesem Augenblick empfand Hilary ein Gefühl tiefer Verbundenheit mit Katherine Frye.

Tony schien zu fühlen, was gerade in ihr vorging, ergriff ihre Hand und drückte sie.

Mrs. Yancy streichelte die weiße Katze, die daraufhin wohlig zu schnurren begann.

»Eines verstehe ich immer noch nicht«, erklärte Joshua. »Warum hat Leo Katherine nicht gleich zu Ihnen geschickt, als er erfuhr, daß sie ein Baby bekommen würde? Warum hat er Sie nicht gebeten, eine Abtreibung vornehmen zu lassen? Sie verfügten doch sicherlich über entsprechende Kontakte.«

»O ja«, antwortete Mrs. Yancy. »In meinem Beruf kannte man Ärzte, die so etwas übernahmen. Leo hätte das leicht über mich arrangieren können. Ich weiß nicht, warum er es nicht getan hat – wahrscheinlich, weil er hoffte, daß Katherine ein hübsches Mädchen zur Welt bringen würde.«

»Ich weiß nicht, ob ich Ihnen da folgen kann«, meinte Joshua.

»Liegt das nicht auf der Hand?« fragte Mrs. Yancy und kraulte die weiße Katze unter dem Kinn. »Eine Enkeltochter hätte er nach wenigen Jahren auch abrichten können, so, wie er es mit Katherine gemacht hatte. Dann hätte er zwei besessen. Seinen eigenen kleinen Harem.«

Da Bruno seinem anderen Ich keine Antwort entlocken konnte, stand er auf, tappte planlos durch den großen Raum und wirbelte dabei den Staub vom Boden; Hunderte winziger Staubkörnchen tanzten im milchigen Lichtschein, der zum Fenster hereinfiel.

Schließlich entdeckte er eine schwere Hantel, die vielleicht fünfzig Pfund wog. Sie gehörte zu jener Sammlung von Gewichten, die er zwischen seinem zwölften und fünfunddreißigsten Lebensjahr sechs Tage die Woche benutzte. Der größte Teil seiner Gerätschaften – die schwereren Gewichte und die Trainingsbank – standen unten im Keller.

Aber er hatte immer ein oder zwei Hanteln in seinem Zimmer aufbewahrt, um sie in müßigen Augenblicken dazu zu benutzen, sich die Langeweile zu vertreiben.

Jetzt griff er nach der Hantel und fing an, mit ihr zu trainieren. Seine mächtigen Schultern und die muskelbepackten Arme fielen schnell in den vertrauten Rhythmus; er begann zu schwitzen.

Vor achtundzwanzig Jahren hatte er zum ersten Mal den Wunsch geäußert, Bodybuilding zu machen, und seine Mutter hielt das für eine ausgezeichnete Idee. Das Trainieren mit den Gewichten half, die sexuelle Energie besser zu verdrängen, die sich bei ihm gerade mit einsetzender Pubertät zu entwickeln begann. Katherine erklärte sich sofort damit einverstanden.

Als sich allmählich Muskelpakete bei ihm zu formen begannen, bezweifelte sie ihre Entscheidung, war sich plötzlich nicht mehr ganz sicher gewesen, ob die Idee klug gewesen war, ihn so stark werden zu lassen. Sie bekam Angst, er könnte seine Körperkräfte nur deshalb entwickeln, um sich schließlich gegen sie zu stellen; so hatte sie versucht, ihm die Gewichte wegzunehmen. Aber als er daraufhin in Tränen ausbrach und darum bettelte, sie behalten zu dürfen, erkannte sie, daß sie sich vor ihm nie fürchten müßte.

Wie hatte sie das nur annehmen können? fragte sich Bruno, während er die Hantel in die Höhe stemmte und sie dann langsam wieder sinken ließ. Hatte sie denn nicht begriffen, daß sie stets stärker sein würde als er? Schließlich besaß sie den Schlüssel zu der Tür im Boden. Sie besaß die Macht, jene Tür zu öffnen und ihn zu zwingen, in jenes dunkle Loch hinabzusteigen. Ganz egal wie mächtig sein Bizeps auch wäre, solange sie diesen Schlüssel besaß, würde sie ihm überlegen sein.

Etwa zu der Zeit, in der sein Körper anfing, sich zu entwickeln, erzählte sie ihm erstmals, sie wüßte, wie man von den Toten zurückkehren könnte. Sie wollte, daß er wußte, daß sie ihn auch nach ihrem Tod von der anderen Seite aus beobachten würde; sie schwor zurückzukommen und ihn zu bestrafen, sobald er anfinge, sich schlecht zu benehmen oder gar vergäße, sein dämonisches Erbteil vor anderen Leuten versteckt zu halten. Tausendmal und öfter hatte sie ihn gewarnt, zwänge er sie, durch Unanständigkeit aus dem Grab zurückzukehren, würde sie ihn in das Loch im Boden stecken, die Tür abschließen und ihn nie mehr herauslassen.

Aber während Bruno jetzt im staubigen Dachgeschoß trainierte, kamen ihm plötzlich Zweifel, ob das nicht eine leere Drohung war. Besaß Katherine wirklich übernatürliche Kräfte? Konnte sie wirklich von den Toten zurückkehren? Oder hatte sie ihn belogen? Hatte sie ihn angelogen, weil sie sich vor ihm fürchtete? Hatte sie Angst gehabt, er könnte groß und kräftig werden – und ihr dann das Genick brechen? War diese Behauptung, sie könne aus dem Grab zurückkehren, nichts anderes als eine schwache Schutzbehauptung, um zu verhindern, daß er auf die Idee käme, sie zu töten und sich damit für immer von ihr zu befreien?

Jene Fragen drängten sich ihm auf, aber er konnte sie nicht lange genug festhalten, um sie näher zu ergründen oder gar zu beantworten. Voneinander losgelöste Gedanken huschten wie elektrische Stromstöße durch sein Gehirn, das irgendwie kurzgeschlossen schien. Jeden Zweifel vergaß er kurz nach seiner Äußerung wieder, ganz im Gegensatz zu den Ängsten, die in ihm hochkamen; die verblaßten nicht – sie blieben, funkten und knisterten in den finstersten Ecken seines Bewußtseins. Er dachte an Hilary-Katherine, die letzte Auferstehung, und erinnerte sich daran, daß er sie finden mußte.

Ehe sie ihn fand.

Er fing zu zittern an.

Er ließ die Hantel krachend zu Boden fallen.

»Das Miststück!« stieß er hervor, von Furcht erfüllt und gleichzeitig wütend.

Die weiße Katze leckte Mrs. Yancys Hand, und sie fuhr fort: »Leo und Katherine dachten sich eine komplizierte Geschichte aus, um das Baby zu erklären. Sie wollten nicht zugeben, daß es sich um ihr Kind handelte. Hätten Sie das getan, so hätten sie irgendeinen jungen Mann aussuchen müssen, den sie zur Verantwortung zwingen müßten. Aber sie kannte keine Verehrer. Der Alte wollte nicht, daß ein anderer sie berührte. Nur er. Mir wird bei dem Gedanken ganz übel. Was für ein Mann muß das sein, der so etwas mit seinem eigenen Kind macht! Und der Schweinehund hat damit angefangen, als sie gerade vier Jahre alt war! Sie war damals nicht einmal alt genug, um zu verstehen, was mit ihr passierte.« Mrs. Yancy schüttelte bedrückt den Kopf. »Wie nur ein Kleinkind einen alten Mann überhaupt so erregen kann! Bestimmte ich die Gesetze, ich würde solche Kerle kastrieren lassen – oder noch schlimmer. Ich sage Ihnen, mich ekelt das an.«

»Warum haben die beiden denn nicht einfach behauptet, ein Farmarbeiter hätte Katherine vergewaltigt?« fragte Joshua. »Oder irgendein Fremder auf der Durchreise? Sie hätten doch keinen Unschuldigen ins Gefängnis schicken brauchen, um eine solche Geschichte zu verbreiten. Sie hätten der Polizei eine Beschreibung liefern können, die sie sich aus den Fingern gesaugt hätten. Und selbst wenn die dann durch Zufall aufgrund der Beschreibung einen gefunden hätten, irgendeinen armen Teufel ohne Alibi ... nun, dann hätte sie doch immer noch behaupten können, der wäre es nicht gewesen. Kein Mensch hätte sie zwingen können, irgend jemanden ins Gefängnis zu schicken.«

»Das stimmt«, pflichtete Tony ihm bei. »Die meisten Fälle dieser Art werden nie aufgeklärt. Wahrscheinlich wäre die Polizei sichtlich verblüfft gewesen, hätte Katherine tatsächlich jemanden identifiziert.«

»Ich kann schon verstehen, warum sie das nicht getan hat«, erklärte Hilary. »Auf die Weise hätte sie eine endlose Erniedrigung in Kauf nehmen müssen. Viele Leute glauben, daß eine vergewaltigte Frau die Tat selbst herausgefordert hat.«

»Das ist mir bekannt«, entgegnete Joshua. »Ich behaupte ja auch immer, die meisten meiner Mitmenschen sind ziemliche Idioten und Heuchler. Aber in St. Helena war das nie so schlimm. Die Leute hier wirken ziemlich aufgeklärt und modern und hätten Katherine sicherlich keine Vorwürfe gemacht, die meisten wenigstens nicht. Und das muß sie auch gewußt haben; deshalb meine ich, es wäre viel einfacher gewesen, diesen Weg einzuschlagen, statt jener komplizierten Geschichte mit dieser Mary Gunther – und sich dann noch Sorgen darüber machen zu müssen, daß man diese Geschichte zeit ihres Lebens glaubte.«

Die Katze drehte sich auf Mrs. Yancys Schoß um. Die alte Frau kraulte ihr den Bauch.

»Leo wollte die Schwangerschaft nicht auf einen Notzuchttäter schieben, weil das die Polizei auf den Plan gerufen hätte«, erwiderte Mrs. Yancy. »Leo hatte heiligen Respekt vor den Bullen. Als ziemlich autoritärer Typ hielt er die Bullen für besser, als sie in Wirklichkeit sind, und hatte Angst, sie würden eine solche Geschichte vielleicht durchschauen. Er wollte keinerlei Aufmerksamkeit erregen, wenigstens keine Aufmerksamkeit dieser Art. Er hatte panische Angst davor, die Bullen könnten vielleicht die Wahrheit herausfinden. Denn er verspürte nicht die geringste Lust, wegen Blutschande ins Gefängnis zu wandern.«

»Hat Ihnen Katherine das erzählt?« fragte Hilary.

»Richtig. Wie gesagt, sie hat ja ihr ganzes Leben mit dieser Schande gelebt; sie glaubte, sie würde vielleicht bei der Entbindung sterben und wollte wenigstens irgend jemandem ihr Leiden erzählen. Leo jedenfalls vertrat die Überzeugung, ihm drohe keine Gefahr, wenn Katherine ihre Schwangerschaft verbergen konnte und es schaffte, die Leute in St. Helena zu täuschen. Wenn das gelänge, wäre es möglich, das Kind als illegitimes Baby einer Freundin Katherines aus der Collegezeit auszugeben.«

»Also zwang sie ihr Vater, ein Korsett zu tragen«, meinte Hilary und empfand mehr Mitgefühl für Katherine Frye, als sie je für möglich gehalten hätte. »Er hat ihr diese Qual auferlegt, um sich selbst zu schützen. Das Ganze war seine Idee.«

»Ja«, entgegnete Mrs. Yancy. »Sie konnte sich ihm gegenüber nie durchsetzen. Sie hat immer alles getan, was er von ihr verlangte. Und diesmal verhielt es sich nicht anders. Sie hat gehungert und gefastet und enge Korsetts getragen, obwohl es ihr fürchterliche Schmerzen bereitete. Sie hat es getan, weil sie Angst davor hatte, ihm nicht zu gehorchen. Was nicht gerade verwundert, wenn man bedenkt, daß er gute zwanzig Jahre damit verbracht hat, ihren Willen zu brechen.«

»Sie ist von zu Hause weg aufs College gegangen«, fing Tony an. »Bedeutete das nicht den Versuch, Unabhängigkeit zu gewinnen?«

»Nein«, antwortete Mrs. Yancy. »Das College war Leos Idee. Er ist 1937 sieben oder acht Monate nach Europa gereist, um den Rest seiner Besitztümer in der Alten Welt zu verkaufen. Er sah den Weltkrieg heranrücken und wollte nicht, daß ihm sein Besitz drüben weggenommen würde. Er wollte Katherine nicht mit auf die Reise nehmen, wahrscheinlich weil er Geschäfte irgendwie mit Vergnügen verbinden wollte. Sex schien ihm das Allerwichtigste. Und wie ich höre, bieten einige dieser Bordelle in Europa alle möglichen Perversionen, und das hat ihn sicherlich gereizt. Dieser dreckige alte Bock! Katherine wäre ihm im Weg gewesen. Er entschied, sie aufs College zu schicken, während er außer Landes weilte, und richtete es so ein, daß sie bei einer ihm bekannten Familie in San Franzisko wohnen konnte. Den Leuten gehörte eine Firma, die in der Bay Area Wein, Bier und Spirituosen vertrieb, darunter auch Produkte seiner Firma.«

»Das war aber für ihn doch recht riskant«, meinte Joshua.

»Er sah das offenbar anders«, meinte Mrs. Yancy, »und er behielt auch recht. In all den Monaten, die er nicht bei ihr weilte, hat sie es nicht geschafft, seine Macht abzuschütteln. Sie erzählte niemandem von den Scheußlichkeiten, zu denen er sie zwang. Er hat sie wirklich völlig zerbrochen, das sage ich Ihnen. Versklavt. Das ist der richtige Ausdruck. Sie war seine Sklavin, aber nicht wie irgendein Arbeiter auf der Plantage, sondern geistig und emotional. Nach seiner Rückkehr aus Europa zwang er sie, das College aufzugeben. Er holte sie nach St. Helena zurück, und sie hat sich ihm nicht widersetzt. Sie konnte sich nicht widersetzen. Sie wußte gar nicht, wie man das anstellen sollte.«

Die Uhr auf dem Kaminsims schlug die volle Stunde. Zwei gemessene Töne. Sie hallten weich von der Decke des Salons wider.

Joshua saß vorn auf der Sesselkante. Jetzt rutschte er langsam nach hinten, bis sein Kopf die Rückenlehne und das dort angebrachte Deckchen berührte. Er war bleich und hatte dunkle Ringe unter den Augen. Sein weißes Haar wirkte plötzlich strähnig, und Hilary bekam das Gefühl, als sei er um Jahre gealtert.

Sie wußte, wie ihm zumute war. Die Geschichte der Familie Frye bot ein grausames Beispiel dafür, wie unmenschlich Menschen mit Menschen umgehen konnten. Je mehr sie in den schauerlichen Ereignissen herumstocherten, desto deprimierter wurden sie. Man konnte hier nicht mehr nur kühler Beobachter bleiben.

So, als führe er ein Selbstgespräch, nur um sich die nötige Klarheit zu verschaffen, meinte Joshua: »Sie gingen also nach St. Helena zurück und setzten ihre krankhafte Beziehung fort; und schließlich machten sie einen Fehler; sie wurde schwanger – und niemand dort oben in St. Helena war je argwöhnisch geworden.«

»Unglaublich!« erklärte Tony. »Gewöhnlich kommt man mit einer einfachen Lüge am weitesten, weil man sich nicht in ihr verheddern kann. Aber diese Geschichte mit Mary Gunther schien so verdammt kompliziert wie die Nummer eines Jongleurs. Sie mußten doch die ganze Zeit ein Dutzend Bälle in der Luft halten. Doch sie schafften es ohne Panne.«

»Oh, das kann man nicht behaupten«, wandte Mrs. Yancy ein. »Ein paar Pannen hat es schon gegeben.«

»Was denn?«

»Nun – an dem Tag, an dem sie St. Helena verließ, um bei mir ihr Baby zur Welt zu bringen, erzählte sie den Leuten dort, diese imaginäre Mary Gunther hätte ihr mitgeteilt, das Baby sei zur Welt gekommen. Das war natürlich dumm. Katherine sagte, sie würde nach San Franzisko fahren, um das Kind abzuholen. Sie sagte ihnen, Mary hätte ihr von einem reizenden Baby geschrieben, sagte aber nichts von einem Jungen oder Mädchen. Damit versuchte sie sich auf klägliche Art zu schützen, da sie ja schließlich vor der Geburt nicht wissen konnte, ob sie einen Jungen oder ein Mädchen bekommen würde. Dumm. Sie hätte es wirklich besser wissen müssen. Das war der einzige Fehler, den sie machte – daß sie behauptete, das Kind sei schon zur Welt gekommen, als sie St. Helena verließ. Ah, ich weiß wohl, daß sie nervlich ein völliges Wrack darstellte. Ich weiß, daß sie nicht mehr klar denken konnte. Schließlich konnte sie ja auch nach all den Qualen mit Leo keine ausgeglichene junge Frau sein. Und dann die Schwangerschaft, und die ganze Zeit der Versuch, die Schwangerschaft zu verstecken. Und schließlich Leos Tod zu einer Zeit, in der sie ihn am meisten brauchte – das mußte sie fast zum Wahnsinn treiben. Sie schien völlig von Sinnen, hat das Ganze nicht gründlich genug zu Ende gedacht.«

»Ich verstehe nicht«, meinte Joshua.

»Warum war es ein Fehler, zu sagen, Marys Baby sei bereits zur Welt gekommen? Worin besteht die Panne?«

Mrs. Yancy streichelte weiterhin die Katze und fuhr fort: »Sie hätte den Leuten in St. Helena sagen müssen, die Geburt des Babys stünde unmittelbar bevor, und sie würde nach San Franzisko reisen, um Mary beizustehen. Auf die Weise wäre sie nicht auf ein Baby festgelegt gewesen. Aber daran hat sie nicht gedacht. Sie wußte nicht, was geschehen würde. Sie hat jedem erzählt, es sei ein Baby auf die Welt gekommen. Und dann kam sie zu mir und hat Zwillinge auf die Welt gebracht.«

»Zwillinge?« wiederholte Hilary.

»Verdammt!« entfuhr es Tony.

Die Überraschung ließ Joshua aufspringen.

Die weiße Katze fühlte die Spannung, die in der Luft lag. Sie hob den Kopf und schaute die Leute im Salon neugierig an, einen nach dem anderen. Ihre gelben Augen schienen von innen heraus zu leuchten.

Das Dachzimmer war groß, aber nicht annähernd groß genug, um bei Bruno nicht das Gefühl zu erzeugen, von den Wänden zusehends eingeengt zu werden. Er sah sich um, überlegte, was er tun sollte, weil seine Untätigkeit die Angst vor dem Eingeschlossensein noch verstärkte.

Die Hanteln langweilten ihn lange bevor seine mächtigen Arme von der Anstrengung zu schmerzen begannen.

Er nahm ein Buch von einem der Regale und versuchte zu lesen, konnte sich aber nicht konzentrieren.

Sein Gehirn schien immer noch nicht zur Ruhe gekommen zu sein; es sprang von einem Gedanken zum nächsten, wie ein verzweifelter Juwelier, der einen Beutel Diamanten sucht, den er verlegt hat.

Er sprach mit seinem toten Ich.

Er suchte in den staubigen Ecken nach Spinnen und zerdrückte sie.

Er sang vor sich hin.

Hie und da lachte er, ohne wirklich zu wissen, warum.

Er weinte auch.

Er verfluchte Katherine. Er schmiedete Pläne.

Und die ganze Zeit ging er, ging er, ging er auf und ab.

Es drängte ihn danach, das Haus zu verlassen und die Suche nach Hilary-Katherine aufzunehmen, aber er wußte, daß es unsinnig wäre, bei Tageslicht hinauszugehen. Er war sicher, daß Katherines Mitverschwörer überall in St. Helena lauerten. Ihre Freunde aus dem Grab. Andere Untote, Männer und Frauen der anderen Seite, die sich in neuen Körpern versteckten. Und alle würden nach ihm Ausschau halten. Ja. Ja. Vielleicht waren es Dutzende. Untertags würde er zu sehr auffallen. Er würde bis Sonnenuntergang warten müssen, ehe er anfing, das Miststück zu suchen. Obwohl die Nacht die Lieblingszeit der Untoten war, die Zeit, in der sie in besonders großer Zahl ausschwärmten, er sich also in schrecklicher Gefahr befände, machte er nachts auf Hilary-Katherine Jagd, so würde die Dunkelheit doch auch vorteilhaft für ihn sein. Ein Nachtschatten würde ihn ebenso gut vor den Untoten verbergen wie umgekehrt. Und indem so ein Gleichgewicht herrschte, würde der Ausgang der Jagd nur davon abhängen, wer schlauer war – er oder Katherine –, und sollte das der einzige Maßstab sein, dann war seine Chance vielleicht besser denn je, denn Katherine war raffiniert, unendlich böse und verschlagen, aber nicht so schlau wie er.

Wenn er sich tagsüber im Haus versteckte, befände er sich wohl in Sicherheit, so dachte er, und das war eigentlich verrückt, weil er sich schließlich in den fünfunddreißig Jahren Zusammenleben mit Katherine keine Minute sicher gefühlt hatte. Jetzt schien das Haus ein verläßlicher Zufluchtsort, denn hier würden Katherine und ihre Mitverschwörer zuallerletzt nach ihm suchen. Sie wollte ihn fangen und an genau diesen Ort zurückbringen. Das wußte er. Er wußte es! Nur ein einziges Ziel hatte sie aus dem Grab zurückgeholt: Sie wollte ihn auf die Klippe schleppen, um das Haus herum, zu der Tür im Boden am Ende der Rasenfläche hinter dem Haus. In dieses Loch im Boden wollte sie ihn stecken, ihn für immer dort einschließen. Das hatte sie ihm angedroht – wenn sie je zurückkehrte, um ihn zu bestrafen, würde sie genau das tun. Er hatte es nicht vergessen. Und deshalb rechnete sie jetzt damit, daß er einen weiten Bogen um die Klippe und das Haus machte, und käme nie auf die Idee, in jenem alten Raum auf dem Dachboden nach ihm zu suchen; nicht einmal in einer Million Jahren würde sie das tun.

Seine exzellente Strategie begeisterte ihn derart, daß er laut lachte.

Aber dann kam ihm ein schrecklicher Gedanke: Wenn sie doch auf die Idee käme, hier nach ihm zu suchen, und vielleicht mit ein paar von ihren Freunden käme, weiteren Untoten, um ihn mit deren Hilfe zu überwältigen, dann würden sie ihn nicht weit zu schleppen brauchen. Die Tür im Boden lag dicht hinter dem Haus. Sollten Katherine und ihre höllischen Freunde ihn hier finden, würden sie ihn zu dieser Tür schleppen und in den dunklen Raum stoßen, in das Gewisper; und das Ganze würde nicht einmal eine Minute dauern.

Verängstigt rannte er zum Bett zurück, setzte sich neben sein anderes Ich, versuchte, sich selbst zu beruhigen und sich einzureden, daß alles gut würde.

Joshua konnte nicht stillsitzen. Er ging auf einem der geblümten Läufer in Mrs. Yancys Salon auf und ab.

Die alte Frau sagte: »Als Katherine Zwillinge zur Welt brachte, begriff sie, daß die komplizierte Lüge um Mary Gunther, die sie in die Welt gesetzt hatte, nicht länger Bestand haben konnte. Die Leute in St. Helena waren auf ein Kind vorbereitet. Ganz gleich, wie sie das zweite Baby auch erklärte, sie würde Argwohn ernten. Und der Gedanke, jeder, der sie kannte, könnte herausfinden, was sie mit ihrem eigenen Vater getrieben hatte ... Nun, ich denke, das war nach all dem anderen Unglück zuviel für sie. Sie zerbrach daran. Drei Tage lang benahm sie sich wie im Fieberdelirium, plapperte wirres Zeug wie eine Verrückte. Der Arzt gab ihr Beruhigungsmittel, aber die wirkten nicht immer. Sie tobte, schrie und jammerte dann wieder, so daß ich glaubte, ich müßte die Bullen rufen, damit sie sie in eine Gummizelle steckten. Aber das wollte ich nicht tun. Um keinen Preis wollte ich das.«

»Aber sie brauchte doch psychiatrische Hilfe«, meinte Hilary. »Sie drei Tage lang einfach schreien und toben zu lassen, das mußte doch Folgen nach sich ziehen.«

»Vielleicht nicht«, antwortete Mrs. Yancy. »Aber mir blieb keine andere Möglichkeit. Ich meine, wenn man ein Nobelbordell führt, will man ja schließlich die Bullen nicht um sich scharen, höchstens dann, wenn man ihnen Schmiergeld bezahlt. Gewöhnlich belästigen die ja ein Klasseetablissement wie das, das ich führte, nicht. Schließlich gehörten einflußreiche Politiker und reiche Geschäftsleute zu meinen Kunden, und die Bullen wollten mit solchen Bonzen keinen Ärger. Hätte ich Katherine in ein Krankenhaus geschickt, so hätten die Zeitungen die Geschichte mit ziemlicher Sicherheit aufgegriffen, und dann wäre den Bullen nichts anderes übriggeblieben, als mein Haus zu schließen. Nach all der Negativ-Publicity könnten sie mich schlecht im Geschäft lassen. Unmöglich. Ich hätte alles verloren. Und mein Arzt hatte Angst, seine ›anständigen‹ Patienten könnten erfahren, daß er insgeheim Prostituierte behandelte. Damals hätte es einer Arztpraxis nicht geschadet, wäre herausgekommen, daß man mit denselben Instrumenten seiner Praxis auch Vasektomien an Alligatoren durchführte, aber dafür schienen die Leute 1940 in anderen Dingen ... nun ... sagen wir ... zimperlich. Sie sehen also, ich mußte an mich denken, meinen Arzt schützen, meine Mädchen ...«

Joshua ging auf den Sessel zu, in dem die alte Frau saß. Er blickte auf sie hinab, starrte auf ihr einfaches Kleid, die Schürze, die dunkelbraunen Stützstrümpfe, die klobigen schwarzen Schuhe und die seidenweiße Katze und versuchte, hinter diesem Bild großmütterlicher Wohlanständigkeit die Frau zu erkennen. »Als Sie die dreitausend Dollar von Katherine nahmen, haben Sie da nicht auch eine gewisse Verantwortung für sie übernommen?«

»Ich hab' sie schließlich nicht darum gebeten, zu mir zu kommen und ihr Baby bei mir zur Welt zu bringen«, entgegnete Mrs. Yancy. »Mein Geschäft war mehr als dreitausend Dollar wert. Das wollte ich nicht einfach bloß wegen des Prinzips wegwerfen. Meinen Sie, ich hätte das tun sollen?« Sie schüttelte bezweifelnd den Kopf. »Sollten Sie wirklich die Meinung vertreten, das sei angebracht gewesen, dann leben Sie in einer Traumwelt, mein lieber Herr.«

Joshua starrte die Frau an und brachte kein Wort hervor, aus Sorge, er könnte sie anbrüllen. Aber er wollte nicht, daß sie ihn aus dem Haus wies, ehe er nicht ganz sicher alles, was sie über Katherine Anne Fryes Schwangerschaft und die Zwillinge wußte, erfahren hätte. Zwillinge!

»Schauen Sie, Miss Yancy«, meldete sich Tony zu Wort, »kurz nachdem Sie Katherine aufgenommen hatten und herausfanden, daß sie sich mit Korsetten geschnürt hatte, wußten Sie, daß sie das Baby wahrscheinlich verlieren würde. Sie haben ja selbst behauptet, der Arzt sei dieser Meinung gewesen.«

»Ja.«

»Er hat Ihnen auch gesagt, daß Katherine sterben könnte.«

»Und?«

»Der Tod eines neugeborenen Kindes oder der Tod einer schwangeren Frau nach den Geburtswehen – so etwas hätte doch ebenso schnell zur Schließung Ihres Bordell geführt, wie das Rufen der Bullen, um sich einer Frau zu widmen, die einen Nervenzusammenbruch erlitten hatte. Und doch haben Sie Katherine nicht abgewiesen, als noch Gelegenheit bestand. Selbst als Sie wußten, daß es sich um eine recht riskante Sache handelte, haben Sie die dreitausend Dollar behalten und sie aufgenommen. Es muß Ihnen doch klar gewesen sein, daß Sie bei einem Todesfall der Polizei hätten Meldung machen müssen. Damit riskierten Sie doch auch die eventuelle Schließung Ihres Ladens.«

»Kein Problem«, erwiderte Mrs. Yancy. »Wären die Babys gestorben, hätten wir sie in einem Koffer weggeschafft und in aller Stille in den Bergen oberhalb von Marin County begraben. Vielleicht hätten wir den Koffer auch beschwert und von der Golden-Gate-Brücke geworfen.«

Joshua wollte die alte Frau am liebsten an der Gurgel packen, aus dem Sessel in die Höhe zerren und aus ihrer Selbstgefälligkeit herausreißen. Statt dessen wandte er sich ab, atmete tief durch, begann wieder auf dem geblümten Läufer hin- und herzuwandern und starrte zu Boden.

»Und was ist mit Katherine?« fragte Hilary Rita Yancy. »Was hätten Sie getan, wenn sie gestorben wäre?«

»Dasselbe wie mit den Zwillingen«, erwiderte Mrs. Yancy kühl. »Nur hätten wir Katherine natürlich nicht in einen Koffer zwängen können.«

Joshua blieb am Ende des Läufers stehen und starrte die Frau völlig perplex an. Sie versuchte nicht etwa, komisch zu sein; sie hatte den schwarzen Humor, der aus ihren Worten klang, gar nicht bemerkt; stellte lediglich eine Tatsache fest.

»Wäre irgend etwas schiefgegangen, so hätten wir die Leiche beseitigt«, meinte Mrs. Yancy. »Und wir hätten das so hingekriegt, daß niemand erfahren hätte, daß Katherine je bei mir war. Jetzt schauen Sie mich nicht so schockiert und mißbilligend an, junge Frau. Ich bin keine Killerin. Wir reden davon, was ich getan hätte – was jeder vernünftige Mensch in meiner Situation täte –, falls sie oder die Babys eines natürlichen Todes gestorben wären. Eines natürlichen Todes. Herrgott, wäre ich eine Killerin, hätte ich die arme Katherine beiseitegeschafft, als sie zu toben anfing, und ich nicht wußte, ob sie je wieder zu klarem Verstand kommen würde. Da stellte sie eine echte Gefahr für mich dar. Ich wußte nicht, ob sie mich mein Haus, mein Geschäft, alles, was ich besaß, kosten würde. Aber ich hab' sie nicht erwürgt, wissen Sie? Meine Güte, ein solcher Gedanke kam mir nie in den Sinn! Ich habe das arme Mädchen bei all ihren Anfällen gepflegt. Ich hab' sie so lang versorgt, bis sie wieder aus ihrer Hysterie herausfand; und danach schien alles in Ordnung.«

»Sie sagten, Katherine hätte getobt, um sich geschlagen und wirres Zeug geredet«, meinte Tony. »Das klingt, als – «

»Nur drei Tage«, unterbrach ihn Mrs. Yancy. »Wir mußten sie sogar ans Bett fesseln, um zu verhindern, daß sie sich wehtat. Aber sie war nur drei Tag krank. Vielleicht handelte es sich gar nicht um einen Nervenzusammenbruch, vielleicht nur um eine Art kurzfristigen Zusammenbruch. Denn nach drei Tagen sah sie wieder aus wie zuvor.«

»Die Zwillinge«, erinnerte Joshua. »Kommen wir wieder zu den Zwillingen. Das ist es ja, was uns eigentlich interessiert.«

»Ich denke, ich habe Ihnen so ziemlich alles erzählt«, meinte Mrs. Yancy.

»Waren es eineiige Zwillinge?« fragte Joshua.

»Wie kann man das so kurz nach der Geburt sagen? Da sind sie alle runzelig und rot.«

»Hätte der Doktor denn nicht einen Test durchführen – «

»Wir befanden uns in einem Erste-Klasse-Bordell, Mr. Rhinehart, nicht im Krankenhaus.« Sie stupste die weiße Katze an, worauf diese verspielt mit der Pfote nach ihr schlug. »Der Arzt hatte weder Zeit noch Einrichtungen für das, was Sie meinen. Außerdem, warum hätte es uns interessieren sollen, ob es sich um eineiige Zwillinge handelte oder nicht?«

»Katherine hat einen der Jungen Bruno genannt«, warf Hilary ein.

»Ja«, antwortete Mrs. Yancy. »Das hab' ich erfahren, als er nach Katherines Tod anfing, mir Schecks zu schicken.«

»Und wie hat sie den anderen Jungen genannt?«

547

»Keine Ahnung. Als sie mein Haus verließ, hatte sie keinem von beiden einen Namen gegeben.«

»Aber standen ihre Namen denn nicht auf den Geburtsurkunden?« wollte Tony wissen.

»Geburtsurkunden gab es keine«, erklärte Mrs. Yancy.

»Wie ist das denn möglich?«

»Die Geburten wurden nicht angezeigt.«

»Aber das Gesetz ...?«

»Katherine bestand darauf, die Geburten nicht anzuzeigen. Sie zahlte gutes Geld für das, was sie haben wollte, und wir sorgten dafür, daß sie es auch bekam.«

»Und der Arzt hat mitgemacht?« fragte Tony.

»Er bekam einen Tausender dafür, daß er Geburtshilfe leistete und dann den Mund hielt«, bemerkte die alte Frau. »Tausend Dollar hatten damals wesentlich mehr Wert als heute. Er ist gut dafür bezahlt worden, ein paar Vorschriften zu mißachten.«

»Waren beide Babys gesund?« fragte Joshua.

»Sehr dünn sahen sie aus«, erklärte Mrs. Yancy. »Schrecklich mager. Zwei jämmerliche kleine Würmer. Wahrscheinlich deshalb, weil Katherine monatelang gehungert hatte. Und aufgrund der Korsetts. Aber sie konnten genauso kräftig schreien wie andere Babys. Und an Appetit hat es ihnen auch nicht gefehlt. Ja, sie schienen mir ganz gesund, nur winzig klein.«

»Wie lange blieb Katherine bei Ihnen?« fragte Hilary.

»Beinahe zwei Wochen. Sie brauchte so lange, um nach einer so schweren Geburt wieder zu Kräften zu kommen. Und die Babys mußten hochgepäppelt werden.«

»Hat sie beide Kinder mitgenommen, als sie Ihr Haus verließ?«

»Selbstverständlich. Schließlich führte ich ja keinen Kindergarten. Ich war froh, sie gehen zu sehen.«

»Wußten Sie, daß sie vorhatte, nur einen der Zwillinge mit nach St. Helena zu nehmen?« fragte Hilary.

»Ja, ich wußte, daß sie das beabsichtigte.«

»Hat sie Ihnen gesagt, was sie mit dem anderen Jungen vorhatte?«

»Ich glaube, sie wollte ihn zur Adoption freigeben«, erklärte Mrs. Yancy.

»Sie glauben?« fragte Joshua entrüstet. »Haben Sie sich denn überhaupt keine Gedanken darüber gemacht, was aus diesen zwei hilflosen Babys in den Händen einer Frau werden sollte, die geistig ganz offensichtlich nicht normal schien?«

»Sie hatte sich erholt.«

»Unsinn.«

»Ich sage Ihnen, wenn Sie ihr auf der Straße begegnet wären, hätten Sie nie geglaubt, daß sie irgendwelche Probleme hätte.«

»Aber, Herrgott, unter dieser Fassade – «

»Sie war die Mutter«, erklärte Mrs. Yancy steif. »Sie hätte ihnen nie etwas angetan.«

»Dessen konnten Sie nicht sicher sein«, entgegnete Joshua.

»Doch, das war ich«, erklärte Mrs. Yancy. »Ich hatte stets den höchsten Respekt vor Mutterliebe und Mutterschaft. Die Liebe einer Mutter kann Wunder wirken.«

Wieder mußte Joshua an sich halten, um ihr nicht an die Gurgel zu springen.

»Katherine hätte das Baby unmöglich zur Adoption weggeben können«, mischte sich Tony ein. »Nicht ohne Geburtsurkunde, nicht ohne Beweis, daß es sich um ihr Kind handelte.«

»Damit bleiben eine Reihe unliebsamer Möglichkeiten, die wir in Betracht ziehen müssen«, meinte Joshua.

»Ehrlich, ich kann nur über Sie staunen«, sagte Mrs. Yancy, schüttelte den Kopf und krauste ihre Katze. »Sie wollen immer das Schlimmste glauben. Ich hab' noch nie drei größere Pessimisten erlebt. Haben Sie je daran gedacht, daß sie den kleinen Jungen vielleicht auf irgendeine Türschwelle hätte legen können? Wahrscheinlich hat sie ihn zu einem Waisenhaus oder vielleicht zu einer Kirche getragen, an irgendeinen Ort jedenfalls, wo man ihn gleich finden und sich um ihn kümmern würde. Ich kann mir vorstellen, daß er von einem anständigen jungen Paar in einem guten Haus aufgezogen wurde, dort viel Liebe fand, eine gute Ausbildung erhielt und auch sonst alles, was er brauchte.«

Im Speicher wartete Bruno Frye auf den Anbruch der Nacht, gelangweilt, nervös, einsam, manchmal benommen, aber häufiger gehetzt; den größten Teil des Nachmittags verbrachte er damit, mit seinem toten Ich zu reden. Er hoffte, damit sein aufgewühltes Bewußtsein zu beruhigen und wieder ein Ziel vor Augen zu bekommen, aber es wollte ihm nicht gelingen. Er entschied, ruhiger, glücklicher und weniger einsam zu sein, könnte er seinem anderen Ich wenigstens in die Augen sehen, wie früher in den alten Tagen, wo sie oft dagesessen und einander eine Stunde und länger angestarrt hatten, sich ohne Worte verstanden, eins waren. Er erinnerte sich an den Augenblick in Sallys Bad, erst gestern, als er vor einem Spiegel stehengeblieben war und sein Abbild für sein anderes Ich gehalten hatte. Als er in jene Augen blickte, die er für die seines anderen Ichs hielt, hatte er sich herrlich gefühlt, fast ein Wonnegefühl entwickelt, jedenfalls ein Gefühl des Friedens. Jetzt sehnte er sich verzweifelt danach, jenen Zustand wieder einzufangen. Und wieviel besser war es doch, in die echten Augen seines anderen Ichs zu sehen, selbst wenn sie jetzt ausdruckslos und tot starrten. Aber das andere Ich lag mit fest geschlossenen Augen auf dem Bett. Bruno berührte die Augen des anderen Bruno, des toten; sie waren kalt, und ihre Lider wollten sich unter seinen sacht tastenden Fingerspitzen nicht bewegen. Er betastete jene fest geschlossenen Augen und spürte verborgene Nähte in den Augenwinkeln, winzige Knoten, mit denen Fäden die Lider festhielten. Von der Aussicht erregt, die Augen des anderen wieder sehen zu können, erhob sich Bruno und hastete die Treppe hinunter, suchte nach Rasierklingen, einer Nagelschere oder Nadeln und anderen provisorischen chirurgischen Instrumenten, die sich vielleicht dazu eignen könnten, die Augen des anderen Bruno wieder zu öffnen.

Falls Rita Yancy noch weitere Informationen bezüglich der Frye-Zwillinge bereithielte, würden weder Hilary noch

Joshua die aus ihr herausholen können. Tony erkannte das ganz klar, auch wenn Hilary und Joshua das selbst nicht spürten. Jeden Augenblick könnte einer von beiden etwas Scharfes, Zorniges sagen, etwas Beißendes, Bitteres; dann wäre die alte Frau beleidigt und würde sie alle aus dem Haus weisen.

Tony spürte, daß Hilary von den Parallelen zwischen den Qualen ihrer Kindheit und denen Katherines tief ergriffen schien. Die Einstellung, die Rita Yancy vertrat, reizte sie – das moralisierende Gehabe, die kurzen Augenblicke unechter, sirupartiger Sentimentalität und die viel echtere, andauernde, erschütternde Kaltschnäuzigkeit.

An Joshua nagte so etwas wie schlechtes Gewissen; schließlich arbeitete er fünfundzwanzig Jahre lang im Dienste Katherines, ohne ihr gestörtes Bewußtsein erkannt zu haben, das zweifellos unter ihrem sorgfältig kontrollierten Gleichmut gebrodelt haben mußte. Er empfand Ekel über sich selbst und schien deshalb noch reizbarer zu sein. Mrs. Yancy bildete selbst unter normalen Umständen die Art Mensch, die Joshua zutiefst verachtete, so lag bei ihm ein Ausbruch förmlich in der Luft.

Tony erhob sich vom Sofa und ging zu dem Fußschemel vor Rita Yancys Sessel. Er setzte sich hin und tat so, als würde er bloß die Katze streicheln wollen. Aber indem er den Platz wechselte, bezog er zwischen der alten Frau und Hilary Position und versperrte damit gleichzeitig Joshua den Weg, weil Joshua so wirkte, als wollte er Mrs. Yancy jeden Augenblick packen und schütteln. Der Fußschemel eignete sich gut dazu, um von dort aus das Verhör in beiläufiger Weise fortzusetzen. Während Tony die weiße Katze streichelte, plauderte er unablässig mit der alten Frau, schmeichelte sich bei ihr ein, machte sich bei ihr lieb Kind und setzte die alte Clemenza-Methode ein, die ihm bei seiner Polizeiarbeit schon so oft gute Dienste erwiesen hatte.

Schließlich fragte er sie, ob es bei der Geburt der Zwillinge irgendwelche ungewöhnlichen Vorkommnisse gegeben hätte.

»Ungewöhnlich?« fragte Mrs. Yancy perplex. »Finden Sie denn nicht die ganze Geschichte ungewöhnlich?«

»Natürlich«, meinte er. »Ich habe meine Frage nicht besonders gut formuliert. Ich wollte vielmehr fragen, ob Ihnen an der Geburt selbst irgend etwas Besonderes auffiel, irgend etwas an den Wehen oder am ursprünglichen Zustand der Babys, als sie zur Welt kamen – irgendeine Abnormalität oder etwas Eigenartiges.«

Er sah einen Funken Überraschung in ihren Augen, so als hätte seine Frage in ihrem Erinnerungsvermögen einen Schalter betätigt.

»Ja, tatsächlich«, antwortete sie, »da gab es etwas Ungewöhnliches.«

»Lassen Sie mich raten«, meinte er. »Beide Babys sind mit Glückshauben auf die Welt gekommen.«

»Das ist richtig! Woher wußten Sie das?«

»Nur eine Vermutung.«

»Daß ich nicht lache!« Sie drohte ihm mit dem Finger. »Sie sind viel schlauer, als Sie vorgeben.«

Er zwang sich dazu, sie anzulächeln. Er mußte sich zwingen, denn an Rita Yancy war nichts, das ihn zu einem Lächeln veranlassen konnte.

»Sie sind beide mit Glückshauben zur Welt gekommen«, sagte sie. »Ihre kleinen Köpfe waren fast völlig bedeckt. Der Doktor hatte so etwas natürlich schon früher gesehen und wußte auch, was zu tun war. Trotzdem meinte er, die Wahrscheinlichkeit, daß beide Zwillinge Glückshauben haben, läge etwa bei eins zu einer Million.«

»Wußte Katherine das?«

»Ob sie von den Glückshauben wußte? Zu der Zeit nicht. Sie befand sich vor Schmerz im Delirium. Und dann war sie drei Tage lang überhaupt nicht zurechnungsfähig.«

»Und später?«

»Später hat man ihr sicher davon erzählt«, erwiderte Mrs. Yancy. »So etwas vergißt man ja schließlich nicht, einer Mutter mitzuteilen. Ja ... ich erinnere mich jetzt, daß ich es ihr selbst gesagt habe. Ja. Ganz deutlich erinnere ich mich. Sie war fasziniert. Wissen Sie, manche Leute glauben, daß ein Kind, das mit einer Glückshaube zur Welt kommt, die Gabe des zweiten Gesichts besitzt.«

»Hat Katherine das geglaubt?«

Rita Yancy runzelte die Stirn. »Nein. Sie sagte, das sei ein schlechtes Omen, nicht etwa ein gutes. Leo interessierte sich sehr für übernatürliche Dinge, und Katherine hatte wohl einige Bücher aus seiner Sammlung gelesen. In einem der Bücher stand, wenn Zwillinge mit Glückshauben zur Welt kämen, sei das ... ich kann mich nicht mehr genau daran erinnern, was sie sagte, aber jedenfalls war es nicht gut. Irgendwie ein böses Omen.«

»Das Zeichen des Dämons?« fragte Tony.

»Ja! Das war es!«

»Sie glaubte also, ihre Babys seien von einem Dämon gezeichnet und ihre Seelen bereits verdammt?«

»Das hätte ich fast vergessen«, entgegnete Mrs. Yancy.

Ihr Blick ging an Tony vorbei und sah nichts, was sich in dem Salon befand, blickte in die Vergangenheit, versuchte sich zu erinnern ...

Hilary und Joshua hielten sich zurück, blieben stumm, und Tony war erleichtert darüber, daß sie seine Autorität anerkannten.

Schließlich meinte Mrs. Yancy: »Nachdem Katherine mir mitgeteilt hatte, daß das Zeichen eines Dämons seien, wirkte sie plötzlich total verschlossen. Sie wollte nicht mehr reden. Ein paar Tage lang blieb sie stumm wie ein Fisch. Sie blieb im Bett, starrte zur Decke und bewegte sich kaum. Sie sah so aus, als würde sie intensiv über irgend etwas nachdenken. Und plötzlich fing sie an, sich seltsam zu verhalten, daß ich mich fragte, ob ich sie vielleicht nicht doch in die Klapsmühle schicken sollte.«

»Fing sie wieder an zu toben, wie sie das vorher getan hatte?« wollte Tony wissen.

»Nein, nein. Diesmal redete sie nur unablässig. Verrücktes Zeug, das sie mit großer Eindringlichkeit von sich gab. Sie sagte mir, die Zwillinge wären Kinder eines Dämons. Sie sagte, ein Monstrum aus der Hölle hätte sie vergewaltigt, ein grünes schuppiges Ding mit riesigen Augen, gespaltener Zunge und langen Klauen. Sie sagte, das Ungeheuer sei aus der Hölle gekommen, um sie dazu zu zwingen, seine Kinder auszutragen. Verrückt, wie? Sie schwor heilige Eide, daß das die Wahrheit sei. Sie hat diesen Dämon sogar beschrieben. Übrigens eine verdammt gute Beschreibung, detailliert, sehr gut gemacht. Und als sie mir erzählte, wie dieser Dämon sie vergewaltigte, lief es mir eisig den Rücken hinunter, obwohl ich natürlich wußte, daß das alles Unsinn war. Die Geschichten klangen sehr farbenfroh, sehr phantasievoll. Zuerst dachte ich, es sei ein Witz, etwas, womit sie mich einfach nur zum Lachen bringen wollte. Nur, sie lachte nicht, und ich konnte auch überhaupt nichts daran komisch finden. Ich erinnerte sie daran, daß sie mir schließlich alles über Leo erzählt hätte, und sie schrie mich an. Mann, und wie die geschrien hat! Ich dachte, die Fenster würden zerspringen. Sie leugnete ganz entschieden, je so etwas gesagt zu haben, und tat so, als wäre sie beleidigt. Sie war zornig auf mich, daß ich ihr Inzest zutraute, so selbstgefällig, ein richtiger kleiner Tugendbold, und fest darauf aus, mich zu einer Entschuldigung zu veranlassen – nun, ich konnte einfach nicht anders, ich mußte über sie lachen. Das machte sie nur noch zorniger. Sie plapperte die ganze Zeit, es sei nicht Leo gewesen, obwohl wir verdammt genau wußten, daß er es war. Sie tat alles, was sie konnte, um mich davon zu überzeugen, ein Dämon sei der Vater ihrer Zwillinge. Und ich sage Ihnen, sie hat da eine verdammt gute Nummer abgezogen! Ich habe ihr natürlich keine Minute geglaubt. All das alberne Zeug von einem Geschöpf aus der Hölle, das ihr sein Ding hineingesteckt haben soll. Was für Unsinn. Aber ich fing an, mich zu fragen, ob sie sich das Ganze vielleicht selbst einredete. Jedenfalls machte sie diesen Eindruck. Sie war ganz fanatisch und meinte, sie hätte Angst, sie und ihre Babys würden bei lebendigem Leib verbrannt, falls irgendwelche religiösen Leute herausfänden, daß sie sich mit einem Dämon eingelassen hätte. Sie bettelte mich an, ihr zu helfen, das Geheimnis zu bewahren. Ich sollte niemandem etwas über die beiden Glückshauben sagen. Dann sagte sie, sie wüßte auch, daß die beiden Zwillinge das Zeichen des Dämons zwischen ihren Beinen trügen. Sie flehte mich an, auch das geheimzuhalten.«

»Zwischen den Beinen?« fragte Tony.

»Oh, sie zog eine richtig verrückte Nummer ab«, wiederholte Rita Yancy. »Sie bestand darauf, daß ihre beiden Babys die Geschlechtsorgane ihres Vaters geerbt hätten. Sie sagte, zwischen den Beinen seien sie keine Menschen, und sagte, sie wüßte, daß ich das bemerkt hätte, und bettelte darum, niemandem etwas davon zu erzählen. Nun, das war absolut lächerlich – die beiden kleinen Jungs hatten völlig normale Pipis. Aber Katherine hörte zwei Tage lang nicht auf, von Dämonen zu reden. Manchmal kam sie mir richtig hysterisch vor. Sie fragte mich, wieviel Geld ich haben wollte, um ihr Geheimnis zu hüten. Ich sagte, ich würde keinen Penny nehmen, und meinte dann, ich wäre mit fünfhundert im Monat zufrieden, um das mit Leo für mich zu behalten, den Rest der wirklich schlimmen Geschichte. Das beruhigte sie ein wenig. Aber diese Sache mit dem Dämon ließ sie nicht los. Ich war inzwischen fast überzeugt, daß sie das, was sie sagte, wirklich glaubte, und wollte meinen Arzt rufen, sie von ihm untersuchen lassen – und dann hörte sie plötzlich auf. Es schien, als würde sie wieder zu sich kommen. Vielleicht wurde sie des Ganzen aber auch überdrüssig. Ich weiß es nicht. Jedenfalls verlor sie kein Wort mehr über Dämonen. Von dem Augenblick an benahm sie sich ganz normal, bis sie schließlich etwa eine Woche später ihre Babys nahm und wegging.«

Tony dachte über das nach, was Mrs. Yancy ihm erzählt hatte.

Wie eine Hexe, die einen Katzenhausgeist liebkost, streichelte die alte Frau die weiße Katze.

»Was nun, wenn«, sagte Tony, »was nun, wenn, was nun, wenn, was nun, wenn?«

»Was nun, wenn was?« fragte Hilary.

»Ich weiß nicht«, entgegnete er. »Langsam sieht es so aus, als würden sich einige Stücke zusammenfügen ... Aber das Ganze ist so ... so verrückt. Vielleicht setze ich das

Puzzle auch völlig falsch zusammen. Ich muß darüber nachdenken. Ich bin einfach noch nicht sicher.«

»Nun, haben Sie noch Fragen an mich?« wollte Mrs. Yancy wissen.

»Nein«, meinte Tony und erhob sich von dem Fußschemel. »Mir fällt nichts mehr ein.«

»Ich glaube, wir wissen alles, weshalb wir hierhergekommen sind«, pflichtete Joshua ihm bei.

»Mehr als wir hören wollten«, ergänzte Hilary.

Mrs. Yancy hob die Katze von ihrem Schoß, setzte sie auf den Boden und stand auf. »Ich hab' mit dieser albernen Sache viel zuviel Zeit vergeudet. Eigentlich sollte ich in der Küche stehen. Schließlich habe ich Arbeit. Ich habe heute morgen vier Kuchen gebacken, und jetzt muß ich die Füllungen zubereiten und alles fertigmachen. Meine Enkelkinder kommen zum Abendessen, und jeder von ihnen bevorzugt eine andere Art von Kuchen. Manchmal können einem die kleinen Lieblinge wirklich auf die Nerven gehen. Aber was würde ich schon tun, wenn ich sie nicht hätte?«

Die Katze sprang mit einem plötzlichen Satz über den Schemel, huschte über den geblümten Läufer an Joshua vorbei und verkroch sich unter einen Tisch in der Ecke.

Und in genau dem Augenblick, in dem das Tier zur Ruhe kam, erzitterte das Haus. Zwei winzige gläserne Schwäne kippten vom Regal und fielen, ohne zu zerbrechen, auf den Teppich. Zwei bestickte Wandbehänge fielen herunter. Fenster klirrten.

»Erdbeben«, sagte Mrs. Yancy.

Der Boden schwankte wie das Deck eines Schiffes auf hoher See. »Nichts Beunruhigendes«, meinte Mrs. Yancy.

Die Bewegung ließ nach.

Die polternde, unzufriedene Erde kam wieder zur Ruhe.

Das Haus beruhigte sich.

»Sehen Sie?« lachte Mrs. Yancy. »Jetzt ist es vorbei.«

Aber Tony fühlte andere Schockwellen, die auf sie zukamen – nur daß diese absolut nichts mit Erdbeben zu tun hatten.

Endlich hatte Bruno es geschafft, die toten Augen seines anderen Ichs aufzubekommen und schien zuerst über das, was er fand, empört. Das waren nicht die klaren, elektrisierenden, blaugrauen Augen, die er gekannt und geliebt hatte. Dies schienen die Augen eines Monstrums zu sein, angeschwollen, faulig-weich und hervortretend. Halbgetrocknetes, verklebtes Blut aus zerplatzten Blutgefäßen hatte das Weiße in ihnen rötlichbraun gefärbt. Und die Iris wirkte wolkig-schlammig, nicht mehr blau wie zu Lebzeiten, eher wie eine Wunde: dunkel, unschön.

Aber je länger Bruno sie anstarrte, desto weniger häßlich erschienen ihm jene zerstörten Augen; schließlich waren das immer noch die Augen seines anderen Ichs, Teile von ihm selbst, Augen, die er besser als irgendwelche anderen Augen kannte, Augen, die er liebte, denen er vertraute, Augen, die ihn liebten und ihm vertrauten. Er versuchte, nicht auf sie, sondern in sie hineinzusehen, vorbei an der Zerstörung, an der Oberfläche, ganz tief hinein, wo er (so oft in der Vergangenheit) jene flammende, prickelnde Verbindung zu der anderen Hälfte seiner Seele entdeckt hatte. Er verspürte jetzt nichts von dem alten Zauber, denn die Augen des anderen Bruno blickten ihm nicht entgegen. Dennoch belebte allein der Vorgang, tief in die toten Augen des anderen zu blicken, seine Erinnerung an die totale Vereinigung mit seinem anderen Ich irgendwie neu, und er erinnerte sich an das süße Vergnügen und die Erfüllung des mit sich Einsseins. Er und sein anderes Ich gegen die Welt, ohne die Furcht des Alleinseins.

Er klammerte sich an die Erinnerung, denn die Erinnerung war jetzt alles, was ihm blieb.

Er saß lange auf dem Bett und starrte in die Augen der Leiche.

Joshua Rhineharts Cessna Turbo Skylane RG brauste nach Norden, quer über die östliche Luftströmung hinweg auf das Napa-Tal zu.

Hilary blickte auf die verstreuten Wolken in der Tiefe und die herbstlichen Hügel, die ein paar tausend Fuß unter den Wolken lagen. Über ihnen gab es nichts außer kristallblauen Himmel und einen fernen stratosphärischen Kondensstreifen eines Düsenjägers.

Weit im Westen türmte sich eine dichte blaugraue Wolkenbank auf, die sich, so weit das Auge reichte, von Nord nach Süd erstreckte. Die riesigen Gewitterwolken drängten heran wie mächtige Schiffe auf dem Meer. Bis zum Einbruch der Nacht würde das Napa-Tal – ja das ganze nördliche Drittel des Staates, von der Monterey-Halbinsel bis zur Grenze von Oregon – wieder unter einer finster dräuenden Wolkendecke liegen.

In den ersten zehn Minuten nach dem Start sprachen Hilary, Tony und Joshua kein Wort, schienen alle in ihre eigenen finsteren Gedanken – und Ängste – vertieft.

Dann meinte Joshua: »Der Zwilling muß der Doppelgänger sein, den wir suchen.«

»Ja, ganz sicher«, entgegnete Tony.

»Katherine hat wohl nicht versucht, ihr Problem durch die Ermordung des zweiten Babys zu lösen«, ergänzte Joshua.

»Offensichtlich nicht«, nickte Tony.

»Aber welchen von beiden habe ich getötet?« fragte Hilary. »Bruno oder seinen Bruder?«

»Wir werden die Leiche exhumieren lassen und schauen, was wir finden können«, meinte Joshua.

Die Maschine trat in ein Luftloch ein und sackte mehr als zweihundert Fuß durch, stieg aber anschließend dröhnend wieder zur ursprünglichen Höhe auf.

Als Hilarys Magen sich wieder an seinem gewohnten Platz einfand, bemerkte sie: »Also schön, sprechen wir die Sache mal ganz durch, um zu sehen, ob wir weiterkommen. Wir sitzen ohnehin alle da und kauen auf demselben Problem herum. Wenn Katherine Brunos Zwillingsbruder nicht getötet hat, um die Mary-Gunther-Lüge aufrechtzuerhalten, was hat sie dann mit ihm gemacht? Wo, zum Teufel, steckte er all die Jahre?«

»Nun, da gibt es zunächst einmal Mrs. Rita Yancys Theorie«, sagte Joshua und schaffte es, ihren Namen so auszusprechen, daß er zweifellos einen schlechten Geschmack in seinem Mund hinterließ. »Vielleicht hat Katherine einen der Zwillinge der Kirche oder einem Waisenhaus auf die Türschwelle gelegt.«

»Ich weiß nicht ...«, meinte Hilary zweifelnd. »Mir gefällt das nicht, aber ich kann mir nicht erklären, warum. Es klingt einfach zu ... klischeehaft ... zu abgedroschen ... zu romantisch. Verdammt, keines dieser Worte drückt es richtig aus. Ich weiß nicht, wie ich es beschreiben soll. Ich habe nur das Gefühl, Katherine hat die Sache nicht so angepackt. Es ist zu ...«

»Zu glatt«, unterstrich Tony. »Genau wie diese Mary-Gunther-Geschichte für mich zu glatt war. Einen der Zwillinge auszusetzen wäre der schnellste, einfachste, sicherste – wenn auch nicht der moralischste – Weg gewesen, ihr Problem zu lösen. Aber die Leute tun fast nie etwas auf die schnellste, einfachste und sicherste Art. Ganz besonders nicht, wenn sie unter jener Art von Streß stehen, unter dem Katherine litt, als sie Rita Yancys Hurenhaus verließ.«

»Trotzdem können wir diese Möglichkeit nicht ganz ausschließen«, entgegnete Joshua.

»Doch, das glaube ich schon«, wandte Tony ein. »Gehen Sie nämlich davon aus, daß der Bruder ausgesetzt und von Fremden adoptiert wurde, so müssen Sie uns erklären, wie er und Bruno später wieder zusammengekommen sind, nachdem der Bruder bei seiner Geburt nicht einmal registriert wurde. Es hätte in dem Fall überhaupt keine Möglichkeit bestanden, seine Eltern ausfindig zu machen. Er hätte Bruno also nur rein zufällig treffen können. Selbst wenn Sie einen derartigen Zufall akzeptieren, müßten Sie mir aber immer noch erklären, wie der Bruder in einer völlig anderen Umgebung, anders erzogen als Bruno und ohne Katherine zu kennen, einen solch glühenden Haß gegen die Frau und solch überwältigende Furcht vor ihr entwickeln konnte.«

»Ja, das wird nicht leicht sein«, räumte Joshua ein.

»Sie müßten erklären, weshalb und wie der Bruder seine psychopathische Persönlichkeit und diese paranoiden

Wahnvorstellungen entwickeln konnte, die in jeder Einzelheit genau denen Brunos entsprechen«, fügte Tony hinzu.

Die Cessna dröhnte in nördlicher Richtung dahin.

Der Wind peitschte die kleine Maschine.

Eine Minute lang saßen alle drei schweigend in dem kleinen rotgelb lackierten fliegenden Kokon.

Dann gab Joshua zu: »Sie haben recht. Ich kann es nicht erklären. Die Theorie taugt nichts.«

»Was meinst du?« fragte Hilary Tony. »Sind Bruno und sein Bruder doch nicht getrennt worden?«

»Sie hat sie beide nach St. Helena, nach Hause, mitgenommen«, entgegnete Tony.

»Aber wo befand sich dann der andere Zwilling all die Jahre?« fragte Joshua. »Irgendwo in einem Schrank eingesperrt oder so etwas?«

»Nein«, meinte Tony. »Wahrscheinlich sind Sie ihm häufig begegnet.«

»Was? Ich? Nein. Niemals. Nur Bruno.«

»Was ist, wenn ... wenn beide als Bruno gelebt haben. Was ist, wenn ... sie sich einfach abgewechselt haben?«

Joshua wandte seinen Blick vom offenen blauen Himmel vor ihnen ab, starrte Tony an und blinzelte. »Wollen Sie mir etwa weismachen, daß die beiden vierzig Jahre lang ein kindisches Spiel getrieben haben?« fragte er skeptisch.

»Kein Spiel«, antwortete Tony. »Zumindest stellte es für sie kein Spiel dar, sondern eine verzweifelte, gefährliche Notwendigkeit.«

»Jetzt komm' ich nicht mehr mit«, weigerte sich Joshua.

Zu Tony gewandt, fügte Hilary hinzu: »Ich wußte, daß du eine Idee hattest, als du Mrs. Yancy nach den Glückshauben fragtest und die Reaktion Katherines darauf wissen wolltest.«

»Ja«, gab Tony zu. »Das Gerede Katherines über einen Dämon – hat mir einen Teil des Rätsels offenbart.«

»Herrgott noch mal!« stöhnte Joshua ungeduldig, fast mürrisch. »Hören Sie gefälligst auf, so geheimnisvoll zu tun. Reden Sie so, daß Hilary und ich es auch verstehen können.«

»Tut mir leid. Ich habe sozusagen laut gedacht.« Tony rutschte auf seinem Sessel zur Seite. »Okay. Hören Sie zu. Es wird eine Weile dauern. Ich muß ganz vorn anfangen ... Um zu kapieren, was ich über Bruno zu sagen habe, müssen Sie Katherine verstehen – zumindest so, wie ich sie sehe. Nach meiner Theorie haben wir es hier ... haben wir es mit einer Familie zu tun, in der Geistesgestörtheit ... irgendwie wenigstens über drei Generationen hinweg weitervererbt wurde. Die Geisteskrankheit wächst immer weiter und weiter, wie ein Bankkonto, auf dem die Zinsen steigen.« Tony rutschte erneut auf seinem Sitz herum. »Fangen wir mit Leo an. Ein extrem autoritärer Typ. Um glücklich zu sein, mußte er andere Leute völlig kontrollieren und beherrschen. Einer der Gründe, weshalb er im Geschäft so erfolgreich war, aber deshalb auch nicht viele Freunde hatte. Er bekam immer das, was er wollte; er gab nie nach. Aggressive Männer wie Leo benehmen sich sexuell völlig anders als im übrigen Leben; sie möchten, daß ihnen alle Verantwortung abgenommen wird im Bett; sie wollen herumkommandiert und beherrscht werden – doch nur im Bett. Nicht so Leo. Nicht einmal im Bett. Er bestand darauf, selbst in seinem Sexualleben die dominante Rolle zu spielen. Er genoß es, Frauen wehzutun und sie zu demütigen, sie zu beleidigen und sie zu unangenehmen Dingen zu zwingen, brutal zu sein, sadistisch. Das wissen wir von Mrs. Yancy.«

»Aber von der Bezahlung Prostituierter für die Erfüllung irgendwelcher perverser Wünsche bis zur Belästigung seines eigenen Kindes ist es doch ein verdammt weiter Weg«, warf Joshua ein.

»Aber wir wissen, daß er Katherine wiederholt belästigt hat, und zwar über Jahre hinweg«, erklärte Tony. »Also muß es in Leos Augen kein so großer Schritt gewesen sein. Wahrscheinlich hätte er gesagt, es sei ganz in Ordnung, Mrs. Yancys Mädchen zu mißhandeln, denn er bezahlte ja schließlich dafür, und deshalb gehörten sie ihm, wenigstens eine Weile. Er muß ein Mann mit ausgeprägtem Sinn für Besitz gewesen sein – und mit einer höchst freizügigen Definition dessen, was ›Besitz‹ umfaßte. Wahrscheinlich hätte er mit diesem Standpunkt auch das zu rechtfertigen versucht, was er Katherine antat. Ein Mann wie er sieht in einem Kind auch nur seinen Besitz – ›mein Kind‹ anstatt ›mein Kind‹. Für ihn stellte Katherine ein Ding, einen Gegenstand dar, der sinnlos war, wenn man ihn nicht benutzte.«

»Ich bin froh, daß ich diesen Hundesohn nie kennengelernt habe«, entgegnete Joshua. »Hätte ich ihm je die Hand geschüttelt, ich würde mich heute noch schmutzig fühlen.«

»Worauf ich hinaus will«, fuhr Tony fort, »ist folgendes: Katherine war als Kind in einem Haus gefangen, in einer brutalen Beziehung mit einem Mann, der zu allem fähig schien. Demzufolge bestand für sie nicht die geringste Chance, sich geistig halbwegs normal zu entwickeln. Leo war ein eiskalter Brocken, höchst selbstsüchtig, mit einem sehr stark ausgeprägten perversen Sexualtrieb. Es ist möglich, ja sogar wahrscheinlich, daß er nicht nur unter emotionalen Störungen litt. Höchstwahrscheinlich hatte er sich völlig von der Realität losgelöst, in einem Maße, das ihn zum Psychopathen machte, konnte das aber immer verbergen. Es gibt solche Psychopathen, die ihre Geistesgestörtheit eisern kontrollieren und sich öffentlich durchaus normal zeigen. Diese Art von Psychopathen lebt gewöhnlich den Wahnsinn in einem ganz engen, üblicherweise von der Welt abgegrenzten Bereich aus. Leo ließ ein wenig Dampf bei Prostituierten ab – und sehr viel bei Katherine. Wir müssen davon ausgehen, daß er sie nicht nur körperlich mißbraucht hat; seine Wünsche gingen weit darüber hinaus und verlangten absolute Kontrolle. Als er sie körperlich besaß, gab er so lange keine Ruhe, bis er sie auch seelisch und geistig gebrochen hatte. Als Katherine bei Mrs. Yancy eintraf, um das Baby ihres Vaters zur Welt zu bringen, war sie in jeder Hinsicht ebenso irrsinnig wie vor ihr Leo. Offenbar schien sie auch seine Fähigkeit geerbt zu haben, sich zusammenzunehmen und unter normalen Menschen normal zu wirken. Drei Tage lang, nach der Geburt der Zwillinge, hatte sie diese Fähigkeit verloren, aber dann bekam sie sich wieder unter Kontrolle.«

»Sie hat die Beherrschung aber ein zweites Mal verloren«, fügte Hilary hinzu, während die Maschine erneut hin und her geworfen wurde.

»Yeah«, meinte Joshua. »Als sie Mrs. Yancy einreden wollte, ein Dämon hätte ihr Gewalt angetan.«

»Wenn meine Theorie stimmt«, fuhr Tony fort, »dann hat Katherine nach der Geburt der Zwillinge einen unglaublichen geistigen Wandel durchlebt. Eine neue Kombination von Wahnvorstellungen verdrängte die alte. Trotz sexuellen Mißbrauchs, trotz emotionaler und körperlicher Qualen, die sie bei ihrem Vater erlitt, und trotz ihrer Schwangerschaft hatte sie stets äußerlich Ruhe bewahrt und es irgendwie geschafft, in all der Zeit normal zu wirken. Aber nach der Geburt der Zwillinge, und nachdem ihr klar wurde, daß sie die Geschichte von Mary Gunthers Baby nicht mehr verwenden könnte, schien es ihr einfach zuviel zu werden. Sie drehte durch – bis ihr die Idee kam, ein Dämon hätte sie vergewaltigt. Wir wissen von Mrs. Yancy, daß Leo sich für okkulte Dinge interessierte. Katherine mußte einige von Leos Büchern gelesen haben. Irgendwie schien sie zu wissen, daß nach Meinung mancher Leute mit Glückshauben geborene Zwillinge das Zeichen eines Dämons tragen. Und als ihre Zwillinge mit Glückshauben zur Welt kamen ... da begann sie plötzlich zu phantasieren. Und die Vorstellung, das unschuldige Opfer einer dämonischen Kreatur zu sein, die ihr Gewalt antat – nun, diese Idee paßte ihr eigentlich recht gut. Sie befreite sie von der Scham und dem Schuldgefühl, die Kinder ihres eigenen Vaters ausgetragen zu haben. Diese neuerliche Geschichte mußte sie zwar immer noch vor der Welt verbergen, aber sie brauchte sie wenigstens nicht vor sich selbst zu verstecken. Daran war nichts Schändliches, dafür müßte sie sich nicht dauernd vor sich selbst entschuldigen. Niemand konnte von einer gewöhnlichen Frau erwarten, daß sie einem Dämon Widerstand leiste, der doch schließlich übernatürliche Kräfte besitzt. Sie redete sich selbst glaubhaft ein, daß sie wirklich von einem Ungeheuer vergewaltigt wurde, und betrachtete sich damit als unschuldiges unglückliches Opfer.«

»Aber das war sie doch ohnehin«, meinte Hilary. »Sie

war das arme Opfer ihres Vaters. Er hatte ihr Gewalt angetan, nicht etwa umgekehrt.«

»Stimmt«, erwiderte Tony. »Aber er verwendete höchstwahrscheinlich viel Zeit und Energie darauf, sie einer Gehirnwäsche zu unterziehen, ihr weiszumachen, sie trage die Schuld an jener perversen Beziehung. Die Schuldgefühle auf die Tochter zu laden – war eine bequeme Art, seinen eigenen Schuldgefühlen zu entkommen. Und zu Leos autoritärer Persönlichkeit würde ein solches Verhalten durchaus passen.«

»Also gut«, meldete sich Joshua am Steuer der Maschine wieder zu Wort. »Bis jetzt stimme ich Ihnen zu. Ihre Theorie braucht nicht richtig zu sein, aber sie ergibt durchaus einen Sinn, und das ist ein großer Fortschritt. Also brachte Katherine die Zwillinge zur Welt, verlor drei Tage die Kontrolle über sich und fand sie dann wieder, indem sie sich eine neue Phantasiewelt, eine neue Wahnvorstellung aufbaute. Sie glaubte also, ein Dämon hätte sie vergewaltigt, und konnte damit vergessen, daß es in Wirklichkeit ihr Vater gewesen war. Sie konnte den Inzest vergessen und wenigstens einen Teil ihres Selbstwertgefühls zurückgewinnen. Tatsächlich hat sie sich wahrscheinlich in ihrem ganzen bisherigen Leben nicht besser gefühlt.«

»Genau«, nickte Tony.

»Mrs. Yancy war der einzige Mensch, dem sie jemals diesen Inzest anvertraute«, meinte Hilary. »Nun in dieser neuen Phantasiewelt lebend, drängte es Katherine natürlich danach, Mrs. Yancy von der ›Wahrheit‹ zu überzeugen. Es beunruhigte sie, daß Mrs. Yancy in ihr eine schreckliche Person, eine Sünderin sah; sie wollte also Mrs. Yancy klarmachen, daß sie das Opfer eines unwiderstehlichen übernatürlichen Monstrums wurde. Deshalb war sie so hartnäckig.«

»Aber da Mrs. Yancy ihr nicht glaubte«, meinte Tony, »beschloß sie, die Geschichte für sich zu behalten. Sie erwartete auch nicht, daß ihr sonst jemand glauben würde, aber das erschien ihr nicht so wichtig, weil sie selbst felsenfest von dieser neuen Wahrheit überzeugt war. Ein solches Geheimnis konnte sie viel leichter bewahren als das andere, das mit Leo.«

»Und Leo war ein paar Wochen zuvor gestorben«, ergänzte Hilary, »also konnte auch er sie nicht an das erinnern, was sie vergessen wollte.«

Joshua nahm einen Augenblick lang beide Hände vom Steuer und wischte sie sich am Hemd ab. »Ich dachte immer, ich sei schon zu alt und zu zynisch, um auf eine Horrorgeschichte zu reagieren. Aber jetzt habe ich richtig feuchte Hände bekommen. Leo war also nicht mehr da, um sie zu erinnern – aber sie brauchte beide Kinder, um ihre neue Wahnvorstellung zu stützen. Sie bildeten den lebenden Beweis dafür; deshalb konnte sie keinen zur Adoption freigeben.«

»Das ist richtig«, meinte Tony. »Sie behielt beide bei sich und die Kinder halfen ihr dabei, ihr Hirngespinst am Leben zu erhalten. Betrachtete sie diese zwei völlig gesunden, unzweifelhaft menschlichen Babys, so bemerkte sie wirklich etwas an ihren Geschlechtsorganen, eine Veränderung, so wie Mrs. Yancy es geschildert hatte. Sie sah es aufgrund ihres Wahnvorstellungsvermögens, bildete sich etwas ein, den Beweis dafür, daß es sich um die Kinder eines Dämons handelte. Die Zwillinge bildeten einen Teil ihrer bequemen neuen Wahnvorstellung – und ich sage ›bequem‹ nur im Vergleich zu den Alpträumen, mit denen sie vorher leben mußte.«

Hilarys Gedanken drehten sich jetzt schneller als der Propeller des Flugzeugs. Ihre Erregung wuchs, denn ihr wurde klar, wohin Tonys Spekulationen führen würden. »Katherine hat also die Zwillinge mit nach Hause genommen, in jenes Haus auf der Klippe«, fügte sie hinzu, »aber diese Mary-Gunther-Lüge mußte sie immer noch aufrechterhalten, nicht wahr? Sicher. Zum einen wollte sie ihren Ruf schützen. Doch es gab noch einen weiteren Grund, der viel wichtiger schien als ihr Leumund. Eine Psychose wurzelt im Unterbewußtsein, aber soweit mir bekannt ist, entspringen die Phantasievorstellungen, die ein Psychopath dazu benutzt, mit seinem inneren Aufruhr fertigzuwerden, mehr aus einem verstandesmäßigen Bewußtsein. Und deshalb ... glaubte Katherine zwar bewußt an den Dämon ... spürte aber gleichzeitig tief in ihrem Unterbewußtsein, daß ihre Nachbarn am Ende Leo als Vater erkennen würden, wenn sie mit Zwillingen nach St. Helena zurückkäme und die Mary-Gunther-Geschichte aufgäbe. Und in diesem Fall würden an die Stelle ihrer neuen, bequemeren Wahnvorstellungen wieder die alten treten. Um daher das Hirngespinst des Dämons in ihrem eigenen Bewußtsein halten zu können, durfte sie der Öffentlichkeit nur ein Kind zeigen. Also gab sie beiden Kindern nur einen Namen. Sie ließ immer nur einen an die Öffentlichkeit, und zwang sie, ein Leben zu leben.«

»Und am Ende«, ergänzte Tony, »kam es so weit, daß die zwei Männer sich für ein und dieselbe Person hielten.«

»Halt, halt!« fiel Joshua dazwischen. »Es mag ja sein, daß sie sich gegenseitig als eine Person ausgaben und nur unter einem Namen und einer Identität in der Öffentlichkeit auftraten. Selbst das zu glauben, fällt mir schwer, aber ich will es versuchen. Aber allein zu Hause bildeten sie doch ganz sicher zwei selbständige Individuen.«

»Vielleicht nicht«, entgegnete Tony. »Wir sind auf Beweise gestoßen, wo sie sich als ... als irgendwie eine Person in zwei Körpern sahen.«

»Beweise? Was für Beweise?« wollte Joshua wissen.

»Der Brief, den Sie in dem Schließfach der Bank in San Franzisko fanden. In dem Brief schrieb Bruno, er sei in Los Angeles getötet worden. Er sagte nicht, sein Bruder sei getötet worden; er behauptete, selbst tot zu sein.«

»Mit diesem Brief können Sie gar nichts beweisen«, meinte Joshua. »Alles Unsinn, Hokuspokus. Das ergibt keinen Sinn.«

»In gewisser Weise gibt der Brief sehr wohl Sinn«, widersprach ihm Tony. »Von Brunos Standpunkt aus – falls er in seinem Bruder keinen anderen Menschen sah, falls er in seinem Zwilling sich selbst sah, eine Art Fortsetzung der eigenen Person und nicht eine eigenständige Person, dann leuchtet der Brief plötzlich durchaus ein.«

Joshua schüttelte den Kopf. »Aber ich kann immer noch nicht begreifen, wie man zwei Menschen davon überzeugen kann, daß sie nur eine Person darstellen.«

»Sie sind doch daran gewöhnt, von gespaltenen Persönlichkeiten zu hören«, meinte Tony. »Dr. Jekyll und Mr. Hyde. Die Frau, deren wahre Geschichte in *Die drei Gesichter Evas* berichtet wurde. Und dann gab es noch ein Buch über eine Frau, vor ein paar Jahren ein Bestseller. Sybil. Sybil kannte in sich sechzehn unterschiedliche eigenständige Persönlichkeiten. Nun, wenn ich mich in bezug auf die Frye-Zwillinge nicht irre, dann entwickelten sie eine Psychose, die das genaue Gegenteil von gespaltenen Persönlichkeiten darstellt. Diese zwei Leute spalteten sich nicht in vier oder sechs oder acht oder achtzig Persönlichkeiten auf; statt dessen sind sie unter dem ungeheuren psychischen Druck ihrer Mutter ... psychologisch zusammengeschmolzen, eins geworden. Zwei Individuen mit einer Persönlichkeit, einem Bewußtsein, einem Selbstbild, und das alles in zwei Körper geteilt. Wahrscheinlich ist so etwas noch nie vorgekommen und passiert vielleicht auch nie wieder, aber das bedeutet nicht, daß es hier nicht geschehen sein kann.«

»Für diese beiden muß es praktisch lebensnotwendig geworden sein, eine identische Persönlichkeit zu entwickeln, um abwechselnd in der Welt außerhalb des Hauses auf der Klippe leben zu können«, meinte Hilary. »Der winzigste Unterschied hätte sofort die ganze Maskerade auffliegen lassen.«

»Aber wie?« wollte Joshua wissen. »Was hat Katherine mit ihnen angestellt? Wie hat sie das zuwege gebracht?«

»Genau werden wir das sicherlich nie erfahren«, entgegnete Hilary. »Aber ungefähr kann ich mir schon vorstellen, was sie unternommen hat.«

»Ich auch«, fügte Tony hinzu. »Aber fang du an.«

Am späteren Nachmittag schwächte sich das Licht, das durch die Ostfenster des Speicherraums hereinfiel, zusehends ab; langsam kroch Dunkelheit in die Ecken.

Als allmählich Schatten über den Boden krochen, fing Bruno an, sich Sorgen zu machen, er könne von der Dunkelheit überrascht werden. Er konnte nicht einfach eine Lampe anknipsen, weil sie nicht funktionierten. Das Haus war seit fünf Jahren nicht mehr an das elektrische Stromnetz angeschlossen, seit dem ersten Tod seiner Mutter. Seine Taschenlampe funktionierte mit den leeren Batterien auch nicht mehr.

Eine Weile sah Bruno teilnahmslos zu, wie der Raum zuerst in purpurne, dann in graue Düsternis versank, und kämpfte gegen ein Gefühl der Panik an. Im Dunkeln sich im Freien aufzuhalten, machte ihm nichts aus, denn dort gab es immer etwas Licht von Häusern, Straßenlaternen, vorüberfahrenden Autos, den Sternen, dem Mond. Aber in einem Raum völlig ohne Licht kamen das Wispern und die krabbelnden Biester zurück, und dieser doppelten Plage mußte er sich irgendwie entziehen.

Kerzen.

Seine Mutter hatte immer ein paar Schachteln mit langen Kerzen in der Speisekammer aufbewahrt, gleich neben der Küche. Sie dienten als Reserve bei Stromausfall. In der Speisekammer gäbe es auch ganz sicher Streichhölzer, hundert oder mehr, in einer runden Dose mit einem dichtsitzenden Deckel. All diese Dinge hatte er bei seinem Auszug unberührt gelassen, nur ein paar persönliche Habseligkeiten und einige Stücke aus seinen Kunstsammlungen mitgenommen.

Er beugte sich vor, um wieder in das Gesicht des anderen Bruno zu starren, und sagte zu ihm: »Ich gehe einen Augenblick hinunter.«

Die umwölkten toten Augen starrten ihn an.

»Ich bleibe nicht lang weg«, meinte Bruno.

Sein anderes Ich schwieg.

»Ich werde ein paar Kerzen holen, damit die Dunkelheit mich nicht überrascht«, fügte Bruno hinzu. »Halte ich es ein paar Minuten allein hier aus, während ich weg bin?«

Sein anderes Ich blieb stumm.

Bruno ging zu der Treppe in der Ecke. Sie führte nach unten in ein Schlafzimmer im Obergeschoß. Der Treppenschacht lag nicht völlig in der Dunkelheit, weil etwas Licht vom Fenster hereinfiel. Aber als Bruno unten die Tür aufstieß, mußte er erschreckt feststellen, daß im Schlafzimmer völlige Dunkelheit herrschte.

Die Fensterläden.

Er hatte die Fensterläden auf dem Dachboden geöffnet, als er am Morgen in der Dunkelheit aufwachte, aber überall sonst im Haus waren die Läden verschlossen. Er hatte nicht gewagt, sie zu öffnen. Es schien zwar unwahrscheinlich, daß Hilary-Katherines Spione nach oben blickten und zwei geöffnete Läden im Dachboden bemerkten; aber wenn er jetzt in das ganze Haus Licht ließ, würde ihnen die Veränderung sicherlich auffallen; sie würden gleich gelaufen kommen. Jetzt war das Haus wie ein Grabmal eingehüllt in ewige Nacht.

Er stand im Treppenhaus und spähte in das finstere Schlafzimmer, hatte Angst, weiterzugehen, lauschte, ob er das Wispern hörte.

Kein Laut war zu vernehmen.

Auch keine Bewegung.

Er überlegte, ob er wieder hinaufgehen sollte. Aber das war auch keine Lösung; in ein paar Stunden würde die Nacht hereinbrechen, und dann säße er ohne schützendes Licht da. Er mußte bis zur Speisekammer vordringen und die Kerzen finden.

Zögernd, widerstrebend betrat er das Schlafzimmer, hielt die Tür zur Treppe offen, um das schwache rauchige Licht auszunutzen, das hinter und über ihm lag. Zwei Schritte. Dann blieb er stehen.

Wartete.

Lauschte.

Kein Wispern.

Er ließ die Tür los und hastete durch das Schlafzimmer, tastete sich seinen Weg zwischen den Möbelstücken hindurch.

Kein Wispern.

Er erreichte die nächste Tür und trat in den Flur.

Kein Wispern.

Einen Augenblick lang, eingehüllt in samtige, konturlose Schwärze, konnte er sich nicht erinnern, ob er nach links oder nach rechts abbiegen mußte, um an die Treppe nach unten zu kommen. Dann kam die Orientierung zurück, und er ging nach rechts, die Arme vor sich ausgestreckt, die Finger gespreizt wie ein Blinder.

Kein Wispern.

Fast wäre er die Treppe hinuntergefallen, als er sie erreichte. Der Boden tat sich plötzlich unter ihm auf, und er rettete sich, indem er nach links taumelte und sich an dem Geländer festklammerte, das er nicht sah.

Wispern.

An das Geländer geklammert und praktisch blind hielt er den Atem an und legte den Kopf zur Seite.

Wispern.

Es kam hinter ihm her.

Er schrie auf und taumelte wie ein Betrunkener die Treppe hinunter, ruderte mit den Armen, verlor das Gleichgewicht, stolperte, stürzte auf den Treppensims, fand sich mit dem Gesicht im staubigen Teppich wieder, spürte einen Schmerz, der durch sein linkes Bein schoß, einfach ein blitzartiger Schmerz und dann das dumpfe Echo in seinem Fleisch, und er hob den Kopf und hörte das Wispern näher kommen, näher, rappelte sich auf, wimmerte vor Angst, hinkte hastig den nächsten Treppenabsatz hinunter, stolperte, als er plötzlich das Untergeschoß erreichte, sah sich um, starrte in die Dunkelheit hinein, hörte das Wispern, das auf ihn zukam, hörte, wie es sich zu einem brüllenden Zischen aufbaute, und schrie »Nein! Nein!« – und rannte durch den Gang auf den hinteren Teil des Hauses zu, auf die Küche zu, und dann baute sich das Wispern rings um ihn auf, schlug über ihm zusammen, kam von oben und unten und allen Seiten, und da waren sie wieder, diese schrecklichen, krabbelnden Dinger – oder nur eines; eines oder viele; er wußte es nicht – und während er auf die Küche zutaumelte, in seiner Angst und seinem Schrecken von Wand zu Wand stolperte, schlug und wischte er an sich herum, versuchte verzweifelt die Krabbeldinger loszuwerden, und krachte gegen die Küchentür, eine Pendeltür, die aufschwang, um ihn einzulassen, tastete sich an der Wand entlang, tastete sich am Herd und am Kühlschrank vorbei, den Schränken und dem Ausguß, bis er schließlich die Tür zur Speisekammer erreichte, und die ganze Zeit krabbelten die Biester an ihm herum, und das Wispern dauerte an, und er schrie und schrie, so laut er konnte, und riß die Speisekammertür auf, und ein Übelkeit erregender Gestank schlug ihm entgegen, und er trat in die Kammer trotz des widerwärtigen Gestanks und erkannte in diesem Augenblick, daß er nichts sehen konnte und die Kerzen und Streichhölzer zwischen all den anderen Dosen und Behältern nicht würde finden können, wirbelte wieder herum, hastete wieder in die Küche hinaus, schrie, hieb um sich, wischte die krabbelnden Dinger von seinem Gesicht, da sie ihm wieder in Mund und Nase dringen wollten, fand die Tür nach draußen, fummelte an der Klinke herum, brachte sie schließlich auf und stieß die Tür auf.

Licht.

Graues Nachmittagslicht, das im Westen von den Mayacamas-Bergen herableuchtete, strömte durch die offene Tür herein und erhellte die Küche.

Licht.

Eine Weile stand er unter der offenen Tür und badete sich in dem herrlichen Licht. Er war über und über schweißbedeckt, und sein Atem ging schwer und keuchend.

Nachdem er sich einigermaßen beruhigt hatte, kehrte er in die Speisekammer zurück. Der Übelkeit erregende Gestank kam von alten Dosen und Gläsern mit Lebensmitteln, die aufgequollen und explodiert waren und deren verdorbener Inhalt jetzt schwarzgrünem Schimmel und Pilzen Nahrung bot. Er bemühte sich, das widerwärtige Zeug nicht zu berühren, entdeckte die Kerzen und die Dose mit den Streichhölzern.

Die Streichhölzer schienen noch trocken und brauchbar. Er riß eines an, um ganz sicherzugehen. Die emporschießende Flamme ließ sein Herz höherschlagen.

Westlich, ein paar tausend Fuß unter der nach Norden dröhnenden Cessna, auf vielleicht sieben- oder achttausend Fuß, rückten beständig Sturmwolken vom Pazifik heran.

»Aber wie?« fragte Joshua erneut. »Wie hat Katherine die Zwillinge dazu gebracht, wie eine Person zu denken und zu handeln, eine Person zu sein?«

»Wie ich schon sagte«, erklärte Hilary, »genau werden wir es wahrscheinlich nie erfahren. Aber zunächst einmal scheint mir, daß sie ihre Wahnvorstellungen praktisch vom ersten Tag unter dem gmeinsamen Dach an mit den Zwillingen teilte, lange bevor sie alt genug waren, um zu verstehen, was sie sagte. Sie muß ihnen hundert- und aberhundertmal, vielleicht sogar tausendmal im Lauf der Jahre eingebläut haben, daß sie die Söhne eines Dämons seien. Sie erzählte ihnen von den Glückshauben und erklärte ihnen, was das bedeutete. Sie sagte ihnen auch, ihre Geschlechtsorgane wären nicht so wie die anderer Kinder. Wahrscheinlich hat sie ihnen gedroht, daß man sie umbringen würde, wenn andere Leute herausfänden, woher sie kämen. In einem Alter, in dem sie all die Dinge in Frage stellen könnten, hatten sie höchstwahrscheinlich eine so gründliche Gehirnwäsche hinter sich, daß sie überhaupt nicht imstande waren, an den Aussagen ihrer Mutter zu zweifeln. Bis dahin teilten sie ganz bestimmt bereits ihre Psychose und ihre Wahnvorstellungen. Es müssen zwei außergewöhnlich verkrampfte kleine Jungs gewesen sein, voll Angst, entdeckt und dann getötet zu werden. Angst bedeutet Streß. Mir scheint, daß eine so ungeheure, gnadenlose, außergewöhnliche Belastung über einen langen Zeitraum hinweg genau die richtige Atmosphäre erzeugte, um Persönlichkeiten so ineinander verschmelzen zu lassen, wie Tony das andeutete. Eine solche Belastung kann zwar dieses Verschmelzen nicht bewirken, aber ganz sicher die Voraussetzung dafür schaffen.«

Tony stimmte ihr zu. »Von den Bändern, die wir heute morgen in Dr. Rudges Praxis gehört haben, wissen wir, daß Bruno über Glückshauben Bescheid wußte. Wir erfuhren auch, daß er die abergläubische Vorstellung teilte, die sich mit diesem seltenen Phänomen verbindet. So wie seine Stimme auf dem Tonband klang, können wir, so glaube ich, ohne weiteres annehmen, daß er, ebenso wie seine Mutter, an dieses Zeichen eines Dämons glaubte. Und es gibt auch noch andere Dinge, die zum selben Schluß führen. Beispielsweise der Brief im Schließfach. Bruno schrieb, daß er nicht um Polizeischutz gegen seine Mutter bitten könnte, weil die

Polizei dann herausfände, was er war und was er all die Jahre verborgen hatte. In dem Brief schrieb er, wenn die Leute herausfänden, was er war, würden sie ihn zu Tode steinigen. Er hat geglaubt, der Sohn eines Dämons zu sein. Da bin ich ganz sicher. Er hat Katherines Wahnvorstellungen in sich aufgenommen.«

»Also gut«, gab Joshua nach. »Vielleicht haben beide Zwillinge diesen Unsinn vom Dämon geglaubt, weil sie nie eine Chance hatten, es nicht zu glauben. Aber das erklärt immer noch nicht, wie oder weshalb Katherine die beiden zu einer Person formte, wie sie sie dazu brachte, psychologisch ... – um Ihre Worte zu wählen – zusammenzuschmelzen.«

»Das Warum läßt sich am einfachsten beantworten«, fuhr Hilary fort. »Solange die Zwillinge sich als eigene Individuen betrachteten, mußte es auch Unterschiede zwischen ihnen geben, wenn auch nur geringfügige. Und je mehr Unterschiede es gab, desto wahrscheinlicher würde einer von beiden, ohne das zu wollen, irgendwann einmal die ganze Maskerade auffliegen lassen. Je mehr sie sie also zwingen konnte, in gleicher Weise zu handeln, zu denken, zu reden und sich zu bewegen, desto sicherer konnte sie sich fühlen.«

»Und was das Wie betrifft«, ergänzte Tony, »sollten Sie nicht vergessen, daß Katherine Mittel und Wege kannte, einen Menschen zu zerbrechen. Schließlich war sie selbst von einem Meister zerbrochen und neu geformt worden, von Leo. Er hatte alle Mittel eingesetzt, sie so zu formen, wie er sie haben wollte. Das muß sie ja gelernt haben. Die Technik der körperlichen und geistigen Folter. Wahrscheinlich hätte sie ein Lehrbuch darüber schreiben können.«

»Um die Zwillinge wie eine Person denken zu lassen«, fuhr Hilary fort, »muß sie sie wie eine Person behandelt haben. Sie mußte ihnen beispielsweise ihre Liebe in genau dem gleichen Maß zuteil werden lassen, wenn überhaupt. Sie muß beide für das bestraft oder belohnt haben, was einer tat, die zwei Körper so behandelt haben, als besäßen sie einen Verstand. Sie muß mit ihnen geredet haben, als wären sie eine Person und nicht zwei.«

»Und jedesmal, wenn sie auch nur einen Funken von Individualität zeigten, muß sie sie entweder beide gezwungen haben, zu handeln, oder es zu unterdrücken, und der Gebrauch von Fürwörtern hat eine entscheidende Rolle gespielt«, erklärte Tony.

»Der Gebrauch von Fürwörtern?« fragte Joshua verblüfft.

»Ja«, antwortete Tony. »Das klingt jetzt vielleicht weit hergeholt, vielleicht auch sinnlos. Aber das Verständnis und der Gebrauch von Sprache formt uns mehr als irgend etwas anderes. Die Sprache ist für uns ein Weg, jede Idee, jeden Gedanken auszudrücken. Schlampiges Denken führt zu schlampigem Sprachgebrauch. Aber auch das Gegenteil gilt: Unpräzise Sprache erzeugt unpräzises Denken; das ist einer der Grundsätze der Semantik. Die Theorie ist also durchaus logisch, daß der gezielte Einsatz von Fürwörtern dabei half, gezielt das falsche Selbstbild zu erzeugen, das Katherine bei den Zwillingen wollte. Wenn beispielsweise die Zwillinge miteinander sprachen, durfte sie nie zulassen, daß sie das Fürwort ›du‹ benutzten. Denn ›du‹ verkörpert im Gegensatz zum eigenen Ich den Begriff einer anderen Person. Wenn die Zwillinge gezwungen wurden, sich als ein Geschöpf zu fühlen, durfte es auch das Fürwort ›du‹ zwischen ihnen nicht geben. Ein Bruno konnte niemals zum anderen sagen: ›Was hältst du davon, wenn wir Monopoly spielen?‹. Statt dessen mußte er sagen: ›Was halte ich davon, mit mir Monopoly zu spielen?‹ Er durfte nie die Fürwörter ›wir‹ oder ›uns‹ gebrauchen, wenn er von sich und seinem Bruder sprach, weil diese Fürwörter wenigstens zwei Menschen meinten. Statt dessen muß er ›ich und ich‹ gesagt haben, wenn er ›wir‹ meinte. Darüber hinaus durfte Katherine auch nicht zulassen, daß einer der Zwillinge, sobald er über seinen Bruder sprach, das Fürwort ›er‹ gebrauchte. Auch das verkörpert den Begriff eines anderen Individuums. Kompliziert?«

»Verrückt«, entgegnete Joshua.

»Genau das ist es aber«, erklärte Tony.

»Aber das ist einfach zuviel, zu verrückt.«

»Natürlich ist es verrückt«, meinte Tony. »Das Ganze

war Katherines Plan, und Katherine hatte den Verstand verloren.«

»Aber wie konnte sie denn all diese bizarren Regeln über Gewohnheiten und Fürwörter und was zum Teufel sonst noch alles durchsetzen?«

»Genau so, wie man ganz gewöhnliche Regeln bei gewöhnlichen Kindern durchsetzt«, meldete sich Hilary zu Wort. »Wenn sie das Richtige tun, belohnt man sie, wenn sie etwas Falsches tun, werden sie bestraft.«

»Aber um Kinder dazu zu bringen, sich so unnatürlich zu verhalten, wie Katherine das von den Zwillingen verlangte, um sie dazu zu bringen, ihre Individualität völlig aufzugeben, muß die Strafe doch wahrhaft ungeheuerlich gewesen sein«, sagte Joshua.

»Wir wissen auch, daß sie ungeheuerlich war«, erklärte Tony. »Wir haben alle Dr. Rudges Tonbandaufzeichnungen der letzten Sitzung mit Bruno gehört, wo er ihn hypnotisierte. Wenn Sie sich erinnern, so hat Bruno erzählt, sie hätte ihn zur Strafe in ein dunkles Loch im Boden gesteckt – und jetzt zitiere ich –, ›dafür, daß ich mich nicht wie einer verhalten habe und auch nicht so gedacht habe‹. Ich nehme an, damit meinte er, daß sie ihn und seinen Bruder in dieses dunkle Loch steckte, wenn sie nicht wie eine einzige Person denken und handeln wollten. Sie muß sie immer wieder längere Zeit dort eingesperrt haben, und dort mußte etwas Lebendes existieren, etwas, das über sie krabbelte. Was auch immer in diesem Raum oder diesem Loch passiert sein mag ... es muß so schrecklich gewesen sein, daß sie jahrzehntelang Alpträume davontrugen. Wenn es noch so viele Jahre später derartig starke Eindrücke hinterließ, würde ich sagen, es handelte sich um eine genügend harte Strafe, um eine Gehirnwäsche zu bewirken. Ich würde sagen, Katherine hat mit den Zwillingen genau das erreicht, was sie wollte: Sie hat sie zu einer Person verschmolzen.«

Joshua starrte durch das Kabinenfenster hinaus.

Nach einer Weile sagte er: »Nach der Rückkehr aus Mrs. Yancys Hurenhaus hatte Katherine das Problem, die Zwillinge als das eine Kind auszugeben, von dem sie geredet hatte, um damit die Mary-Gunther-Lüge aufrechtzuerhalten. Aber das hätte sie auch erreichen können, indem sie einen der Brüder einsperrte, ihn im Haus festhielt und nur den anderen hinausließ. Das wäre schneller, leichter, einfacher und ungefährlicher gewesen.«

»Aber wir kennen doch alle Clemenzas Gesetz«, meinte Hilary.

»Eben«, nickte Joshua. »Clemenzas Gesetz: Verdammt wenige Leute tun das, was schnell, leicht, einfach und ungefährlich ist.«

»Außerdem«, fügte Hilary hinzu, »brachte Katherine es einfach nicht übers Herz, einen der Jungen für immer einzusperren und den anderen ein normales Leben führen zu lassen. Nach all den durchgemachten Qualen gab es für sie vielleicht eine Grenze, die sie ihren Kindern zumuten wollte.«

»Mir scheint, sie hat ihnen eine ganze Menge zugemutet!« entgegnete Joshua. »Sie hat sie in den Wahnsinn getrieben!«

»Ja, aber ohne es zu wollen«, versicherte Hilary. »Sie wollte sie nicht in den Wahnsinn treiben. Sie glaubte, das zu tun, was für sie am besten war, aber ihr eigener Geisteszustand ließ sie das natürlich nicht erkennen.«

Joshua seufzte müde. »Schon eine sehr ausgefallene Theorie, die Sie da vertreten.«

»Gar nicht so ausgefallen«, meinte Tony. »Sie stimmt mit den Tatsachen überein, die wir kennen.«

Joshua nickte. »Ja, und ich muß wohl auch daran glauben. Wenigstens an den größten Teil. Ich wünschte, alle Bösewichte in diesem Stück wären nur gemein und verabscheuungswürdig. Irgendwie halte ich es persönlich nicht für richtig, so viel Mitgefühl für sie zu empfinden.«

Bei ihrer Landung in Napa war der Himmel schon fast völlig schwarz; sie fuhren sofort zum Büro des Sheriffs und berichteten alles Peter Laurenski. Zuerst starrte er sie an, als hätten sie den Verstand verloren, doch dann fing er langsam, wenn auch widerstrebend, an, ihnen zu glauben. Mit einer derartigen Reaktion rechnete Hilary für die nächste Zeit noch oft.

Laurenski rief die Polizei in Los Angeles an und erfuhr dort, daß das FBI bereits wegen des Bankbetruges mit San Franzisko telefoniert und sich nach jemandem erkundigt hatte, der als Bruno Fryes Doppelgänger auftrat und von dem man annahm, daß er sich im Augenblick im Zuständigkeitsbereich von Los Angeles befand. Laurenski konnte dazu jetzt natürlich seinerseits mitteilen, daß der Verdächtige nicht nur ein Doppelgänger, sondern echt war – obwohl ein zweiter Echter tot war und begraben im Napa County Memorial Park lag. Er teilte der Polizei weiterhin mit, er habe Grund zu der Annahme, daß die beiden Brunos in den letzten fünf Jahren sich darin abgewechselt hätten, Frauen zu ermorden, in eine Serie von Mordtaten in der nördlichen Hälfte des Staates verwickelt gewesen sein könnten, obwohl er im Augenblick dafür noch keine stichhaltigen Beweise liefern könne. Im Augenblick verfüge er nur über Indizienbeweise: die unheimliche, aber logische Interpretation des Briefes aus dem Schließfach im Licht jüngster Erkenntnisse über Leo und Katherine und die Zwillinge – und die Tatsache, daß beide Zwillinge versucht hatten, Hilary zu ermorden; die Tatsache, daß einer der Zwillinge letzte Woche dem anderen ein Alibi verschaffte zum Zeitpunkt des ersten Überfalles auf Hilary, was auf Komplizenschaft bei wenigstens einem Mordversuch hindeute; und schließlich die Überzeugung, die auch Hilary, Tony und Joshua teilten, daß Brunos Haß gegen seine Mutter so ausgeprägt und abgrundtief war, daß er nicht zögern würde, jede weitere Frau zu töten, die er für seine in einem neuen Körper aus dem Grab zurückgekehrte Mutter hielte.

Während Hilary und Joshua auf der harten Besucherbank saßen und Kaffee tranken, den ihnen Laurenskis Sekretärin bereitete, übernahm Tony auf Laurenskis Bitte hin das Telefon und sprach mit zwei seiner Vorgesetzten in Los Angeles. Offenbar tat das seine Wirkung, denn am Ende versprachen die Behörden in Los Angeles, daß sie ihrerseits sofort in Aktion treten würden. Von der Annahme ausgehend, daß der Psychopath Hilarys Haus beobachten würde, einigte man sich auf eine vierundzwanzigstündige Überwachung Westwoods.

Jetzt, da die Unterstützung der Polizei von Los Angeles sichergestellt schien, setzte der Sheriff schnell ein Rundschreiben mit den wichtigsten Fakten des Falles auf, das an sämtliche Polizeidienststellen im nördlichen Kalifornien verteilt werden sollte. Gleichzeitig wurde in dem Rundschreiben um Informationen über irgendwelche ungelösten Morde an jungen, attraktiven, brünetten Frauen mit braunen Augen gebeten, die sich in den letzten fünf Jahren außerhalb der Zuständigkeit Laurenskis ereignet hatten – insbesondere Mordfälle, bei denen man den Opfern den Kopf abgeschnitten oder sie sonstwie verstümmelt hatte.

Während Hilary dem Sheriff dabei zusah, wie er seinen Angestellten und Hilfssheriffs Anweisungen erteilte, und in ihrem Kopf die Ereignisse der letzten vierundzwanzig Stunden Revue passieren ließ, beschlich sie das Gefühl, alles ginge viel zu schnell, wie ein Wirbelwind, und dieser Wind – angefüllt mit Überraschungen und häßlichen Geheimnissen, wie die Last von Erdbrocken und Unrat bei einem Tornado – schleppe sie auf einen Abgrund zu, den sie noch nicht ausmachen konnte, aber in den sie vielleicht geschleudert werden würde. Sie wünschte, sie könnte sich mit beiden Händen irgendwo festhalten, die Zeit anhalten, dafür sorgen, daß sie langsamer verginge, sich ein paar Tage Ruhe gönnen, um über all das nachzudenken, was sie gerade erfahren hatte. Sie vertrat die Überzeugung, überstürztes Handeln sei jetzt das Verkehrteste und berge sogar tödliche Gefahren in sich; aber die Maschinerie des Gesetzes, die jetzt in Gang geraten schien, ließ sich nicht mehr aufhalten. Und die Zeit konnte man nicht zügeln wie ein hitziges Pferd.

Sie konnte nur hoffen, daß sie unrecht hatte und daß kein Abgrund vor ihr lag.

Um 17.30 Uhr, nachdem Laurenski die Gesetzesmaschinerie angekurbelt hatte, bemühten er und Joshua sich telefonisch, einen Richter ausfindig zu machen. Schließlich fanden sie einen, Richter Julian Harwey, den der Fall Frye merklich faszinierte. Harwey erachtete es schließlich auch für notwendig, die Leiche wieder auszugraben und sie zu Zwecken der Identifikation einer Anzahl von Tests zu unterziehen. Spätestens bei der Festnahme des zweiten Bruno Frye und seiner anschließenden psychiatrischen Untersuchung würde die Staatsanwaltschaft unwiderlegbare Beweise brauchen, daß es sich um eineiige Zwillinge gehandelt hatte. Harwey war bereit, eine Anordnung zur Exhumierung der Leiche zu unterzeichnen; schon um 18.30 Uhr hielt der Sheriff das entsprechende Papier in der Hand.

»Die Arbeiter werden das Grab nicht im Dunkeln öffnen können«, meinte Laurenski. »Aber ich werde dafür sorgen, daß sie bei Morgengrauen bereitstehen.« Er führte eine Anzahl weiterer Telefonate, eines mit dem Direktor des Napa County Memorial Parks, in dem Frye begraben lag, ein weiteres mit dem Leichenbeschauer, der die Obduktion durchführen sollte, sobald man ihm den Leichnam gebracht hatte, und eines mit Avril Tannerton, dem Leichenbestatter, um bei diesem zu veranlassen, daß er die Leiche in das Pathologie-Labor des Leichenbeschauers brachte.

Als Laurenski schließlich auflegte, meinte Joshua: »Jetzt wollen Sie wahrscheinlich das Frye-Haus durchsuchen.«

»Unbedingt«, nickte Laurenski. »Wir brauchen Beweise, daß dort mehr als ein Mann gelebt hat. Und sollte Frye wirklich andere Frauen ermordet haben, dann finden wir vielleicht dort Beweise. Außerdem glaube ich, es wäre vielleicht eine gute Idee, sich auch das Haus auf der Klippe anzusehen.«

»Das neue Haus können wir jederzeit durchsuchen«, erklärte Joshua. »Aber in dem alten gibt es keine Elektrizität. Da müssen wir bis morgen warten.«

»Okay«, meinte Laurenski. »Aber das Haus auf dem Weingut sehe ich mir heute noch an.«

»Jetzt gleich?« fragte Joshua und stand auf.

»Wir haben alle noch nicht zu Abend gegessen«, erklärte Laurenski. Der Sheriff hatte schon während des Tatsachenberichtes über Dr. Rudge und Rita Yancy seine Frau angerufen, um ihr mitzuteilen, daß es sehr spät werden würde.

»Gehen wir in den Schnellimbiß um die Ecke und nehmen wir dort eine Kleinigkeit zu uns. Dann können wir zu Frye hinausfahren.«

Ehe sie weggingen, teilte Laurenski der Telefonistin vom Nachtdienst mit, wo sie sie erreichen könnte und bat sie, ihm sofort Bescheid zu sagen, falls die Polizei von Los Angeles durchgeben sollte, daß der zweite Bruno Frye verhaftet sei.

»So einfach wird das nicht sein«, meinte Hilary.

»Da hat sie wahrscheinlich recht«, unterstrich Tony. »Bruno hat es geschafft, vierzig Jahre lang ein unglaubliches Geheimnis zu bewahren. Er mag verrückt sein, aber schlau auch. So schnell wird ihn die Polizei nicht festnageln können. Das gibt noch ein langwieriges Katz-und-Maus-Spiel.«

Draußen dunkelte es allmählich, und Bruno schloß die Läden im Speicherraum wieder.

Jetzt standen Kerzen auf den beiden Nachttischen, und zwei auf der Kommode. Die flackernden gelben Flammen brachten an den Wänden und der Decke lang Schattenzungen zum Tanzen.

Bruno wußte, daß er längst schon draußen nach Hilary-Katherine suchen sollte, aber er brachte einfach die Energie nicht auf, sich auf den Weg zu machen. Er zögerte es immer wieder hinaus.

Er war hungrig. Plötzlich wurde ihm bewußt, daß er seit gestern nichts mehr zu sich genommen hatte. Sein Magen grollte.

Eine Weile saß er neben der Leiche mit ihren glasigen Augen auf dem Bett und versuchte sich darüber klarzuwerden, wie er sich etwas zu essen beschaffen könnte. In der Speisekammer standen noch ein paar Konserven, die nicht geplatzt waren; aber er vertrat die Überzeugung, alles, was auf den Regalen stünde, müsse verdorben und giftig sein. Er quälte sich fast eine Stunde lang mit dem Problem herum und versuchte, sich etwas einfallen zu lassen, wo er etwas zu essen auftreiben und trotzdem vor Katherines Spionen sicher sein könnte. Sie steckten überall. Das Miststück und ihre Spione. Überall. Sein Gemütszustand ließ sich immer noch als verwirrt beschreiben, und, obwohl er Hunger empfand, fiel es ihm schwer, seine Gedanken auf das Essen zu konzentrieren. Zu guter Letzt erinnerte er sich daran, daß sich im unteren Haus etwas zu essen befand. Die Milch war sicherlich sauer geworden und das Brot hart; aber seine Speisekammer steckte voller Konserven, und der Kühlschrank enthielt Käse und Obst. Und dann gab es noch Eiskrem in der Tiefkühltruhe. Der Gedanke an Eiskrem ließ ihn strahlen wie einen kleinen Jungen.

Von der Vision auf Eiskrem angetrieben, in der Hoffnung, ein gutes Abendessen würde ihm die Energie liefern, die er brauchte, um die Suche nach Hilary-Katherine aufzunehmen, verließ er den Dachboden und arbeitete sich mit Hilfe einer Kerze im Haus nach unten. Draußen blies er die Flamme aus und steckte die Kerze in eine Jackettasche. Er kletterte die baufälligen Treppenstufen an der Klippe hinunter und machte sich dann auf den Weg durch die dunklen Weingärten.

Zehn Minuten später, in seinem eigenen Haus angelangt, riß er ein Streichholz an und entzündete die Kerze erneut, weil er Angst hatte, unerwünschte Aufmerksamkeit auf sich zu ziehen, wenn er das Licht anknipste. Er holte einen Löffel aus einer Schublade neben dem Ausguß, nahm einen Behälter mit Schokoladeneis aus der Tiefkühltruhe, saß über eine Viertelstunde lang am Tisch und aß lächelnd aus dem Karton, bis er zu voll war, um noch einen Bissen hinunterzubekommen.

Er ließ den Löffel in den halb leergegessenen Behälter fallen, stellte ihn in die Tiefkühltruhe zurück und kam auf den Gedanken daß er Konserven zusammenpacken sollte, um sie in das obere Haus mitzunehmen. Vielleicht würde es Tage dauern, bis er Hilary-Katherine fand und sie töten konnte, und bis dahin wollte er nicht wegen jeder Mahlzeit hierherschleichen müssen. Über kurz oder lang würde das Miststück auf die Idee kommen, einen ihrer Spione hierherzuschicken, um nach ihm Ausschau zu halten und dann würde sie ihn fangen. Aber in dem Haus auf der Klippe würde sie nie nach ihm suchen, in einer Million Jahren nicht, und deshalb mußte er sich seinen Lebensmittelvorrat dort anlegen.

Er ging in das Schlafzimmer, holte einen großen Koffer aus dem Schrank, trug ihn in die Küche und füllte ihn mit Pfirsich- und Birnenkonserven und Gläsern mit Erdnußbutter und Oliven und Konfitüre – wobei er jedes Glas in Papierhandtücher wickelte um es vor Bruch zu schützen – und dazu noch Dosen mit kleinen Wiener Würstchen. Als er mit dem Packen fertig war, erschien der große Koffer außergewöhnlich schwer, aber er hatte die Muskeln dazu, um ihn tragen zu können.

Seit letzter Nacht in Sallys Haus in Culver City hatte er nicht mehr geduscht und kam sich schmutzig vor. Schmutz war ihm unangenehm, erinnerte ihn immer an das Wispern und die widerwärtigen Krabbelbiester und den finsteren Ort tief im Boden. Er entschied, daß er ein kurzes Duschbad riskieren könnte, ehe er die Lebensmittel in das Haus auf der Klippe brachte, auch wenn das bedeutete, daß er ein paar Minuten lang nackt und schutzlos sein würde. Aber auf dem Weg zum Schlafzimmer und dem dahinterliegenden Bad durchs Wohnzimmer schleichend, hörte er von der Straße Fahrzeuge herannahen. In der völligen Stille der Wälder klangen die Motoren unnatürlich laut.

Bruno rannte zu einem Fenster vorn und schob die Gardinen ein Stück auseinander, um hinaussehen zu können.

Zwei Wagen. Vier Scheinwerfer. Sie kamen den Abhang zur Lichtung herauf.

Katherine. Das Miststück!

Das Miststück und ihre Freunde. Ihre toten Freunde.

Vom Schrecken gepackt rannte er in die Küche, riß den Koffer an sich, blies die Kerze aus, die er trug, und steckte sie ein. Er verließ das Haus durch die Hintertür und rannte über die Rasenfläche auf die Deckung bietenden Rebstöcke zu, die er in dem Augenblick erreichte, als die Fahrzeuge vor dem Haus parkten.

Geduckt, den Koffer hinter sich herziehend und sich jedes noch so leisen Geräusches bewußt, das er erzeugte, arbeitete Bruno sich zwischen den Rebstöcken durch. Er schlug einen Bogen um das Haus, bis er die Fahrzeuge sehen konnte. Er stellte den Koffer ab, legte sich daneben auf den Boden, preßte sich dort, wo die Schatten am dichtesten waren, in die feuchte Erde. Er sah zu, wie die Leute aus den Fahrzeugen stiegen, und jedesmal, wenn er ein Gesicht erkannte, schlug sein Herz schneller.

Sheriff Laurenski und ein Hilfssheriff. Also gehörte auch die Polizei zu den Untoten! Damit hatte er bisher nie gerechnet.

Joshua Rhinehart. Der alte Anwalt war also auch ein Verschwörer! Er gehörte zu Katherines Freunden aus der Hölle.

Und da war sie selbst! Das Miststück. Das Miststück in ihrem glatten neuen Körper. Und dieser Mann aus Los Angeles.

Sie gingen alle ins Haus.

In einem Raum nach dem anderen flammte die Beleuchtung auf.

Bruno versuchte sich zu erinnern, ob er irgendwelche Spuren während seines Besuches hinterlassen hatte. Vielleicht war Wachs von seiner Kerze getropft. Aber sie würden nicht erkennen können, ob es sich um frisches oder etliche Wochen altes Wachs handelte. Den Löffel hatte er in dem Eiskrembehälter gelassen, aber auch das konnte schon vor langer Zeit geschehen sein. Gott sei Dank hatte er nicht geduscht! Das Wasser auf dem Boden der Duschkabine und das feuchte Handtuch hätten ihn verraten; hätten sie ein erst vor kurzer Zeit benutztes Handtuch gefunden, dann hätten sie sofort gewußt, daß er nach St. Helena zurückgekehrt war, hätten die Suche nach ihm sofort verstärkt.

Er stand auf, ergriff den Koffer und rannte, so schnell er konnte, durch die Weingärten. Zuerst eilte er in nördlicher Richtung auf die Kelterei zu und dann nach Westen zur Klippe.

Zum Haus auf der Klippe würden sie nie kommen, um nach ihm zu suchen. Nicht einmal in einer Million Jahren. In dem Haus auf der Klippe würde er sicher sein, weil sie denken, er hätte zuviel Angst, um dorthin zurückzukehren.

Versteckte er sich dort auf dem Dachboden, so würde er Zeit zum Nachdenken, Planen und Organisieren haben. Er durfte unter keinen Umständen etwas überstürzen. Er hatte in letzter Zeit nicht mehr besonders klar gedacht, seit seine andere Hälfte gestorben war, und er wagte nicht, gegen das Miststück vorzugehen, solange er nicht alle Eventualitäten gründlich durchdacht und Pläne dafür entwickelt hätte.

Er wußte jetzt, wie er sie finden konnte: über Joshua Rhinehart.

Er konnte sie also jederzeit in seine Gewalt bekommen, wann immer er das wollte.

Aber zuerst brauchte er Zeit, um sich einen hieb- und stichfesten Plan auszudenken. Er konnte kaum erwarten, wieder in das Dachzimmer zu kommen, um den Plan mit sich zu besprechen.

Laurenski, Hilfssheriff Tim Larsson, Joshua, Tony und Hilary durchsuchten jeder für sich das Haus. Sie öffneten Schubladen, Schränke und Kommoden.

Zuerst konnten sie nichts finden, was als Beweis dafür dienen konnte, daß in dem Haus zwei Männer und nicht nur einer gelebt hatten. Freilich gab es etwas mehr Kleidungsstücke, als ein einzelner Mann brauchte, und es befanden sich auch mehr Lebensmittel im Haus, als gewöhnlich. Aber das war kein Beweis.

Hilary, die die Schreibtischschubladen im Arbeitszimmer durchsuchte, stieß schließlich auf einen Stapel kürzlich eingegangener Rechnungen, die noch nicht bezahlt waren. Zwei stammten von Zahnärzten – eine aus dem nahegelegenen Napa, die andere aus San Franzisko.

»Natürlich!« stieß Tony hervor, als alle sich um den Schreibtisch versammelten, um die Rechnungen anzusehen. »Die Zwillinge mußten natürlich zu unterschiedlichen Ärzten gehen, und ganz besonders zu verschiedenen Zahnärzten. Bruno Nummer zwei konnte ja nicht gut die Praxis eines Zahnarztes aufsuchen, um sich eine Füllung machen zu lassen, wenn derselbe Zahnarzt erst eine Woche früher denselben Zahn an Bruno Nummer eins behandelt hatte.«

»Das hilft«, meinte Laurenski. »Selbst eineiige Zwillinge haben nicht dieselben Löcher in denselben Zähnen. Aufzeichnungen von zwei Zahnärzten werden beweisen, daß es zwei Bruno Fryes gegeben hat.«

Etwas später machte Hilfssheriff Larsson bei der Durchsuchung eines Wandschranks im Schlafzimmer eine erschütternde Entdeckung: In einem der Schuhkartons befanden sich keine Schuhe; statt dessen enthielt die Schachtel ein Dutzend Schnappschüsse von einem Dutzend junger Frauen, Führerscheine von sechs Frauen und weitere elf Führerscheine für elf weitere Frauen. Auf jedem einzelnen Bild und jedem Führerscheinfoto gab es gewisse Dinge, die die Frau, die in die Kamera sah, mit allen anderen Frauen der Sammlung teilte: ein hübsches Gesicht, dunkle Augen, dunkles Haar und ein undefinierbares Etwas in ihren Gesichtszügen.

»Dreiundzwanzig Frauen, die eine entfernte Ähnlichkeit mit Katherine haben«, meinte Joshua. »Mein Gott! Dreiundzwanzig.«

»Eine Galerie des Todes«, erklärte Hilary und fröstelte.

»Zumindest handelt es sich nicht um unidentifizierbare Schnappschüsse«, gab Tony zu Bedenken. »Die Führerscheine liefern uns Namen und Adressen.«

»Die werden wir sofort durchgeben«, meinte Laurenski und schickte Larsson zum Wagen hinaus, um die Information über Funk an die Zentrale durchzugeben. »Aber ich glaube, wir wissen ja alle, was wir finden werden.«

»Dreiundzwanzig ungelöste Mordfälle, verteilt auf die letzten fünf Jahre«, meinte Tony erschüttert.

»Oder dreiundzwanzig Vermißte«, entgegnete der Sheriff.

Sie hielten sich noch zwei Stunden im Haus auf, fanden aber nichts von ähnlicher Wichtigkeit wie die Fotos und Führerscheine. Hilarys Nerven schienen zum Zerreißen gespannt, und die erschütternde Erkenntnis, daß ihr eigener Führerschein beinahe auch in diesen Schuhkarton gewandert wäre, wollte ihr nicht aus dem Kopf gehen. Jedesmal wenn sie eine Schublade herauszog oder eine Schranktür öffnete, rechnete sie damit, ein mit einem Pflock durchbohrtes eingeschrumpeltes Herz oder den verwesten Kopf einer toten Frau zu entdecken. So fühlte sie sich sichtlich erleichtert, als die Suche schließlich beendet war.

Draußen in der kühlen Nachtluft sagte Laurenski: »Werden Sie morgen alle drei in das Büro des Leichenbeschauers kommen?«

»Ich nicht«, erklärte Hilary.

»Nein, danke«, wehrte Tony ab.

Und Joshua: »Dort gibt es doch für uns wirklich nichts zu tun.«

»Wann sollten wir uns an dem Haus auf der Klippe treffen?« fragte Laurenski.

Und Joshua meinte: »Hilary, Tony und ich werden gleich morgen früh hinaufgehen und alle Läden und Fenster öffnen. Das Haus ist seit fünf Jahren nicht mehr gelüftet worden. Man muß es lüften, bevor man stundenlang in den Räumen herumstochern kann. Kommen Sie doch einfach nach, wenn Sie beim Leichenbeschauer fertig sind.«

»Geht in Ordnung«, erklärte Laurenski. »Bis morgen also. Vielleicht erwischt die Polizei in Los Angeles den Schweinehund in der Nacht.«

»Vielleicht«, erwiderte Hilary hoffnungsvoll.

Und oben über den Mayacamas-Bergen rollte leiser Donner.

Bruno Frye verbrachte die halbe Nacht im Zwiegespräch mit sich, um sorgfältige Pläne für Hilary-Katherines Tod zu schmieden.

Die andere Hälfte der Nacht schlief er bei flackerndem Kerzenlicht. Dünne Rauchfäden kräuselten sich von den brennenden Dochten empor. Die tanzenden Flammen warfen makaber huschende Schatten auf die Wände, die sich in den starren Augen der Leiche widerspiegelten.

Joshua Rhinehart konnte keinen Schlaf finden. Er wälzte sich unruhig im Bett herum und verhedderte sich immer mehr in den Laken. Um drei Uhr morgens ging er zur Bar, goß sich einen kräftigen Schluck Bourbon ein und kippte ihn auf einmal hinunter, aber auch das machte ihn nicht viel ruhiger.

Cora hatte ihm noch nie so gefallen wie in dieser Nacht.

Hilary wachte ein paarmal aus schlimmen Träumen auf, aber die Nacht verging nicht langsam, sondern fegte mit Raketengeschwindigkeit an ihr vorbei. Sie hatte immer noch das Gefühl, in rasender Eile auf einen Abgrund zuzustürzen und konnte nichts tun, um das Tempo abzufangen.

Kurz vor Morgendämmerung wachte Tony auf; Hilary drehte sich zu ihm herum, drückte sich an ihn und sagte: »Liebe mich.«

Eine halbe Stunde lang verloren sie sich ineinander; es war nicht schöner und nicht schlechter als die Male vorher. Ein süßes, seidiges, stummes Beisammensein.

Nachher hauchte sie: »Ich liebe dich.«

»Ich dich auch.«

»Ganz gleich, was geschieht«, meinte sie, »diese wenigen Tage zusammen kann uns keiner nehmen.«

»Jetzt werd bloß nicht fatalistisch.«

»Nun ... man kann nie wissen.«

»Vor uns liegen noch Jahre. Jahre und noch mal Jahre, die wir zusammen verleben werden. Niemand kann sie uns wegnehmen.«

»Du bist so positiv eingestellt, so optimistisch. Ich wollte, ich hätte dich schon früher getroffen.«

»Das Schlimmste haben wir hinter uns«, entgegnete er. »Wir kennen jetzt die Wahrheit.«

»Noch haben sie Frye nicht erwischt.«

»Das werden sie aber«, meinte Tony beruhigend. »Er hält dich für Katherine, also wird er sich nicht von Westwood entfernen. Er wird immer wieder bei deinem Haus nachsehen, ob du aufgetaucht bist, und über kurz oder lang wird ihn das Überwachungsteam erwischen; und dann ist alles vorbei.«

»Halt mich fest«, erwiderte sie.

»Aber klar.«

»Mmmm. Das ist schön.«

»Yeah.«
»Dir nahe sein.«
»Ja.«
»Ich fühl' mich schon viel besser.«
»Alles wird gut werden.«
»Solang' ich nur dich habe«, meinte sie.
»Also für immer.«

Den Himmel verfinsterten schwarze, tiefhängende, drohende Wolken. Die Gipfel der Mayacamas waren nebelverhangen.

Peter Laurenski stand auf dem Friedhof, die Hände in den Hosentaschen und die Schultern hochgezogen, um sich vor der kühlen Morgenluft zu schützen.

Zwei Angestellte des Napa County Memorial Parks arbeiteten sich mit Pickeln und dann die letzten paar Zentimeter mit Schaufeln in die weiche Erde und rissen Bruno Fryes Grab auf. Dabei beklagten sie sich beim Sheriff, daß sie keine Extrabezahlung dafür bekamen, daß sie so früh aufstehen und ohne Frühstück an die Arbeit gehen mußten. Aber das rührte ihn nicht sehr; er drängte sie zu noch größerer Eile. Um 7.45 Uhr trafen Avril Tannerton und Gary Olmstead im Leichenwagen des Forever View ein. Sie kamen über die grüne Rasenfläche auf Laurenski zu; Olmstead blickte gebührend ernst, aber Tannerton lächelte und sog die kühle Luft in tiefen Zügen in seine Lungen, als handle es sich hier um einen Morgenspaziergang.

»'n Morgen, Peter.«

»'n Morgen, Avril, Gary.«

»Wie lang' brauchen die noch, bis sie offen haben?« wollte Tannerton wissen.

»Die sagen, eine Viertelstunde.«

Um 8.05 Uhr stieg einer der Arbeiter aus der Grube heraus und meinte: »Können wir ihn jetzt hochziehen?«

»Nur zu«, entgegnete Laurenski.

Ketten wurden am Sarg befestigt; mit derselben Vorrichtung, mit der man ihn letzten Sonntag ins Grab gesenkt hatte, zog man ihn jetzt wieder in die Höhe. Der Bronzesarg war an den Handgriffen und den Verzierungen mit Erde verklebt, glänzte aber dennoch. Um 8.40 Uhr verstauten ihn Tannerton und Olmstead im Leichenwagen.

»Ich fahre hinterher«, erklärte der Sheriff.

Tannerton grinste. »Ich kann dir versichern, Peter, wir werden mit Mr. Fryes sterblichen Überresten nicht durchbrennen.«

Während man den Sarg ein paar Meilen von ihnen entfernt ausgrub, verstauten Tony und Hilary gegen 8.20 Uhr in Joshua Rhinehartes Küche das Frühstücksgeschirr im Spülbecken.

»Ich werd' später abwaschen«, meinte Joshua. »Wir wollen uns jetzt lieber das Haus auf der Klippe ansehen. Da drinnen muß es nach all den Jahren scheußlich stinken. Ich hoffe nur, der Schimmel hat Katherines Sammlungen nicht zu sehr angegriffen. Ich habe es Bruno tausendmal erklärt, aber ihm schien das überhaupt nichts auszumachen –« Joshua hielt inne, blinzelte. »Hören Sie mir überhaupt zu? Natürlich war es ihm gleichgültig, daß alles verfaulte. Schließlich handelte es sich um Katherines Sammlungen, und die waren ihm selbstverständlich gleichgültig.«

Sie fuhren in Joshuas Wagen zum Weingut. An diesem düsteren Tag wirkte das Licht nur schmutziggrau. Joshua stellte sich auf den Angestelltenparkplatz.

Gilbert Ulman arbeitete noch nicht, jener Mechaniker, der die Seilbahn in Schuß hielt und außerdem die Fahrzeuge und Geräte des Weingutes versorgte.

Der Schlüssel für die Seilbahn hing an einem Haken in der Garage, und der Nachtpförtner des Gutes, ein behäbiger Mann namens Ianucci war gerne bereit, ihn Joshua zu geben.

Mit dem Schlüssel in der Hand führte Joshua Hilary und Tony in das Obergeschoß des riesigen Hauptgebäudes, vorbei an Verwaltungsbüros, durch ein Labor für Weinkulturen und schließlich auf einen breiten Laufsteg. Die Hälfte des Gebäudes erstreckte sich vom Erdgeschoß bis zur Decke; man konnte die riesigen Gärtanks sehen. Eiskalte Luft strömte von den Tanks ab, und es roch nach Hefe. Am Ende des Laufsteges in der Südwestecke des Gebäudes traten sie durch eine schwere Holztür mit schwarzen Eisenbeschlägen in einen kleinen, an der hinteren Seite offenen Raum. Ein Vordach reichte vier Meter weit hinaus, damit es nicht hereinregnen konnte. Die viersitzige Gondel – feuerrot lackiert, mit viel Glas – hing unter dem Schrägdach am äußersten Rand des Raumes.

Im Pathologielabor hing ein unbestimmter, unangenehmer Geruch nach Chemikalien in der Luft. Und ein ähnlicher Geruch ging auch von dem Leichenbeschauer, Dr. Amos Garnet, aus, der unüberhörbar auf einem Pfefferminzbonbon herumkaute.

Fünf Menschen befanden sich im Raum: Laurenski, Larsson, Garnet, Tannerton und Olmstead. Keiner, vielleicht mit Ausnahme des stets gutgelaunten Tannerton, schien besonders davon entzückt, hier zu stehen.

»Machen Sie auf«, drängte Laurenski. »Ich bin mit Joshua Rhinehart verabredet.«

Tannerton und Olmstead öffneten den Sargdeckel. Ein paar Erdklumpen fielen herunter.

Die Leiche war verschwunden.

Im Sarg befanden sich lediglich die drei Zementsäcke, die man am vergangenen Wochenende aus Avril Tannertons Keller gestohlen hatte.

Hilary und Tony saßen in der Gondel auf der einen Seite, Joshua auf der anderen. Das Knie des Anwalts berührte Tonys Kniescheibe.

Hilary hielt Tonys Hand, als die rote Gondel sich ganz langsam am Drahtseil nach oben bewegte. Sie empfand keine Höhenangst, aber das ganze Gebilde schien ihr so zerbrechlich, daß sie unwillkürlich die Zähne zusammenbiß.

Joshua sah ihr angespanntes Gesicht und lächelte. »Machen Sie sich keine Sorgen. Die Gondel wirkt klein, ist aber ganz kräftig gebaut. Und Gilbert hält sie gut in Schuß.«

Die Gondel schwankte leicht im Morgenwind. Der Ausblick auf das Tal wurde immer großartiger. Hilary versuchte sich darauf und nicht auf das Ächzen und Klappern der Maschinerie zu konzentrieren.

Schließlich erreichte die Gondel das obere Ende des Kabels. Sie rastete ein, und Joshua öffnete die Tür.

Gerade beim Verlassen der oberen Station des Seilbahnsystems riß ein grellweißer Blitz den Himmel auf, gefolgt von einem gewaltigen Donnerknall. Es fing zu regnen an. Ein dünner, kalter, peitschender Regen.

Joshua, Hilary und Tony rannten, um Schutz zu finden. Sie polterten die Eingangstreppe hinauf und quer über die Porch zur Tür.

»Und Sie sagen, hier oben ist nicht eingeheizt?« fragte Hilary.

»Die Heizung ist seit fünf Jahren abgestellt«, erklärte Joshua. »Deshalb habe ich Ihnen beiden auch empfohlen, Pullover unter den Mänteln zu tragen. Eigentlich ist es heute nicht besonders kalt, aber nach einer Weile in dieser feuchten Luft geht einem die Kälte bis auf die Knochen durch.«

Joshua sperrte die Tür auf; sie gingen hinein und knipsten gleichzeitig ihre drei mitgebrachten Taschenlampen an.

»Hier drinnen stinkt's«, bemerkte Hilary.

»Schimmel«, erklärte Joshua. »Das hatte ich befürchtet.«

Sie traten aus dem Vorraum in die Halle und dann in den großen Wohnraum. Die Lichtkegel ihrer Taschenlampen fielen auf ein Durcheinander von Möbeln, wie im Lager eines Antiquitätenhauses.

»Mein Gott!« äußerte Tony. »Das sieht ja noch schlimmer aus als in Brunos Haus. Hier ist ja kaum Platz, um sich zu bewegen.«

»Sie war versessen darauf, schöne Dinge zu sammeln«, erklärte Joshua. »Nicht zur Geldanlage. Und auch nicht, weil sie sie gerne betrachtete. Eine Menge Sachen wurde in Wandschränke gestopft oder irgendwo versteckt. Und Gemälde liegen auf andere Gemälde gestapelt. Wie Sie erkennen können, steht selbst in den Haupträumen zuviel Zeug herum; alles ist viel zu dicht zusammengepfercht, um noch Freude machen zu können.«

»Wenn in jedem Raum Antiquitäten dieser Qualität lagern«, meinte Hilary, »dann liegt hier ein Vermögen.«

»Allerdings«, erwiderte Joshua. »Falls die Würmer und Termiten es nicht aufgefressen haben.« Er ließ den Lichtkegel seiner Taschenlampe vom einen Ende des Raumes zum anderen wandern. »Diese Sammlermanie hab' ich an ihr nie richtig verstanden. Bis zu diesem Augenblick. Und jetzt frag ich mich, ob ... Wenn ich mir das hier so ansehe und über das nachdenke, was wir von Mrs. Yancy erfahren haben ...«

»Sie meinen, das Sammeln war eine Reaktion auf all das Häßliche, was sie bis zum Tod ihres Vaters erlebt hat?« meinte Hilary.

»Ja«, antwortete Joshua. »Leo hat sie zerbrochen. Er hat ihre Seele zerschmettert und ihren Geist gebrochen und sie mit einem abscheulichen Bild von sich selbst allein gelassen. Sie muß sich selbst für all die Zeit gehaßt haben, in denen sie zuließ, daß er sie mißbrauchte – obwohl sie ja keine Wahl hatte. Und so dachte sie vielleicht ... da sie sich so erniedrigt und wertlos vorkam ... sie könnte ihre Seele schönmachen, indem sie inmitten vieler schöner Dinge lebte.«

Sie standen einen Augenblick lang stumm da und schauten sich in dem vollgestopften Wohnzimmer um.

»Das alles ist so traurig«, seufzte Tony.

Joshua riß sich aus seinen Gedanken. »Machen wir die Läden auf, damit etwas Licht hereinkommt.«

»Ich kann diesen Geruch nicht ertragen«, meinte Hilary und hielt sich die Nase zu. »Aber wenn wir die Fenster öffnen, regnet es herein und das könnte den Sachen schaden.«

»Nicht, wenn wir sie nur ein paar Zentimeter weit öffnen«, erwiderte Joshua. »Und ein paar Tropfen Wasser werden in dieser Schimmelbude auch nicht viel Schaden anrichten.«

»Es ist ein Wunder, daß noch keine Pilze aus dem Teppich wachsen«, meinte Tony.

Sie gingen durch das Erdgeschoß, öffneten Fenster, entriegelten die Läden und ließen das graue Morgenlicht und die frische, regenfeuchte Luft herein.

Nachdem die meisten Fenster im Erdgeschoß geöffnet

waren, teilte Joshua ein: »Hilary, im Erdgeschoß bleiben nur noch Eßzimmer und Küche. Öffnen Sie doch die Fenster in diesen Räumen; Tony und ich gehen inzwischen nach oben.«

»Okay«, antwortete sie. »Ich komme in einer Minute nach.«

Sie folgte dem Lichtkegel ihrer Taschenlampe in das pechschwarze Eßzimmer, während die Männer auf die Treppe zugingen.

Oben angekommen, meinte Tony: »Pfui, hier oben stinkt es ja noch schlimmer.«

Ein Donnerschlag ließ das alte Haus erzittern. Fensterscheiben klirrten eisig. Türen klapperten in ihren Rahmen.

»Nehmen Sie die Zimmer rechts«, erklärte Joshua, »ich kümmere mich um die linke Seite.«

Tony trat durch die erste Tür auf seiner Seite und fand sich in einem Nähzimmer wieder. Eine alte, pedalgetriebene Nähmaschine stand in einer Ecke und ein etwas moderneres elektrisches Modell auf einem Tisch in einer anderen Ecke; beide waren mit Spinnweben verhangen. Außerdem gab es noch einen Arbeitstisch, zwei Schneiderpuppen und ein Fenster.

Er ging ans Fenster, legte die Taschenlampe auf den Boden und versuchte den Fensterhebel zu betätigen. Der schien festgerostet.

Er mühte sich ab damit, während der Regen laut gegen die Läden draußen trommelte.

Joshua leuchtete mit seiner Taschenlampe in das erste Zimmer auf der linken Seite hinein und entdeckte ein Bett, einen Kleiderschrank und eine Kommode. In der gegenüberliegenden Wand gab es zwei Fenster.

Er trat über die Schwelle, machte zwei weitere Schritte, fühlte eine Bewegung hinter sich, setzte dazu an, sich umzudrehen, fühlte im Rücken ein kaltes Brennen, das sehr schnell zu einem heißen Brennen führte, eine brennende Lanze, eine Linie des Schmerzes, die durch seinen Körper fuhr, und wußte, daß er gestochen worden war. Er spürte, wie das Messer wieder aus ihm herausgerissen wurde, und drehte sich um. Das Licht seiner Taschenlampe leuchtete Bruno Frye ins Gesicht. Die Augen des Wahnsinnigen funkelten wild, dämonisch. Das Messer kam hoch, senkte sich, und wieder fuhr das kalte Brennen durch Joshua; diesmal riß ihm die Messerklinge die rechte Schulter auf, von vorn bis hinten ganz durch, und Bruno mußte wild an der Waffe zerren, ein paarmal, um sie wieder herauszubekommen. Joshua hob den linken Arm, um sich zu schützen. Die Klinge durchbohrte seinen Unterarm. Die Beine versagten ihm den Dienst. Er sackte zusammen, fiel gegen das Bett, glitt zu Boden, der von seinem eigenen Blut schon glitschig schien, und Bruno wandte sich von ihm ab, ging in den Korridor hinaus, verließ den Lichtschein der Taschenlampe, trat in die Finsternis. Joshua war plötzlich klar, daß er nicht einmal geschrien hatte; er mußte Tony warnen, versuchte, jetzt zu schreien, versuchte es wirklich, aber die erste Wunde schien sehr ernst zu sein, denn als er einen Laut von sich geben wollte, glühte der Schmerz in seiner Brust auf, und er brachte nur ein Zischen hervor, wie eine Gans.

Ächzend setzte Tony seine ganze Kraft gegen den hartnäckigen Fensterriegel ein; plötzlich gab das rostige Metall nach – quiiiek – und flog auf. Er schob das Fenster hoch, und das Geräusch des Regens schwoll an. Wasser sprühte durch ein paar schmale Fugen in den Fensterläden herein und benetzte sein Gesicht.

Der Riegel innen an den Läden schien ebenfalls festgerostet, aber Tony bekam ihn schließlich auf, schob die Läden weg, lehnte sich in den Regen hinaus und befestigte sie an ihren Knebeln, damit sie im Wind nicht gegen die Hauswand schlagen konnten.

Er war dabei patschnaß geworden und fror, und es drängte ihn, weiterzusuchen, in der Hoffnung, dabei wieder warm zu werden.

Nach einer weiteren Donnersalve, die von den Mayacamas ins Tal und über das Haus hinweg hallte, verließ Tony das Nähzimmer und lief in Bruno Fryes Messer.

In der Küche öffnete Hilary die Läden und schaute auf die hintere Terrasse. Sie befestigte die Läden und hielt einen Augenblick lang inne, um auf das vom Regen niedergedrückte Gras und die vom Wind gepeitschten Bäume hinauszublicken. Am Ende der Rasenfläche, etwa zwanzig Meter entfernt, erkannte sie im Boden zwei Türflügel.

Sie war so überrascht, diese Türflügel zu sehen, daß sie einen Augenblick lang an eine Einbildung glaubte. Sie starrte mit zusammengekniffenen Augen durch den peitschenden Regen, aber die Türen lösten sich nicht einfach wie eine Fata Morgana auf, wie sie das erwartet hatte.

Am Ende der Rasenfläche stieg das Gelände in einer letzten Stufe zu den senkrechten Felswänden an. Die Türen waren in den Hang eingelassen, umrahmt von einem Holzgerüst und mit Mörtel befestigten Steinen.

Hilary wandte sich vom Fenster ab und eilte durch die schmutzige Küche, um Joshua und Tony schnell ihre Entdeckung zu zeigen.

Tony wußte, wie man sich gegen einen Mann mit einem Messer verteidigt. Er war in Selbstverteidigung ausgebildet und schon einige Male in eine solche Lage geraten; aber diesmal überraschten ihn die Plötzlichkeit und der absolut unerwartete Angriff.

Mit weitaufgerissenen Augen, das breite Gesicht zu einem widerwärtig starren Grinsen verzerrt, stieß Frye mit dem Messer nach Tonys Gesicht. Tony konnte sich noch halb zur Seite drehen; trotzdem fuhr die Klinge an seinem Kopf entlang, riß ihm die Kopfhaut auf, und das Blut quoll hervor.

Der Schmerz tobte so heftig wie eine Säureverbrennung.

Tony ließ die Lampe fallen; sie rollte davon, und die Schatten hüpften und schwankten.

Frye war schnell, verdammt schnell. Er stieß erneut zu, als Tony in Abwehrstellung ging. Diesmal traf ihn das Messer voll, wenn auch in seltsamer Weise mit der Spitze voraus, über der linken Schulter durch Jacke und Pullover, durch Muskel und Knorpel, zwischen den Knochen hindurch und nahm diesem Arm auf der Stelle alle Kraft, zwang Tony in die Knie.

Irgendwie fand Tony die Energie, seine rechte Faust vom Boden hochzuschwingen, in Fryes Hoden hinein. Der Hüne stöhnte auf und taumelte nach rückwärts, wobei er das Messer aus Tony herausriß.

Ohne zu ahnen, was dort oben vor sich ging, rief Hilary vom unteren Treppenabsatz hinauf: »Tony! Joshua! Kommt herunter und seht, was ich gefunden habe.«

Frye fuhr herum, als er Hilarys Stimme hörte. Er ging auf die Treppe zu und vergaß dabei anscheinend, daß er zwar einen verwundeten, aber lebenden Mann zurückließ.

Tony stand auf, aber eine Explosion von Schmerz steckte seinen Arm in Flammen; er schwankte benommen. Der Magen drehte sich ihm um. Er mußte sich an die Wand lehnen.

Alles, was er tun konnte, war, sie zu warnen. »Hilary, lauf! Lauf! Frye kommt!«

Hilary wollte gerade ein zweites Mal rufen, als sie Tonys Stimme vernahm. Im ersten Augenblick konnte sie nicht glauben, was sie da hörte, aber dann polterten auf der obersten Treppenstufe schwere Schritte, die allmählich nach unten kamen. Er war noch immer nicht zu sehen, aber sie wußte, daß es niemand anderer, nur Bruno Frye sein konnte.

Dann dröhnte Fryes heisere Stimme: »Miststück! Miststück! Miststück! Miststück!«

Halb betäubt, aber vor Schreck keineswegs erstarrt, entfernte Hilary sich rückwärts von der Treppe und fing zu rennen an, als sie Frye herunterkommen sah. Zu spät wurde ihr klar, daß sie nach vorn hätte laufen sollen, nach draußen, zur Seilbahngondel; statt dessen hetzte sie zur Küche, an ein Umkehren war jetzt nicht mehr zu denken.

Sie stieß die Pendeltür auf und rannte in die Küche, als Frye die letzten Stufen heruntersprang und hinter ihr den Flur erreichte.

Sie überlegte, ob sie in den Schubladen nach einem Messer suchen sollte.

Aber das ging nicht. Keine Zeit.

Sie lief zur Hintertür, entriegelte sie und hetzte ins Freie, als Frye auf der anderen Seite durch die Pendeltür in die Küche tappte.

Die einzige Waffe, die sie besaß, war die Taschenlampe, die sie in der Hand hielt, und das schien keine Waffe.

Sie rannte über die Porch und die Treppen hinunter. Regen und Wind peitschten auf sie ein.

Er war dicht hinter ihr, schrie immer noch: »Miststück! Miststück! Miststück!«

Sie würde es nie um das Haus herum und bis zu der Gondel schaffen, ehe er sie eingeholt hätte. Dafür war er schon viel zu nahe und holte beständig auf.

Das nasse Gras war glitschig. Sie hatte Angst, hinzufallen. Zu sterben.

»Tony?«

Sie rannte auf den einzigen Ort zu, der vielleicht Schutz bieten konnte: die Tür am Hang.

Ein Blitz zuckte, und gleich darauf rollte der Donner.

Frye schrie jetzt nicht mehr. Sie hörte ein tiefes, animalisches Knurren der Lust.

Ganz nahe.

Jetzt schrie sie.

Sie erreichte die Tür im Hang und sah, daß die Flügel oben und unten verriegelt waren. Sie streckte sich, riß den oberen Riegel auf, bückte sich dann und öffnete den unteren, rechnete jeden Augenblick damit, daß sich ihr eine Messerklinge zwischen die Schultern bohrte. Aber der Stoß kam nicht. Sie zog die Türen auf; dahinter verbarg sich tintige Schwärze.

Sie drehte sich um.

Regen peitschte ihr ins Gesicht.

Frye war stehengeblieben. Er stand nur zwei Meter von ihr entfernt.

Sie wartete zwischen den offenen Türflügeln, die Dunkelheit im Rücken, und fragte sich, was außer einer Treppe noch hinter ihr sein mochte.

»Miststück!« rief Frye.

Aber jetzt erkannte sie mehr Furcht als Wut in seinem Gesicht.

»Leg das Messer weg«, drohte sie, ohne zu wissen, ob er gehorchen würde. Sie bezweifelte es, aber sie hatte jetzt nichts mehr zu verlieren. »Du mußt deiner Mutter gehorchen, Bruno. Leg das Messer weg.«

Er machte einen Schritt auf sie zu.

Hilary blieb stehen. Ihr Herz schien bersten zu wollen.

Frye kam näher.

Am ganzen Körper zitternd stieg sie die erste Stufe hinter der Tür hinunter.

Gerade als Tony die oberste Treppenstufe erreichte, wobei er sich mit einer Hand gegen die Wand stützen mußte, hörte er ein Geräusch hinter sich. Er sah sich um. Joshua war aus dem Schlafzimmer herausgekrochen, über und über mit Blut besudelt; sein Gesicht schien fast ebenso weiß wie sein Haar. Seine Augen wirkten glasig.

»Ist es sehr schlimm?« fragte Tony.

Joshua leckte sich die blassen Lippen. »Ich werd's überleben«, meinte er mit fremdartig zischender, krächzender Stimme. »Hilary. Um Himmels willen ... Hilary!«

Tony stieß sich von der Wand ab und hetzte die Treppe hinunter. Schwankend bewegte er sich auf die Küche zu, weil er Frye draußen auf dem Rasen hinter dem Haus schreien hörte.

In der Küche riß Tony eine Schublade nach der anderen auf, suchte nach einer Waffe.

»Komm schon, verdammt! Scheiße!«

Die vierte Schublade, die er öffnete, enthielt Messer. Er nahm sich das größte heraus; es zeigte Rostflecken, war aber immer noch bösartig scharf.

Sein linker Arm drohte ihn umzubringen. Er wollte ihn mit der rechten Hand an sich drücken, aber seine rechte brauchte er, um gegen Frye zu kämpfen.

Er biß die Zähne zusammen und wankte wie ein Betrunkener auf die Veranda hinaus. Er sah Frye sofort. Der Mann stand vor zwei geöffneten Türflügeln. Zwei Türflügeln, die in den Hang hineinführten.

Hilary war nirgends zu sehen.

Hilary stieg jetzt rückwärts die sechste Stufe hinunter, die letzte.

Bruno Frye stand oben an der Treppe und blickte hinunter, hatte

Angst, weiterzugehen. Er beschimpfte sie abwechselnd als Miststück und wimmerte wie ein Kind. Offensichtlich wurde er zwischen dem Drang, sie zu töten, und dem Drang, jenen verhaßten Ort zu verlassen, hin und hergerissen.

Wispern. Plötzlich hörte sie das Wispern, und in dem Augenblick schien sie zu Eis zu erstarren, ein wortloses Zischen, leise, aber ständig lauter werdend.

Und dann spürte sie etwas, das ihr am Bein hochkroch.

Sie stieß einen Schrei aus und stieg eine Stufe hinauf, Frye entgegen. Sie griff an sich hinunter, wischte an ihrem Bein herum und stieß etwas weg.

Schaudernd knipste sie die Lampe an, drehte sich um und leuchtete in die unterirdische Kammer hinunter.

Kakerlaken. Hunderte und Aberhunderte von riesigen Kakerlaken wimmelten in dem Raum durcheinander – am Boden, an den Wänden, an der niedrigen Decke, keine gewöhnlichen Kakerlaken, sondern wahre Ungetüme, über fünf Zentimeter lang, zweieinhalb Zentimeter breit, mit zuckenden Beinen und besonders langen Fühlern, die gierig zitterten. Ihre glänzenden grünbraunen Leiber wirkten klebrig und feucht wie Klumpen schwarzen Schleims.

Das Wispern kam von ihrer unablässigen Bewegung, ihren langen Beinen und den zitternden Antennen, die andere lange Beine und Antennen streiften, ein beständiges Krabbeln und Kriechen und Hin- und Herhuschen.

Hilary schrie. Sie wollte die Treppe hinaufrennen und diesem schrecklichen Raum entkommen. Aber dort oben wartete Frye.

Die Kakerlaken wichen vor dem Lichtkegel ihrer Taschenlampe zurück. Es handelte sich ganz offenbar um unterirdische Insekten, die nur in der Dunkelheit überleben konnten, und sie betete darum, daß die Batterien jetzt nicht den Geist aufgäben.

Das Wispern wurde lauter.

Immer mehr Kakerlaken strömten in den Raum. Sie kamen aus einem Spalt im Boden, zu Dutzenden und Aberdutzenden, zu Hunderten. In dem Raum befanden sich jetzt bereits ein paar Tausend der widerwärtigen Geschöpfe, und der ganze Raum besaß höchstens eine Kantenlänge von sechs Metern. Sie türmten sich zu zweit und zu dritt in der anderen Hälfte des Raumes übereinander, wichen dem Licht aus, wurden aber von Augenblick zu Augenblick dreister.

Sie wußte, daß ein Entomologe sie wahrscheinlich nicht als Kakerlaken bezeichnen würde; es handelte sich um Käfer, unterirdische Käfer, die in den Eingeweiden der Erde lebten. Ein Wissenschaftler hätte sicherlich einen klaren lateinischen Namen für sie gefunden. Aber für Hilary waren es Kakerlaken.

Hilary blickte zu Bruno auf.

»Miststück«, zischte der.

Leo Frye hatte einen Kühlkeller gebaut, etwas, das 1918 durchaus üblich war. Er hatte ihn, ohne das zu ahnen, über einer Stelle erbaut, wo die Erdkruste aufgerissen war. Sie konnte erkennen, daß er viele Male versucht hatte, den Boden abzudichten, aber der Riß war nach jedem leichten Erdstoß immer wieder aufgesprungen. Und in einem Erdbebengebiet gab es oft Erdstöße.

Die Kakerlaken krochen aus der Hölle empor.

Sie strömten immer noch aus dem Loch, eine strampelnde, glitschige, immer dichter werdende Masse.

Sie stiegen übereinander, fünf und sechs und sieben der Kreaturen, bedeckten Wände und Decke, bewegten sich, ein endloses Bewegen war das, schwärmten ohne Unterlaß. Das kalte Wispern ihrer Bewegung schien zu einem brausenden Dröhnen angeschwollen.

Katherine hatte Bruno in diesen Raum gesteckt, um ihn zu bestrafen. In die Dunkelheit. Jedes Mal viele Stunden lang.

Plötzlich bewegten sich die Kakerlaken auf Hilary zu. Der Druck der sich aufbauenden Schichten führte schließlich dazu, daß sie ihr wie eine sich überschlagende Welle entgegenbrandeten, eine wirbelnde grünbraune Masse. Trotz des Lichts wälzten sie sich zischend auf sie zu.

Sie schrie und wollte die Treppe hinauflaufen, zog Brunos Messer der ekelhaften Insektenhorde hinter sich vor.

Frye grinste und meinte: »Sieh mal, wie es dir gefällt, Miststück.« Er knallte die Tür zu.

Die Rasenfläche hinter dem Haus war höchstens zwanzig Meter lang, aber für Tony schien es von der Veranda bis zu der Stelle, an der Frye stand, mehr als eine Meile. Er glitt im feuchten Gras aus und stürzte, fiel auf seine verletzte Schulter. Einen kurzen Augenblick lang flammte ein grelles Licht hinter seinen Augen auf und gleich darauf eine irisierende Schwärze, aber er widerstand dem Drang, einfach liegenzubleiben, stand wieder auf.

Er sah, wie Frye die Türflügel schloß und absperrte. Hilary mußte auf der anderen Seite sein, eingeschlossen.

Die letzten drei Meter legte Tony in der schrecklichen Gewißheit zurück, daß Frye sich umdrehen und ihn sehen würde. Aber der hünenhafte Mann blieb weiterhin den Türen zugewandt. Er lauschte auf Hilary; und die kreischte in panischer Angst. Tony schlich sich an und stieß Frye das Messer zwischen die Schulterblätter.

Frye schrie vor Schmerz auf und drehte sich um.

Tony taumelte zurück und hoffte, dem Mann eine tödliche Wunde zugefügt zu haben. Er wußte, daß er im Nahkampf gegen Frye keine Chance hatte – ganz besonders jetzt, da ihm nur ein Arm zur Verfügung stand.

Frye tastete verzweifelt hinter sich, versuchte das Messer zu packen, das Tony ihm hineingestoßen hatte. Er wollte es aus seinem Körper herausziehen, konnte es aber nicht erreichen.

Ein Blutfaden rann ihm aus dem Mundwinkel.

Tony wich einen weiteren Schritt zurück. Und noch einen.

Frye taumelte auf ihn zu.

Hilary stand auf der obersten Stufe und hämmerte gegen die verriegelte Tür. Sie schrie um Hilfe.

Hinter ihr wurde das Wispern in dem dunklen Keller mit jedem donnernden Schlag ihres Herzens lauter.

Sie riskierte einen Blick hinter sich, richtete die Taschenlampe auf die Treppe. Der bloße Anblick der summenden, brummenden Insektenmasse würgte sie. Der Raum unter ihr schien jetzt hüfthoch mit Kakerlaken bedeckt. Und diese ganze Masse schwankte und zischte und wogte so, daß es fast schien, als wäre dort unten nur ein Organismus, ein monströses Geschöpf mit zahllosen Beinen und Antennen und hungrigen Mäulern.

Erst jetzt merkte sie, daß sie immer noch schrie, unablässig. Ihre Stimme fing an, heiser zu werden. Aber sie konnte nicht aufhören.

Einige der Insekten drängten jetzt trotz des Lichtkegels die Stufen herauf. Zwei erreichten ihre Füße, und sie trat nach ihnen. Andere folgten nach.

Sie wandte sich wieder schreiend den Türen zu, schlug mit aller Kraft dagegen.

Dann ging die Taschenlampe aus. In dem hysterischen Versuch, Hilfe zu holen, hatte sie, ohne nachzudenken, mit der Lampe gegen die Tür geschlagen. Die Linse zersprang. Das Licht verlosch.

Einen Augenblick lang schien das Wispern nachzulassen – aber dann schwoll es nur zu noch größerer Lautstärke an.

Hilary preßte den Rücken gegen die Tür.

Sie dachte an die Tonbandaufnahme, die sie gestern früh in Dr. Nicholas Rudges Praxis gehört hatte. Sie dachte an die Zwillinge, die als Kinder hier eingeschlossen waren, die Hände über Mund und Nase gepreßt, um zu verhindern, daß die Kakerlaken hineinkrabbelten. Durch das viele Schreien veränderten sich allmählich ihre Stimmen, klangen mit der Zeit so heiser, als hätten sie Kieselsteine im Mund, Stunden um Stunden, Tage um Tage des Schreiens.

Schreckerfüllt starrte sie in die Finsternis und wartete darauf, daß das Meer von Käfern über ihr zusammenschlug.

Sie spürte ein paar an den Fußknöcheln, bückte sich schnell und wischte sie weg.

Einer davon rannte an ihrem linken Arm hinauf. Sie schlug danach, zerquetschte ihn.

Das grauenerregende Schwirren der krabbelnden Insekten war jetzt fast ohrenbetäubend geworden.

Sie hielt sich die Hände über die Ohren.

Eine Schabe fiel von der Decke herunter, auf ihren Kopf. Schreiend zupfte sie sie aus dem Haar, warf sie von sich.

Plötzlich gingen die Türflügel hinter ihr auf, und Licht flutete in den Keller hinein. Sie sah eine brandende Flut von Küchenschaben nur noch eine Stufe unter ihr, und dann wich die Welle vor der Sonne zurück, und Tony zog Hilary in den Regen hinaus und in das wunderschöne schmutziggraue Tageslicht.

Ein paar Schaben hingen noch an ihrer Kleidung; Tony wischte sie weg.

»Mein Gott!« sagte er. »Mein Gott! Mein Gott!«

Hilary lehnte sich an ihn.

Jetzt hingen keine Schaben mehr an ihr, aber sie bildete sich ein, sie noch fühlen zu können. Krabbelnd, kriechend.

Sie zitterte heftig, unkontrolliert, und Tony legte seinen unverletzten Arm um sie. Er redete leise und ruhig auf sie ein, versuchte, sie zu beruhigen.

Endlich konnte sie aufhören zu schreien.

»Du bist verletzt«, meinte sie.

»Ich werd's überleben. Und malen.«

Sie sah Frye. Er lag ausgestreckt, mit dem Gesicht nach unten im Gras, offensichtlich tot. Ein Messer steckte in seinem Rücken; sein Hemd war blutdurchtränkt.

»Ich hatte keine Wahl«, erwiderte Tony matt. »Ich wollte ihn wirklich nicht töten. Er hat mir leidgetan ... jetzt, wo ich wußte, was er bei Katherine durchmachte. Aber ich hatte keine Wahl.«

Sie ließen die Leiche im Gras liegen und gingen weg.

Hilarys Beine waren so schwach, daß sie ihren Körper kaum tragen wollten.

»Dort hat sie die Zwillinge hineingesteckt, wenn sie sie bestrafen wollte«, erklärte Hilary. »Wie oft? Hundertmal? Zweihundertmal? Tausendmal?«

»Denk nicht darüber nach«, meinte Tony. »Denk nur daran, daß du am Leben bist und daß wir zusammen sind. Denk darüber nach, ob du Lust hättest, mit einem etwas ramponierten ehemaligen Polizisten verheiratet zu sein, der sich große Mühe gibt, seinen Lebensunterhalt als Maler zu bestreiten.«

»Ich glaube, das würde mir gefallen.«

Jetzt kam Sheriff Peter Laurenski aus der Küche herausgeschossen, auf die Veranda zu. »Was ist passiert?« rief er ihnen zu. »Alles in Ordnung?«

Tony achtete nicht auf ihn. »Vor uns liegen viele gemeinsame Jahre«, sagte er zu Hilary. »Von jetzt ab wird alles gut. Zum erstenmal wissen wir beide, wer wir sind, was wir wollen und wo unser Weg hinführt. Wir haben die Vergangenheit überwunden. Die Zukunft wird leicht sein.«

Während sie auf Laurenski zuwankten, prasselte der Herbstregen weich auf sie herunter und wisperte im Gras.

🏛 PAVILLON

Dean Koontz
Flüstern in der Nacht
Roman
02/159 · nur DM 8,-/€ 4,-

Verzweifelt wehrt sich Hilary gegen einen nächtlichen Angreifer, der versucht, sie umzubringen. Aber die Polizeibeamten glauben ihr nicht, als sie behauptet, den Mörder zu kennen. Ein verhängnisvoller Irrtum ...

Jessica Auerbach
Schlaf, Kindchen, schlaf
Roman
02/164 · nur DM 6,-/€ 3,-

Trude Egger
Ach, wär ich doch daheim geblieben!
Roman
02/166 · nur DM 6,-/€ 3,-

Sandra Paretti
Purpur und Diamant
Roman
02/167 · nur DM 6,-/€ 3,-

John Saul
Am Strand des Todes
Roman
02/168 · nur DM 6,-/€ 3,-

Joan Elizabeth Lloyd
Das Erwachen
Roman
02/165 · nur DM 6,-/€ 3,-

Pavillon
Die neuen Taschenbücher

🏛 PAVILLON

Marte Cormann
Der Mann im Ohr
Roman
02/157 · nur DM 6,-/€ 3,-

Als ihr Ehemann sie mit zwei kleinen Kindern sitzen lässt, hat Kathrin ein echtes Problem: Wie soll sie so Geld verdienen? Kurz entschlossen heuert sie bei einem Telefonservice für einsame Männerherzen an. Überraschungen sind vorprogrammiert ...

Catherine Cookson
Die Straße der Hoffnung
Roman
02/160 · nur DM 6,-/€ 3,-

Bombenstimmung
1000 Witze, die Sie vom Hocker reißen
02/158 · nur DM 8,-/€ 4,-

Erich Segal
Der Preis des Lebens
Roman
02/161 · nur DM 6,-/€ 3,-

Heather Graham
Die Braut des Windes
Roman
02/162 · nur DM 6,-/€ 3,-

Philipp Vandenberg
Die Pharaonin
Roman
02/163 · nur DM 8,-/€ 4,-

Pavillon
Die neuen Taschenbücher

Dean Koontz

»Visionen aus einer jenseitigen Welt – Meisterwerke der modernen Horrorliteratur.«
HAMBURGER ABENDPOST

Eine Auswahl:

Mitternacht
01/8444

Schattenfeuer
01/7810

Die Augen der Dunkelheit
01/7707

Das Haus der Angst
01/6913

Das Versteck
01/9422

Flüstern in der Nacht
01/10534

Phantom
01/10688

Schwarzer Mond
01/7903

Tür ins Dunkel
01/7992

Brandzeichen
01/8063

Wenn die Dunkelheit kommt
01/6833

Geschöpfe der Nacht
01/13169

01/6913

HEYNE-TASCHENBÜCHER